황제를 꿈꾸는 여인

황권

황제를 꿈꾸는 여인

황권

❷

천하귀원
장편소설

arte

봉지미

어릴 적 부모를 여의고 봉 부인 슬하에서 자랐다. 생존을 위해 얼굴을 추하게 위장하고 속마음을 감추며 지내다 우연한 계기로 청명서원에 들어가게 된다. 이후 '위지'란 이름으로 남장을 하고 어린 나이에 조정 대신으로 중용되며 빼어난 능력을 발휘한다.

영혁

천성 황조의 6황자. 수려한 외모 못지않게 뛰어난 능력과 수완을 지녔으나, 황실의 견제를 피하기 위해 기생집을 드나들며 때를 기다린다. 봉지미에게 호기심을 느끼고 그녀를 지켜보면서 두 사람 사이에 미묘한 기류가 흐르기 시작한다.

고남의

봉지미를 납치하려다가 호위 무사가 된 인물로 정체가 베일에 싸여 있다. 신비로운 미모와 남다른 성품, 뛰어난 무예 실력으로 주변을 압도한다. 말없이 자신의 방식대로 혼자서 살아왔으나 봉지미를 통해 감정을 배우기 시작한다.

혁련쟁

호탁의 왕세자. 강인하고 대범하며 자신의 사람들을 지키는 일에 목숨을 아끼지 않는다. 중원의 여인은 나약하다고 생각했으나 봉지미를 만나면서 생각이 바뀌고, 그녀의 마음을 얻기 위해 노력한다.

순우맹

청명서원에서 만난 봉지미의 벗으로 고위직 군부사령관 집안의 자제다. 활발하고 따뜻한 성품을 지녔으며, 그녀가 남해 원정을 떠날 때 동행하여 목숨을 걸고 싸운다.

연회석

남해 연씨 집안의 서자로 봉지미와 청명서원에 들어간다. 사교성과 사람을 보는 안목이 뛰어나 봉지미의 신임을 얻는다.

화경

남해의 평민이지만 뛰어난 수완과 기지를 발휘하여 봉지미가 남해 연씨 집안을 평정하는 데 공을 세운다. 연회석과 결혼하며 봉지미의 곁에서 친구이자 동료가 된다.

봉 부인

봉지미의 어머니. 열네 살에 전쟁터에 나가 용맹을 떨쳐 천하에 이름을 알린 화봉여수. 추가 식구들의 눈총을 받으며 지내던 어느 날 정체를 감추고 그녀를 지켜보던 자들이 찾아온다. 자신의 목을 조여오는 과거를 마주하기로 결심하고 천성 황제와 대면한다.

봉호

봉지미의 동생. 봉 부인의 양자. 어머니의 극진한 사랑을 받으며 자랐지만, 출생과 관련한 비밀이 드러나면서 절체절명의 위기를 맞는다.

차
례

주요 인물 소개

사과하시오

숫자를 넣은 시가 망설임 없이 시원하게 터져 나오자 모두 놀라움을 금치 못했다. 화궁미가 비틀거리며 뒤로 물러났다. 탁자에 기대어 한참을 멍하게 있던 그녀의 눈에는 어느새 빗줄기 같은 눈물이 주룩 흘러내렸다.

영혁은 손에서 굴리고 있던 술잔을 입가에 가져다 댔다. 그의 입가에는 떨어진 꽃잎처럼 바싹 마른 웃음이 옅게 번졌다.

'어리석은 마음을 버리지 못했구나. 버릴래야 버릴 수가 없구나.'

이 영민한 여자는 이렇게 그를 거절한 것이었다. 하지만 영혁은 봉지미의 완곡한 거절 안에 깊이 숨어있는 그녀의 속마음을 알아챘다. 영혁에게 봉지미는 높은 하늘을 지나고 산과 바다를 넘어야 볼 수 있는 머나먼 봉래산(蓬萊山)처럼 느껴졌다. 가까이 다가가고 싶어도 겹겹이 쌓인 짙은 안개에 갇혀 닿을 수 없는 여자였다.

하지만 영혁은 생각했다.

'어지럽게 떨어지는 꽃은 사람의 눈을 가리겠지만, 높은 곳에서 멀

리 바라본다면 떠가는 구름 따위가 어찌 눈을 가릴 수 있으리오.'

영혁은 잔을 들고 미소 지으며 멀리 있는 봉지미에게 경의를 표했다. 봉지미는 그의 행동이 의아한 듯이 눈썹을 치켜세우다가 이내 멀리 상석에 앉은 영혁에게 예를 표했다. 그리고 미소를 머금고 조용히 자리로 돌아갔다.

자리에 있던 사람들이 탄복한 눈빛으로 그녀의 뒷모습을 좇았다. 출신조차 의심스러웠던 봉 씨 여인이 뜻밖에도 흙 속의 진주였다니. 그동안 모두가 품었던 의심을 한순간에 불식시킨 봉지미의 모습이 빛나고 있었다. 명망 높은 세력가의 여식들이 드나드는 시 짓기 모임 따위에서 얻은 얕은 수로는 봉지미를 따라잡을 수 없었다.

사람들은 그제야 봉지미가 남의 비난과 곱지 않은 시선에도 꿋꿋한 추가의 큰아씨, 추명영의 딸이라는 사실을 떠올렸다. 그 당시 추명영은 제경에서 이름을 날린 여걸로 '문무쌍절'로도 불렸다. 시경과 서경, 거문고와 바둑에 능한 데다 군대를 이끌고 출전한 공로로 여수 관직을 하사받기도 했다. 무공 전과가 너무나도 눈부셔서 그녀의 화려한 문학적 재능은 가려질 정도였다. 그녀가 전장에서 물러나 시를 지을 때도 사람들은 그 사실을 잊고는 했다.

봉지미는 추명영에게 출중한 재능을 물려받고 함께 살면서 밤낮으로 배운 것이 틀림없었다.

"그때의 화봉여수의 뒤를 잇기에 부끄럽지 않구나."

천성 황제가 생각에 잠긴 듯 그녀를 한참 동안 바라보다가 천천히 입을 열었다.

"부모에게 배운 가르침이 깊고도 빼어나다. 명불허전이로구나."

지난날 추가의 어멈이 비꼬는 투로 '다 부모한테 배우는 거지'라고 내뱉었던 말과 비교조차 할 수 없을 정도로 최고의 칭찬이었다. 일단 천성 황제의 입에서 나온 것인데다 말하는 태도부터 차원이 달랐다. 그 순간 자리에 있던 사람들은 확실히 깨달았다.

"화봉여수에 문무쌍절……. 당대 제경에서 위세가 하늘을 찌르던 여걸이 저 여인의 어미구나. 저 여인 역시 명문가의 후손으로 전혀 손색이 없어."

누군가가 말했다.

"화봉여수는 늠름하고 당당한데다 의협심도 뛰어나서 모두 그녀에게 넋을 잃곤 했었어."

또 다른 누군가가 말했다.

"화봉여수가 오랫동안 보이지 않아서 분명 어디선가 수련하고 있을 거라고 생각했는데……."

봉지미는 탁자를 지그시 누르며 그들의 말을 차분하게 듣고 있었다. 만면에 겸손한 미소를 띠고 있었지만 얼굴 절반이 어른거리는 붉은색 등불에 잠겨 아무도 그녀의 진짜 표정을 알아채지 못했다. 그녀의 눈에는 반짝이는 물빛이 그렁거리며 파도치고 있었다.

'어머니.'

수년 전 봄날의 연회에서 봉 부인은 시를 지어 자리에 있던 사람들을 깜짝 놀라게 한 적이 있었다. 봉 부인은 얼굴에 활짝 핀 미소를 머금고 머리에 향기로운 꽃을 꽂고 궁에 들어왔다. 그녀를 보는 다른 사람들의 눈길에는 부러움이 서려 있었다. 그 당시 봉 부인은 연회장에서 여러 사람들의 시기질투를 마주해야 했었다. 하지만 그녀는 움츠러드는 대신 시원하게 술 한 잔을 비워내고 시를 지어냈다.

지금의 봉지미도 당시 봉 부인처럼 호탕하고 꿋꿋한 자세로 술 한 잔을 들이키고 황제 앞에서 감탄할 만한 시를 지어 뽐냈다. 봉지미의 시를 들은 황제는 크게 감탄하며 지난 일을 떠올린 것이다.

황제의 한마디로 인해 앞으로는 누구도 봉 부인을 얕보지 못할 것이고, 더 이상 지난 일로 봉 부인을 모욕하는 일은 없을 것이었다.

순간 봉지미가 눈빛을 반짝거리며 술을 찾아 시선을 옮겼다. 따뜻하면서도 진한 술맛이 용솟음치는 마음속의 열기를 가시게 해 줄 것 같아 더 마시고 싶었지만 술잔이 보이지 않았다. 그러다 아까 화궁미에게 술잔을 던져 버린 것이 떠올랐다.

그때 넘칠 듯이 찰랑거리는 술잔 하나가 봉지미 앞으로 내밀어졌다. 혁련쟁이 음흉한 미소를 지으며 그녀의 귓가에 대고 속삭였다.

"이봐, 술 한 잔일 뿐이야. 너무 감동해서 울지 말라고."

봉지미가 고개를 돌려 부드럽게 빛나는 눈동자로 혁련쟁을 바라보며 웃었다.

"고맙습니다."

혁련쟁은 그녀의 웃는 얼굴을 보는 순간 넋이 나갔지만 곧 정신을 차렸다. 그는 가슴을 치며 평소의 호탕한 기세를 회복했다.

"이모님은 나의 심장, 나의 간, 내 생명의 근원이오. 보물 같은 이모님이 술은 말할 것도 없고 나더러 부인 아홉을 얻지 말라 하거든 그 말대로 따르겠소."

'아홉 부인?'

봉지미가 어이가 없어서 얼이 빠졌다가 겨우 정신을 차렸다. 입은 웃고 있었지만 눈으로는 흘겨보며 말했다.

"안심하세요. 이모님은 이미 당신의 심장, 당신의 간입니다. 귀한 조카의 부인 열 명에게 고루 신경 써줄 테니 걱정 마세요. 하나도 빠지지 않고."

혁련쟁은 웃으면서도 대답은 하지 않았다. 그리고 제 잔에 술을 따르고 천천히 입가에 가져갔지만 마시지는 않았다.

왕비로 간택되기를 바랐지만 그럴 수 없게 된 아씨들의 기분이 무겁게 가라앉았다. 상 씨 귀비가 이를 보고 천성 황제의 귓가에 대고 낮은 목소리로 몇 마디를 건넸다. 천성 황제는 눈을 빛내며 말했다.

"부인께서 이리도 세심하시다니."

"폐하께서 소첩을 칭찬하시니 제가 몸 둘 바를 모르겠습니다."

상 씨 귀비가 웃으며 말을 이었다.

"이는 위왕의 효심이옵니다. 소첩 역시 본 적은 없사옵니다."

상 씨 귀비가 손뼉을 치자 갑자기 사방에서 음악 소리가 울려 퍼졌다. 음조가 화려한 음악 소리는 처음 들어보는 것처럼 특이했다. 맑고 몽롱하면서도 아득한 음색이 다소 묘하면서도 생동감이 넘쳤다. 은은하게 퍼지는 장단이 이상한 울림을 자아냈다. 음악을 듣는 사람들은 마음이 조였다가 풀리기를 반복하면서 두근거리는 기분을 느꼈다. 그러나 이상하게도 주위에 음악을 연주하는 사람이 보이지 않았다. 진부한 형식에서 벗어난 장단은 멀어졌다 가까워지며 사람들은 누군가 심장을 움켜쥐는 듯했다. 피가 요동치는 듯한 장단을 듣고 있으니 맥박이 빨라졌다. 가냘프고 연약한 대갓집 아씨들은 두근거리는 가슴에 어느새 얼굴이 붉어졌다.

사실 음악 소리는 사람들의 이목을 끄는 장치에 불과했다. 천성 황제가 술잔을 내려놓고 자세를 바꾸며 몸을 곧추세웠다. 다른 곳에는 전혀 눈길을 주지 않은 채 음악 소리가 들려오는 방향을 바라보았다.

사방을 환하게 밝히던 등불이 일순간에 사라지고 흐릿한 빛이 눈앞에 번쩍였다. 시원한 밤바람이 불어오는 찰나 전각 앞에 있는 연못에서 누군가가 거대한 연꽃 위에서 춤을 추며 날아올랐다.

매혹적인 빛깔이 감도는 금색 비단을 몸에 걸치고 바람에 따라 춤을 추는 여인이었다. 뱀처럼 틀어 올려 쪽진 머리는 연꽃이 피어있는 듯했고, 두 눈썹에는 신묘한 기색이 감돌았다. 미간 가운데에 피어난 노란 파라화 *꽃 이름으로 파인애플 릴리[Pineapple Lily]라고 불린다 가 가슴을 애태우듯이 반짝거렸다.

그녀는 신비한 모양의 작은 금색 비파를 안고 가느다란 손가락으로 줄을 퉁기며 소리를 울렸다. 손에 닿을 듯이 가까워지다가 아득하게 멀어지는 옅은 음악소리가 부드러웠다. 그녀는 비가 내린 후 맑은 연꽃 위를 걷다가 몸을 휘돌며 춤을 췄다. 그러자 아름답게 드리워진 연잎이 심하게 흔들리다가 뒤집어졌다. 깨끗하고 투명한 물방울이 주위로 튀어오르며 푸른 물보라를 일으켰다. 그녀가 그 사이를 헤치고 나아가며 가녀린 허리와 부드러운 손가락을 비단처럼 펼쳤다 접기를 반복했다. 상상조차 할 수 없는 정도의 부드러운 몸놀림 하나 하나가 사람들의 마음을 확 끌어당겼다. 하늘에서 추는 춤은 장엄하고 우아해서 그녀의 요염하고 아리따운 자태가 더욱 돋보였다. 하지만 요염한 자태까지도 장엄하고 우아한 춤 안에 깃들어 있었다. 아름다운 춤사위가 사람들의 마음을 통째로 뒤흔들어 놓았다. 자리에 앉아 있던 여인들의 얼굴이 연분홍빛으로 물들었고, 사내들은 숨이 막힐 지경이었다.

천성 황제는 흥분하는 마음을 누르느라 애썼지만 호흡이 가빠지는 것은 어쩔 수가 없었다. 그 여인이 멀리서부터 춤을 추며 다가오자 잘 보이지 않던 얼굴에서 광채가 뿜어져 나왔다. 황제는 자세히 보려는 듯이 미간을 찡그리더니 이내 활짝 웃었다. 그녀가 오직 자신에게만 다가오는 것처럼 느껴졌다.

무녀를 바친 2황자가 흥이 올라 황제 앞으로 나와 말했다.

"아바마마. 이자는 서량에서 온 무녀로 어려서부터 세상과 단절된 깊은 산속에서 자랐습니다. 그곳에서 기이하고 특별한 약초로 몸을 씻고 익힌 음식을 먹지 않아 몸이 비단처럼 부드럽고 숨결이 맑고 산뜻합니다. 꽃 위에서 춤추는 것을 잘하고 우리 중원 여인에 비해 우아한 자태가 남다릅니다. 어떻게 보셨는지요?"

"훌륭하도다!"

천성 황제가 참지 못하고 큰 소리로 칭찬했다. 곧 예의에 맞지 않는 것을 깨닫고 급히 표정을 고치며 말했다.

"흐음. 전쟁을 앞두고 당연히 절약해야 하거늘 이렇게 가무에 돈을 낭비하는 것은 있을 수 없는 일이로구나. 이 사실이 전방에 전해진다면 모두 어떻게 생각하겠느냐."

"아바마마. 제 어머니가 쉰이 되시는 해라 가무조차 없으면 어머니께서 많이 섭섭해 하실 것입니다."

2황자가 웃으며 말했다.

"게다가 저 무녀가 선보인 것은 전쟁에서 추는 춤인 '양관렬(陽關烈)' 이옵니다."

"저것이 양관렬이더냐?"

매우 놀란 천성 황제가 몸을 기울여 자세히 바라보며 중얼거렸다.

"전쟁에서 추는 춤이라니……. 정말 진기하고 뛰어나구나."

황제의 말에 2황자가 기쁨을 감추지 못했다.

상 씨 귀비의 표정은 좋으면서도 싫은 기색이 복잡하게 섞여있었다. 나이가 들어 세력이 쇠한 후궁이 궁 안에서 지위를 유지하는 방법은 황제에게 아름다움을 바치는 것 말고는 없었다.

춤이 끝나고 여인이 연꽃 위로 내려와 고운 자태로 다가왔다. 걸을 때마다 옷소매가 하늘거리며 출렁였다. 요염한 붉은 빛이 감도는 금색 비단이 몸 뒤로 길게 드리워졌다. 우아하고 아름답기로 소문난 집안의 아씨들도 그녀의 자태 앞에서 고개를 숙였다.

그녀가 단상 아래에서 황제에게 인사를 올렸다. 목소리는 꾀꼬리처럼 맑고 깨끗한 음색이 아니라 마치 목이 쉰 것처럼 탁했다. 하지만 이는 오히려 사람들을 더욱 환상의 세계로 빠져들게 만들었다. 사람들의 머릿속에서는 붉은 비단, 원앙 이불, 고운 연분홍색 등 따뜻하고 부드러운 것들이 저절로 떠올랐다. 그녀가 허리를 숙여 인사를 할 때마다 드러나는 목과 가슴은 천하의 남자들이 꿈에서 갈망하던 것이었다. 그녀가 지닌 자태는 우아하고 장엄하면서도 요염한 아름다움이 공존하여 완성된 것이었다. 그래서 더욱 특별하고 매력적으로 다가왔다.

천성 황제의 표정에서 기쁨의 빛이 반짝였다. 상 씨 귀비는 눈치가 매우 빨라서 즉시 사람을 시켜 이 무녀에게 상을 내리고 그녀가 궁 안에서 쉴 수 있도록 준비시켰다. 무녀가 비파를 안고서 아름다운 자태로 걸어 나가자 천성 황제가 시선을 떼지 못하고 고개를 돌려 쳐다보았다. 속마음을 감추지 못하고 계속 그녀의 뒷모습을 좇았다.

자리에 앉아 있던 황자들도 무녀가 떠나는 모습을 바라보며 여러 가지 감정이 얽힌 눈빛을 보였다. 영혁도 처음에는 무녀의 빼어난 미모와 요염한 자태에 흥미를 보였지만 이내 냉정을 되찾고 검붉은 불빛 뒤에서 천천히 술을 들이킬 뿐이었다.

봉지미가 그런 영혁의 모습을 바라보았다. 오래전에 생긴 상처가 발작해오는 게 아닐까 싶을 정도로 그는 연거푸 술만 들이키고 있었다.

'제대로 즐겨서 흥취가 극에 달한 거야? 아니면…… 어딘가 불편한 건가?'

한편으로 봉지미는 무녀를 바친 이번 일에 대해 생각해봤다. 5황자 어머니의 생신인데 왜 2황자가 나서서 무녀를 준비한 건지 의문이 들었다. 그녀는 마음속으로 막연한 불안을 느꼈다. 이 와중에 혁련쟁이 계속 술을 마시고 있어서 말려야겠다는 생각이 들었다.

기분이 좋아진 천성 황제는 상 씨 귀비를 보며 흐뭇하게 웃었다.

"지난번 부인에게 '수(壽)' 자를 써준다고 했던 일이 생각나오. 막상 부인의 생일이 다가오니 정신이 없어서 잊어버렸는데 오늘 이 자리에서 써 주는 것이 어떻겠소?"

상 씨 귀비의 눈이 반짝 빛났다. 생일에 황제가 '수' 자를 써 준다면 더할 나위 없는 영광이었다. 후궁에게 있어서는 더욱더 특별한 의미가 있었다. 지난날 천성 황제는 오직 한 여인에게만 '수' 자를 써 주었었다. 그 여인은 바로 일찍 세상을 떠난 상 황후였다. 천성 황제는 상 황후의 서른 번째 생일을 맞아 그 글자를 써 주었었다. 천성 황제가 상 씨 귀비에게도 이 '수' 자를 써서 준다면 그 안에 담긴 의미는 평범한 것이 아니었다.

상 씨 귀비는 생일이 되기 전에 수차례에 걸쳐 황제에게 '수' 자를 받았으면 좋겠다는 뜻을 넌지시 비쳤다. 하지만 천성 황제는 애매한 태도로 그녀의 속을 태우기만 했었는데 오늘 무녀가 마음에 쏙 들자 그가 드디어 귀한 입을 연 것이었다.

기뻐서 어쩔 줄을 모르는 상 씨 귀비가 황급히 사람을 시켜 붓과 먹을 가져오게 했다. 때마침 이전에 아랫사람에게 내려 보냈던 붓과, 먹, 종이, 벼루가 그 자리에 있어서 그것들을 당장 올리라고 일렀다.

천성 황제는 탁자 위에 종이를 깔고 붓을 쥐었다. 먹물에 붓을 담가 적시더니 하얀 종이 위에 생동감 넘치고 자유분방한 붓놀림으로 거침없이 검은 획을 이어 나갔다. 잠시 후 커다란 '수' 자가 눈 깜짝할 사이에 완성됐다. 희미한 홍등 아래로 먹물을 가득 머금고 획마다 종이 위로 입체감 있게 튀어나온 황제의 붓글씨가 보였다.

"필치가 힘차고 대범하옵니다. 글을 쓰시는 붓놀림 또한 자유분방하시어 어느 누구도 따라올 자가 없을 것이옵니다."

상 씨 귀비가 칭송했다. 그때 붓 통 안에 있던 필후 두 마리가 먹물 향을 맡고서 깩깩거리는 소리를 내며 뛰쳐나와 두 손으로 종이를 움켜쥐었다. 이 두 마리의 필후는 상 씨 귀비가 지니고 있는 동물인데 붓과 먹을 보면 좋아서 달려드는 특징이 있었다.

천성 황제가 크게 웃으며 필후들을 살짝 밀쳐 냈다. 그 순간 한 줄기 금빛이 눈앞에 번쩍였다. 그러자 필후들이 불안에 떨며 격렬하게 울부짖었다. 마치 몸에 전기가 흐르는 것처럼 온몸을 부르르 떨더니 갑자기 천성 황제의 얼굴을 향해 맹렬히 달려들었다.

천성 황제는 번개가 치는 것처럼 덮쳐온 필후들을 손으로 밀어 떨어트리고 호탕하게 웃었다. 호위병들은 그제서야 달려왔고, 상 씨 귀비는 너무 놀라 숨을 쉬는 것도 잊은 채 넋을 놓고 있었다.

그때 한 줄기의 금빛이 또다시 단상 아래에서 날아올랐다. 그러자 필후 두 마리가 잇따라 황제에게 돌진했다. 잠시 후 작은 것 두 마리가 울부짖으며 땅 위를 나뒹굴더니 달려오는 호위병의 가랑이 사이로 빠져나가 어디론가 사라져 버렸다.

단상 아래에 있던 영혁은 심각한 표정으로 몸을 숙이고 있었다. 그의 얼굴은 창백해져 있었고 손 안에서 굴리던 금잔도 이미 사라지고 없었다. 천성 황제는 놀란 가슴을 진정시키며 영혁을 향해 쉰 목소리로 말했다.

"네가 가서 알아보……"

말이 채 끝나기도 전에 황제는 그대로 푹 고꾸라졌다. 손등 위에는 선명하게 긁힌 두 줄의 자국이 새카맣게 변해 있었다.

황실에서 열린 성대한 연회는 황제가 필후에게 공격을 당해 쓰러지면서 막을 내렸다. 눈 깜짝할 사이에 이런 변고가 생길 줄은 아무도 예상하지 못했다. 상 씨 귀비 곁에서 매일 아양을 부리던 필후 두 마리가 생일 연회에서 돌발 행동을 하리라고는 생각지도 못했던 것이다.

장수와 복을 기원하는 자리가 순식간에 액운이 도사리는 곳으로 바뀌었다. 상 씨 귀비는 비녀와 장식을 벗어두고 천성 황제의 침궁 앞에서 무릎을 꿇은 채 하염없이 훌쩍거렸다. 그녀는 자신의 억울한 사정을 읍소했지만 아무도 그 말을 들어주지 않았다. 천성 황제는 몸속에 기이한 독이 퍼져 의식 불명 상태였다.

언제나 상 씨 귀비의 곁을 따르던 두 마리의 필후는 출처를 알 수 없는 기이한 독을 지니고 있었다. 상 씨 귀비는 그것에 대해 납득할 수 있는 이유를 말해야 했지만 해명을 하지 못했다. 이런 상황에서는 누구라도 그녀를 의심할 수밖에 없었다.

하지만 더 큰 문제는 따로 있었다. 이제 혐의를 밝혀내는 것은 중요한 일이 아니었다. 독을 치료하지 못하면 신성한 제왕의 수레는 서쪽으로 돌아가 저무는 해와 함께 사라지게 될 텐데 그 후에 천자의 자리에 과연 누가 앉게 될 것인가. 황제가 쓰러지고 모두의 생각이 여기까지 미치자 사람들은 흥분하여 떠들기 시작했다. 앞으로 심각한 혼란이 벌어질 것이 틀림없었다.

제경 안의 소식은 아직 밖으로 퍼지지 않았다. 하지만 사람을 보내 소식을 알리기도 전에 서평도의 장녕왕은 이미 제경에 들어와 있었다. 원래 장녕왕은 폐하와 황자들에게 문안 인사를 올리기 위해서 온 것이었다. 또한 내년에 신성한 제왕의 수레가 남방을 순행하는데 필요한 물건을 미리 구입해두고 제경과 황제를 그리워하는 자신의 충정한 마음을 표현하기 위해서 온 것이었다. 하지만 황제가 쓰러진 이후 장녕왕은 여러 사람에게 알아보게 하여 그 소식을 들은 것이 확실했다. 그는 황제가 천붕하면 황제가 이루었던 번창에 대한 욕망을 억누르지 않고 충분한 말발굽과 대군을 이끌고 올 작정을 했다.

2황자는 원래 호위 대군의 일부 군영을 관리하고 있었다. 하지만 최근 들어 고급 장교들을 자주 불러 모아 회의를 열고 있다는 소문이 들렸다.

7황자가 보낸 몇 명의 재상과 상서들은 나라에 주인이 없는 지금의 상황에서 각로(閣老)가 지정한 친왕 *親王, 황제의 아들이나 형제 이 나랏일을 대신 맡아 다스리고 적당한 인물을 등용해야 한다고 제안했다. 그들은 어느 왕이 적합한 인물인지 의견을 냈다. 이런 시기에는 나라가 어지러운 형국에 휘말릴 수 있어서 나라를 안정시킬 수 있는 어질고 총명한 인물이 시급히 필요하다고 충고했다. 물론 그들이 말하는 인물은 7황자를 가리키는 것이었다.

이후 궁 안에서는 몇 명의 후궁이 이유 없이 죽어 나갔고 흉흉한 일 들이 이어졌다.

황실이 야단법석인 가운데 가장 적극적으로 행동에 나서야 할 영혁은 오히려 아무런 움직임이 없었다. 오로지 자신이 해야 할 일만 할 뿐이었다. 그는 천성 황제가 의식 불명이 되기 직전에 사건의 경위를 철저히 조사해 보라고 한 말을 기억했다. 바깥의 유언비어나 다른 속셈이 있는 자들이 꾸미는 음모에는 전혀 관심이 없었다.

"이건 아주 큰일이야."

봉지미가 자신의 저택에서 고남의에게 말했다.

"여기엔 두 가지 가능성이 있어. 하나는 영혁이 꾸민 짓이고 다른 하나는 황제 자신이 꾸민 짓이야."

고남의가 조정이 돌아가는 상황을 분석 중인 봉지미의 눈치를 보며 봉지에 든 호두를 늘어놓았다. 그중에서 큰 것 하나를 집더니 이어 작은 것 하나를 집었다.

봉지미가 자연스럽게 손을 뻗어 작은 호두를 집고 껍데기를 까면서 말했다.

"황자들이 우리 집에서 함께 술 마셨던 그날 아직 기억해? 그때 5황자가 필후를 꺼내서 자랑했었지. 내 기억으로는 그때만 해도 필후의 털색이 찬란한 금빛이었는데 이번에 보니까 색이 많이 어두워졌더라고. 궁에서 제대로 먹지 않았을 리는 없을 테니 영양 부족은 절대 아닐 거야. 난 그 먹물에는 이상한 점이 없다고 생각해. 그때 붓과 먹은 모두가 사용했었는데 아무런 문제도 없었거든. 문제는 원숭이한테 있는 게 분명해. 하지만 그 원숭이와 접촉했던 사람이 너무 많아서 조사하고 싶어도 할 수가 없어."

"영혁."

고남의가 깔끔하게 깐 호두를 집어 먹었다. 그가 방금 내뱉은 말이 살인범이 영혁이라는 의미인지 영혁의 호두를 먹고 싶다는 의미인지 분간이 가지 않았다.

"아니면 범인은 천성 황제 자신이든가."

봉지미가 큰 호두의 껍데기를 깠다.

"황제는 이번 일을 통해 자식들의 마음을 살펴보려 했던 거지. 지금 영혁의 행동을 봐. 다른 사람들은 정세가 어지러운 틈을 타 기회를 엿보고 음모를 꾸미고 있는데 그 사람만 아직도 연기를 하고 있다고. 누구한테 그런 연기를 보여주려는 걸까? 보여줄 만한 사람은 하나밖에 없어. 바로 천성 황제지. 하지만 한편으로는 천성 황제처럼 이기적인 인간이 고작 아들 하나 떠보려고 고육책까지 쓸 거라고는 생각하지 않아. 자식을 시험해 볼 수 있는 좋은 방법이 많이 있는데 왜 굳이 자기 몸을 고생시키겠어. 그렇다면 영혁은 대체 누구한테 보여주려고 연기를 하고 있는 걸까?"

봉지미가 말을 이어 갔다.

"영혁이 수를 쓴 거라면 천성 황제를 쓰러트리기가 쉽지만은 않았을 텐데. 이번 기회를 살리지 않고 숨죽인 채 때를 기다리다니…… 대체 왜 그러는 걸까?"

봉지미는 도무지 이해되지 않았다. 그녀는 무의식중에 호두를 자신의 입으로 가져다 넣었다. 그러자 갑자기 하얀 손이 하나 뻗어 오더니 그녀의 턱을 누르고 이미 입속으로 반쯤 들어간 호두를 낚아챘다. 봉지미의 입에서 나온 호두는 하얀 손의 주인 입속으로 들어갔다.

교활한 음모에 대한 생각으로 가득 했던 봉지미의 머릿속이 일순간 텅 비어 버렸다. 어안이 벙벙한 얼굴로 그녀의 침이 묻어 있는 호두가 고남의의 입으로 들어가는 모습을 바라보았다.

"내 거야."

고남의가 만족스러운 얼굴로 말했다.

'정말 네 속을 모르겠어. 대체 나한테 왜 이러는 거야!'

봉지미는 얼굴에 뻗쳐오르는 열기를 겨우 가라앉히고 고남의의 어깨를 두드리며 타일렀다.

"도련님, 이러는 건 옳지 않아. 더럽단 말이야."

"너 더러워?"

고남의가 물었다.

"……."

"내가 더러워?"

다시 고남의가 물었다.

'하늘 아래 너보다 더 깔끔 떠는 인간이 또 있을까. 난 매일 내 것도 아닌 내의를 빨고 있는데 알기나 하냐고!'

봉지미가 움찔하며 눈물을 머금었다.

"호두가 더러워?"

고남의의 어투는 사뭇 진지해서 앞의 두 질문보다 더 심각하게 들렸다. 봉지미가 깊게 숨을 들이마셨다.

"……."

"그럼 뭐가 더러워?"

단순한 사고방식의 고남의는 절대 당황하는 법이 없었다.

"바로 이런 거."

봉지미는 열이 올라 죽을 것만 같았지만 꾹 참고 친절하게 설명했다.

"입에서 빼내 온 건 더럽……."

갑자기 고남의가 봉지미에게 가까이 다가갔다. 그는 언제나 사람과 삼 척 이상의 거리를 두고 떨어져 있었다. 단 한 번도 스스로 다른 사람에게 다가간 적이 없었다. 이는 그가 처음으로 누군가에게 다가간 것이었다. 봉지미는 너무 놀라 꼼짝도 하지 못했다. 그저 눈처럼 하얗게 펼쳐진 얇은 망사가 바람에 하늘거리는 모습만 바라보았다. 얇은 망사 뒤로 보일 듯 말 듯한 얼굴이 그녀에게 점점 더 가까이 다가왔다. 눈앞에 보이는 찬란한 광채에 봉지미는 두 눈을 감아버렸다.

호두 향을 담은 손가락이 봉지미의 입술을 쓰다듬었다. 매끈한 손가락이 가볍고 부드럽게 움직였다. 처음에는 망설이는 듯이 살짝 닿았지만 이내 그녀의 입술을 섬세하게 어루만졌다. 그녀는 흠칫 몸을 떨었다.

봉지미가 서둘러 머리를 뒤로 빼고 물러섰다. 그녀가 눈을 떴을 때 고남의는 이미 원래 자리로 돌아가 있었다. 그는 고개를 숙이고 방금 그녀의 입술을 쓰다듬었던 손가락을 바라보며 호두 부스러기를 찾고 있었다.

봉지미가 울지도 웃지도 못하고 그의 관심사를 '청결'로 돌리려는 순간이었다. 뜻밖에 이보다 더 무서울 수 없는 장면을 목격하고 말았다. 그녀의 입술을 쓰다듬었던 손가락 위에 호두 부스러기가 없다는 것을 확인한 고남의가 다시 그 손가락으로 자신의 입술을 쓰다듬는 것이었다. 고남의의 손가락은 눈처럼 하얬고 촉촉한 입술은 불처럼 붉었으며 턱선은 옥처럼 매끄러웠다. 그는 손가락을 입술 가에 댄 채로 고개를 비스듬히 기울여 매혹적인 표정을 짓더니 달콤하고 신선한 숨결을 후 내뿜었다. 순수 그 자체의 아름다움이었다.

봉지미는 일어나서 멋쩍은 표정으로 고남의의 손가락을 힐긋거리다가 밖으로 뛰쳐나갔다.

'그래, 결심했어! 앞으로 다시 호두 따위는 먹지 않을 거야!'

궁에서 돌아간 그날 추 부인은 재빨리 봉씨 모자를 새로운 거처로 옮겨 주었다. 연회 자리에서 한껏 재주를 뽐낸 봉지미도 여기저기서 초대장을 받기 시작했다. 지금처럼 혼란한 정세만 아니었다면 관공서에서 열리는 다과회나 시 모임에 참석해도 아무런 상관이 없었겠지만 그녀는 초대장을 방 안에 가득 쌓아두기만 했다.

제경 제일의 재원은 새로 바뀌었다. 하지만 봉지미는 어떤 사교 장소에도 발을 들여놓지 않았다. 그녀는 아픈 것으로 되어 있었지만 병에 걸린 것만으로는 부족했다. 그녀는 아예 '봉지미'를 '병에 걸려 죽는 것'으로 만들고 싶었다.

위지라는 신분으로 계속 살아가기 위해서는 봉지미라는 인물이 다시는 사람들의 이목을 끌어서는 안 되었다. 봉지미는 궁 연회 자리에서 영혁이 계획한 덫에 빠져 무심코 자신을 과시하고 말았다. 그것은 본래 그녀가 바라던 바가 아니었다. 재능을 감추고 때를 기다리지 않으면 머지않아 화를 초래할 것이 분명했다.

봉지미의 계획은 이러했다. 먼저 병으로 몸져누워 한참 동안 손님을 만나지 않다가 요양을 이유로 제경을 떠나는 것이었다. 다시는 사람들 사이에서 봉지미라는 이름이 나오지 않도록 할 수 있는 방법이었다.

봉지미는 꾀병을 부리기 전에 궁에서 만났던 진 상궁의 말을 전하기 위해 봉 부인의 거처로 찾아갔다.

"알겠다."

봉 부인이 어두운 곳에 앉아서 고개를 끄덕였다. 피어오르는 먼지와 빛에 가려 표정을 분간하기 어려웠다. 봉 부인의 목소리에서 피로감과 처량함이 묻어났다.

"네가 아주 잘하고 있는 것 같구나."

봉 부인이 고개를 들어 봉지미를 바라보았다. 입가에 미소가 서려 있었다.

"궁 연회에서의 일은 나도 들었단다."

봉지미는 가벼운 기침이 터져 나왔다. 너무 뜻밖이라 어떻게 대답해야 할지 몰랐다. 지난날 어머니가 그녀를 칭찬하는 일은 거의 없었다. 그녀에게는 언제나 엄격한 어머니일 뿐이었다. 글을 쓸 수 있게 된 무렵부터는 계속해서 많은 것을 익혀야 했다. 경서(經書)·사서(史書)·제자(諸

子)·시문집(詩文集)을 읽고, 시(詩)·사(詞)·가(歌)·부(賦)도 배웠다. 뿐만
아니라 천문, 산술, 지리, 병법과 같은 실용 학문도 익혔다. 심지어 전대
왕조의 일을 기록한 두꺼운 역사서를 통해 역대 장수와 재상이 정권 장
악을 목표로 성공했던 사례와 실패했던 사례까지 자세히 읽어야 했다.

어머니가 가르치지 않은 것은 바느질과 같이 여자가 가장 배워야 할
것들이었다. 봉지미는 어머니가 이런 것들을 아예 할 줄 몰라서 가르쳐
주지 않았다고 생각했었다. 그러나 전쟁터로 나가기 전에는 어머니 역
시 위풍당당한 추가의 큰아씨가 아니었던가. 대갓집의 아씨가 이러한
것들을 배우지 않았다는 게 가당키나 했을까?

뜻밖에 어머니의 칭찬을 듣게 되자 봉지미의 얼굴에는 불그레 홍조
가 번졌고 마음속에는 작은 기쁨이 떠돌았다.

"하지만…… 지미 넌 그러지 말았어야 했어."

봉 부인이 돌연히 말머리를 돌렸다. 봉지미는 멍해져서 어머니를 바
라보다가 침울한 표정으로 고개를 돌렸다.

"내가 일찍이 네게 말했었지. 주제넘게 높은 데만 바라보면 안 된다
고, 잘해도 절대 뽐내면 안 된다고, 바람을 이기려고 죽을힘을 다해 버
티면 안 된다고. 분명 얘기했을 텐데 네가 밖으로 나가더니 어미가 했
던 말을 완전히 다 잊었구나……."

말문이 막힌 봉지미가 뒤로 한 걸음 물러나 봉 부인을 바라보았다.

'어떻게 어머니가 내게 이런 말을 할 수 있지……. 내가 언제 주제넘
게 높은 데만 바라본 적이 있었던가. 내가 언제 잘해도 표를 낸 적이 있
었던가. 내가 언제 바람을 이기려고 죽을힘을 다해 버틴 적이 있었던가.
내가 언제…… 경박했던 적이 있었던가.'

봉지미는 수년 전 화봉여수였던 어머니의 뛰어난 재능과 굳센 기개
에 대한 이야기를 전해들은 이후부터 마음속에 작은 소망 하나가 생겼
다. 한때는 맹렬한 빛을 내뿜던 여자가 시간이 흐르면서 어쩔 수 없이

사라졌지만, 이제는 출중한 딸을 자랑으로 삼아 다시 고개를 들고 세상 사람들에게 인정받을 수 있기를 바랐다.

봉지미는 무슨 수를 써서라도 어머니에게 잃어버린 사람들의 존경과 과거의 영광을 되돌려 주고 싶었다. 설령 이전처럼 위로 올라갈 수는 없을지라도 최소한 세상 사람들과 동등한 대우를 받게 해 주고 싶었다.

'어머니는 원래 날 이렇게밖에 여기지 않았던 걸까? 지금까지 내가 했던 모든 행동들이 어머니의 눈에는 경박하게 보였던 걸까?'

봉지미의 마음이 끊어지는 것처럼 꺾였다. 물결치는 달빛 사이에 드리워진 서늘한 기운이 가슴까지 전해져왔다. 늘 그랬고, 결국 또 그랬다. 봉지미는 언제나 진심 어린 마음으로 어머니를 받들었지만 매번 차갑게 버림받을 뿐이었다.

시선을 어디에 두어야 할지 몰라 그녀는 평소 습관대로 눈을 내리깔았다. 이때 봉 부인이 손수건을 의자 위에 올려놓는 모습이 슬쩍 보였다.

담황색 송진 빛깔의 손수건에는 정교하고 섬세하게 수놓인 대붕*大鵬, 하루에 구만 리를 날아간다는, 매우 큰 상상의 새이 날개를 펼치고 있었다. 아직 완성되지는 않았지만 한눈에 봐도 봉호에게 주려는 것이었다.

"하하……."

봉지미가 살짝 비꼬듯이 소리 내어 웃었다.

'정말이지 이제 더 이상 상할 마음도 남아 있지 않아. 아무래도 난 바보인가 봐. 누굴 탓하겠어.'

봉지미가 차갑게 말을 내뱉었다.

"알겠어요."

그녀는 소매를 걷어 올리고 봉 부인의 눈을 피하지 않은 채 한참을 응시했다.

"안심하세요. 다음에는 볼 일 없을 테니까."

말을 마친 봉지미가 대문을 넘어 나가면서 절대 뒤돌아보지 않았다.

방 안에는 어둡고 희미한 불빛이 일렁이는 물결처럼 흔들렸다. 봉 부인의 옅은 탄식은 망설임 없이 떠나가 버린 봉지미에게 가닿지 못했다.

봉지미는 약한 '천연두에 걸린' 것으로 되어 있기 때문에 췌방재에서 시종들을 쫓아내고 모든 손님의 방문을 사절했다. 반면에 위지는 완벽하게 의관을 갖추고 예전처럼 적극적으로 천성 조정의 무대 위에서 활약했다.

혼란한 정국을 틈타 치열한 암투가 벌어지고 있었다. 관리들은 무리를 지어 잇달아 사람을 만나고 다녔다. 각 대왕의 저택을 오가는 이가 꼬리에 꼬리를 물었다. 원래는 상 씨 귀비의 생신 연회 이후 강회도로 돌아가야 했던 5황자는 황제의 탕약 시중을 들어야 한다는 명분으로 제경에 눌러앉아 버렸다. 사실 그는 황제가 필후에게 긁혀 쓰러진 사건의 용의자라서 이곳에 남아 있는 게 딱히 좋을 것이 없었다. 하지만 지금 관청에는 그를 심문할 사람이 없었다.

태자가 죽고 황제가 병으로 누워 있는 상황이었다. 상 황후는 일찍이 서거했고 상 씨 귀비는 죄를 지어 판결을 기다리고 있었다. 게다가 초왕마저 정무 주관을 사양했다. 조정 안팎의 업무를 주재할 수 있는 사람이 아무도 없었다. 누군가 업무를 주재하고 싶어도 다른 사람이 허락하지 않아 나랏일을 처리할 수 있는 자리는 여전히 공석이었다. 내각에서 여기를 누르면 저기가 들고 일어났고, 대학사들도 매일 황제의 입가에 생긴 물집이 커지면 침궁으로 달려가느라 바빴다.

5황자가 말아 다스리는 공부(工部)는 거듭해서 내각에 투서를 보냈다. 호부(戶部)가 고의로 제경 안 구성(九城) 성문의 보수 공사 대금을 주지 않고 버티고 있다고 비난했다. 하지만 호부는 아랑곳하지 않고 오히려 공부가 아직도 통항(通航)운하 공사를 끝내지 못한 것을 역으로 비난했다. 이 때문에 올해 여름 남방에서 발생한 홍수에 제방이 버티지 못하고 무너지게 되었고, 세금을 운송하는 관선이 다닐 수가 없어서 세금을 나눠 줄 시기를 놓쳤다는 것이었다. 공부 상서의 조카와 조운 사업을 운영하는 남방 대부호가 서로 연루되어 그 비리가 끊이질 않았다. 이를 문제 삼아 호부와 공부는 끝없이 물고 늘어졌다.

들리는 소문으로는 남방의 대부호란 자는 사람을 때려죽이고 법을 어겼는데도 아무런 법적 제재를 받지 않고 자유롭게 돌아다닐 수 있었다고 했다. 마지막에는 형부(刑部)를 엮고 또 엮어서 흉악한 범죄를 저질렀는데 그 이후로도 계속 법을 어기며 다닌다고 했다. 이런 소문에 엮인 것이 달갑지 않았던 형부는 당해에 북강 지역의 식량 창고에서 변질된 식량을 새로운 식량이라고 속여 전장으로 보내어 군대를 패하게 만들었던 사건을 공표해 버렸다. 새로운 증거를 파악했다는 사실도 표명하자 육부가 눈덩이를 굴리듯 한데 뒤엉켜 싸우기 시작했다.

"폐하께서 깨어나지 못하시면 일이 아주 커질 거야."

궁에 들어갔다 돌아오는 길에 봉지미에게 들린 대학사 호성산이 수심에 잠긴 목소리로 탄식했다.

"나이 든 사람은 나무를 가려서 관에 들어가야 한다고 하죠. 지혜로운 주군도 가려서 섬겨야 하는 법이지요. 하지만 어느 집의 나무가 튼튼한지 모르는 것 아닙니까?"

봉지미가 농담하며 말했다.

"천하에 황제의 땅이 아닌 곳이 없고, 온 나라에 황제의 신하가 아닌 자가 없네."

대학사 호성산이 수염을 쓰다듬으며 봉지미를 쳐다보다가 어깨를 축 늘어뜨리고 돌아갔다.

봉지미가 미소를 지으며 멀어지는 호성산의 뒷모습을 바라봤다. 최근 들어 초왕의 측근들도 술렁이는 모습을 보이고 있었다. 특히 대학사 요영은 안절부절못했다. 하지만 신자연과 호성산은 태연자약한 모습이었다. 신자연은 아예 집필부로 옮겨 가면서 세상사에 전혀 관심이 없는 얼굴로 청명서원을 봉지미에게 넘겼다.

'조용히 변화를 지켜볼 때구나.'

봉지미는 평소대로 행동하며 매일 고남의를 데리고 출근했다.

청명서원은 다행히도 소용돌이의 밖에서 초연한 모습을 유지하고 있었다. 하지만 어떤 이는 청명서원의 사람을 자기편으로 끌어들이기 위해 시도했다. 특히 공부 상서는 책 평가를 핑계로 봉지미에게 진귀한 고서를 여러 번 보냈다. 봉지미는 책을 가져다가 펴 보기는 했지만 아주 예의바르게 돌려보냈다. 다시 고서가 올 때마다 돌려보내길 수차례 반복하자 그도 더 이상 그녀에게 책을 보내지 않았다.

봉지미는 내각과 서원에서 일하기 때문에 육부와는 친분이 없었는데 공부 상서가 갑자기 큰 선물을 바치며 아첨하자 짙은 의구심이 들었다. 하지만 지나가는 새도 아는 사실이 있었다. 지금의 육부는 탁한 물 안에서 서로를 물어뜯는 중이라 잘못 건드렸다가는 화만 미칠 것이 뻔하다는 것이었다. 차라리 고남의와 호두나 까먹고 혁련쟁 세자와 술이나 마시는 게 백번 나았다.

혁련쟁은 이제 담을 넘지 않고 당당하게 술을 들고서 위 대인을 찾아왔다. 혁련쟁은 이모님의 유일한 결점이 술독에 빠져 사는 것임을 알았다. 그래서 오늘은 '대막취(大漠醉)', 내일은 '천곡순(千谷醇)', 모레는 '강회춘(江淮春)'…… 봉지미가 도저히 거부할 수 없는 최상의 술로만 준비해서 찾아왔다. 이모님은 그가 술을 들고 나타나면 싱글벙글 웃음이 나왔다. 술 한 잔을 들이켜면 하늘 위로 둥둥 떠오른 것처럼 기분이 좋아졌다.

혁련쟁의 얼굴도 처음에는 활짝 핀 꽃처럼 싱글벙글했지만 어느 순간부터 일그러지기 시작했다. 이모님이 사람을 또 속이다니. 이모님의 주량은 두 병이 아니었다. 그녀는 천 잔을 마셔도 절대 취하지 않았다.

사실 혁련쟁은 온갖 궁리 끝에 이모님에게 억지로 술을 먹여 하룻 밤을 보낼 계획을 세웠었다. 그는 신바람이 나서 문턱이 닳도록 이모님을 찾아왔지만 언제나 꼬리를 내리고 자취를 감추는 것은 혁련쟁 쪽이었다.

마음이 실망으로 얼룩진 혁련쟁은 누군가에게 화를 쏟아냈다. 가장 좋은 화풀이 상대는 다름 아닌 이모님의 남동생이었다. 그의 친애하는 '처남' 봉호. 불쌍한 봉호는 혁련쟁과 봉지미가 술을 마시는 날이면 매번 불려 나와 심부름을 해야 했다. 술을 데워 와라, 손수건을 가져와라, 업고 가라…….

봉호는 공자는 되지 못하고 공자인 것처럼 거드름이나 부리는 팔자인 듯했다. 오냐오냐 버릇없이 키우는 바람에 응석받이로만 자라서 어디서 이런 고생을 해 보았겠는가. 하지만 이전과 달라진 점은 뒷간 똥통보다 더 누렇게 뜬 안색에도 불구하고 꿋꿋이 참아 내는 것이었다. 그가 참지 못하고 보국공의 자제를 벽돌로 내리쳤을 때를 떠올려 보면 비교도 할 수 없을 정도였다. 봉지미는 마음속에 솟아나는 의구심을 억누르며 차가운 눈초리로 봉호를 바라보았다.

봉지미의 마음에는 찝찝하게 남아 있는 의혹이 하나 더 있었다. 애초에 봉호는 그 공자 무리들과 어떻게 알게 된 것일까. 마침 서생들과 함께 술을 마시는 자리가 생겨서 봉지미는 기회를 틈타 요양우 공자에게 물었다.

그 공자 무리는 이미 봉지미와 고남의에게 완전히 복종하고 있었다. 봉지미는 그들의 눈에서 눈물을 쏙 빼 주었고, 아파도 끙끙대는 신음조차 내지 못하게 만들어 준 적이 있었다. 봉지미가 봉호와 만난 일에 대해 묻자 요양우 공자는 술에 취해 몽롱한 눈을 게슴츠레 뜨더니 위대인의 어깨를 살짝 두드리며 웃었다.

"솔직히 우리가 어디 저런 녀석을 거들떠보기나 하겠습니까. 한번은 초왕 전하와 밖에서 유희를 즐기고 있던 때였죠. 저 자식이 자꾸 우리 쪽에 기웃거리는 게 아니겠습니까. 우리가 쫓아 버리려고 하자 전하께서 마음이 얼마나 넓으신지 가여우니 그냥 두라고 하셨죠. 데리고 노는 것도 괜찮지 않겠느냐며, 저 녀석에게 제경의 화려한 삶을 맛보게 해 주는 것도 나쁘지 않을 거라고 말씀하셨습니다. 하지만 저 자식이 돈이 없어서 우리 공자 형제들이 부족한 돈을 메워야 한다고 말씀 드렸더니 전하께서 그건 허락하지 않으셨죠. 돈을 빌려 줘서 내기를 하는 것은 괜찮지만 어떻게 빌려 준 돈으로 기생집이나 드나들게 할 수 있겠느냐며 말입니다. 추가의 재산이 어마어마하니 무엇이든 가져오면 충분히 돈이 될 것이라고 말씀하셨죠. 그러자 저 자식이 갑자기 사라졌는데 지금 또다시 튀어나와서는 원……. 전 저 자식이 영 마음에 들지 않습니다. 그런데 정말 모르겠어요. 어떻게 전하의 눈에 들었는지……."

'또 영혁이야!'

봉지미는 추가에서 그를 처음 만났던 순간을 떠올렸다. 이어서 다섯째 외숙모의 거처였던 췌방재의 침대 밑에서 발견한 자물쇠 목걸이와 봉호가 계속해서 어머니에게 돈을 달라고 조르며 그 공자 무리와 사귀는 장면도 떠올랐다. 이 모든 것들에 영혁의 그림자가 드리워져 있는 것 같았다. 어두운 장막 뒤에 숨어서 지켜보는 사람처럼 어디에나 그가 존재하고 있었다.

'초왕은 뭐가 그리 알고 싶은 거지? 봉호에게 그가 흥미를 가질 만한 비밀이 있는 걸까?'

요 며칠 봉호는 혁련쟁의 심부름에 지칠 법도 했지만 웬일인지 흥분한 기색을 감추지 못했다. 또 무슨 일을 벌이려는 건지 걱정이 앞섰다.

봉지미는 술잔을 입가에 천천히 갖다 댔지만 마시지는 않았다. 흥취가 오르는 듯 의기양양한 봉호를 보자 술잔 가득 걱정거리가 퍼져 나갔다. 걱정거리를 미처 다 비우기도 전에 불청객이 도착했다.

"대인 어른!"

어느 주사(主事)가 한 무리의 사람을 데리고 달려 들어왔다. 안색이 매우 다급했다.

"형부와 구성 관아에서 사람들이 왔는데 우리 서원에서 중한 범죄자를 은닉했다며 그자를 찾아 우리 앞에서 형부 관아로 끌고 갈 것이랍니다!"

"미친 거 아니야?!"

요양우가 혁련쟁의 안색을 살피지도 않고 달려들더니 그의 술을 빼앗아 마시기 시작했다. 혈기왕성한 요양우 공자는 이 말을 듣고 화가 나서 펄쩍 뛰며 소매를 걷어붙였다.

"감히 청명서원에 와서 사람을 잡아가? 천성이 건국하고 나서 지금까지 이런 황당한 일은 없었다고! 내가 가서 잘라 버리겠어!"

요양우가 기세등등하게 한 무리를 이끌고 나가려던 찰나였다.

"잠깐!"

이 사람의 말은 요양우 공자도 감히 거역할 수 없었다. 그가 몸을 돌려 화를 내며 말했다.

"위 대인. 소란을 피우면 안 된다는 건 잘 압니다만 사람을 얕잡아보는 것은 경우가 아니지요. 어찌 반격하지 않을 수 있겠습니까?"

"무슨 일인지 아직 자세히 들어보지도 않았네. 뭐가 그리 급한가."

봉지미가 한 손에 술잔을 들고 여유롭게 미소를 지었다.

"어쨌든 그자들에게 이야기를 들어봐야 하지 않겠는가."

봉지미는 멀리 대문 방향을 가리키며 말했다.

"문을 열어라. 입구를 막아서지 말고 그자들이 들어와서 직접 말하게 하라."

"위 대인!"

요양우가 급히 말했다.

"형부 관아의 아전들과 구성의 아전들은 가장 골칫거리인 앞잡이들입니다."

"들라 하시게."

봉지미의 서늘한 눈빛이 닿자 요양우가 흠칫 몸을 떨며 입을 다물었다. 이내 그의 앞으로 신선한 바람이 스치고 지나갔다. 봉지미가 가벼운 걸음으로 그의 곁을 지나면서 담담한 어조로 말했다.

"천성 건국 이래 청명서원이 황당한 일을 겪은 적이 없었다지만 내가 있는 한 상황은 다를 것이네."

봉지미가 이미 지나갔지만 요양우는 한동안 정신을 차리지 못하고 멍하니 서 있었다. 요양우가 혁련쟁에게 물었다.

"왜 위 대인의 한 마디 한 마디가 틀린 게 하나도 없죠?"

"당연하지."

혁련쟁이 크게 양팔을 벌리더니 하늘을 껴안으며 말했다.

"내 이모님이여……. 아, 아니. 내 위 대인은 최고로 용맹하지. 밀림에 숨어 있는 붉은 눈의 참매처럼 음험하면서도 악독하기가 이를 데 없어. 부드럽고 상냥하다가도 맹렬하게 변하곤 하지."

혁련쟁이 좋아서 어쩔 줄 몰라 하며 봉지미를 따라 갔다.

"이게 칭찬이야 뭐야……."

남겨진 요양우는 어리둥절해졌다.

"여기에 강회 사람 강효란 자가 장희 16년 통항운하의 조운 비리와 관련한 사건의 증인을 암살한 후 도망쳐 청명서원에 숨어들고 이름을 '강도'로 바꿨다고 합니다. 그리하여 우리 형부에서 특별히 나와 체포하여 재판에 회부하려고 합니다."

형부에서 나온 사람이 간결하게 여기 온 이유를 밝혔다. 봉지미는 겉으로는 미소를 띠었지만 마음속으로는 눈살을 찌푸렸다.

'청명서원 역시 탁한 물에 휩쓸리기 시작했구나!'

육부의 다툼이 결국 청명서원까지 화를 미쳤다. 들리는 말에 의하면 공부 상서의 조카와 남방 대부호가 조운을 운영할 때 이자가 중간에서 개인 호주머니로 돈을 꿀꺽했다가 누군가에게 발각되자 그를 죽여 입을 막았다고 했다. 이후 영문은 알 수 없지만 그는 법을 어기고도 아무런 법적 제재를 받지 않고 자유롭게 돌아다녔고, 최근에는 찾을 수 없는 곳에 숨었다고 했다. 시장 같은 곳에 있을 줄 알았는데 재주 좋게 청명서원에 있었다니. 어쩐지 얼마 전 공부 상서가 기를 쓰고 봉지미와 안면을 트려고 하더니 거기에는 다 이유가 있었다.

봉지미는 앞날을 내다보는 탁월한 통찰력과 식견을 갖춘 자신이 대견했다. 그러나 겉으로는 가볍게 웃으며 말했다.

"아, 그렇습니까? 나리들도 알고 있겠지만 서원 제도가 워낙 특수해서 우리는 학생이 가명으로 입학하는 것을 허락하오. 누군가와 짜고서 사전 이력을 깨끗이 지우고 가명으로 입학한다고 하더라도 서원이 일일이 가려내기 어렵소."

"위 대인은 말솜씨가 참 뛰어나십니다."

앞장서 있던 형부의 주사가 봉지미의 뛰어난 언변을 알아보고 웃을 듯 말 듯한 표정을 지었다.

"어쨌든 그자를 우리에게 넘겨주십시오."

"물론이죠."

봉지미가 즉시 아랫사람에게 형부와 구성 관아의 사람들을 데리고 가서 강효란 자를 찾으라고 지시했다. 더불어 그자가 경계하지 않도록 비밀을 누설하지 말라고 특별히 당부했다.

한참 뒤 한 무리의 사람들이 숨을 헐떡이며 뛰어 들어왔다. 앞장선 형부 주사의 얼굴이 붉으락푸르락한 것이 곧 폭발할 것 같았다. 그 모습을 본 봉지미의 가슴이 철렁했다.

"도망갔습니다!"

침울해진 형부 주사가 날카로운 눈빛으로 봉지미의 안색을 주의 깊게 살폈다.

"누군가가 그자에게 몰래 기밀을 누설한 정황을 포착했습니다."

관아의 아전 몇 명이 한 사람을 앞으로 밀어냈다. 봉지미의 눈빛이 차갑게 식었다.

앞으로 튀어나온 사람은 다름 아닌 봉호였다.

"난 아니야. 정말 아니라고!"

관아 아전들의 손에 꽉 붙들린 봉호가 당황해서 어쩔 줄 몰라 하며 몸부림쳤다. 그는 죽기 살기로 벗어나려 했지만 아무 소용없었다.

"사람 잘못 봤어! 난 아니라니까!"

퍽, 하는 소리와 함께 보따리 하나가 그의 발아래로 던져졌다. 보따리가 저절로 풀어지더니 안에서 금원보*金元寶, 옛날 중국에서 쓰이던 화폐의 한 종류 몇 개가 또르르 굴러 나왔다. 보따리 안에는 은 태환 지폐 몇 장도 같이 들어 있었다.

"네가 기밀을 누설한 게 아니라면 대체 강효의 방에서 뭘 하고 있던 게야? 일개 가난한 서생이 이런 황금은 대체 어디서 얻은 거지? 강회도에서 발행한 은 태환 지폐는 또 어떻게 가지고 있는 거냐고? 응? 말해보지 그래. 게다가 그 지폐는 강효의 외조부네서 발행한 거라고."

몇 마디 질문에 봉호의 말문이 꽉 막혀 버렸다. 그는 한참 동안 썩은 생선 눈알처럼 탁한 눈으로 멍하니 형부 주사를 바라보더니 가쁜 숨을 고르며 말했다.

"이건…… 그가 제게 준 것입니다……. 그는 제가 최근에 사귄 친구로……."

"오호, 강효가 제경에 친한 친구가 있다고 하더니. 들리는 소문에 의하면 그 친구라는 작자도 그 사건에 가담했다고 하던데."

형부 주사의 얼굴에서 한 줄기 냉소가 터져 나왔다.

"그 친한 친구가 바로 네놈이었구나!"

형부 주사의 옆에 서 있던 구성 관아의 부지휘사가 손을 휘두르며 불을 뿜듯 맹렬하게 말했다.

"내가 반드시 찾아 주겠다! 아직도 강효와 같은 패거리가 남아서 여기에 누가 숨겨 주는 게 분명하구나."

"잠깐만!"

"위 대인께서 무슨 할 말이라도 있으십니까?"

형부 주사가 짐작했다는 표정으로 몸을 돌려 말을 이었다.

"제가 청명서원의 수색을 맡도록 하겠습니다. 초왕 전하께서도 그리 하라고 친히 명령을 내리셨습니다."

봉지미의 입가에 차가운 웃음이 스쳐 지나갔다.

영혁이 권력을 장악하지 않았더라면 그는 이번 청명서원의 사건에 얽혀 걷잡을 수 없는 혼란에 빠지고 위기에 내몰렸을 것이었다. 다만 모두 영혁의 세력 밑에 있는 형부와 청명서원이거늘 형부가 왜 굳이 청명서원에 골칫거리를 만들려는 것인지 알 수 없었다. 게다가 신자연은 어쩜 그리 공교롭게도 최근에 갑자기 청명서원에서 손을 떼고 떠난 것일까? 만일 형부에서 대대적으로 서원을 수색하게 되면 그는 이곳에 더 이상 있을 수 없게 될 것이었다. 그렇다고 해서 수색하지 못하게 하면 절대로 이 상황을 해결할 수 없을 것이었다. 이러지도 저러지도 못하는 상황이 분명했다.

"위 대인은 수색을 막을 생각이십니까?"

형부 주사가 가까이 다가오며 봉지미를 압박했다.

봉지미는 화를 내려는 혁련쟁과 싸우려드는 고남의를 말리고서 한참 동안 침묵했다. 잠시 후 그녀의 얼굴은 평온해졌고 눈동자는 맑고 고요해져서 흑백이 선명하게 반짝였다. 마치 극지방의 북쪽 끝 새하얀 설원에 서 있는 검은색 산봉우리 같았다.

형부 주사와 구성 부지휘사는 봉지미의 눈빛을 바라보며 파르르 떨었다. 이유는 모르겠지만 어쩐지 마음이 불안하여 안절부절 못했다. 위대인이 남들보다 많이 어리지만 상대하기 버겁다는 말을 들었던 기억이 떠올랐다. 그들이 이곳에 기세등등하게 올 수 있었던 것은 그럴듯한 명분이 있었던 데다 친히 초왕 전하의 명령이 내려졌기 때문이었다. 이 사람이 아무리 대단하다고 한들 감히 초왕 전하의 명령을 거스를 수야 없지 않겠는가.

봉지미의 침묵이 길어지자 긴장감이 고조되며 사방의 공기가 팽팽해졌다. 어느 아전은 벌써 칼자루 위에 손을 올리고 있었다. 청명서원의 호위 무사들도 경계를 늦추지 않고 서서히 다가오고 있었다. 아전들이 길을 막자 먼 곳에서 서생들이 큰 소리로 외쳤다.

"비켜! 비켜!"

드디어 봉지미가 웃으며 입을 열었다.

"찾아보시지요."

무심한 말투였다. 형부와 구성 관아의 사람들은 그제야 한숨을 돌렸다. 서생들은 어리둥절해져서 서로의 얼굴만 쳐다보았다. 누구도 소리를 내지 못했지만 실망스러운 눈빛이 가득했다. 요양우는 괜한 사람에게 욕을 퍼붓기 시작했다. 혁련쟁은 고개를 돌려 봉지미의 눈망울을 자세히 들여다봤다. 그 눈망울은 희미하고 아득한 안개에 가려져 있어 그녀의 생각이 선명하게 보이지 않았다. 혁련쟁은 더 이상 무어라 말할 생각이 없었다. 그는 미간을 찌푸리며 뒤로 한 걸음 물러나 나무에 등을 기대고 서서 상황을 계속 지켜보기로 했다.

형부와 구성 관아의 사람들은 체면도 잊은 채 기뻐서 날뛰더니 여기저기로 흩어져서 청명서원에 숨어든 쥐새끼를 찾아 발걸음을 옮겼다.

"꺼져! 공자 어르신이 있는 곳까지 찾을 셈이더냐?"

요양우가 방문을 막아서며 아전 하나를 발로 걷어차서 쫓아냈다. 아전이 데굴데굴 구르다가 한쪽 무릎을 땅에 꿇었다.

챙. 아전이 참지 못하고 칼을 빼들었다. 하지만 요 공자의 뒤에 버티고 있는 어마어마한 권세가 두려워서 감히 손을 쓸 수 없었다.

"관리들의 수색을 막는 자들은 모두 서원에서 나가시게!"

멀리서 봉지미가 뒷짐을 지고 단호한 목소리로 말했다.

"퉤! 겁쟁이 같으니라고! 내가 사람을 잘못 봤네."

봉지미에게 복종하며 그녀를 떠받들던 공자 하나가 침을 뱉었다. 봉지미가 그를 힐끗 쳐다보더니 냉랭한 눈빛으로 몸을 돌렸다. 그러고는 낮은 목소리로 고남의에게 몇 마디를 건넸다. 고남의가 고개를 끄덕이더니 순식간에 어디론가 사라졌다. 모두 수색에 열중하느라 아무도 그가 어디로 가는지, 무얼 하는지 주의를 기울이는 자가 없었다.

수색은 역시나 상징적인 것에 불과했다. 잠시 후 아전들이 한 곳으로 모여들기 시작했다.

"무얼 좀 찾았습니까?"

"더 이상 혐의는 없습니다. 소란을 피워서 죄송합니다. 대인께서는 하시던 일을 계속하시지요."

형부 주사가 고개 숙여 인사하고 돌아가려고 했다. 그들의 목적이 청명서원을 완전히 무너트리는 것이 아니라 청명서원을 수색했다는 사실을 공고히 하려는 것이 틀림없었다.

"정말 문제가 없사옵니까?"

봉지미가 매우 공손하게 물었다. 형부 주사가 동정어린 눈빛으로 봉지미를 바라보며 속으로 생각했다.

'이 녀석은 아직도 애송이군. 안타깝게도 네가 아무리 공손하게 한다 한들 한번 떨어진 청명서원의 평판을 만회할 수는 없을 것이다.'

"없습니다."

형부 주사가 서둘러 몸을 돌렸다.

"기다리시오."

등 뒤에서 봉지미가 형부 주사를 불러 세웠다. 그러자 그가 걸음을 멈췄다.

"당신은 문제없지만 난 문제가 있소."

형부 주사가 매서운 눈빛으로 쏘아보았다.

"나리께서는 모든 방을 다 수색하셨지요. 맞습니까?"

봉지미가 형부 주사의 눈빛을 모르는 척하며 물었다.

"그렇습니다."

"벽령원(碧翎院)도 찾아보셨습니까?"

벽령원은 서원장과 서원 내 주요 인물이 거주하는 곳이었다.

형부의 주사는 잠시 머뭇거렸다. 아니라고 대답하고 싶었지만 방금 분명히 방 전체를 다 찾아봤다고 말해 버린 것이었다. 그는 어쩔 수 없이 계속 이렇게 답할 수밖에 없었다.

"그렇습니다."

"그래서 문제가 있다는 것입니다."

봉지미가 손을 펼치며 말했다.

"여러분이 학생들의 방을 뒤지는 건 내가 상관하지 않습니다만 벽령원 안에 사시는 분들은 지금 모두 자리를 비운 상태입니다. 제가 지금 서원을 관리하는 입장인 이상 그분들에 대해 책임을 져야 합니다. 여러분이 그분들의 방을 뒤졌는데 만일 물건의 위치가 바뀌었거나 중요한 것을 잃어버리기라도 했다면 이를 어찌합니까……. 그래서 내가 마음을 놓을 수가 없습니다."

'마음이 놓이지 않는다고? 웃기고 있네! 그럼 아까 우리가 갈 때 함께 가지 그랬어?'

형부 주사가 속으로 욕을 내뱉었지만 입으로는 온화하게 말했다.

"우리는 방 안의 어떤 물건도 건드리지 않았습니다만……."

"듣는 것보다 눈으로 직접 보아야 믿음이 가지요."

봉지미가 생각할 틈도 주지 않고 형부 주사의 손을 끌어당겼다.

"부탁드리겠습니다."

형부 주사가 머뭇거리자 봉지미가 싸늘하게 말했다.

"제가 신 서원장께 상세히 알려 드려야겠군요."

형부 주사와 구성 부지휘사는 시선을 교환했다. 그들이 출발하기 전 초왕이 했던 당부가 있었다. 수색을 요구하는 것 외에는 위 대인에게 무례하게 굴어서는 안 된다는 것이었다. 또한 혹시 위 대인이 계속 수색하지 못하게 하면 절대 강요하지 말라고 하였다. 그들은 초왕 전하가 위 대인을 매우 특별하게 여긴다는 것을 알고 있었기 때문에 고개를 끄덕일 수밖에 없었다.

사람들은 상황이 이상하게 돌아가기 시작했다는 것을 알아차렸다. 형부 주사의 얼굴이 수심으로 가득해지자 모두의 시선이 쏠렸다. 멀리 보이는 벽령원에 도착하기도 전에 벽령원의 문이 활짝 열려있는 것을 발견했다. 형부 주사가 어, 하는 소리를 내며 속으로 생각했다.

'아까까지는 이렇게 어수선하지 않았던 것 같은데……'

마치 누군가 입구에서 이쪽을 바라보는 것만 같았다.

"아이고. 대체 이게 무슨 일입니까?"

봉지미가 안으로 들어가 뜰을 보자마자 잰걸음으로 달려갔다. 그리고 하늘이 무너지고 땅이 갈라지는 듯한 표정을 지었다.

"아이고. 당신들…… 이게 무슨……."

봉지미가 가슴을 움켜쥐고 몸을 부들부들 떨었다. 뜰 안의 꽃과 나무가 처참하게 쓰러져 있었고 물건이 여기저기 어질러져 있어서 난장판이 따로 없었다. 형부 주사와 구성 부지휘사의 눈동자는 완전히 초점을 잃고 풀어져 있었다. 그들은 서로를 바라보며 원망스러운 눈빛으로 물었다.

'네가 했냐?'

'아니. 네가 한 거지?'

"이를 어째!"

봉지미가 놀라서 외치는 소리가 이층까지 울려 퍼졌다. 사람들이 달려와서 보니 신 서원장의 방이 사방으로 뚫려 있었다. 방문은 활짝 열려 있었고 주위에는 함부로 내버려진 서적들이 가득했다.

형부 주사는 책 몇 권 정도를 버렸다고 해서 죄가 되지 않는다고 생각하여 가벼운 표정을 지었다. 하지만 사람들의 얼굴은 그와 정반대였다. 구성 부지휘사는 버려진 책을 뚫어지게 쳐다보더니 이내 얼굴색이 새파랗게 질렸다.

『남녀의 잠자리 38』 아래에는 『대성영흥사(大成榮興史)』가 눌려 있었고, 『미녀 공략』 옆에는 『나라를 어지럽히는 역적을 토벌하는 책』이 말려 있었다. 책 위에는 각각 커다란 발자국이 나 있었다. 특히 『애정이 넘치는 부부가 늘 함께하는 108가지 방법』에는 엉망진창이 된 편지 봉투 하나가 책 사이에 끼워져 있었는데, 편지 봉투 위에는 모두가 깜짝 놀랄 만한 글귀가 적혀 있었다.

'초왕 전하께 글을 바칩니다……'

춘화와 금서도 함께 나부꼈다. 손으로 베껴 그린 것과 비밀 편지도 있었다.

형부 주사는 눈이 휘둥그레져서 엉망진창이 된 책들을 바라봤다. 『대성영흥사』는 황제의 명령에 따라 일찍이 전부 불태워 없앴을 뿐만 아니라 심지어 책을 쓴 사람의 친족까지 연좌됐던 제일의 금서였다. 신 서원장은 방 안에 이 책을 숨겨 두고 대체 무얼 하려 했던 것일까. 『나라를 어지럽히는 역적을 토벌하는 책』은 대성의 잔여 세력이 천성을 토벌한다는 선전 포고문과 같은 것으로 더 이상 찾고 싶어도 찾기 어려운 것이었다. 그리고 그 편지들……. 신자연과 초왕의 친밀한 관계는 지금까지 소수의 사람들만 아는 비밀이었지만 지금 이 순간 이곳에서 모두에게 알려져 버렸다.

형부 주사와 구성 부지휘사는 서로 시선을 교환하더니 재빠르게 몸을 움직여 뒤에 서 있던 아전들의 눈을 가렸다. 이를 보고 봉지미가 한 걸음 앞질러 가서 그 편지를 살포시 밟아 주었다.

봉지미의 행동에 형부 주사와 구성 부지휘사는 마음을 놓았다. 그녀가 그것의 무서운 파급력을 깨닫고 가려 주길 바라던 참이라 매우 감격했다. 하지만 봉지미가 두 발로 편지를 밟아 오히려 춘화와 금서가 더 분명하게 드러나 보였다. 서생들은 온 힘을 다해 고개를 빼고 안을 들여다보다가 놀라워하며 감탄사를 연발했다. 그 순간 신자연의 명성은 바닥으로 추락했다. 최악인 것은 누구라도 절대 가지고 있어서는 안 될 금서를 숨기고 있었다는 사실이었다.

"이건 또 뭐람!"

봉지미가 깜짝 놀라며 크게 소리쳤다. 두 사람은 다시 고개를 들었다. 옛날 양식을 본따 정교하게 만든 법랑 금병이 처참하게 두 조각으로 쪼개져 있었다.

봉지미가 그것을 눈이 빠질 듯이 뚫어져라 쳐다보며 말했다.

"금 일만 냥짜리인데 이를 어쩌누."

형부 주사와 구성 부지휘사의 머릿속에 쿵, 하는 소리가 울려 퍼졌다. 봉지미가 다시 걸음을 옮겨 이웃 뜰로 돌진하더니 탄식을 흘렸다.

"아이고."

봉지미가 이 말을 내뱉는 찰나 형부 주사와 구성 부지휘사는 눈앞이 캄캄해져서 몸을 휘청거렸다. 그녀가 잘려 버린 칼 받침대를 안고 나와 바닥에 쾅 내려놓았다. 그리고 황성 쪽을 향해 두 손을 마주 잡아 눈높이만큼 들고 허리를 굽혀 예를 올렸다.

"여기는 10황자께서 계시는 곳이오. 여기 있는 물건들은 황제께서 하사하신 것이 많소. 특히 이것은 10황자께서 가장 아끼시는 자단목 칼 받침대로……"

뒤쫓아 온 형부 주사와 구성 부지휘사는 바닥에 놓인 칼 받침대를 바라보며 뒤로 물러났다. 봉지미가 멈추지 않고 또 다른 뜰로 돌진했다. 두 사람은 서로의 눈치를 보며 슬그머니 발걸음을 옮겼다. 누가 먼저 도망갈지를 두고 눈짓을 주고받는 순간 두 사람 앞에 조용히 다가와 길을 막아서는 자가 있었다. 바로 혁련쟁 세자였다. 그는 환한 미소를 지으며 나지막이 말했다.

"내 방은 아직 가 보지 않았던데. 내 방 안에도 황제께서 하사하신 물건이 아주 많아."

고남의가 무심한 듯 그들을 바라봤다. 그의 손안에서 법랑 금병의 깨진 조각이 예리한 빛을 발하고 있었다.

"아이고, 저런……."

봉지미의 커다란 탄식이 다시 한번 들려왔다. 형부 주사와 구성 부지휘사가 앞뒤로 칼을 휘둘렀지만 혁련쟁과 고남의는 미동조차 하지 않았다. 그들은 분통이 터지는 비통한 심정으로 그녀에게 가야 했다.

봉지미가 정색을 하고 금이 간 여덟 폭짜리 마름꽃 모양의 유리 보석 거울을 들고 서 있었다.

"공주님께서 아끼시는 물건이……."

"위 대인."

형부 주사가 쉴 새 없이 흐르는 땀을 닦으며 말했다. 사실 조금 전까지는 설령 봉지미가 죄를 뒤집어씌우려 한들 소용없을 거라고 생각했다. 그러나 이제는 상대를 얕잡아 본 것이 한스러울 뿐이었다.

"이것은 저희 형부의 과실입니다. 저희 형부는 돌아가서 윗분께 보고를 올리겠습니다. 공주마마와 황자께도 용서를 구하고 반드시 배상하도록 하겠습니다."

형부 주사가 말하며 아전들에게 봉호를 데려가라고 눈짓했다.

"기다리시오!"

순간 아전들의 등골이 오싹해졌다. 그들은 인상을 찌푸린 채 뻣뻣해진 몸을 돌렸다.

"여러분이 이곳을 샅샅이 수색했듯이 저도 여러분을 수색해야겠습니다."

봉지미가 냉소를 띤 얼굴로 뒷짐을 지고 천천히 한 바퀴를 돌았다.

"제가 언제 서원을 망가뜨리고 진귀한 물건을 건드리고 황제께서 내리신 하사품을 부수는 것을 허락한 적이 있습니까? 제가 벽령원에 마음대로 허락 없이 들어가는 것을 허락한 적이 있습니까? 제가 황자의 침소에 난입하는 것을 허락한 적이 있습니까? 제가 아직 출가하지도 않으신 공주마마의 규방 물건에 손을 대라고 허락한 적이 있습니까?"

봉지미가 잠시 숨을 고르고 말했다.

"안으로 들어오는 것은 쉽지요. 중한 범죄자를 뒤져서 찾는 것도 물론 되지요. 하지만 전체 서원을 대대적으로 수색한 책임자는 바로 당신이오!"

봉지미의 얼굴은 평소처럼 차분하고 온화하게 돌아왔지만 어투는 핏발이 서린 칼날처럼 예리했다. 그녀는 사람들의 한가운데에 서서 옷소매를 털어 내며 거듭 말했다.

"내가 당신에게 분명히 알려 주고 싶은 게 있소. 들어오는 건 마음대로지만 나가는 건 마음대로 할 수는 없소! 지금 당장 문을 닫아라!"

봉지미가 목소리를 길게 내질렀다. 그러자 한참 동안 숨을 참고 있던 서생들의 만면에 희색이 가득해졌다. 그들은 재빨리 달려가 서원의 대문을 쾅 닫고 장내가 떠나가도록 웃었다.

"황제의 하사품을 부순 죄에 대해서는 당연히 공주마마와 황자께서 여러분을 문책할 것이오."

봉지미가 차갑게 말했다.

"난 사실대로 공주마마와 황자께 죄를 청할 것이오. 또한 그 부서진 진귀한 물건들은 다른 사람의 소중한 재산이지 않소? 서원을 관리 감독해야 하는 나로서는 여러분에게 배상을 청구할 수밖에 없소."

"배상한다고 칩시다. 그렇더라도 우리를 먼저 나가게 해 주어야 돈을 가져올 게 아니오!"

구성 부지휘사가 냉소 띤 얼굴로 역정을 냈다.

"지금 우리를 여기에 잡아 가둘 생각이시오?"

봉지미가 고개를 살짝 기울여 구성 부지휘사를 바라보았다. 그의 험악한 눈빛이 한 발짝 물러나는 것을 보며 그녀가 서늘하게 말했다.

"그렇다면?"

봉지미는 형부 주사를 깔보듯 웃었다.

"원래 관아 사람들이 가장 교활하다고 하지 않습니까. 우리처럼 고지식한 학자들은 당신들에게 놀아날 뿐이지요. 오늘 만약 당신들을 여기서 놓아 준다면 앞으로 오리발을 내밀어도 방법이 없지 않소. 그러면 난 누굴 찾아가 하소연하겠소? 설마 내가 참고 넘겨야 한다고 생각한다면 그건 잘못 짚은 것이오. 내가 덮어 두면 오히려 당신들은 더 억울해질 테니."

"감히 어딜!"

"정말 안됐습니다."

봉지미가 가볍게 웃었다.

"감히 말하건대, 무슨 말인지 곧 알게 될 것입니다. 자, 나리들의 옷을 벗겨 드려라. 값나가는 건 먼저 잘 챙겨 두고."

봉지미가 눈썹을 치켜뜨고 명령을 내리자 기다렸다는 듯이 '고지식한 서생'들이 소리를 지르며 와르르 달려들었다. 특히 혁련쟁이 가장 앞에서 달려들었다. 늑대와 호랑이 떼 같은 기세로 달려든 서생들이 순식간에 그들을 하얀 돼지 떼로 만들어 버렸다.

봉지미가 몸을 돌려 황성 쪽을 아득하게 바라보았다.

"아랫사람을 제대로 가르치지 않은 것은 주인의 잘못이옵니다. 어린 아이가 실수를 저지르면 당연히 어른이 와서 사과해야 하는 법이거늘……. 당장 데리러 오시지요."

"네 이놈!"

봉지미는 바지만 남은 아전을 손가락으로 가리켰다.

"가서 너의 가장 큰 주인에게 직접 와서 배상하라고 하라."

그 아전은 아연실색하여 봉지미를 쳐다보며 속으로 생각했다.

'미친 거 아냐? 내 신분이 대체 뭐라고 생각하는 거야. 내가 감히 어떻게 초왕 전하께 그 말을 전하겠어!'

봉지미는 이미 그를 안중에도 두지 않았다. 그저 편안하고 여유로운 자세로 뒷짐을 진 채 몸을 돌렸다. 새로 떠오르는 밝은 달빛에 아로새겨진 그녀의 뒷모습이 점점 멀어졌다.

깨물어 주니 좋아

"초왕 전하께 전하라. 오셔서 나와 이야기 좀 하시자고."

천성황조가 건국된 이후로 아랫사람이 윗사람에게 한 말 중 가장 건방진 말이었다.

"가지 않고 뭐하는 게냐."

봉지미가 제자리에 멍하니 서 있는 아전을 쳐다보며 의미심장하게 웃었다.

"내가 초왕 전하께 말씀을 전하라고 한 번 더 말하게 되면 그 바지마저도 없어질까 염려되는구나."

그러자 아전이 발이 보이지 않게 내달리며 대문 틈으로 쏜살같이 빠져나갔다. 남은 자들은 얼이 빠져서 서로의 얼굴만 쳐다봤다. 형부 주사와 구성 부지휘사는 그들 뒤에 웅크리고 앉아 몹시 분한 목소리로 소리쳤다.

"위지! 넌 조정에서 보낸 관리를 모독하고 자존심을 짓밟았다. 초왕 전하 앞에서 스스로 죄를 인정하고 용서를 구하진 못할망정 어디서 감히 전하더러 찾아오라고 겁 없이 날뛰는 게야? 정말로 전하께서 오시면 네 죄를 물을 테니 이제 넌 파면당하고 하옥될 일만 남은 거야!"

"아, 그래?"

봉지미는 전혀 개의치 않는 얼굴이었다.

"전하께서 오시면 다시 얘기해 보자구."

"초왕 전하께서 몸소 널 만나러 오신다고?"

구성 관아의 부지휘사가 코웃음을 쳤다.

"이런 무모한 짓을 벌이고도 전하께서 널 찾아올 거라 믿는 거야? 잘했다고 상이라도 내려 줄 것 같아?"

"혹시 또 모르지."

봉지미가 가볍게 웃더니 허리를 살짝 두드렸다.

"아이고, 허리야."

누군가가 곧바로 바람을 휘날리며 달려와 의자를 대령했다.

"말을 너무 많이 했네. 아이고, 목말라."

몇 사람이 위 대인을 위해 차를 끓여 앞다투어 올렸다.

우뚝 솟은 커다란 용수나무가 해를 가리는 덮개가 되어 땅의 열기를 선선하게 식혀 주었다. 나무 그늘 아래에서 봉지미는 자줏빛 의자에 앉아 여유로운 시간을 보냈다. 청자 찻잔의 뚜껑을 열자 모락모락 피어오르는 차 향기가 그녀의 코를 간질였다. 조금씩 입술을 적시며 마시는 차의 맛이 산뜻했다. 봉지미가 만족한 듯 싱긋 웃어 보이더니 하얀 돼지 떼를 힐끗 쳐다봤다. 고남의는 봉지미의 옆에 앉아 호두를 까먹었다. 혁련쟁은 나무 아래에서 책상다리를 하고 앉아 서생들과 함께 가위바위보를 하고 있었다. 위풍당당했던 조정의 관리와 아전들은 나무 뒤에서 반 벌거숭이가 되어 쪼그리고 있었다. 그들은 한 덩이로 뒤엉켜 초가을의 서늘한 바람에 몸을 부들부들 떨었다.

으리으리한 가마에서 내린 영혁이 극명한 대비를 이루고 있는 장면을 응시했다. 그의 마음은 더할 나위 없이 갑갑해졌다.

"초왕 전하."

금빛 지붕을 얹고 초록빛 휘장을 두른 가마를 단번에 알아본 형부 주사와 구성 부지휘사의 얼굴이 순식간에 변했다. 금관은 물론 왕의 두루마기까지 조정의 예복을 완벽히 갖춘 영혁이 가마 안에서 걸어 나오고 있었다. 누가 보아도 그는 조정에 있다가 나온 것이 분명했다. 두 사람은 경악한 얼굴로 허둥지둥 달려 나와 초왕에게 예를 갖추고 무릎을 굽혀 인사를 올렸다. 그러다 그 모습이 매우 예의를 벗어난 것임을 깨닫고 후다닥 몸을 웅크렸다. 망측한 꼴로 모여 있던 무리는 어두운 그림자 속에 얼굴과 엉덩이를 가리며 허둥지둥 초왕에게 인사를 올렸다. 부끄럽다 못해 잔뜩 화가 난 자들이 씩씩거리며 봉지미를 노려봤다.

'간이 부어도 단단히 부었어! 진짜 초왕께서 오셨으니 네 녀석의 운도 여기까지야!'

봉지미가 손을 내젓자 서생들이 눈치 빠르게 물러갔다. 그들이 자리를 뜨면서 걱정스러운 눈빛으로 봉지미를 쳐다봤지만 그녀의 표정은 여유로웠다.

"초왕 전하의 찬란한 빛을 이곳까지 내려 주시어 감사의 마음을 어찌 전해야 할지 모르겠사옵니다."

봉지미가 방긋 웃으며 공수했다.

"이곳에는 향기 나는 차와 맑고 시원한 바람, 고상하고 우아한 문인들, 해를 가린 나무 그늘 그리고 적당하고 가벼운 농담이 마련되어 있습니다."

지켜보던 혁련쟁이 참지 못하고 웃었다.

'문인들? 아, 저 문인들? 형부 주사는 노린내 풀풀 풍기는 여우 같은 문인이지.'

영혁은 순금과 자수정으로 장식된 왕관을 쓰고 다섯 발톱을 날카롭게 세운 황금빛 용이 위엄 있게 수놓인 곤룡포를 두르고 있었다. 그의 모습은 평상시의 고상하고 맑은 느낌과 달리 화려하면서도 고귀하고 엄숙한 기운을 내뿜었다. 영혁은 봉지미와 3보의 거리를 두고 서서 웃는 듯 아닌 듯한 표정을 지었다. 그리고 의자에서부터 작은 탁자, 다과에 이어 벌거벗은 남자들의 몸 위까지 쭉 시선을 훑었다.

봉지미는 겸손과 예의는 멀리 던져 버리고 대담하게 한 상 차려 놓고 기다리고 있었다. 그녀다운 손님 대접이었다. 세상에 이런 여자는 봉지미 하나뿐이었다. 목화솜 같은 부드러움 속에 강력한 한 방을 숨기고 있었고, 보드라운 혀 안에 날카로운 가시를 감추고 있었다. 언제나 자신은 한 발 뒤로 물러나 있었지만 마지막에는 단호한 결단으로 좌중을 다스리고, 누구도 상상하지 못한 기지를 발휘해 사람들을 놀라게 했다.

"마주앉아 향기로운 차를 마시고 시원한 가을바람을 맞으며 가벼운 농담을 주고받더라도 고상한 문인이 이렇게나 많으면 따분하겠구나."

영혁의 얼굴은 분명 웃고 있었지만 호의가 보이지는 않았다.

"아무래도 이건 손님을 대접하는 예의가 아닌 것 같네."

운수 사나운 두 관리와 아전들은 벼락을 맞은 듯 아연실색한 표정을 지었다.

'초왕이 화가 머리끝까지 나서 위지를 꾸짖고 엄하게 책임을 물을 줄 알았는데……. 우리를 빨리 풀어 주라고 명도 내리지 않고 있어. 저 녀석을 당장 파면하기는커녕 대체 왜 저러고 있는 거야!'

다른 아전도 속으로 볼멘소리를 했다.

'위지도 초왕 전하를 뵈었으면 바로 우리를 풀어 준 다음 무릎 꿇고 사죄를 하든 용서해 달라고 애원을 하든 해야 될 거 아냐? 초왕은 또 왜 저러는 건지 참……. 우릴 보고도 못 본 체나 하고. 지금 저 녀석과 한가로이 이야기꽃이나 피우고 있을 때냐고!'

또 다른 아전이 이해할 수 없다는 얼굴로 봉지미와 영혁을 바라보며 생각했다.

'저 녀석 좀 보게. 긴장한 기색이라곤 전혀 없이 초왕 전하와 편하게 주거니 받거니 하고 있으니……. 자기가 무어라고 감히 초왕 전하께 차를 청해?'

심하게 뒤틀린 그들의 얼굴을 보고 봉지미는 심기가 거슬렸다. 그녀는 영혁을 한번 쳐다보고는 몸을 돌려 말했다.

"혁련쟁 세자 저하와 고남의 사형께는 죄송합니다만, 이 문인들을 데리고 다른 곳으로 가 주십시오."

"싫어."

혁련쟁이 단박에 거절했다.

"당신 혼자 늑대와 상대하는 걸 내버려 둘 수 없어."

"내가 오히려 늑대와 상대하고 있는 기분이네만."

영혁이 천천히 의자에 앉으며 봉지미가 마시고 내려놓은 찻잔을 받쳐 들었다. 혁련쟁은 초원에서 가장 억센 말이 발굽을 치켜세우고 뛰쳐나오는 것처럼 매서운 눈빛으로 영혁을 쳐다봤다.

"전하, 저와 한판 겨뤄 보시지 않겠습니까?"

"세자, 내가 한마디만 하겠습니다."

영혁이 혁련쟁의 말을 못 들은 척하며 말했다.

"당신은 지금 세자가 아니라 청명서원의 일반 서생입니다. 위 대인이 현 조정의 친왕과 중요한 일을 논의해야 한다면 서생을 물리는 수밖에 없거늘 어찌 위 대인을 곤란하게 하시는 겁니까?"

혁련쟁이 차갑게 웃었다.

"서생 그까짓 거 안 하면 그만이지!"

"그럼 그리 하시지요."

영혁이 손을 휘휘 내저었다.

"서원의 주사를 찾아가 학적을 물리고 저와 함께 궁으로 돌아가서 폐하께 인사나 올립시다. 아, 말하는 김에 한마디만 더 하지요. 스스로 서원의 학적을 물린 서생은 이후에 다시는 서원 안으로 한 발자국도 들어올 수 없습니다."

"그런 규정이 정말 있습니까?"

혁련쟁이 눈썹을 치켜세우고 영혁을 흘겨보며 말했다.

"아마 있을 것입니다."

영혁이 빙긋 웃으며 그를 바라보았다.

"신 서원장이 곧 서원 학칙에 이 조항을 새로 넣을 것입니다."

혁련쟁이 매서운 눈초리로 영혁을 쏘아봤다. 그 눈빛은 북강 지역 밀림 속에 숨어 사는 붉은 눈의 참매가 가진 단단하고 긴 부리 같았다. 한 번 쪼면 사람의 뼈도 조각조각 바스러트릴 듯했다. 영혁은 수백 번 단련한 금처럼 의연한 미소와 함께 전혀 관심 없다는 표정을 지었다.

잠시 후 혁련쟁이 몸을 홱 돌려 성큼성큼 걸어가더니 팔자가 사나운 두 관리를 집어 들었다. 고남의가 바람을 타고 날아오르더니 양떼를 모는 것처럼 아전 무리를 뒤에서 몰았다. 떠나기 전에 고남의는 탁자 위에 호두 몇 알을 올리더니 손가락으로 탁 부수었고 이내 두둥실 떠서 사라졌다. 영혁이 그 행동의 의미를 이해하지 못하는 것은 당연했다. 영혁은 고남의가 호두를 대접하려고 까 놓은 것이라 여겼다. 기쁜 마음으로 호두를 가져다 먹으면서 말했다.

"호두 맛이 아주 좋군."

봉지미는 머리를 기울이며 흥미로운 표정으로 호두를 먹는 영혁을 바라봤다. 영혁은 호두를 집어 먹으면서 저 여인의 눈빛이 조금 이상하다는 느낌이 들었다. 봉지미의 야릇한 눈빛에 빨려 들던 그는 갑자기 모골이 송연해져서 호두를 내려놓고 말했다.

"겨우 네 호두 한 알이다. 그뿐인데 그런 눈빛으로……"

봉지미가 천천히 차를 타며 작은 목소리로 말했다.

"호두가 전하의 입에서 가루가 되는 모습이 꼭 분풀이하시는 것처럼 보여서……."

제대로 듣지 못한 영혁이 바로 물었다.

"응? 뭐라 하였느냐?"

봉지미는 안색을 가다듬고 말했다.

"방금 전하의 새로운 모습을 본 것 같아 소인이 놀랐습니다. 소인이 서원에서 입장이 난처해질 것을 염려하시어……."

"비꼬는 것이더냐?"

영혁이 봉지미를 힐끗 쳐다봤다.

"제가 어찌 감히 그럴 수 있겠습니까."

봉지미가 억지웃음을 지으며 말했다.

"내게 지금 화가 난 것이더냐?"

영혁이 차분한 어조로 물었다. 봉지미는 그의 반응이 재미있어 조금 놀려 주고 싶은 생각이 들었다.

"제가 화내길 바라십니까?"

봉지미가 다시 억지웃음을 지으며 영혁을 빤히 쳐다봤다. 교활한 왕이 어떤 대답을 내놓을지 기대하고 있었다.

"날 완전히 무시하는 것보단 화라도 내 주는 편이 더 좋구나."

영혁이 나무 그늘 아래에서 허리를 쭉 펴더니 고개를 비스듬하게 꺾고 봉지미를 바라보았다. 아름다운 각도로 선을 그리고 있는 봉지미의 고운 눈매에 심장이 멎을 듯했다.

봉지미는 아무 대꾸도 하지 않았다. 마음을 헛갈리게 하는 말이 들려오면 이상하게도 간헐적으로 귀가 들리지 않았다.

"넌 내가 화가 났든 안 났든 상관없을지 모르겠지만……."

봉지미는 반응이 없었지만 영혁은 말을 이어 갔다.

"사실 네가 무슨 생각을 하는지 별로 신경 쓰지 않는다. 네 속마음은 도저히 알 길이 없으니."

"초왕 전하. 케케묵은 과거의 일을 꺼내시는 것입니까?"

봉지미가 웃으며 눈을 가늘게 뜨더니 간절한 표정으로 말했다.

"오늘 전하께 청하옵건대, 이참에 자세히 해명할 것이 있습니다. 애당초 소녕 공주는 제가 일부러 구한 것이 아닙니다."

"하지만 넌 원래부터 소녕 공주를 없애는 걸 도울 생각도 없지 않았느냐."

영혁이 정곡을 찔렀다.

"넌 처음부터 날 속이려 했던 거지."

봉지미가 잠자코 있다가 한참 만에 입을 열었다.

"공주님의 얼굴을 보고 있으니 차마 제 눈앞에서 죽게 놔둘 수가 없었습니다."

이 말의 의미를 둘 다 모르지 않았다. 영혁이 잠시 침묵했고 봉지미가 고개를 들어 그를 바라봤다.

"계속 여쭙고 싶었던 게 있습니다. 공주마마에 대한 계획은 있으십니까?"

영혁이 다시 입을 굳게 다물었다. 일순간 봉지미는 그의 눈에서 피어오르는 아득한 빛을 발견했다. 그는 그녀의 질문에 고개를 저었다.

"너를 처음 본 순간 많이 놀랐었지."

봉지미는 영혁의 눈을 자세히 들여다보았다. 이 말만큼은 거짓말이 아니었다. 그는 할 말이 더 있는 듯했지만 입 밖으로 꺼내지 않았다.

"송구하옵니다. 소녕 공주를 살려 두어 전하께 폐를 끼쳤습니다."

잠시 시간이 흐르고 봉지미가 낮은 목소리로 말했다.

"하지만 전 그럴 수밖에 없었습니다."

"그래서 내가 말하지 않았더냐. 우리 사이는 언제나 이렇다고."

영혁이 약간 괴로운 표정으로 웃었다.

"앞으로 너와 적이 되고 싶진 않지만……. 결국에 우린 여러 가지 이유로 대립할 수밖에 없겠지."

"전…… 우리가 왜 대립해야 하는지 잘 모르겠습니다."

봉지미가 일어나서 턱을 끌어당긴 채 영혁을 뚫어져라 쳐다보았다.

"오늘은 꼭 여쭤봐야겠습니다. 왜 제가 청명서원에서 나가지 못하게 하시는 거죠? 왜 저를 요영 대학사 밑에 두고 가는 곳마다 속박하시는 거죠? 왜 제가 전하와 대립한다고 확신하시는 건가요? 왜 그렇게나 봉호에게는 관심을 가지시는 거죠?"

봉지미의 얼굴이 영혁과 닿을 듯 말 듯 가까워졌다. 가면을 써도 가려지지 않는 맑은 눈이 그의 마음을 흔들었다. 눈동자에는 영롱한 빛이 넘실대고 있었고, 길게 자란 속눈썹은 솔처럼 가지런하게 뻗어 있었다. 영혁이 참지 못하고 손을 뻗어 봉지미의 눈을 어루만졌다. 그녀는 전기가 통한 것처럼 찌릿한 느낌에 화들짝 놀라 뒤로 물러났다.

"저희는 지금 공무를 논의하는 중입니다."

봉지미가 정색하며 말했다.

"집중하세요. 집중."

영혁은 부끄러워지자 도리어 화를 내는 봉지미의 표정이 너무나도 사랑스러웠다. 그가 아쉬운 듯 아련한 눈빛으로 한참을 바라보다가 말했다.

"넌 소녕을 두 번이나 구했어. 게다가 너와 소녕은 은밀한 관계고 생김새마저 놀랄 만큼 닮았지. 무엇보다 넌 나의 비밀을 가장 많이 쥐고 있는 사람이지만 내 편이라고도 할 수 없잖아. 말해 봐라. 이런 상황에서 내가 널 억압하는 것이 이상한 것이더냐? 죽일 수밖에 없다 해도 이상할 것이 없지 않느냐."

"초왕 전하께서는 여기 있는 '국사'를 끌어들일 생각은 왜 못하십니까?"

봉지미는 영혁의 대답이 마음에 들지 않아 미간을 찌푸렸다. 영혁은 잠자코 차 한 잔을 받쳐 들고 입가에 천천히 가져갔지만 마시지는 않았다. 희미하게 피어오르는 김이 찻잔 뚜껑을 덮은 후에도 영혁의 눈을 흐릿하게 만들었다. 봉지미도 말없이 손가락으로 찻잔의 가장자리만 쓰다듬었다. 손가락에는 따뜻함이 전해졌지만 마음은 한없이 공허하고 서늘했다. 한참 후에 영혁이 나지막한 목소리로 말했다.

"지미, 내가 충고 하나 하지. 당장 조정을 떠나 추가 저택으로 돌아가. 내게 혁련쟁을 쫓아낼 방법이 있으니 앞으로 넌 나의……."

말을 끝맺기도 전 영혁은 봉지미를 와락 끌어당겨 가슴에 품고 어떤 동작을 취하려 했다. 하지만 따뜻하고 작은 것이 그의 손을 밀쳐냈다. 영혁은 시선을 내리고 그의 손을 누르는 여린 손가락을 바라보았다.

"거절하는 게냐?"

봉지미가 손을 거두어들이며 말했다.

"저희는 먼저 할 일이 있습니다. 오늘 일에 대해 분명히 이야기를 나눠야 하지 않겠습니까. 이건 나중에 다시 생각해 보지요."

영혁은 천천히 손을 거두고는 아득한 표정으로 웃었다. 그리고 한참이 지나서야 입을 열었다.

"그러자꾸나. 그럼 네게 하나만 묻겠다. 넌 왜 아녀자로서 다른 여자들처럼 시집가서 자식을 낳고 평범하게 살려고 하지 않는 게냐. 굳이 위험을 무릅쓰고 조정에 뛰어드는 이유가 뭐지? 게다가 만족하지 못하고 자꾸 위로 올라가려고만 하고."

봉지미는 입을 굳게 다물고 뒷짐을 진 채 끝없이 펼쳐진 하늘을 올려다봤다. 긴 머리카락이 서늘한 바람에 처연하게 휘날렸다. 마음속 깊은 곳에 감춰진 울림이 희미한 눈빛에 희석됐다.

"제경에서는 아마 제 아버지를 본 사람이 없을 것입니다."

봉지미가 천천히 입을 열었다.

"네 살 이전의 기억에는 아버지가 존재하고 있었습니다. 아버지는 언제나 눈코 뜰 새 없이 바쁘셨고 무심하기 그지없었죠. 번개처럼 나타났다가 구름처럼 사라지고는 했습니다."

영혁은 멀거니 봉지미를 바라봤다. 당대의 여걸이 남의 눈을 의식하지 않고 사랑의 도피를 감행했지만 여자만 초라하게 제경으로 돌아왔다는 소문이 파다하게 퍼졌었던 게 어렴풋이 기억났다. 그것이 아마도 문제의 핵심일 것이었다.

"제가 네 살이 될 때까지는 저희 집 살림이 넉넉했었습니다. 제경에서 멀리 떨어진 깊은 산속에 살았는데 비록 외진 곳이었지만 먹고 사는 건 아무 걱정이 없었습니다. 하지만 아버지는 항상 집에 계시지 않았고 가끔 한 번씩만 집에 오셨었죠. 그나마 집에 오셔도 저와 남동생에게 눈길조차 제대로 준 적이 없었습니다. 어머니 역시 아버지를 봐도 좋아하는 기색이 전혀 없었습니다. 어떤 때는 어머니의 얼굴이 처량해 보이기까지 했으니까요."

영혁의 미간에 깊은 주름이 잡혔다. 둘이서 도망쳐 살림을 차린 것일지라도 아들과 딸이 있는 어엿한 부부였다. 서로를 보살피지는 못할망정 어찌하여 그런 지경에 이른 것인지 이해가 되지 않았다.

"전 철이 들 무렵부터 점차 아버지가 집에 돌아오지 않기를 바랐습니다. 아버지가 집에 계시면 답답하고 어색해져서 마음이 한없이 무거워졌으니까요. 평소 우리 셋이 지냈을 때의 화목하고 따뜻한 기운은 전혀 찾아볼 수 없었습니다. 어머니에게는 아이들을 홀로 키우게 하고 자식들에게는 아버지가 있는데도 없는 것처럼 자라게 했습니다. 이런 남자는 집에 돌아오더라도 가족들에게 괴로움만 안겨 주니 차라리 없는 것만 못했습니다."

봉지미가 잠시 숨을 고르더니 담담한 어조로 말을 이었다.

"어머니는 항상 제게 이렇게 말씀하셨습니다. 세상 대부분의 여자는 모두 토사꽃 * 메꽃과의 한해살이 기생 식물 같은 인생을 살지만, 어떤 여자는 남자에게 의지해서 살 수 있는 복이 없다고요. 자신의 앞날을 운명에 맡기기보단 어떻게 하면 스스로를 의지하고 사랑할 수 있는지 먼저 배워야 한다고 일러 주셨습니다. 그래서 어머니는 제게 많은 것을 가르치셨죠. 남동생에게도 마찬가지고요. 하지만 남동생은 타고난 자질이 부족했습니다. 어머니는 제가 장녀이니 혹시 남동생이 제대로 구실하지 못하거든 남동생과 자신을 책임지라고 말씀하셨죠. 가족을 부양하는 게 저의 책임이라고. 저는 그걸 항상 마음에 새기고 있습니다."

"말도 안 되는 소리!"

영혁이 참지 못하고 소리쳤다.

"너처럼 연약한 여자가 온 집안을 부양하는 법이 어디 있다더냐."

"봉씨 집안에 연약한 여자는 없습니다."

봉지미가 맑고 투명한 눈망울로 영혁을 바라봤다.

"봉씨 집안의 여자가 연약했다면 아마 진즉에 짓밟혀 재가 되었을 것입니다."

봉지미를 바라보던 영혁이 갑자기 손을 뻗어 그녀의 손을 꽉 잡았다. 손바닥 안에 들어온 조그만 손은 서늘했지만 매끄러웠으며 마치 뼈가 없는 것처럼 부드러웠다. 가느다란 손가락이 영혁의 손바닥 위에 살포시 놓여 있었다.

봉지미는 눈을 내리깔고 영혁에게 붙잡힌 손을 바라보다 미소 지었다. 그리고 살그머니 손을 뺐다.

"제가 네 살 무렵 아버지는 정말로 돌아오지 않았습니다."

봉지미는 계속 말했다.

"아버지가 오지 않자 집은 점점 궁핍해졌습니다. 어머니는 어찌 해 볼 도리가 없어서 저희를 데리고 제경으로 돌아왔습니다. 이것이 제가 제경에서 살게 된 계기입니다."

봉지미가 영혁을 바라보며 웃었다.

"칼바람이 살을 할퀴는 한겨울에 추가 저택 앞에서 무릎을 끓었습니다. 하지만 대문 틈으로 얼음장 같은 물 한 바가지를 맞고서부터 저와 제경, 추가 저택, 세상 사람들과의 전쟁이 시작되었습니다. 이 전쟁에서 저는 끝없이 배척당하고 업신여겨졌습니다. 이제 더 이상 저는 그때로 돌아가고 싶지 않습니다."

영혁의 미간에 보이는 주름이 더 깊어졌다.

"가장 필요한 순간 네 곁에서 비바람을 막아 줄 사람이 없었구나. 넌 그 모든 적의, 모욕, 괴롭힘, 모함을 혼자서 견뎌야 했고 가족들을 지켜 줄 방법까지 궁리했어야 했구나. 넌 한 걸음 한 걸음을 살얼음판 위를 걷듯이 조심하고 또 조심하느라 많이 지쳤을 테지. 하지만 뒤로 물러날 수도 없었겠지. 일단 물러서면 평생 너의 운명은 다른 사람의 손에 쥐어 질 테니까."

"저희 가족은 추가의 수치였습니다. 모두들 우리가 사라지기만을 바랐죠. 제 가족을 지키기 위해서 전 대가를 치러야 했습니다."

봉지미는 차분하게 시선을 낮추었다.

"자그마치 십 년이었습니다. 매년 설날이면 저희는 작은 집에서 궁색한 음식을 마주하고 밤을 보내야 했습니다. 안채에서 즐거운 노랫소리와 웃음소리가 들려오면 스스로에게 맹세하고는 했죠. 앞으로 절대 누구에게도 의지하지 않고 기대하지 않겠다고. 언젠가는 제 자신의 힘으로 그동안 절 무시했던 사람들 위로 올라서서 그들이 절 우러러보게 할 것이라 다짐했었습니다."

봉지미는 영혁을 바라보며 웃었지만 눈가에는 웃음기가 없었다.

"말씀해 보세요. 정이란 게 대체 뭐죠? 목숨을 건다는 건 또 뭔가요? 화봉여수인 어머니가 그 남자를 위해 부귀영화와 명예, 가족을 모두 내던지고 얻은 게 뭐죠? 남자들은 이렇게 냉정하고 무심한데 여자들이 목숨을 걸고 열렬한 사랑을 바치는 게 무슨 가치가 있습니까?"

영혁이 입을 떼려고 했지만 말이 목구멍에 걸려 나오지 않았다. 영혁은 봉지미의 지난날들이 쉽지 않았을 거라고 짐작은 했었다. 하지만 그녀가 오직 제 자신에게만 의지하여 이렇게 오래 버텨 온 줄은 상상조차 하지 못했다. 봉지미가 시도 때도 없이 웃고 다녀서 괜찮을 줄 알았지만 남이 알아차리지 못하게 참아왔을 뿐이었다. 긴 시간 동안 제 자신과 남에게 엄격하게 대하면서 비탈진 길을 오르다 보니 저절로 저런 표정이 길러진 게 아닐까. 일찍 진흙탕으로 끌려간 자가 더욱 발버둥치는 법이었다.

"좋은 사람이란 어떤 사람이죠? 어떻게 의지할 수 있다는 거죠?"

봉지미가 웃으며 물었다. 찬란한 미소는 눈이 부셨고 맑은 눈망울은 예리하게 빛났다.

"누가 좋은 사람이죠? 초왕 전하인가요?"

봉지미가 날카롭게 물었다. 영혁은 그녀가 이렇게 직설적으로 물을 줄 전혀 예상하지 못해서 잠시 멍해졌다.

"전하는 제가 의지할 만한 분이신가요?"

봉지미의 목소리가 진지했다.

"전하께서 배우신 것은 제왕을 딛고 오르는 방법, 행하시는 것은 제왕을 곤궁에 빠뜨리는 계책, 맡으신 것은 제왕을 없애는 일, 쥐고 계시는 것은 제왕을 잡는 칼이죠. 승자는 천하 위에 올라서서 백성을 굽어보고 패자는 집안 사람들의 피로 형대를 물들일 뿐입니다. 앞으로 펼쳐질 길에는 날카로운 위험이 곳곳에 도사리고 있을 것입니다. 패하시면 전하와 함께 목숨을 잃을 각오도 해야 합니다. 승리하셔도 전하의 후궁 삼천 명 중 하나가 될 뿐입니다. 전하께서는 무엇으로 제게 완벽하고 아름다운 일생을 약속하시겠습니까? 전하께서는 누군가를 위해 양보하고 희생하실 수 있으십니까?"

봉지미는 온화하게 웃었지만 어투는 칼날처럼 예리했다.

"전하께서는 쇠와 돌처럼 단단한 마음으로 피 묻은 칼을 쥐고 계실수는 있지만 누군가를 위해서 물러선 적은 없으실 것입니다. 전하께서는 별 것 아닌 청명서원에서조차 제가 능력을 펼치는 것을 허락하지 않으셨습니다. 전하는 저 같은 말단 관리조차도 불안해하며 경계하시고 늘 도처에 대비할 길을 모색해 두시는 분이지요. 앞으로 제가 전하의 삼천 명 후궁 중 하나가 될 수 있을지라도 제게 허락된 자유는 무엇입니까?"

봉지미가 한숨을 내쉬며 말했다.

"이 말씀을 드리고자 지금까지 사설이 길었습니다. 전하께서 청명서원의 서생이었다면 시험 결과는……"

봉지미가 미소 띤 얼굴로 영혁의 찻잔에 차를 따르며 말했다.

"초왕 영혁은 불합격입니다."

그 말을 듣자 영혁이 크게 웃었다.

"나는 틀렸구나."

영혁이 찻잔을 내려 두고 번뜩이는 눈빛으로 말했다.

"지금까지 난 너를 받아들이고 가슴에 품고 싶었다. 어찌 미인을 거부할 수 있겠느냐. 그런데 드디어 오늘 깨닫게 되었구나. 너 같은 여인은 그 누구도 붙잡아 둘 수 없다는 것을. 혹여 붙잡아 두려거든 힘으로 굴복시키는 수밖에 없다는 것을."

봉지미가 미소를 지었지만 대답하지는 않았다.

"항상 널 간절히 원했었지."

영혁이 작게 한숨지었다.

"그렇다면……"

영혁은 하려던 말을 멈추더니 불안하고 무력한 기색을 얼굴에 드러냈다. 봉지미는 영혁의 이런 표정을 한 번도 본 적이 없었다.

"내가 불합격이면 그들은 뭐지?"

영혁이 뒤뜰 쪽을 바라보더니 그제야 거절당한 분노를 내뿜었다.

"우 아니면 수?"

봉지미가 눈을 깜빡이며 물었다.

"누구요?"

봉지미는 정말 아무 것도 모르는 사람처럼 시치미를 뗐다. 영혁의 얼굴에 짙은 먹구름이 드리워졌다. 그는 고개를 숙인 채 아무 말도 하지 않았다. 봉지미는 그런 그의 모습을 지켜보며 마음이 불편해졌고, 결국 입술을 오므린 채 말했다.

"호탁의 왕세자님은 위풍당당하게 초원을 호령하는 지배자이시지만 근심 걱정이 전혀 없는 건 아니십니다. 호탁 십이 부는 절대 하나로 뭉쳐질 수 없기 때문입니다. 각 부족끼리 자원을 나눌 때 늘 공평하지 못하기 마련이라 논쟁이 끊이질 않습니다. 세자 저하는 대비의 소생이긴 하시지만 초원의 대왕께서는 처와 첩이 너무 많습니다. 혼인을 통해 원하는 바를 이루셨고 각 부족 사이의 관계는 매우 복잡하게 얽혀 있습니다. 왕족과 친척 관계를 이루고 왕위를 계승할 자격이 있는 자만해도 수십 명에 달합니다. 가까이에서 자리를 노리는 자가 아주 많죠. 지위가 견고한 게 확실하더라도 왕의 휘장 안에 싸인 열 명 중 하나에 불과합니다. 몇십 년 동안 왕이 죽기만을 참고 기다린다고 해도 초원의 풍속은 자식이 계모와 결혼하고 아우가 형수를 취하니…… 불합격!"

영혁이 문득 고개를 들어 먼 곳에 있는 나무의 꼭대기를 바라보았다. 바람이 불지 않는데도 이상하게도 가지와 잎이 경련을 일으키듯 떨리고 있었다. 기분이 좋아진 영혁이 웃으며 물었다.

"고남의는?"

봉지미가 의외로 이번에는 입을 다물었다. 그녀가 침묵하자 영혁의 낯빛이 변했다. 마주한 나무에는 이파리가 아직 돋아나지 않았다. 시간이 한참 흐르고 그녀가 입을 열었다.

"전하께서는 질문이 틀리셨습니다."

영혁이 손으로 탁자를 두드리며 웃었다.

"나도 내 질문이 틀리기를 바랐다. 틀려서 정말 좋구나."

영혁은 봉지미에게 차를 따라 주었다. 이전의 평온함이 돌아온 표정이었다.

"지미, 넌 똑똑하고 지혜롭지. 하지만 정치를 분석하는 식으로 감정을 분석해선 안 돼. 감정이라는 게 주판을 튕겨서 완성된다면 무슨 재미가 있겠느냐."

"초왕께서 제게 가르침을 주시는 것입니까?"

봉지미가 눈썹을 치켜세우고 속으로 어이없어 했다.

'천하제일로 무정한 인간이 나에게 감정을 논해!'

"이해득실에 대해, 우리의 장래에 대해 허심탄회하게 이야기해 보자꾸나. 이 순간의 마음에 대해서도."

영혁이 잔을 들고 있는 봉지미의 손을 붙잡고 말했다.

"특히 너의 마음에 대해서."

봉지미는 그녀의 손가락을 꽉 감싸 쥐고 있는 영혁을 바라봤다. 그는 손가락 끝을 살짝 걸어 봉지미가 손을 빼지 못하게 했다.

'이 남자는 이런 몸놀림 하나에도 도망갈 틈을 주질 않네.'

물론 영혁이 봉지미를 특별히 여겨 많은 것을 양보한다는 사실은 잘 알고 있었다. 하지만 영혁이 특별히 여겨 주고 양보해 주는 것도 얼마나 갈 수 있을까. 이익 다툼에 얽히게 되더라도 계속 양보해 줄 수 있을까.

평범한 사람에게는 자신의 마음을 드러내는 것이 행복이지만, 영혁과 봉지미에게는 커다란 모험이었다. 무엇보다 봉지미의 얼굴이 누군가와 깜짝 놀랄 정도로 닮은 것도 문제였다. 봉지미는 답을 얻지 못한 날에는 그것을 그냥 넘길 수가 없었다.

"제 마음은 있어야 할 곳에 있습니다."

봉지미가 손을 힘겹게 빼내면서 가볍게 웃었다.

"혹시 언젠가 알 수 없는 힘이 저를 뒤덮는다면 마음을 뒤집을 수도 있겠지요."

"난 네 마음을 뒤집고 싶지 않구나. 그저 장악하고 싶을 뿐이다."

영혁이 도도하게 웃어 보였다.

"세상 남자들이 다 너희 아버지처럼 냉담하지는 않아."

봉지미가 눈을 내리깔고 웃으며 속으로 생각했다.

'어떻게 자기 입으로 냉담을 거론할 수 있지. 전하의 형님이 땅속에서 통곡하시겠어요!'

"이제 강효의 일을 처리해야겠구나."

영혁이 본연의 일로 되돌아왔다.

"다섯째 형님이 말도 안 되는 소란을 피우고 있어. 형부와 호부를 형님에게 들들 볶이게 할 순 없지. 네가 오늘 형부를 괴롭히는 큰 소동을 일으켜서 막다른 길에 몰렸으니 내일 다섯째 형님이 분명 너를 도와주려 할 것이야……. 넌 앞으로 어떻게 할 셈이냐?"

"감히 전하께 죄를 지었으니 당연히 전하께 용서를 구하고 보상할 수 있는 방법을 찾겠습니다."

봉지미가 살짝 웃었다.

"전하께서 필후 사건에 크게 신경 쓰시고 계신 와중에 제가 불 위에 기름을 부을 뻔했습니다. 기름을 부은 사람이 하필 저라니……."

영혁이 웃을 듯 말 듯한 표정으로 봉지미를 바라봤다.

"저는 '국사'입니다. 세상 사람 모두가 알듯이 대성에서 '국사를 얻으면 천하를 얻는다'라고 예언했다지요. 5황자께서는 지금 이 기회를 틈타 황제의 자리를 빼앗고 저를 농락하려 하시겠지만 그전에 제가 먼저 한 수 보여 드려야……."

봉지미가 갑자기 눈알을 굴리더니 싱긋 웃었다. 그리고 몸을 기울여 영혁의 귓가에 속삭였다.

"저희가 먼저 연극을 하는 겁니다!"

봉지미는 예고도 없이 영혁의 귓불을 살짝 깨물었다. 눈앞에서 태산이 무너져 내려도 얼굴색 하나 변하지 않을 영혁이 벼락을 맞은 것처럼 멍해졌다. 그 사이 봉지미가 탁자를 번쩍 들어올렸다.

"전하께서 문인을 모욕하시다니."

탁자와 의자가 사방으로 우당탕 넘어지고 찻물이 요동치며 넘쳐흘렀다. 그 와중에 봉지미가 자신의 옷소매를 찢더니 팔을 들어 옷깃을 잡아 뜯었다. 찻잔 앞에서 팔짝팔짝 뛰자 찻물이 높이 튀어 올라 두 사람의 두루마기를 적셨다. 이어서 그녀는 깨진 자기 파편 하나를 집어 들고 제 목에 갖다 대면서 다른 팔 하나를 휘휘 휘둘렀다.

"슬프도다! 선비를 죽일 수는 있어도 욕되게 해서는 안 되거늘!"

일련의 동작이 번개처럼 신속했다. 영혁은 여전히 눈알이 어지러웠고 하늘이 무너지는 듯한 소리가 귓전을 때렸다. 그는 봉지미가 귓불을 살짝 깨물었을 때 느꼈던 여릿한 통증과 환희를 잊지 못하고 눈을 감고 음미했다. 솜처럼 부드러운 봉지미의 입술과 코를 간질이는 짙은 향기가 스치자 참을 수 없는 떨림과 흥분이 깊이 파고들었다. 영혁은 영원히 눈을 뜨고 싶지 않은 심정이었다.

봉지미는 옷을 찢고 탁자와 잔을 내던지면서 꺼이꺼이 목 놓아 울며 고래고래 소리를 지르다가 목을 조르는 연극 1막을 완벽히 소화해 냈다. 연극의 처음부터 끝까지 영혁에게는 반응할 시간조차 주어지지 않았다. 영혁의 머리는 아득해져서 봉지미의 속도를 따라갈 수 없었다.

난리법석이 일어나자 고요하던 나무 그늘 주변으로 사람들이 잔뜩 몰려들었다. 사방에서 재미난 구경거리를 보려고 밀치고 부딪치며 한바탕 난리가 났다. 머리가 산발이 되고 옷이 다 풀어헤쳐진 위 대인이 자결하겠다고 엉엉 소리 내어 울었다. 그 모습에 모두 눈이 휘둥그레져서 입을 벌리고 서로 얼굴만 쳐다봤다.

'조금 전까지만 해도 즐겁게 담소를 나누던데……. 눈 깜짝할 사이에 이게 무슨 일이람?'

사람들은 어두운 표정으로 우두커니 서 있는 초왕 전하를 바라봤다. 온몸에 찻물을 뒤집어쓰고 얼굴이 붉게 물든 것이 아무리 봐도 정상이 아닌 듯했다. 눈치가 빠른 자는 이미 전하의 귓불에 난 희미한 잇자국을 발견했다. 잇자국이 눈에 띄었던 건 전하의 귓불에 조그마한 젖은 찻잎이 붙어 있었기 때문이었다. 이를 본 사람들은 서로 얼굴만 쳐다보고 아무 말도 하지 못했지만 상대방의 눈 속에서 세차게 출렁이는 욕망의 불길을 읽어냈다.

'이건 특종이야!'

잇자국. 옷깃. 염문. 연정.

문인들의 뇌는 모두 고도로 발달하여 사건의 빈자리를 채워 넣는 능력 또한 소름 돋을 정도였다. 순식간에 모든 사람들이 사건의 가장 중요한 장면을 머릿속에 복원하여 완성해 냈다. 분명 초왕이 위 대인을 특별히 여기는 것은 그의 동성애가 다시 발작했기 때문일 것이었다. 마침 오늘 위 대인이 잘못을 저지르자 협박과 회유로 그를 범하려 했을 테고 위 대인은 당연히 단호하게 거절했을 것이었다. 하지만 원하는 바를 이루지 못한 초왕 전하의 마음에 늑대의 본성이 날뛰기 시작하였고 결국 위 대인의 옷소매와 옷깃을 잡아 뜯고 강제로 키스하려 한 것이 틀림없었을 것이었다. 화가 머리끝까지 난 위 대인이 정조를 지키기 위해 전하의 귓불을 깨물었고 그제야 겨우 벗어날 수 있었을 것이었다. 얼음처럼 맑고 옥처럼 고상한 위 대인은 순결하고 풍격이 높아 이런 치욕을 감당할 수 없었고 자결하려고 했던 것이었다. 맞다, 그런 것이 틀림없었다. 조금도 틀릴 리 없었다.

참견을 잘하는 자들은 벌써부터 쓸데없는 걱정에 휩싸였다.

'소녕 공주가 위 대인에게 마음을 품고 있다던데 앞으로 저들 남매는 한 사람을 두고 같은 공간에서 마주할 수 있을까? 아니면 위 대인을 두고 대판 싸우기라도 할 건가.'

"미녀가 화근이라더니 이젠 미남이……"

어느 백발이 성성한 선생이 근심스럽게 하늘을 올려다보며 탄식했다. 다행히도 염문거리를 쫓아다니는 할 일 없는 자들이 많지는 않았다. 대부분의 사람들은 위 대인에게 달려가 비통해하고 분해하는 그의 손에서 깨진 자기 파편을 빼앗아 달래고 또 달랬다.

"위 대인. 개똥밭에 굴러도 이승이 좋다고 합니다……"

이건 그래도 쾌활한 편이었다.

"위 대인. 사실 저도 남 일 같지 않습니다……"

이건 그래도 솔직한 편이었다.

"위 대인. 사실 대인도 손해될 건 없는 듯합니다……"

이건 그래도 자유분방한 편이었다.

"위 대인. 대인은 제 마음속에 영원히 순수하고 맑은……"

이건 기회를 틈타 고백한 것이었다.

봉지미는 능청스럽게 자기 파편을 슬쩍 내려놓으면서 애통한 눈물만 뚝뚝 흘렸다. 때로는 침묵이 말보다 더 무서운 법이었다. 봉지미는 금수와 같은 짓을 저지른 자를 째려보면서 눈에 경련이 일어나는지 연신 눈을 깜빡였다. 아직도 제정신이 아닌 남자 주인공은 봉지미의 간절한 눈빛을 읽어 내지 못하고 있었다.

'가라고, 가! 빨리! 지금이 딱 화내면서 자리를 뜰 절호의 기회라고! 멍하게 서서 뭘 하고 있는 거야, 어? 귓불은 왜 계속 만지는 건데. 지금 회상할 시간 따위가 어딨냐고! 귓불을 자꾸 만져서 잇자국을 강조하고 싶은가 본데 그래도 그렇게 한참이나 어루만질 필요는 없잖아. 뭘 저렇게 진짜처럼 집중해서 연기한담! 저 얼빠진 얼굴은 대체 또 뭐야. 아무리 불쌍한 척해도 소용없어. 당신이 콩으로 메주를 쑨다고 해도 이제 믿어 줄 사람 하나 없다구.'

봉지미가 가슴을 치고 한탄하면서 영혁 앞에 섰다. 그리고 미친 척을 하며 울고불고 난리를 치고 포악을 부렸다.

'아, 봉지미의 고귀한 명예는 땅바닥으로 추락하고야 말았구나.'

봉지미의 포악질은 연기 반 진심 반이었다.

"무엄하다!"

영혁이 마침내 정신을 차리고 크게 소리쳤다. 그는 아직 미련이 남은 듯 차마 자리를 떠나지 못하고 봉지미의 붉은 입술과 새하얀 이를 계속 바라보았다. 언제일지는 모르겠지만 앞으로 한 번 더 무대 위에 연극을 올려도 좋겠다고 생각하면서. 다시 마음을 가다듬은 그는 화난 듯 옷소매를 거칠게 뿌리쳤다.

"겁도 없이 제멋대로 날뛰는구나! 말도 안 되는 소리를 함부로 지껄이다니! 돌아가서 널 끌어다 내 앞에 꿇어앉힐 테니 기다리고 있거라!"

"소인 기꺼이 받잡겠나이다! 어차피 하찮은 개미 목숨에 불과할 뿐이옵니다."

봉지미가 사람들 틈 속에서 목을 쭉 빼고 말대꾸를 했다. 죽으면 죽었지 자존심을 꺾을 수 없다는 문인의 절개와 풍격이 넘쳐흘렀다.

"관직을 파면하고 하옥할 것이다!"

초왕이 포효하며 발걸음을 옮겼다.

"언제든지 삼가 받들겠나이다."

봉지미가 소매를 걷으며 당차게 일어서려고 하자 사람들이 온힘을 다해 말렸다. 서생들은 위 대인이 권세가 하늘을 찌르는 친왕에게 정조를 빼앗길 위험까지 감수해 가며 청명서원을 위해 희생하는 모습에 매우 감동했다. 위 대인의 결연한 눈빛을 바라보고 있자니 고마움이 더욱 뼈에 사무쳤다. 영혁은 노발대발하며 형부 주사와 구성 관아의 부지휘사를 데리고 갔다. 오늘 운수가 사나웠던 관리들은 위험에서 벗어나긴 했지만 도저히 분이 풀리지 않았다.

'전하께서 정말로 그런 기생오라비 같은 녀석한테 흥미가 있을까. 귓불도 별로 심하게 물리지 않은 것 같던데 정말 그런 일이 있었던 게 맞아? 아아, 어쨌든 우리의 깊은 원한은 이제 풀 수 없겠구나……'

그들은 봉호도 데리고 가 버렸다. 봉지미는 봉호에게 혐의가 없는 것이 분명했지만 그에게 혐의를 뒤집어씌워야 한다고 영혁에게 당부했다. 이 골칫거리를 반년이나 일 년쯤 형부 감옥에서 보내게 한 다음 차후에 이 일을 다시 의논하기로 했다.

청명서원은 점차 안정을 회복했다. 봉지미는 고남의에게 신자연의 방 안에서 꺼낸 금서들을 원래 자리로 되돌려 놓으라고 지시했다. 이 책들은 모두 『천성지』를 편찬하기 위해 거두어들인 것들로 소각하기 위해 지하 서고에 쌓아 두었던 것들이었다. 비밀 편지는 봉지미가 고남의에게 아무렇게나 쓰라고 시킨 것에 불과했다. 신자연과 영혁은 워낙 신중해서 몰래 왕래하면서도 글을 써서 증거를 남기는 짓은 하지 않았다. 형부 주사는 아무래도 주변 인물일 뿐이라 내부에서 벌어지는 일을 전부 알지 못했기에 비밀 편지를 보자마자 당황해서 어찌 할 바를 몰랐던 것이었다.

고남의는 변함없는 표정으로 제 호두를 찾으러 갔다. 하지만 까 두었던 호두가 이미 사라져서 침울해졌다. 혁련쟁은 관에 들어간 사람처럼 무서운 표정을 짓고 하루 종일 봉지미와 말을 섞지 않았다.

다음 날이 되어서야 혁련쟁이 입을 열었다.

"왜 그래?"

"아무 것도 아닙니다. 그냥 귀가 간지러워서요."

"……."

"무슨 생각을 하십니까?"

"아버지께서 돌아가시면 난 계모를 맞아야 하나, 아니면 형수를 맞아야 하나?"

"……."

특종의 전파 속도는 하늘을 나는 새보다 더 빨랐다. 불과 하루만에 초왕과 청명서원의 위 대인 사이에 의견 충돌이 생겨 대판 싸움이 벌어졌다는 소식이 조정에까지 널리 퍼졌다. 참견을 잘하는 남자들은 입에서 입으로 그들의 이야기를 전하며 눈덩이처럼 부풀렸다. 이야기 속의 초왕과 봉지미는 남몰래 정을 통하는 사이로 시작해서 질투 끝에 싸움을 벌인 치정 관계로까지 발전했다. 이후에도 살짝 귀를 깨물었다는 장르, 패싸움을 했다는 장르 등 다양한 작품이 계속 쏟아져 나왔다.

초왕은 최근 신성한 옥체의 건강이 염려되어 마음이 번잡하고 착잡한데 제멋대로 날뛰는 신하와 승강이할 여유가 어디 있겠냐고 하였다. 또한 폐하께서 깨어나시길 기다리는 와중에 어디 신하와 재미를 보려 하겠느냐며 큰소리쳤다.

한편 위 대인은 돈이나 지위에 현혹되지 않고 어떤 위압에도 굴복하지 않으며 가난해도 뜻을 저버리지 않을 것이라 했다. 누군가 아무리 권력을 휘둘러 억압하려고 해도 잔혹한 조정에서 살아남기 위해 증거를 찾아 끝까지 결백을 주장할 것이라고 큰소리쳤다.

봉지미가 조정에 든 날 우연히 영혁과 마주쳤지만 서로 칫, 흥만 내뱉고 제 갈 길을 갔다. 그날 밤 봉지미는 금박으로 인쇄된 5황자의 초대장을 받았다. 남월루(攬月樓)에서 연회를 베푸는데 내각의 행주(行走)이자 우중윤이며 청명서원의 사업인 위 대인을 초청한 것이었다. 두 시진 후에 얼굴에 붉은 꽃이 활짝 핀 위 대인을 5황자가 친히 전송했다.

"위지."

'위 대인'은 이미 친밀하고 다정한 '위지'로 바뀌어 있었다. 5황자는 봉지미의 손을 잡고 진심을 담은 표정으로 말했다.

"걱정 마시오. 내가 있는 한 여섯째가 다시는 그대에게 손대지 못하게 할 테니."

"전하."

봉지미의 눈에서 눈물이 그치지 않았다. 5황자의 손을 바꿔 잡고 억울함이 가득 묻어나는 얼굴로 말했다.

"의로우신 전하께 성은이 망극하옵니다……."

"여섯째가 갈수록 말도 안 되는 짓을 하는군."

5황자가 몹시 격분한 얼굴로 말했다.

"도리에 어긋나는 짓을 저지르고 말이야! 어찌 나라의 중요한 인물이자 위엄 있는 국사에게 이렇게 대할 수 있단 말이오."

봉지미가 매우 비통해하면서도 감격하여 눈물을 흘렸다.

"전하께서는 이토록 어질고 덕망이 높으신데……."

5황자는 동정 어린 얼굴로 봉지미의 어깨를 두드리며 낮은 목소리로 말했다.

"그럼 내 일을 잘 부탁하겠소."

"대단한 것도 아니옵니다."

봉지미가 시원스럽게 대답했다.

"전하께서는 단지 폐하께서 보시던 어서방의 책을 보고 싶어 하시는 것이온데 소신에게는 식은 죽 먹기이옵니다. 전하께서 제때에 돌려주시기만 한다면요."

"그건 걱정 마시오."

5황자가 미소를 띤 채 간절한 듯한 표정을 지었다.

"『금궤요략 *金匱要略, 중국 후한 때에 장중경이 지었다고 전하는 의서』이 원래 제왕만 보시는 장서이긴 하지만 일찍이 폐하께서도 내게 읽도록 승낙하신 적이 있었소. 단지 일이 많고 바빠서 잊고 있었을 뿐이지. 지금 왕비께서 급작스러운 병으로 몸져누우시고 공교롭게도 폐하께서도 몸이 편찮으시니 내가 그 책이 급히 필요해서 어쩔 수 없이 위 대인을 귀찮게 하오. 나도 처방전을 다 베끼면 바로 돌려줄 생각이었소."

"전하께서 이리 말씀하시는데 소신이 무슨 걱정이 있겠사옵니까."

봉지미가 싱긋 웃었다.

"그래도 조심하시오."

5황자가 진지한 얼굴로 조용히 말했다.

"중요한 일은 아니지만 위 대인에게 책임을 지게 하는 것이다 보니 이 일을 아는 사람이 적으면 적을수록 좋겠소. 내 말뜻을 이해하겠소?"

"소신 잘 이해했사옵니다. 전하께서는 안심하십시오."

봉지미가 신중한 얼굴로 대답했다. 두 사람은 친밀하고 다정하게 대화를 마치고 아쉬운 듯 작별 인사를 나눴다.

마차가 덜컹덜컹 소리를 내며 고요해진 번화가를 한참 달렸다. 쏟아지는 달빛이 설원 위에 반짝이는 것처럼 맑고 차가웠다. 봉지미는 마차 안의 어둠 속에서 새하얀 손수건으로 손을 닦고 또 닦았다. 봉지미의 얼굴 반쪽이 그림자에 잠겨서 표정을 분간할 수 없었다. 오직 흐릿한 눈빛만이 달빛이 옅게 떠도는 그림자 속에서 자욱한 안개처럼 떠다녔다. 봉지미가 갑자기 웃기 시작했다. 그 웃음은 한없이 어둡고 서늘했다.

댕, 댕, 댕. 쏟아질 듯한 별빛으로 수놓인 청량한 밤하늘에 황성의 종소리가 울려 퍼졌다. 반짝이던 제경의 등불도 점차 자취를 감췄다. 이경 *二更. 밤 아홉 시부터 열한 시 사이이 되자 황궁의 문이 잠기고 내성의 문도 굳게 닫혔다.

오늘은 봉지미가 내각에서 당직을 서는 날이었다. 짙푸른색의 긴 도랑같이 펼쳐진 고요한 복도에 푸른 달그림자가 떠돌았다. 궁전의 처마 끝에는 어느새 땅거미가 서려 있었다. 멀리서 보면 궁전은 마치 깊은 바다 밑에 놓여 있는 커다란 바위처럼 보였다. 야간 순찰을 도는 호위병 두 조가 지나갔고, 긴 복도 끝 모퉁이에는 사람 그림자 하나가 길게 드리워졌다. 긴 복도를 소리 없이 가로지른 그림자는 꽃과 나무가 한데 어울려 피어 있는 돌 뒤로 내달렸다. 그곳에서 누군가가 그림자를 기다리고 있었다.

"가져왔소?"

멀리서부터 등롱의 불빛이 스며왔다. 기다리던 자는 뜻밖에도 5황자였다. 5황자의 눈길은 상대방이 가슴 속에 품고 있는 작은 상자로 향했고 눈빛은 어느 때보다 긴박했다.

"어떻게 전하께서 친히 나오셨습니까?"

상대방은 봉지미였다. 그녀는 의아한 듯 주위를 살폈다. 5황자는 대답하지 않고 주위를 두리번거리며 물었다.

"고 대인은 아직 오지 않았소?"

5황자가 초조한 몸짓으로 고남의가 있는지 살폈다.

"고 대인이 무슨 수로 올 수 있겠습니까?"

어처구니가 없어진 봉지미가 웃음을 터트렸다.

"밤에 명단이 새로 바뀌어서 이름을 더 집어넣을 수 없었습니다. 그는 내각의 당직자가 아니니 궁 안에서 묵을 수도 없고요."

5황자가 고개를 끄덕이며 눈빛을 반짝였다. 봉지미가 다시 웃으며 말했다.

"내일 제가 직접 물건을 보내 드리는 편이 더 좋았을 텐데요. 그러면 전하께서도 이런 데서 기다리시지 않아도 되고요. 이렇게 야심한 밤에 주거니 받거니 해야 할만큼 급한 일이 있습니까?"

"그것이……."

5황자가 손을 뻗어 작은 상자를 쓰다듬어 보았다. 자신이 원하는 물건인지 확인하고는 천천히 웃었다. 눈가에 이전과 다른 기이한 빛이 번뜩였다.

"여기서 죽는 것이 그래도 낫겠구나."

봉지미가 말뜻을 이해하지 못하고 고개를 들었다.

칙.

불꽃이 머리카락을 태우는 듯한 낮고 작은 소리가 들려왔다. 그순간 봉지미가 비명을 지르며 뒤쪽으로 넘어가더니 난간 위로 고꾸라졌다. 5황자를 바라보는 봉지미의 눈에 아픔과 절망이 빠르게 퍼져 나갔다.

"아니 왜……"

"너에게는 정말 고마울 따름이구나."

5황자는 웃으며 부드러운 음색으로 말했다. 본래 가지고 있던 냉혹한 얼굴이 푸른 달빛을 받아 더욱 뒤틀려 보였다.

"황제가 되기 위한 나의 큰 계획을 위해 희생해 준 네게 고맙구나."

"어찌 이런……"

봉지미는 온몸을 부르르 떨며 시뻘겋게 물든 손가락을 뻗어 5황자를 가리켰다.

"소리라도 질렀다간 넌 '어서방의 중요 기밀을 훔친 죄'로 호위병들의 손에 죽을 것이다."

원래 말수가 적었던 5황자였지만 오늘은 가슴에 기쁨과 만족이 넘치는지 참지 못하고 자세히 말하기 시작했다.

"이제 곧 죽을 테니 특별히 비밀을 알려주지. 이 상자 안에는 사실 『금궤요략』이 들어 있지 않아."

"그럴 수가……"

숨이 꼴딱 넘어갈 듯한 봉지미가 애서 말을 받았다. 절체절명의 순간에도 아직 죽어선 안 될 자는 결연하게 마지막까지 버텨야 했다.

"네가 총명한 건 잘 알고 있다만 상자를 열어 확인해 봤어야지. 사실이 상자 안에는 분명 책이 들어 있어. 책장을 넘겨 보면 의서가 확실하지. 하지만 중간 부분을 파내어 황실 최대의 기밀을 숨겨 놓았다."

5황자가 상자를 열어 책을 꺼내 몇 장을 넘기다가 손가락으로 책등을 살짝 당겼다. 그러자 책장 하나가 미끄러지듯 빠지고 홈이 나타났다. 자세히 보니 책장이 종이가 아니라 옥판이었다. 5황자가 홈 사이에서 노란색 비단 조각을 꺼내어 펼쳐보았다. 그리고 한 줄기 차가운 미소를 드러냈다.

"아직도 태자의 이름이 쓰여 있군. 역시 고치지 않았어."

5황자가 냉소를 지으며 말했다.

"이건 아바마마께서 나중에 황위를 물려주실 때의 유언이지."

5황자는 손 안에 쥔 노란 비단을 흔들어 보였다.

"보기에는 평범한 비단 같지만 사실 특수한 재료를 사용했어. 특이한 돌에서 뽑아낸 실로 만든 거야. 천하에 오직 한 묶음밖에 없다고 하지. 안에 쓰인 문자는 이 세상에 없는 방법으로 수를 놓아서 특수한 각도에서만 볼 수 있지. 어느 누구도 위조할 수가 없어. 이건 수년 전에 태자를 지명할 때 어서방에 봉인하여 보관했던 것인데 어머니께서 우연히 이걸 알게 되시어 내게 말씀해 주셨다. 난 수년간 공을 들여 똑같이 수놓는 방법을 수소문하였고 또 다시 수년을 공들여 똑같이 수를 놓을 수 있는 여인을 찾아냈어. 만반의 준비를 갖추고 이 물건을 가져올 기회만 기다렸지. 비단실을 뽑아 다시 수를 놓은 다음엔……."

5황자는 웃으며 손 안의 노란 비단을 높이 들었다.

"여기에 써 있는 이름은 일찌감치 바꿨어야 했는데 도무지 바뀌지가 않더군. 이젠 더 이상 체면 차리며 욕망을 감출 필요가 없어졌어."

"와! 그런 거였군요."

봉지미가 대단하다는 듯 탄성을 질렀다.

"전하께서 정말로 조금도 체면을 차리지 않으시니 여러분들도 예의

차릴 것 없이 그만 나타나시지요."

봉지미의 말을 듣고 아연실색한 5황자는 그대로 돌처럼 굳었다가 천천히 몸을 돌렸다.

칙.

사방에서 환한 등불이 켜지면서 모두의 검푸른 얼굴을 밝게 비췄다.

철컥.

무수히 많은 석궁들이 가산의 돌 위로 검은 빛을 발하며 나타났다. 석궁의 화살 끝은 냉혹한 빛을 반짝이며 5황자를 에워쌌다. 그때 누군 가가 긴 복도에서 머리를 내밀었다. 그자의 옷차림에는 연한 금빛 만다 라 꽃이 활짝 피어올랐고 별빛 아래에서 요염한 색을 내뿜었다.

"다섯째 형님께서 정말 훌륭한 계략을 세우셨군요."

그자가 냉혹한 미소를 띠며 가볍게 박수를 쳤다. 초가을의 밤바람 에 옷소매가 나풀거렸다. 다른 누군가는 복도 난간 옆에 홑옷만 걸친 채 서 있었다. 온몸을 벌벌 떨자 호위병 총관이 곁에서 부축했다.

"불효자 같으니라고!"

그자가 노하여 큰 소리로 외쳤다.

"전에는 독을 준비해 짐을 해하려 하고, 후에는 계략을 써서 유조*遺 詔, 임금의 유언를 바꿔치기하려 하더니, 그것도 모자라 사람을 죽여 입을 막 으려 해! 지금 내 눈앞에 서 있는 네놈은 무모한 계획으로 황제의 자리 를 빼앗으려는 잔인하기 그지없는 미치광이가 되었더냐!"

난간 위에 앉아 있던 또 다른 누군가는 즐거운 듯 가슴 속에 넣어 둔 빵을 꺼냈다. 해당화 열매 잼이 들어있는 빵을 한입 베어 물자 새빨간 즙이 입가를 따라 흘러내렸다. 손가락으로 즙을 닦아 핥아 먹는 자는 바로 봉지미였다.

5황자가 뒤로 한 발 물러서더니 각기 다른 표정의 세 사람을 바라보 며 사색이 되었다.

"그렇단 말이지! 좋아!"

5황자가 절망스러운 목소리로 웃기 시작했다.

"나를 잘도 기만했겠다. 다 없애 버리겠어!"

5황자가 갑자기 몸을 돌려 독사 같은 눈으로 봉지미를 노려봤다.

"위지! 네 놈의 계략이었구나!"

봉지미는 5황자의 살기등등한 눈동자를 보자 의혹이 일었다.

'이 정도로 궁지에 몰렸으면 재빨리 도망치거나 천성 황제 앞에 무릎을 꿇고 부자지간의 정으로 목숨을 살려달라고 간청해야 하는 것이 아닌가? 5황자는 왜 아직도 저항하는 걸까?'

돌연 한 마디 말이 뇌리를 스쳤다.

'넌 어서방의 중요 기밀을 훔친 죄로 호위병들의 손에 죽을 것이다.'

5황자는 봉지미에게 분명 이렇게 말했었다.

'그가 날 죽이면 발견되는 것은 시체뿐인데 어찌 호위병들이 그를 도와 사실을 숨겨 준다고 단언할 수 있지? 어떤 호위병이 가장 처음 내 시체를 발견할 수 있을까? 호위병 총관이라면 몰라도……'

봉지미는 불현듯 무언가가 떠올라 영혁이 있는 곳을 향해 내달리려 했지만 이미 늦어 버렸다. 뒤에서 강력한 힘이 밀려들어왔기 때문이었다. 서릿발 같은 미소를 띤 5황자가 봉지미를 확 끌어당겼다. 5황자가 머리카락을 휘어잡자 봉지미의 두피에 찢어질 듯한 통증이 밀려왔다. 동시에 옆구리에는 살기가 느껴지는 단검이 겨눠졌다. 뒤에서 호위병 총관이 비장하게 검을 빼는 소리와 분노가 극에 달한 천성 황제의 외침이 들려왔다. 5황자는 섬뜩하게 웃으며 소리쳤다.

"영혁! 넌 아바마마와 이 녀석 둘 중에 하나만 구할 수 있다!"

5황자가 비열하게 웃으며 말을 이었다.

"넌 누굴 구할 것이더냐?"

제 61 장

나하고만 결혼해

긴 복도 안에서 호위병 총관이 천성 황제의 목에 검을 갖다 댔다. 이와 동시에 긴 복도 아래에서 5황자의 단검 끝이 봉지미의 옆구리를 겨눴다. 누구를 구할지는 생각해 볼 필요도 없는 듯했다.

가산 위의 날카로운 화살 한 줄기가 미동도 없이 5황자를 조준하고 있었다. 봉지미가 적의 손아귀에서 자세를 낮춰 보려 애썼지만 화살은 조금도 개의치 않는 것처럼 보였다. 궁성은 장영위와 친위대가 각각 절반씩 담당하여 당직을 섰다. 지금 여기에 나타난 자들은 영혁이 통관하는 장영위 소속이었다.

"위영!"

천성 황제가 호통쳤다.

"네가 제정신이 아니구나! 감히 짐을 인질로 잡다니. 이러고도 네가 살아서 궁을 나갈 수 있을 거라고 생각하느냐!"

"소신 살아서 궁을 나갈 생각이 전혀 없사옵니다."

호위병 총관이 뒤에서 봉지미를 밀고 이내 황제에게 검을 들이대며 위협했다. 호위병 총관 위영의 어투는 고요한 샘물처럼 평온했고, 눈빛은 한 줄기 빛조차 허락하지 않는 동굴처럼 어두웠다.

"상씨 집안은 소인에게 생명의 은인입니다. 지금까지 소인의 노모를 잘 보살펴 주셨으니 소인의 목숨은 당연히 상씨 집안의 것입니다."

"상 씨라……."

천성 황제가 서늘한 웃음을 지었다.

"상씨 집안이 감히!"

"위영, 검을 내려놓아라."

영혁이 마침내 입을 열었다. 복도 아래에 있는 5황자와 봉지미는 한 눈에 들어오지 않았다. 줄곧 긴장을 늦추지 않고 복도 위에 있는 두 사람에게서 눈을 떼지 않았다.

"길을 잘못 들었으면 되돌아올 줄도 알아야지. 아직 늦지 않았다. 네가 지금 반성하고 되돌아오기만 한다면 내가 책임지고 네 노모의 안전을 약속하마."

위영이 쓴웃음을 지으며 고개를 가로저었다.

"무얼 원하는 것이냐?"

위영이 잠자코 아무 말도 하지 않았다. 영혁이 눈살을 찌푸리며 5황자에게로 몸을 돌렸다.

"다섯째 형님. 형님께서 무엇이 아쉬워서 이런 일을 벌이시는 겁니까? 목숨까지 걸면서 서로에게 득이 될 게 없는 길을 걸어야겠습니까? 자식이 어찌 아버지를 이렇게 핍박할 수 있습니까? 형님께서 우리 영씨 황족의 부자지간을 다툼으로 몰고 있지 않습니까?"

"그만하지 못해!"

5황자가 차가운 미소를 지어 보였다.

"넌 아직도 쇠처럼 단단하고 얼음처럼 차가운 아바마마에 대해서 모르겠느냐? 그해에 셋째 형님이 어찌 돌아가셨지? 벌써 잊은 건 아니겠지? 망도교(望都橋) 위에서 아바마마께서는 지난날의 잘못은 묻지 않겠지고 분명히 말씀하셨다. 곧 부자지간에 화해를 하였고 셋째 형님께서 무릎을 꿇고 검을 버리셨지. 그랬더니 기다렸다는 듯이 무슨 일이 벌어졌지?"

영혁의 얼굴색이 새까맣게 변하더니 일순간에 눈빛이 어두워졌다. 천성 황제가 흥, 하는 소리를 내며 격노했다. 이 소리를 듣고 얼굴빛이 정상으로 돌아온 영혁이 담담하게 말했다.

"형님께서는 자기 잘못을 아직도 깨닫지 못하고 계시는군요."

영혁은 갑자기 뒤로 물러나더니 어두운 곳을 빠르게 훑었다. 경계하던 5황자가 직감적으로 위험에 처한 것을 깨달았다. 눈을 돌리자 맞은편에 출입문이 활짝 열린 어서방이 보였다. 등불이 환하게 켜져 있었고 안은 텅 비어 있었다. 5황자의 눈에 갑자기 반짝이는 빛이 감돌았다.

"여기서 이러지 말자고."

5황자의 칼끝이 봉지미의 옆구리에 바짝 다가오더니 그녀를 앞으로 밀어냈다.

"어서방 안으로 들어가서 이야길 나눠 보는 게 어때. 그리고 당장 재상들을 궁으로 들라 해!"

"다섯째 형님. 이제 힘을 아끼시는 게 더 좋을 텐데요."

영혁이 냉소를 지었다.

"어디를 가도 결말은 똑같습니다. 괜히 힘만 빼는 일입니다."

영혁은 긴 복도의 어두운 곳으로 몸을 숨겨서 그 표정을 자세히 볼 수 없었다. 영혁이 숨을 죽이고 가만히 있으려고 할수록 5황자는 더욱 불안해졌다. 밖으로 도망쳐 봤자 분명 영혁이 마련한 철통같은 경비가 이미 배치되어 있을 테니 어서방으로 들어가는 것보다 못할 것이었다. 어둠 속에서 몰래 쏘는 화살은 그런대로 막을 수 있다고 생각됐다.

"저기, 제가 5황자께 말씀드려 보겠습니다."

봉지미가 5황자에게 귓속말로 속삭였다.

"어서방에는 절대 들어가지 마십시오. 저 병풍 뒤와 책상 밑을 살펴보셔야 합니다. 누군가가 매복해 있지 않다고 장담하기 어렵습니다. 그때가 되어서 재수 없는 일을 당하시게 되면 저를 끌어들이지 말아 주십시오."

'터무니없는 소리를 지껄이고 있군!'

5황자가 차갑게 웃었다. 어서방의 병풍은 유백색의 생사(生絲) 병풍으로 불빛이 비추면 개미 한 마리도 숨을 수 없었다. 책상 아래는 독특한 형상이라 사람이 도저히 들어갈 수 없었다. 이 둘이 서로 결탁하여 일부러 함정을 파 놓은 게 아닌지 의심스러워졌다.

5황자가 이상한 낌새에 귀를 쫑긋 세웠다. 밤바람을 타고 끼익, 줄을 당기는 소리가 어렴풋이 들려왔다. 손바닥에 저절로 땀이 배어 나왔다. 이전에 초왕의 수하 중에 뛰어난 재능을 지닌 자들이 많다고 들었었다. 그중에 무기를 잘 만드는 고수가 있었는데 방금 들린 것이 멀리서 정확하게 쏠 수 있는 석궁의 줄을 당긴 소리가 아닐까 의심이 들었다.

"어서방으로 들어가!"

5황자의 눈빛이 입구 맞은편의 서재에 걸려 있는 강산여도(江山輿圖)를 스쳐 지나갔다. 그 지도 위에 서평도 장녕왕의 봉토를 파란색으로, 민남도의 강역을 진홍색으로 표시해 놓은 것이 한눈에 들어왔다. 또 어서방 위쪽의 편액에는 '성영영고*聖寧永固, 성스러운 영씨 황족은 영원불멸하다'라는 커다란 글자 네 개가 쓰여 있었다. 아마도 충분히 그럴 수 있으리라 생각됐다. 지금 5황자의 눈앞에 펼쳐진 형국은 더 이상 신뢰를 회복할 수 없는 지경에 이르렀다. 유일한 살길은 봉지미를 더욱 위협해서 초왕을 압박하고, 호위병 총관이 폐하의 목에 칼을 더 깊이 들이대서 어서방 안으로 몰고 들어가는 것이었다.

"아얏! 안 돼."

봉지미가 미적미적 꾸물대며 걸음을 옮기다가 넘어졌다.

"5황자 전하께서 제 옆구리에 칼을 너무 심하게 들이대셔서 제 다리가 풀려 버렸네요."

"이게 어디서 수작이야!"

5황자는 봉지미가 하는 모든 것을 믿지 않았다. 칼끝의 삼 분의 일 정도가 살을 밀고 들어왔다.

"서재로 가! 그리고 영혁! 재상들을 내 앞에 빨리 대령해!"

핏줄기가 푸른 옷을 타고 흘러내렸다. 봉지미가 내려다보고는 한 줄기 탄식을 내뱉었다. 영혁의 표정에는 아무런 변화가 없었다.

"다섯째 형님. 일개 하급 관리를 협박해서 힘을 낭비할 필요가 없지 않습니까."

영혁이 덤덤하게 말했다.

"아바마마에 비해 저자의 가치는 많이 부족해 보입니다."

"여섯째야. 그렇다고 내가 포기할 줄 아느냐. 머리 굴릴 필요 없다."

5황자가 차가운 미소를 보였다.

"가치가 부족하든 아니든 난 상관없다. 희생양으로 삼으면 그만인 것을!"

5황자는 어서방 쪽으로 한 걸음씩 발을 뗐다. 손안의 단검에서 섬뜩한 빛이 어렴풋이 퍼져 나왔다.

"재상들을 데려와. 아바마마께서 재상들이 보는 앞에서 금빛 책자에 이렇게 쓰시라고 해! 내가 영씨 가문의 혈육인 것을 명시하고 오늘의 일에 대해 절대 추궁하지 않으며 이를 어긴 자는 천벌을 받고 영씨 황조는 멸망할 것이라고. 또 내게 서민도(西闽道)를 하사하시고 떠날 때 예우를 다해 환송하며 앞으로는 부자지간에 서로 화목하게 지내고 다시는 서로 얼굴을 보지 않을 것을 약속한다고."

5황자는 이로 입술을 잘근잘근 씹으며 결연한 얼굴을 보였다.

"네가 먼저 들어가!"

5황자가 영혁에게 명령했다.

"뒤처지지 않게! 모두 다 뒤로 물러나!"

5황자는 어둠 속에서 들려오는 숨소리를 분간하며 천성 황제와 영혁이 있는 곳을 노려봤다. 천성 황제가 어두운 낯빛으로 손을 한번 휘두르자 가산 위의 석궁들이 소리 없이 사라졌다. 사방이 고요해지자 바람 소리와 몇 사람의 숨소리만 들려왔다. 영혁이 서늘한 웃음을 내뱉더니 앞장서서 걸어갔다. 영혁은 천성 황제가 어서방으로 끌려들어가는 모습을 힐끗 쳐다봤다. 협박을 당해 잔뜩 긴장한 황제의 안위를 걱정하느라 정작 자신은 발아래의 문턱을 미처 발견하지 못했다. 문턱에 발이 걸리면서 그 옆에 서 있던 대야 받침대에 다시 발이 걸려 넘어지고 말았다. 곧 황급히 일어서서는 대야 받침대를 대충 일으켜 세웠다.

"여섯째야. 지금이 다리가 풀릴 때이더냐."

5황자가 영혁이 안으로 들어오는 것을 바라보며 비웃더니 머리를 절레절레 흔들었다. 뒤따라 위영이 천성 황제의 목에 검을 들이대고 문턱을 넘어섰다. 영혁이 일으켜 세운 대야 받침대는 원래의 위치에 제대로 놓이지 않고 문의 오른쪽 절반쯤을 막고 있었다. 위영이 천성 황제를 어쩔 수 없이 왼쪽으로 몰면서 제 몸도 옆으로 돌려서 지나갔다.

펑.

눈처럼 새하얀 빛이 어두운 공간을 가득 채웠다. 문턱의 오른쪽 방향에서 눈부신 빛이 터져 나오는 찰나 깃털이 산산조각이 되어 공중으로 흩뿌려졌다. 위영은 성난 사자처럼 울부짖으며 아래에서 위로 튀어 올랐다. 무슨 일이 벌어졌는지 사람들이 영문을 모를 때 장치의 강력한 용수철이 위영의 하반신에 푹 박혔다. 핏빛 분수가 용솟음치기 시작했다. 위영이 비명을 터트리며 천성 황제를 거칠게 끌어당겼다.

갑자기 어디선가 나타난 푸른 그림자가 번개처럼 영혁의 앞을 스쳐 지나갔다. 위영에게는 손 하나 대지 않고 천성 황제를 잡아끌어 데리고 갔고, 잠시 후 기척 없이 5황자에게 다가갔다. 푸른 그림자는 태어나서 가장 빠른 속도로 돌진했다. 뒤에 나자빠져 있던 위영의 격렬한 신음 소리가 들려왔다. 울부짖는 바람 소리 같았지만 그곳에 신경 쓸 여유는 없었다.

이 모든 일은 눈 깜짝할 사이에 벌어졌다. 5황자는 그저 새하얀 빛이 눈앞에서 번뜩인다고 느꼈을 뿐이었다. 곧 영혁이 달려들었지만 혼돈 속에 넋을 잃고 서 있던 5황자는 피할 새가 없었다.

"살려줘!"

한 줄기 맹렬한 외침이 울려 퍼지고 하얀 그림자 하나가 쏜살같이 달려왔다. 머리 위의 처마가 산산이 부서지면서 연기와 먼지가 자욱하게 일어났다. 푸른 소매에서 손 하나가 아무런 기척도 없이 나오더니 5황자의 머리를 잡아챘다. 그 날렵한 손동작을 보아하니 일단 집어 들기만 하면 5황자의 머리는 몸통과 영원히 이별할 태세였다.

5황자가 맹렬한 외침과 함께 간신히 정신을 차렸지만 여전히 눈을 흐리는 혼돈 속에 있었다. 얼굴을 향해 덮쳐오는 거센 바람만 느낄 수 있을 뿐 누가 덮쳐오는지 분간할 수는 없었다. 그는 이제 더 이상 요행을 바랄 수 없다는 것을 깨닫고 체념했다. 엄숙한 눈빛을 드러내며 손 안의 단검을 세게 눌렀다.

모든 일이 급박하게 일어나면서 상황이 혼란스러워졌다. 영혁이 5황자를 향해 달려들었고, 언제 왔는지 모를 소녕 공주도 홑옷만 걸친 채 몸을 던져 5황자의 칼을 막으려 했다. 그리고 처마에서는 번개처럼 빠른 고남의의 손이 내려와 5황자의 머리를 잡아챘다. 하지만 소녕 공주가 몸을 던지는 바람에 공주는 공주대로 5황자의 칼을 막지 못한 채 고남의의 손과 부딪쳤고, 그 손은 그만 튕겨져 나가 버렸다. 비껴나간 손이 가슴을 때려 5황자가 한 발짝 뒤로 밀려났다. 이미 달려들고 있었던 영혁은 봉지미를 구할 시간이 충분했었지만 봉지미를 붙잡지 못했고, 오히려 고남의가 다시 봉지미를 붙잡은 손에 부딪쳤다. 봉지미를 구하려는 세 사람이 동시에 부딪치면서 5황자는 관심 밖으로 밀려났다.

봉지미의 옆구리에는 여전히 칼이 박힌 상태였고 더 이상 들어갔다가는 목숨을 잃을 지도 몰랐다. 칼이 들어간 푸른 옷에서 빨간 것이 흘렀다. 일순간 영혁의 눈에 붉은 핏발이 섰다. 영혁은 한 손을 올려 5황자를 향해 날카로운 검 끝을 겨눴다. 다른 한 손으로는 봉지미를 잡아당겨 그녀의 상처 부위를 틀어막았다. 검이 5황자에게 닿지도 않았는데 5황자는 나무토막처럼 푹 고꾸라졌다. 영혁은 봉지미의 상처를 내려다보다가 문득 손에 닿은 감촉이 뭔가 이상한 것을 느꼈다.

영혁이 손을 펴 자세히 들여다보니 빨갛고 끈적끈적하고 달달한 것이 묻어 있었다. 그것은 누가 보아도 신선한 해당화 열매 잼이었다.

봉지미의 숨소리가 가까이에서 들려왔고 내뱉는 숨에서 옅은 해당화의 향기가 퍼져왔다. 그녀가 웃는 듯 아닌 듯한 표정으로 말했다.

"해당화 열매 잼이 든 빵인데 하나로는 부족하네요."

그 순간 영혁의 머릿속이 말끔하게 정리되었다. 봉지미가 상자를 건넬 때 5황자가 어느 부위에 칼을 꽂을지 모르니 급소가 되는 모든 곳에 미리 둥근 빵을 붙여 놨던 것이었다. 그녀의 허리춤에도 당연히 넣어두었다. 그녀가 꾸물거리다가 문턱에 걸려 넘어졌을 때 빵이 삐져나오는 위기가 찾아오기도 했었다. 빵의 위치를 다시 조정해야 했는데 다행히 그때 5황자가 부주의한 바람에 알아채지 못했다. 지나치게 긴장한 5황자는 그녀의 해당화 열매 잼 빵에 두 번이나 속아 넘어갔다.

옅은 해당화 열매의 향기가 풍겨져 왔고 봉지미의 눈빛이 느슨해졌다. 맑고 투명한 미소를 띤, 비바람에도 꺾이지 않을 차분함과 기품을 지닌 얼굴이었다. 영혁은 갑자기 안심이 되어 맥이 풀려 버렸고 얼굴에 홍조를 띤 채 그녀의 얼굴을 바라보며 중얼거렸다.

"다행이군……."

바닥에 쓰러져 있던 5황자는 검에 둘러싸였다. 봉지미가 기회를 틈타 5황자의 경혈을 눌러 스스로 죽지 못하게 만들었다. 바닥에 누운 채 달빛에 비친 영혁의 얼굴을 쳐다보고 있던 5황자는 문득 무언가를 깨달았다. 5황자는 음흉하고 차가운 웃음을 내뱉었다.

"내 예상이 틀리지 않았어. 여섯째가 누굴 구할지 예상은 했지만 정말로 그럴 줄이야."

속마음을 폭로하는 말에 갑자기 영혁의 얼굴색이 변했다. 하고 싶은 말이 있는 듯했지만 가볍게 기침만 해대고 아무 말도 하지 않았다. 봉지미는 영혁의 눈을 피해 가볍게 미소지으며 5황자에게 말했다.

"다섯째 형님께서 여섯째 아우를 놀리지 마십시오. 다섯째 형님도 이런 상황이었다면 똑같은 선택을 하셨을 것입니다."

봉지미의 어투는 부드러웠고 원망의 빛은 전혀 서려 있지 않았다. 이때 영혁의 귓가에 모래 한 줌이 비벼지는 듯한 소리가 들려왔다. 까슬까슬한 것이 닿으면서 아파왔다. 그가 입을 벌려 무어라고 말하고 싶었지만 이미 늦은 때였다. 손 하나가 갑자기 뻗어 오더니 봉지미를 덥석 붙잡아 데려갔다. 고남의가 봉지미를 자신의 품 안에서 쓰다듬으며 차갑게 말했다.

"걸리적거리니까 비켜!"

영혁이 한 걸음 뒤로 물러났다. 복도의 기둥을 붙잡고 봉지미를 바라봤다. 좀 전의 일을 해명할 필요가 없어진 듯했다. 봉지미가 그렇게 생각한다면 아무리 해명해도 소용없을 것이었다. 만약 반대로 봉지미가 그렇게 생각하지 않는다면 세상 사람 모두가 그렇게 말해도 그녀는 믿어 줄 것이었다. 영혁은 그녀가 입을 열기만을 기다렸다. 그녀는 총명하고 지혜로워서 그때 그의 계산에 착오가 없었음을 반드시 알아줄 것이었다. 도중에 엇갈리지만 않았으면 완벽하게 그녀를 구할 수 있었다.

하지만 어쩐 일인지 그녀는 계속 영혁에게 눈길을 주지 않았다. 고남의의 손길에 순순히 따르며 그에게 기대 있었고 어딘가 불편한 듯 고남의의 품속에서 고개를 돌렸다.

영혁의 안색이 땅거미가 내린 저녁 빛처럼 어두워졌다. 자포자기한 듯한 미소를 지으며 한참 동안 제자리에 서서 움직이지 않았다. 영혁은 봉지미의 사정을 몰랐다. 봉지미는 고남의의 품에서 몸을 돌리고 통증 부위를 손으로 가볍게 눌렀다. 허리춤을 내려다보니 선홍색 해당화 열매 잼 아래로 흐르는 한 줄기 붉은 액체가 보였다. 그녀는 그것을 조용히 가리려고 애썼다. 둥근 빵의 두께도 한계가 있었다.

5황자는 마지막까지 힘껏 발버둥쳤지만 황제는 절대 사정을 봐 주지 않을 것이었다. 봉지미는 상처에 둥근 빵을 대 보았다. 모두 5황자에게 정신이 팔린 틈을 타서 위치를 바꿔봤지만 여전히 흐르는 피를 막을 수 없었다. 이런 상황을 피할 수도 있었지만 여러 가지 원인이 겹치면서 일이 이렇게 되어버렸다. 봉지미의 얼굴이 저녁 어스름이 깔리는 것처럼 어두워지더니 이내 어이없는 표정을 지었다. 그날 서원에서 나눴던 말들이 귓가에 생생했다. 죽을 날은 자기가 안다고 하지 않았던가. 봉지미는 계속 고개를 돌리지 않았다. 봉지미도 영혁의 사정을 몰랐다.

영혁의 뒤에 서 있던 천성 황제는 소스라치게 놀라며 아들의 뒷모습을 쳐다보았다. 칼을 힘껏 던지는 자세 그대로 문지방에서 죽은 위영의 입가에는 후련한 미소가 흘렀다. 영혁은 기둥을 짚고 꼿꼿이 서 있었다. 칼 한 자루가 등 깊숙이 꽂혔고, 선혈이 퍼져나가며 바닥을 흥건하게 적셨다.

장희 16년. 많은 일들이 일어난 해였다. 태자의 역모 사건에 이어서 5황자의 역모 사건이 터졌다. 황제가 조정에 나와 황명으로 공표한 5황자의 죄명은 분명하지 않았다. 단지 5황자가 원망을 품고 역모를 꾸민 죄로 궁을 떠나 다른 곳에서 살게 됐다고만 밝혔다. 하지만 상씨 집안이라는 지원세력을 업고 황제의 자리에 오를 가능성이 가장 높았던 5황자가 결국 추락하게 되었다는 사실을 모두 알았다.

상 씨 귀비가 연루된 것은 당연한 일이었다. 조사 과정에서 상 씨 귀비가 아들의 음모에 전혀 가담하지 않았다는 사실이 뒤늦게 밝혀지긴 했지만 귀비라는 높은 위치를 다시는 유지할 수 없게 되었다. 지위는 빈으로 격하되었으며 서쪽 육궁(六宮)으로 거처를 옮겨야 했다. 5황자는 천성 황제를 위협할 때 상 씨 귀비를 엮을 생각이 전혀 없었지만 결론적으로 상 씨 귀비가 아들 때문에 가장 큰 대가를 치르게 된 셈이었다.

태자 사건 때는 대강 결말을 지었지만 이번에는 용서하지 않고 끝까지 파고들어 죄를 물었다. 초왕이 이 사건의 규명을 맡아 사건을 철저하게 조사했다. 애초에 필후를 데리고 온 민남 포정사 고선이 조사와 벌을 받을 수밖에 없었다. 고선이 고양후와 짜고 필후를 데리고 온 사실도 밝혀졌다. 민남의 수많은 산과 기이한 동물을 잘 기르는 수무족 사이를 휘젓고 다니면서 찾아낸 필후였다. 그 필후 한 쌍은 수무족의 족장이 오랜 세월 공을 들여 길러 낸 진귀한 것이었다. 필후 사건에 연루된 민남 포정사는 법을 수시로 어겼고 공금을 횡령했으며 세금으로 들어온 은자를 중간에서 가로챘다. 또한 남몰래 고양후에게 요직을 청탁하는 등 그 죄가 끝이 없었다. 민남 포정사 고선은 결국 관직을 박탈당하고 죗값을 치르게 되었으며 고양후도 작위를 빼앗겼다.

상씨 집안은 보름 전까지만 해도 대대적으로 상 씨 귀비 생일 축하 연회를 열어 금상첨화라며 기뻐했는데, 보름 후에는 대대적으로 권력을 빼앗겨 초상집 분위기가 되었다. 상씨 집안은 한 번 넘어진 것으로 좌절하지 않고 다시 일어설 기회를 엿보았다. 하지만 천성 황제는 명령을 내려 민남에서 상씨 집안이 갖고 있던 장군직을 빼앗아 버렸고 군통수권마저 내놓게 했다.

이 와중에 바다에 인접한 남쪽 지방은 해적으로 연일 시끄러웠다. 해적들이 어민들을 무자비하게 해치자, 조정에서는 고양후에게 바다의 경계를 안정시키라는 임무를 맡겨 그곳으로 내려 보냈다. 고양후는 실권을 빼앗기자 군 통수권을 내놓으려 하지 않았고 황제는 골머리를 앓았다. 조정의 법률과 제도가 그곳까지 미치지 않아 통제하기 어려운 상황이었고, 어쩔 수 없이 이 일은 잠시 그 상태로 두고 지켜보기로 했다. 천성 황제는 이 때문에 병을 앓게 되었지만 쉬지 않고 조정에서 업무를 처리했다. 황제가 중독으로 몸져누운 동안 본분을 지키지 못한 자들 중에 파면할 자는 파면했고 강등할 자는 강등했으며 정리할 자는 정리했고 바꿔야 할 자는 바꿨다.

호위 대영 장교들과 수시로 모여 술을 마시던 2황자는 민남으로 쫓겨 가게 되었다. 고선이 도리에 어긋나는 짓을 한 데 대해서 격분한 산속 원주민 부족들을 달래고 안정시키는 책임을 맡았다. 옷을 반만 걸치고 얼굴에는 검은 진흙을 바른 원주민을 찾아가 후아주(猴兒酒)를 권하고, 검은 이와 큰 엉덩이를 가진 원주민 아가씨들을 찾아가 마음을 달래 줄 것을 명했다.

누군가는 2황자가 재수가 없다고 말했고, 누군가는 2황자가 운이 좋다고 말했다. 5황자가 죽은 그날 밤 2황자는 호위 대영에 머물렀다. 당시 한 대대의 절반 정도가 점호 뒤 장비를 꾸리고 군영을 나섰지만 십 리도 가지 못하고 다시 돌아왔다. 그렇지 않았다면 2황자는 후아주도 마시지 못하고 죽을 뻔했다.

천성 황제가 중독으로 병상에 누워 있던 동안에 현왕이 되고 싶어 혈안이 되었던 수많은 관리들은 모두 이동되거나 파면됐다. 황제를 보좌하던 대학사 요영도 이 시기에 7황자의 처남을 통해 하동도(河東道) 일대의 7주 6현에서 고리대금을 놓은 것이 밝혀져 황명으로 경고를 받고 일 년간 녹봉을 지급받지 못하게 됐다. 하나로 뒤엉켜 다투기를 일삼던 육부는 황제가 깨어나자 더 이상 다투지 않게 되었고, 초왕은 황명을 받들어 직접 일을 처리하는 경우가 많아졌다. 호부 상서는 녹봉 지급을 정지당했고, 공부 상서는 예부(禮部) 시랑으로 좌천됐다. 초왕이 공부 상서에게 건축물 관리가 엉망이니 앞으로 노래나 관리하라고 했다가, 노래 관리도 영 엉망이니 아래로 내려가서 원주민이나 잘 관리하라고 했다.

겉으로는 호부와 공부 모두 똑같이 벌을 받았지만 통찰력이 있는 사람은 그 내실이 전혀 다르다는 것을 눈치챌 수 있었다. 초왕 휘하의 호부는 원활하게 잘 돌아갔지만, 5황자 밑에 속해 있었다가 지금은 7황자의 관할로 들어간 공부는 싸움이 끊이지 않아 매일매일 떠들썩했다. 더 중요한 변화는 이제 천성 황제가 영혁이 처리하는 대로 일을 두고 보는 것이었다. 태자의 역모 사건 이후 계속 경계심을 내비치던 황제는 '5황자 역모 사건' 이후 영혁에 대한 믿음이 급상승했다. 영혁도 황제가 아프기라도 하면 계속 궁 안에 머물며 곁을 지켰다. 황제는 지금 이 아들 하나만을 믿는 듯했다. 영혁이 곁에 있어야 겨우 잠들 수 있을 정도였다.

후궁들 사이에서도 크다면 크고 작다면 작은 일이 일어났다. 천성 황제는 상 씨 귀비가 생일 축하 연회에서 바친 무녀를 후궁으로 봉하고 그녀에게 상 씨 귀비의 침궁을 하사했다. 새로 온 사람의 웃음소리는 담을 넘었지만 옛사람의 울음소리는 어디에서도 들을 수 없었다. 이 일은 후궁들 사이에서 엄청난 파장을 불러일으켰고 모두 쉴 새 없이 입방아를 찧어 댔다.

조정에서도 커다란 파장을 불러일으킬 만한 일이 있었다. 어떤 파벌에도 속하지 않은 나이 든 신하가 천성 황제에게 상소를 올려 하루빨리 태자를 책봉할 것을 청했다. 태자의 자리가 비어 있는 것이 천성을 지키는 근본적인 해결책이 되지 못한다며 나라의 안정을 기하기 위해서라도 반드시 자리에 사람을 앉혀야 한다고 간곡히 고했다. 하지만 천성 황제의 태도는 애매했고 상소문의 처리는 보류됐다. 어떤 이는 황제가 이미 초왕에게 태자의 자리를 권유했지만 초왕이 고사했다고 말했으나 그 진위 여부는 아무도 몰랐다.

조정의 일은 영혁이 번개처럼 신속하게 매듭을 지어 나갔다. 천성 황제의 명을 듣지 않던 상씨 집안을 겨우 정리했고, 군대를 이동시켜 주둔지를 옮기려 했다. 남해 장군을 뽑아서 능수(凌水) 관문으로 보내 동쪽의 병력을 바탕으로 해적을 토벌했고, 고양후가 병권을 내놓도록 무력으로 핍박했다. 이런 어지러운 시기에 봉지미가 야심한 시각에도 불구하고 남해 연가 사람을 데리고 황제 앞에 모습을 드러냈다.

보수를 마친 어서방은 이전 모습으로 완벽히 돌아왔다. 하지만 봉지미는 여전히 두려운 듯 벌벌 떨며 조심스러운 표정과 자세로 문턱을 넘었고 이는 천성 황제의 웃음을 자아냈다. 아랫자리에서 의자에 등을 기대고 앉은 영혁의 자세와 표정이 나른해 보였다. 춥지 않은 날씨인데도 안색이 조금 창백했고, 등에는 비단 방석을 받치고 있었다. 어깨 위에 닿은 검은 머리는 살짝 흐트러져 있었고 거뭇한 눈동자가 유달리 두드러져 보였다. 고상하면서도 청초한 아름다움이 사람의 마음을 잡아끌었다. 봉지미는 늦은 시간에 이곳에 남아 있는 영혁을 의아한 표정으로 바라보다가 고개를 들었다. 그러다 문득 이쪽을 쳐다보는 영혁과 눈이 마주쳤으나 어색한 눈빛이 허공을 떠돌다가 이내 시선이 엇갈렸다.

내시가 인삼탕을 올리자 천성 황제가 영혁에게 직접 잔을 건네줬다. 영혁이 일어서려고 하자 일어나지 말라는 뜻을 내비쳤다.

"잘 쉬거라. 움직이지 말고."

봉지미는 순간 제 귀를 의심했다. 이 인간이 병이 났다는 건 지금까지 들어본 적이 없었다.

"아바마마, 감사하옵니다."

영혁이 공경의 표시로 반절을 올리고 천천히 인삼탕을 마셨다. 봉지미는 영혁에게 눈길조차 주지 않았다. 봉지미는 허약해진 허리에서 통증이 살짝 전해졌지만 활짝 핀 꽃처럼 미소 지으며 손 안에 들고 있던 두루마리를 천성 황제에게 바쳤다. 천성 황제가 책상 위에 말린 종이를 펼치고는 쓱 훑어보더니 만면에 희색이 돌았다.

"남해 해적의 방어군 배치도가 아니더냐."

봉지미가 연회석에게 눈짓했다.

'아우님. 등장할 시간이 되었습니다.'

"폐하. 이것은 남해 해적의 세력 분포를 그린 것이옵니다. 남해 연가가 긴 세월 바다 위에서 상업에 종사하며 오랫동안 인력과 물자를 들여 얻은 정보를 바탕으로 한 것이지요."

연회석이 함축적이면서도 간결하게 말했다.

"남해의 해적은 해적 중에서도 기세가 최고에 달합니다."

영혁도 가까이 다가와서 몇 번이나 유심히 지도를 들여다보더니 봉지미를 힐끗 쳐다봤다. 봉지미는 영혁에게 온순하며 상냥한 미소를 지어 보였다.

"훌륭하구나!"

천성 황제는 탁자를 탁 내려치며 크게 칭찬했다.

"초왕, 바로 호윤헌(皓昀軒) 문서처에 가서 이 지도를 베끼라고 전하라. 다 베낀 것은 가장 빠른 말로 남해 장군에게 전하거라. 잠깐만…… 수가 어찌 이리 적은 것이더냐? 해적의 수가 분명 훨씬 더 많았는데……."

황제가 잠시 멍하니 지도를 바라보다가 짙은 눈썹을 위로 확 끌어올렸다. 갑자기 크게 깨달은 기색이 눈빛에 드러났다.

"고얀 것들 같으니라고!"

천성 황제가 무심코 탁자를 쾅 내리쳤다. 탁자 위의 등이 옆으로 쓰러졌고 편지가 뒤집어져서 바닥으로 떨어졌다. 내시가 황급히 달려와 화가 난 황제의 앞에 무릎을 꿇었다.

"상씨 집안, 이것들이 뻔뻔해도 정도가 있지!"

천성 황제의 이마에 툭 불거져 나온 푸른 혈관이 뛰기 시작했다.

"해적이 어디에 얼마나 있는지 다 알 수 있거늘 오랜 세월 동안 깨끗하게 소탕하지는 못할망정 매년 조정에 그렇게 많은 돈과 식량을 요구해! 어느 해부턴가는 돈이 부족하다며 더 달라고까지 했지. 매년 해적을 소탕했다고 보고한 그 숫자는 전부 무엇이더냐?"

"남해 일대에 사는 무고한 백성들의 머릿수이옵니다."

봉지미의 말은 불 위에 뜨거운 기름을 부은 것이었다. 천성 황제는 손을 벌벌 떨더니 격노하여 입술을 파르르 떨었다. 이내 고개를 돌려 영혁에게 물었다.

"초왕. 네가 보기엔 어떻게 하면 좋겠느냐?"

영혁이 지도를 가져가 보더니 담담하게 말했다.

"상 씨 일가가 신하된 도리를 지키지 않은 것은 이미 모두가 아는 사실이옵니다. 지금 할 수 있는 것은 죄상을 분명히 밝히는 것에 불과하온데……. 위 대인이 야심한 밤에 뵙기를 청하여 이 지도를 올렸다면 반드시 묘안이 있을 것이옵니다. 아바마마께서 들어 보심이 좋을 듯하옵니다."

말을 마친 영혁의 눈동자가 지도 위를 서성거리다가 봉지미에게 가 닿았다. 다시 서로의 눈이 마주쳤지만 이내 시선이 어긋났다.

두 사람 모두 각자의 속셈이 있었다. 오랜 세월 동안 남해 해적은 제멋대로 날뛰는 것으로 유명했다. 해적을 소탕하기 위해 매년 조정에서는 남해 지역에 어마어마한 돈과 식량을 지급했고 병사를 보충해 주었으며 한 해 동안 걷은 전체 세금의 삼 분의 일을 쏟아붓기도 했다. 남해의 상씨 집안은 조정에 대한 영향력과 강력한 패권을 바탕으로 주변의 해상 세력을 장악하였다. 게다가 가까이에 있는 민남 포정사까지 끌어들여 자기 배를 두둑이 불리는 데만 혈안이 되었던 것이었다. 결국 지금 남해 연가는 지금까지 해적과 관련된 보고가 모두 거짓이었고 상씨 집안이 부린 술수에 천성 조정이 걸려든 것이라는 사실을 황제 앞에서 까발린 셈이었다. 그리고 상씨 집안이 무너지면 후임자의 권력도 반드시 줄어들 것이며, 공교롭게도 이번에 민남의 장군 직을 인계받는 자가 마침 영혁의 사람이라고 넌지시 알려주는 것이었다.

영혁이 황제의 마음에 들 수 있는 좋은 기회였지만 뜻밖에도 훼방을 놓지 않고 통 크게 봉지미에게 기회를 넘겨주었다. 이는 봉지미의 예상을 벗어나는 일이라 사전에 생각해 두었던 말은 써 보지도 못했다. 영혁은 시선을 낮추고 차 위에 떠다니는 거품을 걷어냈다.

'넌 오로지 앞으로만 나아가려 하는구나. 내가 붙잡으려 해도 아무 소용이 없겠지. 기왕 이렇게 되었으니 네가 제일 잘하는 분야에서 재주를 발휘해 보거라.'

영혁의 아득한 눈빛이 전해지기도 전에 봉지미는 미소를 지으며 황제에게 고했다.

"어찌 조정의 병력을 낭비하면서 남해의 대군을 능수의 관문에서 멀리 이동시키려 하시옵니까. 이는 병사들을 고생시키고 재산을 축낼 뿐만 아니라 능수 관문의 서쪽 경계가 옮겨지게 되며 이로 인해 인접한 장녕왕의 봉토에 혼란을 일으킬 수도 있습니다. 본래 남해 지역의 명문 세가들은 해로를 따라 상업에 종사하여 집안을 일으킨 경우가 많습니다. 오랜 세월 상씨 집안과 해적 사이의 결탁과 횡포에 실컷 당해 온 그들은 일찍부터 나라를 위해 온 힘을 쏟을 각오가 돼 있습니다. 지금 폐하께서 그들에게 명분만 내려주신다면 그들은 자신들의 힘을 모아 상씨 집안의 도움을 더 이상 받을 수 없는 해적들을 손쉽게 소탕할 수 있을 것이옵니다. 그리하면 조정의 은자도 아낄 수 있고 대군이 움직이지 않아도 되며 남해의 명문 세가도 오랜 세월의 우환을 일소하고 원하는 바를 마침내 이루니 모두에게 기쁜 일이 아니겠습니까."

"뛰어난 계책이로구나."

천성 황제의 두 눈에 한 줄기 빛이 스쳐 지나갔다. 빙그레 웃으면서 봉지미와 연회석을 번갈아 바라봤다.

"내일 내각에 일러 하루속히 방도를 세우게 해야겠구나. 너희들의 세심한 마음을 짐이 매우 칭찬하는 바이다."

봉지미가 활짝 웃었다.

"현명하시고 영명하신 황제 폐하. 성은이 망극하옵니다."

말을 마치고 봉지미는 바로 일어서서 하직을 고했다. 영혁도 따라서 몸을 일으키며 말했다.

"소자가 우리 집안의 공신을 배웅하고 오겠사옵니다."

영혁은 '우리 집안'이란 네 글자를 낮게 말하며 미소 지었다. 그 말을 듣고 봉지미가 머리를 갸우뚱거렸고 천성 황제는 아무런 반응이 없었다. 황제는 그저 전쟁을 피하고 은자를 아낄 수 있어서 기분이 좋을 뿐이었다. 손을 내저어 영혁을 물러가게 하며 거듭 당부했다.

"네 상처가 아직 다 낫지 않았으니 조심하거라."

봉지미가 입을 삐죽거렸다.

'아직도? 언제까지 연기할 셈인 거야…… 쯧.'

영혁의 걸음걸이는 거북이보다 느렸다. 봉지미는 견딜 수가 없었지만 간신히 참고 그의 속도에 맞춰 천천히 움직였다. 그는 담담한 표정으로 그녀를 한번 힐끗 쳐다봤다. 이 여인은 가식적이고 매우 가식적이고 대단히 가식적이었지만, 그렇기 때문에 영원히 제멋대로 굴지는 않을 테니 아주 좋았다. 그 점이 좋고 또 좋았다.

영혁은 고개를 숙이고 고분고분하게 그의 곁에서 따라오는 봉지미를 바라봤다. 한 걸음에 갈 거리를 세 걸음으로 나누어 걷고 있었다.

얼굴에는 부드러운 미소를 띠고 있었고 소매 아래로는 주먹을 꽉 쥔 손이 나와 있었다. 바라보고 있자니 문득 상쾌하고 또 상쾌했다.

연회석이 심상치 않은 분위기를 감지하고 길눈이 어두워진 것처럼 행세하며 내시를 잡아끌었다. 눈치가 빠른 다른 내시도 멀리서 뒤따라갈 뿐이었다.

사방에 아무도 없으니 봉지미는 더 이상 연기할 필요가 없었다. 그녀는 빠른 걸음으로 영혁을 앞질러 가더니 웃으면서 말했다.

"하하. 대왕께 전송하시게 하여 폐를 끼쳤습니다. 하하. 들어가십시오. 더 이상 나오지 마십시오. 소인 혼자서 가겠습니다. 또 뵙겠습니다. 이만 물러가 보겠습니다. 하하."

봉지미의 옷소매를 확 잡아당기는 영혁의 손길은 뜻밖이 아니었다. 그러나 그 순간 한 줄기 빛이 눈앞에서 번쩍이자 그녀가 팔꿈치를 뒤로 찔렀다. 등 뒤에서 아야, 하는 소리가 들려왔다. 그러나 그녀는 아랑곳하지 않고 그대로 앞으로 나아갔다. 하지만 그가 손을 놔 주지 않고 힘껏 그녀를 잡아끌었다. 이 때문에 허리춤이 눌린 봉지미도 아얏, 하며 신음을 내뱉었다.

봉지미는 손으로 허리춤을 떠받치고 씩씩거리다가 고개를 돌렸다. 영혁을 보니 낯빛이 창백해진 채 벽에 기대서 숨을 쉬지 못하고 있었다. 두 사람은 서로를 마주 보았다. 한 사람이 물었다.

"정말 다치셨습니까?"

다른 한 사람이 물었다.

"넌 어떠하느냐?"

물어보고 나서 두 사람은 모두 침묵했다. 한참이 지나고 영혁이 가볍게 봉지미의 손을 잡았다. 그녀의 손바닥은 촉촉하고 뜨거웠으나 다가온 그의 손가락은 얼음장 같이 차가웠다. 손바닥으로 그의 손가락을 부드럽게 감쌌다. 그녀는 자기도 모르게 이 길고 차디찬 손가락을 따뜻하게 데워 주고 싶은 충동을 느꼈으나 이내 손을 거두어들였다. 그는 그녀의 손놀림을 보지 못한 채 깊은 생각에 빠져 있었다.

"지미."

"네."

봉지미가 낮게 대답했다.

"진심으로 이 길을 계속 갈 것이냐?"

달빛이 흐릿해서 영혁의 표정이 자세히 보이지 않았다. 오직 무거운 목소리만 들려왔다. 봉지미는 천천히 고개를 기울였다. 일순간 마음이 심하게 헝클어졌다.

"너도 알겠지만……."

영혁이 천천히 말했다.

"나에겐 반드시 해내야만 하는 것이 있다. 이미 한 발을 내디뎠으면 다시 뒤로 물러서는 것이 허락되지 않아. 어떨 때는 위에 있는 사람도 제 뜻대로 하지 못할 때가 있다. 설령 그 사람이 뒤로 물러나고 싶어도 그와 함께 하는 부하와 동행자가 허락하지 않을 것이야. 넌…… 내 말의 뜻을 알겠느냐?"

봉지미가 입을 열지 않고 있다가 한참 후에 싱긋 웃어 보였다.

"황실에는 비밀 호위 부대가 있어. '금우위'라고 부르지."

영혁이 갑자기 말을 돌렸다.

"금우위가 하나가 되면 제 아무리 단단한 것도 다 뚫을 수 있고, 세상의 어떤 어려운 일도 전부 해결할 수 있지. 사람들 모르게 주요 범죄자를 조사하여 체포할 수도 있고. 금우위는 오직 아바마마께서만 총관하고 계셔서 황자인 나조차도 자세한 내막은 잘 모른다."

영혁을 바라보는 봉지미의 눈빛에 의혹이 가득했다.

"그저 네게 이런 것이 있다는 걸 알려 주고 싶었을 뿐이다."

영혁이 봉지미의 눈을 바라보며 옅게 미소 지었다.

"우리는 신하된 자로서 모두 조심해야 하느니라."

"살고 싶으면 앞으로는 몇 배로 더 조심해야겠네요."

봉지미가 가볍게 웃었다. 영혁은 그녀를 그윽한 눈길로 바라보다가 손을 뻗어 그녀의 이마에 흘러내린 머리카락을 쓸어 올렸다. 당황한 그녀가 뒤로 물러서며 다급하게 말했다.

"다른 사람이 보면 어쩌시려고요."

"네가 날 원망하고 있다는 건 잘 안다."

영혁이 비켜서지 않고 담담한 어조로 말을 이었다.

"안심해라. 내 주위에 엿보는 사람은 없으니."

봉지미는 약간의 두려움을 느꼈다. 궁에 대한 영혁의 장악력은 이미 그녀의 상상을 훨씬 뛰어넘는 듯했다. 그녀가 애써 웃으며 말했다.

"뭘 원망한다는 말씀이시죠?"

"넌 언제쯤 모르는 척하는 나쁜 버릇을 고칠 것이냐?"

영혁의 목소리가 귓가를 간질이듯 가벼웠다. 한 줄기 바람이 봉지미의 귓가를 살짝 스쳐 지나갔다. 그녀는 그의 얼굴이 너무 가까이 붙어 있는 것을 느꼈다. 순간 홍조로 물든 얼굴을 반대로 돌렸는데 그의 입술이 그녀의 보드라운 귀를 살짝 스쳤다. 곧 귓불에서 약한 통증이 느껴졌고 그녀는 아얏, 하고 낮은 비명을 터트렸다. 귓불을 어루만진 손가락 끝에 새하얀 설원 위에 피어난 붉은 동백꽃 같은 선홍색 핏방울이 동그랗게 맺혀 있었다. 그녀는 화가 치밀어 올라 눈을 똑바로 뜨고 그를 노려봤다.

'이 밴댕이 소갈딱지야! 저번에 깨문 건 연극이었잖아. 이렇게 빨리 대갚음할 줄이야…‥. 거기다 왜 이렇게 세게 무는 건데!'

눈을 치켜뜨고 바라보니 영혁의 입술에 선홍색 구슬이 맺혀 있었다. 그가 가볍게 입술을 닦더니 의미심장한 미소를 지었다. 희미한 불빛 아래 백옥 같은 피부가 더욱 두드러져 보였고 떠돌아다니는 눈빛이 지극히 고상하고 아름다웠다. 요염하고 신비한 매력으로 사람을 유혹하는 얼굴이 마치 눈부시게 아름다운 모습으로 피를 빨아먹는다는 전설 속의 요괴 파라(婆羅) 같았다.

영혁은 봉지미의 새하얀 귓불 위에 맺힌 작고 붉은 산호 구슬을 가라앉은 눈빛으로 응시했다. 순간 이상한 낌새를 느낀 그가 가볍게 그녀를 밀면서 말했다.

"누군가 왔구나. 어서 가려무나."

봉지미는 영혁의 손에 떠밀려 몸이 한 바퀴 다 돌기도 전에 전형적인 위지의 미소를 되찾았다. 그는 평소와 같은 그녀의 표정을 보고 안심하며 영접하러 온 내시를 맞았다. 그는 뒤로 한 걸음 물러서면서 손끝으로 그녀의 귀에 남은 핏자국을 침착하게 닦아 냈다. 그 후에 빠른 걸음으로 난간이 있는 곳까지 걸어가 그 위에 앉았다.

"네 피가 무슨 맛인지 궁금해서 견딜 수가 없구나."

영혁은 옅은 기침을 뱉더니 손끝의 붉은 것을 자세히 들여다봤다. 곧 입술에 대더니 눈동자를 이리저리 굴리기 시작했다. 잠시 후 그가 살포시 미소 지으며 말했다.

"검은 속에서 나온 피도 붉긴 붉구나."

며칠 후 나라에 큰 공을 세운 위지를 예부 시랑으로 임명한다는 황명이 내려졌다. 이와 함께 조정에서 남해의 선박 출항 총무사(總務司)를 공표했다. 연씨 집안의 주인이 가장 높은 사관(司官)을 맡아 남해 선박들이 통상하는 데 필요한 제반 업무를 총괄하게 되었고, 직접 조정의 호부와 상대하면서 해당 지역 포정사의 관할에서 벗어나게 되었다.

상인이 관직을 얻은 것에 불과한 소식은 많은 사람들의 이목을 끌지 못했지만, 위지의 소식은 모두의 부러움을 샀다. 일반적으로 재상은 육부에서 정무 경험을 풍부하게 쌓은 뒤 내각에 들어가는 것이 관례인데 이미 삼품 고관이면 앞길은 탄탄대로가 분명했다. 짧은 기간 동안 위대인 저택의 대문을 드나드는 거마가 셀 수 없었으며 축하하는 사람이 끊이질 않았다.

하지만 정작 봉지미는 사람들의 축하를 받을 틈이 없었다. 봉지미는 예부에서 근무하는 첫날부터 중요한 업무를 맡았다. 각지에서 올라온 우수한 관리와 명문 세가 자제들의 자료를 선별해서 정리하는 일이었다. 가문의 세력, 재능과 학식, 인품, 심성에 대해 기초적으로 선별하고 마지막에는 그 명단을 정리하여 천성 황제에게 보고했다. 황제는 마침내 소녕 공주에게 어울리는 부마를 최종으로 결정했다.

소녕 공주가 소식을 듣고 도저히 받아들일 수 없다고 큰 소란을 피웠다. 봉지미가 가는 곳마다 불쑥 나타나 가는 길을 가로막았다. 봉지미는 어디를 가든 경계하며 전염병을 피하듯이 소녕 공주를 피해 다녔다.

'소녕 공주. 공주는 정말 바보예요. 폐하께서 굳이 이 일을 내게 맡기신 것은 당연히 공주를 내게 시집보낼 마음이 없다는 뜻을 분명히 밝히시는 거잖아요. 설령 폐하께서 허락하신대도 공주의 여섯째 오라버니가 일이 그렇게 흘러가도록 절대 두고 보지 않을 거라고요. 공주가 소란을 피우면 피울수록 시집가는 날만 앞당겨질 텐데 우리 철없는 공주는 왜 이리도 답답하실까.'

소녕 공주는 이번 일의 진정한 내막을 이해하지 못했다. 소녕 공주는 지금까지 사랑이란 길을 걷는 데 우여곡절이 많았지만 앞으로는 밝은 빛만 가득할 것이라고 생각했다. 하지만 손바닥도 마주쳐야 소리가 난다고, 두 사람의 뜻이 서로 통해 손을 맞잡아야 광명의 앞길도 펼쳐질 수 있는 것이었다.

'어떻게 날 버리고 네 갈 길만 가는 거야. 위지!'

소녕 공주는 봉지미에게 매우 섭섭한 마음이 들었다.

최근 봉지미는 소녕 공주가 언제 어디서 나타날지 몰라 한숨을 내쉬며 다녔다. 조정 회의를 마치고 돌아가던 봉지미는 어전 아래에서 또 다시 소녕 공주에게 붙잡혔다. 봉지미는 매우 황급히 장읍했다.

"공주마마, 안녕하십니까. 공주마마, 좋은 아침이옵니다. 공주마마, 평안하시옵니까. 소신 아직 남은 일이 있어 모시지 못함을 양해해 주시기 바라옵니다. 이만 물러가겠사옵니다. 살펴 가십시오."

소녕 공주가 입을 떼려는 찰나 봉지미는 한 무더기의 말을 속사포로 내뱉고 밖으로 달려 나갔다.

"거기 서!"

봉지미는 바람을 거슬러 미끄러지듯 달렸다. 정체를 감춘 기괴한 웃음들이 사방에 떠돌았다. 이들을 쳐다보던 관리들이 하나같이 '난 아무 것도 모르고 아무 것도 듣지 못했다'는 표정을 하고 있었다.

"우리 일은 어떡하라고!"

소녕 공주가 쫓아오면서 봉지미의 뒤에서 크게 소리쳤다.

"어떡해! 어떡할 거냐고!"

관리들의 야릇했던 미소가 경악한 표정으로 바뀌었다.

'우리 일? 어떡해? 아이쿠. 아무래도 큰일이 터졌나 보네!'

봉지미는 몰아치는 바람에도 불구하고 얼굴에서 땀이 쏟아졌다.

'공주, 날 죽일 셈이야? 제발 부탁인데 말을 할 땐 제대로 하라고. 그렇게 말하면 다들 뭐라고 생각하겠어!'

"위 대인. 멈춰 주십시오!"

한 내시가 땀을 줄줄 흘리며 뒤를 쫓아왔다.

"폐하께서 들라 하십니다."

소녕 공주의 얼굴빛이 순간 붉어졌다. 오늘 조정 회의 이후에 천성 황제가 부마 선출을 결정한다는 사실을 알고 있었다. 분명 위지를 불러들여 둘의 관계에 대해 물어보려는 것이 틀림없었다.

"넌 오늘 못 가!"

소녕 공주가 이를 악물더니 갑자기 박수를 쳤다.

"여봐라!"

구석에 숨어 있던 호위병 무리가 달려 나왔다. 모두 소녕 공주의 처소인 옥명궁을 지키는 호위 무사들이었다. 그들은 눈에서 독한 살기를 내뿜으며 봉지미를 막아섰다. 봉지미는 미간을 찌푸렸다. 위지는 돌팔이 무술만 할 줄 아는 서생이라 호위 무사들과 맞붙어 싸울 수가 없었다. 봉지미는 살그머니 꽁무니를 뺐다.

"빨리 가서 잡아!"

소녕 공주가 호통치자 호위 무사들이 봉지미의 뒤를 쫓았다. 순식간에 따라잡아 봉지미를 뒤집어엎었다.

"묶어라!"

호위 무사들은 노란 비단 끈으로 봉지미의 몸을 둘둘 묶더니 어깨에 들쳐 멨다. 소녕 공주의 얼굴빛이 창백해지고 눈이 붉게 물들었다. 그녀는 온몸이 덜덜 떨릴 정도로 흥분한 상태로 횡설수설했다. 치마를 질끈 동여매더니 봉지미의 뒤를 따라 어서방으로 향했다.

"우리 함께 아바마마를 뵈러 가자! 그리고 내가 회임한 걸 속였다고 말씀드려! 그래서 어화원에서 혼인을 치르려 한다고. 이제 네가 아니면 난 시집갈 수 없어! 너도 내가 아니면 장가갈 수 없어!"

고주망태

'얼씨구. 위지가 아니면 넌 시집갈 수 없고, 위지도 네가 아니면 장가 갈 수 없다고?'

봉지미는 숨이 넘어갈 듯 웃기 시작했다. 한참을 배를 부여잡고 웃다가 간신히 진정하고는 허공에 대고 말했다.

"공주님. 알려 주는 사람이 없던가요? 무리수를 두면 모든 일이 수포로 돌아간다는 걸."

"나도 잘 안다고."

소녕 공주는 쌍심지를 켜고 대답했다.

"반드시 해야 할 일을 하지 않았을 때 결국엔 헛된 꿈이 되는 거야."

"……."

건장한 청년들이 강시처럼 뻣뻣해진 소녕 공주의 전리품을 메고 뽐내듯 사람들 앞을 지나갔다. 공중에서 이리저리 흔들리던 '강시' 봉지미는 먼 하늘을 바라보며 길게 탄식했다.

"이제는 꽃미남이 손해를 보는 세상이로구나……."

뒤에서 슬슬 눈치만 보며 수수방관하던 내시들이 이 말을 듣고 중심을 잃고 쓰러졌다.

떠들썩한 무리가 어서방으로 향했지만 그곳에 황제 폐하는 계시지 않았다. 호윤헌으로 찾아가자 황제가 다시 어서방으로 급히 가셨다고 했다. 어서방에 도착하기 직전에 갑자기 2층 창문이 열리더니 누군가가 몸을 내밀며 소리쳤다.

"아이고, 위 대인 아니십니까. 세상에나 이게 무슨……. 나갈 때는 서서 나가시더니 돌아오실 때는 누워서 들어오십니까?"

봉지미가 단단히 노려보자 혁련쟁이 양쪽 눈썹을 치켜올리며 웃어 보였다.

'이 인간은 왜 또 여기 있는 거야.'

"안녕하십니까. 세자 저하."

봉지미가 웃으며 인사했다.

"소인의 몸이 이러하여 절을 올릴 수 없사오니 너그러이 용서해 주시기 바랍니다."

혁련쟁이 몸을 기울이려는데 갑자기 찻잔을 받쳐 든 자가 창문 밖으로 얼굴을 쓱 내밀었다. 그자가 봉지미를 자세히 뜯어보더니 시구를 읊었다.

"가로로 보면 고개이더니 옆에서 보면 산봉우리*소식[蘇軾]의 시 「제서림벽[題西林壁]」에 나오는 구절 라 하지 않더냐. 위 대인의 자태가 내 마음을 잡아끄는구나."

봉지미가 눈꺼풀을 힘껏 들어 올려 건물 위의 그자를 자세히 훑어보더니 똑같이 시구로 맞받아쳤다.

"멀리나 가까이, 높거나 낮게, 보는 방향에 따라 그 모습이 제각각 다른 법이지요. 이렇게 누워서 전하의 얼굴을 보고 있으니 제가 깊은 깨달음을 얻습니다."

기분이 좋아진 혁련쟁이 크게 웃으며 말했다.

"여산(廬山)의 진면목은 알 수 없다 하지요. 전하, 위 대인은 전하께서 괴롭히는 보잘 것 없는 신하이지 않습니까. 저리 무례하다니요."

"단지 내 몸이 이 산 속에 들어 있기 때문에 위 대인에 대해 잘 몰랐습니다."

영혁이 찻잔을 받쳐 들고서 쌀쌀맞게 몸을 돌렸다.

"청명서원 누각 위 담벼락은 정말 높은 곳에 있는데 말입니다."

혁련쟁은 아무 말도 하지 않았다.

"소녕, 여기서 뭐하는 게냐?"

한쪽에서는 입싸움이 벌어지고 있었고 다른 한쪽에서는 천성 황제가 창문을 열고 새파래진 얼굴로 아래를 내려다보고 있었다. 소녕 공주가 꼿꼿하게 머리를 들어 올리더니 큰 소리로 간청했다.

"아바마마. 전 다른 사람에겐 시집가고 싶지 않아요. 저와 위지는 어화원에서……."

소녕 공주의 말이 채 끝나기도 전에 공중에서 몸이 뻣뻣해진 채로 잠자코 듣고 있던 봉지미가 더 큰 목소리로 말했다.

"폐하. 소신이 지금 몸이 이러하여 예를 갖추어 절을 올리지 못함을 너그러이 용서해 주시기 바랍니다. 소신이 방금 꿈속에서 어화원에서 노닐다가 누군가의 연극 대사를 듣게 되었습니다. 내용인즉슨 어화원에서 혼인 대사를 치러야 하는데 선비가 사랑에 대해 잘 모른다는 것이었습니다. 소신은 이 극본 내용이 극적이고 훌륭하다고 생각했습니다만 공주마마께서는 별로 좋아하지 않으셨습니다. 소신은 공주마마께서 싫어하시는 것이 분명 제 잘못이라고 생각하옵니다. 소신이 생동감 넘치게 묘사하지 못하고, 극본 내용을 말씀드릴 때 공주마마께서 만족하실 만큼 전달하지 못한 듯하옵니다. 소신 송구스러워 몸 둘 바를 모르겠습니다. 오장육부가 다 타들어갈 듯하여 소신을 스스로 묶어 황제 폐하께 머리 숙여 용서를 구하고자 하였는데……. 아……. 소신의 실수로 저를 너무 세게 묶어 곤란하던 차에 공주마마께서 호위 무사들을 보내시어 여기까지 소신을 메고 와 주니 어찌 감사의 말씀을 다 전할 수 있을는지요.”

건물 위에서 누군가가 피식 웃었다. 재상들이 안에서 업무를 보다가 위지의 말을 듣고는 의미심장하게 서로의 눈을 맞추었다.

‘위지, 이 약삭빠른 녀석은 흑을 백이라고도 말할 수 있는 놈이야. 당황하지 않고 미꾸라지처럼 빠져나가는 것 좀 봐. 소녕 공주의 말을 막아서 황실의 체면까지 세워 주니 저 자식이 폐하의 눈에 들 수밖에 없지.’

천성 황제는 위에서 듣고 있다가 더 이상 참을 수 없다는 듯 미간을 찌푸리며 호통쳤다.

“어린아이도 아니고 별것도 아닌 일로 호윤헌에 어서방까지 달려와 소란을 피워? 모두 썩 물러가거라. 소녕! 넌 갈수록 형편없어지는구나. 짐이 널 꼭 가둬 놔야 정신 차리겠느냐?”

봉지미의 말을 듣고 있던 소녕 공주는 낯빛이 새하얘졌다. 무슨 말을 하려 했지만 위지에게 가로막힌 이후로 꿀 먹은 벙어리가 되었다. 위지는 생각이 바다처럼 넓고 마음이 돌처럼 단단해서 도저히 당해 낼 수가 없었다. 다가가려 하면 멀어지고 부드럽다가도 냉담해졌다. 조금도 마음을 움직이지 않았다.

소녕 공주가 꼿꼿하게 얼굴을 들자 눈가에 눈물이 차올랐다. 고개를 너무 높이 들었는지 눈물이 고이기만 하고 떨어지지는 않았다. 투명하게 빛나는 진주 두 알이 햇빛에 흔들리고 있었다.

천성 황제는 사랑하는 딸이 우는 것을 보고 흠칫 놀랐다. 소녕 공주가 단지 호기심을 보이는 정도가 아니라 진심으로 사랑이란 걸 하는 모양이었다. 황제가 망설이는 듯하자 뒤에서 영혁이 웃으며 말했다.

“소녕이 너무 제멋대로 구는 것 같습니다. 어엿한 조정 중신들과 전도유망한 소년 영재까지 모두 그녀의 소란에 놀아나다니요. 앞으로 소녕이 다른 사람들까지 좌지우지할지도 모르겠사옵니다."

천성 황제가 정신을 차리더니 다시 냉정한 눈빛으로 돌아왔다. 확실히 조정 안에는 인재가 많았다. 한림원에는 재주가 뛰어난 자들이 지나가면 발에 걸릴 정도였다. 하지만 정무에 통달하고 훌륭한 재능과 학식을 갖춘 진정한 인재는 몇 되지 않았는데 그들은 대개 자부심이 대단하고 성격이 대쪽 같아 함께 일하기가 어려웠다. 위지는 최근 몇 년간 보기 드물었던 재능과 식견을 겸비한 인재인 데다 나이가 어린데도 세상 이치에 밝았다. 게다가 분수를 잘 지키므로 시간이 지나면 황제를 보좌하는 데 부족함이 없을 것이었다. 만약 이러한 인재를 공주의 부마로 삼는다면 이후로는 벼슬길에 오를 방도가 없어서 매우 아쉬울 것이었다. 하물며 위지는 소녕 공주에게 딱히 마음이 있어 보이지 않았다. 눈에 넣어도 아프지 않을 만큼 사랑하는 딸이지만 그 감정을 억지로 위지에게 강요할 필요는 없어 보였다.

"소녕!"

황제가 심장을 움켜쥐며 엄한 목소리로 말했다.

"당장 돌아가거라. 다시는 밖으로 나오지 말고. 여긴 네가 올 곳이 아니다."

황제는 사람을 시켜 봉지미를 풀어 주게 했다. 봉지미는 손발을 한번 움직여 보더니 황제에게 절을 올리면서 말했다.

"폐하의 덕이 깊고 넓은 바다 같으시어 소신이 결례를 범하였어도 나무라지 않으시니 송구하기 그지없사옵니다. 공주마마의 잘못도 나무라지 마시길 간절히 청하옵니다. 이제 곧 경사스러운 날인데 공주마마의 마음을 상하게 해서는 안 된다고 사료되옵니다."

봉지미의 말을 듣고 천성 황제는 소녕 공주의 외출을 금지해야겠다는 생각이 더욱더 강하게 들었다. 혼담을 주고받을 사람을 이렇게 묶어서 끌고 다녔다가 결혼 후에 부마의 마음에 불만이라도 생긴다면 큰일이지 싶었다. 황제는 난간을 툭툭 내리치더니 큰 소리로 말했다.

"공주를 데리고 가라. 옥명궁에서 아무도 나오지 못하게 잘 지켜야 할 것이다."

이것은 무기한 연금이었다. 이번에 소녕 공주는 울지도 않고 난동도 부리지 않았다. 그저 백짓장처럼 하얘진 얼굴로 매섭게 황제를 쏘아볼 뿐이었다. 어쩔 수 없이 몸을 돌려 발걸음을 옮기던 소녕 공주의 눈에서 눈물 한 방울이 툭 떨어지더니 먼지 속에 산산이 흩어졌다.

봉지미가 뒷짐을 진 채 소녕 공주를 등지고 서 있었다. 얼굴은 잔잔한 물결처럼 평화롭고 고요했다. 소녕 공주에 대해 확실히 선을 긋지 않고 우유부단하게 대했던 것이 오히려 자신을 해치는 꼴이 되었다. 오늘 분명하게 거절의 뜻을 내비쳤으니 반드시 이후에는 소녕 공주가 잘못 잡은 마음의 방향을 되돌릴 수 있을 것이었다.

봉지미가 고개를 들자 영혁이 창문에 기대어 내려다보고 있는 모습이 눈에 들어왔다. 그가 묘연한 눈빛으로 그녀를 향해 소리 없이 입모양으로 무언가를 말했다. 그녀가 미간에 주름을 잡고 뚫어져라 그의 입을 쳐다봤다. 한참 동안 그 두 글자의 입모양을 따라 해 보다가 무슨 말인지 겨우 알아냈다.

"여……. 우……."

천성 황제는 소녕 공주에게 영안후(永安候) 왕 씨의 아들을 짝으로 골랐고, 잠정적으로 내년에 결혼시킬 계획을 세웠다. 봉지미도 마침내 한 가지 골치 아픈 일이 해결되는 셈이었다. 궁에서 나온 봉지미는 먼저 추가 저택으로 향했다. 봉 부인이 최근 췌방재로 몇 번이나 찾아왔다는 소식을 들었다. 봉지미가 사람을 두고 막지 않으면 봉 부인이 언제 갑자기 안으로 들어올지 모를 일이었다.

"호가 사라졌어."

역시나 췌방재 앞에는 봉 부인이 기다리고 있었다. 봉 부인은 봉지미를 보자마자 봉호의 이야기를 꺼냈다. 오랫동안 봉지미가 이곳에 돌아오지 않은 이유 따위는 전혀 궁금하지 않은 듯했다.

"찾는 걸 좀 도와주겠니?"

봉 부인을 본 봉지미는 마음속으로 수많은 의문이 떠올랐지만 차분하게 말했다.

"형부 감옥에 있어요."

"뭐라고?"

봉 부인이 크게 놀라 눈을 동그랗게 떴다. 봉지미가 그간의 일들을 간단하게 설명했다. 봉 부인의 안색이 급격히 어두워졌다가 한참 만에 다시 말을 꺼냈다.

"네 동생은 재물을 탐냈을 뿐이잖니. 네가 힘을 써서 호를 꺼내 주렴. 그 애가 언제 그런 고생을 해 본 적이 있겠니."

"어머닌 제가 호를 꺼낼 수 있다고 생각하시는 거예요?"

봉지미가 옅게 웃어 보였다. 봉 부인의 얼굴색이 순간 변하더니 곧 따라서 웃어 보였다.

"넌 내 딸이잖니. 네가 뭘 할 수 있고 할 수 없는지는 내가 아주 잘 알지. 하다못해 네가 호탁 왕세자라도 찾아가서 부탁한다면 봉호는 반드시 풀려날 거야."

봉지미의 마음이 한없이 무거워졌다. 그녀의 얼굴에는 차가운 미소가 스쳤다.

"저번에 청혼하러 왔을 땐 그 사람을 못 쫓아내서 안달이더니 이제는 찾아가서 부탁을 하라고요?"

"네가 안 가겠다면 내가 가마."

봉 부인이 걸음을 옮기면서 한마디 내뱉었다.

"난 초원 남자의 의리 있는 성격이 마음에 들었을 뿐이야. 널 그 사람에게 주겠다는 뜻은 아니란다."

순간 봉지미는 정신이 아득해졌다. 어머니가 평소와 다른 것을 어렴풋이 느낄 수 있었다. 봉지미가 어쩔 수 없다는 듯 말했다.

"알겠어요. 제가 찾아가서 봉호가 나올 수 있도록 부탁해 보지요. 하지만……."

"하지만?"

"봉호가 나오면 우리 가족 전부 제경을 떠나는 게 어때요?"

봉지미가 영혁의 충고를 떠올리며 봉 부인을 응시했다. 그리고 차분하게 말을 이었다.

"제경에 산다는 게 말처럼 쉽지 않잖아요. 산 좋고 물 맑은 곳으로 가서 살면 좋지 않겠어요?"

봉 부인이 가던 걸음을 멈췄다. 봉지미의 시선에 들어온 것은 어머니의 옷소매 아래에서 떨리고 있는 손가락이었다. 봉지미는 어머니가 정신적으로 충격을 받을 때면 이런 상태가 된다는 것을 알고 있었다. 봉지미는 어머니의 떨리는 두 손을 바라보며 말을 이었다.

"전 어머니에게 봉호의 신분에 대해 물어보지 않을 거예요. 왜 절 키워 주셨는지도 물어보지 않을 거고요. 저더러 봉호를 지키라고 신신당부하실 때도 어머니를 위해서 순순히 받아들였죠. 하지만 어머닌 이걸 아셔야 해요. 어머니의 눈에 넣어도 아프지 않은 봉호를 왜 제경으로 데리고 와서 풍전등화처럼 만들었죠? 도시와 조정의 그늘에 숨으면 된다고 생각했겠지만 그건 봉호에게 전혀 도움이 되지 않아요. 봉호가 도시를 떠나 사람들이 모르는 곳에서 살면 더 오래 살 수 있을 거예요."

봉 부인은 파르르 손을 떨기만 하고 그 자리에서 움직이지 않았다. 그러다 갑자기 비틀려 있던 손이 스르르 풀어졌다. 한참 후에 봉 부인은 몸을 돌려 진지한 눈빛으로 봉지미를 바라봤다.

"진심이니?"

"네."

"제경에는 미련 없는 거니?"

"…… 네."

"그래."

봉지미를 바라보는 봉 부인의 눈빛은 한편으로는 실망스러우면서도 다른 한편으로는 마음이 놓이는 듯했다. 봉 부인은 망설이는 기색 없이 말했다.

"네 동생이 나오길 기다렸다가 우리 셋이 함께 제경을 떠나자꾸나."

"좋아요."

봉지미는 마음속 깊은 곳에서 솟아나는 쓰라림과 약한 통증을 짓누르며 한 글자씩 천천히 입을 뗐다.

"봉호를 데리고 함께 떠나요. 산속 깊은 곳으로 들어가면 다시는 제경으로 돌아오지 않을 거예요."

추가 저택을 나온 봉지미가 영혁에게 봉호를 풀어 줄 것을 부탁하는 편지를 쓰려던 찰나였다. 갑자기 궁에 들라는 황제의 명령이 내려져 어쩔 수 없이 서둘러 다시 궁으로 들어갔다.

호윤헌으로 들어가던 봉지미가 북강 지도 앞에서 혁련쟁이 뛰어난 말솜씨를 뽐내고 있는 모습을 발견했다. 추상기가 대월과의 첫 전투에서 승리했고 그 소식이 제경까지 전해졌다. 호탁부도 전쟁에 참여하고 있었기 때문에 천성 황제가 특별히 혁련쟁을 불러 함께 즐기자는 뜻을 전했던 것이었다. 봉지미가 축하의 말을 올리자 천성 황제가 기쁜 표정을 짓는가 싶더니 이내 불쾌한 기색을 내비쳤다. 손안에 겹겹이 쌓여 있는 편지를 탁자 위에 내동댕이치며 말했다.

"지금 막 남해에서 상소문이 한 무더기로 올라왔구나. 상씨 집안의 독식이 심해서 남해의 그 망할 해적들이 물불 안 가리고 날뛰고 있으

111

니 선박 사무사(事務司)를 개설해 달라는 청이로구나. 눈송이 쌓이듯 상소문이 계속 쌓이고 있으니 이를 어찌 할꼬. 하지만 대부분의 사람들은 남해도에는 이미 통항사가 있어서 지금 사무사를 설치해 봤자 완전히 쓸데없을 거라는구나. 거기다 기구만 많아지면 번거로워지고 국력만 낭비하게 될 거라며 반대하는 자들이 많다. 그 상소문 안에는 남해의 장로가 작성한 만민청원서도 끼워져 있는데 상씨 집안보다도 다른 명문 세가에서 남해의 각 업종을 독점하고 있어서 백성들의 고통이 이루 다 말할 수 없다고 적혀있구나. 명문 세가 출신의 관리들에게 다시는 그곳에 발붙이지 못하도록 경고해 줄 것을 청했다. 여기 '폐하께서 어찌 거대한 빈대가 착복하는 것을 도와주십니까. 저희 남해의 만민은 도탄의 땅에서 살고 있습니다'라는 문장이 짐을 질책하는 것으로 보이지 않느냐?"

"그곳은 지금 매우 어지러운 형국이옵니다."

대학사 호성산이 가냘픈 목소리로 한 마디 거들었다.

"누가 백성들을 선동하는지 모르겠으나 남해의 명문 세가들이 번갈아 공격을 당하고 있사옵니다. 물건을 빼앗기고 화물선이 부서져 침몰되고 고용된 자들이 파업하였습니다. 그곳 명문 세가들도 반격에 나서 무역 거래를 통제하고 식량을 수매하니 물가가 폭등하고 있사옵니다. 하지만 관청에서는 계속 모르는 척 상관하지 않고 있사옵니다. 조정이 나서서 이재민을 구제해야 하옵니다. 우스갯소리로 남해는 물과 식량이 풍족하여 천성 제일의 무역 번영지인데 무슨 이재민이 있겠느냐는 말도 떠돌고 있지만 말입니다."

"인재이옵니다!"

한 재상의 엄숙한 목소리가 들려왔다.

봉지미는 겉으로 웃었지만 상씨 집안의 반격이 시작된 것을 알아차렸다. 상씨 집안이 선박 사무사를 개설하려는 진의를 이미 간파하고 있었다. 게다가 해적과 결탁한 음모가 폭로되는 것을 막아 자신의 집안을 보호하려는 수작이었다. 뿐만 아니라 상씨 집안을 뿌리 뽑겠다는 조정의 결심에 대한 의중을 떠보는 것이기도 했다.

"폐하의 고견은 어떠하십니까?"

봉지미가 웃으며 물었다.

"나라의 정책을 어찌 마음대로 바꿀 수 있겠느냐? 천성의 근간이 도적 따위에게 흔들릴 일은 절대 없다."

천성 황제가 냉담하게 말했다.

"남해 명문 세가들은 본래 기세가 대단하여 지금 조정에서도 함부로 손대지 않고 있지만 세력이 급격히 팽창하여 하극상을 일으키면 이 어찌 또 다른 상씨 집안이 아니겠느냐."

"하오나 사무사는 임시 기구일 뿐입니다."

봉지미가 이어서 말했다.

"해당 지역의 각급 관청에 예속되지 않습니다. 조정의 관리를 파견하여 보니 명문 세가의 손이 그렇게 멀리 뻗어 나올 수 없었습니다. 소신이 조금 아는데 남해의 명문 세가는 오랫동안 상씨 집안이 통솔한 남해 관리들에게 이루 다 말할 수 없는 고통과 억압을 당해 왔습니다. 지금 조정은 기존의 태도를 바꿔 반드시 그들을 전력으로 지지해야 합니다. 상씨 집안의 일이 처리되면 선박 사무사를 다른 기구로 재편해 명문 세가에 영예로운 작위를 내리면 될 것입니다. 폐하께서는 너무 염려하지 않으셔도 됩니다."

"네 말이 모두 맞는 것 같구나."

천성 황제가 눈빛을 반짝이며 봉지미를 바라봤다.

"사무사를 개설하는 것이 쉽지 않을 듯하니 각급 관청과의 왕래 수완이 좋으면서 결단력 있는 인재가 필요할 것이다. 하지만 더 중요한 것은 체제를 규정하고 명문 세가에 대해 적절히 억압할 수 있는 기초를 세우는 것이니라. 지금의 폐단에 물들지 않고 조정에 대한 충성심이 불타오르는 신하를 보내 이 일을 처리하는 것이 좋겠구나."

봉지미가 순간 멍해졌다.

'늙은 여우가 이렇게 청산유수일 줄이야. 이제 보니 내 머리 꼭대기에 올라가 있잖아. 조심해야겠어.'

황제는 봉지미가 자진해서 나서기를 기다리고 있었다.

"폐하……."

봉지미가 잠시 망설이다가 중얼거리듯 말했다.

"소신의 재능이 부족하여 함부로 임무를 자청할 수가 없사옵니다. 이번 일에 대해 의견을 내놓은 이상 지금 남해의 혼란이 극심한 상황에서 소신이 책임을 피할 수는 없겠지만 서원과 편찬소에서만……."

"네가 못하면 누가 할 수 있겠느냐? 짐이 너의 충심은 잘 알고 있다."

천성 황제가 싱글벙글 웃었다.

"편찬소에는 네가 없어도 괜찮지 않으냐. 서원도 마찬가지고. 서원의 관리자 자리가 잠시 비게 되면 분란이나 일으킬 몇 명을 골라 같이 데려가거라. 음서로 벼슬길에 오를 명문 세가의 자제들 중에서 말이다. 그들이 너와 함께 경험을 쌓은 후에 실직을 받는 게 좋겠구나. 네가 직접 가서 골라 오거라."

봉지미는 뜻밖의 제안에 놀라서 넋을 잃고 서 있었다. 황제가 이렇게 대범하고 시원스러운 성격일 줄은 상상하지 못했다. 이는 봉지미에게 자신의 세력을 길러도 좋다고 허락한 것이나 다름없었다. 여기서 한 번 더 거절했다가는 오히려 화를 입을 것이어서 황급히 무릎을 꿇고 경배를 올렸다.

"소인, 황제의 명령을 받들겠나이다."

"짐이 장영위 호위병 일부에서 호위 무사를 선발하여 너를 따라 남해로 가게 할 것이다. 연씨 집안의 그자도 함께 돌아가도록 하거라."

천성 황제가 엄숙하게 말했다.

"남해의 움직임이 아직도 심상치 않으니 너는 최대한 빨리 가는 게 좋겠구나. 당장 출발하거라. 어차피 넌 제경에 작별을 나눌 식구도 없지 않느냐."

봉지미는 시간이 촉박하여 어리둥절해졌지만 황명을 받아들이는 수밖에 없었다. 봉지미는 어머니께 작별 인사를 드리지 못하고 남동생을 형부 감옥에서 꺼내지 못하게 되자 영혁에게 간절한 눈짓을 마구 보냈다. 하지만 그는 무슨 뜻인지 모르겠다는 듯 그녀를 보고 웃기만 할 뿐이었다. 상쾌한 바람과 맑은 물속에서 한 떨기 꽃이 피어나는 듯한 미소를 지었지만 깊게 가라앉은 눈동자는 아득해 보였다.

'웃긴 뭘 웃어! 정신병자처럼.'

봉지미는 속으로 욕을 내뱉으면서도 한편으로는 다행이라고 생각했다. 이제 멀리 떠나면 자유로워질 테고, 싫든 좋든 봐야 했던 초왕의 그 얼빠진 웃음도 더 이상 보지 않아도 되니까.

황제가 당일에 떠날 것을 명했는데 한 시진을 넘긴다면 황명을 거스르는 것이나 마찬가지였다. 봉지미는 추가 저택에 돌아갈 시간이 없어서 마차 안에서 급히 봉 부인에게 편지를 쓸 수밖에 없었다. 구체적인 이야기는 피해서 완곡하게 표현했다.

'남해에 머물며 위에서 말했던 일을 처리해야 합니다. 이전에 말씀드렸던 일은 이미 다른 사람에게 잘 살펴 주라고 부탁해 두었으니 부디 안심하십시오.'

사람을 보내 편지 한 통을 고남의에게 전하게 한 뒤 연회석에게 찾아가 성문으로 나오라고 이르도록 했다. 또 다른 한 통은 청명서원에서 새로 선발할 사람 앞으로 보내는 것이었다. 이 자리에는 수많은 사람들이 앞다투어 지원했다. 임시적이어도 생기는 게 많은 자리인데다 여전히 봉지미가 총괄적인 책임을 지고 있어 그저 앉아 있기만 하면 되기 때문이었다. 그리하면 명예와 재물이 동시에 따르니 피 튀기는 경쟁이 벌어졌다. 봉지미는 청명서원에서 요양우를 포함해 적극적인 사람 몇 명을 선발했다. 사실 요양우는 여러 번 위 대인에게 죄를 지어 풀이 죽어 있었다. 앞으로 출세할 가망은커녕 위 대인이 잘못을 따져 물을 거라 생각했기 때문이었다. 그런 터에 선발이 되자 너무나 기쁜 나머지 위 대인 앞에 털썩 무릎을 꿇고 빛이 날 때까지 신발을 닦아 주었다.

봉지미는 서생들의 무리 속에서 익숙한 얼굴을 발견했다. 그 자는 키가 큰 것을 무기로 삼아 깡충깡충 뛰어오르며 사람들을 밀치고 앞으로 나왔다. 누군가가 그 앞을 막아서자 그 자가 힘껏 잡아 젖혔다. 다시 다른 누군가가 그 앞에 바싹 붙어 길을 막자 쿵 밀어 젖혔다. 봉지미는 더 이상 참지 못하고 버럭 화를 냈다.

"혁련쟁! 자네에게 볼 일 없으니 한쪽으로 비키시오."

"전 서원에서 가장 우수한 학생입니다. 최고죠."

혁련쟁이 정색하며 말했다.

"이번 일은 제가 끝까지 책임지고 해결해 보이겠습니다."

"난 서원에서 제일 높은 관리자네. 그러니 내가 최고지."

봉지미가 억지웃음을 지었다.

"이번엔 내가 허락하지 않을 것이오. 또한 조금 전 자네가 한 말에는 전적으로 동의할 수 없소."

"전 제 이모님을 찾으러 갈 것입니다."

혁련쟁이 모았던 손을 풀고 걸음을 옮겼다.

"이모님이 제게 가르쳐 주셨죠. 주먹보다 덕으로 남을 설득해야 한다고. 전 위 대인과 싸우고 싶지 않으니 이모님께 청해서 위 대인과 시비를 가리게 할 것입니다."

봉지미는 이러지도 저러지도 못하고 제자리를 빙빙 돌았다. 그러다 결국 혁련쟁을 한쪽으로 끌고 갔다.

"정말 가겠다고? 폐하께서도 허락하지 않으실 것이오!"

"아바마마께서 저에게 일 년의 시간을 허락하셨습니다. 제경에 가서 황제 폐하께 알현하고 여러 곳을 돌아다니며 견문을 넓히고 돌아오라고 말씀하셨죠."

혁련쟁이 웃으며 말했다.

"천성과 대월이 하루가 멀다고 전쟁을 벌이니 돌아가지 못할 수도 있습니다. 아시다시피 전 반은 인질이니까요."

봉지미가 눈썹을 치켜세우고 속으로 흠칫 놀랐다.

'인질이란 자각이 전혀 없는 줄 알았는데……'

"폐하께서는 제가 위 대인을 따라 가면 안심하실 것입니다."

혁련쟁이 히죽거렸다.

"제가 제경에 남아 있으면 황제께서 골머리만 썩으실 테니까요."

"그럼 좋을 대로 하게."

봉지미가 손가락을 펼쳤다.

"다만 몇 가지 요구 조건이 있네."

"좋습니다!"

"몰래 훔쳐보는 것, 담을 넘는 것, 이모님에 대해 언급하는 것, 내 마차에 가까이 오려고 하는 것, 어떤 특별한 대우를 누리는 것 모두 허락하지 않을 것이네. 언제나 서원의 학칙을 준수해야 하고 때와 이유에 상관없이 내가 만든 새로운 학칙에는 무조건 복종해야 하네."

"따르겠습니다!"

봉지미는 오늘따라 유달리 고분고분한 혁련쟁을 의심스러운 눈길로 쳐다봤다. 혁련쟁은 짐을 챙기러 가면서 혼자 중얼거렸다.

"어쨌든 지금만 넘기면 되지 뭐. 따라가지 않으면 아직 반만 구워삶은 이모님 오리가 다른 사람 입으로 들어가게 생겼어……."

"혁련쟁이 지금 뭐라고 중얼거리는 거야?"

봉지미가 막 도착한 고남의에게 물었다.

"오리."

고남의가 호두를 까먹으면서 영문 모를 말을 남겼다.

흠차*欽差, 황제의 명령으로 보내던 파견인 대신의 마차가 덜커덕덜커덕 소리를 내며 제경의 성문을 벗어났다. 봉지미는 배웅 나온 예부 관리들과 일일이 작별을 고했다. 연기와 먼지로 자욱한 길에 서서 번화한 제경의 풍경을 뒤돌아봤다. 마음속에 돌연 한 줄기 쓸쓸함이 피어올랐다. 봉지미는 이번이 처음으로 제경을 떠나는 길인 데다 위태로운 정세와 마주해야 해서 무거운 책임감이 어깨를 짓눌렀다. 가족들도 봉지미가 떠난 것을 아직 모를 터였다. 얼떨결에 실이 끊어진 연 신세가 되어 멀리까지 날아와 버렸다. 왠지 어머니가 문에 기대서서 봉지미가 돌아오기를 기다릴 것만 같았다. 봉지미는 미간에 걱정이 한가득이었고 마음에 돌이 쌓여 묵직해지는 것을 느꼈다. 세상은 빠르게 변했고 몸은 뜻대로 움직여지지 않았다. 어머니와 약속했던 일은 남해에서 돌아오면 다시 상의하는 수밖에 없었다.

봉지미는 고개를 절레절레 흔들며 마음을 다잡았다. 갑자기 감상적으로 변한 자신의 모습에 헛웃음이 터져 나왔다. 배웅 나온 관리들과 의례적인 인사를 나눌 때 누군가의 부러운 목소리가 들려왔다.

"위 대인은 전하의 가르침을 공손히 들어야 합니다. 참으로 부럽습니다……"

이 말은 봉지미의 귀까지는 들어왔지만 마음까지는 비집고 들어오지 못했다. 반면 봉지미의 곁에 있던 연회석은 금의환향에 하늘을 날아갈 듯 기뻤다. 제경으로 온 것이 정말 옳은 선택이었다고 생각했다. 신의 한 수는 위지의 수하가 되겠다고 빠르게 결단한 것이었다. 그러지 않았더라면 지금도 어느 고관대작의 집 앞에서 어슬렁거리고 있을지 모를 일이었고, 황실 상인에 관직까지 모두 언감생심이었을 것이었다.

장영위에서 파견된 호위 무사는 거칠고 사납기보다는 의외로 온순했다. 호위 무사는 얼굴에 환한 미소를 띠고 연회석과 소곤거리고 있었다. 청명서원의 서생 녀석들은 만면에 희색을 띠고 있었다. 고남의는 마차 지붕에서 호두를 먹고 있었다. 고남의는 탁 트인 넓은 곳을 좋아해서 원래 올라서면 안 되는 곳까지 올라섰다. 하지만 고남의는 개의치 않았고 사람들이 모두 머리를 쳐들고 그를 바라봤다. 고남의는 사람의 얼굴보다 정수리를 보는 게 더 마음에 드는지 기분이 몹시 좋아 보였다. 모두의 기분이 좋은데 봉지미가 기쁘지 않을 이유가 없었다. 그녀가 완벽한 각도로 떨어지는 미소를 지으며 느릿느릿 마차에 올라 휘장을 걷어 올리는 순간이었다. 마차 안을 본 그녀는 온몸이 돌처럼 굳었다.

그윽한 향기를 품은 포도주가 옥빛 야광 잔에 담겨 있었고, 누군가가 봉지미의 이불을 둘둘 말고 자고 있었다. 그는 금실로 짠 부드러운 요 위에 누워서 양털로 짠 부드러운 베개를 베고 그녀의 수정 잔을 쥔 채 널브러져 있었다. 잔에는 검붉은색의 향기로운 술이 찰랑였다. 검붉은 술보다 더 짙고 맑게 일렁이는 두 눈동자가 그녀를 바라보며 말했다.

"술빛이 정말 아름답구나."

봉지미는 뻣뻣하게 굳은 입꼬리를 잡아당기며 생각했다.

'큰절을 올릴까? 아니야. 아무도 모르게 이 인간을 밖으로 밀어내 버리자.'

봉지미가 주저하고 있는 사이 그의 변태적인 말이 들려왔다.

"너의 피와 비슷해."

봉지미는 바로 결단을 내리고 고개를 들어 크게 외쳤다.

"말린 호두!"

마차 지붕에서 핏빛 검 한 자루가 번개가 내려치듯 떨어지며 누군가의 정수리로 향했다. 그는 느긋하게 술을 마실 뿐 피할 생각이 전혀 없어 보였다. 잔 안에 담긴 술도 놀라지 않았는지 물결조차 일지 않았다. 순식간에 날카로운 검이 달려들었다. 한번 정한 방향을 돌리지 못했고 그 기세가 하늘의 신령도 뚫고 지나갈 것 같았다. 가볍게 날아 들어온 한 줄기 빛이 손가락 한 마디 정도를 비껴서 수정 잔을 미끄러지듯 빠져나갔다. 우르릉 울어 대는 벼락이 온 세상을 밝힐 듯 빛났고, 얼음과 눈 같은 투명한 결정체가 분분히 날렸다. 갑자기 소리가 멈추더니 살짝 일어난 먼지도 고요하게 가라앉았다. 검붉은색의 술 한 방울이 고요한 포도주 잔 위에 산호 구슬처럼 앉아 있다가 입술 속으로 빨려 들어갔다. 영혁은 뒷맛이 잊히지 않는 듯 입술을 쪽쪽 빨면서 웃어 댔다.

"고남의 사형. 술을 따라 주어 고맙소."

봉지미는 한숨을 쉬며 소리쳤다.

"호두 씨!"

핏빛 검이 거두어지자 마차 지붕에는 구멍만 하나 덩그러니 남았다. 누군가가 여러 가지 용도로 잘 쓰이고 있는 호두로 구멍을 막았다.

호두 살, 죽여!

호두 껍데기, 도망쳐!

말린 호두, 위험해!

호두 씨, 멈춰!

호두 가루, 알아서 처리해!

호두, 원해!

이건 봉지미와 고남의가 새로 연구한 호두 암호였다. 고남의가 좋아하는 최소 글자만 사용해서 가장 풍부한 표현을 만들어 냈다.

봉지미는 한숨을 쉬며 맞은편에 앉았다. 마차 안에 있던 작은 탁자의 칸막이 아래에서 다른 수정 잔을 꺼내 재빨리 포도주병을 기울였다. 다 따른 술을 먼저 위쪽으로 건넸다.

"여기 술!"

고남의가 받아 든 잔을 눈 깜짝할 사이에 비우고 다시 건넸다. 빈 잔 안에는 '호두'만 덩그러니 들어 있었다.

'원해.'

봉지미가 씁쓸하게 말했다.

"한 병만이야."

"고남의 사형. 난 아직 반 잔이나 남았는데 이거라도 드릴까?"

영혁이 봉지미를 바라보며 먼저 술잔을 위로 건넸다. 그의 낯빛은 어두웠고 말투에서 차디찬 냉기가 흘렀다.

고남의가 건넨 것은 '좀먹은 호두'였다. 영혁은 그게 무슨 뜻인지 몰라 눈빛으로 봉지미에게 물었다. 그녀가 한참 동안 그 벌레를 자세히 들여다보더니 머뭇거리며 말했다.

"아마도 고남의가 말하고 싶은 뜻은…… '퉤퉤'…….'

영혁이 입술을 앙다물더니 손을 높이 들어 좀먹은 호두를 내리쳤다.

"전하. 한낱 남해 선박 사무사 때문에 전하께서 제경을 떠날 이유가 있으십니까?"

봉지미가 바다를 건너온 진귀한 포도주병을 서둘러 정리하면서 새침하게 물었다.

"전하께선 이렇게 제경에는 마음을 놓으시면서 어찌하여 제게는 마음을 놓지 못하는 것입니까?"

"넌 스스로를 너무 높게 평가하는구나."

영혁이 가볍게 웃었다.

"나도 너와 똑같이 황명을 받고 제경을 떠나는 흠차 대신이다. 남해 일대의 수륙 양군을 순시하라는 명을 받았다. 내 흠차 의장대는 뒤에 있거늘 보지 못하였느냐."

"상씨 집안 사람들이 반대하지 않던가요?"

봉지미가 바로 되물었다.

"창문은 비가 오기 전에 수리하라고 하지 않더냐."

영혁이 담담하게 말했다.

"오랜 세월 그곳을 관할했던 데다 매년 병사가 줄어든다는 명목으로 병사의 수를 꾸준히 늘려 왔고, 휘하에 두는 장교들도 대부분 현지 측근들의 자제들이니 지금 민남 장군 상민강의 수하에 도대체 얼마나 많은 병사가 있는지 아무도 모르지. 민남 장군직을 넘겨받은 금개홍도 자격과 경력이 부족하다는 이유로 굴복시키려 하고 있어. 능력이 있는 흠차 대신을 보내지 않으면 변고가 생겼을 때 대처할 수가 없잖아."

"제경은요? 전하께서 떠나셔도 괜찮습니까?"

봉지미는 지금은 영혁이 제경을 떠날 적절한 시기가 아니라고 생각했다.

"둘째 형님께서는 멀리 산속으로 들어가셨고, 일곱째는 폐하의 명령으로 다섯째 형님께서 완성하지 못한 일을 처리하도록 막 강회도로 내려 보내진 참이야. 지금 폐하의 곁에는 열째만 남아 있구나."

영혁은 심히 근심하는 표정이 아니었다.

"괜찮을 거다."

천성 황제는 성인인 아들들을 모두 제경 밖으로 내보냈고, 영혁도 제경을 떠나는 데 동의할 수밖에 없었다. 대학사 호성산과 신자연만 남아 있으면 초왕 무리는 아무 문제가 없을 것이었다. 궁 안에 남은 사람도 어려서부터 초왕과 친하게 지내 온 열째이므로 뒷걱정할 일이 없었다. 다만 봉지미는 한 가지 걸리는 점이 있어 가볍게 웃으며 물었다.

"폐하께서는 옥체를 위협받을 일이 없어 마음 놓고 계시겠네요. 하지만 폐하의 연세가 높으시니 중병에 걸리거나 무슨 문제라도 생긴다면 아들들이 모두 제경 밖으로 멀리 나가 있으니 어찌한답니까?"

"아바마마께서는 아들들이 없으면 더 오래 사실 수 있다고 생각하시는 것 같구나."

영혁이 거리낌 없이 대답하며 냉담한 빛을 드러냈다. 봉지미는 그저 가볍게 웃을 뿐이었다. 이때 그녀의 옷소매 안에서 꺅꺅 소리가 났다. 곧 소맷부리가 꿈틀거리더니 찬란한 금빛 두 마리가 뚫고 나왔다.

"필후가 아니더냐?"

영혁이 놀란 기색을 드러냈다.

"이것들이 아직 살아 있었구나. 대체 어디서 찾은 것이더냐?"

"5황자께서 어서방에서 칼을 들이대던 그날 밤, 자리를 뜨기 전에 잠시 뜰 밖에 있다가 돌아왔더니 복도 아래에 그것들이 있었습니다."

봉지미가 필후의 황금색 털을 가볍게 쓰다듬었다.

"어서방 긴 복도 밑의 틈새에 숨어 있었나 봅니다. 매일 밤마다 어서 방에 들어가 먹을 핥아 먹었는지 살이 통통하게 올랐습니다. 제가 원래 애완동물을 좋아하는데, 이 아이들을 호위병에게 건넸다가는 단칼에 죽일 것 같아서 몰래 데리고 나왔습니다."

두 마리의 필후가 봉지미의 손 위에서 날뛰었고, 황금빛 털이 봉지미의 손가락을 부드럽게 쓸었다. 가만히 바라보던 영혁이 갑자기 눈빛을 번뜩이더니 필후를 막으려고 손을 뻗었다가 도중에 거두어들였다. 그녀는 그의 동작을 보고 살짝 웃음이 터졌다.

필후를 데려올 때도 고남의가 봉지미에게 손대지 못하게 했었다. 한참이 지나고 나서야 두 마리를 봉지미에게 건넸다. 필후의 어두워진 털색도 맨 처음 보았을 때의 찬란한 금빛으로 되돌아와 있었다. 누군가가 필후에게 몰래 손을 쓴 것이 틀림없었다.

'세상 사람들이 모두 생각하는 것처럼 5황자가 그랬을까, 아니면 초왕 전하가……'

지금 와서 보면 후자가 더 가능성이 높은 것 같았다. 고남의는 아무 말도 하지 않았지만 봉지미는 짐작할 수 있었다. 나중에 알고 보니 필후와 종이만 나중에 가져온 것이었다. 그렇다면 분명 필후의 털과 그 종이 중에 필후를 발작하게 만든 약물이 묻어 있을 터였다. 활시위를 떠난 화살은 되돌아올 수 없듯이 정말 영혁이 손을 쓴 것이라면 후에 어떻게든 황제의 자리를 빼앗으려 했을 것이었다. 그러나 천성 황제가 독으로 쓰러지고 난 이후에 왜 계획을 중지하고 뒤로 발을 뺀 것인지 이해할 수 없었다.

"아바마마께서는 중독된 적이 없으셔."

영혁이 봉지미의 의중을 꿰뚫어본 것처럼 눈 속에 흐르는 의혹을 읽어 냈다.

"설레발치는 자는 재수 없는 일을 당하게 마련이지."

봉지미의 가슴이 일순간 서늘한 기운으로 가득 찼다.

'황제가 중독된 게 아니라고?'

천성 황제가 쓰러지기 직전에 '네가 가서 알아보라'는 말을 했었다. 그 장면이 뇌리를 스치는 순간 봉지미는 온몸에 식은땀이 흘렀다. 중독된 사람이 어떻게 쓰러지는 순간에 그렇게 멀쩡하게 제 생각을 표현할수 있단 말인가. '네가 가서 알아보라'는 말은 상황이 얼마나 엄중한지이미 알고 있는 듯한 말이었고, 영혁은 천성 황제가 중독되지 않은 것을 그 순간 알아챈 것이었다. 영혁이 그 사실을 간파하지 못하고 황제에게 부여받은 권력으로 조정을 휘두르며 야단법석을 떨었다면 지금 영혁 앞에 기다리고 있는 것은 무엇이었을까. 황실에 난무하는 계략은 파도처럼 변화를 예측하기가 어려웠다. 조금만 실수해도 하늘의 뜻을 거스른 죄로 된서리를 맞아야 했다.

봉지미는 정신을 딴 데 팔다가 불현듯 누군가에게 손가락을 붙잡혀깜짝 놀랐다. 귓가에서 영혁의 웃음소리가 낮게 울렸다.

"네 손이 너무 차갑구나. 내 걱정 때문이냐?"

정신이 번쩍 든 봉지미가 억지로 웃어 보였다.

"그럼요. 포도주 값을 못 받을까 봐 무척 걱정이 됩니다."

"매정한 여자 같으니라고……."

영혁의 낮은 웃음소리가 다시 귓가를 울렸다. 이내 뜨거운 김이 스쳐 지나가며 봉지미의 귀를 살짝 간지럽혔다. 얼굴이 붉어진 그녀가 몸을 뒤로 뺐다. 그러자 그가 더욱 바짝 다가와 그녀의 귓가에 대고 웃으며 말했다.

"넌 매정하지만 난 차마 그럴 수가 없구나. 사실 아까 했던 말은 거짓이었다. 난 정말 너만 생각하면 마음이 놓이질 않아……."

봉지미가 가식적인 웃음을 보이며 뭐라 반박하려고 하는 찰나였다. 영혁의 다정하고 달콤한 목소리가 들려왔다.

"네 왼쪽에는 늑대, 오른쪽에는 호랑이가 버티고 있어서 도저히 안심할 수가 없구나. 그것들에게 잡아먹힐지도 모르니……."

'잡아먹힐까 봐 제일 무서운 건 너라고!'

봉지미는 화가 치밀어 올라 영혁을 밀쳐 내고 싶었다. 그러나 큰 소리를 냈다가 위에 들키기라도 하면 세련된 마차가 호두로 구멍이 숭숭 뚫릴 것만 같았다.

마차는 작고 비좁아서 피할 곳이 없었다. 영혁은 봉지미의 어깨에 기대어 몸을 늘어뜨리고 있었고, 그녀는 그 모습을 바라보았다. 그의 미간에 항상 자리 잡고 있던 굳고 묵직한 기색이 어느새 희미해져 있었다. 교활한 계략이 곳곳에 도사리고 있어 종잡을 수 없는 황성을 떠나 잠시나마 홀가분해진 모양이었다. 반면에 그녀는 앞으로 가야 할 길이 아득한데 전하의 대단한 위세를 어떻게 견뎌야 할지 걱정이 되어 낯빛이 어두워졌다. 괴롭히면 때릴까 싶었지만 도저히 때려서 이길 수가 없었다. 욕할까도 싶었지만 욕도 할 수 없었다. 영혁의 지위는 봉지미보다 훨씬 높았고 괴롭히는 수단도 더 잔인했으며 행동은 비할 데 없이 악랄했고 담도 더 셌다.

봉지미가 눈알을 한번 굴리더니 술 한 병을 꽉 쥐고 말했다.

"정말요? 삼가 농서(隴西)의 명주 '반강홍(半江紅)'으로 전하의 관심에 정중히 사의를 올리옵니다."

영혁은 나른한 듯 봉지미에게 기대어 있었다. 마차 안이 비좁아 움직일 수 없어서 더할 나위 없이 좋았다. 그가 손을 휘휘 내저으며 좋다는 뜻을 나타냈다.

"시중드는 걸 허락한다."

봉지미가 억지웃음을 지으며 잔을 들어 올리더니 갑자기 다른 한 손으로 영혁의 높은 코를 잡아챘다. 그가 아야, 하는 소리와 함께 무심결에 입을 벌렸다. 그 순간을 놓치지 않고 그녀가 술병을 집어 들어 그의 입으로 술을 쏟아부었다.

봉지미의 동작은 매우 신속했다. 영혁은 이 여인이 이토록 악랄했는지 생각할 겨를도 없이 술 한 병을 다 마시고 말았다. 맹렬한 기침과 함께 술이 밖으로 뿜어져 나왔고 눈에 엷은 물빛이 떠올랐다. 백옥 같은 눈꺼풀 위로 붉은 것이 흘러내렸고, 얼굴에 달라붙은 붉은 줄기 위로 찬란한 빛이 넘쳐흘렀다. 평소의 맑고 산뜻했던 모습은 다 사라지고 난장판이 된 형체만 남아 있었다.

유감스럽게도 봉지미는 평범한 작자가 아니었다. 그녀는 그 정도 술에 어지러워하거나 쓰러지지 않았다. 다만 이 아름다운 사람이 술에 저는 것을 보고도 못 본 척했을 뿐이었다. 그녀는 음흉한 미소를 지으며 손에 든 술병을 내려다보았다. 거기에는 '반강홍'이라고 쓰여 있었지만 사실은 독주 중에서도 가장 센 '삼일취(三日醉)'의 술병에 거짓으로 표지를 덧붙인 것이었다. 영혁이 손을 들어 졌다는 듯 손뼉을 치더니 그녀를 향해 '멍청이'라고 내뱉었다.

"호두 가루!"

봉지미의 외침에 고남의가 재빠르게 마차 지붕에서 내려와 존귀한 초왕 전하를 짊어졌다. 모든 사람의 놀란 눈빛에 둘러싸인 채 마차 행렬의 꽁무니까지 발걸음을 옮긴 고남의는 제일 망가진 화물 마차를 찾아 그 안으로 전하를 밀어 넣었다. 놀라서 입을 다물지 못하는 사람들은 초왕 전하가 언제 이곳에 나타난 것인지, 전하가 어떻게 이런 대접을 받을 수 있는지 의아해했다. 멀리 있는 마차에서 봉지미가 몸을 내밀고 소리쳤다.

"고남의 사형. 그분은 존엄한 초왕 전하이십니다. 예의를 지켜 주십시오."

봉지미가 발을 동동 구르며 몹시 애가 타는 듯 바라봤다. 고남의는 평온하게 마차 지붕 위에 올라서 천천히 호두를 까먹었다. 방금 그녀의 연기가 지나친 것 같다고 생각하며 호두 한 알을 튕겨 냈다. 그녀는 휴, 하고 숨을 길게 내뱉고는 벌러덩 드러누워서 술을 들이켰다.

지켜보던 사람들은 문득 어떤 사실을 떠올렸다.

'아, 원래 위 대인은 오만불손하지 않은데……. 듣기로 무공이 뛰어난 저 호위 무사가 예전에 태자도 때렸다고 하던데 사실인 것 같군.'

그들은 우르르 달려 나가 너나 할 것 없이 달라붙어 영혁을 구해 냈다. 혁련쟁은 두 눈에서 광채를 쏟아내며 앞으로 달려 나갔다. 기뻐서 어쩔 줄을 몰라 하며 사람들을 밀어 냈다.

"내가 하겠소! 내가!"

혁련쟁이 존귀하신 전하를 겨드랑이에 끼고 헤헤헤 웃으며 두 번째 마차로 다시 데려다 놓았다. 하지만 의자에 올려 주지 않고 죽을힘을 다해 의자 밑에 쑤셔 넣고 돌려서 끼워넣었다. 최상급 독주가 순식간에 목구멍으로 밀려들어온 영혁은 혁련쟁의 악랄한 손놀림에 망가졌다. 그러나 그 와중에도 손을 들 겨를은 있었는지 아득히 떨어져 있는 봉지미를 손으로 가리키며 의식을 잃어 갔다.

억지로 술을 먹인 사건 이후로 며칠이 흘렀다. 결국 봉지미는 짓궂은 장난의 쓴맛을 보게 되어 상쾌한 기분이 아니었다. 본래 영혁은 술을 잘 마시지 못해서 마셔 봤자 고작 몇 잔 정도였다. 거기서 한 방울만 더 들어가도 밤새 곯아떨어지곤 했다. 그런데 봉지미가 그의 목구멍에 쏟아 넣은 것은 독주 한 병이었다.

제경에 있을 때 술을 마시지 못하는 영혁의 술잔에는 언제나 물이 채워져 있었다. 봉지미는 그제야 궁전에서 연회가 열리던 날 오래 전의 상처가 다시 발작한 영혁이 한도 끝도 없이 술을 마신 이유를 알 수 있었다. 황실의 자제들은 제 결점을 감히 드러낼 수 없었다. 어떤 결점이라도 사지에 몰리는 빌미가 될 수 있기 때문이었다.

봉지미는 깊은 한숨을 내쉬며 처량하게 강가에 앉아 수건을 물에 적셨다. 못 마시는 술을 억지로 마셔 온몸에서 열이 펄펄 끓게 된 이의 체온을 내려 주기 위해서였다. 본래 빨리 취하는 사람은 사태 파악이 어려운 법이었다. 그런데 정말 신기한 것이 이 인간은 술에 취해 마차 안에 뻗어 몽롱하게 있다가도 시중들러 간 사람의 귀에 대고 굳이 봉지미를 불러 오라고 지시한 것이었다. 할 일을 마친 영혁은 될 대로 되라는 식으로 널브러져 있었다. 봉지미는 자신에게 암시를 걸었다.

'난 대인군자, 대인군자, 대인군자. 사심 없음, 사심 없음, 사심 없음. 목석, 목석, 목석⋯⋯.'

봉지미는 수십 번을 되뇌며 물을 받쳐 들고 마차 안으로 들어갔다. 눈을 꼭 감고 영혁의 옷을 더듬더듬 풀기 시작했다. 하지만 손가락이 단추 몇 개를 풀었을 때 그가 갑자기 눈을 뜨더니 늘어진 목소리로 말했다.

"억지로 그러면 안 돼⋯⋯."

봉지미의 손이 살짝 떨려서 하마터면 단추를 잡아당길 뻔했다. 영혁이 눈을 감고 다시 한 마디를 던졌다.

"부드럽게 좀⋯⋯."

봉지미가 가볍게 웃으며 달콤한 목소리로 물었다.

"어지러우신가요?"

"어지러워……"

봉지미가 가만가만 영혁의 옷을 풀어 젖혔다. 바람결이 스치듯 손가락 놀림이 민첩했다. 그가 편안한 듯 속눈썹으로 눈을 반쯤 덮었다.

"편안하십니까?"

"편안하구나……. 왼쪽 어깨를 좀 눌러 줘."

봉지미의 손가락 아래에서 영혁이 나른한 듯 얕은 잠에 빠져 있었다. 옷자락을 활짝 열어젖히자 붉은 기가 서린 피부가 드러났다. 매끈한 가슴 위를 지나는 선이 섬세했고 힘이 느껴졌다. 호흡을 하면 희미한 술 향기와 영혁의 시원한 숨결이 뒤섞여 좁은 마차 안을 메웠다. 아름다운 향기가 끝없이 코끝을 간질였다.

봉지미는 얼음같이 차가운 수건을 한쪽에 놓고 제 손가락을 따뜻하게 비벼서 영혁의 왼쪽 어깨를 지그시 눌러 주었다. 그녀는 솜털같이 가벼운 목소리로 물었다.

"술에 취하니 어떤 느낌이세요?"

"별 같은 게 사방에서 반짝여……"

"다음엔 전하를 모시고 술을 대접하겠습니다……"

"그래……"

영혁의 눈꺼풀이 점점 내려왔다. 대답에는 별 관심이 없는 듯했다. 봉지미가 그를 응시하며 하나씩 하나씩 단추를 채웠다. 그녀의 목소리는 황혼의 저녁 빛처럼 사람을 깊이 취하게 했고, 경계심마저 잊게 만들었다.

"봉지미는 귀찮아 죽겠어요……"

"그래. 그러게 말이야……"

영혁이 갑자기 눈을 번쩍 떴다. 며칠 동안 흐릿했던 눈동자가 일순간 맑은 물처럼 투명해졌다. 그는 칠흑 같은 밤처럼 빛나는 눈으로 봉지미를 바라보았다. 그는 그녀의 마음속에서 일렁이는 떨림을 알아챘다. 좁은 마차 안에 하나는 누워서 하나는 앉아서 서로를 마주 보았다. 사방이 죽은 듯이 고요했다. 저녁에 돌아오는 새가 나무 꼭대기를 스치며 내는 날갯짓 소리만 멀리서 들려왔다. 한참이 지나고 그가 시선을 거두며 말했다.

"그만 나가 보거라."

봉지미는 아무 말 없이 대야를 들고 마차에서 나왔다. 그리고 잠시후 연회석이 마차로 불려 가는 것을 봤다. 그가 몸을 기울여 몇 마디를 듣더니 놀란 기색으로 돌아왔다.

"전하께서 뒤에 있는 전하의 대열로 돌아가야겠으니 저희보고 사람을 보내서 호송해 달라고 말씀하셨습니다."

"자네가 가서 처리해 줘."

봉지미가 뒷짐을 지고 하늘 끝에 짙게 물든 노을을 바라보며 담담하게 말했다.

"장영위 삼백 명 중에 가장 뛰어난 호위 무사 이백 명을 골라서 데려가. 전하께서는 요 며칠 몸이 좋지 않으셔서 스스로 보호할 힘이 없으시니 모두 주의하라고 일러 주게."

"그렇게나 많이 보내십니까? 우리 쪽에 무슨 일이라도 생기면 어쩌시려고 그럽니까?"

연회석이 약간 불안한 듯 말했다.

"호송하는 것뿐이잖아. 안전하게 모시고 갔다가 바로 돌아오면 되지. 뭐가 걱정이야."

봉지미가 가볍게 웃으며 말했다.

"무슨 일이 일어나려고 치면 여기에 아무리 사람이 많아도 소용없긴 마찬가지야."

얼마 후 순우맹이 이백 명의 호위 무사들을 이끌고 마차를 호송했다. 영혁은 시종일관 마차에서 내리지 않았다. 봉지미는 석양 아래에 서서 아득하게 멀어지는 마차를 하염없이 바라봤다. 그는 틀림없이 그녀가 일부러 취하게 만들어서 슬쩍 속마음을 떠보려 했다고 여길 것이었다. 사실 그가 술을 마시지 못하는 것은 완전 예상 밖의 일이었다. 이것도 지금은 다 부질없는 생각일 뿐이지만…….

봉지미는 쓴웃음을 지었다. 영혁이 어떻게 생각하든 사실 상관없었다. 그와 그녀 사이에는 얇은 종이 한 장 정도의 믿음밖에 없었으니까. 단지 예상보다 좀 더 일찍 둘의 관계가 원점으로 돌아온 것뿐이었다.

하늘을 가득 메운 저녁노을이 봉지미의 눈썹과 속눈썹을 금빛으로 물들였다. 불처럼 타오르는 황혼을 바라보며 그녀는 왠지 모를 불안감을 느꼈다. 서둘러 갈 길을 재촉했지만 어느새 해가 저물었고, 마차 행렬은 예정보다 앞당겨서 머물 곳을 찾아야 했다.

이 부근에는 역관 *驛館, 역참에서 인마(人馬)의 중계를 맡아보던 집이 없어 동둔(東屯)이라고 불리는 작은 마을에서 객잔을 찾아 쉬기로 했다. 객잔은 작았지만 깨끗했다. 침구도 모두 새로 준비한 것들이었다. 이를 이상하게 여긴 봉지미가 살갑게 웃으며 객잔 주인의 속을 떠봤다.

"얼마 전에 귀하신 손님이라도 왔었나 보오. 작은 객잔의 침구는 허술할 거라고 생각했는데 모두 다 새 것이오."

봉지미가 영문을 모르겠다는 듯 어허, 하고 소리를 냈다. 그러자 뜻밖에도 객잔 주인이 자신의 물건을 자랑하려는 듯 소매 안에서 말굽은 *중국에서 쓰던 화폐의 하나로 말굽 모양으로 된 은덩이을 꺼내며 히죽히죽 웃었다.

"작은 객잔을 연 이후로 이렇게 큰 말굽은을 보기는 처음입니다."

봉지미는 한번 쳐다보더니 다시 어허, 하고 소리를 내며 그에게 나가라고 손짓했다. 객잔 주인은 문을 향해 걸어갔다. 문득 그녀의 머릿속에 빗줄기 하나가 번쩍했다. 빠르게 몸을 돌려 주인을 불러 세웠다.

"주인 양반. 그 말굽은을 다시 한번 보여 주시겠소?"

말굽은을 손안에 가져와 보니 최상급의 순도를 가진 순은이었다. 봉지미가 아래를 뒤집어 보니 '서평(西平)'이란 두 글자가 보였다. 냄새를 맡아 보니 생선 비린내가 풍겨 왔다.

민간에서 개인이 화폐를 주조하는 것은 허락되지 않았다. 하지만 어느 지방에서는 자기들끼리 통용하는 화폐가 있었는데 민남도 바로 옆에 붙어 있는 서평도 장녕왕의 봉토가 그러했다. 그곳에는 은광이 있었는데 봉토를 자신의 뜻대로 다스리는 장녕왕은 은자도 자기들만의 것을 만들어 썼다. 민남도와 장녕왕의 봉토는 인접해 있어서 경제적으로 서로 의지했고 이런 은자도 통용됐다. 게다가 그 생선 비린내는……

민남도 상씨 집안의 심부름꾼이 제경에서 민남까지 반드시 거쳐야 하는 길목에 나타난 것이 틀림없었다. 순간 은자를 든 봉지미의 손이 얼음장같이 차가워졌다.

'상씨 집안의 지금 목표는 누구지? 선박 사무사를 개설해서 상씨 집안의 빠져나갈 구멍조차 막아 버린 자기 쪽의 배신자? 아니면 곧 남쪽 경계로 가서 그곳 일대의 병권을 회수하고 상씨 집안의 생산을 제한하려는 영혁? 아, 영혁이다!'

이백 명의 호위 무사가 곁에 있었지만 영혁은 술에 취해 힘이 없었다. 그를 위협하는 검은 그림자가 눈앞까지 다가온 상황이었다. 봉지미는 벌떡 일어나 한달음에 달려 나갔다. 말 위로 뛰어오른 그녀는 어둠이 짙게 내려앉은 밤의 장막으로 돌진했다.

환난상고

　마침 저녁 식사 시간이어서 호위 무사들과 청명서원의 서생들이 객
잔 앞마당에서 밥을 먹고 있었다. 고남의는 봉지미의 옆방에 머물렀다.
좀 전에 고남의가 사람을 시켜 물 한 통을 가지고 오게 하는 것을 본 봉
지미는 고남의가 목욕을 하려는 것으로 생각해서 방 안으로 들어가지
않고 밖에서 부르기로 했다. 그녀가 창가로 다가가 다급하게 창살을 두
드리며 말했다.

　"고 사형. 우리가 아까 왔던 길로 되짚어오면서 날 찾아 줘."

　안에서는 아무 소리도 들리지 않았다. 하는 수 없이 봉지미는 걸음
을 재촉해 마구간으로 달려갔다. 가장 빼어난 준마를 골라 뛰어오른
순간 마당 담장 밖에서 검은 그림자 몇 개가 넘어오는 것을 발견했다.
곧 앞마당에서 비명과 고함이 터져 나왔고, 탁자와 의자가 뒤집히는 소
리가 울려 퍼졌다. 바짝 긴장한 봉지미는 그제야 상씨 집안의 대단한
솜씨를 실감했다. 자객을 두 조로 나누어 보내서 한꺼번에 봉지미와 영
혁을 암살하려는 것이었다.

말고삐를 잡은 봉지미의 손바닥이 뜨겁게 달아올랐다. 양쪽 모두 위험에 빠진 상황이었다. 영혁의 의장대는 아직 한참 뒤에 있었고 봉지미의 호위 무사 병력은 둘로 나뉘어서 힘이 약해져 있었다. 그녀의 어깨에 무거운 책임감이 느껴졌다. 대열이 습격을 당하고 있는데 그녀가 어떻게 못 본 척하고 가 버릴 수 있겠는가. 영혁이 가장 약해졌을 때 습격을 당하면 모두 그녀의 탓인데 어찌 상관하지 않을 수 있겠는가.

잠시 지체하고 있는 사이에 봉지미의 눈앞에서 날카로운 빛이 번쩍였다. 그녀가 고개를 높이 쳐들고 허공을 향해 크게 소리쳤다.

"청명서원 서생들은 신분이 귀하니 반드시 보호해 주십시오. 그렇지 않으면 전 죄를 면할 수 없을 것입니다."

주위를 둘러보며 급히 말머리를 돌렸다. 히잉, 말이 기다란 울음을 뽑아내며 앞마당을 가득 메운 돌격의 함성을 뒤로 하고 밤의 어둠 속으로 달려나갔다.

봉지미는 몸을 숨긴 채 언제나 그녀의 곁을 지키는 호위 무사가 있다는 것을 알았지만 어디에 숨어 있는지 깊이 생각해 본 적은 없었다. 하지만 지금은 사태가 시급하여 혁련쟁과 요양우를 지키기 위해서라도 잠시 그에게 부탁하는 수밖에 없었다. 자신은 어쨌든 고남의가 따라와 지켜줄 것이라고 믿었다.

봉지미의 그림자가 대문 밖에서 사라진 사이 고남의는 몇 리 밖에서 느릿느릿 객잔으로 돌아오고 있었다. 객잔의 뒷간은 큰길과 맞닿은 곳에 있어서 아주 멀었다. 고남의는 설사가 나서 멀리 떨어진 뒷간까지 가서 큰일을 치렀을 뿐 방 안에서 목욕은 하지 않았다. 그녀는 이 사실을 까맣게 몰랐다. 그가 객잔으로 돌아오자 앞마당에서 요란한 소리가 났다. 그가 그 소리를 듣고 바로 달려가려는데 두 개의 회색빛 그림자가 내려왔다. 그림자들은 무릎을 땅에 대고 근심스러운 목소리로 말했다.

"그녀는 떠났습니다. 아까 왔던 길로 되짚어와 달라는 말과 여기의 사람들을 지켜 달라는 말을 남겼습니다."

고남의가 미간의 주름을 세우며 천천히 말했다.

"왔던 길……."

"저희가 이미 두 명을 그녀 뒤에 붙여서 보냈습니다. 하지만 그 말은 세상에서 제일 뛰어난 준마라 시간이 갈수록 따라잡지 못할까 봐 걱정입니다."

회색 옷을 입은 사람은 얼굴을 가면으로 숨기고 있었지만 눈빛만큼은 밝게 빛났다.

"문제는 상대방의 무공에 비해 이쪽의 힘이 약해서 우리 쪽 사람을 더 이상 보낼 수가 없다는 것입니다……. 종주*宗主, 중국 봉건 시대에 제후들 가운데 패권을 잡은 맹주 대인. 혼자서 찾아가실 수 있으시겠습니까?"

고남의가 가만히 생각해 보더니 고개를 끄덕이고 말했다.

"걱정 마라. 그녀도 자기 몸은 스스로 지킬 수 있으니."

회색 옷을 입은 사람은 여전히 안심되지 않는지 손짓까지 곁들여 자세하게 계획을 설명했다. 고남의는 미동도 하지 않고 진지한 표정으로 그 말을 들었다. 회색 옷의 사람이 무언가를 말하면 그가 정확하게 그 말을 따라 했다. 잠시 후 그는 일러 준 방향으로 정확하게 날아올랐다. 회색 옷의 사람은 그의 뒷모습을 바라보며 한숨을 내쉬었다. 종주 대인에게 종종 나타나는 이상하고 나쁜 버릇이 떠올라 도무지 마음을 놓을 수가 없었다. 총령 대인이 계시면 좋았겠지만 애석하게도 총령 대인은 제경에 남아야 했다. 신 씨라는 자 곁의 반역자와 황실의 비밀 호위 부대인 금우위에 대응해야 하기 때문이었다. 천하제일의 길치인 종주 대인이 아무 일 없이 봉지미를 찾아 낼 수 있을지 의심스러웠다.

봉지미가 타고 있는 말은 부호인 연씨 집안이 거금을 들여 대월에서 사 온 최고급 말이었다. 뛰어난 준마라 오래 달릴 수 있는 지구력이 있었고, 속도가 바람처럼 빨라서 어지럽게 흩날리는 연기와 먼지를 뚫고 눈 깜짝할 사이에 십수 리를 달렸다. 그녀가 어림짐작해 보건대 영혁을 호위하는 대열은 빠르게 갈 수 없어서 기껏해야 삼십 리 정도 떨어진 곳을 지나고 있을 터였다. 삼십 리 밖에는 분명 역참이 있을 것이고, 그들은 십중팔구 그곳에서 하룻밤을 묵을 것이었다.

시기가 중추*中秋 음력 8월에 가까워서 밤바람이 매우 서늘했다. 좀 전에 흘린 땀이 등에서 얼어붙는 듯했고, 날카로운 추위가 뼛속까지 스며들었다. 봉지미는 말의 속도를 줄이지 않고 한 손을 내밀어 허리춤에서 낭창거리는 검은색 연검(軟劍)을 천천히 뽑아냈다. 검은 무척 길어서 허리춤에 몇 바퀴나 휘감아져 있었다. 그녀의 가는 허리에 딱 떨어지게 휘감아진 검의 몸체는 일반적인 검과 다르게 양쪽이 모두 칼날이었다. 그중 한쪽은 톱니 모양이었고 끝은 뾰족한 삼각형이었으며 표면은 순흑빛이라 모든 빛을 빨아들였다. 한눈에 보기에도 매우 음험하고 예리한 이 살인 병기는 그녀의 기질과 잘 맞아 보였다. 이 검은 그녀가 특별히 주문 제작해서 만든 무기로 아직 한 번도 사용해 본 적이 없었다. 아마도 오늘 처음으로 비릿한 피 맛을 보게 될 것이었다.

너른 숲을 지나자 멀리 역참이 나타났다. 역참은 고요한 어둠을 휘감고 가라앉아 있었다. 달빛이 지붕의 가장 높은 곳을 비추었다. 겉으로 보기에 이상한 점은 없었다. 최고의 준마인 봉지미의 말은 숲을 지나면서도 쉬지 않고 앞으로 달려나갔다. 지면을 응시하던 그녀가 갑자기 손안의 연검을 아래로 늘어트리더니 날카롭게 검을 휘둘렀다.

쟁쟁.

봉지미의 검이 어지러운 선을 그리자 검은 빛이 이리저리 흩날렸다. 그러다 툭, 하고 끊어지는 소리가 나더니 무언가가 양쪽으로 튕겨 나갔다. 뒤에서 누군가가 내지르는 비명이 들렸다. 그녀가 차가운 웃음을 내뱉으며 연검을 잡고 휘두르자 길가의 나무들이 와르르 넘어졌다. 나무 뒤에 숨어 있던 검은 그림자 하나는 하늘을 향해 튀어 올랐다. 그녀는 기다란 연검의 긴 몸을 상대를 공격하는 독사처럼 꼿꼿이 세웠다. 날카로운 칼끝이 모든 것을 순식간에 거두어들였다. 비틀거리는 그림자가 긴 머리카락을 휘날리는 그녀의 곁을 스치고 지나갔다. 검을 뽑고, 나무를 베고, 사람을 찌르고, 말을 타고 나무를 뛰어넘는 일련의 동작이 군더더기 없이 이루어졌다.

나무 뒤로 떨어진 검은 그림자는 땅 위에서 경련을 일으켰다. 번개처럼 빠른 말은 그자를 뒤로하고 수풀을 가로질렀다. 아래로 길게 드리워진 연검 위에는 검은 강철 물결이 달빛을 따라 일렁였고, 톱니 모양의 검날은 피로 흥건했다. 봉지미의 입가에는 차가운 미소가 스쳤다.

숲을 지나오면서 한참을 바라봤지만 역참에는 등불이 하나도 켜져 있지 않다. 봉지미는 경계의 눈초리로 역참 주변을 살폈다. 장영위는 훈련이 잘 된 궁성 호위병으로 언제나 등불을 든 병사가 야간 경비를 섰다. 매복한 자들이 정말로 역참을 기습했다면 그들은 근처 길에 몰래 숨어 있을 가능성이 매우 높았다. 그들이 노리는 것은 같은 편을 구하러 정신없이 달려온 사람을 기습 공격하는 것이었다. 규모가 큰 대열은 빨리 올 수가 없어서 매복을 하는 데 많은 인원과 교묘한 술수가 필요하지는 않을 것이었다.

역참으로 가는 길 중에서 가장 이상적인 매복 장소는 이 숲이었다. 여기서 주의를 기울이지 않고 말을 곧장 몰다가는 나무 그루터기에 걸어 놓은 철사에 걸려 넘어지기 딱 좋았다. 사람을 해치우는 데 이보다 쉬운 방법은 없었다.

매복한 적들은 봉지미가 깊은 어둠에 녹아든 검은 철사에 발이 걸리길 기다리고 있었다. 반면 그녀는 적들이 허리춤에 휘감아진 기다란 검에 꺾이길 기다리고 있었다. 양쪽 모두 준비된 자들이었고, 승리는 누가 더 잔인한지에 달려 있었다.

단칼에 적을 쓰러트린 봉지미는 앞만 보고 내달렸다. 처음으로 검을 써서 얻은 전리품에는 눈길조차 주지 않았다. 이곳에 매복한 자가 있는 것으로 보아 영혁이 역참에 투숙한 것이 확실했다. 위험한 전투가 그녀의 눈앞에 기다리고 있었다.

봉지미는 옷아귀에서 찢어질 듯한 통증이 느껴져 검을 쥐기 어려웠다. 꾸준히 무술을 연마해온 그녀였지만 실전 경험은 많지 않았다. 조금 전 나무를 벨 때 힘을 쓰는 각도가 맞지 않아서 옷아귀가 찢어져 버렸다. 하지만 이상하게도 무술을 배우는 속도에 비해 봉지미의 내공은 급격히 강해지고 있었다. 하지만 내공을 기르는 훈련을 한 지 일 년 만에 나무를 베는 것은 거의 불가능한 일이었다. 잡생각이 들지 않는 지금 그녀는 채찍과 말고삐를 한 손에 쥐고 내공을 조절하며 용솟음치는 체내의 열기를 경맥 사이사이로 흩어지게 했다.

갑자기 준마가 속도를 줄이지 않고 몸을 돌렸다. 봉지미가 뒤로 젖혀지며 말의 배 아래쪽을 스쳤다.

쉭.

칠흑 같은 어둠 속에서 피비린내를 실은 석궁 화살 하나가 스쳐 지나갔다. 방금까지 봉지미가 앉아 있던 곳이었다. 어둠이 화살을 빠르게 삼키자 그녀가 다시 말 위로 몸을 일으켰다. 그러나 그 순간 그녀의 얼굴이 누군가의 품에 부딪치고 말았다. 그녀는 머리를 들지 않은 채 팔꿈치만 쳐들어 상대방의 목을 거칠게 올려 쳤다. 뚝, 하는 소리가 나더니 이어서 그자의 벌어진 목구멍 사이에서 뼈가 뿌드득 부서지는 소리가 울렸다. 왼쪽에서 사나운 바람이 덮쳐와 자세를 낮춘 그녀는 한 손으로 앞에 있는 사람의 박살난 목구멍을 다시 힘껏 내리쳤다. 어느새 축 늘어져 버린 몸뚱이를 왼쪽으로 잡아끌다가 잔인하게 주먹을 꽂아 넣었다. 낮고 둔탁한 소리가 나더니 끈끈한 액체가 사방으로 튀는 것이 느껴졌다. 그녀는 자신의 주먹에서 뿜어져 나온 맹렬한 기세에 두려움을 느꼈다. 이 정도의 파괴력은 내공 무술의 고수만이 가지고 있는 게 아니었던가.

공격하는 자객들의 무공은 하나같이 뛰어났지만 봉지미는 입가에 서늘한 미소만 지을 뿐 전혀 겁먹지 않았다. 때를 기다리고 있던 연검은 살육의 욕망을 드러내지 않고 침착하게 피범벅이 된 구멍을 뚫고 나아가 적에게 꽂혀 들어갔다. 쫙, 하는 소리가 낮게 울려 퍼졌다. 왼쪽에서 몰래 습격한 내공 무술의 고수가 하반신을 부여잡고 비틀거리며 물러섰다. 그녀의 무공은 뛰어나다고는 할 수 없었지만 잔인하고 정확하며 교활하기 그지없었다.

적은 허리춤을 더듬어 신호 폭죽을 찾았다. 하지만 그가 손을 움직이자마자 긴 연검이 휘둘러지더니 허공을 가르며 솟아올랐다. 순간 검은 빛이 번쩍거렸고 피로 칠갑한 손 하나가 땅에 떨어졌다. 손안에는 아직도 신호 폭죽이 꽉 쥐어져 있었다. 그가 고통스러운 비명을 지르려 하자 봉지미는 머리를 박살내어 그 입을 틀어막았다. 비릿하고 퀴퀴한 냄새가 코끝을 감쌌다. 그녀는 희미해져 가는 의식으로 신호 폭죽을 줍는 가냘픈 그림자를 멍하니 바라봤다. 날카로운 고드름처럼 차갑고 기다란 검의 몸체가 번뜩이자 그림자는 어둠 속으로 영원히 가라앉았다.

봉지미는 순식간에 셋을 죽였다. 얼음처럼 차갑게 식은 세 얼굴은 하나같이 하늘을 올려다보고 있었다. 모두 수많은 전쟁에서 승리의 영광만을 거머쥐었기에 풋내기의 손에 죽을 줄은 예상하지 못했다. 풋내기는 옷소매를 걷어 올리고 손으로 입을 틀어막았다. 속을 게우고 싶은 표정이 역력했지만 시체들을 지르밟으며 앞으로 달려 나갔다.

역참은 여전히 어둠 속에 가라앉아 있었다. 허공에는 진한 피비린내와 함께 죽음이 몰고 온 참담한 기운이 느껴졌다. 문득 봉지미는 희미한 목소리를 들었다. 벽에 몸을 기대고 귀를 갖다 대자 누군가가 낮은 목소리로 말하는 것이 들렸다.

"수를 세 봐!"

봉지미의 마음이 덜컥 내려앉았다.

'무슨 수? 시체 수?'

땅 위를 끄는 것처럼 쓱쓱, 하는 이상한 소리가 났다. 곧 누군가가 깜짝 놀라더니 어, 하고 대답했다.

"대왕!"

봉지미는 마음이 무거워졌다.

'대왕? 영혁을 말하나? 영혁에게 무슨 일이라도 생긴 건가……:'

봉지미는 식은땀을 흘리며 손안의 검을 더 꽉 쥐었다. 누군가가 빠르게 달려와 낮은 목소리로 말했다.

"두 명이 부족합니다. '대왕'도 보이지 않습니다."

"두 놈을 찾아라!"

"철저히 수색해!"

먼저 명령을 내린 남자가 진지하게 말했다.

"꼬리가 길면 밟힌다고 했다. 우리에겐 아직 호송 임무가 남아 있으니 뒤에 따라오고 있는 흠차 대열을 조심하거라. 너희들은 먼저 옷을 바꿔 입고 사방으로 흩어져서 수색해. 다친 사람은 따라올 필요 없이 나중에 과엽도(瓜葉渡)에서 합류하자. 그리고 여기는 불태워라."

"네!"

그자가 걷는 소리가 마당 밖으로 이어졌다. 나머지 사람들은 불을 피울 준비를 했다. 땅 위를 쓱쓱 끄는 소리도 크게 울렸다. 일정한 간격으로 움직이는 소리가 났는데 마치 흩날리는 모래 바람이 저절로 병으로 들어와 쌓이는 것처럼 들렸다. 봉지미는 소름이 끼치는 소리에 미간을 찌푸리며 거친 호흡을 내뱉었다. 그 순간 벽 너머의 사람이 갑자기 걸음을 멈췄다. 그녀는 숨 돌릴 틈도 없이 벽 위에서 몸을 굴렸다.

쫙.

몸을 돌리자마자 벽을 뚫고 나온 푸른 칼이 봉지미의 허리 옆을 스쳤다. 그녀의 동작이 조금만 느렸어도 칼은 그녀의 배를 뚫었을 것이었다. 그녀가 다시 몸을 뒤집었고, 상대방의 칼끝이 또 한번 벽면 위로 튀어 나왔다. 그녀는 몸을 돌리며 긴 검을 벽으로 찔러 넣었다.

'너만 찌르냐! 나도 찌른다!'

상대방의 푸른 칼은 아직 벽에 박혀 있었다. 봉지미의 기다란 순흑빛 검은 푸른 칼과 나란히 벽을 뚫고 나갔다. 벽 너머의 상대방이 놀라서 악, 하고 소리를 질렀다. 봉지미의 악랄한 응수를 예상치 못한 듯했다. 뜻밖에도 상대방은 냉소를 머금으며 맨손으로 그녀의 검 끝을 꽉 움켜쥐었다. 상대방의 손을 흠뻑 적신 액체가 달빛을 받아 금색으로 빛났다. 손은 강철과 한 덩이가 되어 뗄 수 없는 것처럼 보였다. 손에 꽉 움켜쥔 연검 끝부분을 쭉 잡아당기자 기다란 검날이 검은 뱀처럼 벽에서 솟구쳐 나왔다. 눈앞의 벽이 순식간에 와르르 무너졌다. 연기와 먼지가 사방의 시야를 뿌옇게 가렸다. 상대방이 여전히 봉지미의 검 끝을 잡은 채 서늘하게 웃으며 소리쳤다.

"애송이 주제에 죽고 싶어 환장을 했구나!"

갑자기 누군가가 그의 머리 위에서 섬뜩한 웃음을 날렸다.

"감히 내 검에 손을 대다니 죽고 싶어 환장을 했구나!"

푸른색을 띤 검은 빛이 번쩍하더니 그의 머리 위로 재빠르게 떨어졌다. 당황한 그가 제 손을 황급히 내려다봤다. 손안에 든 것은 부러진 검의 일부분이었다. 봉지미가 휘두르는 긴 검은 전혀 손상이 없었다. 살기를 띤 검이 눈앞으로 돌진해 왔다.

봉지미의 연검은 스스로 끊어지는 특수 기능이 있었다. 예전에 그녀가 도마뱀을 관찰하다가 영감을 얻어 접목시킨 것이었다. 도마뱀이 스스로 꼬리를 자르고 목숨을 구하는 것처럼 연검의 끝 부분에도 필요한 때에 잘릴 수 있는 장치가 세 개나 설치되어 있었다.

무너진 벽의 연기와 먼지 사이로 기다란 연검이 뻗어왔다. 무공이 뛰어난 상대방은 낭창거리는 긴 검이 눈앞으로 다가오는 순간 발을 굴렸다. 그러자 지면에 구멍이 패었고 몸이 아래로 쑥 내려갔다. 봉지미의 긴 검이 그의 머리 위를 종이 한 장 차이로 스쳐 지나갔다.

검이 허공을 가르는 동안 봉지미의 몸은 공중에 떠 있었다. 그녀가 무방비 상태가 된 순간 상대방은 가면 뒤에 숨겨진 두 눈에 푸른빛을 번쩍이며 한손을 까딱였다. 그러자 그녀는 가슴에 무언가가 세게 부딪친 듯한 격렬한 통증을 느꼈다. 숨이 턱 막히면서 입안에서 시뻘건 선혈을 내뿜었고 그대로 추락했다.

상대방의 소름 끼치는 웃음소리가 가까이 들렸다. 죽음이 코앞으로 다가오고 있었다. 봉지미가 마지막 힘을 다해 손을 높이 들어 올렸다. 손안에는 모서리가 각진 벽돌이 들려 있었다.

"구증구쇄만법밀종 팔릉자!"

퍽.

상대방의 귓불을 잡아당기며 벽돌로 귀 옆을 사정없이 내리쳤다. 봉지미는 속으로 이렇게 가는 것을 원망하지 말라고 애도했다. 하지만 상대방의 반응은 매우 빨라서 재빨리 머리를 돌려 벽돌을 피했다. 조금만 늦었다면 그의 머리통은 익은 석류처럼 활짝 벌어졌을 것이었다.

봉지미는 모든 힘을 끌어올려 다시 한번 머리 옆의 급소를 내리쳤다. 그는 맥없이 비틀거리다가 뒤로 한 발짝 물러섰다. 땅바닥에 떨어진 그녀는 벽돌을 등 뒤에 숨기고 손으로 꽉 움켜쥐었다. 벽돌은 어느새 가루로 변해 있었다. 누런 연기가 자욱하게 피어오르고 기침이 멈추지 않았다. 그녀는 뒤춤에서 신호 폭죽을 빼 들었다.

"살짝 맞은 거 가지고 엄살은. 난 그만 사람을 찾으러 가야겠어."

적은 머리가 핑핑 돌고 눈앞이 아물거려서 봉지미의 손 안에 들린 신호 폭죽이 잘 보이지 않았다. 그는 그녀가 폭약 화살을 들고 있는 줄 알았다. 귀 옆으로 불에 덴 듯 아리고 얼얼한 통증이 몰려왔다. 그의 눈에 흉기는 보이지 않았고 '구증구쇄만법밀종'이 무엇인지도 알 수 없었다. 그는 민남 출신이라 사람을 현혹하는 이상야릇한 밀종*密宗, 인도에서 전래된 중국 불교 종파 중 하나 같은 것에 선천적인 거부감이 있었다.

적이 냉담한 얼굴로 콧방귀를 뀌었다. 그리고 한 줄기 기이한 휘파람 소리를 내자 연기와 먼지 속으로 순식간에 사라졌다. 그의 부하들은 흩어져서 불을 지르고 있다가 수장이 당해서 쓰러진 것을 보고 앞다투어 철수했다. 훈련이 잘되어 있는 듯 각 방향으로 일순간에 모습을 감췄다. 봉지미는 그들의 그림자가 사라지는 것을 보면서 겨우 한숨을 돌렸다. 그녀가 비틀거리며 벽면 위에 몸을 기대자 그제야 다리가 풀린 것이 느껴졌다.

온몸이 식은땀으로 흠뻑 젖었고 가슴에는 점점 통증이 일었다. 봉지미는 발걸음을 뗄 수 없을 정도로 힘이 빠졌다. 땅바닥에 몇 번을 토하며 선혈과 침을 다 쏟아 내고 나서야 극심한 답답함이 옅어졌다. 그러나 방금 달려온 길을 떠올리면 다시 손에 땀이 흥건해졌다. 절반은 임기응변이었고 절반은 운에 기대어 여기까지 온 셈이었다. 숨어 있던 자객들이 좀 더 강했더라면, 적이 나타날 것을 두려워했더라면 풋내기인 그녀가 어떻게 살아남을 수 있었겠는가.

사방에서 불길이 치솟아올랐다. 매캐한 짙은 연기가 코를 찔렀다. 봉지미는 몸을 웅크리고 검에 지탱하며 안쪽으로 기어갔다. 바깥뜰은 누런 모래로 가득 덮여 있었고, 누군가가 바닥을 쓸며 기어간 흔적이 있었다. 그녀는 민남 지방의 전설이 떠올라 몸이 덜덜 떨리기 시작했다.

사방에서 나는 피비린내가 뜨거운 연기에 섞여 역겨운 냄새를 내뿜었다. 봉지미는 문으로 들어가다가 무언가에 발이 걸려 넘어졌다. 무언가는 바로 뒤틀린 표정으로 죽어 있는 장영위 병사의 시체였다. 그녀가 고개를 숙여 살펴보니 그의 몸 어디에도 상처는 보이지 않았고, 얼굴빛은 기괴한 황갈색을 띠고 있었다. 순간 좀 전에 들었던 모래 바람 소리가 떠올라 자기도 모르게 검을 꽉 쥐었다.

봉지미가 가는 길마다 시체들이 널려 있었다. 누군가는 손에 밥그릇을 든 채로 공포에 질린 얼굴을 하고 있었다. 밥을 먹을 때 기습당한 모양이었다. 그녀는 엎드려 있는 시체들을 검으로 계속 뒤집어 보며 낮게 외쳤다.

"전하……."

봉지미는 감정을 주체할 수가 없었다.

"전하! 어디 계세요!"

연기가 따가워서 기침이 멈추지 않았다. 전하를 찾는 봉지미는 점점 절망에 빠졌다. 영혁이 죽지 않았다면 적이 돌아갈 리 없었다. 그가 살아있다면 그녀의 목소리에 대답했을 것이었다.

시체의 수를 하나씩 세어 나갔다. 역참의 역승(驛丞)과 병사의 시체도 찾아냈다. 이백십이 구. 계산해 보니 순우맹과 영혁을 제외하고도 장영위 호위 무사 몇 명이 더 있어야 했다. 그러나 다른 마당에도 그들은 없었다. 봉지미는 마지막 남은 마당에서도 흔적을 찾지 못했고, 불길은 점점 거세졌다. 맹렬한 불꽃이 하늘 높이 치솟더니 순식간에 그녀를 포위했다. 그녀는 검을 세우고 넋을 잃은 채 주위를 둘러봤다. 눈빛 속에 망설이는 기색이 감돌았다. 만약 이 불을 뚫고 안으로 들어간다면 목숨을 잃을 것이 분명해 보였다.

하지만 망설이는 것도 잠시, 봉지미는 마당 안의 물 항아리로 풍덩 뛰어들었다. 물에 흠뻑 젖은 그녀는 항아리를 기어 나와 겉에 입은 도포를 벗어 코와 입을 감쌌다. 그리고 자욱하게 피어오른 연기와 이글이글 타오르는 화염 속으로 몸을 던졌다.

봉지미는 불길 속으로 뛰어 들어가면서 자신이 얼마나 어리석은지 실감했다. 모든 것이 타들어가는 이곳에서 살아남기란 도저히 불가능해보였다. 물에 적신 옷도 뜨거운 불구덩이에서 순식간에 말라 버렸다. 연기가 숨 쉴 틈도 없이 밀어닥치자 봉지미의 눈이 빨갛게 부었고 눈물이 끊임없이 흘렀다. 머리 위의 들보는 삐걱삐걱 소리를 내며 곧 떨어질 것처럼 보였다. 침대 휘장의 지지대가 불에 타서 툭 부러지자 와르르 무너져 내렸다.

봉지미는 튀어오르는 불꽃 사이를 헤집고 다녔다. 윗둥이 잘린 나무가 활활 타오르고 있었고, 그 아래 쓰러져 있는 시체 한 구가 보였다. 그녀는 시체를 하나씩 끌어와 살펴볼 때마다 가슴이 철렁했다. 영혁이 아닌 것을 확인하고 숨을 내쉬기를 수 차례 반복했다. 그녀는 절망하며 사방을 둘러봤다.

'영혁, 어디 있는 거야…….'

불길이 봉지미의 곁을 핥고 지나갔다. 그녀의 검은 머리카락에 불이 옮겨 붙어 볼 근처에 떨어졌고 벌건 물집이 부풀어 올랐다. 망연자실해진 그녀가 뒤로 물러서는데 무엇인가 발에 걸렸다. 고개를 숙여 보니 장영위 병사의 시체였다. 그녀가 이전에 본 적이 있던 자였는데 어쩐지 자세가 이상하게 느껴졌다. 주변을 휙 둘러보니 몇 구의 시체가 모두 이 부근에 모여 있었다.

이곳은 본채가 아닌 부엌으로 보였다. 벽 너머로 자질구레한 물건들을 보관하는 곁채가 이웃하고 있었고, 봉지미가 서 있는 자리 맞은편에는 아궁이가 하나만 있을 뿐이었다. 모든 게 타 버려서 숨을 곳도 마땅치 않은데 왜 모두 이곳에서 죽었는지 의문이 들었다.

시체들은 전부 얼굴이 밖을 향하고 안쪽을 등진 자세였다. 아무리 보아도 무언가를 보호하고 있던 것처럼 보였다. 봉지미는 몸 위에 붙은 불을 가볍게 툭툭 쳐 냈다. 그리고 날카로운 눈으로 내부를 다시 한번 살폈다.

'저 아궁이는……. 설마 그럴 리가…….'

봉지미가 눈빛을 번뜩이며 아궁이 앞에 쪼그리고 앉았다. 겉으로 보기에는 아궁이 입구와 똑같았지만 자세히 보면 철판으로 된 작은 문이 끼워져 있었다. 그녀가 손을 뻗어 철문을 힘껏 끌어 당겼다.

끼익.

눈처럼 새하얀 빛이 철문 너머에서 뿜어져 나왔다. 봉지미는 철문에서 한 자 떨어진 곳에 쪼그리고 앉아 있었다. 등 뒤로 사방이 불바다라 도망칠 곳은 없었다.

철컥.

일촉즉발의 상황에서 무언가를 감지한 봉지미는 이를 악물고 힘껏 철문을 닫았다. 순간 손가락 두께의 철문 위로 날카로운 창끝이 뚫고 나왔다. 다행이 문에 끼어 그 이상 움직이지 않았지만 그녀의 눈동자 바로 앞에 멈춰 있었다. 만약 반응이 조금만 늦었더라면 목숨을 잃을 수도 있었다. 언제나 침착하던 그녀도 심장이 크게 요동쳤다. 가쁜 숨을 내쉬며 철문에 낀 창을 자세히 들여다봤다.

'어라? 이건……'

봉지미의 마음속에 기쁨이 솟아올랐다. 그것은 장영위만 쓰는 창이었다.

"순우맹!"

봉지미는 쉰 목소리로 이름을 불렀다.

"나야! 위……."

돌연 철문이 열렸고 손 하나가 나오더니 잽싸게 봉지미를 끌고 들어갔다. 살의가 느껴지지 않아서 적이 아니라고 확신한 그녀는 순순히 손길을 따랐다. 그리고 안으로 들어가면서 무엇인가 몸을 스쳐 지나가는 것을 어렴풋이 느꼈다. 그것은 툭, 하는 소리를 내며 철문에 달라붙었는데 자세히 볼 여유는 없었다.

철문 안도 뜨거웠지만 사나운 불길이 바다를 이룬 바깥과 비교하면 하늘과 땅 차이였다. 잠시 시간이 지나자 공기가 약간 서늘하기까지 했다. 봉지미는 눈을 어둠에 적응시키기 위해 한참을 깜빡였다. 차츰 옆에 있는 순우맹의 윤곽이 보이기 시작했고, 어디선가 반짝이는 초록빛도 보였다. 그리고 멀지 않은 곳에 초록빛에 비친 사람의 뒷모습도 보였다. 영혁……. 그는 그녀를 등지고 앉아 있었다.

봉지미는 영혁이 살아 있는 것을 발견하고 기뻐서 달려들려고 했지만 순우맹이 가로막았다. 순간 흐르는 물소리와 함께 발아래 무언가 닿는 것이 느껴졌다. 놀란 그녀가 입을 열었다.

"이건……."

순우맹이 재빨리 손으로 봉지미의 입을 막고 철문에 끼어 있던 긴 창을 뽑았다. 소리가 나지 않도록 특별히 조심스러운 동작이었다. 그녀는 의문이 들었다.

'소리를 못 내? 영혁은 왜 계속 고개를 돌리고 있는 거야?'

맞은편에서 다시 초록빛이 번쩍이자 봉지미가 눈을 크게 뜨고 유심히 살펴봤다.

'이럴 수가……'

모든 것이 명백해졌다. 초록빛은 어떤 불빛이 아니라 무언가의 눈이었다. 새끼 토끼 크기만 한 그것은 윤곽이 모호했고 영혁의 맞은편에 웅크리고 있었다. 그것이 발톱을 펼치더니 영혁을 가렸다. 아주 작은 것이 눈앞을 떠돌았는데 무엇인지 알 수 없었다. 그러나 만물의 왕이 가지고 있을 법한 기개가 느껴졌다. 그것이 두 눈을 감았다 뜰 때마다 녹색 빛이 번쩍였다. 그 빛은 순수한 아름다움의 극치였다. 봄날의 푸른 물 혹은 최상품 비취 같아서 누구나 넋을 잃고 바라보았다.

봉지미는 홀린 것처럼 그것을 바라보았다. 하지만 곧 눈앞이 어두워졌는데 순우맹이 손으로 그녀의 눈을 가린 탓이었다. 그녀는 눈물을 뚝뚝 흘리면서 눈에 통증을 느꼈다. 그녀의 입을 막았다가 다시 눈을 가리기를 반복하느라 순우맹의 손이 바빴다. 그는 그녀의 손바닥을 뒤집더니 그 위에 글자를 썼다.

'전하께서 소리 내는 것을 허락하지 않소. 저걸 쳐다봐서도 안 되오.'

봉지미는 맞은편에 앉아 있는 영혁을 바라봤다. 그는 반석 위에 앉아 시종일관 조금도 움직이지 않고 그것과 마주 보고 있는 듯했다. 한눈에 봐도 정말 기괴한 모습의 그것은 자객들이 '대왕'이라고 부르는 바로 그것 같았다. 그런데 그녀는 왜 영혁이 그것과 마주하고 있는지 의아했다. 그것 역시 아무 짓도 하지 않고 영혁을 발톱으로 가리키고만 있었다.

유심히 지켜보니 그것의 발톱은 아무런 목적 없이 느릿느릿 움직이다가 어디선가 소리가 나면 옅은 회색의 아주 작은 물체를 손가락 끝으로 튕겨 냈다. 다만 그 작은 물체가 무엇인지는 알 수 없었다.

그것은 아름다운 눈을 가졌지만 앞을 볼 수가 없었다. 대신 청각만큼은 매우 예민했다. 영혁이 조금도 움직이지 않고 다른 사람에게 소리를 내지 못하게 한 이유도 그 때문이었다. 순우맹이 다시 봉지미의 손바닥에 글씨를 썼다.

'저건 민남의 안고(眼蠱)라는 독충이오. 절대로 쳐다봐선 안 되오.'

이번에는 봉지미가 글씨를 썼다.

'알겠습니다.'

민남의 깊은 산속 밀림에는 재주가 뛰어난 부족이 살았다. 점복, 저주·마술, 기이한 동물 기르기, 독충 기르기를 잘했는데, 부족원 수가 워낙 적은 데다 산을 나오는 일도 거의 없어서 잘 알려지지 않았다. 하지만 일단 이들이 솜씨를 부리면 반드시 신기하고 괴상한 일이 일어났다. 역대 왕조마다 그들에 관한 전설이 있을 정도였다. 상씨 집안은 오랫동안 민남을 지배해 왔으므로 이러한 신비한 재주를 가진 것들을 모으는 것도 특이한 일은 아니었다. 다만 이 안고라는 것이 어떤 종류의 독충인지에 대해서는 알지 못했다. 순우맹이 다시 글씨를 썼다.

'여기는 지하 얼음 저장고요. 어제 농서 포정사에게 얼음덩이를 갖다 주는 대열이 여기에서 쉬었는데 얼음을 저장고에 넣어 둔 덕택에 우리가 살아남을 수 있었소.'

어쩐지 서늘한 기운이 감돈다 했더니 얼음 저장고였다. 바닥의 물은 얼음이 녹은 것이었다. 봉지미는 고개를 끄덕였지만 점점 초조해졌다.

'언제까지 서로 대치만 하고 있을 거지? 안고가 가지 않으면 우리도 계속 여기에 이러고 있어야 하는 거야?'

문득 봉지미는 아까 그 두목이 '대왕'이 없다고 해도 자리를 뜰 수 있었던 이유를 깨달았다. 알고 보니 그는 '대왕'에 대해 매우 안심하고 있었던 것이었다. 봉지미가 순우맹의 손바닥에 글씨를 썼다.

'사형은 저 안고를 쳐다보셨습니까?'

순우맹이 답했다.

'전하께서 날 막으셨소. 그래서 보지 못했지만……'

봉지미가 고개를 끄덕이며 정체를 알 수 없는 저 '대왕'을 어떻게 쫓아낼지 고민했다. 하지만 '대왕'은 볼 수도 없고 만져서도 안 되는 것이라 만일 잘못 건드렸다가는 결과가 더 좋지 않을 것이었다. 만약 '대왕'의 날카로운 발톱에서 독이라도 뿜어 나오면 어떻게 막을 수 있을지 걱정이 앞섰다. 영혁도 마찬가지의 이유로 지금까지 움직이지 못했을 터였다. 그녀는 그의 굳은 의지에 감탄했다.

조금 전까지는 용광로 같은 곳에서 끓어오르는 열기에 괴로웠는데 이제는 얼음에서 나오는 냉기가 뼛속까지 파고들었다. 어제까지만 해도 영혁은 술에 취해 힘없이 늘어져 있었다. 그런데 오늘은 자리를 지키고 앉아 어떻게 견디고 있는지 알 수가 없었다.

봉지미가 이러지도 저러지도 못하고 난감해하는 찰나였다. 소맷부리가 꿈틀거리더니 안에서 두 마리 필후가 기어 나왔다. 필후들은 사방을 에워싼 한기가 싫은지 주변을 두리번거렸다. 그녀는 필후들이 불바다 속에서 소란을 피우지 않고 평온하게 있었다는 사실이 놀라웠다. 생각해보니 의외로 불을 무서워하지 않는 것 같았다. 필후는 민낭의 신비하고 광활한 깊은 산속에서 태어난 특별한 존재였다. 수무족 족장이 데려다 귀하게 기른 보배였으니 어떤 기묘한 능력을 가지고 있을 법도 했다.

봉지미는 조용히 안고 쪽으로 팔을 돌렸다. 두 마리 필후가 머리를 들고 안고의 아름다운 두 눈을 바라보았다. 그러다 갑자기 소리를 지르더니 번개처럼 휙 뛰어올랐다. 금빛이 번쩍하면서 에메랄드빛 눈동자가 어지럽게 굴러 다녔다. 안고는 필후가 꽥꽥대는 소리를 듣자마자 눈을 마구 깜빡였다. 도깨비불 같은 것이 잇달아 번쩍였고 위협하는 것처럼 낮고 묵직한 소리를 외쳤다. 필후 두 마리는 안고의 위협에 아랑곳하지 않고, 하늘에 아름다운 활 모양의 두 가닥 금빛을 수놓았다. 마치 병법가의 포위 공격 전술을 아는 것처럼 안고의 주위를 에워싸며 들어갔다. 진녹색의 눈이 경련을 일으키듯 깜빡였고 발톱을 계속 높이 휘둘렀다. 허공 가득 옅은 회색의 작은 물체가 어지럽게 날렸다. 윙윙거리는 소리를 내는 것이 살아 있는 듯했다. 마구 날아다니는 작은 것들이 금빛 털을 가진 필후와 만나면 멀리 도망쳐 버렸다. 두 마리 필후는 순식간에 안고의 앞까지 뛰어올라 여덟 개의 발로 한바탕 긁어 댔다. 안고는 와와, 낮게 소리를 지르며 다시는 싸우려 들지 않았고, 웅크리고 앉아 있었던 탁자 위에서 뛰어내렸다. 안고는 개구리처럼 올라갔다 내려갔다를 반복하면서 달아나기 시작했다. 두 마리 필후가 꽥꽥대며 뒤에서 쫓아갔지만 안고가 땅굴로 달려가는 것을 보고는 휙 몸을 돌려 다시 봉지미의 손안으로 돌아왔다.

보아하니 필후와 안고는 서로 상극인 듯했다. 봉지미에게는 뜻밖의 수확이었다. 안 그래도 시험 삼아 필후를 꺼내 보려고 했었는데 한 방에 효과를 볼 줄은 생각도 못했다. 순우맹이 환호하며 말했다.

"어디서 이리 좋은 물건을 가져왔소?"

순우맹은 봉지미의 대답을 기다리지 않고 서둘러 문을 열었다. 영혁이 그제야 느릿느릿 머리를 돌려 말했다.

"왔느냐."

철문을 열자 바깥의 밝은 빛이 안까지 뚫고 들어왔다. 이때 봉지미는 영혁의 눈빛이 조금 풀어진 것을 눈치챘다. 이내 영혁의 속눈썹이 아래로 늘어지더니 몸이 뒤로 휘청했다. 봉지미가 앞으로 튀어나가 영혁을 붙들었다. 그의 손은 얼음장처럼 차가웠고, 겉옷은 땀으로 흠뻑 젖어 있었다.

"순우맹 사형. 전하를 업고 나가시지요."

봉지미는 고개를 돌려 순우맹을 불렀다. 영혁은 봉지미의 옷소매를 가볍게 잡아당겨 냄새를 맡더니 낮은 목소리로 말했다.

"짙은 피비린내와 뜨거운 연기 내음이구나."

봉지미도 고개를 숙여 냄새를 맡더니 웃으며 말했다.

"그리고 역겨운 땀 냄새와 원숭이 노린내도 있지요."

영혁이 다시 웃으며 말했다.

"다른 사람의 피가 많은 것이더냐 아니면 네 피가 많은 것이더냐?"

봉지미는 순우맹을 도와 영혁을 부축하면서 심드렁하게 말했다.

"직접 보시면서도 모르시겠습니까?"

영혁은 가볍게 웃었다. 이때 그의 얼굴은 눈처럼 새하얬고 눈동자는 영롱하게 빛나는 검은 옥처럼 새까맸다. 천년 동안 아무도 접근하지 않은 깊은 심연에 불빛과 물그림자가 고요하게 내려앉은 듯했다. 봉지미는 바깥의 동태에 주의를 기울이며 말했다.

"저 괴물이 부상을 입고 도망간 이상 그자들이 암살이 실패한 것을 알고 되돌아올 것입니다. 저희는 일각도 더 지체할 수 없습니다. 즉시 떠나야 합니다."

"어디로 가야 하오?"

순우맹이 물었다. 봉지미는 바보 고남의가 아직 오지 않은 것으로 보아 완전히 길을 잃은 게 틀림없다고 생각했다. 고남의는 밖으로 나오면 길을 잃지 않을 때가 없었다. 그의 도움을 받는 것은 포기해야겠다고 생각하면서 말했다.

"우리 쪽도 습격을 당해서 살아남은 자들로만 호위하기에는 부족함이 있습니다. 전하의 의장 대열을 찾는 것이 더 나을 듯합니다. 삼천 호위 무사들이라면 걱정이 없을 것입니다."

"안 된다."

영혁이 정색하며 말했다.

"내부에 첩자가 있어."

잠시 멍해진 봉지미는 문득 깨달았다. 영혁이 자신의 의장 대열을 벗어난 것은 충동적으로 내린 결정이었다. 그는 떠난 후에 빠른 말을 보내서 만날 지점을 대열에 알렸다. 따라서 의장대와 봉지미의 대열 안에 첩자가 없었다면 자객들은 영혁이 이 역참에 머물 거라고 확신할 수 없었을 것이었다. 지금 의장 대열로 돌아가는 것은 스스로 그물에 걸려드는 짓이었다. 상대방의 목표는 영혁과 봉지미이므로 청명서원의 그 존귀하신 명문 세가의 자제들까지 끌어들일 필요는 없었다. 봉지미가 머뭇거리며 말했다.

"여기 관청에 가서 관인(官印)을 보여 주면 이곳 관리가 사람을 보내 호송해 줄 것입니다."

"그것도 안 돼."

영혁은 딱 잘라서 거절했다.

"벌써 잊은 게냐? 여기는 농서 관할인데 농서 포정사 신욱여의 부인이 고양후 상홍수의 이종사촌 누나지. 신욱여는 포정사에 오르자 기다렸다는 듯 아내 패를 꺼내 들었어. 포정사 아문에는 '해적 지명 수배령'

이라고 써 놓은 우리 초상화가 걸려 있을 수도 있어. 우리가 관청에 찾아가는 건 스스로 불구덩이에 뛰어드는 게지."

"감히 그런 짓을!"

순우맹이 미간을 날카롭게 세웠다. 봉지미는 잠자코 있었다.

'감히는 무슨……. 사람들은 자신의 이익을 위해서라면 국법까지도 이용하는걸.'

신욱여가 상씨 집안과 함께 어울려 나쁜 짓을 저질렀다면, 상씨 집안에게 약점이 잡혀 있을지도 몰랐다. 자신의 이익과 앞날을 위해서 양심을 속이고 사람을 소리 소문 없이 죽이는 것도 불가능한 것은 아니었다. 상씨 집안이 잘되면 함께 잘되고 망하면 함께 망하는 것이기 때문이었다. 그들은 발등에 불이 떨어진다면 희생양으로 몇을 내놓고 다른 곳으로 가서 그대로 관직을 유지하려 할 것이었다. 그렇지 않다면 살인과 방화가 일어났는데 와 보는 사람이 하나도 없다는 게 말이 되지 않았다. 이 역참이 외진 곳에 있는 것도 아니었으니 말이다.

"그럼 어떡하죠?"

"이쪽 기양산(暨陽山)에서 기양의 경계까지 가서 기양 지부(知府)를 찾아야 해. 팽 지부는 대학사 호성산의 문하로 강직하고 바른 사람이지. 관리로서 청렴하기로도 명성이 자자하고. 절대 신욱여 같은 사람과는 어울릴 리 없으니 믿을 만한 자일 테야."

영혁이 눈을 감고 단호한 어조로 말했다.

"그전에 신분이 노출돼서는 안 돼."

봉지미는 영혁의 철두철미한 준비에 적잖이 놀랐다. 영혁은 높은 지위에 있으면서도 멀리 국경 근처에 있는 성의 지부에 대한 내력과 관리로서의 풍평까지 자세하게 파악하고 있었다. 틀림없이 관리들 사이의 복잡하게 뒤얽힌 관계에 대해서도 꿰뚫고 있을 것이었다. 바깥에서는 기생을 데리고 노는 척 연기했지만, 집으로 돌아가면 분명 밤새 불을 밝히고 공부하고 또 공부했을 것이었다.

영혁이 내놓은 방안을 듣고 나머지 둘은 반대하지 않았다. 바깥의 불길도 점점 사그라지고 있었다. 세 사람은 꼴이 말이 아니었지만 서로 부축하며 발걸음을 옮겼다. 순우맹은 화마가 휩쓸고 간 자리에 남아 있는 전우들의 시체를 보며 쉴 새 없이 눈물을 흘렸다. 그는 철문 입구에 놓인 불에 탄 시체 한 구를 가리키며 말했다.

"제가 곽 형에게 전하를 모시라고 했더니 곽 형이 사양했습니다. 완강하게 저를 밀어 넣고 자신은 형제들과 함께 이곳을 철통같이 지키겠다고……. 등으로 이 문을 막고 있었으니……."

순우맹은 흐르는 눈물을 닦으며 더 이상 말을 잇지 못했다.

"걱정 말게. 이 원한은 반드시 갚아 줄 테니."

영혁은 수백 구의 시체를 차마 볼 수 없었는지 눈을 감았다. 불과 연기가 뒤섞인 살육의 현장에서 영혁의 얼굴은 담담했다. 하지만 어조는 분명하고 확고했다.

반면 봉지미는 전우의 죽음에 아파하지 않았고, 복수를 다짐하지도 않았다. 그녀는 시체 사이를 이리저리 뒤적거리며 불에 타서 여러 가지 모양으로 변한 작은 금을 옷소매에 챙겨 넣었다. 순우맹은 그런 봉지미를 빤히 쳐다봤다. 눈이 마주친 그녀가 당당하게 말했다.

"보면 뭐 어쩔 건데요? 사형, 돈 가진 거 있어요? 전하, 돈 있으세요? 우린 이제 이름을 숨기고 길을 떠나야 하는데 돈 없이 어떻게 마차를 빌려요? 식량은 또 어떻게 살 건데요? 상처는 어떻게 치료할 거고요?"

순우맹은 고개를 절레절레 흔들며 말했다.

"아우님은 귀족 자제보다 더 귀티가 흐르는데, 행동은 가난한 집 자식보다 좀스럽소."

영혁이 순우맹의 등 뒤에서 반만 고개를 돌려 봉지미를 쳐다보더니 말했다.

"어딜 다친 게냐?"

봉지미가 눈썹을 찌푸리며 뾰로통해졌다.

'바보 아냐? 내 몸에 난 타박상, 화상, 찰과상, 온몸 가득한 핏자국이 안 보여?'

"꾸물거리지 마시고 일단 밖으로 나가시죠."

세 사람은 모퉁이를 꺾어 돌아 좁은 길로 들어섰다. 봉지미는 길가 의 나무에 표시를 하면서 말했다.

"기양산에 들어가기 전에 산 아래에서 식량을 준비해야 합니다. 앞 쪽의 산 중턱에 작은 마을이 있던데 그곳에서 잘 곳을 찾아 잠시 쉬도 록 하죠. 자객들은 저희가 산으로 들어가는 것까지는 예상하지 못할 테 니 그곳이 안전할 것입니다."

속담에서 말하길 보기에는 가까워도 실제로 가 보면 멀다고 했다. 저 산속 마을은 보기에는 바로 앞에 있는 것 같아도 아주 오랜 시간을 걸어야 했다. 동이 트기 전 어느 사냥꾼 집 앞에 도착한 세 사람이 문을 두드렸다.

"어르신, 계십니까. 저희 세 형제가 여기저기 돌아다니며 구경을 다 니고 있었는데 큰형님이 떨어지셔서 다리를 다치셨습니다. 저희 셋이 하룻밤을 묵어 갈 수 있도록 어르신께 부탁 좀 드리겠습니다."

이윽고 순박한 인상의 노인이 허허 웃으며 문을 열고 나왔다.

"집 밖에선 누구나 다 친구이지 않소. 들어오시오. 들어와."

작은 집은 누추했지만 따뜻했다. 세 사람은 그제야 마음이 느슨해 지는 것을 느꼈다. 노인은 누렇다 못해 거무스름해진 차를 따라주었다. 순우맹은 갈증이 심했는지 찻잔을 받쳐 들고 단숨에 마셔 버렸다. 봉지 미는 옷소매에서 자잘한 금붙이를 꺼내 노인에게 건넸다.

"저희 큰형님께서 물에 빠지셔서 옷을 갈아입으셔야 하는데 죄송하 지만 옷 좀 가져다주실 수 있으십니까."

"산사람의 집엔 좋은 옷이라곤 없소만 내 가서 가장 깨끗한 것으로 찾아다 주겠소."

노인이 허허 웃으며 몸을 돌려 나갔다. 봉지미가 차를 받쳐 들고 영혁에게 건넸으나 그는 눈을 감고서 담담하게 말했다.

"됐다."

"손님에게 이런 차는 더럽게 느껴지지 않겠소?"

노인이 무명옷 한 벌을 들고 웃으며 말했다.

"차 안에는 기명산에서만 나오는 홍등(紅藤) 뿌리가 들어 있소. 보혈과 심신 안정에 아주 좋지. 색은 별로지만."

봉지미가 말했다.

"저희 큰형님께서 몸이 불편하셔서 마시지 않으시겠다니 제가 마시겠습니다."

찻잔을 들어 입가에 가져다 댔다가 문득 한 가지 일이 떠올랐다.

"어르신께 여쭐 게 있습니다. 과엽도까지는 어떻게 갑니까?"

"손님은 과엽도로 가시려 하오? 근데 왜 여기로 오셨소?"

노인이 놀라서 물었다.

"방향이 완전히 반대인데."

안심한 봉지미가 고개를 끄덕였다. 그 순간 갑자기 그녀의 가슴이 심하게 조여 오면서 속이 역겨워졌다. 간밤에 겪은 무수한 일 때문에 몸이 너무 고됐는지 이전에 얻은 내상이 발작을 일으킨 것이었다. 영혁의 앞에서 토하는 모습을 보이고 싶지 않아 그녀는 황급히 물었다.

"어르신. 저희 형제에게 묵을 곳을 마련해 주시겠습니까? 몸을 눕힐 수만 있으면 아무 데나 괜찮습니다."

"빈 방이 하나 있긴 한데 워낙 좁아서 자네 형제들이 들어가면 꽉 찰 것 같소."

봉지미는 괜찮다는 듯 고개를 끄덕였고 노인은 방을 준비하러 갔다.

그 작은 방은 뒷산에 가까이 붙어 있었고 바로 뒤에는 깎아지른 듯한 낭떠러지가 있었다. 마음이 심란해진 그녀가 문을 나서서 토할 곳을 찾았다. 산으로 올라 돌 뒤에 쪼그리고 앉아 한참을 게워낸 후에야 조금 나아졌다. 그러나 너무 오랫동안 쪼그리고 앉아 있었는지 일어서는 순간 눈앞이 아물거렸다. 그녀가 뒤로 한 발짝 물러서며 돌을 붙잡았다.

겨우 정신을 가다듬은 봉지미가 돌아가려고 몸을 돌렸는데 붙잡고 있던 돌에 눈길이 갔다. 자세히 살펴보니 이 비석은 마을 입구에 세우는 것으로 마을 이름을 써 놓은 것이었다. 하지만 온통 덩굴이 뒤덮여 있어 글자가 잘 보이지 않았다. 희미하게 드러난 필획을 본 그녀는 문득 떠오르는 것이 있어 덩굴을 홱 잡아당겼다. 어스름한 달빛을 받은 비석 위에 글자 네 개가 나타났다.

'화엄두촌(華嚴杜村)'

아래쪽에는 간단한 설명이 쓰여 있었는데 화 씨, 엄 씨, 두 씨 이렇게 세 개의 성씨가 모여 사는 마을이라는 것이었다. 빠르게 훑어보던 봉지미의 가슴이 쿵쾅대기 시작했다.

'화엄두……. 화, 엄, 두……. 앗, 과엽도!'

역참에서 벽 너머로 들린 '과엽도에서 합류하자'는 그 말은 원래 '화엄두'였던 것이었다. 봉지미가 벽을 사이에 두고 상대방의 사투리를 잘못 알아들은 것이었다. 멍해진 그녀는 아까 금붙이를 건네던 순간을 떠올렸다. 노인의 태연한 표정에서 확실히 위화감이 느껴졌다. 초야에 묻혀 사는 산사람이라면 은자를 볼 기회도 거의 없었을 텐데, 어떻게 금을 보고도 침착할 수 있었을까. 이전에 많이 봤던 사람이 아니라면……. 초야에 묻혀 사는 산사람이 무명옷 한 벌과 차 한 잔 값으로 아무렇지 않게 금붙이 한 개를 받을 수 있을까?

봉지미가 차가운 바람을 가르며 냅다 뛰기 시작했다. 노인의 집 입구에서 조금 떨어진 곳에서 헐떡이는 숨을 가라앉히고 옷매무시를 정리한 뒤 문을 두드렸다. 노인은 여전히 허허 웃으며 묵을 만드느냐고 친절하게 물었다. 그 미소를 바라보던 그녀의 등골이 오싹해졌다. 하지만 표정을 숨기고 노인과 상투적인 대화를 나누며 평소처럼 행동했다. 노인에게 인사를 한 뒤 잰걸음으로 방으로 돌아왔다. 문을 열기 직전 손가락이 심하게 떨려 왔다. 문을 열었을 때 선혈이 낭자한 시체 두 구가 놓여 있을까 봐 몹시 두려웠다.

조심스럽게 문이 열렸다. 다행히도 방 안은 조금 전의 모습 그대로였다. 순우맹은 지붕이 들썩일 정도로 코를 골며 자고 있었다. 영혁은 누워 있지 않고 앉아 있었는데 문이 열리자 어깨와 등이 일순간 굳어졌다가 이내 풀어졌다. 봉지미는 적들이 산 아래에서 그들을 찾느라 아직 이곳까지 오지 않았다는 사실에 안도의 한숨을 내쉬었다. 침대 곁으로 다가가 순우맹을 흔들었다.

"일어나요. 일어나!"

순우맹은 꼼짝도 하지 않았다. 뛰어난 무공을 익히면 뭐하나 싶었다. 이런 급박한 상황에서 잠이나 자고 있다니 한심스러웠다. 혀를 끌끌 차려던 찰나 아까 마셨던 차가 떠올랐다. 봉지미는 경계심이 부족했던 것을 후회했다. 영혁이 옆에서 담담하게 말했다.

"순우맹은 내버려 두고 우리끼리 가자꾸나."

봉지미가 놀라서 고개를 돌렸다.

"난 노인이 입을 열자마자 의심스러웠다."

영혁이 정곡을 찔러 말했다.

"기양산 사냥꾼들은 대부분 오래 전에 일어났던 북강 전란의 이민자들이야. 그들의 말투는 북방 발음에 가까운데 이 사람은 순수하게 여기 발음이더구나. 단번에 정체를 간파했지. 아무 의심도 보이지 않는 시원시원한 태도도 이상하고."

이 사람이 뜻밖에도 이런 것까지 파악하고 있다는 사실이 상당히 놀라웠다. 봉지미는 서둘러 영혁을 부축해서 순우맹에게 다가갔다. 순우맹을 흔들어 깨우자 상황이 잘못된 것을 눈치채고 한참을 거칠게 몸부림치더니 겨우 눈을 뜨며 말했다.

"갑시다……."

하지만 이내 다시 잠 속으로 빠져들었다. 봉지미는 순우맹을 바라보다가 갑자기 화가 난 듯 따져 물었다.

"전하께서는 처음부터 잘못된 걸 알았다면 왜 순우맹 사형이 차를 마시게 내버려 둔 거죠?"

"어쨌든 누군가는 마셔야 했으니까. 그렇지 않았다면 상대방이 내가 눈치챈 줄 알았을 거야. 일이 더 심각해지는 거지."

영혁은 봉지미를 바라보지 않은 채 담담한 표정으로 말했다.

"네가 마셔야겠느냐? 아니면 내가? 순우맹이 마시는 게 제일 낫지."

봉지미는 영혁을 바라봤다. 얼굴은 꽃처럼 아름답고 대나무처럼 고상했지만, 그의 심장은 눈보다 서늘했고 마음은 얼음보다 차가웠다.

"다들 먼저 가십시오."

순우맹의 얼굴은 온통 땀투성이였다. 간신히 칼에 지탱해 침대에서 내려오더니 칼로 제 팔을 슥 베어 냈다. 칼이 스친 자리를 따라 선혈이 흘러내리자 몽롱했던 의식이 조금씩 깨어나는 듯했다. 그가 낮은 목소리로 말했다.

"가시죠. 제가 여기서 막고 있겠습니다."

영혁이 그의 눈을 빤히 쳐다보더니 말했다.

"알겠다."

영혁이 단정하게 앉아서 봉지미에게 차분하게 말했다.

"뒤에 있는 낭떠러지로 가자. 저 낭떠러지는 높지 않아서 기어 내려갈 수 있어. 앞쪽으로 도망쳤다간 사람들에게 바로 붙잡힐 거야."

봉지미는 잠자코 듣고 있다가 두 마리 필후를 꺼내서 순우맹의 품에 쑤셔 넣었다. 그리고 두말 하지 않고 영혁을 부축해 뒤쪽 창을 기어오르기 시작했다.

낭떠러지는 질퍽하고 미끄러웠고, 산바람은 심하게 불어왔다. 봉지미는 영혁의 손을 꽉 잡고 한 발씩 조심스럽게 기어 내려갔다. 그녀는 그의 손이 냉기가 스며든 것처럼 차갑게 느껴졌다. 그는 그녀의 손이 혈관에 달궈진 쇳물이 도는 것처럼 뜨겁게 느껴졌다.

주위가 이끼로 뒤덮여 미끌미끌해서 누구도 감히 손을 놓지 못했다. 둘은 손깍지를 끼고 한 걸음씩 기어 내려갔다. 아래쪽은 절반이 가파른 절벽이었다. 봉지미는 허리를 굽히고 그 절벽을 내려다봤다. 평소 같았으면 별 문제가 되지 않는 경사였지만 지금은 부상 때문에 어려운 여정이 될 듯싶었다.

그때 갑자기 울부짖는 소리가 들려왔다. 멀리 떨어진 작은 집의 뒤쪽 창에서 비통하고 분한 순우맹의 포효가 내뿜어졌다. 날카로운 검이 밤공기를 가르는 것처럼 순우맹의 목소리가 사방을 뒤흔들었다. 낭떠러지 위로 잔돌들이 굴러 떨어졌다. 산바람은 더욱 거세게 휘몰아쳤고, 옷소매는 바람에 말려 올라가 얼굴을 때렸다. 집 안에서는 목숨을 걸고 싸우며 발악하는 고함 소리가 들려왔다. 집 밖에서는 두 사람이 미끄러운 돌 위에 엎드려 숨을 죽이고 있었다. 봉지미와 영혁의 헝클어진 머리카락은 얼음을 머금은 듯한 차가운 바람 속에 어지럽게 흩날렸다. 머리카락이 얼굴에 닿을 때마다 볼을 베는 듯 따가웠다. 급하게 숨을 들이키는 소리가 울려 퍼지더니 순식간에 사방이 고요해지며 모든 소리가 사라졌다. 돌연 폭발음이 들리는 듯하더니 주위가 침묵에 휩싸였다. 숨이 막힐 듯한 고요함이 사방을 압박했다. 산바람 부는 소리 외에는 아무 소리도 들리지 않았다. 영혁은 눈을 내리깔고 아무런 표정이 없었다. 봉지미는 고개를 돌렸고 눈에는 투명하게 빛나는 것이 내려앉았다.

영혁이 먼저 내려가라는 듯 봉지미를 밀었다. 그녀는 낭떠러지 아래
에 튀어나온 돌들을 정확하게 찾아가며 조심스럽게 발을 뻗었다. 그리
고 아래로 내려가면서 그를 잡아끌었다. 그는 천천히 발을 내딛던 중
고개를 뒤로 돌리다가 갑자기 몸이 확 기울었다. 그를 간신히 붙잡은 그
녀의 무릎이 낭떠러지 벽에 거듭 부딪쳤다. 돌을 대신해 그의 발을 받
쳐 주었는데 지나치게 힘을 주어 무릎 위는 곧바로 피범벅이 되었다. 그
가 온몸을 부들부들 떨며 발을 움츠렸다. 그녀는 손을 올려 그의 두루
마기 끝을 잡았다.

"영혁……, 당신 눈이…….."

봉지미가 머리를 들고 또렷하게 물었다.

"설마…… 안 보이는 거예요?"

두 사람은 동 틀 무렵의 가장 어두운 밤빛과 가장 차가운 밤바람 사
이에 있었다.

사랑스러운 그대

영혁의 온몸이 부들부들 떨렸다. 봉지미는 무릎을 낭떠러지에 대고 그를 받치고 있었다. 그녀는 고개를 들어 그를 바라봤다. 지하 얼음 저장고에서 영혁을 바라봤을 때 눈빛이 풀어져 있던 것, 영혁이 봉지미를 만나고 처음 한 동작이 피와 불의 냄새를 맡았던 것, 영혁이 봉지미의 상처를 몰라봤던 것, 봉지미가 모르고 안고를 곁눈질하자 눈물이 뚝뚝 흘러내렸던 것이 차례대로 떠올랐다. 미처 알아채지 못한 자신이 경솔하게 느껴졌다. 순우맹은 영혁이 자신을 막아 안고를 똑바로 쳐다보지 못하게 했다고 하였다. 그렇다면 영혁은 정면에서 안고를 마주한 것인데 어찌 멀쩡할 수 있었을까.

봉지미의 머리 위에 있는 영혁이 차분하고 담담하게 말했다.

"걱정 마라. 내가 안고에 대해 조금 아는데, 해결할 방법이 있느니라. 잠시 안 보이는 것뿐이다."

봉지미가 머리를 들고 싱긋 웃으며 말했다.

"그럼 이젠 내가 당신의 눈이 되어 줄게요."

봉지미는 경쾌한 목소리로 평소에 보이지 않던 밝은 표정을 지었다. 그녀의 여유로운 한 마디가 맹렬한 산바람이 되어 그의 가슴에 세찬 떨림을 일으켰다. 그는 비스듬히 고개를 숙이고 회백색의 시야로 그녀의 표정을 상상해 봤다. 비록 얼굴이 보이지는 않았지만, 분명 살짝 위로 올라간 눈썹 아래에 사람의 마음을 잡아끄는 맑고 고운 눈동자가 투명하게 빛나고 있을 터였다. 보이는 것이 전부는 아니었다. 이 여인은 위험과 곤란이 닥칠수록 더욱 용감해졌다. 한 발 뒤로 물러나는 때는 있었어도 어리광을 피운 적은 없었다.

머리 위에 있는 영혁이 계속 아무 말도 하지 않자 봉지미는 의아한 표정으로 고개를 들었다. 그는 이미 원래대로 얼굴을 돌린 상태였다.

"그래."

대답은 간단했지만 봉지미는 이 한 마디에 특별한 감정이 담겨 있는 것을 느낄 수 있었다. 비록 그녀의 시야에서 영혁의 표정이 보이지 않았지만.

"조심하세요."

봉지미가 잠시 망설이다가 팔을 쭉 뻗더니 영혁의 오금을 꽉 붙잡았다. 그녀는 그의 아래에 있어서 그가 낭떠러지에서 실족하지 않도록 확실히 붙잡을 수 있는 자세는 오직 이뿐이었다. 자세는 거의 안는 것에 가까웠고 얼굴의 한쪽 면은 영혁의 다리에 찰싹 붙어 있었다. 그녀는 천만 번쯤 스스로에게 주문을 걸었다.

'이번 한 번뿐이야. 이번 한 번뿐이야.'

아무리 억누르려 해도 귓가에 엷은 붉은 기가 계속 떠올랐다. 봉지미가 다리를 끌어안자 영혁은 다시 한번 몸이 떨려 왔다. 가을 옷 위로 다리에 찰싹 붙은 봉지미의 얼굴을 느낄 수 있었다. 작은 얼굴이 따뜻했고, 산호 구슬처럼 투명하고 매끄러운 피부가 아주 가까운 곳에서 들썩거리고 있었다. 그녀의 뜨거운 숨결이 오금을 스치자 그의 호흡이 가

빠졌다. 다리는 흐르는 비단처럼 부드러워졌고, 손가락은 전기가 통하는 것처럼 파르르 떨렸다.

그때 영혁이 낭떠러지의 표면에 손을 찔렸다. 추위가 뼛속까지 파고들자 정신이 번쩍 들었다. 머리 위로 떨어지는 하늘빛을 향해 고개를 들었다. 앞이 보이지는 않았지만 동 트기 전 응결된 어둠을 느낄 수 있었다. 곧 떠오를 햇빛이 차가운 얼음을 깰 것이었다.

영혁은 숨을 들이마시며 정신을 집중했다. 그리고 조심스럽게 아래를 향해 움직이기 시작했다. 만약 한 번만 더 발을 헛디딘다면 두 사람의 목숨이 사지로 몰릴 것이었다. 봉지미는 발 디딜 곳을 찾으면서 그의 발을 정확하게 이끌어 주었다. 하늘빛은 여전히 어두컴컴했다. 그녀는 아래쪽을 조심하면서 위쪽도 신경 써야 했다. 몇 걸음 옮기지 않았는데도 정신이 멍해지면서 눈이 흐릿해졌다. 잠시 쉬면서 숨을 돌리려는 찰나 머리가 급격히 어지러워졌다. 그녀의 얼굴은 그의 오금에 푹 박혀 버렸고, 그의 무릎은 낭떠러지 벽에 부딪쳤다. 뾰족하게 튀어나온 돌에 부딪친 부위에 선혈이 번졌다. 그는 욱신거리는 통증을 신경 쓰지 않고 아래쪽을 향해 다급하게 물었다.

"지미, 괜찮아?"

봉지미가 영혁의 오금 속에 얼굴은 묻은 채 아무 대답이 없었다. 그의 심장이 쿵쾅쿵쾅 뛰기 시작했다. 언제나 냉정하고 침착하던 그였다. 시력을 잃어도 꿈적도 하지 않던 그가 그녀를 향해 손을 뻗었다. 손에 만져진 그녀의 머리카락은 푸석푸석했고 심하게 헝클어져 있었다. 비단처럼 반질반질하던 평소의 머릿결과는 거리가 멀었다. 불 속에 뛰어들면서 머리카락이 타 버린 모양이었다.

영혁의 손이 헝클어진 머리 위에서 잠시 멈췄다. 아래에 있던 봉지미가 입을 열었다. 오금에 갇혀 조금 답답한 목소리가 들려왔다.

"음…… 매번 제 이름을 부를 때마다 도저히 적응이 안 돼서……."

영혁이 한시름 놓으며 물었다.

"방금 왜 그런 것이더냐?"

"별일 아닙니다."

봉지미는 얼굴을 들었다. 목소리는 이미 평소대로 돌아왔다.

"조금 피곤해져서……"

영혁은 오금이 조금 축축한 것을 느꼈다. 탐색하듯이 더듬거리는 그의 손을 봉지미가 가볍게 잡아당겼다. 그리고 그녀가 나무라는 목소리로 말했다.

"돌을 꽉 잡으시라고요. 뭘 쓰다듬으시는 거예요?"

평소였다면 이 말은 훌륭한 농담거리였지만, 지금은 전혀 그럴 마음이 들지 않았다. 영혁은 아무 말 없이 손을 거두어들이고는 속도를 내어 아래쪽으로 기어 내려갔다. 절반 이상을 내려왔을 때 낭떠러지 위에서 사람 목소리가 들려왔다. 누군가가 머리를 빼꼼 내밀고 아래를 내려다보았다. 두 사람은 미동도 하지 않고 낭떠러지 벽에 바짝 붙었다. 곧 누군가가 크게 소리쳤다.

"거기 둘. 내려가서 찾아 봐!"

봉지미는 쪼그라드는 심장을 부여잡고 서둘러 아래로 기어 내려갔다. 하지만 민남 출신의 자객들은 본래 절벽을 잘 타는 데다 다친 데도 없는 상태였다. 원숭이처럼 수직으로 뛰어오른 두 줄기 검은 그림자가 가벼운 바람을 일으키며 한달음에 낭떠러지 벽을 타고 내려오기 시작했다. 눈 깜빡할 사이에 봉지미 근처까지 다가왔다. 그녀는 허리춤에서 연검을 살짝 뽑으며 위에 있는 사람에게 들키지 않고 둘을 찔러 죽일 수 있는 방법을 고민했다. 하지만 아무리 궁리해 봐도 뾰족한 수가 나오지 않았다. 하나라도 살아서 도망친다면 낭떠러지 벽 위에 간신히 발을 걸치고 있는 봉지미와 영혁은 죽은 목숨이나 다름없었다.

영혁이 몸을 고정한 채 고개만 들어 올렸다. 초점을 잃은 두 눈동자가 빠르게 내려오는 자객들을 응시하고 있었다. 영혁이 말했다.

"내 허리띠 안에 흄차 대신 관인(官印)과 초왕 인장이 들어 있으니 넌 기양으로 가기 전에 잊지 말고 꺼내서 가지고 가거라."

봉지미는 그 말을 듣고 멍해졌다.

'나만 가라고?'

봉지미가 자초지종을 물어 보기도 전에 한 자객이 눈앞까지 내려왔다. 그녀가 검을 뽑으려는 찰나 영혁이 돌연 낭떠러지의 벽을 가볍게 두드렸다. 어둠 속에 있던 상대방은 소리가 나는 방향으로 얼굴을 돌려 영혁을 발견했다. 손을 뻗어 그를 붙잡고 기쁜 듯 소리를 외쳤다.

"여기 있……."

말이 끝나기도 전에 영혁이 자객을 꽉 안았다. 그는 자객의 입에서 첫 번째 글자가 나오는 순간 정확하게 소리가 난 방향을 찾아 그를 낚아챘다. 낭떠러지 벽을 타고 미끄러지기 시작한 그는 두 발을 벌려 봉지미의 머리 위를 간신히 지나쳤다. 그녀의 눈앞이 어두워지더니 옷소매가 가볍게 얼굴을 스쳐 지나갔고, 거대한 검은 그림자가 머리 위를 쌩 넘어갔다.

중심을 잃은 영혁과 자객이 한데 엉켜서 데굴데굴 구르다 아래로 떨어졌다. 쿵 하는 둔탁한 소리가 멀리서 들려오자 봉지미는 가슴이 철렁 내려앉았다. 멍해진 그녀가 고개를 돌리는 찰나 두 번째 자객과 눈이 마주쳤다. 그는 먼저 내려간 동료의 머리를 보고 따라 가다가 갑자기 동료가 보이지 않자 그 자리에 그대로 멈춰 있던 상태였다. 그녀의 눈에 섬뜩한 빛이 번쩍거렸다.

쟁.

봉지미의 팔꿈치 아래에서 솟아 나온 검이 상대방의 미간을 파고 들어갔다. 둔탁한 소리와 함께 자객이 추락하자 봉지미는 입술을 앙다 물고 가장 빠른 속도로 비탈을 타고 내려갔다. 낭떠러지 아래는 칠흑같이 컴컴했고 튀어나온 벽이 깊은 그림자를 만들고 있었다. 그녀는 시야가 희미한 속에서 사방을 더듬으며 낮은 목소리로 이름을 불렀다.

"영혁."

먼 곳에서 누군가가 외치는 소리가 들려왔다.

"아래에 누가 있어?"

봉지미는 귀청이 찢어질 듯 날카로웠던 자객의 목소리가 떠올라 흉내 내어 대답했다.

"찾고 있습니다. 아래에 큰⋯⋯."

낭떠러지 위의 사람은 욕설을 퍼붓기 시작했다. 그 소리가 산바람에 흩날려 희미하게 들려왔다. 봉지미는 그자가 떠들도록 내버려두고 초조한 마음으로 주위를 더듬어 나갔다. 미간에 구멍이 뚫린 시체가 만져졌다. 그녀는 낭떠러지 아래로 시체를 던져 버렸다. 다시 손을 뻗어 더듬기 시작하자 멀지 않은 곳에서 사람의 몸이 만져졌다. 순간 정신이 아득해지면서 화마의 현장으로 돌아간 듯한 착각이 일었다. 나무를 베고, 의자를 부수고, 불에 탄 역겨운 시체를 계속 끌어냈던 참혹한 기억이었다. 시체 하나를 끌어내 확인해 보고, 또 다른 시체 하나를 끌어내 확인해 보고⋯⋯. 시체가 된 영혁을 떠올리기만 해도 구역질이 났다.

그 사람의 손안에 쥐어진 검은 조금도 움직이지 않았고, 몸은 차갑게 식어 있었다. 시체는 위아래로 포개져 있는 것 같았다. 영혁이 떨어질 때의 모습이 떠오르자 심장에 차가운 얼음이 박히는 것 같았다. 아래에 있던 영혁이 상대방의 몸에 눌려서 피범벅이 된 건 아닐까 걱정됐다. 손을 뻗어 더듬자 손가락에 축축한 것이 묻어났다. 일순간 봉지미의 얼굴이 딱딱하게 굳어졌다. 그녀는 멍한 눈으로 손가락을 내려다봤다. 손가락 위로 떨어진 축축한 것이 작은 빛 덩어리가 되어 반짝였다. 그것은 마치 작은 거울처럼 이제까지 지나온 수많은 시름들을 비추고 있는 듯했다.

봉지미의 눈에서 눈물이 사라진 지는 꽤 오래되었다. 마지막으로 눈물을 흘렸던 게 언제였던가. 칠 년 전, 추가 아가씨가 금비녀를 잃어버리고 그녀가 훔쳐 갔다며 생사람을 잡더니 그녀의 가족을 오 일 동안 굶겼을 때였던가. 십이 년 전, 어머니가 추가 저택 문 앞에서 삼 일을 무릎을 꿇고 있다가 하마터면 중병에 걸려 죽을 뻔했을 때였던가. 십삼 년 전, 아버지가 떠난 후 어머니가 봉지미와 봉호를 데리고 산을 떠나기 직전 집에 불이 났을 때였던가. 십사 년 전, 어머니가 마당에서 무명씨를 위해 종이돈을 태우고 있다가 우연히 이를 보게 된 자신을 호되게 혼냈을 때였던가.

봉지미는 어렴풋한 기억 속에 있는 눈물들이 매우 낯설었다. 그러나 진실한 눈물인 것은 틀림없었다. 손끝에 고인 눈물이 점점 말라가는 동안 그녀는 한참을 멍하니 있었다. 그러다 남아 있는 힘을 끌어 모아 시체 아래에 깔린 영혁을 자유롭게 해 주어야겠다는 생각이 들었다. 사실 그가 정말 죽었는지 아직 알 수 없는 상태였다. 다만 그가 죽은 게 맞다면 더 이상 울면서 시간을 낭비하고 싶지 않았다. 영혁, 순우맹 그리고 죽은 수백 명의 호위 무사들……. 그들을 위해 그녀가 해야 할 일이 너무나도 많았다. 그녀가 시체를 옮기려고 손을 뻗는 순간 갑자기 누군가의 쉰 목소리가 들려왔다.

"넌 대체 언제쯤 날 일으켜 줄 것이더냐?"

봉지미의 손이 허공에서 뻣뻣하게 굳어졌다. 자기도 모르게 주먹을 움켜쥐었고, 시체라 여겼던 사람의 가슴 위로 주저앉아 버렸다. 아야, 하고 낮은 비명이 들렸다. 영혁이 웃음기 서린 목소리로 말했다.

"정말 악독한 여자로군."

영혁이 다시 물었다.

"한참을 멍하니 있던데 뭘 하고 있었던 것이냐?"

봉지미는 입술을 꼭 다물고 아무 말도 하지 않았다. 영혁의 아래에 있는 몸뚱이를 만져 보니 이미 차갑게 식어 있었다. 그가 떨어지면서 상대방을 죽여 고기 방석으로 만든 것이었다. 그제서야 그녀의 마음이 놓였다.

"다치지 않으셨습니까?"

"괜찮다."

영혁이 낮게 말했다.

"발만 좀 삔 것 같구나."

"머리는 다치지 않으셨습니까?"

영혁은 의아해하며 봉지미 쪽을 힐끗 바라보았다. 이 여자야말로 머리를 다쳤는지 제정신이 아니구나 싶었다. 그는 한 대 때려 주려다가 방금 전 들었던 그녀의 떨리는 목소리를 떠올렸다. 마음이 간지러워져서 고분고분하게 대답했다.

"응."

"그럼 됐습니다."

미소를 지은 봉지미가 영혁의 가슴에 머리를 묻으며 말했다.

"이젠 기절해도 되겠네요……."

잠에서 깨어난 봉지미는 몸을 일으킬 수가 없었다. 가시밭길을 지나온 것인지, 꿈속에서 만 명과 붙어 싸운 것인지 온몸이 욱신욱신 쑤셔왔다. 몸이 따뜻하여 고개를 숙여 내려다보니 영혁의 겉옷이 그녀의 몸을 덮고 있었다. 하늘 위에는 태양이 떠올라 낭떠러지 아래까지 밝은 빛을 비추고 있었다. 그녀의 맞은편에 앉은 그는 얇은 옷만 걸친 채 눈을 감고 호흡을 가다듬고 있었다. 주위에 피어오르는 유백색의 연기 속에 보이는 그의 모습이 매우 청초하고 아름다웠다.

봉지미는 주위를 둘러보았다. 어젯밤과는 사뭇 다른 느낌이었다. 몸 아래에는 부드러운 돗자리가 깔려 있었고, 멀지 않은 곳에는 물이 흐르고 있었다. 영혁은 발을 뻬었는데 어떻게 여기까지 그녀를 데리고 왔는지 모를 일이었다. 발을 잡고 질질 끌고 온 게 아닐까 싶어 그녀는 서둘러 몸 여기저기를 살폈다. 쓸린 상처가 많을까봐 걱정됐다.

봉지미가 부스럭부스럭 소리를 내자 맞은편에 있던 영혁이 놀라서 눈을 크게 떴다. 그는 야단스러운 소리를 들으며 자기도 모르게 빙그레 웃었다. 속으로 여자는 여자인가 보구나 하고 생각했다. 그녀의 삶은 모순으로 가득 차 있었다. 하지만 위급한 상황에서도 심지가 굳고 태연자약했으며, 번거로운 일을 맡아도 언제나 상냥했다. 자신도 모르는 듯했지만 그녀의 눈은 누구보다도 따뜻했다. 그의 입가에 미소가 떠올랐다.

영혁은 봉지미가 그에게 상태를 묻더니 괜찮다는 것을 확인하고 나서야 쓰러진 일을 떠올렸다. 뭐든 잘 참는 여자였다. 한편으로는 가슴이 저려 왔다. 그의 품 안에 잠들어 있던 그녀는 솜털처럼 가볍고 부드러웠다. 평소의 차가움은 온데간데없었다. 조정을 종횡무진 할 때의 그녀는 고상한 맛이 전혀 없었지만, 품속의 그녀는 복숭아 꽃잎처럼 연약하고 사랑스러웠다. 순간 그의 얼굴이 뜨거워졌다. 때마침 머리를 든 그녀가 그를 보고 말했다.

"깨어나셨습니까? 앗, 전하의 얼굴색이 조금 이상합니다."

"그런가?"

영혁이 얼굴을 황급히 쓰다듬자 금세 원래의 얼굴빛으로 돌아왔다. 봉지미는 초왕 전하의 얼굴을 바라보며 탄복했다. 이런 사람들은 가면이 필요 없을 듯했다. 얼굴을 붉히고 싶으면 마음대로 붉힐 수 있고, 원래대로 만들고 싶으면 원래대로 돌릴 수 있으니 정말 자유자재였다.

"여기가 어딘가요?"

봉지미가 가냘프게 물었다.

"이야기책에 보면 낭떠러지에서 떨어진 주인공이 깨어나면 항상 동굴이더라고요. 활활 타 오르는 횃불도 켜져 있고요."

"낭떠러지 아래에 다 동굴이 있을 수 있나. 불을 붙이는 도구를 항상 가지고 다닌다는 것도 말이 안 되지."

영혁은 웃음을 참을 수 없었다.

"특히 적이 너를 찾고 있을 때 불을 켜면 바보지."

봉지미가 함께 웃으며 일어나 앉았다.

"다리 부상은 심각하신지요?"

"괜찮다."

봉지미는 말이 끝나기도 전에 다가와서 영혁의 신발을 벗겼다.

"처치를 하는 게 좋겠어요. 그렇지 않으면 걷다가 상태가 더 나빠질 거예요."

봉지미는 조심스럽게 영혁의 부어오른 복사뼈를 지그시 눌러 주었다. 손동작은 가볍고 부드러웠으며 누르는 힘이 적당했다. 그는 편안한 듯 돌에 기대어 눈을 반만 감고 말했다.

"처치 방법을 배운 모양이군. 우리 집에 있는 사람들보다 솜씨가 뛰어나."

봉지미는 웃으며 말했다.

"어머니의 몸은 전쟁터에서 얻은 상처와 지병으로 가득합니다. 흐리고 비가 오는 날이면 발작이 더 심해지시죠. 그래서 제가 어려서부터 안마를 배웠습니다."

영혁이 잠자코 있다가 한참 만에 입을 뗐다.

"봉 부인이 어려움이 많으셨겠구나."

영혁은 더 이상 말하고 싶지 않은 듯했다. 느긋하게 반쯤 누운 자세로 가볍고 정교한 손놀림에 취해 있었다. 마음은 따뜻한 물에 몸을 담그고 있는 것처럼 편안했고, 한가로운 오후처럼 여유로웠다. 한창 따사로운 꿈에 빠져 있는데 여인의 목소리가 들려왔다.

"다 됐습니다."

영혁이 갑자기 눈을 크게 뜨고 물었다.

"이렇게 빨리?"

봉지미가 부드럽게 입꼬리를 올리며 말했다.

"송구하옵니다. 소인의 실력이 보잘것없어서 전하 댁의 사람처럼 자상하지도, 부드럽지도, 꼼꼼하지도 못합니다. 시간도 없고 인내심도 없지요. 원하시는 대로 더 해 드려야 하는데 죄송합니다."

영혁이 고개를 기울이고 봉지미를 바라보았다. 희미했던 눈빛이 순간 밝게 반짝였다. 그는 조금 요상한 표정으로 웃음을 참으며 물었다.

"지금 질투하는 것이더냐?"

봉지미가 아, 하고 길게 신음을 흘렸다. 그리고 마른 세수를 하며 하늘이 무너지는 것처럼 한숨을 내쉬었다.

'질투? 질투. 질투! 말도 안 돼. 말도 안 돼. 말도 안 돼.'

"출신이 부귀하신 분은 가난 속에서 발버둥치는 소인을 영원히 이해하지 못하시겠지만 이는 귀족 태생에 대한 증오심입니다."

비통한 표정으로 대답한 봉지미는 이보다 더 정확한 이유는 없을 것이라고 생각했다. 영혁은 여전히 요상한 표정을 짓더니 이내 기분이 좋은 듯 말했다.

"내 말을 끝까지 들어 보거라. 우리 집에 있는 사람들은…… 모두 할망구들이야."

어색한 침묵이 잠시 흘렀다. 그 사이 봉지미의 보조개가 꽃처럼 활짝 피어났다.

"아이고, 전하. 날이 다 밝았네요. 떠날 방법을 빨리 생각해야죠."

"……."

이 밑도 끝도 없는 대답에도 불구하고 영혁의 기분이 좋아 보였다. 그의 입가에는 이상야릇한 미소가 걸려 있었다. 봉지미는 그의 표정을 보고 약간의 짜증이 나서 서둘러 화제를 돌렸다.

"위에 있던 사람은 갔나요?"

영혁의 옷을 돌려주던 봉지미는 허리띠에 끊어진 흔적을 발견했다. 억지로 벗다 끊어진 것 같았다.

"우리가 아직 살아 있는 걸 아는 그들이 어찌 단념할 수 있겠느냐."

영혁이 옷을 입으면서 담담하게 말했다.

"기양산으로 가려면 쉽지 않겠구나."

봉지미는 무릎을 안고 맞은편에 앉아서 영혁이 옷을 입는 모습을 바라봤다. 반각(半刻) 후에도 그녀는 여전히 무릎을 안은 채 그가 옷을 입고 있는 모습을 바라봤다. 일각 후에도 그녀는 무릎을 안고 있었다. 그러다 더 이상은 참을 수 없다는 듯 눈을 깜빡이며 물었다.

"전하, 혼자서는 옷을 못 입으시나요?"

영혁은 허리띠와 한참을 싸우던 손가락을 멈추었다. 그리고 전혀 창피해하지 않는 표정으로 곰곰이 생각을 했다. 잠시 후 고개를 끄덕이더니 봉지미를 나무랐다.

"넌 알면서 왜 모르는 체하고 있던 것이냐."

봉지미는 입을 삐죽거리며 속으로 생각했다. 인간으로서 가장 파렴치한 작태를 보이는 것은 초왕 전하라고. 그녀는 느릿느릿 전하의 옷시중을 들었다. 영혁은 수시로 트집을 잡으며 까다롭게 굴었다.

"네 솜씨가 그다지 뛰어나지 않구나."

"허리띠가 잘못 매졌나요?"

"단추를 채우는 거냐 아니면 날 졸라 죽일 셈이냐?"

봉지미는 방긋 웃다가 불시에 끈을 더 바짝 당겨 묶었다.

"어쨌든 전 일각이나 지나고도 옷을 못 입지는 않습니다."

"왜 자꾸 틀리는 것이냐? 맬 수 있긴 하느냐?"

"정말 전하를 졸라 죽일지도 모르겠습니다. 이걸로 어찌 죽일……."

두 사람의 얼굴색이 순간 창백해졌다. 봉지미는 가까스로 단추를 채우고 헛기침을 몇 번 했다. 더 이상 아무 말도 꺼내지 않았고 평소와 같은 미소를 지었다.

한 명은 눈이 멀었고 한 명은 내상을 입었다. 머리 위에서는 강적이 기회를 엿보고 있었고 앞길에는 무시무시한 음모가 도사리고 있었다. 이럴 때일수록 더욱더 냉정해야 했다. 불안할수록 같은 편끼리 싸움만 늘 뿐이었다. 밤새 엄청난 일을 겪으며 온몸이 상처투성이가 되었기 때문에 정신적 이완이 필요했다. 말은 쉬워도 실천하기는 어려운 법이지만, 그들은 똑같은 부류라 상대방이 해낼 수 있다는 것을 서로 알았다.

영혁에게 옷을 다 입힌 봉지미는 자신의 옷소매를 뜯어 그의 다친 무릎을 대충 싸맸다. 그리고 제 상처도 마저 치료하고 나서 그를 부축했다. 두 사람은 진지한 표정으로 서로를 마주 보았다. 그가 담담하게 말했다.

"가자."

봉지미는 자신의 검 위를 덮은 핏자국을 풀잎으로 깨끗하게 닦았다. 그리고 손을 뻗으면 쉽게 뽑을 수 있는 곳에 검을 둘러맸다.

"이곳의 물은 멈추는 곳이 없어. 물이 흐르는 방향을 따라 가면 반드시 길이 나 있을 게야."

영혁이 잠시 멍한 표정을 지었다.

"아…… 내가 미처 생각하지 못한 게 있구나. 위에 있던 자가 그 두 명이 계속 돌아오지 않으면 사람을 내려 보내 살펴보게 할 텐데."

"일단 가시죠."

봉지미는 영혁의 옷소매를 끌어당기며 앞장서서 갔다. 상처가 한결 나아진 듯했다. 아마도 기절해서 쓰러졌을 때 영혁이 약을 먹였거나 원기를 불어넣어 준 게 아닐까 싶었다. 그녀는 그의 상태가 어떤지, 안고에게 당한 이후 어떤 증상이 나타났는지 알 수 없었다. 하지만 그의 안색이 좋지 않은 것은 분명했다.

"내 손을 잡아 줄 수 있겠느냐?"

봉지미의 뒤에서 한참을 걷던 영혁이 말했다.

"옷소매가 자꾸 찢어지는구나."

봉지미가 망설이고 있는 사이 영혁은 이미 그녀의 손을 잡아챘다. 따뜻하고 차가운 것이 서로 닿자 살짝 떨림이 일었다. 영혁이 웃으며 말했다.

"우리가 맞잡은 손을 보아라. 정말 잘 어울리는구나."

봉지미가 영혁의 말을 무시하면서도 한편으로는 귀 기울여 들었다.

"황릉에 함께 묻힐 때까지 이 손을 놓지 않겠다. 너도 뜨겁지 않고 나도 차갑지 않으니 서로에게 좋지 않으냐."

어리둥절해진 봉지미가 잠시 생각해 보다가 전하가 또 결혼 이야기를 돌려서 말한 것을 겨우 이해했다. 영혁은 죽어서 어디에 묻힐지도 본인 마음대로 정할 것이었다. '누가 당신과 같이 황릉에 묻힌다고 했나요'라는 말이 입가까지 튀어나왔으나 다시 거두어들였다. 이유는 모르겠지만 '황릉'이란 말을 생각하면 마음속에 황량한 느낌이 용솟음쳤다. 높고 넓은 묘실, 불멸의 푸른 등불, 거대한 용이 그려진 관, 티 없이 깨끗한 옥 계단이 눈앞에 펼쳐지는 듯했다. 금으로 상감하고 옥으로 휘두른 겹겹의 관 안에서 잠든 자는 어떤 모습일까 상상해 봤다. 늙으면 어느 무덤에 묻힐까, 평생에 여러 사람을 만나는데 최후에는 누구의 역사 안에 쓰일까, 이 모든 것이 아득하게만 느껴졌다. 문득 어머니와 제경을 떠나기로 한 약속이 떠오르자 봉지미는 울컥해져서 물었다.

"전 제경을 떠나면 영원히 모습을 감추려고 합니다. 전하께서는 어떻게 생각하시나요?"

"널 반드시 찾아낼 거다."

"못 찾으면요?"

봉지미는 이런 시답잖은 질문이나 하는 자신이 제정신이 아닌 듯하여 속으로 혀를 내둘렀다.

"넌 날 벗어날 수 없어."

영혁이 봉지미를 '보며' 말했다. 어투는 평온하고 차분했다.

"천하의 영토와 천지 만물이 결국 모두 내 것이다. 네가 재가 되고 뼈로 변해도 그것 역시 나의 재이고 나의 뼈이지 않겠느냐."

봉지미는 잠자코 있다가 양손으로 팔뚝을 문지르더니 간신히 웃어 보였다.

"전하, 그렇게 무시무시한 말씀은 하지 마세요."

영혁도 가볍게 웃었지만 눈 속에는 웃음기가 없었다. 사실 봉지미도 표정과 달리 전혀 웃을 기분이 아니었다. 깎아지른 낭떠러지 위에서 들려오던 순우맹의 외침이 계속 귓가에 메아리쳤다. 그의 외침이 들릴 때마다 칼에 베이는 것처럼 찢어지는 아픔이 느껴졌다. 봉지미와 영혁은 그 일에 대해 한마디도 꺼내지 않았다. 의식적으로 피하고 있었지만 잊은 것은 아니었다. 아니 절대 잊을 수 없었다.

두 사람이 물살을 따라 계속 위로 걸어갔다. 끊어진 골짜기가 나타났고 안으로 들어갈수록 점점 깊은 산속이었다. 산속에 들어오자 봉지미는 오히려 안심했다. 이렇게 기양산이 넓다면 적들이 대대적으로 수색할 수 없을 것이었다. 큰 산 안에 있으면 이전보다는 안전할 거라는 생각이 들었다.

한참을 걷는데 서로의 배에서 요란한 소리가 들려왔다. 순간 두 사람은 마주 보고 쓴웃음을 지었다. 봉지미는 영혁을 두고 사냥하러 갈 수도 없어서 먹을 것을 찾아 사방을 둘러봤다.

"저 위의 이웃과 상의해 보겠습니다. 먹을 걸 좀 우리에게 나누어 줄 수 있는지."

"저 위의 이웃이라니?"

봉지미는 머리 위의 소나무를 가리켰다. 다람쥐 한 마리가 경쾌하게 뛰어올랐다. 영혁이 다람쥐를 눈으로 쫓으며 말했다.

"내가 보기에 이웃의 살이 더 맛있을 거 같구나."

"그럼 전하께서 저자에게 분부를 내리십시오. 살점을 떼어서 왕에게 바치라고."

봉지미가 웃는 듯 아닌 듯한 표정을 지었다.

"소인은 말주변이 없어서 감히 말할 수가 없사옵니다."

"너란 여잔 정말 엄살이 대단하구나."

영혁이 봉지미에게 코웃음을 쳤다.

"무 자르듯 사람을 베고 다니면서 다람쥐 하나 죽이지 못하다니."

"짐승은 사람만큼 악하지 않지요."

봉지미가 담담하게 말했다.

"짐승은 아무런 이유도 없이 싸움을 걸거나 배반하거나 짓밟거나 다치게 하는 일이 없지요. 하지만 사람은 그렇질 않죠."

영혁이 고개를 비스듬히 기울이고 봉지미를 응시했다. 아름다운 검은 눈동자는 은방울에서 반사되는 빛처럼 반짝였고 투명하며 매끄러웠다. 그가 웃으면서 그녀를 툭툭 쳤다.

"봉 할아범, 솔방울 주우러 아직 안 가셨습니까. 하하. 네 설교가 끝나길 기다리다가 본왕은 황릉으로 들어가겠구나."

봉지미는 영혁을 곁눈질로 힐끗 쳐다보고는 나무를 오르기 시작했다. 그는 나무에 기대서 상이 차려지길 기다렸다. 가느다란 솔잎이 끊임없이 떨어져 내렸고, 얼굴을 스치고 지나갈 때마다 간지러웠다. 그는 얼굴을 들어 올려 주위를 '둘러봤다'. 비록 보이지는 않았지만 아름다운 가을 숲을 상상할 수 있었다. 죽 이어진 산봉우리마다 청록색 빛이 포개져 푸른 물결을 이루고 있었고, 녹색과 노란색으로 층이 진 고운 옷을 입은 숲이 넓게 펼쳐져 있었다. 땅 위에 쌓인 낙엽은 황갈색의 두꺼운 융단이 되었고, 오후의 햇빛은 나무를 곧게 스치고 지나갔으며,

나무 꼭대기의 무성한 잎은 금처럼 찬란하게 눈부셨다.

가냘픈 여인은 영혁의 머리 위에서 눈코 뜰 새 없이 바빴다. 그는 나무줄기가 조금 흔들리는 것을 느꼈다. 가지와 잎이 쏴쏴 소리를 냈고, 봉지미는 조용하고 부드럽게 다람쥐 한 마리와 상의를 하는 척하면서 다람쥐의 보금자리를 다 털어 냈다. 운이 좋은 건지 재수가 없는 건지 알 수 없는 그 다람쥐는 산적 두목의 교묘한 말에 넘어가 제 저장고를 통째로 빼앗기고 허둥지둥 도망쳤다. 그 보금자리는 굵은 나뭇가지 끝에 있었다. 그는 그녀가 나뭇가지를 붙잡고 대담하게 움직이는 소리를 들었다. 가지와 잎을 딛고 번개처럼 지나갔다.

영혁은 갑자기 봉지미를 놀려 주고 싶어졌다. 한 발짝 앞으로 나아가 정확한 위치를 잡고 일부러 큰 소리로 으아, 소리를 내며 나무를 걷어찼다. 발이 나무 위에 세게 부딪친 순간 제 발이 접질린 것이 생각났다. 참을 수 없는 통증이 밀려 와 이번에는 정말 으아, 하고 날카로운 비명을 터트렸다.

봉지미는 으아, 하는 두 번의 소리를 듣고 깜짝 놀라서 황급히 아래를 내려다봤다. 이때 생각지도 못하게 나무줄기가 흔들렸고 딛고 서 있던 가는 나뭇가지가 출렁였다. 으아, 하는 소리와 함께 손에 가득 들려 있던 전리품이 사방으로 흩어지며 나무 사이에 꽂혔다. 봉지미는 영혁품의 한가운데로 뚝 떨어졌다. 훨씬 전부터 정확한 위치에서 기다리고 있던 그가 그녀를 온 가슴으로 받아 내며 깊고 그윽하게 말했다.

"미인이 품으로 뛰어드니 어찌 받지 않을 수 있단 말이냐."

봉지미는 정확히 영혁의 품속으로 떨어지자 그의 농간에 당한 것을 알아차렸다. 화가 치밀어 올라 그를 밀쳐 내며 쏘아붙였다.

"어리석고 무능한 임금은 찔러 죽이는 것만 못하다지요."

봉지미가 밀자 영혁의 몸이 뒤로 젖혀졌고 비틀거리며 나무에 쿵 부딪쳤다. 하지만 양팔은 끝까지 풀지 않았다. 안겨 있는 그녀의 귓가에 대고 천천히 말했다.

"그 칼, 기다리마."

봉지미가 고개를 들자 영혁의 얼굴이 지나치게 가까이 있었다. 생김새가 고상하고 아름다웠고 어딘가 기이한 느낌마저 들었다. 저항할 수 없는 매력이 느껴졌다. 목소리는 깃털처럼 가벼우면서도 현실과 동떨어진 느낌이었다. 그의 말은 아침 숲에 피어오른 안개에 갇혀 보이지도 않고 만질 수도 없는 섬세한 거미줄처럼 그녀의 귀에 달라붙었다. 그녀는 떨리는 마음을 감출 수 없어 서둘러 얼굴을 돌리고 솔잎을 한 줌 쥔 채 크게 소리쳤다.

"칼을 받아라!"

영혁이 아야, 소리를 내지르며 무의식중에 손을 풀었다. 살짝 숨을 헐떡이더니 웃으며 말했다.

"정말로 찌르다니 잔인한 여자 같으니라고……."

땅에 떨어진 봉지미는 영혁의 말을 무시하고 일어났다. 그리고 여기저기 떨어진 솔방울을 주워서 그에게 건넸다. 그는 그것을 받지 않고 나무에 기대어 축 늘어진 목소리로 말했다.

"딱딱해서 씹을 수 없어."

'지가 먹겠다고 해서 털어 왔더니!'

봉지미는 쌀쌀맞은 목소리로 영혁에게 쏘아붙였다.

"전하께서 다친 곳은 눈입니다. 이가 아니라고요."

"넌 안고의 독에 대해 들어본 적이 없겠지?"

영혁의 표정이 진실인지 거짓인지 구별하기 어려웠다.

"안고는 땅속의 깊고 어두운 곳에 사는 촉룡*燭龍, 중국 고대 신화 속에 등장하는 신비로운 동물로 사람의 얼굴과 천 리에 달하는 붉은색의 뱀 또는 용의 몸을 가지고 있다고 전해짐 의 후손으로 두 눈은 어둠을 꿰뚫는다지. 태어나면서부터 수많은 독과 계집아이의 눈알을 먹고, 다 자란 후에는 독 중의 독을 품게 된다고 한다. 그리고 온몸에 응집된 죽은 자의 원한 때문에 안고에게 당한 자는 반드시 눈이 멀고, 코, 귀, 입이 점점 기능을 잃고 죽어 간다고 하는구나. 내 이가 좋지 않은 것도 당연한 이치지."

봉지미는 의심 가득한 눈빛으로 영혁을 바라봤다. 겉으로 보기에는 상태가 그리 엄중해 보이지 않았다. 하지만 눈이 멀었다는 것에 대해 한마디도 하지 않았던 것으로 보아 엄살을 부리는 것 같지는 않았다. 그녀는 마음이 약해져서 한숨을 내쉬며 솔방울 안의 잣을 한 알씩 깨물어 까 줬다. 맞은편의 초왕은 봉지미가 먹기 좋게 까 준 잣을 맛보기 위해 한가로이 기다리면서 주의를 주었다.

"침 묻지 않게 조심하거라."

봉지미가 기가 막혀서 잣 몇 알을 잇달아 우적우적 깨물었다. 영혁이 잣을 따뜻하게 하려고 손바닥 위에 올려놓자 맑은 향기가 사방으로 퍼졌다. 그가 고개를 숙이고 '바라보더니' 갑자기 작은 기쁨을 드러냈다. 눈이 먼 것도 좋은 점이 전혀 없는 것은 아니었다. 모든 정신을 집중하면 풍경이 더 아름다워졌고, 봉지미의 숨결도 더 생생하게 들렸다. 평소에는 향이 나는지도 몰랐던 잣의 맑은 향기가 사람을 도취시켰다. 그는 잣 한 움큼을 입에 넣고 천천히 씹었다. 담담한 미소가 저절로 지어졌다.

"이건 요깃거리라 배부르진 않을 거예요. 다른 먹을 걸 좀 찾아봐야 할 것 같아요."

봉지미가 몸을 돌리며 말했다.

"잠깐 좀 다녀올게요. 둥굴레나 복령이 있는지 살펴봐야겠어요."

영혁이 갑자기 발걸음을 멈췄고 동시에 봉지미도 입을 다물었다. 맞은편에서 저벅저벅 걸어오는 발걸음 소리가 들려왔다. 누군가가 큰 소리로 노래를 부르며 다가오다가 노래를 뚝 멈췄다. 그자는 북방 지역 발음으로 물었다.

"여기서 뭐하는 거요?"

봉지미는 상대방을 뜯어봤다. 평범한 나무꾼으로 등에 땔감을 가득 지고 있었다. 멜대의 끝에는 깎아 만든 토산물과 산토끼 한 마리가 걸쳐 있었다. 딱히 의심스러운 점은 보이지 않았다.

"아이고, 형님."

봉지미가 갑자기 예의를 갖춰 말했다.

"우리 형제는 산속에서 길을 잃은 데다 상처까지 입었습니다. 여기는 어딘가요? 형님께선 산을 나가는 지름길을 아십니까?"

"여긴 기양산 남쪽 기슭이오."

나무꾼이 말했다.

"앞의 저 버려진 절이 보이시오? 거기서 남쪽으로 죽 내려가면 대략 하루면 산을 내려갈 수 있을 것이오. 당신들을 보아하니 상처가 가볍지 않은 듯한데…… 곧 비도 내릴 것 같소만 뭣하면 우리 집이 요 앞산 중턱에 있는데 잠시 쉬었다 가시오."

봉지미는 미소 띤 얼굴로 완곡히 거절했다.

"저흰 아무래도 서둘러서 가야할 것 같습니다. 비가 내리면 절에서 잠시 피하면 됩니다."

대신 봉지미는 산토끼 고기를 팔 수 있는지 물었다. 자잘한 금붙이를 감히 꺼내지 못하고 온몸을 뒤져 은자를 찾았다. 나무꾼이 고개를 저으며 말했다.

"산에서 얻은 건데 무슨 돈은 돈이오. 그냥 가져가시오. 가져가."

나무꾼이 고기를 건네자 봉지미가 감사 인사를 했다. 그녀가 잠시 망설이다가 말했다.

"수고스럽지만 형님께 부탁 하나 드리겠습니다. 만약 저희에 대해 묻는 자가 있거든 보지 못했다고 말씀해 주시겠습니까."

"좋소. 괜찮소."

나무꾼이 기탄없이 대답했다. 히히 웃으며 두 사람을 힐끗 바라보더니 큰 목소리로 혼잣말을 했다.

"설마 여자 차림을 하고 사랑의 도피라도 벌이려는 건 아니겠지?"

봉지미는 못 들은 척했고 나무꾼은 남자들끼리 그렇고 그런 사이라는 듯 음흉하게 웃었다. 나무꾼이 땔감을 지고 그들과 스치듯 지나가는 찰나 영혁이 갑자기 어깨를 들썩였다. 봉지미는 번개처럼 손가락을 뻗어 그의 손을 붙잡았다. 그는 고개를 돌려 그녀를 '바라봤다'. 그녀는 그의 눈을 응시하며 천천히 고개를 저었다. 그가 미간을 찌푸린 채 더 이상 꼼짝하지 않았다. 나무꾼은 두 사람의 동작을 전혀 눈치채지 못했다. 방금 저승사자가 어깨를 스치고 지나간 것은 더더욱 눈치채지 못했는지 즐거운 듯 노래를 부르며 멀어져 갔다.

"봉지미가 의외로 보살처럼 자비롭구나."

아무 말도 없던 영혁이 약간 비꼬는 투로 말했다.

"무고한 사람을 해치면 업보를 치르게 될 거예요."

봉지미가 영혁을 쳐다보지 않고 말했다.

"그자가 적들에게 우리 일을 알려 죽게 되면 그자가 무고한 게 아니란 사실이 밝혀지겠지. 하지만 그땐 이미 우리에겐 복수할 목숨조차 남아 있지 않을 것이다."

"전하께선 왜 그자가 우릴 배신할 거라고 확신하시는 거죠?"

"사람은 재물 때문에 죽고, 새는 먹이 때문에 죽지."

영혁이 담담하게 말했다.

"일단 누군가가 거금을 주기로 약속하면 그자는 분명 다 말할 것이야. 네가 아무리 똑똑하다고 해도 방금 날 막아서면 안 되는 것이었어."

"하지만 그자가 저희를 쫓는 자들을 만나지 않을 수도 있잖아요."

봉지미가 한숨을 길게 내쉬었다.

"아무리 전하라 해도 일어날지 말지 모르는 일로 사람의 목숨을 함부로 빼앗을 수 없어요."

"봉지미. 난 네가 이렇게 자비로운 줄 미처 몰랐구나."

영혁이 차가운 웃음을 내뱉었다.

"한 장수의 공로는 수많은 병사의 희생으로 이루어진 것이지. 큰일을 하려는 자는 사소한 정에 얽매여서는 안 된다. 알겠느냐."

"……알겠습니다."

봉지미가 일어서더니 옆에 흐르는 개울물로 다가가 복령을 깨끗이 씻어서 영혁에게 건넸다.

"알겠으니 어서 드시지요. 그 다음에 그자의 집으로 가시죠."

영혁이 멍해진 채로 복령을 받아들였다. 봉지미는 조금도 화내지 않았다. 예상과는 완전히 다른 반응에 그는 어찌할 바를 몰랐다. 하지만 이내 그는 그녀의 깊은 뜻을 알아차렸다. 방금 그녀는 나무꾼에게 절에 가겠다고 말했다. 그러니 수색하는 자들이 근처까지 오면 당연히 나무꾼에게 물어서 절부터 수색할 것이 분명했다. 두 사람은 다쳐서 빨리 도망치지 못하는 데다 쫓기는 신세가 되어 온 산을 뛰어다니느라 피곤에 지친 상태였다. 나무꾼 집 부근에 숨어 있는 게 오히려 제일 안전해 보였다. 상대방과 숨바꼭질을 하니 최대한 쉬면서 힘을 비축하는 것이 더 나았다.

영혁은 한참 동안 잠자코 있었다. 좀 전에 자신의 말이 너무 지나쳤던 게 아닐까 돌이켜 보았다. 봉지미는 그의 손을 붙잡아 끌면서 복령을 뜯었다.

"빨리 드세요. 시간이 별로 없어요."

봉지미가 허리춤에 달린 산토끼를 툭툭 치며 말했다.

"제가 틀렸다면 이따가 토끼를 구워 올려서 죄송한 마음을 표하겠습니다."

영혁이 웃으며 고개를 기울였다.

"내가 틀렸다면 허리에 맨 이 옥패를 네게 주어 미안함을 표시하겠다. 어떻겠느냐?"

"그냥 넣어 두세요."

봉지미가 후다닥 먹어치우고는 말했다.

"전하께서 손해 보시는 거잖아요."

"내가 너 하나에게는 손해 봐도 괜찮다."

"전 전하 걸 함부로 뺏고 싶지 않습니다."

봉지미는 말을 마치자마자 빠르게 쉿, 하고 입에 손가락을 갖다 댔다. 두 사람은 그 나무꾼이 산 중턱에 있는 외딴집으로 들어가는 모습을 보고 살그머니 다가갔다. 그 집은 한쪽이 절벽과 바짝 붙어 있었다. 절벽에는 동굴이 하나 있었는데 넝쿨로 가려져서 쉽게 발견하기 어려웠다. 하지만 오히려 그들이 숨어 있기에는 안성맞춤이었다.

영혁은 매우 피곤해 보였다. 동굴에 들어가서는 눈을 감고 있을 뿐 봉지미가 맥을 짚어 주겠다는 것도 거절했다. 그녀는 좌선하며 호흡을 가다듬었다. 하지만 귀는 계속 쫑긋 세운 상태였다.

동굴 벽 위에서 기울어진 빛살이 분분히 날렸다. 해질 무렵 까마귀의 유유한 날갯짓처럼 황혼이 점차 내려앉았고, 하늘이 어두컴컴해질 무렵 부슬비가 내리기 시작했다. 넝쿨 위로 빗방울이 후드득 떨어졌다. 영혁이 갑자기 눈을 확 떴다. 봉지미도 몸을 똑바로 세워 앉았다. 멀지 않은 곳에서 첨벙첨벙 물을 밟는 소리가 들려왔다. 마당의 문이 끼익, 하고 열리더니 나무꾼이 말하는 소리가 났다. 곧 조금 이상한 발음으로 묻는 소리가 들려왔다.

"두 젊은이…… 아주 큰 키…… 상처…… 본 적 있습니까?"

나무꾼이 호탕한 목소리로 대답했다.

"없는데요. 난 방금 나무를 하고 돌아오는 길입니다."

몇 명이 실망하는 듯하더니 자리를 떴다. 봉지미는 한숨을 돌리고는 미소를 띤 채 영혁을 한번 쳐다봤다. 그는 당연히 그녀의 의도를 알아 챘고 살짝 미소 지었다. 이때 누군가 의심에 찬 목소리로 말했다.

"당신이 방금 나무를 해서 돌아왔다면 틀림없이 포획물도 있을 테니 좀 보여 주시오."

이 목소리의 주인은 바로 그날 밤 역참을 습격했던 자들의 두목이었다. 그의 발음은 이상해서 한번 들으면 절대 잊을 수 없었다. 나무꾼은 말끝을 흐리며 얼버무리더니 물건을 가지고 나오는 듯했다. 두목이 받아들더니 물건을 살피는 것 같았다. 사방에 숨 막힐 듯한 적막감이 감돌았다. 봉지미는 갑자기 불안해졌다.

이윽고 마당에서 끔찍한 외침이 길게 터져 나왔다. 두목이 사나운 목소리로 위협했다.

"이건 오늘 잡은 게 아니잖아! 네 물건을 누구에게 준 것이냐! 그자들은 지금 어디 있지? 말해라!"

봉지미는 가슴 속에 서늘하게 떨려 왔다. 지금 이 상황은 두 사람 모두 예상하지 못한 것이었다. 상씨 집안에서 먼 곳까지 특별히 보낸 자객인데 사악하고 잔인하지 않을 리 없었다. 끔찍한 비명을 지르던 나무꾼은 겁에 잔뜩 질려 쉰 목소리로 말했다.

"남쪽 절…… 버려진 절에……. 살려 주시오. 제발."

대답이 끝나자마자 나무꾼의 목소리가 뚝 그쳤다. 곧 두목이 거칠게 외쳤다.

"가자!"

한 무리의 사람들이 빠르게 자리를 떴다. 한참 뒤 무언가 무거운 물건이 절벽에서 떨어지는 소리가 났다. 봉지미는 조용히 눈을 감았다. 이게 자신의 업보인지 다른 사람의 업보인지 알 수 없었다. 잠시 후 평정을 되찾은 그녀는 동굴을 나가 마당에서 잠시 쉬려고 했다. 하지만 영혁이 그녀의 어깨를 지그시 눌렀다. 곧 어떤 사람의 목소리가 들려왔다.

"하루 종일 그것들을 찾으러 다니느라 아무 것도 못 먹었어. 여기에서 고기를 좀 구워서 두목에게 가져가자. 그 버려진 절에서 그것들을 해치우는 동안 빨리 구워서 돌아가면 돼. 두목이 말하길 여기서 많이 먹으면 정작 마을에 들어가서 많이 못 먹을 거라고 그러더라고."

다른 한 사람이 고개를 끄덕였다. 자객들은 나무꾼의 집 벽에 걸린 포획물을 하나씩 내리더니 불을 피웠다. 봉지미가 한번 힐끗 쳐다보자 영혁이 고개를 끄덕였다. 두 사람은 일어섰고, 그는 그녀의 어깨를 붙잡고 밖으로 나갔다. 두 사람은 태연하게 마당의 문을 열어젖히고 거침없이 쳐들어갔다. 고기를 굽고 있던 두 사람은 문이 열리는 소리를 듣고 얼굴에 서리가 내린 듯한 한기를 느꼈다. 뒤돌아보니 두 젊은이가 서로 부축하며 걸어오는 것이 보였다. 무명옷 위에는 불에 탄 흔적과 핏자국이 엉겨 있었고, 키가 큰 자가 몸이 불편한지 키가 작은 자에게 기대어 있어 매우 곤란해 보였다. 하지만 두 사람의 표정은 여유가 있었고 태도는 침착해서 전혀 난처해 보이지 않았다. 아무래도 왕손이나 귀족의 자손이 영지를 순시하러 나온 듯했다. 특히 키가 큰 자의 용모는 구름 사이에 나타난 달빛 같았다. 두 사람을 보고 자객들이 어리둥절해하는 사이 키가 큰 자가 단호하게 외쳤다.

"왼쪽으로 3보."

자객들은 다시 멍해졌다. 곧 독사처럼 길게 뻗은 검은 빛 한 줄기가 빠르게 다가왔다. 너무 빨라서 생각할 시간도 없이 굴러서 옆으로 피했다. 구르는 사이 불똥이 튀어 온몸에 불이 붙었다. 두드려 끌 겨를조차 없이 키가 큰 자가 다시 미간을 찌푸리며 말했다.

"오른쪽으로 9보."

날카로운 검은 빛이 다시 다가왔고 자객들이 재빨리 피했다. 어깨 위로 스치는 검을 겨우 피해서 간신히 뒤로 물러났다. 키가 큰 자가 바람 소리를 듣고 빠르게 말했다.

"뒤로 3보."

퇴로가 막히자 다시 앞으로 돌진하려는데 걸음을 떼기 전에 키가 큰 자가 말했다.

"왼쪽 앞으로 1보."

검은 독사가 똬리를 틀듯 혐오스럽게 말아진 검에 붙어 있던 핏방울이 또르르 미끄러졌다.

"왼쪽으로 7보."

"오른쪽 뒤로 4보."

"앞으로 5보."

유연하고 긴 검을 쉴 새 없이 뱅뱅 돌려 퇴로를 차단했다. 키가 큰 자가 미리 알려주는 방향에 따라 사방을 물샐 틈도 없이 막았다.

자객들은 두 사람이 다치는 바람에 혼자서는 검을 다루지 못하는 것을 알아차렸다. 하지만 두 사람의 호흡은 완벽했고, 무엇보다 검이 두 사람을 하나로 묶어 주었다. 포위망이 좁혀지면서 점점 더 많은 선혈이 허공으로 흩뿌려졌다. 두 사람은 마치 고양이가 독 안에 든 쥐를 가지고 노는 것처럼 냉정하고 잔인했다. 조금씩 자객들의 혈액과 생명을 거두어들였다.

단칼에 찔러 죽이는 것보다 서서히 목을 조여 오는 공격 방법이 사람을 더 공포에 떨게 했다. 결국 자객들은 혼비백산하여 검을 내동댕이치고 땅에 납작 엎드려 사정했다.

"목숨만은 살려 주십시오."

쓱.

기이한 검의 끝은 단번에 죄악의 목 두 개를 날려 버렸다. 끊임없이 내리는 부슬비에 선혈이 스며들었다.

"네놈의 그 한 마디를 기다렸다."

봉지미가 기다란 검을 허리춤에 말아 올리며 담담하게 말했다.

작은 마당에 앉아 잠시 쉬면서 두 사람은 구운 고기를 뜯었다. 영혁이 시간을 계산해 보더니 봉지미에게 말했다.

"그자들은 이미 절에서 허탕을 쳤겠군."

"그자들은 포기하고 산을 내려갈까요 아니면 다시 돌아와서 저희를 찾을까요?"

봉지미가 물었다.

"그들은 여기에 오래 머물진 못할 거야. 역참의 일은 곧 의장대가 발견할 테니. 삼천 호위 무사로 구성된 흠차 의장대가 도착하면 그들도 감히 어쩔 수가 없을 거야. 신욱여도 연기일지언정 조정에 반드시 설명을 해야 할 테고."

영혁이 말했다.

"게다가 그 둘이 대화하는 걸 들어 보니 자객들은 하산을 준비하고 있는 것 같더라고."

"그럼 저희도 그만 가죠. 절은 수색을 마쳤을 거고, 여기가 오히려 더 위험할 거예요. 사람을 보내서 음식을 가져오게 할 테니."

봉지미가 영혁을 천천히 일으켰다.

어느새 비가 세차게 내리고 있었다. 봉지미는 모자가 달린 비옷을 찾아 영혁에게 덮어 씌웠다. 하지만 자신은 어깨를 움츠리고 오들오들 떨면서 빗속을 걸었다. 영혁이 다짜고짜 봉지미를 넓은 비옷 안으로 잡아끌었다. 봉지미는 잠시 망설였지만 비를 피하려면 어쩔 수 없다고 스스로를 납득시켰다. 비를 맞아서 감기라도 걸리면 누가 영혁의 눈이 되어 주겠는가. 그가 하는 대로 따르는 수밖에 없었다.

두 사람이 비옷 하나를 함께 덮어 쓰고 빗속을 걸어갔다. 멀리서 보면 몸 하나에 다리는 네 개인 사람 같았다. 가까이 붙어서 가다보니 계속 팔과 다리가 서로 부딪혔다. 피하려 해도 피할 곳이 없었고, 오히려 피하려 할수록 드러난 살갗이 쉽게 닿았다. 좁은 공간 안에는 어색한 기운이 감돌았다. 영혁이 머리를 돌리고 아무 것도 보이지 않을 허공만 바라봤다. 봉지미는 눈을 내리깔고 발을 내디딜 때마다 자신의 걸음 수를 셌다.

비는 점점 가늘게 흩날리기 시작했다. 땅은 질퍽거렸고 발을 옮길 때마다 참방참방 소리가 났다. 비옷 안은 세상에서 가장 고요한 곳이었다. 상대방의 체취와 숨결이 옅은 풀 향기와 함께 뒤섞였다. 누군가의 심장이 쿵쿵 뛰었다. 가슴 속에 전해지는 가벼운 떨림이 추위 때문인지 심장 소리 때문이지 분간할 수 없었다. 무의식중에 서로 고개를 돌려 상대방의 옆얼굴을 바라봤다. 완벽한 각도로 떨어지는 얼굴은 빗속에서 가장 정교하고 아름다운 윤곽을 그렸다. 두 사람은 서로를 힐끗힐끗 훔쳐보느라 어떻게 걸어가는지도 몰랐다.

절 근처에 다다르자 낡아서 부서진 처마가 눈에 들어왔다. 멀리에서 멈춰선 두 사람은 정신을 집중해서 동태를 주의 깊게 살폈다. 가을밤 빗속에서 처량하게 몸부림을 치는 귀뚜라미의 울음만이 들렸다. 한참을 기다리고 나서야 자객들이 이미 떠나고 없는 것을 확인한 봉지미가 안도의 한숨을 길게 내쉬었다. 절 안으로 들어간 그녀는 비옷을 벗어 내려놓고 영혁에게 말했다.

"여긴 다 뒤졌을 테니 그자들은 저희가 이미 그날 밤 산을 내려갔다고 여길 것입니다. 어쨌든 이제 지나갔습……"

말이 채 끝나기도 전에 낄낄 웃는 소리가 절 안에 울려 퍼졌다.

동주상구

웃음소리가 크게 울려 퍼지자 당황한 봉지미가 손을 뻗어 영혁을 잡아당기려 했다. 하지만 영혁이 먼저 번개처럼 빠른 동작으로 봉지미를 제 뒤로 잡아끌었다. 두 사람의 움직임은 매우 빨랐지만 비옷 안에 갇혀 있어서 움직이기가 불편했다. 위태롭게 발이 꼬이다가 그만 걸려 넘어지고 말았다. 봉지미는 긴 검을 잡아 빼서 삼으로 엮인 비옷을 단칼에 찢어 버렸고, 삼 줄기가 공중에 흩어져 날렸다. 어느새 눈부신 새하얀 빛이 눈앞을 가득 메우고 있었다.

참억새 잎처럼 예리하게 뻗은 서늘한 수십 자루의 기다란 장검이 가을날의 깊은 물처럼 눈앞에서 흔들리고 있었다. 장검은 두 사람의 급소를 겨누고 있었고, 찔러 넣기만 하면 두 사람은 벌집이 될 것이었다. 봉지미는 눈꺼풀을 천천히 들어 올려 눈앞의 장검을 바라봤다.

"훌륭한 검입니다."

봉지미가 웃어 보이면서 영혁의 손바닥에 몰래 글씨를 썼다.

'열두 명. 모두 검 사용. 팔괘*八卦, 중국 상고 시대에 복희씨가 지었다는 여덟 가지의 괘 방

위로 진(震) 방향에 셋, 이(離) 방향에 둘, 태(兌) 방향에 둘, 감(坎) 방향에 하나, 손(巽) 방향에 둘, 곤(坤) 방향에 둘.'

영혁이 미간을 찌푸리며 봉지미의 손바닥에 글씨를 썼다.

'경거망동 금지. 아마도 그자들이 아닌 듯함.'

봉지미도 영혁의 말에 동감했다. 만일 그 자객들이라면 검으로 벌써 자신들을 처리하고도 남았을 것이었다. 게다가 그 자객들의 무기는 검이 아니었다.

"여러분, 이게 뭐 하는 짓입니까?"

봉지미가 눈썹을 치켜뜨고 서늘한 목소리로 물었다.

"저희 형제는 산을 유람하다가 실수로 발을 헛디뎠습니다. 몸이 상한 차에 버려진 절을 발견해 잠시 비를 피하러 들어왔을 뿐입니다. 아무리 여러분을 방해했기로서니 검으로 위협까지 할 필요가 있습니까."

원래 봉지미는 평범한 서민이 강호의 고수를 만나 깜짝 놀란 척을 하려 했지만, 이미 검을 뽑은 상태라 그럴 수가 없었다. 상대방과 비슷한 부류로 보이도록 강호의 말투를 사용하는 편이 나을 것 같았다. 상대방은 열두 명이었다. 모두 회색 바탕에 푸른 깃이 달린 무명옷을 입고 있었고, 민첩하고 다부진 모습에 관자놀이가 툭 불거져 나와 있었다. 얼굴과 풍채만 보아도 강호의 어느 문파 사람인 게 틀림없었다.

봉지미의 말을 듣고 우두머리의 미간에 놀란 기색이 스쳐 지나갔다. 그는 귀에 거슬리는 목소리로 냉담하게 말했다.

"이 비옷은 산사람들이 흔히 쓰는 것이오. 그럼 당신이 산사람을 만나서 비옷을 빌려 달라고 말했다는 건데……. 왜 그 집에서 쉬지 않고 이 절까지 비를 피하러 온 거요?"

핵심을 찔린 봉지미는 어떻게 대답해야 할지 몰라 당황했다. 옆에 있던 영혁이 빙긋이 웃으며 말했다.

"그 산사람 부부는 작은 방 한 칸에 살고 있었소. 게다가 방 안에 넘새가 어찌나 심하던지 우리 형제는 도저히 견딜 수가 없어서 차라리 다른 곳을 찾기로 한 것이오."

우두머리가 둘을 위아래로 꼼꼼히 살폈다. 평범한 무명옷을 입고 있었지만 확실히 고귀한 품격이 곳곳에 묻어 있었고, 행동도 매우 침착해서 그의 이야기에 믿음이 갔다. 하지만 표정에는 여전히 주저하는 빛이 감돌았다. 봉지미가 손을 뻗어 강호 사람들의 검을 살짝 옆으로 밀면서 싱긋 웃었다.

"우린 모두 같은 무림 동지이지 않습니까. 이렇게 서로 만난 것도 인연인데 어떻게 칼을 서로에게 겨눌 수 있겠습니까."

우두머리의 미간에 한 줄기 경멸의 기색이 스쳤다.

'보아하니 집안의 사부한테 얄팍한 재주만 배운 애송이 도련님들인 것 같은데……. 부끄러운 줄도 모르고 무림 사람이라고 뻔뻔하게 말하다니.'

우두머리는 눈살을 찌푸리며 두 사람을 죽 훑어봤다. 둘의 얼굴에는 일부러 닦아 내지 않은 듯한 피와 진흙이 가득 묻어 있었다. 우두머리는 가소롭다는 듯 코웃음을 치며 영혁의 얼굴 위로 눈길을 옮겼다. 그리고 갑자기 눈빛을 반짝이더니 정중하게 말을 꺼냈다.

"형씨의 말씀대로 확실히 실례를 범했구려. 그나저나 두 분은 어쩌다가 이 지경까지 이르셨소이까?"

'방금까지 목에 검을 들이댔던 사람과 한가하게 이야기나 나누고 있다니. 이런 경우가 어디 있담.'

봉지미는 속으로 욕을 내뱉으면서도 얼굴에는 미소를 띠며 말했다.

"저희 형제는 농남(隴南) 사람으로 전(田)가입니다. 기양에는 친지와 친구를 만나러 왔습니다. 듣기로 기양산의 경치가 아름답고 빼어나다 하여 산을 유람하고 있었습니다. 그런데 조심하지 못하고 낮은 낭떠러지에서 발을 헛디뎠습니다. 그때 하인들과도 떨어지게 되었는데 일이 이렇게 될 줄 누가 알았겠습니까. 지금은 서둘러 산을 내려갈 생각만 하고 있습니다."

봉지미는 영혁을 잡아끌더니 탄식하며 말했다.

"여러분들도 필시 알아차리셨겠지만 제 형님께서는…… 눈이 불편하십니다. 어려서부터 눈에 병이 있으셨죠. 이번에 기양에 온 것도 기분 전환이라도 시켜 드리려고 한 것입니다."

우두머리의 얼굴 위에 드러났던 의심의 빛이 점차 옅어졌다.

봉지미는 줄곧 평온한 표정으로 웃었다. 그러나 우두머리가 다짜고짜 영혁에게 검을 들이민 순간 그녀는 검을 휘감은 손가락을 더욱 꽉 쥐었다. 너울대는 검의 시퍼런 빛이 영혁의 눈앞에서 가볍게 번쩍였다 이내 사라졌다. 봉지미가 대라금선 *大羅金仙, 도교의 대라천계에 속하는 영생불멸의 선인일 지라도 영혁을 도울 수는 없었다.

봉지미는 적극적으로 영혁의 눈을 핑계 삼을 수밖에 없었다. 영혁이 실명한 것은 지금까지 봉지미를 제외하고는 누구도 모르는 사실이었다. 이들이 봉지미와 영혁을 찾는 자들이라면 그의 눈 상태에 대해서는 당연히 모를 터라 상대방의 의심을 불식시킬 수 있었다.

우두머리가 크게 손을 휘젓자 나머지 사람들이 모두 검을 거두어들였다. 서슬 퍼런 검에 둘러싸여 위협받던 긴박한 상황이 지나가자 봉지미는 조용히 한숨을 내쉬었다. 혹여나 열두 명에게 공격을 받더라도 방금처럼 독 안에 든 쥐 신세가 되어 속수무책으로 당하는 것보다는 나았다.

"이 절에서 묵으시오. 또 어디 갈 데가 있겠소."

열두 명이 사방으로 흩어지더니 각자 불을 피우고 잘 곳을 마련했다. 어쩌다 보니 봉지미와 영혁을 가운데에 두고 둘러싸는 형태로 자리를 잡게 되었다. 하지만 봉지미는 전혀 알아채지 못하고 한가하게 인사를 주고받았다.

"아주 신나셨네."

우두머리는 고개를 흔들며 봉지미와 더 이상 말을 섞고 싶지 않다는 표정을 지었다.

절은 조금만 건드려도 부서질 것처럼 낡고 허름했다. 바닥에는 먼지가 두껍게 쌓여 있어 걸음마다 발자국이 그대로 찍힐 정도였다. 이때 어디선가 찍찍 소리가 나더니 야생 여우와 쥐가 갑자기 안으로 튀어 들어왔고, 모두 놀라서 사방 귀퉁이로 달아났다.

추적추적 내리는 비가 처마 모서리에 걸리는 깊은 밤이 되었다. 아득한 곳에서 안개가 희미하게 피어오르더니 순식간에 주위를 자욱하게 뒤덮었다. 한 사내가 성큼성큼 걸어오더니 영혁의 어깨를 밀면서 큰소리로 외쳤다.

"착한 개는 길을 막지 않는다. 비켜!"

사내는 우두머리에게 다가가서는 옆에 바짝 붙어 앉았다. 배낭을 열어 기름이 덕지덕지 묻은 종이 꾸러미 하나를 꺼냈다.

영혁의 몸이 기우뚱하자 봉지미가 황급히 붙잡았다. 그는 화를 내지 않고 등불의 빛과 그림자 속에서 미소 띤 얼굴로 사내를 바라보기만 했다. 맑고 영롱한 그의 미소가 불빛 속에서 그윽하게 흔들렸고, 꽃망울을 터트린 한 송이 꽃처럼 매혹적으로 피어났다. 하지만 이 미소를 본 사람은 아무도 없었다.

사내가 서둘러 종이 꾸러미를 풀어 안에 들어 있던 음식을 꺼냈다. 갑자기 우두머리가 미간을 찌푸리고 화를 냈다.

"이건 장문(掌門) 어르신께서 찾으시던 그 편지가 아니냐? 우기, 이게 대체 어떻게 된 일이야! 이걸로 음식을 싸다니! 장문 어르신께서 이 사실을 아시면 널 문파의 규율에 따라 하나하나 따져서 다스릴 것이야."

"무슨 편지요? 듣도 보도 못한 걸 가지고……."

우기라고 불리는 사내는 헤벌쭉 웃더니 기름이 덕지덕지 묻은 종이 뭉치를 탈탈 털어 냈다.

"빨리 나서야 하는데 소고기를 쌀 것이 없더라고요. 그러던 참에 주위를 둘러보니 장문 어르신 책상 위에 종이 뭉치가 있길래 옳거니 싶어서 손에 잡히는 대로 집어다 썼죠. 어쨌든 장문 어르신도 별 말씀 없으셨잖아요."

봉지미의 날카로운 시선이 그 종이의 가장 윗면을 지나갔다. 갑자기 심하게 가슴이 떨리기 시작했다.

사내의 손가락 사이로 새빨간 인장의 한 귀퉁이가 보였다. 그것은 표준 인장으로 상용되는 구첩전 *九疊篆, 글자 획을 여러 번 꾸부려서 쓴 서체이었다. 위쪽에는 '농서부(隴西府) 서판사(書辦司) 인(印)'이란 관부 서판 *고대 중국의 서명을 관장하는 서리를 일컫는 통칭이 상용하는 비공식적인 인장이 찍혀 있었다. 각급 봉강대리 *封疆大吏, 고대 중국의 지방 일급 장관으로 넓은 지역의 군정, 재정, 민정, 사법 등을 총관하는 총독의 서판은 모두 사적으로 신임 받는 막료로 모든 안팎의 사무를 처리했다. 서판들은 종종 자신의 인장을 찍어서 편리하게 일을 처리했는데 여기에는 봉강대리 개인의 의지가 어느 정도는 녹아 있었다. 가령 농서부 서판은 신욱여의 막료부였다.

신욱여의 막료가 강호 초야에 몸을 담고 있는 문파의 우두머리인 장문에게 쓴 편지라면 굳이 읽어 보지 않아도 그 내용을 훤히 알 수 있었다. 분명 신욱여가 봉지미와 영혁을 죽이지 못한 것이 염려되어 강호의 실력자에게 둘을 찾아서 죽여 달라고 청한 것이 틀림없었다. 강호 사람의 손을 빌리면 나중에 조사해도 내막을 밝히기 어렵다는 점도 크게 작용했을 것이었다.

우기는 종이 뭉치를 한쪽에 내려 두고 검을 집어 들어 우적우적 소고기를 잘랐다. 봉지미는 살그머니 우기의 곁으로 다가가 앉더니 손가락을 뻗어 두꺼운 편지 뭉치를 살짝 들어 올렸다. 몇 장을 넘기다가 누군가의 얼굴을 그린 그림을 발견했다.

'누굴 그린 거지? 설마 영혁과 내 초상화는 아니겠지? 그럼 저자들이 왜 우릴 못 알아보겠어.'

봉지미는 골똘히 생각에 잠겼다가 문득 상황을 이해했다. 그림이 든 편지의 원본은 분명 이자들에게 건네졌지만 우기가 무심코 소고기를 싸는 데 써 버려서 누구도 보지 못한 것이었다. 장문도 편지를 찾지 못하자 포기하고 두 사람의 생김새를 말로만 들었을 것이었다. 우두머리가 조금 전에 봉지미와 영혁을 의심스럽게 여기면서도 그냥 넘어간 것은 그림과 대조해 볼 방법이 없어서였다. 게다가 이 강호 사람들은 십중팔구 글자를 모를 터였다. 그들은 첫 번째 항의 깨알 같은 글씨를 보자마자 관심이 사라져서 종이를 뒤집어 놓았을 게 뻔했다. 그 덕분에 지금까지 초상화를 알아차리지 못한 모양이었다. 하지만 조만간 모든 것이 밝혀질 태세였다. 우기가 소고기를 쌌던 편지지를 한 장씩 동료들에게 나누어 주고 있었기 때문이었다. 봉지미는 머지않아 초상화가 맨 위로 올라올 순간을 초조하게 지켜보고 있었다.

갑자기 봉지미가 배를 움켜잡고 꺽꺽대며 신음 소리를 냈다. 이 소리는 상대방의 주의를 끄는 데 성공했다. 그들은 모두 먹던 손을 멈추고 봉지미의 상태를 보러 왔다. 우기도 입으로 바삐 가져가던 손을 내려놓았다. 봉지미가 몹시 괴로운 얼굴로 말했다.

"배가 왜 갑자기 아프지……. 뭔가 안 좋은 걸 먹은 게 틀림없어요."

강호 사람들은 원래 조심성이 많았고, 특히 독 같은 것에 매우 민감했다. 봉지미의 말을 듣고 미리 의논이라도 한 것처럼 하나같이 소고기를 내려놓고 걱정스럽게 쳐다봤다. 우기가 큰 소리로 말했다.

"이자는 우리 소고길 먹지도 않았는데 뭐가 걱정입니까?"

말은 이렇게 하면서도 우기는 남아 있던 종이 뭉치를 주섬주섬 그러모아 먹다 남은 소고기를 다시 싸기 시작했다. 봉지미는 아이고아이고, 하고 죽는 소리를 내며 바닥을 뒹굴고 소란을 피웠다. 배를 움켜쥐고 간신히 몸을 일으키며 말했다.

"안 되겠어요. 뒷간에 가야지."

봉지미는 휘청휘청 한 걸음씩 발걸음을 옮기다 심하게 비틀거리더니 모닥불에 발이 걸려 넘어졌다. 순간 폭죽 터지듯 불꽃이 사방으로 튀었고 모두 혼비백산하여 흩어졌다. 불똥은 소고기를 싼 종이 위에까지 튀었고 불꽃이 활활 일기 시작했다.

봉지미는 얼어 걸린 횡재에 쾌재를 불렀다. 펄쩍펄쩍 뛰면서 달아나던 우기가 소고기 꾸러미에 불이 붙은 것을 보고 다급히 돌아왔다. 꾸러미를 들어 올리더니 손바닥으로 불꽃을 탁탁 털며 말했다.

"타게 놔두면 안 되지. 안 그래도 기름투성이라 금방 탈 텐데. 이 아까운 거 다 타 버리면 어쩌누."

낙담한 봉지미는 우기가 소고기 꾸러미를 조심스럽게 집어 드는 모습을 바라 볼 수밖에 없었다. 영혁이 갑자기 일어서서 천천히 봉지미에게 다가오더니 그녀를 붙잡아 일으키며 말했다.

"조심해야지. 비에 젖어서 감기에 걸린 듯하구나. 내가 뒷간까지 데려다 주마."

모두가 봉지미와 영혁이 나가는 뒷모습을 지켜보고 있을 때 우두머리는 날카로운 눈빛을 번뜩이며 고개를 한번 까딱였다. 우기는 뜻을 알아차리고 조용히 봉지미와 영혁의 뒤를 따라나섰다. 봉지미는 영혁을 부축하며 걸어 나가면서도 눈은 바로 맞은편에 서 있는 대문을 가려 주는 벽을 향해 있었다. 빗물에 깨끗이 씻겨 내려가 거울처럼 맑아진 벽은 사람의 모습이 훤히 비쳤다. 벽의 가운데를 바라보니 뒤쪽의 거동이 상세히 보였고, 봉지미의 눈에서 실망의 빛이 스쳐 지나갔다. 뒤따라온 우기는 둘의 초상화가 들어 있는 종이 꾸러미는 챙겨 나오지 않은 듯했다.

봉지미는 영혁의 손바닥에 재빠르게 글씨를 써서 이번 일에 대해 설명했다. 그가 살짝 망설이다가 그녀의 귓가에 대고 낮게 말했다.

"각개 격파로 가자."

봉지미는 잠시 생각에 잠겼다. 무모한 모험이었지만 이 방법밖에 없었다. 두 사람은 이자들에게서 쉽게 벗어날 수 없었고, 초상화를 단번에 처리할 묘안도 떠오르지 않았다. 우기가 돌아가서 종이 꾸러미를 이리저리 뒤적이기라도 하면, 초상화가 발견되는 것은 시간 문제였다. 물론 우기 녀석은 다시는 돌아갈 수 없을 테지만.

우기가 죽게 되면 일을 오래 덮을 수도 없는 노릇이었다. 일단 그들이 포위 공격에 나서면 살길은 열려 있지 않을 것이었다. 하나를 죽이면 반드시 일당 모두를 죽여야 했다. 그러니 그들보다 앞서서 손을 써야만 죽음의 구렁텅이에서 빠져나갈 수가 있었다. 당장 해야 할 일은 우기를 황천길로 보내는 것이었다.

두 사람이 뒷간으로 들어가자 우기도 성큼성큼 따라 들어오더니 똥구덩이 하나를 선점했다. 그리고 바지를 훌러덩 내리고 소변을 콸콸 쏟아 냈다. 검은 털로 수북한 배를 곧게 세우고 웃으며 말했다.

"시원하다!"

영혁이 혐오스러운 듯 미간을 찌푸렸다. 귀뿌리가 붉은색으로 엷게 물든 봉지미가 우기의 눈을 피하며 다른 똥구덩이 위에 올라섰다. 아야야, 하고 죽기 일보 직전의 소리를 내면서 바지춤을 천천히 풀었다. 우기가 머리를 기울여 봉지미를 한번 쓱 보더니 가소롭다는 듯 말했다.

"여인네처럼 바지를 푸는 데만 한나절이네."

말이 끝나기가 무섭게 우기의 시야에 새까만 검 끝이 들어왔다. 갑자기 제 입에서 검이 쑥 튀어나온 듯했다. 우기는 소눈처럼 커진 눈으로 어떻게 입에서 검이 나왔는지 이해되지 않아 멍하니 바라보았다. 현실인지 꿈인지 분간이 되지 않았다. 분명 옆의 녀석은 아직 바지를 푸는 중이었다. 찢어지는 통증이 한순간에 몰려오더니 우기의 눈빛이 무력하게 아래로 툭 떨어졌다. 붉은 액체를 뒤집어 쓴 새까만 검 끝이 천천히 뽑히는 것을 묵묵히 지켜봤다. 뒤에는 키가 크고 얼굴이 수려하며 눈이 보이지 않는 남자가 서서 검 자루를 꼭 쥐고 있었다. 몸이 갑자기 위로 날아오른 우기는 이내 똥구덩이로 곤두박질쳤다. 그가 마지막으로 들은 한 마디는 '착한 개는 길을 막지 않는다. 비켜'였다.

조금 전 두 사람은 허름한 뒷간에서 다음 행동을 상의했다. 봉지미는 영혁을 부축하면서 검을 몰래 넘겼고, 그는 그 검을 이용해 우기를 죽인 것이었다. 영혁이 봉지미에게 다시 검을 넘겼다.

"독 같은 게 있으면 좋을 텐데……"

봉지미가 제 몸을 뒤져 남을 해칠 수 있는 물건을 찾아 봤다. 약간의 금창약 *金創藥, 칼처럼 날카로운 것에 벤 상처나 타박상에 바르던 약 이외에는 아무것도 지니고 있지 않았다. 저 강호 사람들은 경계심이 상당해 몰래 독을 넣기가 쉽지는 않을 것이었다. 하지만 독을 이용하는 것이 일당을 한꺼번에 제거할 수 있는 가장 좋은 방법이었다.

영혁은 문득 의문이 들어 머리를 흔들었다. 평소 독을 잘 다루던 영징이 그날 영혁의 소식을 듣고 달려왔지만 끝내 따라오지 못했던 이유를 알 수 없었다. 봉지미가 낙담한 표정으로 멍하니 그를 바라보다가 갑자기 기발한 생각을 떠올렸다.

"전하의 눈물에 독이 들어 있지 않을까요?"

영혁이 봉지미를 한참 동안 어이없는 표정으로 쳐다보다가 말했다.

"차라리 내가 가서 하나씩 죽이마."

봉지미는 영혁의 말에 아랑곳하지 않고 어떻게 하면 악어의 눈물을 쥐어짤 수 있는지 생각했다. 그가 방심한 틈을 노려 배에 주먹을 날려볼까 싶었다. 하지만 그는 선견지명이 있는지 봉지미로부터 3보 거리에 떨어져 있었다.

"알겠습니다."

봉지미가 어쩔 수 없다는 듯 영혁을 부축하며 말했다.

"다른 방법을 생각해 보죠."

영혁이 고개를 끄덕이며 손을 뻗어 봉지미를 붙잡았다. 순간 그녀가 소리를 지르며 몸을 웅크리더니 놀라서 말했다.

"우기 네 놈이……."

영혁이 당황하여 급히 고개를 숙이고 봉지미를 잡아당겼다. 그녀가 위로 일어서며 그의 코에 머리를 들이박았다. 그가 비명을 지르며 두 손으로 코를 감싸 쥐었다. 눈물이 폭풍우같이 쏟아져 나왔다. 그녀는 미안한 기색도 없이 종이처럼 얇은 금박을 꺼내 재빨리 눈물을 받아 냈다. 그녀가 길게 탄식하더니 말을 이었다.

"황금 위에 눈물을 고이 담게 되어 전하의 고귀한 눈물에 면목이 섭니다."

영혁은 얼얼한 코를 부여잡고 다시금 속으로 깊이 되새겼다. 봉지미는 길들여지지 않은 한 마리 늑대인 것을. 그 '늑대'는 코를 움켜쥔 손가락 위로 아름다운 선을 그리고 있는 눈에 눈물이 그렁그렁 맺힌 모습을 바라봤다. 가을날 맑고 투명한 물이 흐르듯 아름답게 반짝이는 눈매는 보호해 주고 싶을 만큼 연약해 보였다. 평소 날카로우면서도 품위 있던 영혁의 엄숙한 느낌과 많이 달라서 마치 사람이 바뀐 듯했다. 쥐꼬리만 한 양심이 다시 도진 봉지미가 미소를 머금고 영혁의 코를 문지르며 말했다.

"아프지 마라. 아프지 마라."

봉지미의 매끄러운 손가락이 스치고 지나가며 영혁의 얼굴을 부드럽게 간질였다. 목소리에는 옅은 웃음기와 미안함이 담겨 있었다. 듣는 사람은 귀에 보드라운 솜털이 스치는 듯 간지러웠다. 영혁의 손이 가볍게 떨리더니 이내 봉지미의 손가락을 꽉 움켜쥐었다. 그는 그녀의 손가락을 자신의 손바닥에 올리고 가볍게 휘감았다. 그녀는 손을 빼려 했지만 그의 손이 단단히 붙잡고 놓아 주지 않았다. 그는 그녀를 더욱 가까이 끌어당겼다. 그녀는 눈물을 받쳐 들고 있는 상태라 힘을 쓸 수가 없어 그가 이끄는 대로 따라갔다. 그녀가 중얼거리며 말했다.

"눈물이 너무 적어서 아쉽네요……."

두 사람은 마당 안에 있는 우물가로 걸어가다 물을 마시고 있는 한 사내를 발견했다. 봉지미가 다가가서 친근하게 말을 걸었다.

"형님. 저희도 마실 물 좀 주십시오. 그 김에 손도 좀 씻겠습니다."

"도련님은 따지는 게 많지!"

사내는 통을 건네주었다. 봉지미는 통을 받쳐 들고 물을 시원하게 들이켰다. 그리고 양손으로 물을 움켜 뜨면서 손을 가볍게 씻고는 고맙다고 인사했다. 세 사람이 함께 돌아오자 우두머리는 우기가 따라오지 않는 것을 보고 물었다.

"우기는?"

"아, 그 형님이요?"

봉지미가 손으로 입을 가리고 킥킥대며 웃었다.

"소고기를 너무 많이 먹어서 설사가 났다고 하더라고요."

"그 자식, 게걸스럽게 먹더니만."

우두머리는 욕을 내뱉을 뿐 아무 의심도 하지 않았다. 물통을 한가운데로 들고 가서는 물을 마시라고 모두를 불렀다. 강호 사람은 사소한 일에는 구애받지 않는다더니 정말 모두들 아무 의심 없이 통으로 다가와서 시원하게 물을 들이켰다. 봉지미는 누군가가 정성스럽게 모닥불에 장작을 넣는 모습을 바라보며 알쏭달쏭한 미소를 머금었다.

한바탕 먹고 마신 사람들이 본당에서 각자 누울 자리를 찾아 가기 시작했다. 그들은 한가운데를 둘러싸고 둘씩 누웠고, 한 명은 본당의 입구를 지키는 야간 경비를 섰다. 강호 사람은 특유의 경계심을 지니고 있어서 누구에게도 방심하지 않았다.

절 안에 피워진 모닥불의 불빛이 점점 약해졌고, 사방에 엷은 안개가 피어올랐다. 봉지미는 아무 말 없이 영혁의 옆에 누워서 독이 효과를 발휘하길 기다렸다. 악어의 눈물이 얼마나 대단한 작용을 일으킬지 알 수 없었다. 고작 몇 방울이라 통 안의 물에 희석되면 효과가 떨어질 것이라고 짐작할 뿐이었다.

눈을 감은 영혁은 미동도 하지 않고 계속 봉지미의 손가락을 걸고 있었다. 봉지미는 영혁의 손가락을 떼어 내려고 안간힘을 썼지만 요지부동이라 떼어 낼 수 없었다. 손가락으로 손바닥을 간질이자 영혁이 손을 살짝 움츠렸다. 봉지미는 기뻐하며 그의 손바닥을 간지럽혔지만 짧은 시간 동안 간지러움 참는 법을 터득했는지 더 이상 움츠리지 않았다. 그녀는 한숨을 길게 내쉬었다. 그는 반대편으로 얼굴을 돌리고 그녀의 탄식을 들으며 흐뭇해했다.

두 사람은 손으로 옥신각신하며 끊임없이 몰려오는 졸음을 쫓아내고 있었다. 어젯밤부터 오늘밤까지 다친 몸으로 계속 돌아다니느라 몸이 천근만근이었다. 정신과 육체 모두 피곤이 극에 달한 상태였다. 사방에서 울리는 코 고는 소리와 따뜻한 불빛은 자장가나 다름없었다. 서로 트집이라도 잡으며 정신을 분산시키지 않으면 바로 잠들어 버릴 것만 같았다.

얼마나 흘렀을까. 봉지미의 눈꺼풀이 더 이상 버티지 못하고 눈을 거의 덮을 무렵 영혁이 봉지미의 손바닥을 여러 번 꼬집었다. 봉지미가 깜짝 놀라서 눈을 동그랗게 뜨고 깨어났고, 멀지 않은 곳에서 한 남자가 신음을 내뱉는 것을 발견했다.

'효력이 나타난 건가?'

봉지미의 입가에 한 줄기 기쁨의 빛이 나타났다. 하지만 나머지 사람들은 아무런 낌새도 보이지 않았다. 각자 나타나는 효력의 강도와 시간이 다른 모양이었다. 그자가 이상한 기미를 보이자 야간 경비를 서던 사람이 달려와 고개를 숙이고 물었다.

"비자, 왜 그래?"

야간 경비를 서던 사람은 순간 등줄기가 서늘해졌고, 차가운 기운이 스치는 것을 느꼈다. 고개를 돌리고 싶었지만 아무리 애를 써도 머리가 돌려지지 않았다. 봉지미는 흐늘거리며 넘어지는 그의 몸을 가볍게 붙잡은 다음 본당 기둥의 어두운 그림자에 그를 기대어 앉혔다. 경련으로 떨리는 모습이 얼핏 보기에는 호흡을 가다듬고 있는 것처럼 보였다.

독성이 나타난 사람은 얼굴 전체에서 후끈거리는 열이 났고, 따뜻한 붉은 액체가 얼굴을 타고 흘러내리는 것을 느꼈다. 눈을 크게 뜨고 좌우로 눈알을 굴리면 사방이 짙은 안개로 자욱해지는 듯했다. 희미한 안개 속에서 험상궂은 웃음을 띤 자가 점점 다가왔다. 그는 가까이에 있는 검을 쥐려 했지만 팔이 나른해지더니 이내 가슴에 격렬한 통증이 몰려왔다. 최후의 의식 속에서 무언가가 하늘로 치솟았다. 얼굴 위로 후드득 떨어지는 것은 따뜻하고 비릿한 액체였다.

근처에 자던 사람이 이상한 낌새를 느끼고 눈을 번쩍 떴다. 불이 언제 꺼졌는지 주위가 먹물을 뒤집어 쓴 듯 어두웠고, 새벽안개가 짙게 내려앉은 듯 눈앞이 흐릿했다. 안개 속에서 희미하게 흔들리는 것이 다가왔다. 어슴푸레하게 사람 그림자가 드러나자 눈을 크게 뜨고 보려 했지만 선명하게 보이질 않았다. 속으로 심상치 않다고 판단한 그는 희미한 감각에 기대어 상대방이 오는 방향을 어림짐작해 봤다. 갑자기 그의 몸이 반대 방향으로 나뒹굴었고, 바닥으로 떨어진 후에는 허리가 부러졌는지 격심한 통증이 느껴졌다. 그러나 허리를 만져 볼 여유도 없이 몸이 하늘 높이 솟아올랐고 다리가 어느 모퉁이로 내리꽂혔다.

그의 앞에서 시선을 분산시키는 일을 담당했던 영혁이 자신의 할 일을 마치고 담담하게 옷소매를 내렸다. 그가 떨어진 곳으로 향한 봉지미는 칼집이 되어버린 그의 허리춤에서 검을 뽑았다. 그리고 맞은편에서 정신을 집중하고 주변의 소리에 귀 기울이고 있는 영혁을 쳐다보았다. 영혁이 봉지미의 뒤쪽을 가리키자 그녀는 고개도 돌리지 않고 옆구리 아래에서 긴 검을 뽑아 손 뒤로 내뻗었다. 한 사내가 제 목구멍을 양손으로 가리며 푹 쓰러졌다. 죽는 순간까지 어떻게 상대방이 이렇게 기이한 각도로 검을 쓸 수 있는지, 옆구리 아래에서 뒤로 내꽃은 검이 어째서 마지막에는 자신의 목구멍으로 들어온 것인지 알지 못했다.

네 사람이 잇달아 죽고 나서야 모두 깨어나 자리에서 일어났다. 순간 그들은 일찍 일어나지 않은 것을 후회했다. 왜 이렇게 눈앞이 어두컴컴해졌는지 영문을 몰라 얼떨한 상태였다. 모든 것이 운무 속에 갇혀 있어서 흐릿하게 흔들리는 윤곽만 구별할 수 있었다.

봉지미는 모두가 멍해 있는 틈에 검을 쭉 내뻗어 가장 가까이에서 막 몸을 일으킨 사람의 목구멍에 쑤셔 넣었다. 검의 빛이 쏜살같이 달려가 목구멍을 뚫고 나왔다. 그녀는 검을 뽑지 않은 채로 시체를 끌고 미끄러지듯 움직여 대각선 방향에서 덤벼드는 사람의 앞까지 이동했다. 그자의 어둑한 시야에는 누군가 가까이 달려드는 윤곽만이 보였다. 적이라고 생각하는 순간 으르렁거리는 소리와 함께 손바닥 하나가 다가와 가볍게 그를 쳐냈고 머리가 산산조각이 났다. 머리를 감싸 쥐고 뒹굴던 또 다른 사람은 불현듯 손바닥에 통증을 느꼈다. 기다란 검이 순식간에 그의 손바닥을 뚫고 나와 미간에 꽂혔다.

눈 깜짝할 사이 둘을 죽였다. 이들은 모두 봉지미의 근처에 있던 자들로 동작이 굼뜬 것으로 보아 무공이 뛰어나지 않은 게 분명했다. 그녀는 우선 만만한 상대만 골라 처리한 것이었다. 우두머리의 무공이 뛰어난 것은 의심의 여지가 없었다. 그는 가장 안쪽에 있는 제사상 위에서 자고 있었다. 처음부터 우두머리에게 뛰어들었다면 결과는 불 보듯 뻔했을 것이었다. 그가 아무 것도 모르고 자고 있을 때 쉬운 상대부터 제거하는 것이 더 나은 방책이었다.

한 사람이 선혈이 뿜어져 나오는 목구멍을 가리고 컥컥대며 쓰러졌다. 그는 다시 몸을 일으키며 손을 휘말아 불꽃을 만들었다. 기다란 화염을 내뿜으며 불꽃이 날아가자 거센 바람이 맹렬히 불었고, 봉지미는 눈을 제대로 뜰 수 없었다. 그녀는 뒤로 물러서지 않았지만 남은 사람들을 모두 상대하기가 벅차다는 사실에 두려움을 느꼈다. 무엇보다 무공이 뛰어날수록 중독의 정도가 가벼운 것이 가장 큰 문제였다.

세찬 바람이 맹렬하게 얼굴을 덮치자 봉지미는 질식할 듯했다. 바람에 맞서 가까스로 검을 반쯤 들어 올렸을 때였다. 불현듯 가슴에 뜨거운 통증이 느껴졌고 손이 아래로 축 늘어졌다. 그녀가 최후의 일격을 준비하고 있을 때 누군가가 가슴으로 돌진했기 때문이었다. 그녀가 뒤로 나자빠지자 영혁이 먹잇감을 향해 날아가는 매처럼 뛰어들어 그자의 아래로 파고들었다. 순간 그자의 허리가 완전히 꺾이며 뒤로 넘어지더니 무릎을 꿇은 채 멀리까지 밀려 나갔다. 영혁이 손목을 비틀어 돌리자 눈처럼 새하얀 섬광이 주위를 밝혔다.

쫙, 소리와 함께 내장에서 선혈이 용솟음치며 사방으로 뿜어져 나왔다. 가슴부터 배까지 갈라진 상처가 소용돌이치며 터졌다. 그자는 큰 소리로 울부짖으며 죽을힘을 다해 허공으로 훌쩍 뛰어올랐고, 자신의 배에서 떨어져 나오는 창자를 그러모으려 애썼다. 선혈이 뒤덮인 영혁의 얼굴에는 냉혹한 미소가 흘렀다. 영혁은 그자를 향해 빗겨 든 칼을 내려쳤다. 그자의 육중한 몸이 땅에 닿자 거대한 선혈 줄기가 뿜어져 나와 영혁의 얼굴 전체를 뒤덮었다.

봉지미가 영혁을 잡아끌고 나와 쏜살같이 곁채로 피했다. 들어오자마자 재빨리 뒷발로 곁채의 나무 문을 밀어 닫았다. 문이 거의 다 닫힐 무렵 얇은 틈새로 각종 무기가 쏟아져 들어왔다. 밖에서 탕탕거리며 계속 문을 두드리자 반쯤 썩어 있던 문의 나뭇조각이 떨어져 사방으로 튀었다. 봉지미는 무언가 세차게 발사되는 소리를 듣고 빠르게 몸을 피했다. 속으로 자신의 반응 속도가 빨라서 다행이라고 여겼다. 놀란 가슴을 진정시키고 문 뒤에 기대어 한숨 돌리려는 순간, 영혁이 손을 뻗어 봉지미를 잡아끌었다.

펑.

방금까지 봉지미가 기대 있던 자리에 구멍이 나타났다. 푸른빛을 번쩍이는 삼릉자*三楞刺, 몸에 세 모서리가 나 있는 칼가 그 안에 음험하게 꽂혀 있었다. 영혁이 빠르게 잡아당기지 않았으면 지금 이 삼릉자는 봉지미의 등을 찌르고 나왔을 것이었다. 봉지미는 숨을 헐떡이며 중얼거렸다.

"당신이 절 또 구해 줬네요……."

"이건 구해 준 거로 치지 마."

영혁이 창백한 얼굴을 애써 감추며 담담하게 말했다.

"너도 날 여러 번 구해 줬잖아."

봉지미가 바깥의 소리를 듣고 한숨을 쉬며 말했다.

"이 독은 효력이 대단하진 않은 것 같아요. 그들의 눈을 멀게 할 수는 있어도 무공에는 큰 타격을 주지 않네요. 괜한 짓을 한 건지……."

봉지미는 갑자기 말을 멈췄다. 첫 번째 사람에게 효력이 나타났을 때 그가 몸을 뒤척이며 낸 신음 소리가 떠올랐다. 이것은 영혁의 체내에서부터 흘러나온 독으로 통 속의 물에 희석한 것이었다. 게다가 많은 사람들이 나눠 마셔서 실제로 배 속에 들어간 양은 얼마 되지 않았을 텐데 사나운 신음을 낼 정도라니 놀라웠다. 인내심이 뛰어나고 힘이 센 강호 사람도 참지 못하고 신음을 내뱉을 정도라면 안고의 독이 얼마나 강한지 짐작할 수 있었다. 그렇다면 직접 독에 당한 영혁은 얼마나 심한 고통을 겪어야 했을까. 하지만 중독된 그날 밤부터 지금까지 거의 이틀이 지났는데 영혁이 고통을 호소하며 신음 소리를 내는 것을 한마디도 들어보지 못했다. 봉지미는 영혁의 창백한 낯빛을 바라보며 안쓰러운 생각이 들었다.

영혁이 벽을 짚고 바깥의 목소리를 자세히 들어 봤다. 조금 전에 본당 밖의 대문까지 갈 여유가 없어서 눈에 띄는 대로 여기 곁채로 들어올 수밖에 없었다. 이곳은 창문이 없었고 유일한 출입문은 무기로 꽉 막힌 상태였으며 독은 상대방의 전투력을 완전히 낮추지 못했다. 지금까지 7명을 죽였고 아직 5명이 남아 있었다. 남아 있는 이들은 비교적 무공이 뛰어난 자들이었다. 더 이상 나쁠 수 없을 정도로 사면초가에 빠져 있었다.

바깥이 한바탕 시끄러웠다가 다시 조용해졌다. 그들은 몸속에 들어간 독을 염려하며 호흡을 가다듬고 독을 몰아내려 하는 것 같았다. 허공에는 긴장의 침묵이 떠돌았고 마음은 무겁게 가라앉았다. 한참 동안 벽에 기대앉았던 영혁이 봉지미에게 손짓했다.

"이리 와 앉아."

봉지미는 살짝 웃어 보였다. 몸을 일으켜 낡은 장막 더미를 찾아 들고 영혁의 곁으로 다가갔다. 장막 더미에 불을 붙이고 두 사람은 불더미 앞에 앉아 불을 쬐였다.

둘은 모두 인걸이어서 발등에 불이 떨어진 긴박한 상황에서도 침착함을 발휘했다. 화르르 들끓는 불꽃에 몸을 점점 가까이 가져갔고 추적추적 내리는 아득한 빗소리에 취해 있었다. 불에 달궈진 얼굴에 홍조가 떠올랐지만 둘 다 여전히 위엄 있고 태연한 표정을 유지했다. 한참 뒤에 봉지미가 입을 열었다.

"전하."

"응."

"이번엔 운이 따르지 않는 거 같아요."

봉지미가 몇 번 기침을 하고 나자 입가에 한 줄기 선혈이 흘렀다. 그것을 몰래 닦은 봉지미가 영혁 쪽으로 머리를 기울이고는 미소 지으며 말했다.

"아마 여기서 죽을 건가 봐요."

봉지미는 영혁에 기대어 웃었지만 그 미소마저도 순식간에 굳어졌다. 심장이 북을 울리는 것처럼 뛰었고 손가락의 떨림은 멈추지 않았다. 때때로 눈앞이 침침해졌고 모든 뼈마디가 부서지는 듯했다. 몸과 마음이 긴장한 상태에서 내상까지 입어 극도로 지친 상태였다. 점점 힘이 사라지는 듯했다. 체내에서 안정적이던 뜨거운 열기의 흐름도 점차 불안정해지면서 이제는 격렬히 뛰어 댔다. 오랫동안 잠잠했던 열기가 들끓는 화산처럼 폭발해 버릴 듯했다. 봉지미는 곧 쓰러질 것처럼 피곤이 몰려왔다. 영혁이 낮은 목소리로 응, 하고 대답하는 소리가 희미하게 들려왔다.

"우리 실력이 부족해서 그런 게 아니야."

"맞아요."

봉지미는 나른하게 속눈썹을 내렸다. 수십 개의 포환이 매달린 듯 눈꺼풀이 천근만근 무거워졌다.

"당신의 불운이 나에게 스며들었을 뿐이에요."

"무슨 소리. 난 오히려 너 때문에 더 험한 꼴만 당하는 거 같은데."

영혁이 물러나지 않고 반박했다. 봉지미는 말다툼할 기운도 없어 축 늘어진 목소리로 대답했다.

"응……."

영혁이 손을 뻗어 세차게 봉지미를 꼬집었다.

"지미. 자면 안 돼. 일어나."

봉지미는 소리 없이 웃기만 했다. 문득 영혁이 물어 왔다.

"나를 왜 구하러 왔지?"

봉지미는 피곤해서 대답하기 싫었지만 영혁이 계속 봉지미를 꼬집으며 물었다.

"말해! 감히 초왕의 질문에 대답을 안 해? 정말 날 구하고 싶어서 온 거야, 아니면 다른 목적이 있었던 거야? 넌 그날 왜 내 속마음을 떠보려 했던 거야? 대체 뭘 알고 싶은 거야?"

'이 남자 너무 시끄러워……'

봉지미의 뇌는 매우 굼뜨게 돌아갔다. 영혁의 질문에 대해 생각하면 생각할수록 뇌의 회로가 차단되는 것을 느꼈다. 이내 쿵 하고 영혁의 품속으로 엎어지더니 작게 속삭였다.

"이제 다 부질없는 질문이에요……."

영혁이 봉지미를 끌어안는 순간 머릿속이 핑 돌더니 급격히 피곤해지기 시작했다. 이내 봉지미가 영혁의 품 안으로 완전히 고꾸라졌다. 영혁은 코끝에 스치는 이상한 냄새를 맡고 잠시 멍해졌다가 문득 깨달았다. 강호 사람들이 문밖에서 독이 든 향을 피운 것이었다. 봉지미는 오랜 싸움으로 기진맥진한 상태에서 저들이 던진 올가미에 걸려들었다. 영혁은 눈이 불편함에도 불구하고 그녀를 세심하게 보살폈다.

하지만 머지않아 영혁도 피곤한 기운이 쏟아져 나오는 것을 느꼈다. 오장 육부를 잘게 자르는 듯한 통증이 솟구쳐 올라왔다. 눈가에 담청색 빛이 퍼지면서 점차 숨이 막혔다. 영혁은 자신도 더 이상 버틸 수 없다고 생각하며 품속의 봉지미를 세게 끌어안았다. 봉지미의 가냘프고 여윈 몸이 아이처럼 작게 웅크리고 있었다. 부드러운 살결이 따뜻하고 보드라웠다. 영혁의 머릿속에 세상의 아름다운 것들이 떠올랐다가 사그라졌다. 오로지 봉지미를 품에 꽉 안고 싶을 뿐이었다. 이대로 이번 생의 끝을 맞이하려 했다.

체념이란 두 글자를 너무 쉽게 받아들인 것일지도 몰랐다. 가슴 가득 원대한 포부를 담고 무력과 권모술수로 천하를 다스리려 했다. 하지만 기양산의 스러진 절에서 무릎을 꿇어야 하다니 생각지도 못한 결말이었다. 한편으로는 이런 평안과 고요도 오랜만이라는 생각이 들었다.

여기에서 이렇게 끝을 맺어도 충분히 받아들일 수 있을 것 같았다.

영혁의 눈꺼풀은 점점 무거워졌고 더 이상 봉지미를 깨우려고 하지 않았다. 가볍게 떨리는 가늘고 긴 손가락을 봉지미의 눈 위에 살짝 올려 두었다. 봉지미의 눈썹과 속눈썹에 송알송알 맺힌 땀은 이른 아침 꽃 위에 맺힌 이슬처럼 영롱하게 빛났다. 불빛이 점점 약해졌고 어두운 밤의 빗소리가 먼 듯 가까운 듯 들려왔다. 끊임없이 내리는 안개비가 갈라진 벽의 틈새로 새어 들어와 벽을 타고 구불구불하게 흘러내렸다. 정신이 아득해졌을 무렵 갑자기 멀리서 음악 소리가 들려왔다. 퉁소 소리였다.

맑고 그윽하며 처량하고 변화무쌍한 퉁소 소리가 광활한 하늘 끝에서 아스라이 다가왔다. 만 리 밖에서도 들리는 투명하고 높은 소리가 은하수에 걸린 밝은 빛 한 줄기처럼 하늘을 가로질렀고, 구름이 걸린 산과 망망대해를 건너 사람의 마음을 비집고 들어왔다. '강산몽(江山夢)'이란 곡이었다.

'꿈속에 강산이 펼쳐진 것인지 강산이 꿈처럼 펼쳐져 있는 것인지 알 수 없는 세상. 살면서 시름이 깊어지고 일생 동안 지켜 온 호방한 기백도 사그라질 무렵, 아무리 강한 군대도 빛나던 은병이 깨져서 사방으로 물이 떨어지는 것처럼 스러지게 된다. 백년의 부귀영화도 결국에는 흙으로 돌아갈 뿐인 것을 뒤늦게 깨닫는다. 무력으로 천하를 다스리고 싶은 황제의 뜻은 죽음 앞에서 꺾일 것이고, 밤이 깊어지면서 온 천하가 고독해지면 불어오는 바람조차 잦아들 것이다'라는 내용이었다.

혼돈으로 가득 찬 영혁의 머릿속에 퉁소 소리가 가까이 다가왔다. 점점 정신이 또렷해졌고 신의 손길이 닿은 듯 희뿌연 안개가 걷혔다. 품속의 봉지미도 꼼지락대기 시작했다. 영혁이 머리를 숙이고 가볍게 봉지미의 어깨를 두드렸다.

"지미, 일어나. 내 말 들려?"

봉지미는 영혁의 품속에서 몸부림치더니 어느덧 머리를 세우고 눈을 감은 채 퉁소 소리에 귀를 기울였다. 봉지미는 겨울날 추위에 떠는 나비처럼 연약한 어깨를 살짝 들썩였다. 영혁이 손바닥으로 이틀 새에 많이 마른 봉지미의 어깨를 감싸안았다.

퉁소 소리가 더욱 가까이에서 들려왔다. 퉁소 소리에는 신비하고 특별한 힘이 느껴졌다. 바깥에 있던 사람들도 놀란 듯 모두 그 자리에 멈춰 서서 하늘을 올려다봤다. 봉지미는 고개를 들어 영혁과 마주 봤다. 서로의 눈에서 한 가닥 기쁨의 빛이 스쳐 지나갔다. 봉지미와 영혁은 힘없이 늘어진 채 서로에게 기대어 퉁소 소리에 귀를 기울이고 있었다. 소리 없이 내리는 밤비가 적막한 절을 뒤덮었다. 그나마 남아 있던 불도 차게 식었고 실낱같은 비는 더욱 가냘프게 내렸다. 엷은 안개가 자욱하게 깔려 있는 바닥에 앉은 두 사람은 컴컴한 허공을 하염없이 바라봤다. 밤이슬에 젖은 두루마기의 옷자락이 느릿느릿 풀어졌다.

문득 봉지미와 영혁은 편안한 기분에 휩싸였다. 이제 세상만사의 괴로움으로 마음을 엉키는 일은 없을 것만 같았다. 영원할 것 같았던 강산은 꿈에 불과했고, 이 세상은 끊임없이 변화를 거듭했다. 고통과 원한에 갇혀 울부짖던 인간은 끝없는 의심에 사로잡혀 외로운 가시밭길을 홀로 걸어가야 했다. 봉지미와 영혁은 지난날의 회한이 파도처럼 밀려왔다. 이제야 비로소 속세의 모든 것을 벗어던지고 호탕하게 웃으며 앞으로 나아갈 수 있을 것만 같았다.

봉지미는 자신이 영혁에게 기대어 있는 것을 알아차리지 못했다. 영혁도 자신이 봉지미에게 기대고 있는 것을 알지 못했다. 두 사람은 지금까지 살아온 날들 중에서 가장 고요하고 평안한 시간에 몸을 맡기고 있었다. 마음에 쌓았던 견고한 벽을 단번에 허물 수 있는 가장 가까운 거리였다. 한참 뒤에 영혁이 낮게 말했다.

"이 곡은 자유로우면서도 품위가 흐르고 고상한 맛이 있어. 처량함

속에는 세상에 연연하지 않는 기개가 녹아 있고. 절대로 보통 강호 사람의 솜씨는 아니야."

봉지미가 고개를 끄덕이며 말을 이었다.

"정말 황홀해서 넋을 잃고 듣게 되네요."

두 사람은 소리가 나는 쪽을 바라보며 그자가 가까이 다가오기만을 기다렸다. 갑자기 기다란 휘파람 소리가 드넓은 하늘에 울려 퍼졌다. 돌을 가를 듯이 높고 우렁찬 소리가 허공을 가로질렀고 번개처럼 내리꽂히며 절의 적막을 깼다. 처연한 음색으로 하늘을 뒤덮었던 퉁소 소리가 툭 끊겼고, 더 이상 가까이 다가오지 않았다.

곁채 안에서 듣고 있던 봉지미와 영혁은 갑작스러운 변화에 깜짝 놀랐다. 하지만 영혁은 그 휘파람의 정체를 알아채고 눈가에 희망의 빛을 반짝였다. 처음에는 멀리서 들려왔던 휘파람 소리가 눈 깜짝할 새에 옆에 있는 것처럼 바싹 다가왔다. 곧 본당 밖에 있던 사람들이 한바탕 고함을 지르며 뛰어다녔다. 봉지미의 귀에 거슬렸던 우두머리의 목소리가 어렴풋이 들려왔다.

"천전(天戰)……."

우두머리가 말을 채 끝내기도 전에 끔찍한 외침이 날카롭게 울려 퍼졌다. 곁채의 문이 들썩이더니 쿵 하고 부딪치는 소리가 났고, 밝은 빛이 번쩍이며 온 건물이 심하게 흔들렸다. 잠시 후 기름처럼 끈적끈적한 피가 새빨간 뱀처럼 문 아래 틈에서 꿈틀꿈틀 기어 나왔다. 봉지미는 안으로 흘러 들어오는 핏줄기를 바라보며 우두머리의 뛰어난 무공을 떠올렸다. 자신이 최상의 상태로 대적해도 그의 상대가 될 수 없었는데 누군가가 다가와 순식간에 그의 목숨을 앗아간 것이었다. 굉장한 솜씨임에 틀림없었다. 한편으로 '천전'이란 말이 계속 마음에 걸렸다. 그 말의 의미가 무엇인지 곰곰이 생각해 보았다.

'천전 세가? 오랫동안 강호의 패권을 장악하고 있는 전(戰)씨 일족?'

전씨 일족은 강호에서 신 같은 존재로 여겨져서 강호 사람들이 놀라서 허둥대는 것도 당연했다. 하지만 이 일족 사람들은 황족으로 알려진 이후에도 줄곧 조정과 아무 관련도 맺지 않았었다. 그런데 이번에는 어째서 조정 사람인 봉지미와 영혁을 도와주었을까.

'분명 영혁을 알아본 자가 있을 거야. 대체 누구지……. 근데 퉁소를 불던 사람은 왜 천전 세가 사람의 휘파람 소리를 듣고 물러났을까?'

봉지미가 누구인지 보려고 문을 여는데 옷소매를 스치는 바람 소리가 들려왔다. 천전이라 불린 사람은 본당 밖에 있었는데 소리가 점차 멀어졌고 곧 아무 소리도 들리지 않게 되었다. 이어서 익숙한 목소리가 들렸다.

"여긴가? 들어가서 보자고!"

너무나도 익숙한 또 다른 목소리도 들렸다. 무언가를 씹는 소리가 드문드문 뒤섞인 냉담한 말투였다.

"시끄러워. 냄새 나."

다리가 풀린 봉지미는 반쯤 열린 문 위에 쿵 부딪쳤다.

'혁련쟁, 고남의! 뭐야 진짜. 아무도 안 왔으면 우린 다 죽었을 거야.'

투명한 빛을 눈에 가득 담은 봉지미가 영혁을 향해 고개를 돌리고 가볍게 웃어 보였다.

혁련쟁은 봉지미를 보자마자 으, 아, 하고 소리를 내뱉더니 할 말을 잃고 입을 떡 벌렸다. 고남의는 호두를 씹고 있던 입을 멈추고 손이 가는 대로 호두를 한 움큼 집어 혁련쟁이 크게 벌린 입 안에 채워 넣었다. 그리고 옷자락을 펄럭이며 빠르게 다가와 봉지미를 붙잡았다. 고남의는 머리부터 발끝까지 제 몸을 더듬기 시작했다. 온몸을 뒤져서 누에콩처럼 생긴 환약을 찾은 다음 봉지미의 입 안에 가득 채워 넣었다. 초왕 전하는 그래도 전하인데 누구 하나 걱정해 주는 이가 없어 애처롭기 그지없었다. 고남의는 호두로 입이 막혀 거의 죽게 생긴 혁련쟁을 구하러 갔다. 혁련쟁이 거친 숨을 몰아쉬며 한바탕 욕을 쏟아냈다.

"길치 주제에! 내가 아니면 네가 여길 찾을 수나 있었겠어! 배은망덕한 놈! 뻔뻔한 놈!"

고남의는 원래부터 다른 사람의 말을 새겨듣지 않았고 욕하는 것도 전혀 신경 쓰지 않았다.

"눈을 치료하는 약 같은 건 없어?"

봉지미가 마구잡이로 들이밀어진 환약을 겨우 다 삼키고 손가락으로 영혁을 가리켰다. 영혁이 담담하게 말했다.

"물어볼 필요 없다. 그도 별 수 있겠느냐."

고남의는 아무런 반응도 보이지 않고 팔짱을 긴 채 호두만 어루만졌다. 봉지미는 문 옆에 널브러져 있는 우두머리의 시체 곁에서 '장식향(長息香) 해독제'라고 써 있는 도자기 병을 발견했다. 아마도 봉지미와 영혁을 중독시킨 그 독의 해독제인 듯했다. 온전한 상태로 놓인 것을 보아 그 천전 세가의 사람이 봉지미와 영혁에게 주기 위해 준비해 온 것 같았다. 다만 고남의와 혁련쟁이 나타나자 천전 세가 사람이 물러난 이유는 알 수 없었다.

봉지미는 통소 소리가 시작되고 간신히 목숨을 구한 지금까지 일어난 일들이 심상치 않다는 것을 알았다. 분명한 것은 통소를 부는 자가 천전 세가를 피했고, 천전 세가는 고남의를 피했다는 사실이었다. 아주 재미있는 일이었지만 그것이 뜻하는 바를 알아내기에는 역부족이었다. 바보 고남의는 봉지미가 물어도 절대 대답해 주지 않을 것이었다.

약을 먹고 잠시 앉아 쉬고 있을 때 고남의가 봉지미에게 원기를 불어넣어 주었다. 봉지미는 고남의에게 영혁의 상태를 봐 달라고 간절히 부탁했다. 고남의는 마지못해 영혁의 맥을 짚더니 색부터 냄새까지 정말 역겨워 보이는 환약을 한 움큼 집어 영혁의 입안에 쑤셔 넣었다. 자리로 데려다 주기 싫어서 심드렁해진 고남의는 영혁이 조금이라도 거절하는 뜻을 내비치면 일언지하에 그만두려고 했다. 하지만 전하는 고남의의 손길을 수락했을 뿐만 아니라 미소를 지으며 감사의 말까지 건넸다. 고남의가 바로 품속을 더듬더니 여덟 개의 호두를 꺼내 당장이라도 던질 듯 손을 높이 들어 올렸다.

혁련쟁은 여기까지 쫓아오게 된 전말을 이야기해 주었다. 그날 밤 고남의는 역시나 길을 잃었고, 그 역참에서 삼십 리나 떨어진 곳에서 돌고 돌고 또 돌고 있었다. 계속 봉지미가 걱정됐던 혁련쟁이 쫓아 나섰고 가는 길에 고남의를 만나 함께 데리고 온 것이었다. 두 사람은 역참까지 뒤따라 왔지만 불에 탄 시체들이 엄청나게 많은 것을 보고 마음이 덜컥 내려앉았다. 무거운 마음을 안고 길을 나섰는데 우연히 기양산자락에서 봉지미가 남긴 표시를 발견하고 그것을 따라 한걸음에 달려온 것이었다. 다만 산속에서 표시를 찾는 것이 생각보다 쉽지 않아서 지금까지 시간이 지체된 모양이었다. 봉지미는 그들도 화엄두촌에 갔었다는 이야기를 듣고 초조한 눈빛으로 물었다.

"순우맹은……?"

일순간 혁련쟁의 표정이 어두워졌고 아무 말 없이 고개만 가로저었다. 봉지미는 속눈썹을 아래로 내리깔고 입을 열지 않았다. 혁련쟁은 증오가 짙게 밴 목소리로 말했다.

"우리 호위 무사 수십 명을 죽이고 역참에서는 전군을 전멸시키다니 너무하잖아. 이런 개자식들!"

"진 빚은 어떻게든 반드시 돌려 줘야지."

영혁이 몸을 일으키며 담담하게 말했다. 그리고 봉지미에게 농서부의 인장이 찍힌 소고기를 감싼 종이 꾸러미를 가져 오게 했다.

"그만 가자. 원래 계획대로 기양으로 가자꾸나. 기양은 신욱여가 있는 농서의 수부(首府)인 풍주(豊州)에서 멀지 않아. 우리도 신욱여의 이야기를 들어봐야 하지 않겠느냐."

고남의가 느긋하게 몸을 일으키더니 봉지미를 들어 올렸다. 고남의의 손안에 갇힌 봉지미는 화가 잔뜩 나서 머리를 홱 돌리고 쏘아보았다.

"내 발로 걸을 거야!"

유감스럽게도 고남의는 여자를 끔찍하게 아끼지만 소중히 다룰 줄은 몰랐다. 봉지미를 한 손으로 들어 올려 어깨 위의 봇짐처럼 걸친 채 고남의는 이미 쏜살같이 가고 있었다.

기양산에서 십 리를 걸어 내려오자 기양부(暨陽府)가 나타났다. 봉지미와 영혁은 기양의 지부 팽화흥에 대해 잘 알지 못하는 상태에서 자칫 잘못하여 먼저 경계하게 하면 큰일이라고 생각했다. 그래서 우선 장영위 요패 *신분을 나타내기 위하여 허리에 차던 패를 가지고 만나기를 청해 보고 팽 지부를 믿을 수 있다는 확신이 들면 상황을 봐서 신분을 드러내자고 계획을 세웠다. 어쨌든 장영위는 황실의 호위 무사라서 어디의 관부에서도 영접해야 할 책임이 있었다.

팽 지부는 생김새가 청초하고 준수한 중년 서생으로 성격도 고상하고 점잖았다. 팽 지부는 규칙에 따라 그들을 영접했고 안채에서 머물도록 배려해 준 데다 의원도 불러 주었다. 하지만 미간에 계속 근심의 빛이 어려 있어서 뭔가 걱정거리가 있는 것처럼 보였다. 봉지미가 다가가 걱정거리에 대해 물어봤다. 팽 지부는 쓴웃음을 짓더니 고개를 저으며 말했다.

"신경 써 주셔서 감사합니다만 아무리 뛰어난 용이라도 토박이 뱀을 이기지 못한다고 하니 여러분께선 여기 일은 개의치 마십시오……."

봉지미가 하하 웃으며 말했다.

"저희도 황실의 호위 무사들입니다."

"황실 호위 무사……."

팽 지부가 씁쓸한 미소를 띠고 문 쪽으로 걸어가며 말했다.

"농서에서는 신가 집안이 황실입니다. 호위 무사가 무엇을 해결할 수 있겠습니까."

봉지미가 웃어 보이며 뒤로는 혁련쟁에게 어떻게 된 일인지 알아보게 했다. 얼마 후 혁련쟁이 아직 돌아오지 않았을 때 앞채에서 고성이 오가는 소리가 희미하게 들려왔다. 앞채는 지부의 재판정과 집무실이었는데 이 지역에서 가장 위엄 있는 곳이었다. 봉지미는 감히 그곳에서 소란을 피우다니 겁도 없는 자라고 생각했다. 호되게 꾸짖는 팽 지부의 목소리가 멀리서 들려왔다.

"난 장희 십 년에 진사가 되어 기양 지부 직을 하사받아 지금까지 나랏밥을 먹고 있소. 황제 폐하의 명을 받들어 나랏일에도 충심을 다해 왔는데 무슨 잘못이 있기에 대인께서 내 자리를 빼앗는단 말인가?"

봉지미가 언쟁하는 소리를 듣다가 냉소를 드러냈다. 잠시 후 혁련쟁이 돌아와 얼굴에 분노와 흥분의 기색을 드러내며 말했다.

"농서 포정사 신욱여가 팽 지부를 뇌물을 탐한 죄로 즉시 관직에서 물러나게 하고 실지 조사를 명했다는군. 부승(府丞) 신군흠에게 잠시 지부 직을 대신 맡으라고 했다네. 아, 중요한 건 부승이 신욱여의 친척이래."

말이 끝나자마자 한 무리의 사람들이 안채가 있는 마당에 들이닥쳤고 앞장선 수장이 크게 소리쳤다.

"새로운 나리께서 부임하시고 가까운 시일 내에 기양에 계엄령을 내릴 것이다! 어중이떠중이들이 지부 저택에 머무는 것을 허락하지 않는다! 내력을 살펴본 후에 모두 내쫓을 것이다!"

둘만의 밤

관리의 복색을 갖춰 입고 나타난 자들이 입을 열었다. 그들의 발음은 이쪽 지방이 아니었다. 수장의 얼굴에는 거만하고 독선적인 성격이 그대로 드러났다. 수수한 금장식이 달린 오사모*烏紗帽, 벼슬아치들이 관복을 입을 때 쓰던 모자를 쓰고, 둥그런 옷깃에 약간 복잡한 문양이 있는 붉은 웃옷을 입고, 금으로 된 장식 허리띠를 찬 것으로 보아 종 4품 관리인 듯했다. 수장의 곁에는 하얀 얼굴의 남자가 서 있었다. 종 5품의 복색을 갖추고 냉소를 머금은 얼굴로 눈썹을 치켜세우고 마당을 가리키며 말했다.

"본 관부는 오늘부로 폐쇄하고 외부 손님을 접견하지 않는다. 신 대인 아래의 좌참의(左參議) 유(劉) 대인께서 친히 오셔서 사무 인계를 주관하실 것이고 관계자 외의 사람들은 모두 내쫓을 것이다!"

팽 지부는 땀범벅이 된 얼굴로 쫓아와 펄펄 뛰며 말했다.

"날 해임하고 직무를 인계하는 것과 다른 사람은 무슨 관계가 있는가? 횡포 부리지 말게!"

"팽 어르신."

하얀 얼굴의 신군흠은 팽 지부를 흘겨봤다.

"입을 다무시는 게 나을 것입니다. 지금이 어느 때입니까. 자기 코가 석 자인데 아직도 자기 일도 모자라 남의 일까지 다 상관하십니까. 본인 죄를 인정하는 상소문이나 어떻게 쓰실지 잘 생각해 보십시오."

"오늘 영접한 손님은 황실의 호위 무사네."

팽 지부가 발을 동동 구르며 말했다.

"자네들 정말 방자하기가 이를 데 없군."

"그 입 다무시오!"

종4품 참의 유 대인이 머리카락이 쭈뼛 서게 호통쳤다.

"황실 호위 무사가 뭐 어떻단 말이오? 6품 호위 무사에 불과하거늘 그자들이라도 등에 업으면 처벌을 면할 수 있다고 생각하시오? 오늘 내가 여기 있는 한 누구도 당신 편을 들 수 없을 것이오."

"그 무슨 터무니없는 소리요."

팽 지부가 차가운 목소리로 말했다.

"황실 호위 무사의 품계는 비록 낮지만 그래도 폐하 어전의 호위 무사요. 일단 제경 밖에선 황실의 존엄을 대표하는 자들인데 어찌 당신네들은 그리 말하는 것이오. 정말 오만방자하기가 끝이 없구료. 황제의 친위대라도 감히 무시할 수 있겠소?"

유 참의가 고개를 갸우뚱거리며 기괴한 표정으로 팽 지부를 한참 동안 바라보았다. 그러다 갑자기 그에게 다가가 귓가에 대고 킥킥 웃으며 말했다.

"당신 말이 맞소. 황제의 친위대라면 말이 달라지지. 그런데 그것 아시오? 농서에서는, 특히 포정사 관부가 직접 관할하는 3부 7주에서는 신 대인이 당신의 천자라는 사실을."

팽 지부는 놀란 눈으로 뒤로 한 발 물러섰다. 유 참의를 한참 동안 바라보더니 거듭 탄식을 내뱉었다.

"신 씨가 안하무인인 건 진즉에 알았지만 이 지경에까지 이를 줄은 생각지도 못했소."

"관모와 관복을 벗고 서재에서 나가거든 한 발자국도 집 밖으로 나오는 것을 허락하지 않겠소. 대인의 처분만을 기다리시오."

신군흠은 뒤를 봐 주는 사람이 있어 그런지 거만하게 손을 뻗어 팽 지부를 거칠게 밀쳤다. 아전 몇 명이 달려들어 손을 올리고 팽 지부의 관모를 벗겨 버렸다.

"내 죄가 무엇이란 말이오?"

"뇌물을 탐내지 않았던가!"

"뇌물? 그런 게 있다면 안채에 가서 찾아보시오."

팽 지부는 몸부림치며 안채를 가리켰다.

"은자를 열 냥 넘게 찾으면 날 잡아다 제경에 끌고 가도 좋소."

"제경에 들어간다?"

유 참의가 팽 지부를 흘겨보며 말했다.

"여기서 신 대인이 당신을 처벌하지 못할 것 같소? 포정사 관부는 아래로 범죄를 다스리는 속관을 관할하고 전권으로 처분할 수 있단 걸 모르시오?"

"난 죄가 없소."

"신 대인에게 무례하게 구는 것 그 자체가 죄 중의 죄요!"

신군흠이 고래고래 소리를 지르더니 봉지미가 있는 안채를 가리키며 말했다.

"6품 호위 무사 나부랭이들이 감히 유 대인께 찾아가 배알하지 않는 것도 심각한 죄요!"

퍽.

장화 한 짝이 안채 쪽에서 호선을 그리며 날아오더니 신군흠의 얼굴을 정확하게 내리쳤다. 신군흠이 으악, 하고 비명을 질렀고 눈앞에서

도는 별들을 붙잡느라 허우적댔다. 그리고 코끝을 맹렬히 자극하는 냄새를 맡자마자 기절해 버리고 말았다.

"죄는 개뿔 무슨 죄! 배알은 무슨 얼어 죽을 배알이야!"

한 사람이 문이 아닌 창문으로 다가가더니 단번에 창문을 뛰어넘었다. 장화를 한 쪽만 신은 남자는 마당 한가운데 서서 옷소매를 툭툭 털어냈다. 그리고 눈썹을 치켜세우고 똥 먹은 곰의 상으로 욕을 내뱉었다.

"한족(漢族) 인간들은 정말 돼먹지 않은 것들이야! 에잇, 더럽다 더러워. 퉤퉤."

반쯤 열린 창문 안으로 봉지미가 차를 마시며 영혁과 맹기*눈으로 장기판을 보지 않고 장기를 두는 사람이 매번 수를 말하는 방식으로 진행되는 장기의 한 방법를 두는 모습이 보였다. 봉지미가 혁련쟁의 말을 듣고 고개를 저으며 탄식했다. 혁련쟁이 고개를 돌리고 눈웃음치며 말했다.

"네게 한 말이 아니야."

봉지미가 차분하게 말했다.

"괜찮아요. 확실히 더럽긴 더럽죠."

"팔표가 있었으면."

혁련쟁의 이마에 힘줄이 불거져 나왔다.

"채찍 한 방이면 제일 앞에 선 저놈은 바로 나가떨어졌을 텐데."

"당신도 한 방에 보낼 수 있잖아요."

봉지미가 싸늘한 목소리로 맞장구를 쳤다.

"간이 배 밖으로 나왔구나!"

장화에 맞고 기절했던 신군흠이 겨우 정신을 차리고 깨어나 벌컥 화를 냈다.

"지부 관부에서 감히 날 다치게 해? 너희들이 죽고 싶어 환장했구나. 여봐라!"

퍽.

혁련쟁이 열 걸음쯤 떨어진 거리에서 채찍으로 후려치자 신군흠이 흙바닥에 나뒹굴었다. 입에는 흙이 한가득 채워졌다.

"네 놈이 미쳐도 단단히 미쳤구나!"

무공이 어느 정도 있는 유 참의가 앞으로 한 발 나아가 혁련쟁의 채찍을 힘껏 지르밟았다.

"어디서 굴러먹다 온 망나니 녀석이냐. 내려놓지 못할까!"

혁련쟁이 손목을 한번 돌리자 그가 맥없이 앞으로 푹 고꾸라졌다. 혁련쟁은 화가 나기도 하고 웃음이 나기도 해서 고개를 절레절레 흔들었다.

"적반하장도 유분수지. 똥 묻은 개가 겨 묻은 개 나무란다고 누굴 보고 망나니란 거야! 그리고 이 몸이 이전에 초원에 있을 때 망나니짓은 다 해 봤는데 넌 날 따라오려면 아직 멀었어."

"네가 감히 어느 안전이라고 조정에서 임명한 종4품 관리를 때린단 말이냐!"

유 참의가 채찍의 끝 쪽을 꽉 쥐고 버티면서 칼을 위로 뽑으려 했다. 하지만 칼이 뽑혀 나오기도 전에 손이 누군가의 발에 짓밟혀 버렸다. 유 참의가 고개를 들어 올려보니 한 사람이 그의 오른손 위에 서서 내려다보고 있었다. 상대방의 얼굴을 자세히 보려 했으나 순백의 망사에 시선이 막혀 자세히 보이지 않았다. 샛별처럼 반짝이는 눈빛만이 망사를 뚫고 나왔다. 상대방은 느릿느릿 자신의 요패를 아래로 잡아 빼더니 한번 살펴보고는 천천히 말했다.

"종4품."

다시 자신의 허리에서 남색 바탕에 금색 글씨로 '영신전(永宸殿) 어전(御前) 대도(帶刀) 행주(行走)'라고 쓰인 패를 풀어서 꺼내더니 유 참의의 얼굴을 가볍게 때리며 말했다.

"4품."

"……."

4품 대도 행주는 그대로 유 참의의 몸을 밟고 지나갔다. 짓밟힌 유 참의는 까무러치기 일보 직전이었고 신군흠은 냄새를 맡고 기절했다 겨우 깨어났다. 이들은 머리를 감싸고 죽을힘을 다해 기어가면서 중얼 거렸다.

"미친 놈. 미친 놈. 미친 놈. 미친 놈."

유 참의와 신군흠은 아전들에게 가려 했지만 혁련쟁에게 밟히고 차일 뿐이었다. 아전들은 혁련쟁에게 가까이 다가갈 수조차 없었다. 혁련쟁이 아전들이 다가올 때마다 공처럼 멀리 차 버렸기 때문이었다. 팽 지부는 화가 나서 온몸을 벌벌 떨다가 갑자기 저쪽에서 사건이 터지자 당황했다.

"여러분. 아무래도 다들 제정신이 아니신가 봅니다."

극도로 소란스러워졌을 때 장기말 하나가 안채에서 튀어나왔다. 창문이 활짝 열리더니 차가운 봉지미의 얼굴이 나타났다.

"북강의 호탁부 혁련쟁 세자께서 농서도 특별 파견 감찰어사를 거느리고 기양부에 왕림하셨는데 감히 이렇게 오만방자하게 구는 겁니까."

아주 긴 직함이 튀어나오자 마당을 가득 메우고 있던 관부의 아전들이 입을 벌렸다. 제멋대로 날뛰던 그들은 순식간에 기세가 꺾였고, 서로의 얼굴만 쳐다볼 뿐이었다.

'기껏해야 6품 호위 무사 나부랭이들 아니었나? 어디서 갑자기 감찰어사에 세자까지 튀어나온 거야…….'

봉지미가 미동도 없이 단정하게 앉아 천천히 차 한 모금을 마셨다. 봉지미와 영혁은 신분을 숨기기로 이미 입을 맞춰 놓았다. 신욱여의 동작은 아주 민첩해서 대강의 정보를 입수하고 기양에서 봉지미와 영혁이 먼저 선수를 치는 것을 막기 위해 움직였다. 팽 지부를 모함해서 쫓아내고 심복을 보내 기양의 동향을 직접 살피게 한 것이었다. 따라서 지금 팽 지부에게 병사를 내어 호송해 달라는 것은 불가능해졌고 이곳도 이미 신 씨가 장악해 버린 상황이었다. 신분을 밝혔다가 만일 신 씨가 궁지에 몰린 쥐가 고양이에게 덤비듯 이판사판으로 관부의 병사를 총동원하기라도 하면 고남의와 혁련쟁에게만 기대어 살아남을 수 있을지 의문이 들었다.

봉지미와 영혁은 앞서 경솔하게 굴었던 데다 아직 남해의 경계에 도착하지 못했다. 상씨 집안의 손은 이곳까지 뻗쳐 있었기 때문에 상씨 집안과 깊이 결탁하고 있는 고관 신욱여가 겁도 없이 제멋대로 굴고 배짱이 두둑한 것도 이해가 됐다. 공격을 막을 계책이 사전에 준비되어 있지 않으면 봉지미와 영혁은 위험의 구렁텅이에 빠져 목숨을 잃을 게 뻔했다. 지금 봉지미에게 가장 중요한 것은 안전이었다.

봉지미 일행이 산을 내려온 이후 고남의 잠행 호위 무사는 이미 각각 다른 경로를 통해 이들의 소식을 전했고, 혁련쟁도 팔표에게 연락을 취해 빨리 와 달라고 통지했다. 영혁은 이곳저곳을 들쑤시고 다니느라 바쁜 호위 무사 영징에게 기별을 보냈다. 물론 영혁에게는 삼천에 달하는 자신의 흠차 호위 무사도 있었다. 하지만 그들을 쓰지 않아도 근처 농남에서 동원한 관군에게 도움을 요청해 보호를 받는 것도 가능했다. 또한 농남의 도지휘사는 순우 가문의 참장 출신으로 마침 초왕의 계파였다.

지금 필요한 것은 기다림뿐이었다. 영혁과 위지가 신분을 드러낼 수 없는 동안은 혁련쟁이나 고남의가 나설 수밖에 없었다. 다행히도 혁련쟁 세자는 청명서원 학생 신분으로 봉지미를 따라온 것이라 이 사실은 황제만 알고 있었다. 고남의는 봉지미의 호위 무사로 정체가 주변에 잘 알려지지 않아 신욱여도 자세히 알지 못했다. 무엇보다 봉지미와 영혁은 신욱여 일당이 가지고 있는 그들의 초상화가 걱정되어 가면을 쓰고 다른 서생의 모습을 하고 있었다.

봉지미는 촌철살인의 말로 마당을 가득 메우고 있던 사람들을 단번에 제압했다. 감찰어사의 품계는 높지 않지만 백관을 감찰하고, 군현을 순시하고, 형벌과 송사를 바로잡으며, 관리의 법도와 준칙을 엄정하게 정비하고, 상소문을 직접 상달하여 황제에게 고할 수 있는 실권을 가진 요직이어서 관리들이 가장 기피하는 대상이기도 했다. 지난날 이 지역에 왔었던 도감찰어사는 모두 신 대인의 귀빈으로서 최고급 대접을 받았었다. 하물며 존귀한 호탁 세자께서 왕림하셨으니 이런 푸대접에 대한 대가는 반드시 치러야 할 것이었다.

사람들은 활짝 열린 창문 안을 자세히 들여다봤다. 한 사람은 반쯤 누워서 느긋하게 호두를 먹고 있었고 두 사람은 침대 위에서 장기를 두고 있었다. 그들은 가벼운 옷차림으로 한가로운 시간을 보내고 있었다. 표정과 기개를 뜯어보니 온몸에 제경 티가 줄줄 흐르고 있었다. 감찰어사인 것은 두말할 필요 없었고, 심지어 한 사람은 초왕과도 많이 닮은 듯했다.

혁련쟁이 냉소를 지으며 허리띠를 잡아당기자 어느새 손에 황금패가 들려 있었다. '승조사(承造司) 장희 7년 제작'이라는 금색 글자가 맹금 해동청*맹과의 새이 날개를 치고 높이 날아오르듯 힘찬 필치를 뿜내며 황금패에 새겨져 있었다. 햇빛이 내리쬐자 측면 모서리가 무지갯빛으로 빛났다. 황제가 친히 주문하여 왕작과 공작 이상의 신분에게만 하사한 영패는 승조사만의 독특한 서체를 사용해서 제작하기 때문에 누구도 위조할 수 없었다.

유 참의는 황금패를 뚫어져라 바라보며 그 자리에 돌처럼 굳어졌다. 새파랗게 질린 얼굴빛이 불규칙적으로 붉으락푸르락해졌다. 신군흠은 아연실색한 표정으로 하얗게 질려서 멍하니 서 있었다. 팽 지부는 눈을 동그랗게 뜨고 기쁜지 슬픈지도 몰랐다.

혁련쟁이 장화를 집어 들더니 발에 끼워 넣기 시작했다. 마당에 있던 사람들이 그제야 참고 있던 긴 숨을 길게 내뱉으며 가슴을 쓸어내렸다. 지독한 냄새 때문에 숨을 쉴 수가 없었던 그들은 죽음의 고비를 넘나들다가 간신히 삶의 경계로 돌아올 수 있었다.

"관부가 아주 근사합니다."

봉지미가 고개도 들지 않고 계속 차만 마시며 말했다.

"한데 왕작을 하사받으신 고귀한 호탁 세자 저하를 뵙고도 예를 갖추지 않으십니까."

호탁부는 초원의 왕으로 천성의 2등급 왕작을 하사받았다.

"호탁 세자 저하를 뵙습니다."

유 참의와 신군흠은 봉지미 일행의 기세에 눌려 버렸다. 방금까지 보이던 거만한 기색은 온데간데없이 사라졌고, 얼이 빠진 채 한참 동안 몸을 굽혀 절을 올릴 뿐이었다. 아전들도 허둥지둥 손에 들고 있던 무기를 내던지고 바닥에 엎드려 예를 갖췄다. 혁련쟁은 그만하라는 듯 손바닥을 펼쳐 보이더니 고개를 돌리고 가 버렸다. 봉지미는 인사를 받는 척이라도 하는 게 좋겠다고 당부했지만 세자 저하는 뻔뻔한 자들의 능청스럽고 위선적인 모습에 기분이 영 좋지 않았다. 이런 고난도의 일은 가면을 쓴 여인 봉지미에게 넘기는 것이 더 나았다. 혁련쟁은 손이 근질근질한 나머지 관절에서 우두둑우두둑 소리가 나도록 주먹을 꽉 쥐어 보였다. 봉지미는 하는 수 없다는 듯 침대에서 내려와 찻잔을 받쳐 들고 창가로 걸어가 미소를 지어 보였다.

"소인 농서도 감찰어사 도일희가 대인 여러분께 인사드립니다."

봉지미는 입으로 공손하게 말하면서도 허리는 조금도 굽히지 않았다. 유 참의 일당은 이런 태도에 익숙했다. 이곳을 찾은 여러 도감찰어사들 모두 깔보는 듯한 시선으로 목에 힘을 주곤 했었다. 관직 품계는 높지 않아도 관료 티가 팍팍 나는 것이 누가 봐도 감찰어사가 확실했다. 신군흠이 재빨리 답례했다.

"황송합니다. 제가 미처 몰라 뵙고 도 대인께 대접이 소홀해서 이를 어찌합니까……."

말을 하면서 제발이 저려 안절부절못했다. 유 참의와 신군흠은 머뭇거리며 서로를 쳐다봤다. 봉지미는 차에서 피어오르는 연기를 바라보며 차갑게 웃더니 입을 열었다.

"조금 전의 일은 오해에서 비롯된 것입니다. 제가 사전에 분명하게 신분을 밝히지 않았으니 두 분을 탓할 수는 없습니다."

두 사람은 얼굴 위로 뻣뻣하게 굳은 근육을 억지로 끌어올리며 하하 웃었다.

"대인께서 양해해 주시니 감사합니다."

봉지미는 가냘픈 목소리로 말했다.

"전 농서도를 감찰하라는 명을 받았습니다만 대인 관부의 인사에 간섭할 권한은 없습니다."

두 사람은 매우 기쁜 듯 웃었다.

"다만 공교롭게도 제 앞에서 이런 소동이 일어나서……."

봉지미는 매우 걱정스러운 듯이 미간을 찌푸렸다. '당신들을 위해 덮어 주고 싶어도 덮기 어려울 것 같다'는 난감한 표정이었다.

"전혀 못 본 척하기가 어렵겠습니다……."

순간 멍해진 두 사람은 서로의 눈만 쳐다보다가 하하 웃었다.

"잠시 인수인계를 하는 것뿐이었습니다. 팽 아무개의 죄는 아직 결론이 난 게 아닙니다. 대인이 오신 김에 대인께 이번 일을 맡아 주실 것을 청하고 싶습니다."

말을 마치자마자 그들은 아랫사람을 불러 술자리를 준비하라고 지시했다. 그리고 '세자 저하와 어사 대인과 호위 무사 대인'에게 꼭 왕림해 줄 것을 부탁했다. 두 사람은 더 이상 팽 지부의 오사모를 고집스럽게 벗기려 하지 않았다. 팽 지부는 꿈을 꾸는 것처럼 봉지미 일행을 한참 동안 바라보다가 관부 아전들을 데리고 평소대로 앞쪽의 집무실로 향했다.

"고지식한 선비 같으니라고."

신군흠이 매서운 눈빛으로 팽 지부의 뒷모습을 쏘아보며 침을 퉤 뱉었다.

"두고 봐. 가만 안 둘 테니."

봉지미는 미묘한 표정을 지으며 두 사람을 따라 응접실에 들어가 자리를 잡았다. 혁련쟁은 누구도 거들떠보지 않고 건들거리며 걸어간 다음 상석에 털썩 앉았다. 앉으면서 영혁을 향해 눈을 흘겼다. 영혁은 혁련쟁의 따가운 시선을 느꼈지만 모르는 척 시선을 피했다. 어차피 보이지도 않았지만 말이다. 고남의는 자리에 앉더니 거침없이 왼쪽과 오른쪽 두 자리를 없애 버리고 혼자서 탁자의 절반을 차지했다. 다른 사람들은 하는 수 없이 그 탁자의 나머지 절반에 다닥다닥 붙어 앉았다.

이번에 봉지미는 술을 마시지 않았다. 요 며칠 술을 볼 때마다 삼사* _{군대에서 3일간의 행군 여정, 총 90리} 를 물러났다. 그녀가 어색하게 웃음을 지으며 말했다.

"형님 아우 사이에는 술을 마시는 게 좋지 않습니다. 그렇죠?"

봉지미가 영혁 앞에 있던 술도 치워 버렸다. 영혁은 가볍게 웃으며 차를 들이켰다. 눈이 멀었지만 표정은 태연했고 눈빛은 먼 곳을 응시했다. 하지만 대부분 시선을 낮추고 있어서 영혁의 눈에 문제가 있다는 사실을 아무도 몰랐다. 그것이 봉지미의 마음에 쏙 들었다.

'전하는 연기를 해도 아주 그럴듯하단 말이야. 앞도 안 보이면서 보이는 것처럼 행동하면 전혀 모르겠어. 하하하.'

"삼가 변변찮은 술을 올립니다."

유 참의가 봉지미 일행의 싸늘한 반응에 침울한 표정을 지으며 마지못해 앉아 있었다. 신군흠은 잔을 들고 분위기를 풀려고 애썼다. 공손하게 술을 올리는 신군흠의 말이 다 끝나기도 전에 고남의가 동파육한 접시를 꽉 쥐더니 자리를 박차고 유유히 걸어 나갔다.

"삼가 바;…… 바칩니다……."

신군흠이 말을 더듬기 시작했다. 고남의는 파도가 없는 고요한 바다처럼 무미건조한 목소리로 고기의 수를 셌다.

"하나, 둘, 셋……."

"삼가 올립니다……."

당황한 신군흠이 잔을 쥔 채 할 말을 완전히 잊어 버렸다.

"넷, 다섯, 여섯……."

"삼가……."

신군흠이 술잔을 쥔 손을 떨기 시작했다. 분명 고남의는 차분한 목소리로 고기의 수만 세고 있을 뿐이었는데 왜 가슴 깊은 곳부터 한기가 밀려오는지 알 수 없었다.

"일곱, 여덟, 아홉!"

혁련쟁이 술 주전자를 소중히 품에 안고 창문을 뛰어넘었다. 봉지미는 영혁을 뒤로 삼 보 잡아끌더니 전하를 대신해 찻잔을 들고 밖으로 나갔다. 유 참의와 신군흠은 입을 벌리고 멍하니 앉아 있었다. 왜 눈 깜짝할 사이에 사람들이 자리를 떴는지 이해하지 못했다.

퍽.

정교하고 세밀하게 만들어진 동파육 접시가 뒤집히더니 탁자 위에 엎어졌다. 탁자 위에는 순식간에 접시 크기의 구멍이 여러 개 생겼다. 아홉 점의 무고한 고깃덩이가 두 주인의 신발 코에 후드득 떨어졌다.

"여덟 점."

고남의가 느릿느릿 말했다.

"……."

신군흠와 유 참의는 어떻게 반응해야 할지 전혀 감을 잡을 수 없어 괴로웠다. 화를 내고 싶었지만 딱딱한 탁자가 접시로 구멍이 숭숭 뚫린 것을 보니 그럴 마음이 싹 사라졌다. 잘못했다가는 자신의 머리가 목 위에 붙어 있지 못할 수도 있겠다는 생각이 들었다. 제경에서 온 사람은 역시 뭔가 남달랐다.

"여덟 점."

고남의가 인내심을 가지고 다시 한번 말했다. 고남의는 동파육을 아주 좋아했지만 아홉 점은 도저히 용서할 수 없었다.

'여덟 점……? 여덟 점은 대체 뭘까…….'

신군흠은 머리가 잘 돌아가는 사람이었다. 바닥에 떨어진 고깃덩이를 한번 훑더니 조심스럽게 물었다.

"고기가 많으셨습니까?"

고남의는 '너는 바보다. 어떻게 이제야 그걸 알아차렸느냐. 봉지미라면 처음에 한번 말했을 때 바로 알아차렸을 것이다'라는 표정을 지었다. 그리고 어이없어하는 눈빛으로 신군흠을 바라봤다. 봉지미는 고남의가 내뿜는 눈빛의 속뜻을 알아채고 영광스러운 미소를 드러냈다.

'당신들은 기껏 접시 하나 부쉈다고 놀란 거야? 청명서원에서 홍소육이 고남의한테 매번 얼마나 시달리는지 모르는군. 덕분에 내가 매일 배가 터질 지경이라고. 한 달이면 살이 여덟 근이나 찐다구. 내가 얼마나 비참하게 살고 있는데……. 요새 고남의 성격 많이 좋아졌어.'

도저히 용서할 수 없는 아홉 점의 고기는 번개 같은 속도로 고남의의 눈앞에서 치워졌다. 깊은 교훈을 얻은 신군흠은 비둘기 알 여덟 개, 찐 게 여덟 개를 준비했다. 패왕별희*霸王別姬, 자라와 닭을 넣고 끓인 탕의 자라도 다른 자라의 다리 네 개를 잘라 덧붙여 기어코 '여덟'로 완벽히 맞추었다. 이는 '여덟'에 집착하는 고남의의 까다로운 요구에 부응하려는 노력이었다. 하지만 정작 고남의는 신군흠의 갖은 노력을 보는 둥 마는 둥 하고 그저 머리를 처박고 고기를 먹을 뿐이었다. 봉지미는 세상에 단 하나쁜인 다리 여덟 개짜리 자라를 측은하게 바라봤다. 여기 요리사는 머리가 정말 비상한 것 같았다. 하지만 봉지미가 잊고 말하지 않은 것이 있었는데 그것은 고남의의 '여덟'에 대한 요구는 오직 고기에만 한정되어 있다는 이야기였다.

놀란 가슴이 아직 가라앉지 않은 신군흠은 더 이상 술을 올리겠다는 말을 꺼낼 수 없어서 성실히 식사 대접만 했다. 그 자리에서 팽 지부에 대한 조사와 파면에 관한 이야기는 감히 꺼내지도 못했다. 신욱여에게는 팽 지부를 처분할 권리가 당연히 있었지만 어쨌든 감찰 어사의 손을 통해 직접 상소가 전해져야 명분이 서고 사리에 맞을 것이었다.

"전 일개 7품 감찰어사인데 어찌 5품 지부를 처분할 수 있겠습니까."

봉지미가 하품을 하는데 갑자기 옷소매가 움직이더니 두툼한 것이 비집고 들어왔다. 가까이 다가온 신군흠이 간사하게 웃으며 말했다.

"감찰어사의 임무가 백관을 감찰하시는 것 아닙니까."

봉지미가 손을 소매 안에 넣자 은 태환 지폐가 잡혔다. 봉지미는 더욱더 부드럽고 상냥한 미소를 머금고 말했다.

"그렇습니까. 그럼 걱정 마시고 기다려 보십시오."

"그럼요. 그럼요……."

봉지미는 소매 안에서 은 태환 지폐를 꺼내 신군흠의 얼굴을 툭툭 치며 마음속 깊이 칭찬했다.

"신 대인은 영민하시고 처세가 대단하십니다. 앞으로 분명 앞길이 훤히 트일 것입니다."

신군흠은 맞아서 벌겋게 물든 얼굴을 어루만지며 난처한 듯 웃어 보였다.

"과찬이십니다. 과찬……."

"제 생각엔 이번 일은 그렇게 급할 것이 없어 보입니다."

싱글거리던 봉지미가 신군흠에게 가까이 다가가 귓가에 속삭였다.

"팽 지부는 이곳에서 관리로서 명망이 높습니다. 두 분이 굳이 팽 지부를 모질게 쫓아내며 흉한 꼴을 보이실 필요가 있습니까? 만일 이 일로 민란이라도 일어나면 어쩌려고 그러십니까. 부디 천천히 하시지요. 천천히."

"과연 대인의 말씀이 맞습니다. 하지만……."

신군흠이 곤란한 듯 인상을 찌푸리며 말했다.

"윗분께서 어떤 이유로 일을 즉시 처리하라고 하셔서……."

"그건 제게 말씀하셔도 곤란합니다."

봉지미는 자신과 전혀 상관없는 일이라는 듯 손을 내저었다.

"농서부 내부의 일에 저희 경관(京官)이 끼어드는 건 적합하지 않습니다. 듣지 않은 걸로 하겠습니다. 곤란하니까요."

봉지미의 말에 신군흠의 눈이 잠시 흔들리더니 이내 조심스럽게 말을 꺼냈다.

"말씀드려도 괜찮을 것입니다. 일전에 제 형님께서 형제들을 불러 모으셔서 찾아 뵀는데 그때 제형안찰사(提刑按察使) 대인이 도주범에 대한 지명 수배 공문을 전해 주셨습니다. 해적 두 놈에 대한 것이었는데 가까운 시일 내에 우리 관부에 흘러 들어올 수 있으니 저희 형제들에게 각각 자리를 인계받은 후에 주의 깊게 살피라고 당부하셨습니다. 잡게 되면 반드시 바로 알려야 한다고도 덧붙이셨습니다."

신군흠이 가까이 다가와 조용히 봉지미의 귓가에 대고 속삭였다.

"형님께서 말씀하시길 그 해적 두 놈은 제경에서 아주 깜짝 놀랄만한 일을 저질렀다고 합니다. 궁궐의 비밀과 관련된 일에 연루되었다는 군요……. 그래서 절대로 입방정을 떨어서는 안 되고 다른 사람 모르게 조용히 붙잡아야 한다고 신신당부하셨습니다."

'해적이란 말을 정말 믿는 거야? 궁궐 비밀에 연루되었다고? 비밀은 무슨 비밀. 초왕 전하가 술 못 마시는 거?'

봉지미가 억지웃음을 머금고 영혁을 힐끗 쳐다봤다. 이 사람이 신욱여에 대해 정말 잘 알고 덤비는 것인지 살짝 걱정이 되었다. 봉지미는 싱긋 미소를 짓고 잔을 돌리며 말했다.

"음, 그렇습니까. 해적을 잡는다고요? 형제분들께 조금이나마 도움을 드리면 좋겠습니다."

봉지미가 고남의를 턱으로 가리키며 말했다.

"저분은 4품 대도 행주의 대인이십니다. 폐하께서 세자 저하를 특별히 보호하고 천성 각지의 민심을 세심하게 살피라고 직위를 하사하셨습니다. 관인 신분이 되기 전에는 높고 푸른 설산에 터를 잡고 있는 무극파 장문의 제자이셨습니다. 온몸이 무공으로 가득 차 있죠. 대인도 아까 보셨겠지만 접시는 말할 것도 없고, 머리도 순식간에 박살 내실 수 있습니다. 매일 여덟 개의 껍데기를 모두 박살 내셨죠. 이 세상에서 저분이 박살 낼 수 없는 껍데기란 없습니다……."

신군흠과 유 참의는 봉지미의 말을 듣고 부들부들 떨리는 몸을 제대로 가눌 수 없었다. 조금 전 들었던 접시 깨지는 소리가 머리 껍데기에서 난다고 생각하니 등골이 오싹해졌다. 혁련쟁은 진심으로 고남의를 동정했다. 이런 말을 듣고도 고남의는 꿈쩍도 하지 않았고 혁련쟁은 그런 고남의를 애처롭게 바라보며 속으로 생각했다.

'이 여인의 새빨간 거짓말과 터무니없는 말에 대항하려면 대체 어떤 정신력을 길러야 하는 것일까. 고 대인, 정말 겉모습으로 사람을 판단해선 안 되는 거였소. 그대의 바다와 같은 인내심에 깊은 존경심을 표하는 바요.'

태연한 모습으로 차를 마시던 영혁이 갑자기 입 밖으로 차를 전부 내뿜었다. 찻잔에 차가 도로 한 가득 채워졌다. 영혁은 어찌 할 도리가 없어 제 찻잔을 넋 놓고 바라보고 있다가 한쪽으로 밀더니 조용히 봉지미의 찻잔을 가지고 왔다. 봉지미는 남을 속이느라 바빠서 차를 다 마시지 않았다.

퍽.

고남의가 오늘의 여덟 번째 호두 껍데기를 침착하게 박살냈다. 봉지미의 말투는 피가 철철 흐르는 것처럼 잔혹했다. 신군흠은 봉지미의 말을 듣고 벌벌 떨면서도 예리한 시선으로 고남의를 살피고 있었다. 고남의가 꺼낸 어전 대도 행주의 요패는 얼핏 보아도 절대 가짜는 아니었다. 다만 천성 황조에서 어전 대도 행주는 본래 이름만 있는 직위라 하사받는 사람이 많지 않았다. 대부분은 왕작의 측근에 있는 고수 호위 무사에게 하사한 것이었다. 오래 전 장녕왕 측근의 고수가 빛나는 공로가 있어 하사받은 적이 있긴 했다. 지금 여기 있는 대인 역시 지위가 높은 호탁 세자를 보호하라는 명을 받았으니 분명 당대의 고수일 것이 틀림없었다. 비록 성격이 괴팍한 고수로 보였지만 신군흠과 유 참의는 가슴이 두근거리는 것을 참을 수 없었다. 이렇게 뛰어난 고수가 옆에서 도와준다면 포정사 대인이 맡긴 임무를 처리하는 데 적은 노력으로 큰 성과를 거둘 수 있을 듯했다. 두 사람은 신 대인이 최근 해적 두 놈 때문에 초조하고 불안해서 잠도 들지 못한다는 사실을 잘 알고 있었다. 이번 기회에 공을 세우면 신 대인의 환심을 살 수 있다는 생각이 들자 마음이 더욱 초조해졌다. 신군흠은 품에서 종이 두 장을 꺼내 내밀었다.

"도 대인. 이 둘은 처마와 담벼락을 날듯이 넘나들고 못하는 게 없다고 합니다. 게다가 말재주가 뛰어나서 남을 잘 속인다고 합니다. 포정사 대인께서 당부하시길 절대로 이 두 놈에게 입을 열 기회를 주어서는 안 된다고 하셨습니다. 행주 대인께서 해 주실지 모르겠습니다만……."

봉지미는 영혁의 초상화를 집어 들고 감탄했다.

"그림이 진짜 같습니다. 누가 봐도 딱 해적놈 상판에 비열한 놈으로 보입니다. 한번만 봐도 얼마나 극악무도하고 악랄한 도적놈인지 알겠습니다. 보면 모두가 분노에 치를 떨고 털이 삐쭉삐쭉 서겠습니다. 신 대인께서는 안심하셔도 좋을 것 같습니다. 간사하고 사악한 이놈을 없앨 수 있도록 제가 발 벗고 나서겠습니다."

이번에는 영혁이 가까이 다가와 봉지미의 초상화가 그려진 다른 종이를 집어 들었다. 그리고 마치 초상화가 보이는 것처럼 아주 그럴싸하게 '들여다보면서' 웃었다.

"그렇군요. 가느다란 코에 토끼처럼 동그란 눈과 산처럼 그려진 팔자 눈썹이 정말 사실적입니다. 처마와 담벼락을 날듯이 넘나들고 못하는 게 없으며 말재주가 뛰어나고 남을 잘 속이는 사악한 도적놈인 줄 한눈에 알아보겠습니다. 보고 있자니 속이 부글부글 끓어올라 머리끝까지 화가 치밀어 오릅니다."

봉지미는 영혁의 초상화를 집어 들었고, 영혁은 봉지미의 초상화를 집어 들었다. 두 사람은 온화하게 마주 보며 활짝 미소를 지었다. 하지만 사실 봉지미는 자신을 조금도 닮지 않은 초상화를 보고 화딱지가 났다.

'어떤 자식이 그린 거야. 내 코가 얼마나 높은데. 눈은 또 왜 이렇게 콩알만 하게 그렸어!'

다른 꿍꿍이가 있던 영혁은 용모를 중시하는 봉지미에게 일부러 실제 모습과 다른 초상화를 들이밀어 화를 돋우었다. 그리고 좀 전에 자신이 입에서 내뿜는 바람에 침이 잔뜩 섞이게 된 찻잔을 봉지미 곁으로 살짝 밀어 놓았다. 봉지미는 화가 치밀어 올라 초상화를 내려놓고 눈앞에 있던 차를 단숨에 벌컥 들이켰다. 봉지미가 차를 다 마시자 영혁이 옆에서 찻잔을 받아들었다. 그는 아름다운 미소를 지었지만 눈빛에는 미묘한 기색이 가득했다.

봉지미는 영혁의 행동에 조금 어리둥절해졌다. 방금까지도 은근히 빈정대고 헐뜯기만 하던 사람이 눈 깜짝할 사이에 고분고분한 태도로 돌변한 것이 마음에 걸렸다. 어쩌면 이렇게도 기복이 심한지 알다가도 모를 일이었다. 봉지미는 고개를 가로저으며 영혁을 무시하고는 초상화 두 장을 모두 고남의에게 건네면서 말했다.

"의 대인. 수고스러우시겠지만 부탁 좀 드리겠습니다."

고남의는 고개를 숙이고 초상화를 내려다봤다. 갑자기 닭다리를 집어 들어 양념장에 찍더니 봉지미가 그려진 초상화의 눈썹 위에 아무렇게나 칠하기 시작했다. 봉지미는 매우 감격한 눈빛으로 바라보며 속으로 생각했다.

'우리 바보 고남의는 정말 마음에 딱 든단 말이야. 내 얼굴의 아름다움을 정확히 꿰뚫어 보잖아. 눈알을 장식품으로 달고 있는 어떤 사람하고는 차원이 달라. 달라도 너무 달라.'

고남의가 밑에 있던 영혁의 초상화를 보더니 혐오하는 기색을 내뿜으며 닭다리를 들고 푹 찔러 넣었다. 닭다리가 초상화를 뚫고 나오면서 영혁의 얼굴이 너덜너덜해졌다. 그 모습을 바라보던 혁련쟁은 마치 제 얼굴이 호되게 찔린 것 같은 기분을 느꼈다. 혁련쟁의 눈썹이 제멋대로 요동쳤다. 여전히 기분이 풀리지 않은 봉지미가 차를 벌컥벌컥 들이켰다. 영혁은 무슨 일이 일어났는지 알 수 없을 터였지만, 상쾌한 미소를 보이며 매우 만족해했다.

"신 대인은 안심하셔도 될 것입니다. 이 일은 저희들이 책임지겠습니다. 이곳에서 후하게 대접해 주시니 미력한 힘이나마 최선을 다하겠습니다."

봉지미가 하품을 하자 유 참의와 신군흠이 곧바로 눈치를 채고 일어서서 작별을 고했다.

"소인은 황명을 받들어 농서도에 감찰을 왔습니다."

봉지미가 마치 이제야 생각났다는 듯 웃으며 말했다.

"기양을 다 둘러보았습니다. 아주 좋은 곳이더군요. 민풍이 안정됐고 곡창이 넉넉한 것이 여기 지부 대인의 공로가 매우 커 보입니다. 상을 받으실 수 있도록 제가 황제 폐하께 말씀을 올려야겠습니다."

봉지미가 자신이 아닌 팽 지부를 가리켜 말하는 줄 알고 신군흠의 얼굴색이 변했다. 줄곧 기양을 다스린 사람은 그가 아니라 팽 지부였기 때문이었다.

"다음으로 상소문을 어떻게 쓸지 신 대인과 잘 상의해 보도록 하겠습니다."

봉지미는 뒤를 돌아보며 웃었다.

"그래서 말인데 두 분 대인께 부탁드릴 것이 있습니다. 이틀 뒤에 세자 저하께서 풍주에 가셔야 하는데 신 대인을 찾아뵐지 않을 수가 없겠군요. 두 분께서 이곳에 머무시는 김에 저희도 함께 데리고 가 주시겠습니까?"

두 사람은 모두 기뻐했다.

'내 공로를 상소에 직접 쓸 수도 없고, 세자와 감찰어사를 극진히 영접한 공로를 포정사 대인에게 써 달라고 부탁할 수도 없었는데 마침 잘 됐다.'

두 사람은 재빨리 대답했다.

"세자 저하께서 풍주에 가시겠다면 소인들이 당연히 따라 나서서 호송하겠습니다."

"그래 주시겠습니까. 다행입니다."

봉지미가 빠르게 승낙했다.

"여러분이 세자 저하를 모시고 풍주로 가시는 게 우선이니 이곳의 일은 서둘러서 처리할 필요가 없을 듯합니다. 제가 보기에 당장은 팽 지부가 관부의 일을 맡아 하시는 게 좋을 것 같습니다. 나중에 형제분들이 팽 지부의 죄에 대해 자세히 조사하셔도 늦지 않을 것입니다. 탄핵의 의견을 담은 표문을 올리면 조정에서 분명히 관직을 빼앗으라는 회신을 보낼 것입니다. 그때 대인께 인계해도 늦지 않을 것입니다."

신군흠은 길고 막힘없는 설명에 멍해졌다. 어렴풋이 논리의 흐름이 이상한 듯했지만 어디가 이상한 건지 딱히 떠오르지 않았다. 신군흠이 망설이는 듯하자 영혁이 담담하게 말했다.

"대인께서 풍주에서 돌아오신 이후에 한꺼번에 인계하는 것이 나을 듯합니다. 서둘러 처리하려다가 허둥지둥해서 일을 그르치는 것보다 그편이 더 좋을 것 같습니다."

영혁의 말을 듣고 신군흠이 마음속으로 차분하게 따져 보았다. 팽 지부는 이곳에서 인망이 두터운 인물이라 섣불리 일을 해결하려다가 도리어 자신이 화를 입을지도 모를 일이었다. 신군흠은 연신 고개를 끄덕이며 영혁을 향해 곁눈질을 했다. 혁련쟁이 지금까지 이 남자에 대해 소개해 주지 않았지만 보아하니 수행이 본분이 아니라 관가의 밥을 꽤나 먹어 본 자인 듯했다. 이 남자는 줄곧 담담한 표정으로 차를 마시고 있을 뿐 음식은 잘 먹지 않았다. 또한 이곳에 있는 누구에게도 무례하게 굴지도 않았고 심지어 고상하게 행동하기까지 했다. 자신의 신분을 드러내길 꺼리며 평범하게 차려 입고 민정을 살피는 고위 관리가 틀림없었다. 신군흠은 봉지미 일행에게 쉴 곳을 마련해 주고는 유 참의를 잡아끌고 조심스럽게 자리에서 물러났다.

이전에 팽 지부는 봉지미 일행에게 안채를 마련해 주었지만 방 배정까지는 마치지 못했었다. 안채에는 모두 네 개의 방이 있어서 한 명이 한 곳에서 잘 수 있었다. 하지만 봉지미는 영혁이 혼자서 자도록 내버려 둘 수 없어서 혁련쟁이나 고남의를 들여보내야겠다고 생각했다. 봉지미가 고개를 돌리는 순간 미소를 지으며 장화를 벗기 시작하는 혁련쟁 세자가 보였다. 영혁과 봉지미가 동시에 득달같이 소리쳤다.

"혁련쟁, 혼자 자!"

봉지미는 고남의에게 고개를 돌렸다. 고남의는 기름투성이의 닭다리로 구멍을 낸 영혁의 초상화를 들고 있었다. 봉지미는 생각할 것도 없이 바로 말했다.

"고남의, 너도 혼자 자."

혁련쟁이 격렬히 저항했다.

"안 돼! 나와 내 이모님이 자든가 아니면 나와 전하가 함께 자든가."

"난 장화 냄새에 죽는 최초의 천성 황조 사람이 되고 싶지 않네."

영혁이 일언지하에 거절했다.

"초원의 여자들이 내 장화 한 짝을 얻으려고 얼마나 많은 거금을 쓰는 줄 아십니까!"

부아가 치밀어 오른 혁련쟁이 인정하지 못하겠다는 표정을 지었다.

"자네 이모님은 영원히 초원의 여자가 되지 않을 것이오."

"초원의 여자가 되지 못한다면 전하의 왕비도 될 수 없을 것입니다!"

혁련쟁이 맞받아쳤다.

"셀 수도 없는 여자랑 한 이불을 덮었으면서!"

"초원의 남자가 성년이 되면 부족 안의 건강한 여자가 침대 위의 일을 가르친다던데. 성인식이라는 그럴듯한 이름을 갖다 붙여서 말이야."

영혁은 화도 내지 않고 미소를 지으며 말을 이었다.

"부정한 아녀자랑 한 이불을 덮었으면서!"

"뭐라고요!"

"그만!"

봉지미가 더 이상 참지 못하고 폭발해 버렸다.

'참나, 도토리 키 재기 아니야?'

고작 방을 분배하는 것이었는데 어쩌다 천둥이 치듯 고성이 오가고 서로를 공격하게 됐는지 모를 일이었다. 금과 옥처럼 고귀하여 숭상 받아 마땅한 두 남자가 저속한 말로 남을 비꼬는 데만 열중하고 있었다.

"혁련쟁과 고남의는 벽을 사이에 두고 한 사람당 방 한 칸씩. 저는 전하가 계신 방의 바깥방에서 자겠습니다."

봉지미는 두 사람을 밖으로 밀어내고 문을 쾅 닫았다.

봉지미가 한숨을 채 돌리기도 전에 영혁이 싸늘한 말투로 분부를 내렸다.

"물 좀 떠 와라. 목욕을 해야겠다."

봉지미가 사람을 시켜 물을 떠 오게 했다. 악독한 초왕이 자신을 시녀로 만드는 기회를 놓치지 않을 것이라 짐작했다. 하지만 한참을 기다려도 방 안은 고요했다. 봉지미는 이상하다는 생각이 들어 영혁의 방문에 귀를 갖다 대고 들어 보았지만 물소리조차 들리지 않았다. 한동안 멍하니 있던 봉지미는 침대에 올라 조용히 호흡을 가다듬었다. 하지만 정신을 제대로 집중하지 못했다.

'앞도 잘 안 보이면서 목욕은 뭐 어떻게 하겠다는 거야.'

이런 생각을 하는 도중에 갑자기 우당탕, 하는 소리가 울려 퍼졌다. 안에서 무슨 일이 난 줄 알고 깜짝 놀란 봉지미가 수건을 들어 눈을 가리고 방 안으로 뛰어 들어갔다. 눈앞이 캄캄한 상태로 영혁을 불렀다.

"저기요. 괜찮아요? 네? 영혁?"

대답 대신 가벼운 숨소리만 들려왔다. 그러다 갑자기 탕탕, 하는 소리가 다시 들려왔다. 봉지미는 깜짝 놀랐지만 어디에 무엇이 놓여 있는지 알 수 없어서 한참을 더듬거렸다. 상황을 알 수 없어 답답해진 봉지미는 하는 수 없이 수건을 풀고 주위를 둘러봤다.

수건이 떨어지자 눈으로 빛이 쏟아져 들어왔다. 눈앞에는 환하게 빛을 내뿜는 등불이 있었고, 그 아래에는 뜨거운 김이 피어오르는 물통이 놓여 있었다. 영혁은 아무 이상 없이 멀쩡하게 통 옆에 서 있었고 빙그레 웃으며 봉지미가 있는 쪽을 보고 있었다. 손으로 통의 가장자리를 두드렸고 간격을 두고 다시 탕탕, 하고 두드렸다. 봉지미는 기가 막혀서 고개를 절레절레 저으며 나가려고 했다. 그런데 갑자기 영혁이 그녀의 옷소매를 잡아당겼다. 이내 억울한 듯한 그의 목소리가 들려왔다.

"앞이 보이지 않아 통의 가장자리가 어디인지도 구별하기 쉽지 않다. 그래서 옷에 발이 걸려 넘어지고 말았구나."

봉지미는 그제야 영혁이 옷을 잘 입지 못한다는 사실이 떠올랐다. 하물며 지금은 눈도 잘 보이지 않았다. 순간 마음이 약해진 봉지미가 뒤를 돌아봤다.

돌아보지 말 걸 그랬다. 고개를 돌리자마자 봉지미는 온몸이 돌처럼 굳고 머릿속이 새하얘졌다. 영혁의 모습이 눈에 자세히 들어오자마자 얼굴이 온통 새빨갛게 물들었다.

촛불 아래 영혁은 가면과 겉옷을 벗은 채 긴 머리를 풀어헤치고 있었다. 안에 입은 옷도 반쯤 풀어져 있었다. 비단결 같은 머리카락은 담청색 어깨 위에 부드럽게 드리워져 있었고, 정교하고 섬세한 쇄골은 빼어난 필치로 그려서 아로새긴 듯 일직선으로 쭉 뻗어 있었다. 막힘없이 떨어지는 어깨선 아래로는 반쯤 열어젖힌 옷 사이로 옥처럼 매끄럽고 윤이 나는 가슴이 드러났다. 가슴은 근육으로 단단하게 다져져 탄력과 힘이 넘쳐 보였다. 담홍색 불빛 아래로 영롱한 보석처럼 반짝이는 빛이 자욱한 안개에 갇혀 희미하게 떠돌았다. 길게 뻗은 검은 눈썹과 주홍색의 얇은 입술이 두드러졌다. 반들반들하게 다듬어진 옥 같은 몸에서 찬란한 빛이 쏟아져 나와 눈이 부셨다.

이 사람은 천의 얼굴과 천의 풍채를 지닌 좀처럼 보기 드문 존재였다. 누구에게나 동경의 대상이 되었고 보는 사람을 황홀하게 만들었다. 순간 멍해진 봉지미가 시선을 내리깔고 숨을 골랐다. 마음이 빠르게 안정을 되찾았다.

"기왕 이렇게 되었으니 소인이 전하의 시중을 들겠습니다."

부하가 상사에게 대하듯 공손하면서도 사무적인 말투로 말하자 정말 봉지미가 남자 위지인 것만 같았다. 영혁은 눈썹을 살짝 치켜떴다. 무언가 거슬리는 눈빛이 눈을 스쳐 지나갔다. 이 여인의 나쁜 점은 위기에서 빠져나오기만 하면 갑자기 얼굴과 태도를 싹 바꿔 버리는 것이었다. 영혁은 겉으로 미소를 지으며 양팔을 벌리고 말했다.

"옷을 벗겨라."

양팔을 벌린 채 살짝 머리를 든 영혁의 자세는 거만하게 머리를 쳐든 봉황 같았다. 존귀하고 위엄 있는 모습을 띠고 있었다. 쭈뼛대며 다가온 봉지미가 얼굴을 기울이고 영혁의 단추를 하나씩 풀었다. 비단으로 된 순백의 안쪽 두루마기가 부드럽게 흘러내려 두 사람의 발 위를 덮었다. 허리띠, 바지, 속옷……. 두 사람의 발아래에는 어느새 한 무더기의 옷가지가 쌓였다. 봉지미는 눈을 어디에 둬야 할지 몰라 바닥에 시선을 고정했다. 눈길이 아래를 향하자 영혁의 길고 늘씬한 다리가 눈에 들어왔다. 영혁이 널브러진 옷들을 발로 차서 걷어 내더니 봉지미를 향해 걸어왔다.

봉지미가 영혁의 옷을 벗긴 것이 처음은 아니었다. 지난번에 황폐한 건물 안에서 봉지미가 영혁을 깨끗하게 닦아 준 적이 있었다. 그때는 이불 아래에서 수작을 부렸지만 지금은 직접 마주 보고 있었다. 봉지미는 대담하고 냉정한 모습을 유지하려고 노력했지만 점점 붉어지는 얼굴을 감출 수 없었다. 영혁이 자신을 향해 걸어오자 황급히 뒤로 물러섰다.

방 안에는 담황색 빛이 어지럽게 춤추고 있었다. 부드러운 살결을 지닌 늘씬하고 기다란 다리가 봉지미 쪽으로 한 걸음 한 걸음 다가오다가 돌연 방향을 바꿔 목욕통으로 사라졌다. 첨벙거리는 물소리가 사방에 울려 퍼졌고 물방울이 봉지미의 뜨거워진 얼굴까지 튀어 올랐다. 가슴을 쓸어내리며 겨우 마음을 진정시킨 봉지미가 종종걸음으로 내빼려는 찰나였다. 뒤에서 영혁이 물어 왔다.

"비누가 어딨지?"

봉지미가 하는 수 없이 조두 *중국 고대 민간에서 사용한 세척용 가루비누로 콩가루 등을 첨가해서 만들었다를 찾아 건넸다.

"수건."

봉지미가 다시 수건을 건넸다. 목욕통에서 열기가 모락모락 피어오르고 있었다. 흐릿한 수증기 속에 갇힌 존귀한 전하가 분부를 내렸다.

"등 좀 문질러 봐."

봉지미가 한껏 미소 지으며 말했다.

"전하. 물건은 모두 전해 드렸습니다. 지금은 통 안에 계시니 전하의 눈이 목욕하는 데 불편하시지는 않을 겁니다. 소인 물러가 보겠습니다. 그럼 이만."

콰직.

대들보에서 무언가 부서지는 소리가 들려왔다. 깜짝 놀란 봉지미는 바닥에 있던 물에 발이 미끄러졌고, 열기 때문에 영혁의 모습이 자세히 보이지 않아 순간적으로 검을 뽑으려 했다. 하지만 갑자기 목욕통 안에서 반드르한 팔뚝이 하나 뻗어 나와 봉지미를 붙잡고 목욕통 안으로 힘껏 잡아끌었다. 당황한 봉지미는 손길을 뿌리치지 못하고 엉겁결에 목욕통 안으로 끌려들어갔다. 머리부터 파묻힌 봉지미는 허둥거리며 연거푸 물을 들이마셨다. 그러다 문득 이 물이 영혁의 목욕물이라는 사실이 떠올랐고, 화가 치밀어 올라 눈을 번쩍 떴다. 눈앞에 펼쳐진 물속 광경에는 어슴푸레한 무언가가······. 봉지미는 첨벙첨벙 요란한 소리를 내며 서둘러 물속에서 머리를 들어 올렸다. 봉지미가 성을 내며 말했다.

"지금 무슨 수작이십니까?"

대들보 위에서 누군가가 말하는 소리가 들려왔다.

"주군. 여인이 들어왔습니다."

영혁이 웃음을 머금고 고개를 들어 말했다.

"정말 고맙구나."

대들보 위에서 영징이 멋쩍은 듯 대답했다.

"별말씀을요."

봉지미는 머리끝까지 화가 뻗쳤다. 알고 보니 주인과 심복이 한패가 되어 봉지미를 놀린 것이었다. 목욕통 안에서 기어 올라오려는데 대들보 위의 영징이 갑자기 주먹을 날려 지붕을 부수고 지붕 위의 한 사람에게 말을 건넸다.

"괜찮으니까 들어와서 보지 그래?"

미소를 머금은 영혁이 봉지미를 안아 일으켰다.

순간 봉지미는 빠르게 계산했다. 바보 고남의에게 자신이 영혁과 함께 목욕통에 들어와 있는 모습을 보이면 다시 소동이 일어날 것이었다. 만일 혁련쟁까지 알게 된다면 봉지미는 평생 얼굴을 들고 다닐 수가 없을 것이었다. 그녀는 어쩔 수 없이 이렇게 말해야 했다.

"고남의. 아무 일도 아니야. 나 지금 목욕 중이야."

지붕 위에서 고남의가 응, 하고 대답했다. 이내 혁련쟁이 언제 나타났는지 신바람 난 목소리를 내며 다가왔다.

"목욕? 목욕이라구? 내가 이모님 등을 밀어드려야 하나……."

바로 퍽, 하는 소리가 나더니 어떤 물건이 직선으로 떨어지는 소리가 났다. 영징은 아직도 대들보 위에 단정하게 앉아 있었다. 온몸이 흠뻑 젖은 봉지미는 몸을 일으키지 못하고 계속 목욕통 안에 있을 수밖에 없었다. 목욕통은 좁은 편이 아니었지만 영혁과 함께 있으니 가까이 붙을 수밖에 없었다. 봉지미는 피하려야 피할 곳이 없었고 숨으려야 숨을 곳이 없었다. 보려 해도 눈을 둘 곳이 없었고 붙잡으려 해도 붙잡을 곳이 없었다. 마음 같아서는 칼을 뽑아 통을 부수고 싶은 생각이 간절했지만 너무나 비좁아서 동작을 취할 방법이 없었다. 옷을 입지 않은 영혁은 오히려 불편함을 느끼지 않는 듯했다. 이런 와중에 그는 봉지미를 껴안고 느긋하게 영징과 진지한 이야기를 나눴다.

"어디를 갔던 게냐?"

영징이 조금도 미안한 기색이 없이 당당하게 말했다.

"제가 주군을 맞이하러 가는 도중에 5황자께서 실종되셨다는 소식을 들었습니다."

이야기를 듣는 순간 영혁의 몸이 뻣뻣하게 굳었다. 봉지미도 놀라서 고개를 쳐들었다.

'5황자는 창산(蒼山) 행궁에 연금되었는데 도망쳤나 보구나. 그래서 상씨 집안에서 움직인 거였어. 바꿔 말하면…… 상씨 집안은 처음부터 이렇게 저항하려고 작정했었다는 거네.'

영징이 위험에 빠진 영혁을 구하러 오지 않은 이유는 직접 이 일을 처리하러 달려갔기 때문이었다. 하지만 이 호위 무사도 정말 제멋대로였다. 주군의 안위 따위는 안중에 두지 않고 그쪽으로 먼저 달려간 것이었으니까. 영혁은 분명 아랫사람을 엄하게 다스리는 사람인데 어쩐지 이 호위 무사에게는 특별히 관대한 것 같았다. 뭔가 특별한 사정이라도 있는 게 아닌가 싶었다.

"지금 형님은 어디에 계시지?"

영혁이 흥분하지 않고 침착한 말투로 물었다.

"제가 간신히 그 일당들을 찾아내서 계속 뒤를 쫓았습니다. 그들은 이미 농서의 경계를 빠져나갔습니다."

영징이 아쉬운 듯 말했다.

"제가 이쪽 소식을 듣고 바로 달려오지 않았으면 그들은 제 칼에 목이 달아났을 겁니다."

봉지미는 눈썹 꼬리를 들어올렸다. 상씨 집안에서 5황자를 구하러 보낸 사람은 분명 최상급의 고수이며 행적도 극비였을 것이다. 그런데 이렇게 제멋대로인 영징이 그자들을 쉽게 찾아내어 죽일 뻔했다니 도저히 믿기지 않았다. 영징의 능력이 그렇게 비범했던가.

영혁은 이 호위 무사에게 특별히 너그러웠다. 돌이켜보니 조금 전 고남의도 영징을 아래로 차 버리지 않았다. 봉지미는 무언가를 알아차린 듯했다. 영징이 히죽거리며 대들보 위에서 아래쪽을 내려다보고 말했다.

"전하. 물이 차갑습니다. 빨리 마치십시오."

"넌 그만 물러가거라."

영징이 순식간에 사라졌고 대들보 위에는 구멍 하나만 남겨졌다. 봉지미가 한숨을 내쉬며 말했다.

"장난은 다 치셨습니까?"

온몸이 축축이 젖은 영혁이 다가오자 봉지미의 목덜미가 뜨거워졌다. 그는 그녀의 어깨 위에 나른하게 턱을 올려놓더니 후끈거리는 숨을 내뿜으며 낮게 말했다.

"지미……. 산을 내려온 이후에는 모든 걸 이전으로 돌려야 하지 않겠어? 내가 장난친 걸 용서해 줘……. 오늘 밤이 지나면 넌 끝없이 위로 올라가는 위지가 되어야 하잖아. 나도 계속 끝없는 싸움을 해 나가야만 하고……. 다섯째 형님은 도망치셨고 민남과 남해로 가는 길은 피비린내가 진동하는 참혹한 전쟁터가 될 게 뻔해. 지미, 지미……. 이 길에 발을 내딛기 전까지 우린 그 참혹한 길이 점점 가까워지는지 아니면 점점 더 멀어지는지 알 수가 없잖아. 오늘 밤은…… 널…… 널 안아도 돼?"

네 탓이야

"널…… 널 안아도 돼?"

봉지미는 영혁처럼 냉담하고 고집 센 남자는 마음속으로 생각해 본 적도 없었다. 그런데 지금은 뜻밖에도 부드러운 목소리로 오늘 밤을 바라고 있었다.

'독 때문에 몸이 허약해진 거 아냐? 아니면 뭔가 안 좋은 예감이라도 드는 걸까. 그래서 오늘……'

봉지미는 물속에서 사지가 빳빳하게 굳어 버렸다. 물은 차게 식어 갔지만 체온은 점점 올라갔다. 영혁의 몸이 아주 가까운 곳까지 다가와 있었다. 두 사람 사이에는 아주 얇은 홑옷 한 겹만이 있었다. 영혁의 숨결이 닿지 않는 곳이 없었다. 향긋한 숨결이 점차 진하게 퍼지며 봉지미의 살결을 파고들었다. 영혁의 미세한 동작 하나하나에 봉지미는 전율이 일었다. 비바람을 몰고 오는 구름 속의 번개처럼, 참억새가 바람을 따라 어지럽게 춤을 추는 것처럼 맥박이 뛰고 가슴이 떨렸다.

영혁의 아래턱이 봉지미의 어깨를 살포시 눌렀고, 두 사람 모두 미끈한 감촉을 느낄 수 있었다. 물의 미끄러움, 피부의 미끄러움, 호흡의 미끄러움이 구불구불 피어오르는 희뿌연 수증기를 따라 두 사람의 살결을 간질였다. 네 안에 내가 있고 내 안에 네가 있다는 감각이 맞닿아 보드랍고 폭신폭신한 모든 것을 떠오르게 했다. 봉지미가 고개를 살짝 기울였는데 위치를 바꾸려던 영혁의 입술이 봉지미의 뺨을 스쳐 지나갔다. 고요한 호수 위에 잔잔한 물결을 몰래 일으킨 바람처럼 후끈한 입김이 봉지미의 여린 살갗 위에서 춤을 추고 지나갔다. 잔잔했던 호수는 어지러운 파문으로 뒤엉켰다.

봉지미는 거칠고 사나운 파도의 일렁임 속에서 침착한 모습을 유지하려 했지만 떨려오는 감각을 더 이상 제어할 수 없었다. 뭐라 말하고 싶었지만 온몸이 나른하고 무기력해졌다. 더 이상 다가갈 수 없을 정도로 둘의 몸이 가까워지자 맑고 또렷한 의식이 봉지미에게 스며드는 듯했다. 하지만 이내 본능의 산봉우리가 솟아올라 투명하고 맑은 의식을 가렸다. 이제 봉지미의 입에서 나오는 것은 낮게 헐떡거리는 숨소리뿐이었다. 봉지미는 제 숨소리를 듣고 부끄러워져 얼굴이 새빨갛게 달아올랐다. 영혁의 입술이 계속 한자리에서 봉지미의 입술을 기다리고 있었다. 봉지미는 뭐라 말을 꺼내기가 어려웠다.

잠자리가 호수의 수면 위에 살짝 내려앉듯 영혁의 입술이 봉지미의 떨리는 입술을 가볍게 스쳤다. 그러더니 이내 광풍이 몰아치고 폭풍우가 퍼붓는 바다의 격렬한 파도처럼 단숨에 집어삼켰다. 봉지미의 신성한 영지로부터 재빠르게 달려 나갔다가 숨 돌릴 틈도 없이 꽂혀 들어왔다. 성스러운 토양에 진퇴의 낙인을 찍어 봉지미를 지배하는 왕이 되고 싶었다. 담홍색 달빛이 소복이 쌓인 눈 위를 비추듯 봉지미의 새하얀 목덜미에는 순식간에 엷은 붉은 기가 떠올랐다.

터질듯이 빠르게 뛰는 심장과 질풍같이 밀어닥치는 낯선 감촉이 봉지미를 현기증에 빠트렸다. 봉지미는 멍해졌고 사고와 언어 능력을 잃었다. 영혁은 한 번의 시도로 봉지미의 수락을 얻어 낼 생각은 없었다. 말은 단지 명백히 고하는 것에 불과했고 행동이야말로 남자가 해야 할 일이었다. 영혁은 물속에서 봉지미의 허리를 더듬어 감싸 안았다. 가냘프고 섬세한 허리가 한 팔에 쏙 들어와 매끄럽고 정교한 옥기둥을 껴안은 듯했고 한 손만으로도 충분히 봉지미를 장악할 수 있을 것 같았다. 영혁은 잠시 모든 것을 멈추고 이 여인을 향한 총애에 대해 조물주에게 경배하면서 손끝으로 가볍게 봉지미를 느꼈다. 하지만 이 시간이 영원할 수 없다는 깨달음에 손가락이 천천히 미끄러져 내려왔다.

봉지미는 세상에 믿을 만한 듬직한 존재가 과연 어디 있을까 싶었다. 머릿속에서 쿵 울리는 소리가 나더니 의식을 흐리던 운무가 흩어져 사라졌다.

영혁이 낮게 숨을 내뱉더니 몸에 물을 끼었었다. 정신이 든 봉지미가 목욕통을 나가려는데 영혁이 참지 못하고 와락 끌어안았다. 순간 영혁은 뭔가 단단한 것이 배를 찌를 듯 강하게 누르는 것을 느꼈다.

"전……하."

봉지미의 숨결이 거칠어져서 '전하'라는 두 글자조차 제대로 끝맺기 어려웠다. 잠시 후 평정심을 되찾은 봉지미가 영혁의 마음을 뒤흔드는 냉정한 목소리로 말했다.

"제 답을 말씀 드릴까요?"

목욕통 안에 있는 두 사람은 몸이 절반쯤 물에 잠긴 상태로 서로를 정면으로 마주 봤다. 검은 빛을 띤 연검이 둘 사이의 한가운데를 날카롭게 가르고 있었다. 반쯤 젖혀진 옷 안으로 영혁의 매끄러운 가슴이 드러났고, 물방울이 팽그르르 굴러 떨어졌다. 촛불에 비친 살결 위로 옥빛 광택이 떠올랐다. 맑고 짙은 향을 내뿜는 남자의 숨결이 봉지미의 얼굴을 훅 덮쳐오자 봉지미는 시선을 낮추고 자신의 검을 바라봤다.

"네 답은 이미 잘 알았다."

영혁은 냉정을 되찾은 듯했다. 검이 있는데도 아랑곳하지 않고 몸을 앞으로 살짝 움직였다. 당황한 봉지미가 검을 뒤로 거두어들였다.

"역시."

영혁이 태연하게 웃으며 말했다.

"넌 날 해치지 못해."

영혁은 손을 뻗어 봉지미의 촉촉하게 젖은 눈썹과 속눈썹을 어루만졌다. 복잡한 듯하면서도 사랑스러운 표정이었다.

"넌 영원히 자신을 숨기고 억누르고 핍박할 것이냐……. 조금 전 내게 연정을 품지 않았더냐. 왜 자신의 감정을 속이는 거지?"

"전하를 다치게 하고 싶지 않습니다. 그것만 알아주십시오."

봉지미는 입을 굳게 다물고 눈을 내리깔았다. 잠시 피어났던 웃음기도 점점 옅어졌다.

"전하. 경험이 많지 않은 여자는 싫지 않은 남자와 닿았을 때 감정을 다스리기가 어렵다고 하더군요. 방금도 마찬가지였다고 생각합니다."

영혁이 침묵하다가 한참 만에 냉소를 터트리며 말했다.

"내가?"

"그리고 전하는 지금 눈이 불편하셔서 알아차리지 못하신 게 있습니다."

봉지미가 가볍게 웃으며 말을 이었다.

"이 검의 끝부분은 결코 전하가 계신 쪽을 향한 적이 없습니다. 검의 끝은 저를 향하고 있었습니다……."

영혁의 얼굴빛이 순간 변했다.

"전하가 앞으로 다가오실 때마다 검 끝은 뒤로 물러나 오직 제 급소만을 노릴 뿐입니다."

봉지미는 담담하게 말했다.

"전하께서 무슨 생각으로 그러시는지 잘 모르겠지만, 제 몸과 마음을 지금 건넬 수 없습니다. 송구하옵니다만 전하, 제가 전하를 물리치는 것을 허락해 주십시오."

기나긴 침묵이 흘렀다. 한 방울씩 똑똑 떨어지는 물소리만 들려왔다. 한 알씩 떨어질 때마다 시간을 조금씩 지워나가는 고요한 밤의 모래시계 같았다.

영혁이 봉지미가 있는 쪽을 바라보았지만 회색빛 모호한 시야에는 아무것도 선명하게 보이지 않았다. 영혁은 지금 봉지미의 모습을 상상할 수 있었다. 새까만 눈썹과 속눈썹, 미간에 단단하게 붙어 있는 응결된 물방울이 작년 겨울 추가 저택의 얼어붙은 호수에서 처음 만났을 때와 같을 것이었다. 봉지미가 사람을 발밑에 두고 힘껏 밟으며 무심하게 제 머리를 말아 올리던 표정이 떠올랐다. 냉정하고 무자비했다.

어떤 일은 억지로 밀어 붙여서는 안 되고, 억지로 끌고 간다고 해도 성공을 보장할 수 없었다. 하지만 영혁은 끊임없이 시도하고 밀어 붙였다. 자신도 오늘 갑자기 왜 이런 행동을 했는지 이해할 수 없었다. 봉지미를 만난 날부터 그녀에 대해 알아 갈수록 일을 해 나가는 방식과 속도는 점점 제멋대로였고 마음에 대한 지배력을 잃을 때가 많았다.

밤비 소리가 울려 퍼지던 절에서 영혁의 품안에 있던 봉지미는 온순하고 부드러웠다. 잠시나마 두 사람은 가까운 거리에서 서로 의지하며 그들에게 닥친 위태로운 상황을 잊고 싶었다. 하지만 산을 내려온 이후에 봉지미는 밉살스러울 정도로 공손하고 순종적으로 바뀌었고 이전처럼 높은 벽을 치고 있었다. 영혁은 갑자기 바뀐 봉지미의 태도에 자극을 받아 충동적인 욕망이 샘솟았다. 여전히 품안에 남아 있는 그녀의 온기를 잊지 못해 자신의 품에 더 머물게 하고 싶었다.

영혁은 이 시간을 장악하려는 게 아니었다. 그저 봉지미가 진실한 자신을 깨닫고 가면을 쓴 모습에 익숙해지지 않기를 바랐다. 언제나 현실과 비현실을 구분하지 못하는 봉지미에게 내면을 마주하게 하고 싶었다. 영혁은 느릿느릿 손을 올려 제 얼굴을 쓰다듬었다. 봉지미는 여전히 인정사정없었고, 영혁은 평소의 모습과 사뭇 달랐다.

통 속의 물처럼 차디찬 검날이 평온하게 가로 놓여 있었다. 갑자기 봉지미가 가볍게 재채기를 하더니 온화하고 부드러운 목소리로 말을 건넸다.

"전하. 감기에 걸리시겠습니다. 나가시는 걸 도와 드릴까요?"

영혁이 눈을 내리깔더니 엄숙하고 예리한 표정을 되찾았다. 봉지미를 가볍게 밀치고 일어나 첨벙거리며 통의 가장자리를 넘어 나갔다. 이윽고 발그레한 얼굴로 숨을 헐떡이는 여인의 소리가 어렴풋이 들려왔다. 당황한 봉지미가 서둘러 통에서 뛰쳐나왔다. 머리꼭대기에서 바람이 윙윙 울어 댔다. 영혁은 부드러운 잠옷을 머리부터 끼워 넣었다. 지켜보고 있던 봉지미가 차분한 목소리로 말했다.

"제가 전하의 옷시중을 들겠습니다."

"됐다."

영혁이 봉지미를 확 밀쳐 냈다. 바닥에 널린 옷가지들을 발로 마구 밟으며 침대가로 걸어갔다. 손가락은 이미 휘장을 잡아 내리고 있었다.

"날 물리친다더니 성공했구나."

영혁의 그림자가 휘장 뒤에서 희미하게 흔들렸다. 목소리는 담담하고 서늘했다.

"나와 싸우려고만 드니. 모두 네 탓이야."

휘장 뒤의 영혁은 더 이상 아무 소리도 내지 않았다. 봉지미는 고요한 호수 안에 서 있는 것처럼 한참 동안 아무 말도 하지 않다가 조용히 목욕통을 옮기기 시작했다. 아직 내상이 다 낫지 않아서 목욕통을 옮기는 일이 힘에 부쳤다. 끙끙거리며 문을 열었는데 손이 하나 쑥 튀어나오더니 통을 받아들었다. 봉지미가 복잡한 심경을 숨기고 환하게 웃었다.

"고마워."

고남의는 방 밖의 계단 위에 누워서 통을 멀리 던져 버렸다. 통이 떨어졌지만 아무 소리도 들리지 않았다. 고남의도 아득한 시선으로 그쪽을 바라보기만 하고 아무 말도 하지 않았다. 봉지미는 고남의가 웬일로 호두를 먹지 않는 것을 보고 의아했다. 게다가 고남의는 침대나 높은 곳이 아니면 절대 눕지 않는데 제일 싫어하는 영혁의 방 앞에 누워 있었다는 사실이 놀라울 따름이었다. 봉지미가 고개를 돌리고 슬쩍 바라보니 고남의의 얼굴이 발그레해져 있었다.

'계속 여기에 있었나? 설마 다…… 들은 거야?'

봉지미는 고남의의 눈치를 살피며 곰곰이 생각하다가 물어보지 않는 게 낫겠다고 결론을 내렸다. 그때 갑자기 고남의의 말이 들려왔다.

"미안해."

봉지미는 속으로 탄식하며 멍해졌다. 역시나 다 들은 것이었다. 봉지미는 한참 동안 얼굴을 들지 못하고 있다가 문득 '미안해'란 말이 고남의의 입에서 튀어나왔다는 사실에 정신이 번쩍 뜨였다. 고남의에게 '미안한 마음'이란 게 있었다니. 방금 뭔가 잘못 들은 게 아닐까 싶어 귀를 후벼 보았지만 그 말은 여전히 귀에 생생했다. 봉지미는 고남의가 이런 종류의 말을 전혀 쓸 줄 모른다고 생각했었다. 얼이 빠져 있던 봉지미가 활짝 핀 꽃 같은 미소를 피워 냈다. 기분이 좋아진 봉지미는 고남의를 살짝 잡아당기며 말했다.

"남의 방 앞에서 자지 말고 네 방으로 돌아가. 나에게 사과할 필요도 없어. 이건 네 잘못이 아니니까."

봉지미가 등을 떠밀자 고남의는 하는 수 없이 영혁의 방 앞을 떠나야 했다. 하지만 고집스럽게 또 말했다.

"미안해."

"알겠어. 알겠어. 미안해. 미안해."

봉지미는 고남의의 쇠고집이 어느 정도인지 충분히 알고 있었다. 지금 사과를 받아주지 않으면 아마도 고남의는 내일 아침까지 계속 같은 말을 하고 또 하고도 남을 인간이었다. 고남의가 갑자기 봉지미를 가리키다가 다시 목욕통을 가리키며 말했다.

"다른 사람 씻겨 주지 마."

봉지미의 얼굴이 새빨갛게 물들었다. 고남의는 포기를 모르는 인간이었다. 봉지미를 잡아끌고 굳이 혁련쟁의 방 앞으로 가서 말했다.

"여기도 마찬가지야."

봉지미는 어찌할 바를 몰라 식은땀을 흘렸다. 이런 식으로 방마다 끌고 돌아다닐까 봐 겁이 덜컥 났다. 그렇게 되면 평생 다른 사람을 볼 낯이 없을 것 같아서 마당 밖의 작은 화원으로 고남의를 끌고 갔다.

"안 해. 안 할 테니 걱정 말고 우리 걸으면서 바람이나 쐬자."

가을의 밤하늘은 맑고 선명했으며 공기는 상쾌했다. 벌레들이 어둠 속에서 낮게 울었고 살랑살랑 불어오는 바람에는 금목서 꽃의 향기가 실려 있었다. 봉지미가 깨끗한 풀밭을 찾아 앉은 다음 고남의를 향해 웃으며 땅바닥을 툭툭 두드렸다. 봉지미는 놀리는 눈빛으로 고남의를 바라보며 속으로 킥킥거렸다. 다른 사람과 닿는 걸 끔찍이도 싫어하는 고남의는 맨바닥에 앉는 것도 분명 싫어할 것이었다.

고남의는 바닥을 한번 내려다보더니 털썩 앉았다. 정말 앉을 거라고 짐작하지 못했던 봉지미의 입이 벌어졌다. 물론 한 사람 정도의 거리만큼 떨어져 앉기는 했지만 파천황 *천지개벽 이전의 혼돈한 상태를 깨트려 새로운 세상을 연다는 뜻이 일어난 것이었다. 봉지미의 눈이 휘둥그레졌다.

오늘 밤 고남의는 조금 이상했다. 봉지미는 기분을 맞춰 주려고 달콤한 풀뿌리를 하나 뽑아서 깨끗이 닦아 고남의에게 건넸다. 무심하게 받아든 고남의는 그것을 입에 넣고 천천히 씹어 보았다. 시원한 바람이 곁에 있는 남자의 얇은 망사를 스쳐 지나갔다. 고요하고 아름다운 달빛은 윤곽을 따라 선을 그렸고 영롱한 별빛이 색을 칠했다. 눈처럼 새하얀 턱과 윤기가 흐르는 붉은 입술이 반짝거렸다. 풀을 끊어 들어 올린 하얀 손가락이 옥보다 더 밝은 빛을 내뿜고 있었다.

고남의는 고개를 기울인 채 달콤한 풀뿌리를 먹는 데 전념했다. 그는 욕심과 암투가 난무하는 혼탁한 세상에서 드물게 존재하는 순수하고 맑은 기품을 지닌 사람이었다. 그와 함께 있으면 이 세상의 사람들이 먼지를 뒤집어 쓴 것처럼 불결하게 느껴졌다. 봉지미는 어두운 욕심으로 가득 찬 자신이 고남의 곁에 앉아 있는 자체가 그를 더럽히는 것처럼 느껴져서 자기도 모르게 옆으로 조금 떨어져 앉았다. 하지만 고남의가 곧 봉지미를 따라 옆으로 자리를 옮겼다.

"……"

오늘 밤 고남의는 정말 귀여웠다. 마음을 툭 터놓고 모든 이야기를 나눌 수 있을 것만 같았다. 봉지미가 고남의를 흐뭇하게 바라봤다. 오랫동안 함께 지낸 덕분에 봉지미는 고남의에게 무언가를 물어도 제대로 된 답을 들을 수 없다는 것을 잘 알고 있었다. 이제까지 봉지미는 고남의를 떠보려고 했던 적이 없었다. 오직 딱 한 번 떠보려 했던 적이 있었었는데, 바로 고남의가 '난 너의 사람'이라는 다섯 글자를 내뱉었을 때였다. 그 말을 듣는 순간 봉지미는 머리에 벼락이 내리친 듯 온몸에 전율을 느꼈다. 그 의미가 무엇인지 너무나도 궁금했다.

'오늘 밤은 달빛도 좋고 꽃향기도 싱그럽고 풀도 달콤하고 고남의도 착하니 저번처럼 벼락이 내리치진 않을 거야. 그치?'

"넌 왜 길을 못 찾는 거야?"

간단한 질문부터 시작했다. 간단한 문제에 대한 대답을 요구받은 고남의는 풀뿌리 괴롭히기를 멈추고 머리를 들어 자세히 생각해 보았다. 한참 후에 입을 열었다.

"기억 안 나."

'뭐, 기억이 안 난다고? 그럼 네 화려한 무술 동작은 대체 어떻게 기억하는 거야?"

"길이 모두 똑같아."

고남의가 느릿느릿 말했다.

"길은 복잡하고 얼굴은 박살났고 옷감은 거칠어졌고 목소리는 시끄럽고."

봉지미가 멍하게 고남의를 바라봤다. 자기 감상을 늘어놓고 있는 고남의의 모습이 너무나도 낯설었다. 이건 고남의가 다른 사람에게 처음으로 자신의 감상을 말한 것이었다. 똑같아 보이는 길들은 복잡하게 얽혀 있어서 구별해 내기가 어려웠다. 모든 얼굴은 똑같이 산산조각이 나서 조각을 맞춰야 겨우 온전하게 알아볼 수 있었다. 몸에 걸친 옷은 아무리 부드럽고 매끄러운 옷감이라도 거칠게 느껴지면 견딜 수 없었다. 주위에서 떠드는 사람들의 목소리는 시끄럽게 귓전을 때렸다.

이건 어쩌면 무섭고 두려운 감정일 수도 있었다. 고남의가 사는 세계에는 이런 일들이 비일비재했었을까. 봉지미는 누군가가 손가락으로 꼬집는 것처럼 명치가 저릿해지는 것을 느꼈다.

"넌…… 지금까지 어떻게 살아 온 거야?"

고남의가 고개를 갸우뚱거렸다. 질문을 이해하지 못하는 듯했다.

'어떻게 살아 와? 아, 어떻게 살아서 돌아온 거냐고?'

고남의의 이상야릇한 표정을 눈치챈 봉지미가 질문을 바꾸어 다시 물었다. 혼란스럽고 거친 세계에서 고남의가 어떻게 자라 왔는지 갑자기 궁금해졌다.

"내 말은, 누가 널 돌봐줬냐는 거야."

"세 살 전에는 아버지. 다섯 살 이후에는 큰아버지랑 다른 사람들."

봉지미는 뭔가 이상해서 다시 물었다.

"세 살에서 다섯 살까지는?"

고남의가 대답은 하지 않고 갑자기 몸을 벌벌 떨었다. 이 떨림은 봉지미까지 덜덜 떨리게 만들었다. 고남의의 얼굴빛이 창백해져 있었다. 부모의 손길이 절실했을 세 살 아이가 유일한 피붙이를 잃고 이 년간 어떻게 지냈을까. 차마 생각하고 싶지 않았다. 생각하려고 하면 손끝부터 심장까지 모든 것이 얼어붙는 기분이었다. 고남의도 그때의 일을 떠올리기 싫은 것이 분명했다. 언제나 차분하고 무심했는데 지금은 그때의 날들을 떠올리는 것만으로도 몸을 벌벌 떨었으니까. 악몽 같은 유년 시절을 보냈을 거라는 짐작이 갔다.

봉지미는 손을 뻗어 고남의의 손등을 살포시 어루만졌다. 봉지미에게 무슨 특별한 의도가 있었던 것은 아니었다. 단지 십수 년 전 그 세 살 아이에게 온기를 전해 주고 싶었을 뿐이었다. 세찬 눈발이 날리는 외롭고 쓸쓸한 날들 속에서 그의 손을 따뜻하게 잡아 준 사람은 아마 없었을 것이었다.

고남의가 쓰리고 가엾게 느껴졌다. 남녀지간에 지켜야 할 거리를 잊었고, 고남의가 누군가 다가오는 것을 싫어한다는 사실도 잊었다. 자칫하면 고남의가 봉지미를 하늘 높이 날려 버릴지도 몰랐다. 하지만 뜻밖에도 고남의는 아무런 움직임도 보이지 않았다.

고남의는 자신의 손등을 어루만지고 있는 봉지미의 손을 자세히 들여다봤다. 평상 시 같았으면 보자마자 봉지미를 뒤집어엎고 멀리 던져 버렸을 것이었다. 그러나 지금 이 순간 고남의는 부드러운 손바닥의 온기와 이상한 감촉에 정체 모를 감정이 꿈틀대는 것을 느꼈다.

매우 낯선 감각이었다. 마치 천 년 동안 굳어 있던 보루가 내리치는 번갯불에 갈라져 틈이 생긴 것 같았다. 그래서 이로 인해 바깥에 있던 사람은 안쪽에 숨겨져 있던 찬란하게 빛나는 보물을 엿보는 듯했고, 안쪽에 있던 사람은 바깥쪽에 펼쳐진 푸른 하늘과 광활한 바다를 엿보는 듯했다. 비좁은 틈새로 드러난 안팎의 풍경이 헤어 나오지 못하게 만들었다. 고남의는 이런 감각을 말로 표현하지 못해서 그저 신비롭게만 여졌다.

평소 만사가 귀찮아 아무것도 하지 않는 고남의가 웬일로 땅 위의 잔디를 손가락으로 쉴 새 없이 파내고 있었다. 제 손을 잡고 있는 사람을 내던지고 싶은 충동도 억누르고 있었다. 그는 이상한 감각을 이해할 수 있을 때까지 봉지미의 손이 계속 제 손등 위에서 머물기를 바랐다.

이때 봉지미는 고남의가 얼마나 몸부림을 치고 있는지 몰랐다. 고남의의 손 아래에 있는 잔디가 심하게 훼손된 것은 더욱 몰랐다. 봉지미는 고남의의 손등 위에 올라간 제 손을 잠시 바라보다 번뜩 그의 고약한 버릇이 떠올랐다. 순간 봉지미는 등골이 오싹해져서 서둘러 손을 거두어들였다.

고남의가 살짝 움츠리더니 봉지미의 온기가 남아 있는 손등을 다른 손으로 부드럽게 쓰다듬었다. 이 동작을 지켜보던 봉지미는 씁쓸한 표정을 지었다. 고남의가 자신을 더럽게 여긴다고 생각했기 때문이었다. 봉지미는 다른 데로 말을 돌려야겠다고 생각했다. 재빨리 손을 뻗어 나무 위에서 가늘고 긴 나뭇잎 하나를 뜯어 둥글게 말면서 말했다.

"길을 헤매지 않는 방법을 알려 줄게, 봐. 이런 나무는 천성을 가로지르는 큰 강의 남쪽과 북쪽에 모두 있어."

봉지미는 고남의가 나뭇잎의 잎맥을 구분할 수 있도록 자세히 알려 줬다.

"이 잎맥은 정말 독특해. 꼭 얼굴같이 생겼잖아. 앞으로 우리가 어딜 가든 상관없이 헤어지게 되거나 긴박한 상황에 처하게 되면 지나가는 나무 아래에 이런 도안의 나뭇잎을 남겨 두면 되는 거야. 그럼 서로를 쉽게 찾을 수 있어."

"우린 따로 기호가 있어."

고남의가 말했다. 봉지미는 고남의의 뜻이 무엇인지 알았다. 그들은 본래 연락 기호가 따로 있었다. 봉지미가 웃으며 고개를 가로저었다.

"그 기호는 너와 네 조직 사람들의 것이자 네 조직 사람들과 나의 것이야. 나와 너의 기호는 아니라구. 앞으론 네가 날 찾느라 헤맬 필요 없이 표시를 남기기만 하면 돼. 그걸 보고 내가 따라가서 널 찾을 테니."

봉지미는 영혁을 구하기 위해 말을 타고 나섰던 그날의 일이 떠올랐다. 기껏해야 수십 리밖에 안 되는 짧은 거리였고, 잠행 호위 무사가 있어서 고남의가 자신을 찾아내지 못할 리가 없다고 생각했었다. 그런데 뜻밖에도 고남익는 봉지미를 찾지 못하여 길을 헤매고 있었다. 도중에 표시를 남기지 않아서 바보 고남의가 봉지미를 잃어버린 것이었다.

표시를 남기면 고남의를 찾아 가겠다는 말은 사실 핑계에 불과했다. 봉지미는 언젠가는 바보 같은 고남의가 단단히 길을 잃어 영원히 찾지 못할 곳으로 사라지는 게 아닐까 두려웠다. 아니면 이전에 쓰던 기호를 잊어버릴 수도 있었고, 그의 조직에 문제가 생겨 기호를 더 이상 사용할 수 없게 될 수도 있었다. 그러면 봉지미는 어디에서 고남의를 찾을 수 있겠는가.

고남의는 막강한 무공을 지닌 고수였지만 한편으로는 여린 면도 있었다. 봉지미는 언젠가는 고남의 홀로 강호로 떠난다고 생각하니 가슴이 미어졌다. 아버지를 잃은 세 살 아이가 앞으로 무슨 일이 닥칠지 모른 채 아득하게 이어진 차가운 눈밭을 홀로 걸어가는 모습이 떠올랐다.

"내 말은 여기까지야."

봉지미가 방긋 웃더니 나뭇잎을 돌돌 말아서 입술에 물고 가볍게 불기 시작했다.

"네가 남긴 표시를 발견하면 풀잎피리를 불면서 널 따라갈게."

고남의는 골똘히 봉지미를 쳐다보더니 자신도 나뭇잎 하나를 따서 입가에 대고 불어 보았다. 끊겼다 이어지는 풀잎피리 소리가 애달프게 들려왔다.

달빛이 창공의 저편으로 길게 이어졌고, 띄엄띄엄 이어지는 곡조가 하늘을 가득 메운 별빛을 처연하게 만들었다. 끊임없이 이어지는 풀잎 피리 소리를 들으며 봉지미는 미소를 띠었다. 눈이 스르르 감기면서 어느새 깊은 잠에 빠져 들었다.

그로부터 얼마가 지났을까. 눈앞이 흐릿하고 의식이 몽롱한 가운데 고남의의 목소리가 어렴풋이 들려왔다.

"나도 풀잎피리를 불며 널 따라갈게. 그리고 반드시 널 찾아낼 거야. 반드시."

바람이 가벼웠고 꽃은 향기로웠으며 새의 울음소리는 옥구슬 구르듯 맑고 가벼웠다. 하지만 호흡만은…… 거칠었다. 봉지미가 눈을 떴을 때 눈앞에서 거무칙칙한 얼굴을 발견했다. 깜짝 놀란 봉지미는 황급히 뒤로 물러났다. 한참 동안 눈을 비비자 겨우 앞이 또렷이 보였다. 봉지미 코앞에 있는 혁련쟁의 얼굴은 코가 코가 아닌 듯 눈이 눈이 아닌 듯 기이하게 보였다. 혁련쟁은 아주 가까운 곳에 쪼그리고 앉아서 '이 나쁜 여자야. 날 배반해. 내게 상처를 줘. 날 산산이 박살내 버려. 내 기대를 저버려'라고 말하는 표정으로 봉지미를 쏘아보고 있었다.

'저 표정은 뭐야. 누가 혁련쟁의 아침밥을 가로채기라도 한 건가.'

봉지미는 축 늘어진 몸을 간신히 일으켰다. 손으로 베개를 짚었는데 느낌이 이상했다. 봉지미가 방금까지 베고 있던 베개가 갑자기 꿈틀거리기 시작했다. 다시 보니 바보 고남의의 허벅지에 봉지미의 손이 올려져 있었다. 봉지미는 멍한 얼굴로 쌕쌕거리며 잠에 빠져 있는 고남의를 한참이나 바라봤다. 작은 천막이 봉지미의 머리 바로 위에 세워져 있었다. 이내 칙, 하고 어디선가 불을 붙이는 소리가 들렸다.

고남의가 눈을 뜨더니 얇은 망사를 사이에 두고 태연하게 봉지미를 바라봤다. 그들은 서로를 쳐다보며 잠시 그대로 멈춰 있었다. 고남의는 침착하게 허벅지에서 봉지미의 손을 떼어 냈고, 그 다음으로 혁련쟁의 얼굴을 밀어 냈다. 고개를 숙이고 바지를 내려다보던 고남의가 바람처럼 사라지더니 시원하게 아침 문제를 해결했다. 고남의는 나풀나풀 걸으면서 풀잎피리로 곡조를 뽑아냈고 애달픈 소리는 멀리 울려 퍼졌다.

혁련쟁은 고남의의 느긋한 모습을 보며 천불이 났다. 천둥이 울리듯 쿵쿵 발을 구르고 벌벌 떨리는 손가락으로 고남의의 뒷모습을 가리키며 저주를 퍼부었다. 하지만 아무런 일도 일어나지 않자 하는 수 없이 고개를 돌려 봉지미를 향해 손가락을 들었다. 봉지미가 가볍게 미소 지으며 혁련쟁이 뻗은 손가락을 옆으로 밀어냈다.

"세자 저하. 좋은 아침입니다. 많이 불편해 보이시는데 뒷간은 저쪽에 있습니다."

봉지미가 천천히 자리에서 일어나 걸음을 떼는 찰나였다. 한 사람이 정색을 하고 앞을 가로막았다. 그리고 실망했다는 눈빛으로 바라보며 말했다.

"당신을 처리하는 데 반 각. 앞으로 주군의 골칫거리가 되지 않도록."

봉지미가 이 반 각이 무엇을 뜻하는지 몰라 어리둥절해 하다가 비로소 영징의 뜻을 알아차렸다. 제 코를 가리키며 입을 열었다.

"맘대로 하게. 하지만 분명 후회할 거야. 제멋대로 날뛰는 건 반 각이지만 한평생 따라다닐 골칫거리가 생길 테니."

고남의가 재빠르게 다가와 호두로 안부를 물었다. 그러고 나서 앞으로 어떤 골칫거리를 만들어 줄지 영징에게 구체적으로 알려 줬다. 아침 댓바람부터 생사가 달린 진지한 명제에 대한 토론이 있었지만 시원하고 깔끔하게 일단락됐다.

"농남부의 병사들은 이미 이동할 준비를 마쳤습니다."

영징이 봉지미를 따라와 말했다.

"풍주에서 가장 가까운 농남 곡수(曲水)에서 출발하면 비교적 조용하게 접근할 수 있을 것입니다."

"초왕께서 자네의 지휘를 믿으시니 굳이 나에게 말할 필요 없네."

봉지미가 웃으며 말했다.

"기회가 왔는데 쓰지 않으면 손해이지 않나. 우리 일행은 신군흠이 보낸 사람들의 호송을 받아 바로 농서 포정사 관부로 들어갈 것이야. 자네는 농남부의 삼천 병사들을 이끌고 와 도와주면 될 것이네."

봉지미가 안채로 돌아오자 신군흠이 다가와 배알했다. 혁련쟁의 곁을 따라다니는 호위 무사 팔표들도 함께 다가왔다. 봉지미는 마음 속으로 싱긋 웃었다.

'됐어. 모두 모였군!'

"저희들은 농남도의 감찰 사무가 아직 남아 있습니다."

봉지미가 웃으며 신군흠에게 물었다.

"이번에 풍주성으로 가는 김에 신 대인을 찾아뵈려 하는데 두 분의 생각은 어떠하십니까."

"그거 아주 좋은 생각이십니다."

신군흠이 진심으로 기뻐하며 말했다.

"유 대인과 제가 직접 호송하겠습니다. 기양의 관부 병사 천 명도 모두 준비해 놓았습니다. 그들이 세자 저하와 대인 분들을 곁에서 모실 것입니다."

"정말 잘 됐습니다. 번거롭게 해드린 것 같습니다."

봉지미의 얼굴에 웃음이 가득했다.

"신 대인을 뵙기를 기대하겠습니다. 제가 꼭 대인들을 도와 붓을 들겠습니다."

두 사람은 어금니가 다 보일 정도로 환하게 웃었다. 혁련쟁은 팔표들에게 귓속말을 했다.

"너희들은 앞으로 절대 한족 마누라는 얻지 마."

팔표들은 세차게 고개를 끄덕이며 혁련쟁에게 물었다.

"세자 저하는요?"

혁련쟁이 침통하게 말했다.

"난 이미 늦었어……."

갑자기 그들 틈에서 영징의 머리가 튀어나오더니 진지하게 물었다.

"제가 평생 쫓아다니며 말려 드릴까요?"

팔표들이 달려들어 영징을 마구 걷어찼다. 일각이 지나고 영징이 옷 위의 먼지를 쓱쓱 털어 내며 일어나더니 아무렇지도 않은 척 자리를 떴다. 봉지미 일행은 신군흠이 특별히 붙여 준 관부 병사들의 보호 아래 화려한 마차와 말에 오를 준비를 마쳤다.

영혁의 얼굴빛은 담담했고 평소와 별다른 기색이 없었다. 봉지미의 행동도 평소와 똑같았다. 다만 봉지미는 시종일관 시선을 내리깔고 영혁을 마주하고 있었다. 어차피 전하는 앞이 보이지 않겠지만.

고남의는 마차 지붕에 누워서 나뭇잎을 불어 곡조를 뽑아냈다. 곡이 끝나면 다시 처음부터 연주해서 노래가 끝없이 반복됐다. 혁련쟁은 미세한 변화를 감지하고 봉지미와 영혁을 노려보고 있었다. 신군흠과 유 참의는 가는 길이 매우 즐겁고 만족스러웠다. 그들은 머릿속에 찬란하고 밝은 미래를 상상하며 신나게 달려갔다. 하지만 그들은 영원히 되돌아올 수 없는 길을 가고 있었다.

관부의 대문 앞에 선 팽 지부는 기이하게 나타나 자신을 곤경에서 구해 준 조정 사람들이 멀어지는 모습을 오랫동안 바라봤다. 그의 눈에 한 줄기 혼란과 당혹스러움이 스쳐 지나갔다. 한참 동안 아득한 하늘을 바라보다가 혼잣말을 중얼거렸다.

"무언가 바뀔 조짐이구나……."

기양에서 풍주까지 빠른 말로는 하루, 느린 말로는 하루 반이 걸렸다. 다음 날 밤에 마차와 말이 성 안으로 들어섰다. 신군흠은 사전에 사람을 보내 포정사 관부에 알리려 했는데 봉지미가 말렸다.

"세자 저하는 불필요한 예를 차리는 것을 싫어하십니다. 그리고 소인처럼 보잘것없는 7품 감찰어사가 포정사 대인의 영접을 받다니 당치도 않습니다. 저희가 알아서 찾아가 뵙는 것이 좋을 듯합니다."

봉지미가 덧붙여 말했다.

"이미 목적지에 도착했으니 관부의 병사들도 계속 따라올 필요가 없습니다. 기양 관부가 텅 비었는데 만일 비적들이 난이라도 일으키면 막아 낼 사람이 없어 큰일이지 않습니까. 병사들을 다시 돌아가게 하는 것이 좋겠습니다."

봉지미가 무슨 말을 하든 신군흠은 모두 좋다고 대답했다. 곧 부하 좌령(佐領)에게 병사들을 이끌고 말머리를 돌리라고 명했다. 하지만 유 참의는 못마땅한 표정으로 미간을 찌푸렸다. 아직 성문에도 들어서지 않았는데 저리 서둘러 병사들을 돌려보낼 필요가 있을까 싶었다. 하지만 신군흠을 딱히 말리지는 않았다. 신군흠의 관직 품계가 자신보다 낮긴 했지만 포정사 대인의 친척이기 때문에 그에게 잘 보여 좋은 자리를 꿰차고 싶은 마음이 간절했다.

포정사 관부는 풍주성의 중심이 아닌 서쪽에 위치하고 있었다. 사람들이 말하길 신욱여의 인품이 고상하고 멋들어진 데다 산과 물을 좋아해서 관부를 풍주성 영천호(靈泉湖) 주위에 지었다고 했다. 성문을 들어설 무렵 신군흠이 앞으로 나아가 큰 소리로 신분을 밝히고 통행을 명령하려고 하자 봉지미가 손을 휘휘 내저었다.

"관리라고 사방팔방 알릴 필요가 있습니까? 신분을 숨기고 자유롭게 주위를 둘러보며 풍주의 민정을 체험해 보는 것도 좋지 않겠습니까. 저희들은 여기에 올 때까지 항상 조용히 지나왔습니다."

신군흠이 하하 웃으며 봉지미의 말을 수락했다. 그리고 고분고분하게 줄을 서서 성문을 통과했다. 유 참의가 또 미간을 찌푸렸다.

성에 들어온 이후 마차와 말은 더욱 속도를 내서 달렸다. 팔표들은 고의인 건지 우연인 건지 신군흠과 유 참의를 가운데에 두고 둘러싸며 달렸다. 신군흠은 이런 상황을 전혀 알아차리지 못했다. 성의 동쪽을 지나칠 때 자신의 집이 여기 부근이라며 안으로 들어가서 좀 쉬었다 갈 것을 청했지만 봉지미가 미소를 띠며 거절했다. 신군흠은 집으로 가서 부인에게 몇 마디 당부할 것이 있다고 다시 말했으나 혁련쟁이 가차 없이 퇴짜를 놓았다.

이쯤 되자 표창을 받아 승진하는 아름다운 꿈을 꾸고 있었던 신군흠도 뭔가 이상하다는 의심이 들기 시작했다. 신군흠과 유 참의의 눈빛이 부딪쳤다. 유 참의는 곁에 있던 자신의 수행원에게 몰래 눈짓을 보냈다. 수행원이 말머리를 돌려 신군흠과 유 참의를 둥글게 둘러싸고 있는 팔표들에게 다가가 웃으며 말했다.

"지난번에 저희 집 대인께서 포정사 대인께 가져다 드린 아편 연고를 신 대인의 저택 안에 두고 온 것을 깜빡 잊었습니다. 저희 대인께서 절더러 가지고 오라고 하십니다."

팔표들이 서로 쳐다보며 천천히 길을 비켜 줬다. 계속 긴장한 얼굴로 이쪽을 바라보던 유 참의와 신군흠의 얼굴이 조금 풀렸다.

수행원은 대열을 나서자마자 말을 때리며 쏜살같이 달려 나갔다. 그러나 외진 길모퉁이에서 방향을 돌리는 순간 눈앞에 섬뜩한 빛 한 줄기가 나타났다. 눈 깜짝할 사이 목구멍이 싸늘해졌고 수행원은 맹렬하게 선혈을 내뿜는 제 목구멍을 부여잡고 말 아래로 툭 떨어졌다. 눈을 감기 직전 회색 옷을 입은 그림자가 담장 위를 빠르게 스쳐 지나가는 모습이 어렴풋이 보였다.

봉지미는 미소를 머금은 채 두 불운아들과 즐겁게 한담을 나누고 있었다. 봉지미는 그들을 둘러싼 팔표들과 거리를 두고 풍주의 풍경을 칭찬하는 말을 늘어놓으며 쉴 새 없이 이야기꽃을 피웠다. 두 사람은 봉지미의 표정이 평소와 같은 것을 보고 의심이 풀어졌다. 오히려 조금 전의 행동이 지나친 것 같아 미안했다. 봉지미는 포정사 관부에 사람을 보내 그들의 도착을 알리게 해주었다. 관부의 병사들만 해도 이천 명이 었고, 성 밖에는 주둔군까지 버티고 있어서 달리 걱정할 일은 없었다. 괜한 오해였다는 생각이 들자 신군흠과 유 참의는 다시 태연한 모습으로 되돌아왔다.

오래 지나지 않아 성의 서쪽에 도착했다. 푸른 물에 둘러싸여 웅장한 위용을 드러내고 있는 포정사 관부가 나타났다. 봉지미는 채찍을 가볍게 휘두르며 말했다.

"앞으로는 푸른 물을 끼고 있고 뒤로는 푸른 산에 기대어 있어 다른 명산대천에 비할 수 없는 명당 중의 명당입니다."

봉지미가 고개를 돌리며 말했다.

"수고스러우시겠지만 신 대인께 고해 주시길 부탁드리겠습니다."

신군흠은 득의양양한 기색을 보이며 달려 나온 포정사 관부의 문정(門正)에게 몇 마디를 건넸다. 그러자 그들은 격식을 차리며 반듯한 표정을 짓더니 황급히 말을 전하러 안쪽으로 달려갔다. 얼마 지나지 않아 네 개의 문이 활짝 열렸고 중년 남자가 한 무리의 좌관(佐官)들을 이끌고 나왔다. 하얀 얼굴에 턱수염이 살짝 나고 푸른 도포를 입은 그는 활짝 웃으며 말했다.

"세자 저하께서 이렇게 먼 곳까지 걸음해 주실 줄은 몰랐습니다. 멀리 나가 맞이하지 못한 죄를 용서해 주시기 바랍니다."

봉지미가 빙그레 웃으며 앞으로 나아갔다. 농서 최고의 통치자인 신욱여는 생김새가 빼어나게 아름다우면서도 고지식한 늙은 학자처럼 보였다. 그는 부드러워 보이는 두 손으로 봉지미와 영혁의 초상화를 그리도록 시켰고, 특별할 것 없어 보이는 입으로 두 흠차를 집어삼키려 했었다. 심지어 흠차 중에 한 명은 황제의 아들인 친왕이었다. 봉지미는 자신과 영혁을 해치려 했던 포정사를 바라보았다. 기양산을 헤매게 만들어 하마터면 목숨을 잃을 뻔하게 만든 그를 바라보며 친근하고 기쁜 미소를 지었다. 혁련쟁은 신욱여를 뚫어져라 쳐다봤다. 봉지미의 당부에 따라 가면을 쓰고 표정을 잘 바꾸는 한족의 뛰어난 재주를 뽐내고 싶었지만 신욱여의 잘 다듬어진 동글동글한 얼굴을 보자마자 기양산 버려진 절에서 발견된 봉지미의 처참했던 모습이 떠올라 참을 수가 없었다. 그때 봉지미는 온몸에 피와 진흙을 칠갑하고 불에 탄 머리카락을 풀어헤치고 있었다. 일행이 와주었다는 사실에 기쁨과 안도의 탄식을 흘리던 봉지미의 눈빛이 아직도 눈앞에 선명했다. 혁련쟁은 신욱여를 보자 당시의 쓰린 마음이 다시 생생하게 떠올라 도저히 말이 나오지 않았다. 봉지미가 주문한 고난도의 임무를 완성할 수 없을 것 같았다. 혁련쟁은 소매 아래에서 주먹을 꽉 쥐고 몸을 부들부들 떨었다.

봉지미는 혁련쟁 앞으로 나아가 신욱여에게 예를 갖춰 인사를 했다. 지금 상황에서는 표면상 혁련쟁의 신분이 가장 높았기 때문에 오직 혁련쟁에게만 예를 갖추면 되었다. 혁련쟁은 그저 머리를 들고 흠흠, 하는 소리를 내면서 세자의 존귀하고 거만한 모습만 보여주면 되었다. 이런 행동은 혁련쟁이 봉지미를 만나기 전에는 아주 잘 해내던 것이어서 늘 하던 대로 하면 되었다.

그 사이 신욱여는 여우 같은 눈빛으로 마차에서 내려오는 영혁을 바라보며 의심을 품고 있었다. 봉지미는 가면을 쓰고 있는 영혁을 소개했다.

"이 분은 세자 저하의 친구이십니다. 농남인으로 친척을 방문하러 가는 길에 함께 잠깐 들른 것입니다."

신욱여는 아, 하고 대답하며 더 이상 깊게 따지지 않았다. 갑자기 봉지미와 어깨동무를 하고 웃으며 말했다.

"모시기 힘든 세자 저하와 도 아우님, 의지 대인께서 이곳까지 와 주시니 크게 한 상 대접하지 않을 수가 있겠습니까. 풍주의 경치도 소개해 드리고 싶습니다. 꽤나 볼 만하실 것입니다."

"물론입니다. 물론."

봉지미는 눈을 가늘게 떴다.

"제가 보고 싶은 것을 다 보기 전에 대인께서 절 쫓아내지만 않으신다면 저도 이곳을 떠나고 싶지 않습니다."

두 사람이 서로 마주 보고 크게 웃었다. 신욱여는 혁련쟁을 앞에 서게 하고 자신과 봉지미는 어깨동무를 한 채 뒤에서 걸어갔다. 신군흠과 유 참의와 포정사 관부의 관리들은 싱글벙글하며 그 뒤를 따랐다.

봉지미는 걸어가면서 매의 눈처럼 날카롭게 주변을 살펴봤다. 여기 포정사 관부의 경비는 삼엄한 편이었다. 거의 3보마다 보초가 하나씩 서 있었고 5보마다 초소가 있었다. 신욱여는 봉지미와 영혁을 암살하려는 계획이 실패로 돌아가자 속으로 안절부절못하는 모양이었다. 곧장 뒤뜰로 향한 그들은 그곳에 있는 작은 방 앞에 멈춰 섰다. 봉지미는 고개를 들어 현판을 보더니 웃으며 말했다.

"정승각(停勝閣)이라……. 멋진 글씨입니다."

신욱여가 득의양양하게 웃었다. 보아하니 신욱여 본인이 직접 쓴 글씨인 듯했다.

"드시지요. 어서."

사람들이 모두 작은 방 안으로 들어섰다. 봉지미는 여전히 신욱여와 어깨동무를 하고 과분한 환대에 몸 둘 바를 모르겠다는 표정을 지었다. 관부의 부하 관리들은 이 감찰어사가 자기 분수를 모르는 것 같아 몰래 비웃었다. 신욱여의 얼굴에 드리워졌던 미소도 어딘가 불편해 보이기 시작했고, 더 이상 아무 말도 하지 않았다.

"대인의 관부가 위치한 곳은 앞으로는 푸른 물을 끼고 있고 뒤로는 푸른 산에 기대어 있어 명당 중의 명당입니다."

봉지미가 걸어가면서 웃었다. 신욱여가 겸손하게 몇 마디를 하려는데 무언가 이상한 낌새를 느끼고 고개를 돌렸다. 혁련쟁의 팔표들이 방으로 밀고 들어오는 것이 보였다. 어리둥절해진 신욱여가 그들을 말로 막아 세우려 했다. 옆에서 봉지미가 웃으며 말을 건넸다.

"대인이 여기에서 뼈를 묻으시면 틀림없이 지난날이 헛되지 않을 것입니다."

봉지미의 말이 떨어지자마자 뒤에서 따라오던 눈치 빠른 유 참의의 낯빛이 변했다. 그는 미끄러지듯 달아나려 했지만 날카로운 빛줄기가 잇달아 번쩍였고, 팔표가 휘두르는 여덟 개의 채찍이 춤을 추며 어지러운 금빛을 내뿜었다. 뻗어 나온 채찍이 그물을 짜듯 교차하더니 유 참의와 신군흠을 단단히 얽어맸다.

혁련쟁은 한 발로 방문을 뻥 걷어찼다. 옷소매를 털고 있는 고남의에게 무관 하나가 작정하고 달려들자 스치듯 가볍게 피하더니 그 자를 벽에 내던졌다. 봉지미의 검은 어둡고 서늘한 빛을 내뿜으며 신욱여의 등을 노리고 있었다. 영혁은 이미 신욱여의 앞으로 와 뒷짐을 지고 담담하게 그를 '바라보고' 있었다.

"네 이놈! 이게 무슨……."

일촉즉발의 상황이었다. 얼굴이 창백해진 신군흠은 큰 소리로 말을 더듬기만 할 뿐 제대로 된 말을 하지 못했다.

"오는 길 내내 호송해 주셔서 정말 감사드립니다. 덕분에 저희가 막힘없이 무사통과하여 포정사 관부까지 들어올 수 있었습니다. 정말로 감사드리고 또 감사드립니다."

봉지미가 고개를 돌려 신군흠을 바라보고 말했다.

"다시 제 소개를 할 수 있게 허락해 주시기 바랍니다. 소인은 예부 시랑이자 남해 선박 사무사 흠차 위지입니다."

결박되어 얼굴이 파랗게 질려 있던 신군흠은 위지란 이름을 듣고 벌벌 떨기 시작했다. 속사정을 잘 모르는 유 참의가 큰 소리로 말했다.

"위 대인. 이게 무슨 짓입니까."

"우리가 무슨 짓을 할지는 신 대인께 여쭤 보면 잘 아실 것입니다."

이번에는 영혁의 차례였다. 영혁은 천천히 걸어 나와 신욱여의 앞으로 다가가더니 그를 마주 보고 가면을 벗었다.

"초왕 영혁이네."

안에 있던 사람들 모두 경악해서 비명조차 지르지 못했다. 신욱여가 몸을 바들바들 떨며 이를 악물고 간신히 말했다.

"초왕 전하께서 강림하신 줄 미처 모르고 소관이 실례를 범했습니다. 그런데 전하께서 여기에 무슨 일로……."

쫙.

더 이상은 참을 수가 없었던 혁련쟁이 세차게 따귀를 때리자 십여 개의 이가 후드득 떨어져 나와 바닥 위에 나뒹굴었다. 영혁은 혐오스러운 눈빛으로 울부짖는 신욱여에게 담담하게 말했다.

"내가 무슨 일로 왔는지 알려 줄까? 널…… 죽이러."

"죽인다고? 넌 날 손끝 하나 건드릴 수 없어!"

신욱여가 다른 사람들의 손에 붙들렸다. 속으로 행운은 없다는 것을 알았지만 최후의 희망을 기대하며 마지막 발버둥을 쳤다.

"내 관부에는 호위 무사가 수천 명이야! 절차도 없이 함부로 날 죽였다간 여기서 한 발짝도 못 나갈걸! 난 봉강대리야. 설령 죄가 있더라도 제경까지 압송해서 대리사(大理寺)에서 심리해야 한다고. 네가 아무리 친왕이라고 해도 봉강대리를 함부로 죽였다간 너도……."

푹.

선혈이 세차게 뿜어 나오다 멈췄다. 말이 너무 빨라서 칼이 명치를 뚫고 뒤로 나오기까지 말을 마칠 겨를이 있었다.

"무사하진 못해."

조금 전의 고요함은 숨 막힐 듯한 정적으로 바뀌었다. 모두 백짓장처럼 하얗게 질린 얼굴로 한곳에 시선을 고정하고 있었다. 포정사 대인은 성 전체를 통틀어 최고의 실세였다. 그런데 하늘을 찌르는 권력을 휘둘렀던 그가 칼에 찔려 죽은 것이었다. 죽은 사람을 전혀 신경쓰지 않는 듯한 혁련쟁의 통쾌한 웃음소리가 방 안에 울려 퍼졌다.

"하하하. 정승각이 정시각 *挺尸閣, 시체가 뻗어 있는 방이란 뜻이 됐네!"

신욱여의 몸이 축 늘어졌고 봉지미가 역겨운 듯 얼굴을 찌푸리며 시체를 밖으로 내다 놓았다. 땅에 내려놓자 마대가 푹 떨어지는 듯한 둔탁한 소리가 났다.

"어마어마한 죄를 지어도 너 같은 신분의 사람은 제대로 처단할 수가 없지. 기껏해야 노란 비단을 휘감은 칼을 차고 제경으로 호송될 뿐일 거야. 대리사에 맡겨지면 길고 지루한 심리 과정을 기다리는 동안 네가 이전에 친분을 맺었던 인맥과 네가 의지하는 제경의 세력가들이 모두 너 하나에 얽혀서 발칵 뒤집힐 테지. 스스로 원하든 원치 않든 어쩔 수 없이 너를 위해 변호하러 달려올 수밖에 없을 거야. 너에겐 충분한 힘과 돈이 있어서 이 정도의 고초는 견딜 만할 거야. 최후의 순간에는 어쩌면 즉시 처형에서 감금형으로 형이 내려갈 수도 있겠지. 기다리고 기다리면 사면의 기회가 와서 다시 재기할 수 있을지도 모르겠네."

영혁이 눈처럼 새하얀 비단 손수건으로 태연하게 손을 닦았다. 그리고 공포에 질린 채 딱딱하게 굳어 버린 신욱여의 얼굴 위에 붉게 물든 손수건을 내던지며 말했다.

"그래서 넌 지금 죽어야 해."

영혁의 맑고 은은한 목소리가 퍼졌다. 곧이어 멀리서 시끄러운 함성과 거친 말발굽 소리가 들려왔다. 영징이 농남의 모든 지휘사들 아래에 속한 삼천 병사를 모아서 데려온 것이었다. 그들은 봉지미 일행이 관부에 들어올 시각을 계산하여 정확한 순간에 처들어왔다. 신욱여는 부위

(府衛)로 삼엄하게 방비했는데 만반의 태세를 갖추고 온 정규군을 만나자 일격에 허물어지고 말았다. 포정사 관부 전체가 순식간에 장악당하고 있었다.

따뜻한 작은 방 안에는 용연향이 모락모락 피어오르고 있었다. 이제는 영원히 마실 수 없는 차가 맑게 우려진 채 덩그러니 탁자 위에 놓여 있었다. 마치 매화가 피어 있는 것처럼 사방이 핏자국으로 얼룩져 있었다. 영혁이 덤덤한 표정으로 방 안에 발을 들여놨다. 온몸에 피를 뒤집어쓴 영정이 살육의 흥분이 가시지 않은 표정으로 번개처럼 빠르게 방 앞에 모습을 드러냈다.

"일각 반."

일각 반이면 살인, 관부 제압, 모든 흔적 제거까지 일련의 과정을 전부 끝마칠 수 있다는 뜻이었다.

"훌륭하다."

영혁이 가볍게 머리를 들고 공기 속에 점점 짙어지는 피비린내에 집중했다. 관부 일대를 뒤덮은 공포의 전율 속에서 영혁은 싱긋 미소 지으며 말했다.

"다른 사람의 피 냄새는 향기롭구나."

장희 16년 가을. 충격의 파장이 제경을 뒤흔들었다. 농서부에서 친왕을 암살하려는 계획을 세운 일명 흠차 사건이 발생한 것이었다. 농서 포정사 신욱여는 민남 상씨 집안과 결탁해서 상씨 집안의 명령에 따라 흠차 의장대가 농서 경계에 진입한 이후 암살을 시도했다. 그 행동이 대담하여 현 조정에 커다란 충격을 전한 것이었다.

얼핏 보기에는 불가사의한 점이 많았지만, 천성 황제의 책상 위에 놓인 뚜렷한 증거가 이번 사건의 진실을 증명했다. 농서부 서판은 강호의 장산검파(長山劍派)의 장문에게 밀서를 보냈는데 그것은 신욱여가 신군흠에게 하달한 영혁과 위지의 초상화였다. 또한 영혁이 단시간 내에 신속하게 수집했던 신욱여와 상씨 집안의 결탁에 관한 증거도 밀서 안에 들어 있었다. 신욱여의 전임 포정사는 상씨 집안이 신욱여를 도와 모함한 탓에 죽임을 당한 것이었고, 이후 이들의 왕래가 잦아지면서 결탁은 더욱 공고해졌다.

얼마 전에 신욱여는 올해 농서에 비가 많이 와서 양식에 곰팡이가 슬었다며 조정에 식량을 배분해 줄 것을 청했었다. 그는 조정에서 나누어 준 식량을 몰래 빼돌려 민남으로 운송했다. 이 사실을 알게 된 천성 황제는 격노하며 즉시 신욱여를 제경으로 압송하라는 명령을 내렸고, 사건에 연루된 사람들은 그 자리에서 심리하도록 했다. 그런데 황제의 명령이 하달된 이후 불과 며칠 만에 초왕에게서 답장이 왔다. 신욱여는 이미 사형 집행을 받았고, 사건에 연루된 관리와 관계자 336명도 전부 그 자리에서 사형을 집행했다는 내용이었다. 눈 깜짝할 사이에 삼백여 개의 머리가 날아간 것이었다. 천지가 놀라서 흔들릴 지경이었다.

이 상소를 받은 천성 황제가 한참을 침묵하는 동안 어전에는 숨소리조차 들리지 않았다. 상상을 초월하는 초왕의 잔인한 살육 방식에 모두 놀랄 따름이었다. 뜻밖에도 초왕은 조정에서 내려 보내는 칙서를 기다리지 않고 이 많은 관리들의 목을 쳤다. 그중에는 2품 관직의 봉강대리도 들어 있었다. 더욱 놀랍고 두려운 것은 초왕이 짧은 시간 안에 신 씨가 관련된 죄행을 자세하게 조사한 데다 죽이는 것까지 막힘이 없었다는 점이었다. 그의 뛰어난 능력과 수완은 모두의 마음을 불안하게 만들었다. 초왕의 막료가 상부에 올린 상소에는 이렇게 쓰여 있었다.

'신 씨는 오만방자하고 대왕이 명령하는 것에 의도적으로 반항하는 듯하며 심지어 전하에게 상해를 입혔다. 따라서 어쩔 수 없이 그 자리에서 사형을 집행하였다……'

하지만 누가 알겠는가. 신욱여가 왜 죽었는지는 하늘만 알 것이었다.

273

그리고 영혁이 상소를 올리기 전에 벌어진 일과 관리들의 피가 풍주의 땅을 붉게 물들인 일도 하늘만이 알 것이었다.

풍주에 흐른 피는 풍주에서 가장 명백히 알 수 있을 것이었다. 여러 날 동안 단두대는 선혈을 배부르게 마셨고, 청석 틈에는 검붉은 핏자국이 깊게 메워져 있었다. 나중에는 매일 정해진 시간에 사형을 집행하는 것도 귀찮아져서 풍주성 중심에서도 가장 번화한 십리장가(十里長街)에 삼백 척마다 한 사람씩 묶어 놓고 풍주성에서 가장 높은 천원루(天元樓)에서 영혁이 징을 한 번 울릴 때마다 날카로운 빛을 그들의 목에 찔러 넣었다. 선혈이 개울을 이루었고 백 개의 머리가 땅으로 떨어졌다. 이런 사형 방식을 지켜본 풍주 백성들은 온몸을 덜덜 떨었다. 오랜 세월이 지나도 영원히 잊을 수 없는 광경이었다. 밤이 되면 기녀들의 그림자로 물결을 이루던 거리가 적막해졌다. 사람 그림자는 전혀 찾아볼 수가 없었다.

단칼에 봉강대리의 목을 떨어트린 것은 초왕 제멋대로의 행동이었으나 누구도 책임을 묻지 않았다. 천성 황제마저도 묵인하는 태도를 보였다. 영혁은 신욱여를 죽인 일에 대해서는 어떠한 언급도 하지 않았다. 단지 빠른 말을 보내 궁중에서 가장 좋은 상처 치료약을 가져오게 하였다.

언제나 살얼음 위를 걷는 것처럼 불안으로 떨고 있는 초왕파가 겨우 한숨을 돌렸다. 하지만 봉지미는 전혀 걱정하고 있지 않았다. 5황자는 민남으로 달아났고 상씨 집안의 세력은 반드시 무너질 것이었다. 영혁은 남해로 가는 길에 반드시 병력을 이동시키고 장수를 파견해서 전쟁을 일으킬 것이었다. 그의 몸에 흐르는 토벌의 기운이 민심을 동요시키고, 안정되지 못한 민남과 남해의 경계를 두려움에 떨게 할 것이었다. 게다가 병권까지 완전히 거두어들이면 금상첨화일 것이었다. 천성에게 지금 가장 필요한 것은 회유의 손길이 아니라 피를 뚝뚝 흘리는 칼날이었다.

한편으로 봉지미는 마음이 조급해졌다. 상씨 집안에게 시간을 주면 줄수록 자신에게 남은 기회는 그만큼 줄어들 것이었다. 조정에서 농서의 일을 수락하자마자 영혁과 봉지미가 물길을 따라 바로 민남으로 달려온 것도 그러한 이유에서였다. 남해와 민남이 서로 인접하여 상씨 집안이 민남 장군직을 기꺼이 받아들였지만 가족은 계속 남해도에 거주하고 있어서 상씨 집안은 두 지역에 전부 저택과 세력을 가지고 있었다. 봉지미는 영혁과 의논한 끝에 두 대열을 합쳐서 우선 남해로 내려가기로 정했다.

빠른 배가 굽이친 물길을 따라 앞으로 나아갔다. 혁련쟁은 뱃멀미를 심하게 해서 칠 일째 되는 날 결국 기절하고 말았다. 뱃전을 붙잡고 하루만 더 여기 있다간 죽을 것 같다며 난리를 피우던 차에 흠차의 거선이 쾅, 하고 큰 소리를 내며 무언가에 부딪쳤다. 다급하게 갑판으로 뛰어올라온 봉지미의 눈에 입이 떡 벌어지는 광경이 들어왔다. 멀지 않은 기슭에 족히 만 명은 되어 보이는 사람의 머리가 어지럽게 출렁이고 있었다. 그들이 천지를 뒤덮을 기세로 내지르는 함성소리가 봉지미의 귓전을 때렸다.

경천(驚天)의 변(變) / 일촉즉발

"배 밑바닥이 부서졌다!"

연회석이 봉지미의 뒤를 따라 창백한 얼굴로 뛰어올라왔다. 연회석은 최근의 날들이 고난의 연속이라는 생각이 들었다. 이번에 길을 떠나올 때만 해도 모든 일이 술술 풀리는 것 같아 즐거웠는데 여정은 평탄치가 않았다. 농서 경계에서 습격을 당하여 수많은 호위 무사가 죽거나다쳤다. 하지만 호위 무사의 일은 사소한 것에 불과했고, 하마터면 봉지미와 영혁을 잃을 뻔했다. 당시에 연회석은 정신이 없어서 어떻게 해야할지 아무 생각도 떠오르지 않았다. 다행히도 하늘이 도운 덕분에 두사람이 목숨을 부지하고 연락도 다시 닿을 수 있었다. 며칠 동안 밥도삼킬 수 없었고 잠도 잘 수 없었던 연회석은 그제야 마음속에 걸려 있던 무거운 돌을 내려놓는 기분이었다. 사람이라면 누구나 살면서 변고가 있을 수 있지만 이 두 사람만큼은 절대로 아무 일도 생겨서는 안 됐다. 현재 남해가 돌아가는 상황으로 보아 만일 봉지미에게 변고가 생긴다면 상씨 집안이 뒤를 봐 주는 현지 관부가 명문 세가들의 세력을 반드시 무너트릴 것이었다.

봉지미와 영혁을 다시 만나 여기까지 오는 내내 연회석은 조심하고 또 조심했다. 푹 자고 싶을 때도 있었지만 언제나 봉지미 방의 문지방 옆에서 쪽잠을 청했다. 하지만 이런 노력에도 불구하고 오늘 남해에 도착하여 한숨을 돌리기도 전에 다시 이런 일을 맞닥트린 것이었다.

"보아하니 자네가 사는 남해는 흠차를 환영하는 방식이 정말 특별한 것 같네."

영혁이 영징의 부축을 받고 나왔다. 멀지 않은 곳에서 들려오는 성난 파도 소리 같은 함성에 귀 기울이며 얼굴에 차가운 미소를 드러냈다. 연회석이 내다보니 해안에 새까맣게 모인 인파는 족히 만 명은 되어 보였다. 숨을 깊이 들이마시고 뱃전을 붙잡은 손가락에 힘을 꽉 주었다. 남해의 정세가 열악한 것은 잘 알고 있었지만 이 정도일 줄은 예상하지 못했다. 혁련쟁이 뱃전에 기대어 몸을 기울이더니 속의 것을 게워냈고, 이내 숨이 끊어질 듯한 목소리로 말했다.

"천만 명이 막더라도 우린 용감하게 앞으로 나아간다 *雖千萬人, 吾往矣 : 『맹자·공손추상』에 나오는 말……. 우욱…….."

사람들은 혁련쟁이 어떻게 이렇게 어려운 문자를 쓰는지 놀라워했다. 혁련쟁이 꺽꺽대며 계속 말했다.

"대군이 모조리 죽어도 괜찮다……. 우욱…….."

"……."

봉지미는 눈을 가늘게 뜨고 새까만 인파의 뒤쪽을 내다봤다. 그곳에는 남해 현지 관부의 영접 의장대가 기다리고 있었다. 명문 세가에서 마중 나온 사람들도 있었는데 어마어마한 인파 때문에 뒤로 밀려나 여기에 쿵 저기에 쿵 세차게 부딪치며 떠밀려 다니고 있었다. 보고 있자니 너무나 안쓰러운 광경이었다.

봉지미는 연회석의 손에 들린 망원경을 가져다가 그들이 있는 쪽으로 초점을 맞췄다. 원형 망원경을 상하좌우로 움직이자 붉은 옷에 자색 허리띠를 맨 관리 무리가 시야에 들어왔다. 누군가는 귓속말로 소곤대고 있었고, 누군가는 만면에 미소를 띠고 있었고, 누군가는 곁눈질하며 거선을 노려보고 있었다. 행수는 검은 얼굴의 남자였는데 커다란 양산 아래 해를 피하고 있었고, 그 주위를 호위병들이 둘러싸고 있었다. 큰 의자 가운데에 앉은 그는 평온하게 책을 보고 있었다. 봉지미의 망원경이 천천히 아래로 내려왔다. 이 사람이 허리에 차고 있는 코뿔소 허리띠가 눈에 들어왔다. 그는 바로 2품 고관 남해도 포정사 주희중이었다.

척박한 농서와 달리 남해도는 가장 일찍 해상 무역을 열었다. 전국에서 제일 처음으로 해상 업무 선박과 세관 행성*고대 중국의 지방 통치 기관을 보유해서 경계 내의 5대 명문 세가는 날로 번영했다. 해상 무역은 현지의 경제를 이끌어 나갔으며, 물자가 풍부하고 살림이 넉넉하다보니 민풍이 상대적으로 진보적이었다. 진보적이란 말은 듣기에는 좋지만 사실 위의 말을 고분고분 잘 따르지 않는다는 뜻이기도 했다. 주희중은 남해를 오랫동안 통치하면서 남해에서 세력이 강성한 명문 세가들을 완전히 제압했다. 이런 억압 때문에 연씨 집안은 어쩔 수 없이 제경까지 가서 발을 넓히는 방법을 생각해 낸 것이었다. 주희중은 명문 세가뿐만 아니라 복종하지 않는 백성들도 엄하게 길들여 마음대로 부릴 수 있었으니 그의 능력을 가히 짐작할 수 있었다. 부인의 인맥을 이용해서 자리를 보전하던 신욱여와는 비할 수도 없었다.

내각에서는 일찍이 남해의 일에 대해 의논한 적이 있었다. 그러나 봉지미는 남해의 일이 말처럼 간단하게 해결되기 어려울 것이라 짐작했었다. 남해 포정사는 아래의 모든 관리들을 책동해서 국책에 반대하도록 입을 하나로 모을 수 있었고, 자신의 의지에 따라 모든 백성을 지휘할 수 있었으니 다스리는 능력이 뛰어나다고 볼 수 있었다. 결집력도 있었고 배짱도 두둑해서 절대 방심할 수 없는 인물이었다.

지금 주희중은 영혁에게 무시할 수 없는 자신의 역량을 마음껏 뽐내고 있었다. 영혁은 농서도에서 처형한 336명의 머리를 가지고 위풍당당하게 남해를 찾아왔고, 주희중은 남해의 모든 백성들이 부두에서 '열렬히 환영'하도록 지휘했다. 하지만 그는 영혁의 위세에 조금도 굽히지 않고, 오히려 영혁에게 제 위엄을 과시하며 텃세를 부리고 있었다.

검은 바탕에 가장자리를 붉은 천으로 덧댄 복식을 갖춘 아전 무리가 군중 속에서 휘휘 손을 내저으며 사람들을 내쫓는 시늉을 했다. 성심을 다하여 맞이하러 나온 연씨 일가를 비롯한 5대 명문 세가 사람들은 전부 가장 뒤쪽에 머물러 있었다.

이때 갑자기 누군가가 크게 소리쳤다.

"도리에 어긋나는 짓이나 하는 멍청한 관리들을 쫓아내자!"

마른 장작이 쌓인 곳에 튄 작은 불씨가 활활 타오르는 불길이 되는 것처럼 수많은 사람들이 요란스럽게 고함을 치기 시작했다.

"조정의 무능한 관리들을 내쫓자!"

"우린 선박 사무사 따위 필요 없다!"

"명문 세가의 뒤를 봐 줄 사람은 남해에서 꺼져라!"

"제경으로 썩 꺼져라!"

펑.

어디에서 던진 것인지 알 수 없는 채소 하나가 옅은 초록색의 호선을 그리며 날아오더니 거선에서 몇 장*약 3미터 떨어진 곳에 있는 바다로 통하는 물 위로 떨어졌다. 그러나 이건 작은 신호탄에 불과했다. 흠차 관선을 향해 채소가 날아오르고 곤달걀이 춤을 추며 허공을 가로지르기 시작했다. 마치 하늘에서 퍼붓는 소나기처럼 음식들이 거세게 쏟아졌다. 남해 사람들이 던진 것은 대부분 바닷물로 떨어졌지만, 일부는 목표물에 오차 없이 안착했다. 정확도가 높은 비행물은 거선의 선체를 퍽퍽 내리치며 알록달록한 꽃을 피웠다.

"너무하잖아!"

귀족의 자손이자 혈기 왕성한 청명서원의 서생들은 이번처럼 떡고 물이 많이 생기는 자리에 있으면 가는 곳마다 후한 대접을 받을 거라고 예상했었다. 그러나 뜻밖에도 길바닥에서 비명횡사할 판이라 당황스럽고 기분이 언짢았다. 배가 기슭에 닿기도 전에 심한 텃세를 부리는 것에 슬슬 부아가 치밀어 오르고 있었다. 요양우가 앞장서자 하나둘씩 팔을 걷어붙이기 시작했다.

"대인, 삼판선을 띄워 주십시오. 저희가 가시는 길을 보호해 드리겠습니다. 그리고 배에서 내리면 저 개만도 못한 것들을 다 때려죽이겠습니다."

"전하."

연회석이 서둘러 달려가서 영혁을 잡아끌더니 다시 봉지미를 잡아끌며 말했다.

"뱃머리는 위험합니다. 누가 몰래 화살을 쏠지도 모르니 조심하셔야 합니다. 선실로 들어가셔서 피하시는 게 좋겠습니다."

영혁이 꿈쩍도 하지 않자 봉지미도 움직이지 않았다. 두 사람은 나란히 뒷짐을 지고 뱃전에 서서 무섭게 달려드는 남해 백성들의 기세를 차분하게 마주하고 있었다. 해풍에 긴 머리가 휘날리며 깃발처럼 펄럭였다. 그때 말린 생선 한 묶음이 영혁의 발아래에 툭 떨어졌다. 말린 생선이 산산이 부서지면서 그 부스러기가 영혁의 신발 위로 튀었다. 호위무사들이 놀라서 황급히 달려왔고 우산을 펼쳐 영혁을 가리려 했다. 하지만 영혁이 밀어내며 담담하게 말했다.

"남해의 백성들은 과연 풍요롭게 사는군."

영혁이 웃으며 곁에 있는 봉지미에게 말했다.

"봐라. 말린 생선을 던지는 사람이 있질 않나. 이런 종류의 말린 생선은 제경에 갖다 팔면 한 묶음에 오백 문*고대 중국의 화폐 단위은 받을 수 있을 텐데 말이다.”

봉지미는 매우 깊이 동감하여 연신 고개를 끄덕이면서 말했다.

“게다가 말린 생선은 증기에 쪄서 참기름, 식초, 마늘, 파를 곁들이면 맛이 기가 막히죠.”

연회석이 손가락으로 봉지미의 옆구리를 쿡쿡 찌르며 안절부절못했다. 두 사람은 적의가 가득한 상황에서도 어떻게 농담을 할 마음이 드는 건지 알다가도 모를 일이었다. 거선은 암초에 부딪친 것인지 아니면 배의 밑바닥을 누가 부순 것인지 알 수 없었고, 얼마 지나지 않아 가라앉기 시작했다. 봉지미 일행은 현지 관부에서 큰 배를 보내 영접해 주지 않으면 직접 작은 배를 준비하여 기슭까지 가야 했다. 하지만 작은 배를 이용하면 백성들에게서 달걀과 채소로 포위 공격을 당한 사실이 세간에 알려질 것이었다. 또한 영혁과 봉지미가 먼저 작은 배를 타고 건너오면 뭍으로 올라올 때 백성들이 우르르 달려들 테니 그들의 안전을 보장할 수 없었다. 그렇다고 호위 무사들부터 내리게 하면 부두에 방어선을 칠 수는 있을 테지만, 그 사이 거선이 침몰할 수도 있었다. 그렇게 되면 영혁과 봉지미가 남해의 관리와 백성들 앞에서 망측한 꼴로 물에 빠질 것이 뻔한데 이런 일이 생긴다면 무슨 낯으로 남해 관리들을 호령할 수 있겠는가.

백성들에게 가로막혀 뒤에서 발만 동동 구르고 있던 남해 관리들은 마음 같아서는 배를 저어서 영혁과 봉지미를 구하고 싶었다. 그러나 지금 상황으로 보면 불가능할 것이 분명했다. 일부러 영혁과 봉지미를 곤궁에 처하게 하는 위험한 형국이 눈앞에 펼쳐지고 있었다.

주희중은 찔러도 피 한 방울 나오지 않을 사람이라 ‘주 독종’으로 불렸다. 남해 관계(官界)에서는 그를 ‘주 패왕’이라고도 불렀다. 성격이 워낙 포악하고 고집스러우며 강경했고 기세가 등등했다. 그렇지 않았다면 엄청난 부를 축적한 천하의 명문 세가들을 이렇게 오랫동안 억누를 수 없었을 터였다. 오늘 일이 흘러가는 형세를 지켜보니 주희중은 흠차도 괴롭힐 모양이었다. 이자를 굴복시키는 것은 불가능해 보였다.

"제가 저희 집의 거선을 불러 영접하도록 하겠습니다."

한참을 고민하던 연회석이 이를 악물고 결심을 내렸다.

"안 돼."

봉지미가 일언지하에 거절했다.

"관부에서는 남해 백성들에게 자네 집안과 제경 고위층이 결탁했다고 말하고 다니고 있어. 지금 백성들의 면전에서 정말 연씨 집안의 배를 가져다 쓴다면 결탁이라는 것이 확고해질 거야. 그러면 불 위에 기름을 퍼붓는 격이라 앞으로 더욱 돌이킬 수 없는 지경에 이를 것이야."

"그럼 이를 어찌합니까."

영혁이 갑자기 웃으며 말했다.

"위지. 네가 방금 내게 말했던 생선찜 맛이 정말 궁금하구나."

봉지미가 눈을 반짝이더니 영혁의 뜻을 알아채고 의뭉스러운 눈빛을 보냈다.

"생선찜 하나만 있으면 너무 단출하지 않겠습니까. 고남의 사형."

호두를 먹고 있던 고남의가 날듯이 다가왔다.

"식량을 낭비하면 안 되지."

봉지미는 바닷물 위에서 이리저리 떠다니는 채소들을 가리켰다.

"봐봐. 뭐든 만들어 먹을 수 있겠어. 전부 다 가져다 줘."

고남의가 고개를 끄덕이더니 수십 개의 호두를 냅다 바다에 던졌다. 호두가 뱅그르르 돌며 날아가더니 바다 위로 떨어졌다. 뱃전에서 뛰어내린 고남의가 나풀거리며 가장 가까이 떠다니는 호두가 있는 곳으로 다가갔다.

자그마한 호두는 수면 위에서 잠겼다 뜨기를 반복했다. 고남의의 가늘고 기다란 몸이 호두를 따라 오르내렸지만 곧게 뻗은 대나무처럼 흔들림이 없었다. 호두 위에 선 고남의는 하늘처럼 푸르게 물든 옷소매를 해풍 속에서 펄럭이며 흘러가는 구름처럼 유유하게 계속 오르락내리락했다. 아침의 햇빛이 고남의의 어깨 위를 부드럽게 감쌌고, 주위에는 매끄럽고 윤기 나는 옥 조각상이 내뿜는 듯한 담청색 광채가 피어올랐다. 고남의가 손가락을 뻗자 손끝에 다이아몬드가 번쩍이는 듯 눈부신 아침 노을빛이 내려앉았다.

남해의 백성들이 언제 이런 인물을 본 적이 있었겠는가. 순간 신비한 광경에 사로잡힌 백성들은 장거리 투척 운동을 해야 하는 것도 잊고 그저 신선이 하늘에서 내려온 듯 넋을 잃고 입을 벌리고만 있었다.

만 명의 눈빛이 한 사람에게로 모아졌다. 다른 사람 같으면 사람들의 시선이 부담스러워 손발을 어디다 두어야 할지 몰랐을 것이다. 그러나 고남의는 봉지미를 제외한 나머지 사람들에게 전혀 관심이 없었기 때문에 초조해하지 않았고, 그저 자신의 할 일만 묵묵히 해 나갔다. 고남의가 손을 뻗자 바구니가 여러 개 나타났다.

바구니. 만여 명에 달하는 백성들이 턱이 빠질 정도로 입을 더 크게 벌렸다. 어떤 이는 자기도 모르게 침이 떨어지기까지 했다. 이자가 호두를 타고 바다를 건너는 바람에 사람들은 충분히 아연실색했는데, 이번에는 호두를 타는 데다 바구니까지 짊어지고 바다를 건너다니 신선의 형상이 따로 없었다. 물론 바구니를 짊어지고 바다를 건너는 신선은 본 적 없었지만 매우 아름다울 것이 틀림없었다.

'신선'이 등에서 내려놓은 바구니는 바다 위에서 표류하는 호두를 따라 천천히 하나씩 바닷물 위로 떨어졌다. 신선은 지나가면서 채소와 달걀, 말린 생선, 게 등등 먹을 수 있는 모든 것을 그러모아 바구니에 담았다. 천둥 번개가 내려친 듯 부두 위에서 만여 명의 백성들이 입을 크게 벌리고 탄식을 내뱉었다. 알고 보니 이자는 호두에 올라 바구니를 짊어지고 바다 위의 쓰레기를 줍는 넝마주이 신선이었던 것이었다.

고남의는 호두가 가는 길을 따라 한 바퀴를 더 돌았다. 먹을 수 있는 것이라면 닥치는 대로 바구니에 담았다. 다 담은 후에는 재빠르게 주위를 한 바퀴 돌더니 바닷물 위를 스치듯 움켜쥐어서 떠다니던 호두를 전부 회수했다. 호두만큼은 절대 낭비할 수 없었다.

고남의는 날아오르는 봉황처럼 우아하고 아름다운 각도로 허공을 질주했다. 고남의는 자신이 남해 백성들에게 죽을 때까지 잊을 수 없는 곡예 공연을 선사한 것을 전혀 모르고 있었다. 고남의는 봉지미가 시킨 임무만 완성하면 그만이었다. 거선으로 돌아온 고남의는 안고 있던 바구니를 봉지미의 앞에 내놓았다. 봉지미는 바구니를 받아들더니 입가를 실룩거렸다. 고남의는 채소를 살 때 좋고 나쁜 것을 구별하지 못했다. 눈앞에 원하는 것이 있으면 그대로 집어 들 뿐이었다. 바구니 안에는 흐물흐물한 채소, 누가 신다 버린 냄새나는 갑피(甲皮), 물속에서 유유히 헤엄치고 있다가 운도 없이 끌려 들어온 해파리 무더기가 들어 있었다. 봉지미는 먹을 수 없는 것들은 도로 바다에 던져 버리며 말했다.

"오늘 여러분에게 제 손맛을 보여 드리겠습니다."

봉지미는 고남의에게 다가가 귓속말로 몇 마디를 건넸다.

고남의가 뱃전 위에 섰다. 백성 일동이 이곳에 온 목적과 해야 할 일을 잊고 모두 똑같은 자세로 고남의를 올려다봤다.

"전하 말씀이 남해의 백성들은 원래 이렇게 부유하다고 한다."

고남의가 무미건조한 어투로 봉지미의 말을 그대로 전달했다. 목소리가 높지는 않았지만 일단 입을 열면 만인에게 잘 들렸다. 봉지미가 망원경을 들어 주 포정사를 살폈다. 군중 속에서 줄곧 산처럼 버티며 움직이지 않고 책만 보고 있던 주 포정사가 마침내 책을 내려놓고 고개를 들어 올렸다.

"남해 포정사 관부에서 일전에 조정에 청하길, 남해가 재해를 입어 식량 생산이 감소하였으니 이재민을 구제해 달라 했다."

고남의의 기억력은 매우 뛰어나서 한 자도 틀리지 않았다.

"흠차 대인이 이곳에 와서 남해의 피해 상황을 세심하게 살피고 필요한 경우에는 창고를 열어 식량을 나누어 주고 조세를 감면할 계획이었다. 그런데 오늘 와서 직접 보니 말린 생선 5근, 게 10근, 말린 채소와 달걀 조금을 순식간에 모을 수 있었다. 남해의 백성들에게 식량이 떨어질 위험은 전혀 없다는 걸 알게 됐다. 재해를 입었다는 것 또한 완전히 거짓말이니 감세는 더더욱 필요 없을 것이다."

만여 명의 백성들이 아아, 하고 탄식하며 고개를 돌리고, 관부의 사람들을 매섭게 쏘아봤다. 남해의 관리들은 서로 얼굴만 쳐다보고 꿀 먹은 벙어리가 되었다. 주희중이 느릿느릿 몸을 일으켰다.

"전하께서 남해의 백성들은 왜 이렇게 식량을 낭비하는 것인지 모르겠다고 말씀하셨다."

고남의는 계속 외워서 말했다.

"전하께서 제경을 떠나 강회, 농서, 농남 3성을 차례로 거쳐 남해까지 오면서 보니, 토지가 비옥하고 물산이 풍부해서 의식이 풍족한 편인 강회 지역을 제외하고 농서에는 올해 큰 가뭄이 와서 그곳 지역 3곳의 백성들이 재해를 입었다. 농남은 산에 홍수가 나서 길이 끊기고 7현의 백성들이 지금까지도 의식을 해결할 방도가 없다. 수만의 백성들이 한에 서린 눈물을 흘리며 구제를 기다리고만 있다. 셀 수 없이 많은 백성들이 굶주리며 길 위에서 하염없이 떠돌고 있다. 전하께서 오는 길에 창고를 열어 식량을 나누는 것으로는 백성의 위급함을 전부 해결할 수 없었다. 어찌할 도리가 없어서 흠차의 호위 무사 군단 전원이 식량을 줄이고 이재민을 발견하면 즉시 구제했다. 한 입이라도 줄이고 한 생명이라도 더 구하기 위해 전하께서도 음식을 입에 대지 않으셨다. 그런데 오늘 남해에 도착해서 만민이 말린 생선으로 열렬히 맞이해 주는 광경을 마주하니 너무나 성대하여 놀라울 따름이었다. 전하께서는 농서와 농남 두 지역의 백성들이 배고픔과 추위로 겪고 있을 고통을 생각하면 음식을 함부로 낭비할 수가 없어서, 남해 백성들이 던져 준 물건에 깊은 감사를 표하며 그것으로 밥을 지어 먹으려 한다."

남해 백성들의 웅성거리는 소리가 낮게 퍼졌다. 흠차 대인이 음식물을 모아서 음식을 해 먹을 줄은 생각도 하지 못한 일이라 서로 얼굴만 멀뚱하게 쳐다보며 한 마디씩 짧은 말을 꺼낼 뿐이었다. 주희중은 매우 곧은 자세로 서서 음침한 표정을 짓고 있었다.

"전하께서는 남해의 백성들이 보낸 물건에 다시 한번 감사하며 정중히 묻고자 한다. 같은 나라의 백성인데 누구는 정처 없이 떠돌아다니며 굶주림과 추위에 울부짖고, 누구는 먹을 것을 하찮게 여기며 멀쩡한 생선살을 못 먹게 으스러트리고 있다. 여러분이 지금 제멋대로 하고 있는 행동이 천하의 몹쓸 짓이란 사실을 정녕 모르는 것인가. 양심의 가책을 전혀 느끼지 못하는가."

사람들이 조금 미안해진 표정을 지으며 술렁거리기 시작했다. 자신이 정의와 도리를 모르는 사람처럼 여겨지자 갑자기 아무런 까닭 없이 남과 다투는 자가 여기저기서 나타났다. 사람들은 내심 당혹감을 떨치지 못했다. 게다가 농서와 농남 두 지역의 피해 상황과 백성들의 고충을 알게 되자 똑같은 백성으로서 공감하며 측은지심이 들었다. 특히 흠차 대인의 말이 매우 설득력이 있고 가슴을 울릴 정도로 감동적이어서 말끝마다 관료티를 내던 이전의 흠차보다 훨씬 진실해 보였다. 사람들이 차분해지더니 얼굴에 부끄러운 기색을 드러냈다. 혁련쟁은 입을 떡 벌리고 영혁과 봉지미를 바라봤다.

'농서와 농남이 재해를 입은 건 사실이지만 당신네들은 어제까지만 해도 연와탕을 마시고 자라 다리를 물어뜯지 않았어? 누가 음식을 입에 대지도 않았다는 거야? 한족 것들이란…… 정말 무서워서 상종을 못하겠구나.'

"남해 각급 관부에 묻겠다. 재해가 없으면서도 재해를 입었다고 보고하고, 식량이 있으면서도 식량이 없다고 보고하니 윗사람을 기만하고 아랫사람을 속인 게 아니더냐. 당신들은 멀리서 이재민을 구제하러 온 흠차를 보기가 부끄럽지도 않은가. 제경에서 남해의 피해 상황을 보고받고 구제하기 위해 전심전력으로 방도를 궁리하고 계신 폐하께 부끄럽지도 않은가."

이 말을 할 때 고남의는 봉지미가 일러 주는 대로 목소리를 높여서 격정적으로 말해야 했지만 안타깝게도 기복이 없는 어조로 일관됐다. 사람의 마음을 파고들어 뒤흔드는 효과까지는 끌어내지 못했지만 다행히도 말 자체에는 힘이 있었다. 남해 관부의 관리들 사이에서 떠들썩한 소리가 들려왔다.

"오늘 우리는 여기서 백성들이 보낸 음식을 다 먹은 뒤에 배에서 내리겠다."

고남의가 태어난 이래 이렇게 말을 많이 한 건 처음이었다. 어느새 피곤해진 고남의는 무미건조한 어투로 만여 명의 사람들에게 최후의 선언을 했다.

"남해 포정사 주 대인을 배로 초대해서 낭비할 수 없는 음식물을 함께 먹으려 한다. 관부에는 교화의 업무가 있거늘 남해 백성들이 식량의 귀중함을 모르니 흠차 대인이 모범을 보여서 남해 관부 사람과 함께 몸소 체험하고 실천할 것이다. 전하께서 직접 젓가락을 놓고 위 대인이 직접 음식을 만들고 주 대인이 배 위로 올라와 직접 불을 지필 것이다."

"……."

줄곧 집중해서 듣고 있던 연회석이 최후의 말을 듣고 다리가 풀려 휘청거렸다. 혁련쟁은 자리에서 일어나다가 다시 중심을 잃고 뒤로 나자빠졌다. 남해 백성들이 일제히 와, 하고 소리를 지르자 부두 위에서 사람들이 만들어 낸 회오리바람이 일어났다. 남해 관리들이 고개를 들고 휘둥그레진 눈으로 얼굴이 붉으락푸르락해진 포정사 대인을 멍하니 바라봤다. 원래 봉지미 일행에게 텃세를 부려 흠차가 가장 난처해졌을 때 나서서 웃음거리로 만들려고 했었다. 그런데 뜻밖에도 전혀 먹히지를 않았고 오히려 대강 몇 마디 말로 남해 관리들을 난감한 지경으로 몰아넣었다. 게다가 배가 곧 가라앉게 생겼는데도 당황하는 기색 없이 배에서 내리지도 않더니 결국 백성들이 던진 것들을 다 챙겨 와서는 무슨 음식을 만들겠다고 으름장을 놓고 있었다. 음식을 만드는 것은 그렇다 치고 이제는 주 대인에게 불까지 지피라는 것이었다.

'불을 지피지 않곤 못 배기겠는데. 전하도 젓가락을 놓는데 자기가 불 피우는 게 뭐 대수라고……. 그럴듯한 이유를 잘도 대서 저항하기도 어렵겠는데. 원래 난처하게 해서 망신을 주려 했는데 족히 만 명이나 되는 백성들 앞에서 모두 수포로 돌아갔군. 흠차는 백성을 위해 식량을 소중히 여기는데 불 지피는 것 하나도 못한다면 말이 안 되겠지. 곧 가라앉을 배라 위험하긴 하지만 불을 지피러 가지 않으면 백성을 사랑하지 않는 게 될 테고. 그랬다간 십 년이 넘게 이곳을 지배해 온 위세와 지위가 한순간에 무너질 거야. 잔인해. 지독하게 잔인하군.'

주희중의 얼굴이 새파랗게 질려 있었다. 그는 흠차가 이런 계략을 꾸밀 거라고는 생각지도 못했다. 흠차는 구름과 비를 제 뜻대로 부르고 물리듯 형세를 마음대로 좌지우지하고 허울 좋은 말로 정신을 쏙 빼놓는 자였다. 지금 어쩔 수 없이 흠차의 말을 따라야 할 처지인데 주희중은 이 배를 망가트린 장본인으로서 이 부서진 배에 오르면 이들을 따라 물에 빠질 것이 염려되었다. 게다가 불까지 붙이면 주 포정사는 평생 그들의 뒤를 따라야 할 것이었다.

봉강대리들은 제경의 친왕들에 대해서 어느 정도는 자세히 파악하고 있었다. 하지만 주희중은 영혁의 방탕한 풍류에 대해서만 알고 있었다. 최근 연이어 조정에서 발생한 사건들에는 영혁이 직접 무대에 오르지 않아서 멀리 남해에 있는 주희중은 분명한 내막을 알 수 없었다. 한편 위지라는 녀석은 황제의 비위나 맞추며 자리만 차지하고 있는 방자한 신하인 듯해서 두 사람에 대해 대수롭지 않게 여겼었다. 그래서 주희중은 암암리에 백성들을 책동해서 소란을 피우도록 했는데 오히려자기가 파놓은 함정에 빠진 꼴이 되었다.

거선 위에서 고남의가 친절하게 초청장을 읽어 주었다. 주희중에게생각해 볼 시간 따위는 주지 않았다. 아득한 곳에 있는 그를 정확하게가리키며 말했다.

"전하께서 명하신다. 주 대인은 지금 보고 있는『해외제국기(海外諸國記)』를 다 봤으면 신속히 배 위로 올라와 불을 지펴라."

주희중은 무의식중에 책을 의자 위에 내던졌다. 주희중의 막료가 서둘러 책과 의자와 양산을 들고 물러났다.

"가서 선박 수리대를 불러 오거라."

주희중이 차가운 표정으로 좌우 참의에게 명령을 내렸다.

"배가 반 각 후면 가라앉을 것이다. 그들을 불러 물에 들어가 반 각이내에 배 수리를 마치도록 하라. 적어도 한 시진 내에 배가 가라앉지않도록 무슨 방법을 써서라도 책임지고 고치도록 하라. 날 물에 빠트리는 자는 반드시 내가 그 머리를 물에 처넣을 테니."

"분부에 따르겠습니다."

주희중은 서늘한 웃음소리를 내뱉더니 옷을 정돈하고 소리 높여 말했다.

"남해 포정사 주희중. 남해의 속관들과 함께 황제 폐하의 옥체가 만강하시기를 기원하며 초왕 전하께도 문안드리옵니다."

남해 백성들이 물러서서 길을 내줬고 인파의 가운데에서 주희중이앞장을 섰다. 주희중이 무릎을 꿇자 남해의 관리들이 똑같이 무릎을꿇고 멀리 있는 거선을 향해 허리를 숙여 절을 올렸다. 연회석은 주희중이 고개를 숙이자 길게 가슴을 쓸어내렸다. 일순간 감격의 눈물이 그렁그렁 맺힐 뻔했다. 연회석은 오늘 수많은 사람들과 맞붙어 싸우든지 아니면 배가 가라앉아 물에 빠지든지 둘 중 하나라고 생각했었다. 이런 결과가 나올 줄은 상상도 하지 못했었다. 그런데 강력한 지배력으로 남해를 제패하고 한 입으로 절대 두말하지 않는 주 패왕이 마침내 무릎을 꿇고 절을 올린 것이었다.

영혁이 평소와 같은 표정으로 뱃머리 근처에 서서 뱃전을 손으로 짚고 있었다. 곧게 뻗은 대나무처럼 고상하고 그윽한 담청색 비단 두루마기 위에 걸친 새까만 망토에는 찬란하게 빛나는 금빛 만다라화가 요염하게 피어 있었다. 망토는 바람을 휘감으며 춤추는 파도처럼 펄럭였다. 영혁이 담담하게 바라보자 멀리 떨어져 있는데도 모든 사람들이 그의 온몸을 뒤덮고 있는 서늘한 눈빛을 느꼈다.

"전하께서 소신에게 가르침을 내려주시면 황송하여 몸 둘 바를 모를 것이옵니다."

갑판 위에서 채소를 다듬고 있던 봉지미가 눈썹을 높이 치켜세웠다. 수많은 사람들이 눈을 크게 뜨고 지켜보고 있는 가운데 한 사람이 배에 올라 매우 난처한 표정으로 불을 지폈다. 포정사와 함께 불을 지피는 것인지는 분명하지 않았다. 다만 관부 사람들이 한마음인 것만은 분명했다. 포정사에게 생긴 곤란한 일이 관료 사회의 즐거운 구경거리가되었고 그들은 모두 만족스러웠다.

봉지미는 저렇게 많은 사람들을 끌고 와서 수가 적은 상대를 괴롭혔다는 사실이 어처구니가 없어서 헛웃음이 나왔다. 주희중의 말에 아무도 대답하는 이가 없었다. 영혁은 무심하게 몸을 돌렸다. 고남의는 뱃전에 서서 주희중에게 장작을 들고 빨리 와서 불을 지피라는 듯 팔을 흔들었다. 군가가 삼판선 몇 척을 바다에 띄웠고 남해도의 눈부신 고위 관리들이 삼판선에 올라 물살을 가르고 영혁이 있는 배로 다가왔다. 청명서원의 서생들이 두 줄로 서서 문안하면서도 눈빛으로는 만족감과 남해 관리에 대한 모욕감을 동시에 드러냈다.

　바닷가를 가득 메운 사람들 중에 적지 않은 사람들이 자리를 떠났지만 여전히 많은 사람들이 남아 있었다. 그들은 이쪽저쪽을 두리번거리며 자리를 지켰는데 무엇을 기다리고 있는지는 알 수 없었다. 관리들이 배에 올라오자 영징이 선실의 출입구에 서서 각자에게 장작 한 개비씩을 나눠 주었다.

　"전하께서 인사를 올리지 않아도 된다고 하십니다."

　영징이 말했다.

　"말린 생선을 쪄야 하는데 불이 너무 약합니다. 수고스럽겠지만 대인들께서 빨리 움직여 주셔야겠습니다."

　손에 장작을 쥔 주희중은 영혁과 봉지미가 일부러 망신을 주려 한다는 것을 확실히 깨닫고는 검은 얼굴이 보랏빛으로 부풀어 올랐다. 언제나 위엄을 잃지 않는 주희중의 모습에 익숙했던 부하들은 곁눈질로 그를 살폈다. 웃을 수도 울 수도 없어서 숨이 막혀 죽을 지경이었다.

　연회석이 그들을 배 위의 주방으로 데리고 갔다. 이 배는 연씨 집안이 투자해서 개조한 관선으로 외관은 별다를 것이 없었지만 내부 시설은 세심하게 갖추어져 있었다. 안에는 아주 긴 아궁이가 있었는데 아궁이 아래쪽을 진흙으로 두껍게 바른 뒤 그 위에 다시 이중 금속판을 덧대서 갑판에 피해를 줄 일이 없었다. 연회석은 득의양양한 얼굴로 주희중을 향해 몸을 굽힌 다음 아궁이를 가리키며 웃었다.

　"그럼 부탁드리겠습니다."

　주희중은 반드르르한 아궁이를 바라보고 분을 삭이며 말했다.

　"어찌 의자도 없는 겐가."

　"대인의 말씀은 이치에 맞지 않습니다."

　봉지미가 게를 꽉 쥐고 천천히 걸어오며 미소를 띠고 말했다.

"대인도 가난한 집안 출신이라고 들었습니다. 요즘은 남의 시중을 받기만 하고 부유한 생활을 누리시니 잊으셨나 봅니다. 아무리 군자는 주방을 멀리해야 한다고는 하지만 의자에 앉아서 불을 지필 수 없단 사실도 모르셨습니까."

"위 대인."

참의 하나가 봉지미에게 몸을 굽혔다.

"대인께 접이식 의자 좀 찾아 주시겠습니까. 우린 쪼그리고 앉아서 해도 괜찮으니."

봉지미가 정색하며 말했다.

"방금 배가 부딪친 이후 모든 접이식 의자를 가져다가 구멍을 막는데 써 버렸습니다. 정말 죄송합니다."

남해의 관리들이 비통하고 분해서 할 말을 잃었다. 한참 후에 주희중이 발끈한 표정으로 두루마기를 추어올리며 쪼그리고 앉아 불을 지피기 시작했다. 주희중의 엉덩이 뒤로 나머지 사람들이 한 줄로 정연하게 쪼그리고 앉았다. 그런데 한참 동안 불을 붙여도 불이 붙지 않았고 아궁이에서 짙은 연기만 피어올랐다. 알고 보니 고남의가 건넨 장작이 모두 축축하게 젖어 있었던 것이었다. 눈이 따가워진 관리들이 단체로 잇따라 기침을 해 댔고 얼굴마다 새까만 연기가 내려앉았다. 가까스로 불이 피어났을 때 영징이 달려와서 재촉했다.

"젓가락을 다 차려 놓았습니다만 생선은 아직입니까? 그릇도 다 준비됐습니다만……. 게는 아직 상에 올릴 수 없습니까?"

주희중의 검은 얼굴이 재에 그을려 더욱 새까매져서 심연에 가라앉은 바위 같았다. 주희중은 당연히 불을 지필 줄 몰랐지만 여기에서 포기할 수도 없었다. 아래의 4품 이상 고위 관리들도 초라하기는 마찬가지였다. 엉덩이를 빳빳이 치켜들고 평생에 걸쳐 해 본적도 없는 일을 하면서 윗사람의 칼날처럼 매서운 눈빛을 감내해야만 했다.

이때 영혁은 전실에서 남해도의 지휘사, 제형안찰사와 함께 차를 마시고 있었다. 지휘사, 포정사, 안찰사는 봉강대리 격의 지방 삼사(三司)였다. 하지만 남해를 제패한 주희중은 이번에 영혁이 왕림한다는 소식을 듣고 지휘사와 안찰사의 방해를 피하기 위해 사람을 보내 이 소식을 알리지 않았다. 지휘사와 안찰사의 관부는 풍주에 있지 않아서 소식을 뒤늦게 듣고 이제야 헐레벌떡 달려온 것이었다. 두 사람이 도착했을 때 주희중은 배에 올라 불을 지피고 있는 참이었다. 속으로 쾌재를 부르며 지휘사 여박이 능청스럽게 말을 붙였다.

"소인이 먼저 와서 불을 지펴야 했는데 송구하옵니다."

줄곧 주희중과 관계가 좋지 않던 안찰사 도세봉은 올라오더니 크게 웃으며 말했다.

"아이고, 주 대인. 불을 지필 줄 모르시는군요. 바람의 방향이 틀렸습니다. 불에 데지 않게 조심하십시오."

주희중은 냉담한 얼굴로 대답을 대신하며 그들을 거들떠보지도 않았다. 영혁이 옆에서 담담하게 말했다.

"남해의 삼사는 힘과 마음을 모아야 하니 두 분도 함께 불을 지피시지요."

여박과 도세봉의 얼굴이 뻣뻣하게 굳었다. 영혁이 차가운 웃음을 지으며 다시 말했다.

"그런데 여러분들은 늦게 오셔서 쪼그려 앉을 자리가 없군요. 그냥 저와 함께 전실에서 기다리시지요."

여박과 도세봉은 일제히 눈썹을 올리며 웃었다. 그들은 영혁을 전실로 안내했다. 주희중은 아궁이 앞에 쪼그리고 앉아 손가락뼈를 우두둑 우두둑 세게 꺾었다. 참의 하나가 주희중의 귓가로 다가오더니 낮게 말했다.

"대인, 이번에……"

"젠장. 가려면 아직도 멀었잖아."

주희중이 이를 악물고 말했다.

"잠깐. 초왕이 조만간 민남으로 가 버리면 친왕이 더 이상 이곳을 장악할 수 없지. 위지라는 자가 남으면 내가 찾아가서 몇 번 으르면 돼. 그러면 흐름은 순식간에 뒤집히는 거지."

퍽.

갑자기 무언가 떨어져서 보니 주희중의 다리 근처에 장작이 내리꽂혔다. 깜짝 놀란 주희중이 머리를 들자 고남의가 날아오듯 다가왔다.

"다 탔어."

봉지미가 머리를 내밀며 말했다.

"아이고, 음식이 다 탔네. 다시 끓여야겠어요."

"……"

거의 한 시진에 가까운 시간 동안 고통에 시달린 끝에 고품격의 요리를 겨우 완성했다. 게찜, 말린 생선찜, 달걀찜, 채소 볶음, 조개 볶음, 다시마와 김을 넣은 새우탕이 상에 올랐다. 영혁은 상석에 단정히 앉아서 존귀한 풍모를 뽐내며 격식 없이 권했다.

"드시지요."

영혁은 제 눈이 불편하다는 것을 들키지 않기 위해 앞접시를 준비해 놨고 그곳에 모든 요리를 한꺼번에 담았다. 다른 사람들은 이것이 황실의 습관인 줄로만 알고 다른 의심은 하지 않았다. 영혁이 젓가락을 들자 모두가 따라서 젓가락을 바삐 움직였다. 주희중은 한나절 동안 바쁘게 움직이다 보니 배가 많이 고팠다. 어쨌든 전하가 이 배에서 독살이라도 당하면 매우 곤란해지므로 먼저 말린 생선을 집었다.

한입 베어 무는데 갑자기 이상한 김새를 챘다. 보아하니 맞은편의 봉지미가 젓가락을 들지 않고 차만 천천히 마시고 있었다. 눈이 마주치자 방긋 웃으며 주희중을 빤히 바라보기까지 했다. 그 미소는 따뜻하고 부드러웠지만 아무리 봐도 호의를 갖고 있지 않은 듯했다. 주희중은 당황한 낯빛으로 말했다.

"위 대인은 안 드십니까?"

"소인은 속이 더부룩해서 이 맛있어 보이는 해산물을 먹을 수가 없습니다."

봉지미는 얼굴 가득 웃음을 머금고 말했다.

"전 개의치 마시고 드십시오. 어서요."

주희중은 음, 하고 대답하며 생선을 입에 넣고 씹었다. 그런데 갑자기 와드득, 하고 대들보가 무너지는 듯한 소리가 울려 퍼졌다. 이런 자리에서는 밥을 먹는 것도 세심하게 주의를 기울여야 해서 작은 소리도 내면 안 됐다. 그런데 소리가 유난히 또렷하게 들려 모두가 젓가락을 멈추고 주희중을 쳐다봤다. 주희중은 그대로 굳어 버렸다. 검은 얼굴은 천천히 보랏빛으로 물들었다. 곧 아픈 이가 있는 쪽의 볼을 손으로 가렸다. 이때 봉지미가 모두에게 다 들리는 '귓속말'로 고남의의 귀에 대고 크게 속삭였다.

"저기, 방금 그 말린 생선 씻었어, 안 씻었어?"

고남의가 큰 소리로 대답했다.

"바닷물에서 잡은 거야."

말 속에 숨겨진 속뜻은 바닷물도 물은 물이니 씻은 거나 다름없다는 말이었다.

"……."

불쌍한 포정사 대인은 입에 모래가 한가득 씹혀 더 이상 먹을 수가 없었다. 불쌍한 남해 관리들은 한나절을 분주히 움직였지만 아무 것도 먹을 수가 없었다. 지휘사와 안찰사는 배가 고프긴 마찬가지였지만 만족스러운 듯 웃었다. 주 패왕이 계속 난처해하는 모습을 보니 정말 유쾌했다.

식사가 대강 끝나고 배도 가까스로 수리를 마쳤다. 배가 움직여 기슭에 닿았다. 봉지미 일행이 배에서 내리려는데 기슭 위에 있던 인파가 아직도 아까의 절반이 넘는 수만큼 남아 있었다. 연회석이 새까맣게 모여 있는 사람들을 바라보며 봉지미에게 근심스럽게 말했다.

"보아하니 오늘 온 사람들은 주희중이 부추겨서 온 자들만 있는 게 아니었나 봅니다. 어쩌면 아직도 상씨 집안의 손길이 뻗쳐 있는지도 모르겠습니다. 그럼 정말 귀찮아지겠는데요. 이렇게 사람이 많으니 누가 사람들 속에 숨어서 몰래 화살이라도 쏘면 자객을 찾아내는 건 거의 불가능할 것입니다."

"이 무리 속을 지나는 수밖에 없는데……."

봉지미가 말했다.

"많은 사람이 지켜보고 있는데 주희중에게 저들을 억지로 다 쫓아내라고 하면 그의 사람이 또 무슨 수작을 부릴지 몰라. 그러면 다시 소동이 일어날 테고 나중엔 정말 수습하기가 어려워질 게야. 자네가 사람을 붙여서 전하를 잘 보호해 주게."

봉지미는 근심 어린 얼굴로 영혁을 되돌아봤다. 영혁의 눈이 잘 보이지 않아서 걱정이 이만저만이 아니었다. 눈을 낫게 할 방법도 찾아야 했는데 영징의 말로는 민남에 가면 해결할 방법을 찾을 수 있다고 했다. 어서 민남에 도착하기만을 기다려야 할 듯싶었다. 봉지미는 영혁의 생각을 읽을 수 없었다. 그는 언제나 짙은 안개 너머로 자신의 감정을 감추고 있었기 때문이었다. 하지만 영혁이 눈을 다친 이후로 봉지미는 다소 책임감을 느꼈다. 이번 여정에서 안전에 더 이상 실수가 있어서는 안 됐다.

호위 무사들이 배에서 먼저 내렸다. 부두 위에 마련한 방어 시설로 들어선 남해 삼사가 앞에서 안내했고 영징과 봉지미가 좌우에서 영혁의 곁을 지켰다. 청명서원의 서생들이 주위를 둘러쌌고 다시 호위병들이 그 바깥을 둘러쌌다. 겹겹이 싸인 철통같은 방위 태세였다. 봉지미는 혁련쟁과 고남의에게 서생들의 전후에 서서 반드시 지켜 줄 것을 재차 부탁했다. 이들은 모두 제경 고위층의 자제들이라 어느 한 명이라도 부주의했다가는 상황이 아주 심각해져 수습이 불가할 것이었다. 영혁은 주변에 귀를 기울이더니 가만히 봉지미의 손가락을 쥐며 웃었다.

"네가 이렇게 날 걱정하는 건 오랜만이구나."

봉지미는 곧이곧대로 말했다.

"전하를 걱정하는 것이 소관의 본분입니다."

영혁이 웃더니 그녀의 귓가에 다가와 낮은 목소리로 말했다.

"내가 너에게 정말 듣고 싶은 말은 따로 있다. 대왕을 위해 잠자리를 시중들며 천첩*부인이 남편에게 자기를 낮추어 이르는 말으로서 본분을 다하겠다는 말이다."

봉지미는 본래 인파를 주의하면서 긴장하며 걸어야 했다. 하지만 이 인간의 입에서 튀어나온 말을 듣고 너무나 어처구니가 없어서 자기도 모르게 조소가 터졌다. 봉지미는 꽃처럼 피어난 보조개를 드러내며 말했다.

"그렇습니까. 천첩이 대왕께서 다음 생에 그 소망 이루시길 간절히 기원하겠습니다."

말을 하다 말고 봉지미가 갑자기 입을 다물었다. 나타났다 사라지기를 반복하는 한 노파를 발견했기 때문이었다. 노파는 사람들 속에서 똑바로 서 있지 못하고 비틀거리더니 갑자기 대열을 향해 몸을 날렸다. 바깥을 둘러싸며 걷고 있던 호위병 하나가 황급히 손을 뻗어 밀어내자 바닥에 넘어져서 데굴데굴 굴렀다. 하지만 노파가 팔에 걸고 있던 바구니는 호위병들의 발아래에서부터 영혁이 있는 쪽까지 굴러 갔다. 그러자 바구니의 위를 덮고 있던 천이 벗겨지면서 안에 들어 있던 자질구레한 물건들이 흩어졌다. 봉지미가 재빨리 내용물을 훑어봤는데 그곳에는 뜻밖의 물건이 함께 들어 있었다. 검은 색 탄환이었다!

'화탄 *던지면 불이 붙는 구형 화기 이잖아!'

바구니가 봉지미와 영혁이 있는 쪽으로 계속 굴러오자 호위병 하나가 다리를 들어 걷어찼다. 봉지미가 다급하게 소리쳤다.

"안 돼!"

안타깝게도 때는 이미 늦었다. 쾅, 하고 천둥이 내리치듯 굉음이 사방에 울려 퍼졌고 구름 같이 피어오른 연기가 주위를 뒤덮었다. 화탄은 호위병과 군중들 한가운데에서 폭발했다. 시뻘건 핏줄기와 산산조각이 난 살덩어리가 사방으로 튀었다. 깜짝 놀라 얼굴이 새하얗게 질린 사람들이 비명을 지르고 울부짖는 소리가 귓전을 울렸다.

화탄이 폭발하고 연기가 피어오르자마자 봉지미의 몸은 빠르게 반응하여 영혁을 꽉 끌어안았다. 얼핏 느끼기로는 영혁도 동시에 몸을 날려 봉지미를 감싸 안는 듯했다. 이어서 누군가가 몸을 던져 봉지미와 영혁을 밖에서 한 번 더 감싸 안았다. 사람이 똑바로 설 수 없을 정도로 거대한 충격파가 한꺼번에 덮쳐 왔다. 세 사람은 함께 나뒹굴었고 자욱하게 피어오른 검은 구름과 연기 속에서 제멋대로 굴러 다녔다. 주변이 울음소리와 비명으로 아비규환이었다. 수천의 백성들이 폭발 소리에 놀라 우르르 사방으로 흩어졌다. 하늘을 덮고 태양을 가린 듯한 암흑 속에서 쓰러진 사람들이 모두 기어가면서 서로 누르고 밀고 부딪쳤다. 산산이 흩어진 화탄이 사람들의 발에 밟혀서 계속 터지는 소리가 났고 잇따른 폭발음이 다시 울려 퍼졌다. 일파만파로 퍼진 검은 연기가 피와 살을 한곳에 모았고 살아남은 사람들은 도망치며 울부짖었다. 평화로웠던 부두는 그야말로 생지옥이 됐다.

봉지미는 자신이 몇 번이나 굴렀는지 기억도 나지 않았다. 먼 곳까지 굴러 왔고 계속 누군가의 몸에서 뿜어지는 선혈이 봉지미의 몸을 뒤덮었다. 도망갈 때는 길을 가리지 않는 법이라더니 달아나는 사람들의 절박한 발이 끊임없이 봉지미의 몸을 짓밟았다. 봉지미는 생각할 겨를이 없었고 기어갈 수도 없었다. 오직 영혁을 단단히 붙잡는 수밖에 없었다. 영혁은 손을 뒤로 하고 봉지미를 꽉 끌어안았고, 제 몸으로 봉지미의 위를 약간이라도 덮어 주려고 애썼다. 막 넘어졌을 때는 봉지미가 영혁을 끌어안았지만 언제부터인지 지금은 영혁이 봉지미를 지키고 있었다.

부두 위에는 많은 사람들이 몰려 있었기 때문에 폭발로 상해를 입은 자가 부지기수였다. 우리 안에 갇혀서 싸우는 짐승처럼 모든 사람들이 미친 듯 날뛰며 어지럽게 부딪치고 있었다. 누구도 똑바로 서 있을 수 없었고, 아무리 궁리해도 이곳을 무사히 빠져 나갈 수 없었다. 짧은 시간이었지만 길을 막고 있던 봉지미와 영혁은 많은 사람들에게 인정사정없이 지르밟혔다. 위에 있던 사람이 계속해서 그들을 일으키려고 시도했지만 끊임없이 인파가 밀어 닥쳐 번번이 넘어졌다. 결국에는 제 몸을 그들의 위로 덮어 감싸는 수밖에 없었다. 눈을 따갑게 하는 연기와 무수한 다리 사이에서 누군가 겨우 빠져 나갈 방향을 찾아내었고, 봉지미와 영혁을 감싸 안더니 허겁지겁 움직였다. 천지분간이 되지 않을 만큼 어두컴컴한 혼란 속에서 봉지미는 어렴풋이 고남의의 목소리를 들었다.

"지!"

이건 봉지미와 고남의가 미리 정해 놓은 봉지미에 대한 호칭이었다. '봉지미'의 '지'를 부르면 '위지'의 '지'인 줄 알고 언제 어디서나 사람들의 의심을 받지 않을 수 있었다. 봉지미는 고남의가 무사한 것을 알고 한 가닥 희열이 스쳐 지나갔다. 봉지미는 목청을 높이 끌어올려 크게 외쳤다.

"나 여기 있어!"

하지만 주위 사람들이 미친 듯이 고함을 지르고 수천 명이 비명을 질러서 봉지미의 목소리는 거세게 휩쓸려 버렸다. 봉지미는 고남의만큼 뛰어난 내공을 가지고 있지 않아서 더 이상 고남의에게 목소리가 닿지 않았다. 그때 봉지미의 몸이 조금 기우뚱하더니 낮게 움푹 팬 곳으로 떨어졌다. 떨어진 이후에는 구르지 않았고, 주변에는 사람이 별로 없었다. 봉지미가 기어 다니며 이곳저곳을 살펴보니 이곳은 부두 아래쪽으로 배를 수리하는 곳이었다. 배를 끄는 비탈길이 있었고, 부두는 이미 벗어난 상태였다.

봉지미는 온몸이 시큰거리고 아파왔다. 관절이 상한 듯했다. 머리를 돌려 영혁을 살펴보니 그는 더욱 심각한 상황이었다. 손이 검푸른 색으로 퉁퉁 부어올랐고 얼굴에도 찰과상이 있었다. 하지만 그는 차분하게 앉더니 봉지미가 어디 다쳤는지 확인하는 것처럼 손을 뻗어 쓰다듬었다. 봉지미가 가슴을 쓸어내리며 말했다.

"영징이 우리를 감싸 준 덕분이에요. 서둘러서 다른 사람들을 찾으러 가야 해요. 다들 얼마나 다쳤을는지……."

영혁이 고개를 저었다.

"영징이 아니야."

봉지미가 멍해져서 눈을 동그랗게 떴다. 발아래에서 누군가가 숨이 끊어질 것처럼 가는 목소리로 말했다.

"위 대인, 접니다……."

봉지미가 고개를 내려다보고 으악, 소리를 내질렀다. 뜻밖에도 그는 고위층 자제이자 요영 집안의 으뜸가는 골칫거리인 요양우였다.

"미안해, 미안!"

봉지미가 황급히 발을 치우고 그를 일으켜 세웠다. 요양우는 그들보다 더 비참한 꼴이었다. 몸 전체가 핏자국과 발자국으로 도배가 되어 있었다. 폭발이 일어나자 요양우는 봉지미의 곁으로 달려갔다. 이 녀석은 반응이 빨라서 소리를 듣자마자 달려들었고 계속 그들을 감싸며 이곳까지 함께 굴러 온 것이었다. 봉지미가 영징이 없다는 사실에 의아해하자 영혁이 담담하게 말했다.

"폭발이 일어났을 때 내가 영징을 서생들이 있는 쪽으로 보냈어."

봉지미는 영혁의 속뜻을 바로 알아차렸다. 호위병들 사이에서 폭발이 일어났고 그 옆에는 서생들이 있었다. 호위병들을 제외하고 가장 위험한 것은 서생들이어서 영혁이 영징을 밀어 서생들부터 구하게 한 것이었다. 곰곰이 생각해 보던 봉지미는 갑자기 뭔가 머릿속을 쾅 내리치는 것을 느꼈다. 서생들은 봉지미가 남해에 데려온 자들이어서 서생들에 대한 전적인 책임은 봉지미에게 있었고 영혁과는 아무런 관계도 없었다. 그런데 위급한 상황에서 영혁이 자신을 돌보지 않고 옆에 있던 최강의 무공 고수를 보내 서생들을 먼저 구하게 한 것이었다.

'무엇 때문에……. 설마 날 위해서?'

영징은 호위 무사로서 주군을 보호하는 것이 가장 중요한 임무였다. 그런데 영혁이 밀었다고 해서 정말로 서생들부터 구하다니 의외였다. 그것 역시 영혁의 뜻을 알아챘기 때문이었을까. 봉지미는 복잡한 생각이 들었지만 얼굴에는 아무런 기색도 내비치지 않았다. 봉지미는 영혁의 시선을 피하고 비탈을 기어 올라갔다. 폭발이 점점 잦아들었고 화탄의 연기가 허공으로 흩어져 사라졌다. 도처에 사지가 떨어져 나가고 팔이 잘린 시체가 셀 수 없이 널브러져 있었다. 주인을 잃은 신발들은 한곳에 모여 있었고 상처를 입은 백성들이 피바다 속에서 고통으로 신음했다. 생지옥의 참혹한 광경이었다. 봉지미는 넋을 잃고 한참을 바라보았다. 어느새 눈가가 촉촉해진 그녀가 낮은 목소리로 말했다.

"죽고 다친 사람이 얼마나 되는지 알 수가 없구나……."

문득 봉지미는 한곳을 주시했다. 흩어지지 않은 연기 속에서 사람의 그림자가 위협적으로 왔다 갔다 하는 것을 발견했다. 날쌘 동작으로 무언가를 찾고 있는 듯했다. 곧 등 뒤에서 영혁의 목소리가 들려왔다.

"누구지?"

봉지미가 대답하기 위해 몸을 돌리는 찰나 예상치 못하게 영혁 쪽으로 몸이 떠밀렸다. 그와 동시에 영혁은 매우 정확하게 봉지미를 밀어 냈다. 두 사람의 손이 맞닿자 서로를 튕겨 내며 뒤로 날듯이 넘어졌다. 곧 한 줄기 핏빛 검이 두 사람 사이를 스치듯 지나갔다.

애석해하는 외침이 어렴풋이 들려왔다. 봉지미는 두말 하지 않고 허리춤에서 연검을 뽑아 들었다. 영혁은 바람 소리를 듣고 위치를 분간해 냈고, 이미 몸은 자객의 허리를 향해 곧장 달려가고 있었다. 퍽, 하는 소리와 찌르는 것이 거의 동시에 일어났다. 자객은 비틀거리더니 바닥에서 두 번을 데구루루 구르고는 간신히 몸을 일으켜 늑대처럼 달아났다. 두 사람은 쫓아갈 방법이 없어서 살기를 띤 눈으로 그자가 멀리 사라지는 모습을 지켜보는 수밖에 없었다. 봉지미는 입술을 깨물고 분노에 떨며 말했다.

"악랄한 놈! 고작 우릴 죽이려고 수천 명이나 되는 무고한 사람들 틈에서 어떻게 폭발을 일으킬 수가 있어! 아직도 포기를 못하다니 정말 지독한 것들이야."

고개를 돌린 봉지미의 눈에 요양우가 팔뚝을 가리고 있는 모습이 들어왔다. 핏자국이 옷 위로 희미하게 비쳤다. 요양우는 방금 자객이 나타났을 때 대신 막으려다가 상처를 입었다. 봉지미는 서둘러 다가가 그의 상처를 싸매 주면서 창피한 마음을 느꼈다. 자객이 나타났을 때 봉지미는 먼저 영혁을 구해야 한다는 생각에 이 생명의 은인을 한쪽에 내버려 두었기 때문이었다. 양심이라고는 눈곱만큼도 없는 행동이었다. 요양우가 봉지미의 마음을 알아채고 상관없다는 듯이 웃으며 말했다.

"위 대인이 직접 상처도 싸매 주시고, 한번 다칠 만도 합니다."

영혁은 요양우에게 미안한 마음이 있었다가 이 말을 듣고 얼굴색이 매우 어두워졌다. 봉지미는 이러지도 저러지도 못하고 곤란한 듯 영혁을 바라봤다.

'이 인간은 이따금씩 보면 속이 좁아도 너무 좁아.'

멀리서 누군가의 그림자가 담흑색 연기 속에서 날아올랐다. 손에는 두 사람이 들려 있었다. 그림자는 공중에서 끊임없이 여기저기를 두리번거렸다. 봉지미는 그 그림자가 고남의라는 걸 단번에 알아보고 매우 기뻐서 손을 흔들었다.

"여기 있어!"

고개를 든 고남의의 손이 느슨하게 풀렸다. 고남의 덕에 목숨을 구할 수 있었지만 결국 운이 없었던 두 서생들이 퍽, 하는 소리와 함께 땅으로 떨어졌다. 고남의는 전혀 개의치 않고 봉지미에게 날아왔다. 고남의는 오자마자 봉지미를 영혁의 품에서 거칠게 잡아끌더니 세심하게 어루만지며 괜찮은지 확인했다. 봉지미는 그가 쓰다듬는 것을 어쩔 수 없이 참아야 했다. 접촉을 싫어하는 고남의가 이 일만큼은 언제나 꿋꿋이 고집했는데, 허락하지 않으면 아주 심각한 결과를 초래했다. 큰 문제가 없다는 것을 확인한 후 고남의가 손을 떼고 말했다.

"나무가 없어."

봉지미는 지난번에 했던 말이 떠올랐다. 보아하니 고남의는 확실하게 기억하고 있는 듯했다. 조금 전 봉지미를 잃어버리고 고남의는 나무를 찾으려 했지만 여기 부두 주위에는 나무는커녕 풀 한 포기도 볼 수 없었다.

"괜찮아."

봉지미가 싱긋 웃으며 말했다.

"나 여기 있잖아."

지옥 같은 부두에서 헤아릴 수 없이 많은 사람들이 죽고 다쳤다. 그곳을 뚫고 나온 봉지미는 일행의 생사 여부를 철저히 확인해 보았다. 연회석은 폭발 당시 후속 업무를 처리하느라 배에서 내리지 않았었다. 가장 운이 좋은 자였다. 호위병 십여 명이 죽었고 서생들은 네 명이 다쳤다. 봉지미가 적절히 잘 처리한 덕분이었다. 사건이 일어났을 때 혁련 쟁과 고남의, 영징 세 고수가 신속하게 손을 썼고 가장 위험한 폭발의 중심에서 서생들의 안전을 확보할 수 있었다. 서생들은 이번 폭발 사건에서 목숨을 건질 수 있었던 것은 봉지미와 영혁의 희생정신 덕분이라고 생각했다. 자신의 몸부터 돌보지 않고 우선적으로 서생들을 보호하려 하다니. 정말 보기 드문 따뜻한 마음을 가진 대왕과 대인이라고 생각하며 그들은 진심으로 감격했다.

화탄이 터졌을 때 남해 관리들도 멀지 않은 곳에 있었다. 관리들은 놀란 가슴이 가라앉지 않아 제자리에서 꼼짝할 수가 없었다. 어느 누구도 땅에서 몸을 일으키지 못할 정도였다. 참의 하나는 폭발로 인해 팔을 잃고 땅바닥을 나뒹굴며 끔찍한 비명을 질러 댔다. 주희중은 호위무사의 가운데에 앉아 있었는데 얼굴빛이 시퍼렇게 질려서 이미 사람의 얼굴이 아니었다.

사방에는 담흑색의 연기가 모락모락 피어올랐고 도처에 피가 낭자했다. 부두 위에는 셀 수도 없는 신발들이 나뒹굴고 있었다. 어떤 것들은 이미 영원히 주인을 찾을 수 없게 되었다. 달아났던 백성들이 하나둘 주위로 모여들었다. 그들은 잃어버린 가족들을 찾느라 정신이 없었다. 간절한 목소리로 가족의 이름을 부르다가 가슴을 쥐어뜯으며 화탄이 터지듯 통곡을 터트렸다.

부두의 광장을 휘도는 애달픈 곡성과 주위를 배회하는 사람 그림자가 처량하기 그지없었다. 주희중은 멍하니 앉아서 무감각하게 이 모든 장면을 지켜봤다. 아랫사람이 와서 주희중을 부축하려 했으나 그는 매섭게 손을 뿌리쳤다. 봉지미와 영혁은 주희중 쪽을 바라봤다. 강경하고 오만한 포정사는 고집을 피우고 독단적으로 일을 처리하긴 했지만 들리는 소문에 따르면 백성을 아끼고 청렴한 것으로 명성이 자자했다. 그렇지 않다면 남해의 백성들이 이토록 우러러 섬길 리가 없었다. 그러나

오늘 흠차를 난처하게 만들고 싶은 그의 이기심 때문에 만여 명이 부두에 모였고, 이런 변고가 일어나 아무런 상관도 없는 사람에게 재앙의 손길이 뻗치는 결과에 이르렀다. 사상자가 헤아릴 수 없었으니 이때의 심정은 말로 꺼내기 어려울 것이었다.

영혁이 갑자기 봉지미 쪽을 바라봤다. 눈빛을 교환할 필요도 없이 봉지미도 영혁의 뜻을 알아차렸다. 지금이 주희중에게 처분을 내리기 가장 적절한 시기였다. 치안을 유지 보호하는 데 최선을 다하지 않아 중대한 사상이 발생한 것을 구실로 삼아 그를 정직시키고 실지 조사를 받게 하면 됐다. 눈엣가시였던 남해 관리들도 주희중과 함께 뿌리를 뽑아 버리면, 영혁이 떠난 이후에도 봉지미가 남해에서 일을 처리하는 데 저항이 거의 없을 것이었다.

한참 후 봉지미는 붉은 피에 적셔진 부두를 바라보며 고개를 가로저었다. 죽거나 다친 호위병들과 온몸이 피로 물든 서생들, 처량한 눈빛을 한 백성들을 바라보았다. 언제나 부드럽고 상냥했던 그녀의 눈 속에 무시무시한 핏빛이 떠올랐다. 불꽃이 튀어 오르듯 이글거리기 시작한 눈빛은 영원히 사라지지 않았다. 봉지미는 일생 동안 상대해 온 모든 것에 미소를 지어 왔다. 그러나 그녀가 격분이라는 단어를 모르는 것은 아니었다. 회유가 파괴할 수 없는 단단한 철로 만든 보루라면, 앞으로 무기와 피의 힘을 빌려 그 단단한 보루를 부수어 버릴 작정을 했다. 눈에는 눈 이에는 이였다.

챙.

검은색 연검이 반동하며 흔들리더니 휘황찬란한 빛줄기가 청석의 표면을 갈랐다. 봉지미가 자신의 의지를 만천하에 고하자 앙다문 입술처럼 금이 깊게 패였다.

"남해 상 씨여. 고이 기다려라."

첩이라도 되겠어

상씨 집안에서도 봉지미를 기다리고 있는지 없는지는 알 수 없었다. 다만 연씨 집안을 필두로 하는 남해 5대 명문 세가는 오랫동안 이 순간만을 참고 기다려 왔다. 5대 명문 세가는 봉지미 일행이 남해에 도착했을 때 기슭에서 앞으로 나오지 못하고 인파에 밀려서 백성들 무리의 바깥으로 내몰렸었다. 남해 백성들과 관부가 일부러 그들을 막아서 어쩔 수 없이 멀찌감치 뒤에 서 있어야 했던 것이었다. 하지만 인생은 새옹지마라고 하지 않았던가. 화가 도리어 복이 되었다. 쫓겨났던 신세 덕분에 명문 세가의 사람들은 모두 화탄의 위험 속에서 털끝 하나 다치지 않고 무사할 수 있었다.

봉지미가 결연한 얼굴로 깊은 생각에 잠겨 있을 때 젊은 사람과 나이 든 사람들이 무리지어서 다가왔다. 이들은 봉지미를 향해 머리를 땅에 조아렸지만 미처 절을 다 올리기도 전에 봉지미가 손을 내저으며 말했다.

"절은 생략하셔도 됩니다. 지금 형식이나 찾을 때가 아니지 않습니까. 그보다 여러분은 변고를 당한 사람들을 도와주십시오. 다친 사람이 있으면 의원에게 보내서 치료를 받게 하고 죽은 사람이 있으면 입관을 돕거나 그 가족들에게 알려 주십시오. 일이 다 마무리된 후에 예를 차려도 늦지 않을 것입니다.”

영혁은 남해 관리들에게 관련 업무의 신속한 처리를 지시했다. 5대 명문 세가는 문득 지금이 남해 백성들에게서 인심을 얻을 수 있는 좋은 기회란 것을 깨닫고 서둘러 손을 쓰기 시작했다. 봉지미는 고남의를 데리고 다니며 직접 주변을 수색했다. 상처가 심해서 피가 멈추지 않는 자를 발견하면 급한 대로 혈을 짚어 지혈해 주었다. 이후 관부나 명문 세가에서 데리고 온 의원을 찾아 그자를 치료하도록 했다. 연씨 집안은 움직임이 매우 빨랐다. 부두 네 귀퉁이에 천막을 둘러쳐서 임시 의서(醫署)를 운영했다. 현장을 떠나려 하지 않는 영혁과 봉지미에게 쉴 수 있는 천막도 마련해 주었다. 하지만 봉지미는 마련된 천막 안으로 한 발자국도 들어가지 않고 부두 광장에서 계속 일손을 도왔다.

현장으로 달려온 백성들은 어리고 가녀린 소년 흠차의 행동을 묵묵히 지켜봤다. 가슴에서 뜨거운 것이 올라와 먹먹해진 사람들은 불에 타서 심하게 훼손된 시체를 옮기는 일에 조금도 싫은 내색을 드러내지 않았다. 그들은 피가 쉴 새 없이 새어 나오고 살이 여기저기 찢기고 터져서 고통에 몸부림치는 부상자들 옆에 쪼그리고 앉아 비통한 표정을 지었다. 걷은 소매 아래로 새하얗게 질린 양팔을 드러내고 처치에 전념했다. 피투성이가 된 손으로 부상자의 시퍼런 이마 위에 내려앉은 땀과 재를 닦아 냈다. 원래는 맑고 깨끗한 얼굴이었겠지만 시커먼 연기와 진득한 피땀으로 지저분하게 얼룩져 있었다. 마치 전통극에서 여러 가지 색으로 분장한 배우의 얼굴처럼 얼룩덜룩했다.

한 소년의 팔은 폭발로 떨어져 나갔는데 피가 멈추지 않았다. 의원이 사력을 다해 할 수 있는 방법을 다 동원하여 치료했지만 선혈은 멈출 기색을 보이기는커녕 더욱 세차게 뿜어져 나왔다. 가족들은 출혈 과다로 차갑게 식어 가는 소년을 붙잡고 서럽게 통곡했다. 그 소리를 듣고 깜짝 놀란 봉지미가 다급히 찾아왔다. 봉지미는 소년에게 가까이 다가가 손가락으로 한곳을 가리켰다. 이내 피의 흐름이 느려지더니 출혈이 잠시 멈췄다. 이어서 상처 부위에 능숙하게 약을 바르고 천으로 잘 싸매 주었다. 봉지미는 군더더기 없는 민첩한 동작으로 소년의 생명을 사경에서 구했다. 소년의 가족이 머리를 땅에 조아리고 감사 인사를 올리려고 했으나 봉지미는 이미 다른 천막으로 가고 없었다.

심장병이 있는 노인은 도망을 치다 발이 걸려 넘어지는 바람에 머리가 땅에 부딪혀 크게 부어올랐다. 머리를 부여잡고 땅바닥을 뒹굴며 신음하는 노인을 누군가가 천막 안으로 옮기려 했다. 봉지미가 이를 보고 잽싸게 달려오더니 길을 막고는 의원을 불러 환자를 보게 했다. 이와 동시에 옮기려던 이에게 절대 노인을 움직이지 말라고 당부했다.

부상자는 헤아릴 수 없이 많았고 의원은 턱없이 부족했다. 사람들이 쉴 새 없이 뛰어다녔지만 역부족이었다. 결국 마지막에 가서는 봉지미가 다친 사람을 직접 치료하기에 이르렀다. 먼지와 진창으로 뒤덮인 곳에서 봉지미는 무릎을 꿇고 어부의 부어오른 다리 하나를 품에 안아 올렸다. 검붉은 핏자국으로 얼룩진 비늘투성이의 장화를 살살 벗겨 내자 장화 안에 갇혀 있던 피비린내와 해산물 냄새가 밖으로 뿜어져 나왔다. 살면서 한번도 맡아 본 적이 없는 역겨운 냄새가 코를 찔렀지만 봉지미는 줄곧 차분한 얼굴로 어부를 가엾게 바라볼 뿐이었다.

적의의 날이 무뎌지고 감동의 물결이 일어났다. 봉지미를 멀리하던 백성들이 차츰 그녀의 주위를 둘러싸기 시작했다. 그들은 함께 부상자를 옮기고 상처를 깨끗이 닦아 주고 덮을 것을 가져 오고 약을 건네주었다. 시간이 지나면서 부두 광장에 울려 퍼지던 울부짖는 소리, 욕설을 퍼붓는 소리, 어쩔 줄 몰라 하며 허둥대는 소리가 차차 잦아들었다.

돕는 사람들은 모두 분주하게 움직였고 다친 사람들은 질서 있게 치료를 받았다. 봉지미가 군중을 향해 눈짓하자 어느 한 사람이 망설이지 않고 나오더니 기꺼이 손을 거들었다. 처음에는 우호적인 분위기가 아니었지만 불의의 사고가 일어난 이후 관부와 백성, 흠차 호위군이 거리를 좁히고 힘을 합쳐 합작을 실현했다.

청명서원의 응석받이 서생들은 한차례 추이를 살피더니 소매를 걷어붙이고 대열에 합류했다. 요양우는 들것 위에 누워서 큰 소리로 봉지미의 호위 무사들을 지휘하고 의원의 일을 거들어 주었다.

뿔뿔이 흩어졌던 인심도 재난 앞에서 측은지심으로 바뀌어서 서로를 가로막고 있던 벽을 쉽게 허물 수 있었다. 봉지미는 피로 시뻘겋게 물든 손을 대야의 물속에 찔러 넣었다. 손을 씻으며 눈코 뜰 새 없이 바쁘게 뛰어다니는 사람들의 모습을 하염없이 바라봤고, 자기도 모르게 감개무량한 감정이 솟아오르는 것을 느꼈다.

달빛이 떠오른 시각, 하루 종일 고생한 끝에 광장은 어느새 평온을 되찾았다. 천막 안에서만 어렴풋한 신음 소리가 새어 나왔고, 바다와 하늘이 한 가지 빛으로 뒤섞여 흐르지 않는 듯 고요해졌다. 하지만 봉지미는 여전히 쉬지 않고 이곳저곳을 돌아다니며 상황을 살피고 있었다. 대낮에 급작스럽게 터진 혼란 속에서 수십 명이 목숨을 잃었고 수백 명이 다쳤다. 의외인 점은 폭발로 인한 사망과 상해보다 우왕좌왕하다가 발에 밟히고 채여서 죽은 사람이 더 많다는 것이었다. 그렇지 않아도 봉지미는 아비규환의 수라장에서 사람들이 압사당할 것을 걱정했었다. 마침 눈앞에서 몇 명이 도망치는 사람들의 발에 밟히고 눌리자 좁은 틈새에 억지로 그들을 밀어 넣었었다.

광장에서 산산조각이 난 옷가지가 바람에 휩쓸려 와서 사람들이 벌벌 떨었다. 그것은 마치 두 팔을 벌리고 혼을 부르는 것처럼 보였다. 사방에 흩어져 있는 피바다 위에 차가운 달빛이 고요히 내려앉았다. 광장 전체가 핏빛을 가득 머금은 부평초 같았다. 봉지미는 처량한 눈빛으로 주위를 둘러보며 느리게 발걸음을 옮겼다. 가는 길에는 금으로 된 자물쇠 목걸이, 두루주머니, 자수를 놓은 주머니 같은 게 떨어져 있었다. 봉지미는 물건들을 주워 들어 살펴보았다. 그것들은 가족과 연인의 사랑이 담긴 기념품이었지만, 이제는 더 이상 귀하게 여겨 줄 주인이 없었다.

고남의는 봉지미의 뒤를 따랐다. 고남의는 그녀가 무얼 생각하는지 알 수 없었지만 뒷모습에서 흘러나오는 쓸쓸한 기운은 느낄 수 있었다. 앙상한 두 어깨에 달빛이 쏟아져 내려와 무겁게 짓누르는 듯했다. 고남의가 갑자기 봉지미 가까이 다가가더니 줄곧 팔에 걸치고 있던 것을 봉지미의 어깨 위에 덮어 주었다. 순간 봉지미는 어깨가 꺼지는 느낌이 들었다. 무언가 대단히 무거운 것이 어깨와 허리를 묵직하게 내리누르기 시작했다. 자객이 다가온 줄 알고 험악한 얼굴로 재빨리 고개를 돌리자 눈에 알 수 없는 물건이 들어왔다. 자세히 들여다보니 고남의가 계속 들고 다니던 여분의 천막 천 뭉치였다. 커다란 천막 뭉치를 봉지미의 어깨 위에 올려놓았으니 무거울 수밖에 없었다. 봉지미는 웃을 수도 없고 울 수도 없었다.

봉지미는 천막 천의 끝부분을 잡고 눈썹을 치켜세우며 '이게 뭐하는 짓이야'라고 묻듯이 고남의를 쏘아봤다. 고남의는 아무 말도 하지 않고 그 자리에 미동도 없이 서 있었다. 뜻밖에도 봉지미는 얼굴을 가린 얇은 망사 뒤로 희미하게 빛나는 고남의의 시선이 초점을 잃고 흔들리는 것을 발견했다. 고남의는 가까이에 사람이 있으면 눈을 내리깔거나 똑바로 쳐다볼 뿐이었다. 무슨 연유로 이러한 짓을 했는지 물어봤자 고남의의 대답은 말도 안 될 것이 뻔했다. 봉지미는 한숨을 깊게 내쉬며 아마도 고남의가 저에게 천막을 치게 하려는 속셈인 것 같다고 생각했다. 그런데 갑자기 고남의가 입을 열었다.

"추우니까 입어."

봉지미는 그 말을 듣고 한동안 멍해졌고, 한참이 지나서야 겨우 정신이 들었다.

'내가 추울까 봐? 고남의가 날 위해서 '옷'을 덮어 준 거였어?'

봉지미는 넋을 잃은 채 돌처럼 서 있었다. 공기조차 통하지 않을 만큼 촘촘하게 짜인 무거운 천막 천을 손끝으로 꽉 쥐었다. 어떻게 반응해야 할지 몰랐다. 이건 고남의가 처음으로 '관심과 배려'의 감정을 분명하게 드러낸 것이었다. 봉지미는 마음속으로 약간의 떨림과 쓰라림이 동시에 느껴졌다.

고남의는 항상 봉지미의 안전을 걱정하고 있었지만, 그것은 마음에서 우러나온 관심이 아니라 그저 강요된 임무일 뿐이라고 생각했다. 고남의는 맡은 임무를 한 치의 오차도 없이 기계적으로 수행했다. 호두를 먹거나 여덟 점의 고기를 먹는 것과 똑같이 특별한 이유가 있어서 하는 행동은 아니었다.

처음 만났을 무렵 고남의는 봉지미를 발로 차서 침대에서 떨어트리고 침대에서 자는 봉지미를 발로 밟았었다. 봉지미가 빤 옷이 성에 차지 않으면 뒷간에 버리기도 했다. 봉지미를 지켜 줄 때도 언제나 손발의 힘이 조절되지 않아 아프도록 세게 붙잡곤 했다. 고남의가 여자를 소중히 다뤄야 한다는 사실을 깨닫는다면 천지가 개벽할 것이었다. 고남의를 거친 세계에 가두어버린 어두운 그림자를 신성한 칼로 가르고 찢어야만 가능할 일이었다.

어둡고 서늘한 달빛이 짙게 깔린 광장은 매우 적막했다. 옅은 연기 속에서 말소리가 아득하고 모호하게 들려왔다. 봉지미와 고남의는 가을 밤바람을 맞으며 침묵으로 일관했다. 봉지미는 무거운 천막 천을 힘껏 당겨 몸을 꽁꽁 싸맸다. 의외로 망토 같아서 절로 미소가 지어졌다.

"응. 따뜻하네……."

고남의는 만족한 듯 고개를 끄덕였다. 역시 생각한 대로 따뜻할 줄 알았다. 보기에도 정말 따뜻해 보였다. 한편 봉지미는 이 천막 망토를 끌고 어떻게 걸어가야 할지 걱정이 되었다. 천막 망토를 질질 끌며 몇 발자국도 채 옮기지 않았는데 고남의의 귀가 갑자기 씰룩거렸다. 봉지미도 무언가를 알아차렸다.

길 앞쪽에는 자질구레한 물건들이 높이 쌓여 있었다. 가까이 다가가서 보니 어부들이 자주 쓰는 그물 통발과 햇볕에 말린 해초 더미였다. 그 무더기 아래에서 가냘픈 목소리가 들려왔다. 봉지미는 소리를 듣자마자 바로 손을 뻗어 쌓여 있는 물건들을 헤쳤다. 그리고 드러난 것을 보자마자 깜짝 놀라 숨을 들이마셨다.

그물 통발 아래에는 젊은 부인이 엎드려 죽어 있었다. 부인은 몸을 활처럼 반쯤 옆으로 옹그리고 있었다. 부인의 배 아래에는 대야가 하나 놓여 있었는데 가냘픈 목소리는 그곳에서 새어 나오고 있었다. 봉지미가 다가가 대야 안을 들여다보니 조그만 아기가 몸을 파르르 떨며 가늘게 울음을 뽑아내고 있었다.

이 부인은 폭발이 일어났을 때 밀려드는 인파에 이곳까지 떠밀려 와 압사당한 게 틀림없었다. 생사의 갈림길에서도 한결같은 모정으로 아기를 몸 아래에 숨기고 보호한 것이었다. 보아하니 사람들에게 짓밟힐까 봐 아기를 대야 안에 넣고 그 위로 자신의 몸을 덮어 대신 짓눌린 것이었다. 대야의 크기는 그렇게 작지 않아서 당시에 부인이 직접 대야를 뒤집어썼더라면 본인의 목숨을 건질 수 있었을 터였다. 하지만 부인은 상처가 심해 살 가망이 거의 없자 아기를 지키는 선택을 한 모양이었다. 봉지미는 그 대야를 바라보면서 눈가가 조금 촉촉해졌다. 세상의 어머니들은 평소에는 평범하고 작아 보였지만 어려움과 위험에 빠졌을 때는 강한 모정의 힘으로 생사를 뛰어넘는 용기를 보여 주었다.

봉지미는 아기를 안아 올렸다. 위험한 현장 한가운데서 살아남은 아기는 뜻밖에도 다친 곳이 거의 없었다. 단지 배가 고파서 우는 것뿐이었고 그것도 힘이 없어서 크게 울지는 못했다. 봉지미가 안아 주자 아기는 여리고 부드러운 손가락으로 그녀의 손을 꽉 쥐었다. 봉지미의 얼굴에 저절로 미소가 떠올랐다. 건드리면 터질 듯이 빵빵한 아기의 볼에 제 얼굴을 가져다 댔다. 따뜻하고 부들부들한 감촉이 그대로 전해졌다. 봉지미는 추위에 꼼지락거리는 아기를 천막 천으로 꽁꽁 감싸기 시작했다.

봉지미는 아기를 둘둘 싸매면서 흠칫 놀랐다. 아기는 아주 세련되게 입고 있었는데 요란하지 않은 고급스러움이 엿보였다. 목에는 금으로 된 자물쇠 목걸이가 걸려 있었는데 글자 대신 커다란 흑요석이 박혀 있었다. 보석의 끝부분에는 짙은 보라색이 감돌았고 찬란한 빛이 사방으로 쏟아져 나왔다. 다시 보니 죽은 부인은 아기와 다르게 옷차림도 평범했고 장신구도 전혀 착용하지 않았다. 봉지미에게 한 줄기 의혹이 스쳐 지나갔다.

'저 부인이 아기의 엄마가 아닌 건가. 엄마도 아닌데 어떻게 이렇게까지 할 수 있지…….'

아기의 목에 걸린 자물쇠 목걸이는 너무나도 진귀한 것이었다. 봉지미는 목걸이를 벗기려다가 멈칫하더니 이내 그만두었다.

봉지미에게 안긴 아기는 품으로 파고들더니 곧바로 울음을 그쳤다. 기분이 매우 좋은 듯 입으로 손가락을 연신 빨아 댔다. 봉지미는 흐뭇한 얼굴로 아기를 바라보다가 갑자기 놀리고 싶은 마음이 들어 고남의의 품에 아기를 덥석 안겼다.

"네가 안아 줘."

고남의는 갑작스레 침입해 온 '이것'에 놀라 꽁무니에 불이라도 붙은 듯 제자리에서 펄쩍 뛰어올랐다. 고남의의 첫 번째 반응은 항상 내던지는 것이라 봉지미는 잔뜩 긴장하며 그를 바라봤다. 여차하면 받으러 갈 준비를 하고 있었는데 고남의가 내던지려고 손을 들어 올린 순간 아기가 으앙, 하고 울어 버렸다. 깜짝 놀란 고남의가 손을 다시 쓰윽 내리더니 아기를 품에 꽉 안고 뻣뻣하게 굳어 버렸다.

"그래. 던지면 안 되지. 아기잖아."

한숨 돌린 봉지미가 생글생글 웃으며 살살 구슬렸다.

"봐봐. 정말 귀엽지 않아?"

한참 동안 잠자코 있던 고남의가 봉지미에게 짧은 한 마디를 꺼냈다.

"아니."

"안아."

봉지미가 단호하게 밀어붙였다.

"싫어."

"안아."

"싫어싫어."

고남의는 언제나 간결한 말투를 유지했었는데 지금은 같은 단어를 두 번이나 연달아 말했다. 그것도 머리까지 심하게 흔들어 대면서. 봉지미가 시키면 속내를 감추고 부드럽게 미소 지었다. 그러더니 고남의의 손을 덥석 잡아다가 억지로 도자기처럼 매끄러운 아기 얼굴을 살살 쓰다듬게 했다.

"만져 봐. 이게 바로 아기야……. 향기롭고 따뜻한 거란 이런 거야."

고남의는 벼락에 맞은 듯 손가락을 떨더니 이내 아무 반응도 보이지 않았다. 하지만 다시 아기의 얼굴이 고남의의 손가락에 닿자 큰 떨림이 전해졌고 이내 전기가 흐른 듯 재빨리 손가락을 오므렸다.

"매끈매끈하고 부드럽고 향긋하지 않아?"

봉지미가 호의가 들어 있지 않은 미소를 지으며 고남의를 바라봤다.

"너도 예전엔 이렇게 부드럽고 향긋했어. 어머니의 팔에 안겨서 말야. 너도 분명 어머니의 노래를 들으며 잠들었겠지. 아버지도 이렇게 네 얼굴을 쓰다듬어 주셨을 거고."

순간 부들부들 떨던 고남의의 눈이 풀리는 듯했다. 봉지미의 달콤한 말과 품 안의 낯선 따뜻함이 멀리 있던 아득한 세계를 순식간에 눈앞으로 불러왔다. 그곳은 알록달록 화려했고 음악이 들려왔고 웃는 얼굴이 있었고 고남의가 평생 동안 가질 수 없을 것만 같은 모든 것들이 존재하는 곳이었다.

작고 연약한 몸이 품속에 안겨서 고남의의 마음을 혼란스럽게 휘저었다. 마치 밖에서 실오라기 하나 걸치지 않고 헤매는 느낌이었다. 고남의는 당연히 싫어야 했고 언제나처럼 내던졌어야 했다. 하지만 가볍고 부드럽게 귓가를 간지럽히는 봉지미의 목소리에서 고남의는 평소와는 다른 느낌을 받았다. 그게 무엇인지는 정확히 알 수 없었지만 이번만큼은 거절할 수 없고 내던질 수 없다는 것을 직감적으로 알았다.

봉지미의 목소리에 깃든 것은 희망과 소망이었다. 고남의의 세상이 단지 한 걸음짜리와 여덟 점의 고기가 아니길, 공허와 거절이 아니길 바랐다. 고남의가 흑백의 세상에서 빠져 나와 오색찬란한 거리를 거닐고 생동하는 감정으로 광활한 세계를 마주하길, 아름다운 장면이 가득한 인생을 살아가길 바랐다. 사람이 사는 세상은 울고 싸우고 기뻐하고 환호하는 곳이란 사실을 알려 주고 싶었다. 뻣뻣한 자세로 아무런 표정 없이 아기를 안고 있는 고남의가 봉지미의 말을 제대로 들었는지 알 수 없었다. 다만 아기를 안고 있는 고남의의 팔은 후들후들 떨리고 있었다. 이 모습을 보고 봉지미는 자기도 모르게 피식 웃음을 터트렸다. 고남의가 아이를 안고 있는 장면은 바라보기만 해도 너무나 귀엽고 귀여웠다. 손가락 하나로 모든 이를 무릎 꿇게 만드는 무술 고수에게 억지로 아기를 떠맡기다니 정말 몰인정했던 것 같았다.

'천천히 하자. 고남의.'

봉지미는 자비를 베풀 듯 아이를 받아 안았다. 고남의는 일생에서 가장 긴 숨을 내뱉고는 풀쩍 뛰어오르더니 오르락내리락 파도치듯 선을 그리며 멀리 있는 천막 안으로 순식간에 사라졌다. 언제나 바위처럼 우뚝 서서 어떤 일에도 눈 하나 꿈쩍이지 않던 고남의가 양심도 없는 한 여자의 강요에 못 이겨 쩔쩔매다가 허겁지겁 꽁무니를 내뺀 것이었다. 그 여자는 양심의 가책을 조금도 느끼지 못하고 제자리에서 한바탕 웃어 젖힐 뿐이었다. 봉지미는 아기를 안고 연회석을 찾아가 즉시 유모를 데리고 오게 한 다음 영혁이 있는 천막으로 들어갔다.

아직 잠자리에 들지 않은 영혁은 등잔불 아래에서 탁자에 팔꿈치를 받치고 깊은 사색에 잠겨 있었다. 어지럽게 흔들리는 노란 불빛이 영혁의 눈언저리에 스며들었다. 영혁은 피곤했는지 눈꺼풀을 내리깔았다. 긴 속눈썹이 눈 아래로 옅은 부채꼴의 그림자를 만들어 냈다. 오랜만에 영혁의 얼굴에 평온함과 부드러움이 감돌았다. 기척을 듣고 영혁은 머리를 들었다.

"한밤중에 밖에서 무얼 찾……."

아기가 갑자기 으앙, 하고 가늘게 울었다. 영혁은 도중에 말이 끊겼고 입을 벌린 채 말을 잇지 못했다. 봉지미는 오늘만 벌써 두 번째로 사람을 놀라게 했다. 울적했던 마음이 왠지 모르게 가뿐해지는 느낌이 들었다.

"네? 전하 무슨 말씀 하시려던 거였어요? 계속 말씀해 보세요."

"어디서 데려온 아이인 게냐?"

영혁이 봉지미를 제 앞으로 바싹 끌어당겼다. 봉지미는 아까의 일을 상세히 설명했다. 하지만 자물쇠 목걸이에 대해서는 말하지 않았다. 영혁이 손을 뻗어 아기의 얼굴을 쓰다듬었다. 아기는 의외로 낯선 사람의 손길을 무서워하지 않고 까르르 웃었다. 입을 연신 옹알거리며 움켜쥔 제 주먹을 물어뜯었다. 영혁은 생각에 잠긴 듯하더니 갑자기 웃기 시작했다.

"문득 우리의 십 년 뒤의 모습이 떠올라서 마음이 흐뭇하구나."

"예?"

"난 문서를 읽고 있고 넌 아기를 안고 내 시중을 들러 오는 장면을 상상하고 말았구나."

영혁의 눈초리에는 놀리는 듯하면서도 진지한 기색이 담겨 있었다. 영혁이 가볍게 웃으며 말했다.

"이제 난 아무렇지도 않다. 네가 탁자를 뒤집어도."

이 인간의 빈정거리는 말투에 봉지미는 피식 웃음이 터지고 말았다.

"전하는 정말 상상력이 뛰어나세요."

영혁이 손을 내밀어 봉지미의 얼굴을 살포시 어루만지며 물었다.

"그럴 일은 없으려나?"

영혁의 나지막한 목소리가 고요한 천막 안에서 흐르는 샘물처럼 부드럽게 울려 퍼졌다. 선선한 바람이 천막의 틈을 비집고 들어오자 탁자 위의 편지가 춤을 추듯 들썩였다. 영혁이 팔꿈치로 가볍게 편지를 내리눌렀다. 봉지미가 몸을 세우고 똑바로 앉았다.

"십 년 후의 일을 누가 알 수 있겠습니까."

봉지미의 입에는 옅은 미소가 번졌지만 눈에는 웃음기가 전혀 없었다. 지금까지 한 번도 보이지 않았던 아득하고 우울한 빛이 눈에 가득고였다.

"아마도 그때는 길에서 우연히 마주치면 인사나 하는 사이일지도 몰라요. 여전히 지금처럼 제가 계단 아래에서 알현하면 전하는 계단 위에서 절 내려다보시고……. 어쩌면요…… 어쩌면 우린 원수가 돼 있을 수도 있고요."

봉지미가 마지막에 내뱉은 '원수'라는 말에 두 사람은 몸을 흠칫 떨었다. 당황한 봉지미는 이내 얼굴을 돌렸다. 입을 굳게 다물고 있던 영혁이 한참 후에 천천히 물었다.

"이유는?"

봉지미가 별일 아니라는 듯 가볍게 웃으며 말했다.

"그냥 예를 들어서 한 말이에요."

멋쩍어진 봉지미가 아기를 안고 일어섰다.

"유모가 오고 있는지 가서 좀 보고 올게요."

멀어지는 봉지미의 발소리를 들으며 영혁은 아무런 표정도 없는 차가운 얼굴을 노란 불빛 속에 파묻었다. 한참이 지나 영혁은 탁자 위에 올려놓았던 팔꿈치를 들어 아래에 눌려 있던 편지를 집어 올렸다. 봉랍하여 밀봉된 편지는 천리 길을 한걸음에 달려온 것으로 영혁의 정보사(情報司)에서 독자적으로 쓰는 암호가 새겨져 있었다. 매우 긴급한 밀서라는 의미였다. 영혁은 오래도록 그 편지 봉투의 올록볼록한 면을 어루만져 보았다. 편지를 열어 보지 않았지만 그는 이미 안에 담긴 내용을 마음속에 깊이 새겨 넣었다. 영혁은 한참 동안 편지를 들고 있다가 천천히 촛불에 갖다 댔다. 암황색의 불꽃이 편지 봉투를 태우며 올라갔다. 처음에는 고개를 빳빳이 세우고 있던 편지 봉투가 점차 회백색으로 바뀌면서 비틀리기 시작했다. 회색빛 재가 탁자 위에 눈처럼 쌓였다.

편지가 다 타서 사라졌고 초도 얼마 남지 않았다. 영혁은 초를 새로 켜지 않고 무겁게 내려앉은 새까만 어둠 속에서 팔꿈치로 탁자를 더욱 깊게 내리눌렀다. 얼마 후 어디에서 나는 소리인지 알 수 없었지만, 실낱같은 탄식이 터져 나왔다.

영혁은 천막에서 나와 이번 사고로 부모나 가족을 잃은 아이들을 연씨 집안이 운영하는 자선 단체에 보내 기르는 일에 대해 봉지미와 연회석과 상의했다.

"이건 연씨 집안이 인심을 얻을 수 있는 좋은 기회야."

봉지미가 맛있게 유모의 젖을 빠는 아기를 빤히 바라보며 말했다.

"남해의 관민은 선박 사무사 개설을 반대하고 있고, 명문 세가들은 완전히 대립된 입장을 고수하고 있지. 이런 상태론 좋은 결과가 나올 수 없어. 차라리 명문 세가들의 뛰어난 경제 능력을 내세워서 그들을 회유하는 게 좋을 거야. 무턱대고 세력에만 의지해서 억누르면 하나로 똘똘 뭉친 사람들이 자네들을 더욱 경계할 뿐이네."

연회석이 매우 동감하면서도 얼굴에는 여전히 난처한 표정이 역력했다.

"왜 그런가?"

"두 가지 난제가 있습니다."

연회석이 이어서 말했다.

"남해 백성은 본래 사납고 고집이 세서 오랫동안 명문 세가에 품어 온 적의가 그렇게 간단하게 녹아내리지는 않을 것입니다. 명문 세가들이 자선 단체를 설립했었지만 관심을 가진 이가 거의 없었습니다. 사람들은 차라리 관부에 가서 위로금을 받을지언정 저희 쪽으로는 오지 않았습니다."

"걱정 마."

봉지미가 말했다.

"이 아기를 우선 자네 자선 단체에 보내. 이번 사건으로 돌아갈 집이 없어진 고아들도 함께. 분명 백성들은 오늘 이후로 남해 관부에 불만이 커질 거야. 자네 명문 세가들은 이 기회를 잘 이용해야 해. 그 다음에는 무얼 해야 할지 자네들이 더 잘 알겠지. 어쨌든 우선 적대적인 기운부터 없애는 게 급선무야. 관부가 만일 자네들을 방해하려 한다면 내가 나서서 잘 처리해 줄 터이니 염려 말게."

연회석이 가슴 가득히 감격하여 한참 동안 봉지미를 바라봤다.

"어찌 감사를 표해야 할지 모르겠습니다."

봉지미가 손을 내저으며 싱긋 웃었다.

"감사는 무슨. 사실 애초에 자네가 날 도와주지 않았다면 오늘날의

내가 있을 수 없었을 거야. 자네가 아니었다면 난 청명서원에 아예 들어
갈 수조차 없었을 테고. 그 이후에 잇따라 생긴 좋은 기회도 잡을 수 없
었을 거야. 제경에서 나와 고남의 사형을 위해 생필품 전부와 저택 그리
고 집안일을 해 줄 비복까지 구해 줬잖아. 관료들의 세계에 섞여 들어
간 이후에 자네의 든든한 재력이 뒷받침되지 않았다면 관료들과 안면
을 트는 일이 거의 불가능했을 것이야. 이런 돈독한 친구지간이 또 어디
있단 말인가. 마음으로 돕는 일을 일일이 세어 가면서 남처럼 따질 필
요가 어딨어. 참, 두 번째 어려운 일이란 건 뭐지?"

연회석은 한숨을 길게 내쉬며 말했다.

"두 번째 어려운 일이란 게 말씀드리기가 송구합니다. 형님이 절 이
토록 아껴 주시는데 그 마음을 저버릴까 봐 걱정이 되어서……."

봉지미가 눈을 동그랗게 뜨고 쳐다보자 연회석이 말을 이었다.

"어떻게 말씀을 드려야 할지……. 형님께서도 아시겠지만 저희 연씨
집안 사람들은 언제나 형님을 뵐 수 있기를 간절히 바라고 있습니다. 혹
시 괜찮으시다면…… 오늘 한번 만나 주실 수 있으시겠습니까?"

봉지미가 연회석을 한참 바라보다가 웃으며 고개를 끄덕였다.

"물론이지."

연회석이 기쁜 듯 총총걸음으로 뛰어나갔다. 봉지미는 연회석의 뒷
모습을 바라보며 미간을 찌푸린 채 차를 벌컥 들이켰다.

'무슨 말 못 할 사정이라도 있나…… 총명하고 재주가 뛰어난 연회
석이 연씨 집안에 훌륭한 공로를 세우고 돌아왔거늘 아직도 그를 인정
하지 않는 자가 있는 건가…….'

천막 입구가 열리더니 한 무리의 남녀노소가 줄지어 들어왔다. 연회
석이 가장 앞에서 정중하게 천막 입구의 휘장을 들어 올렸다. 그리고 모
든 사람들이 들어가기를 기다렸다가 마지막 사람을 따라서 안으로 들
어왔다. 연회석의 곁을 지나는 모든 사람들은 그가 정중하게 대하는 자

세를 자연스럽게 받아들이고 있었다. 뒤쪽에 있던 연회석과 나이가 비슷해 보이는 남녀도 모두 마찬가지였다. 봉지미는 눈썹 꼬리를 치켜 올렸다. 눈가에는 싸늘한 웃음기가 떠올랐다.

연씨 집안의 어른들은 오늘 낮에 봉지미의 얼굴을 봐 두었다. 뒤에 따르는 자들은 조금 전 이곳에 도착하여 어른들이 이끄는 대로 흠차 대인을 찾아왔다. 그들은 흠차 대인의 얼굴을 가까이에서 보고 아연실색했다. 기껏해야 열대여섯 살로밖에 안 보였기 때문이었다.

봉지미는 자신을 자세히 살피는 눈빛이 쏟아지는 것을 느꼈다. 봉지미가 눈썹을 치켜세우고 주위를 둘러보다 대열의 마지막에 서 있는 여자와 눈이 마주쳤다. 여자는 눈빛을 거두어들이지 않고 봉지미를 뚫어져라 쳐다보며 웃음 지었다.

'쯧…… 예의범절도 모르는 여자네.'

봉지미도 지지 않고 여자의 얼굴을 뚫어져라 쳐다봤다. 그러자 여자의 얼굴에 드리워졌던 웃음기가 순식간에 딱딱하게 굳어 버렸다. 여자의 낯가죽이 떨리기 시작했고 두려워하는 기색이 역력하게 드러났다.

"남해 연 씨가 흠차 대인을 배알하옵니다. 대인께서 존체 만강하시길 기원합니다."

선두에 선 노인이 몸을 제대로 가누지 못하고 휘청거리며 절을 올렸다. 다른 사람들도 따라서 무릎을 꿇었고 마지막으로 젊은이 몇 명이 시선을 교환하다가 마지못해 함께 무릎을 꿇었다. 봉지미는 앞으로 한 걸음 나아가 노인 몇 명을 붙잡아 일으키며 말했다.

"여러분들 모두 연로하신 어르신들인데 이렇게 큰절을 올리지 않으셔도 됩니다."

봉지미가 부축하려 했지만 노인들이 사양하며 계속 무릎을 꿇고 있었다. 그때 뒤에 있던 젊은이 몇 명이 먼지를 털며 자리에서 일어났다.

연회석이 고개를 숙이고 다가오더니 봉지미가 노인들을 부축하는 것을 거들며 말했다.

"할아버님. 편안히 앉으십시오. 흠차 대인께서 워낙 어른을 공경하시는지라……."

연회석은 앞에 선 연씨 어른의 팔을 붙잡았다. 봉지미가 옆에서 바라보니 그 노인의 팔이 유난히 심하게 떨렸다. 마치 연회석의 손을 뿌리치고 싶지만 그런 마음을 억제하는 것처럼 보였다. 연씨 어른은 봉지미에게 웃음 띤 얼굴로 정중하게 감사를 표하더니 곧 연회석에게 말했다.

"여기 있으면 거치적거리니 흠차 대인을 귀찮게 하지 말고 길을 비켜드려라."

연씨 어른의 말투는 평온해서 얼핏 들으면 연회석과 친밀한 사이로 보였다. 하지만 봉지미는 노인의 말 속에 혐오를 억누르는 감정이 가득한 것을 알아차렸다. 연씨 집안의 젊은이들은 웃는 듯 아닌 듯한 표정으로 서로를 쳐다보며 알 수 없는 미소를 지었다. 연회석이 낮은 목소리로 대답했다.

"네."

연회석은 말을 마치자마자 씁쓸한 표정으로 한 걸음 물러났다. 연회석이 천막 입구 쪽으로 걸어가 휘장을 들어 올리는 찰나 봉지미가 그를 불러 세웠다.

"회석 아우님. 어딜 가는 겐가?"

연씨 집안 사람들이 봉지미의 말에 모두 멍해졌다. 연회석이 천천히 몸을 돌려 말했다.

"여러분께 차를 올리려 합니다. 하인이 없다 보니 제가 대접이 소홀했습니다……."

"차를 올리는 건 자네가 할 일이 아니잖나."

봉지미는 상석에 자리를 잡고 앉아 미묘한 표정으로 말했다.

"연씨 집안과 만나는 자리에 공신인 자네가 없으면 어찌하겠는가. 어서 와서 여기 앉게."

봉지미의 친근한 말투에 연씨 집안 사람들이 다시 멍해졌다. 앞에서 있던 연씨 어른이 참지 못하고 떠보듯이 물었다.

"흠차 대인께서 우리 회석이를 많이 아껴 주시는군요. 회석이는 저희 연씨 집안의 복덩이입니다. 다만 방금 공신이라 하셨는데 무엇을 근거로 하시는 말씀이십니까?"

봉지미는 질문을 듣고 너무나도 어처구니가 없었다.

'연회석이 연씨 집안의 공신이 아니란 말이야? 연회석이 나와의 친분 덕분에 연씨 집안이 황상(皇商)이 될 수 있었던 걸 벌써 잊은 거야? 연회석이 날 위해 전심전력을 다해 줘서 그 보답으로 연씨 집안이 흠차 일도 거들 수 있게 하고 선박 사무사를 개설하는 업무도 총괄적으로 이끌 수 있게 해 주었건만. 연회석이 당신네들한테 탄탄대로의 앞날을 열어 준 거 아니냐고.'

봉지미는 차마 이 말을 제 입으로 꺼내기는 곤란해서 '뭐야'라고 묻는 듯한 눈빛을 연회석에게 흘려보냈다. 봉지미의 뜻을 알아차린 연회석이 쓴웃음을 지었다. 봉지미는 뭔가 좀 이상하다는 생각이 들었다. 장사와 인맥 확장에 수완이 뛰어난 연회석은 제경에서 물고기가 물을 만난 듯 사람들과 격의 없이 교류하며 의기양양한 날들을 보냈다. 그런데 남해에 돌아온 이후에는 처음에만 신바람이 났지 나중에는 안절부절 못하는 모습을 보였다. 이전에 모든 걸 잃었을 때는 그렇다 쳐도 지금은 당당하게 나서지 못할 이유가 전혀 없는데 대체 왜 이런 비굴한 모습을 보이는지 알 수가 없었다. 이때 연씨 어른이 입을 열었다.

"연씨 집안은 대인의 특별한 보살핌을 받아 후한 선물을 아주 많이 얻었습니다. 대인이 아니었으면 연씨 집안이 어찌 오늘에 이를 수 있었겠습니까. 미천한 회원이를 대인께서 깊이 보살펴 주시고, 제경에 머물며 황상 업무를 총괄 운영할 수 있도록 총판(總辦) 직을 주셔서 가슴 깊이 감사드리고 있습니다. 이렇게 은혜가 깊은데 지금까지 직접 만나 뵙고 감사 인사를 드리지 못했으니……."

봉지미는 들을수록 뭔가 이상했다.

'회원이? 그건 또 누구지……'

봉지미는 당시의 기억을 떠올렸다. 폐하께서 제경에 머무는 황상으로 연씨 집안을 허락한 이후 연씨 집안에서 사람이 올라와 관련 업무를 처리했다. 그런데 봉지미가 일이 바빠서 최종적으로 호부에 업무를 보고하는 황상 재경(在京) 대리인이 누구인지는 물어보지 못했었다. 봉지미로서는 당연히 연회석인 줄 알고 물어 볼 필요가 없다고 생각했었는데 일이 이렇게 돌아가고 있는 줄은 상상도 하지 못했다. 연회석은 왜 진작에 말하지 않았을까. 봉지미는 의문의 눈빛으로 연회석을 힐끗 쳐다봤고 연회석은 그녀의 눈을 피했다.

"황상의 업무는 모두 회석 아우님과 제가 상의해서 결정한 것입니다. 감사라면 회석 아우님에게 하셔야 할 것입니다."

봉지미가 아래턱을 들어 올리고 시선을 내리깔며 은근히 연회석을 추어올려 주었다.

"저 녀석과 무슨 관계가 있습니까!"

연씨 어른이 다 마치지 못한 말을 이어서 하려는데 갑자기 가장 뒤에 앉아 있던 여자가 날카로운 목소리로 소리쳤다.

"황상 업무를 맡아 한 건 우리 큰오라버니란 말입니다!"

"연회영!"

중년 남자가 낮은 목소리로 외쳤다.

"실례이니 조심하거라."

여자가 몹시 분개한 얼굴로 뻣뻣하게 고개를 돌렸다.

봉지미는 천천히 찻잔을 내려놓았다. 봉지미는 어떤 표정도 짓지 않고 그저 아무 말 없이 담담하게 앉아 있었다.

주위 사람들은 어깨 위로 얼어붙은 공기가 무겁게 내려앉는 느낌을 받았다. 원래는 널찍했던 공간이 갑자기 옥죄어 드는 듯하여 불안한 마음에 안절부절 못했다. 봉지미는 계속 침묵했다. 사람들이 난처한 기색을 드러냈지만 어찌할 방법이 없어 그저 바라만 보고 있었다. 한참 뒤에야 봉지미가 입을 열고 담담하게 말했다.

"차가 식었군요."

봉지미의 침묵에 짓눌려 불안에 떨던 연씨 집안 사람들은 이 상황과 아무 관계도 없는 말을 듣고 무슨 뜻인지 몰라 어리둥절했다. 천막 입구 쪽의 어두운 그림자 속에서 연회석이 몸을 일으키며 말했다.

"여기에는 시중들 만한 사람이 없으니 제가 가서 차를 타겠습니다."

"기다리게."

봉지미가 빙긋 웃으며 말했다.

"사내대장부가 차를 타러 가다니 그게 무슨 보기 흉한 꼴인가. 자네 연씨 집안은 남해의 명문 세가로 엄격한 규율이 있을 터, 이곳에 공적인 일로 모인 남정네들이 이리 많거늘 누군가 하나는 나서서 허드렛일을 도와야 하지 않겠는가. 연씨 어르신께서 알아서 잘 처리하실 테니 자넨 신경 쓰지 말게."

연씨 어른의 낯빛이 새하얗게 질렸다.

"송구하옵니다. 늙은이가 실례를 범했습니다. 회영아. 흠차 대인과 여러 친척, 형제들에게 차를 대접하지 않고 뭐하고 있는 게냐."

"싫어요."

여자의 불그스름하던 얼굴이 화가 나서 새파랗게 부풀어 올랐고, 손가락까지 벌벌 떨렸다.

"전 연씨 집안의 큰아씨라고요. 어떻게 남의 시중이나 들 수 있겠어요."

"연회영! 어느 안전이라고 버릇없이 구는 게냐!"

아까의 중년 남자가 호되게 꾸짖었다. 생김새로 보건대 틀림없이 연회영의 아버지였다. 연회영의 얼굴에 약이 오른 표정과 후회하는 표정이 동시에 떠올랐다. 연씨 어른은 미간을 찌푸리며 속으로 생각했다.

'흠차 대인이 젊다고 해서 일부러 말이 통할 법한 젊은 애들까지 데리고 온 건데 일이 점점……. 회영이는 평소엔 성격이 좋은 아인데 회석만 만나면 이성을 잃으니 이걸 어떻게 수습해야 하나……. 그건 그렇고 흠차 대인은 아무리 봐도 우리 집 애들 또래밖에 안 되어 보이는데……. 남해에 처음 온 흠차가 배에 올라 불을 지피도록 주 패왕을 몰아붙이고, 그 자리에서 당장 내쫓기까지 하다니 여간내기가 아닌 것만은 분명해.'

연씨 어른은 늙은 얼굴에 계면쩍은 표정을 드러내며 서둘러 일을 수습하고자 했다. 그러나 봉지미는 눈길조차 주지 않았다. 그녀는 새로 올린 찻잔을 들고 위에 뜬 거품을 입으로 불면서 서늘한 웃음을 터트릴 뿐이었다. 봉지미의 웃음은 사람들을 좌불안석으로 만들었다. 게다가 흠차 대인은 더 이상 할 말이 없는지 차를 받쳐 들고 손님들에게 마지막 잔을 권했다. 사람들은 하는 수 없이 몸을 일으켜 작별 인사를 올렸다.

연회영은 발끈한 얼굴로 가장 먼저 일어나 접이식 의자를 발로 냅다 찼다. 봉지미는 찻잔 뚜껑을 밀어 올리면서 연회영을 경멸의 눈빛으로 바라봤다. 연회석이 사람들 무리를 뒤따라 배웅하러 나가려는데 봉지미가 그를 불러 세웠다.

"회석 아우님은 여기 남으시게."

봉지미는 천막의 어두운 그림자 안에서 연씨 어른의 몸이 옆으로 기우뚱하는 것을 목격했다. 연씨 어른은 경고하듯이 연회석을 한번 노려보더니 아무 말 없이 자리를 떴다.

"어떻게 된 일이야?"

봉지미가 찻잔을 내려놓고 단도직입적으로 물었다.

연회석은 입을 꾹 다물어 버렸다. 봉지미는 조금 전 그 사람들의 표정과 말투를 떠올리면 떠올릴수록 화가 치밀어 올라 무시무시한 얼굴로 변했다.

"선박 사무사의 일은 자네 연씨 집안만 할 수 있는 게 아냐. 폐하께서 내게 전결권을 내려 주셔서 자네 집안에 맡겼을 뿐이지, 사실 남해의 연가, 진가, 황가, 이가, 상관가 5대 명문 세가 중 어디든 상관없었고!"

"안 됩니다!"

연회석이 다급한 목소리로 외쳤다.

"저자들이 노리는 것은 저뿐입니다. 형님에 대해서는 절대로 무례한 마음을 품고 있지 않습니다."

"자네에 대해 뭘 노린다는 거지? 자넨 왜 보고만 있는 거야? 대체 무슨 일이 있었기에 저들은 눈에 불을 켜고 자네에게 달려드는 거지?"

봉지미의 눈빛이 송곳처럼 날카로워지더니 잇달아 질문이 쏟아져 나왔다. 봉지미는 청명서원 밖에서 연회석을 만난 이후 지금까지 그의 모습을 지켜봐왔다. 그는 줄곧 연씨 집안의 자제로서 무슨 수를 써서라도 제경에서 연줄을 찾고 발을 넓히고 집안 당주의 저울추를 늘려 주기 위해 애써왔다. 하지만 지금에 와서 보니 연회석이 노력해서 이뤄 낸 훌륭한 업적을 당주에게 일일이 말했더라면 어마어마한 공로를 다른 사람에게 빼앗길 뻔했다. 물론 연회석은 바보가 아니니 깊은 내막이 있을 터였다. 하지만 스스로 원해서 양보하는 데에 문제가 있었다.

연회석은 고개를 가로저으며 대답하지 않았다. 말 못할 사정이 있는 듯했다. 봉지미는 잠자코 연회석을 바라보다가 한참 뒤 말을 꺼냈다.

"자네에게 부탁 하나 할게. 내일 나와 전하가 연씨 집안에 신세를 좀 져야겠는데 잘 곳을 마련해 줄 수 있겠나?"

연회석이 몸을 파르르 떨더니 천천히 머리를 들어 올렸다. 봉지미는 주도면밀하고 신중했다. 연씨 집안에 대해서 자세히 알지도 못하고 명문 세가가 관부와 백성들에게 미움을 받고 있는 일도 해결하지 못한 상황에서 함부로 문제를 일으킬 리는 없었다. 지금 연씨 집안으로 찾아오겠다는 것은 연회석을 돕기 위해 나서려는 것으로 보였다.

"위지 형님…… 위 대인…… 전……."

연회석은 입술을 약하게 떨며 흐느끼는 목소리로 말끝을 흐렸다.

"이전에도 말했지만 대인이라고 부르지 말게. 우리는 서로 미천했을 때 알게 된 사이이고 지금까지 제경 집에서 함께 지내 왔잖아. 배신하지만 않는다면 우린 영원히 형제야."

봉지미가 싱긋 웃으며 말했다.

"청명서원에서 우리가 처음 만났을 때 기억나? 내 옷을 사려던 자네의 재치에 정말 감복했었지. 그때의 자네는 처음 만난 사람에게도 위풍당당했었는데……. 지금처럼 이렇게 뒤로 물러나는 사람이 아니었어……. 어쨌든 자네의 일은 결국 자네가 결정할 일이지."

봉지미가 몸을 일으켜 밖으로 걸어 나가다 갑자기 걸음을 멈췄다.

"모든 일에는 한계가 있어. 무슨 말할 수 없는 비밀이 있는지, 무엇 때문에 부당한 대우를 받고도 참고 있는지 모르겠지만 한계에 도달했으면 더 이상 참을 필요 없어. 자네가 계속 참는다 해도 내가 이젠 허락하지 않을 거야."

봉지미의 눈에 한 줄기 엄숙한 빛이 스쳐 지나갔다.

"상씨 집안이 언제 또 변란을 일으킬지 몰라. 남해가 계속 갈등을 일으키고 통합되지 못한다면 틀림없이 상 씨 세력에게 장악당할 거야. 사실 선박 사무사는 구실에 불과해. 난 이번 일을 꼭 성공시켜서 남해 전체를 내 앞에 무릎 꿇릴 거야. 반드시 남해를 내 것으로 만들겠어."

봉지미의 가냘픈 그림자가 스며들어오는 달빛에 물들어 어두운 금빛으로 반짝였다. 봉지미의 목소리가 부드러우면서도 웅장하게 천막 안을 울렸다.

"그래서 연씨 집안은 반드시 네 것이어야 해."

그날 밤 봉지미는 천막에서 하룻밤을 보냈다. 다음 날이 되자 연회 석이 연씨 집안의 별장인 '게원(憩園)'을 봉지미와 영혁에게 마련해 주 었다. 영혁은 큰 불만 없이 봉지미의 결정에 따랐다. 남해 관부는 게원 에 머무는 것을 매우 반대했지만 아무런 소용이 없었다.

봉지미는 남해 명문 세가와 백성들 사이의 갈등에 대해 사람을 시 켜 자세히 알아봤다. 이전에 남해는 척박한 땅으로 해금*海禁, 예전에 중국에 서 해상 교통이나 무역·어업 따위에 두던 제한까지 내려졌었지만 일부 지식인들의 정확한 안목과 재빠른 움직임에 힘입어 몇몇 집안이 가세를 일으킬 수 있었다. 하지만 발전하는 만큼 곳곳에서 비리도 발생했고 세력을 확장하는 과 정에서 무고한 백성을 약탈하는 일이 일어났다. 풍족한 해역과 각종 자 원을 쟁탈하는 과정에 아무런 잘못도 없는 사람들이 휘말렸다.

과거 한 포정사는 남해에 근무할 당시 명문 세가와 결탁 관계가 매 우 깊어 백성을 다치게 하는 일까지 일어난 적이 있었다. 가장 끔찍했던 사건은 상관씨 집안이 대형 선박 출입항을 세우기 위해 근해의 좋은 땅 을 빼앗으며 발생한 일이었다. 그들은 원래 그곳에 살고 있던 백성들을 얕은 해변으로 몰아냈는데 이후 거대한 조수가 발생하여 하룻밤 사이 에 백성들의 허름한 천막집을 전부 휩쓸어 버렸다. 순식간에 한 마을이 물거품처럼 완전히 사라졌다. 게다가 남해의 백성 대부분은 명문 세가 에서 밥을 벌어먹는지라 이들 주인과 일꾼 사이에 쌓인 감정의 골은 상 당히 깊었고, 은혜와 원한이 뒤엉킨지 오래였다. 하지만 주희중이 남해 의 정무를 담당한 후에는 전임 포정사처럼 백성을 소홀히 여기지 않았 고, 거족들을 나라의 병폐로 치부하며, 관부의 이익과 깊게 연결된 명문 세가에는 반드시 후환이 돌아왔다. 주희중이 5대 명문 세가에게 내린 벌은 중과세와 엄격한 통제 정책이었는데 지나치다 싶을 정도로 엄중했다. 하지만 동시에 명문 세가의 발전을 제한하고 백성의 이익을 보살펴서 남해 백성들이 주희중을 우러러 섬겼다.

봉지미는 이러한 사정을 듣고 어느 정도 안심했다. 정경유착으로 똘똘 뭉쳐 있는 상황이라면 봉지미가 감당할 수 없었을 텐데 주희중이 불굴의 의지로 재계와 관계의 고리를 적절히 끊어 놓은 것은 천만 다행이었다. 그리고 마침 이번에 일어난 부두 폭발 사건도 있어서 이해를 따져서 백성과 관부를 잘 설득하면 선박 사무사의 추진도 반드시 불가능한 것은 아니었다. 단지 남해 관료 사회에서 얼마나 많은 상씨 집안의 힘이 숨어 있는지가 관건이었다. 5대 명문 세가의 일에는 반드시 상씨 집안이 손을 댔지만, 어디서 누가 뒤에서 힘을 발휘하고 있는지는 절대 알 수 없었다.

민남은 땅이 척박하고 남해는 물자가 풍부해서 상씨 집안이 반기를 들고 달려드는 곳은 남해일 것이었다. 남해는 모두가 탐내는 보물 같은 땅이라 앞으로 가장 격렬하게 다툼이 일어날 곳이었다. 해적 문제는 향후 선박 사무사가 처리하면 될 터라 더 이상 중요하지 않았다. 봉지미의 관심은 오직 남해를 수중에 넣는 것뿐이었다.

남해 관부는 부두 폭발 사건을 처리하느라 여념이 없었다. 봉지미는 선박 사무사와 관련된 이야기를 나누는 게 급하지는 않았다. 하지만 선박 사무사 부지 선정과 건설, 구체적인 규정, 담당자 선발 등 모두 신경을 써서 진행해야 하는 업무들이었다. 그래서 이러한 일들을 진행하기 전에 기필코 선박 사무사 총판의 귀속을 확정해야 했다. 봉지미는 여전히 연씨 집안에 뜻을 두고 있었고, 반드시 그 자리에는 연씨 집안의 연회석이 앉아야만 했다. 다만 지금 이곳의 사정을 살펴보니 이런 사소한 결정도 내리기 어려운 상황이었다. 봉지미는 쓸데없이 입장을 고수하고 있는 남해 일대의 사람들과 중원의 처세술을 금방 이해하지 못하는 연씨 집안의 위아래 사람들을 직접 찾아다니며 일깨우고 설득해야 했다.

계원에서의 첫 번째 밤에는 연씨 집안 사람들이 총출동해서 성대한 연회를 열어 주었다. 경사스러운 날을 축하하기 위해 화려한 등롱과 오색 끈이 걸렸다. 하얀 돌이 깔린 작은 길도 티끌 하나 없이 깨끗하게 씻어 냈다. 연씨 어른의 둘째 아들 연문굉은 연씨 집안의 현재 당주로 계원의 문 앞에 서서 손님을 맞이했다. 근처 바다가 내려다보이는 널찍한 누각의 대 위에 십여 개나 되는 주안상이 차려져 있었다. 내놓은 음식들은 모두 최고급의 진귀한 해산물 요리였고, 다른 명문 세가의 당주들도 연회에 참석했다. 연씨 어른을 바라보는 눈빛에 대단히 부러워하는 기색이 충만했다.

신시*오후 3시에서 5시까지에 연회가 시작됐다. 손님들이 한곳에 빼곡히 들어찼는데 남녀의 구분 없이 모두가 한자리에 모여 있었다. 남해의 민풍은 비교적 개방적이어서 남녀가 서로 거리낌이 없었다. 5대 명문 세가는 상인의 기질이 다분하여 중원의 규칙을 많이 따르지 않았고, 명문 세가의 직계 아가씨들도 연회에 많이 참석했다.

바깥에서 도착을 알리는 소리가 들려오자 수백 명의 사람들이 쥐 죽은 듯이 조용해졌다. 곁에 있던 휘장을 걷어 올리자 어느새 어둑해진 하늘이 보였다. 영혁의 비단 두루마기 위에는 하얀 달빛이 은은하게 달라붙어 있었고, 아홉 발톱을 세운 비룡이 수놓아져 있었다. 머리에는 영롱한 빛을 내뿜는 백옥관이 우아하게 자리 잡고 있었다. 봉지미가 영혁의 곁에서 시중을 들며 누각으로 천천히 걸어 올라왔다.

연회장을 가득 메운 불빛이 누각 아래까지 길게 드리워졌다. 눈을 사로잡는 남자 둘이 불빛 사이를 걸어오고 있었다. 한 사람은 청아하고 고귀한 품격에 아름다운 용모를 지녔고, 다른 한 사람은 수려한 외모에 신비한 느낌을 풍기며 기품이 있었다.

그들이 잠시 걸음을 멈추니 옥으로 깎은 나무 두 그루가 서 있는 것 같았다. 보고 있던 사람들의 심장이 터질 듯 뛰었고, 호흡이 가빠졌으며 눈동자가 요동쳤다. 탁자에 자리를 잡고 앉아 있던 아가씨들은 선망과 탐욕의 눈빛을 반짝였다.

귀한 신분인 영혁은 눈이 불편하여 연회 자리에 간단히 얼굴만 내밀기로 했다. 황공하여 몸 둘 바를 몰라 하는 사람들이 영혁에게 배알했다. 인사를 받은 영혁은 앞쪽 가운데에 마련된 높은 탁자에 앉아 아래를 향해 잔을 들었다. 사람들이 황급히 따라서 잔을 들었다. 영혁은 곧 술잔을 내려놓고 자리에서 일어났다. 봉지미도 영혁을 따라 몸을 일으켜 그를 배웅했다. 이때 영혁이 몸을 살짝 옆으로 기울이며 마치 봉지미에 무언가를 당부하는 듯한 자세를 취했다. 영혁은 웃음기가 희미하게 섞인 목소리로 말했다.

"어느 상에선가 심한 비린내가 나던데……. 조심하거라."

봉지미가 인상을 찡그리며 한곳을 노려봤다. 전혀 조리되지 않은 해산물로 한 상 차려진 탁자였다. 모두 바다에서 갓 잡아 올린 것들로 신선한 맛을 유지하기 위해 껍데기도 떼지 않았다고 들었다. 바라보는 것만으로도 두려움이 엄습해 왔다. 봉지미가 낮은 목소리로 말했다.

"왜 제 귀에는 전하께서 남의 불행을 보고 기뻐하시는 것처럼 들릴까요."

"네 속이 너무 좁아서 그러한 것이다."

영혁이 봉지미의 귓가에 대고 웃자 뜨거운 입김이 스치고 지나가며 간지럽혔다. 영혁이 좀 더 가까이 오라는 손짓을 하자 봉지미가 고개를 기울여 귀를 더 가까이 댔다.

"음…… 배가 고파지면 밤에 내 방으로 오거라……."

봉지미가 환하게 미소 지으며 연신 고개를 끄덕였다.

"네네. 꼭 갈게요, 꼭."

'이런. 내가 먹을 거 앞에서 그만 정신을 놓아 버렸네……'

아랫사람들이 고개를 들고 몹시 부러운 듯 바라봤다. 친밀해 보이는 두 사람을 보고 위 대인이 정말 전하의 환심을 제대로 샀다고 생각했다. 영혁이 연회장을 나가고 봉지미가 연회석을 손짓으로 불렀다.

"회석 아우님. 여기 앉아 보시게."

봉지미와 고남의가 앉아 있는 탁자에는 5대 명문 세가의 당주들도 함께 앉아 있었다. 모두 이곳에서 신분이 가장 귀한 자들이었다. 봉지미가 연회석을 탁자로 부르자 연회장의 사람들이 모두 놀란 눈으로 어깨를 달싹거렸다. 연회석은 연씨 집안의 자제들이 모여 앉아 있는 외진 탁자에서 몸을 일으켰다. 담담한 표정으로 찻잔을 받쳐 들고 걸음을 옮겼다. 봉지미 옆에 앉은 연회석의 얼굴은 태연했고 눈에는 의미심장한 빛이 담겨 있었다. 연회석의 미간을 뒤덮고 있던 어두운 그림자는 봉지미와 이야기를 나누고부터 조금씩 흐려졌다. 남해에 돌아온 뒤부터 연회석은 줄곧 답답하고 우울한 기색을 보였는데 이제 다시 날렵한 눈빛으로 돌아와 있었다. 연회석이 걸음을 옮길 때마다 수많은 눈빛이 따라서 움직였지만 차마 그에게 말을 걸지는 못했다. 알고 보니 연회석을 배척하는 자는 연씨 집안 사람뿐만이 아니었다. 5대 명문 세가의 시선도 그다지 곱지는 않았다.

고남의는 봉지미의 옆에 앉아서 껍데기가 붙어 있는 해산물이 한 접시에 여덟 개씩 올라온 것을 유심히 들여다봤다. 해산물은 딱딱한 껍질에 둘러싸인 것이 호두와 비슷해 보였다. 그러나 호두와 똑같은 방법으로 먹을 수 있는지는 알 수 없었다. 실험 정신이 강한 고남의는 조개를 하나 집어서 박살내 보았다. 그런데 그만 조개껍데기가 옆에 있던 연씨 어른의 얼굴에 튀고 말았다. 연씨 어른의 얼굴이 순식간에 피로 물들었고, 고남의는 비장하게 일어서더니 뒤뜰로 날듯이 사라졌다. 고남의에게 다른 뜻은 없었다. 그저 호두를 먹는 게 낫겠다 싶어 자리를 옮긴 것이었다.

　의리가 없는 두 남자 연회석과 고남의는 벌써 해산물이 놓인 자리에서 달아나고 없었다. 도망갈 수 없었던 봉지미는 할 수 없이 연씨 어른을 마주 보며 앞에 놓인 물컹물컹한 것을 집어 들었다. 그것은 폭발 이후 하늘에서 떨어져 내린 어느 부위와 끔찍하게 닮아 보였다. 이를 악문 봉지미가 눈을 감은 채 최대한 맛과 향을 느끼지 않고 그대로 꿀꺽 삼켰다. 순간 짐승의 털과 피까지 먹던 원시 시대로 떨어진 듯한 착각이 들었다. 가까스로 몇 개를 더 삼킨 봉지미는 충분히 성의를 보였다고 생각하며 더 이상은 단호하게 거절했다. 그리고 대신 술을 벌컥벌컥 들이켰다. 누군가 계속해서 술을 올렸고, 술고래 위 대인은 술잔이 채워지자마자 바로 비워 냈다.

　봉지미에게 한 잔씩 술을 올리며 한 바퀴를 돈 후 5대 명문 세가의 몇몇 당주들은 시선을 주고받았다. 그들이 잔기침을 하며 본론에 들어가려고 하자 봉지미가 갑자기 말을 꺼냈다.

　"여러분께서 이렇게나 술을 많이 올려 주시고 후한 대접에 매우 감사드립니다. 저도 역시 답례로 술을 올려야겠는데 주량이 세지 않아서 회석 아우님에게 부탁을 좀 하겠습니다."

　연회석이 흔쾌히 자리에서 일어났다. 봉지미의 제안에 모두 멍해졌다. 연씨 어른의 표정은 한층 더 복잡해졌다. 흠차 대인이 연씨 집안에만 분명한 호의를 표현해 주어 기뻤지만 한편으로는 그 대상이 자신이 염두에 두고 있는 사람이 아니라서 실망스럽기도 했다. 여우같은 노인은 멍하니 있다가 돌연 눈빛을 반짝이며 봉지미에게 떠보듯이 물었다.

　"대인 어른. 회석이의 주량도 그렇게 세지 않아 걱정입니다. 저희 연씨 집안 둘째네 장손인 회원이가 주량이 세서 회석이보다 더 나을 것입니다."

　봉지미는 눈꺼풀을 치켜들며 모호한 표정으로 연씨 어른을 힐끗 쳐다봤다. 눈이 마주치자 노인은 자기도 모르게 온몸을 벌벌 떨었다.

"연회원이 누굽니까?"

봉지미의 커다란 한 마디에 탁자에 앉은 모두가 몸을 떨었다. 멀지 않은 곳에서 키가 큰 청년이 등을 빳빳하게 세우고 젓가락을 내려놓았다. 청년은 줄곧 이곳을 등지고 앉아서 봉지미의 이야기를 귀 기울여 듣고 있었다. 같은 탁자에 둘러앉아 있던 사람들과 연회영의 낯빛이 순식간에 변했다. 특히 연회영은 몹시 노여운 얼굴이었다.

"소인의 술을 대신 올리는 일은 아무에게나 시킬 수 없습니다."

봉지미가 굳은 얼굴로 검의 자루에 손을 댔다가 다시 밀어 넣었다. 그리고 찻잔을 받쳐 들고 의자를 밀며 일어섰다. 여유로운 발걸음으로 아래쪽을 향해 걸어갔다.

"무례한 말 몇 마디만 더 올리겠습니다. 저 대신 술을 올릴 자격에 대해 논하자면 자리에 앉아 계신 모든 분이 자격 미달일 듯한데 하물며 연씨 집안의 손자가 절 대신한다니 어불성설 아니겠습니까."

연씨 어른이 일어서더니 난처한 표정으로 애써 웃었다. 봉지미는 그를 무시하고 주전자를 들고 계단을 내려와 각각의 자리를 돌며 닥치는 대로 술을 따랐다. 그리고 한 술잔에 가득 술을 부으면서 말했다.

"하지만 회석 아우님은 다릅니다. 본관 *관리가 스스로를 가리키는 말은 미천한 신분일 때부터 아우님과 알고 지낸 사이입니다. 만일 회석 아우님이 온 힘을 기울여 돕지 않았다면 본관에게 오늘 같은 좋은 날은 없었을, 본관의 진정한 벗입니다. 특히 선박 사무사 일은 회석 아우님이 폐하께 상소문을 올려 오늘날의 성과를 이룰 수 있었습니다. 그것 말고도 아우님은 뛰어난 공로가 워낙 많아서 본관을 대신해 답례의 술을 올린다는 말은 당치도 않습니다. 본관이 오늘 회석 아우님에게 한잔 올리는 게 마땅할 따름입니다."

연회석이 황급히 사양하자 봉지미가 연회석의 손을 붙잡고 환하게 웃어 보였다. 두 사람은 진심이 통하는 진실한 사이로 보였다. 봉지미에게서 술을 받은 사람들은 황급히 맞장구를 치며 두 사람의 깊은 우정에 감복한 표정을 지었다. 봉지미의 만족스러운 웃음소리가 밤바람을 타고 누각 전체에 울려 퍼졌다. 상석에 앉아 있던 명문 세가의 당주들은 연신 눈만 껌뻑거렸고, 지켜보고 있던 연씨 집안 사람들은 잿빛으로 변한 서로의 얼굴을 쳐다볼 뿐이었다.

"함께 부귀해지는 것은 쉽지만, 함께 고난을 이겨내는 것은 어려운 법입니다."

봉지미는 주전자를 받쳐 들고 자리로 돌아와 연씨 어른에게 술을 따르며 구성진 입담을 늘어놓았다.

"인간이라면 모름지기 양심이 있어야죠. 가난하고 어려울 때 사귄 친구는 죽을 때까지 잊어서는 안 되는 법. 그렇지 않으면 개돼지만도 못한 인간이지요. 어르신, 그렇지 않습니까?"

연씨 어른은 난처한 듯 억지 웃음을 짓고 더듬거리며 말했다.

"맞습니다…. 맞습니다…."

"서로 친근하게 왕래하고, 은혜를 알고 보답하며, 공로를 따져서 상을 내리고, 상벌에 있어서는 분명히 해야 하지 않겠습니까."

봉지미가 다시 연씨 어른에게 술을 따르며 부드러운 미소를 지었다.

"연씨 집안이 오늘날 누리는 위세는 방금 제가 드린 말씀이 일족의 법도와 같았기 때문에 가능했던 게 아닙니까, 어르신? 그렇지 않습니까?"

연씨 어른이 잔을 들어 올려 단숨에 술을 삼켰다. 하지만 너무 급하게 마셨는지 사레가 들려 잇따라 기침이 터져 나왔다. 봉지미는 미동도 없이 주전자를 든 채 미소 지은 얼굴로 연씨 어른을 바라보며 말했다.

"어르신께서 제 말씀에 그리 감격하실 줄은 몰랐습니다. 그럼 부디 본관의 말씀에 꼭 대답해 주시길 바라겠습니다."

연회석이 한 걸음 앞으로 나와 연씨 어른의 등을 가볍게 두드리더니 웃으면서 말했다.

"할아버님. 옆구리가 결리실 테니 숨을 좀 고르시는 게 좋겠습니다."

수백 명이 모인 연회장은 찬물을 끼얹은 듯 순식간에 조용해졌다. 한없이 어리고 유약하게만 보이는 흠차 대인이 온화한 겉모습과는 다르게 시커먼 속을 가지고 있다는 것을 지나가는 바보도 알 정도였다. 결단력이 대단했고 감정도 잘 드러내지 않았다. 남해를 주무르는 명문세가 사람들의 얼굴을 직접 마주하면서도 눈 하나 꿈쩍하지 않았다. 또한 상업계의 원로인 연씨 어른을 마음먹은 대로 책문하고 궁지로 몰아붙이는 모습에서 모진 구석도 발견할 수 있었다.

사람들은 여전히 숨을 죽이고 아무 말도 꺼내지 않았다. 수백 명이 숨조차 내뱉지 않는 듯 사방이 고요했고, 연씨 어른의 기침 소리만 공허하게 메아리쳤다. 흠차 대인이 노골적으로 자신의 입장을 명확하게 밝혔는데 이 자리에서 연씨 집안이 흠차 대인의 체면을 깎아 내리는 말이라도 했다가는 사무사 총판 자리는 물 건너 갈 것이 뻔했다. 연씨 집안 사람들은 하나같이 얼굴색이 좋지 못했다. 총판은 놓칠 수 없는 자리였지만, 꼴도 보기 싫은 연회석 녀석이 그 자리에 앉는 것은 상상만으로도 치가 떨렸다.

연회영의 눈빛이 돌연 서늘해지더니 몸을 일으켜 나가려 했다. 하지만 곁에 있던 연회원이 그녀를 붙잡았다. 연회원은 앞쪽에서 여유롭고 한가로운 모습으로 술을 올리러 다니는 봉지미를 흘겨보며 차가운 목소리로 말했다.

"누이, 진정하고 잠깐만 기다려 봐. 그리 급할 것 없잖아."

연회원이 상석에 앉아 있는 자신의 아버지이자 연씨 집안의 당주인 연문굉에게 눈짓했다. 연문굉이 핑계를 대며 자리에서 내려와 연회원의 옆으로 다가가 앉았다. 연회원이 낮은 목소리로 말했다.

"아버지, 흠차가 방자하고 오만하기가 하늘을 찌릅니다. 반드시 연회석 그 잡놈에게 본때를 보여야 합니다. 어떻게 생각하십니까?"

"당장 조급해하지 말아라."

연문굉은 매우 신중한 사람이었다.

"우리가 느긋하게 흠차 대인과 함께 지내다 보면 적당한 기회가 찾아올 것이다."

"안 됩니다."

연회원이 이를 악물고 눈에 핏발을 세우며 말했다.

"아버지, 흠차가 우리에게 준 치욕을 보고도 못 본 척 하시겠습니까. 흠차가 버릇없이 할아버님을 닦달하는 것을 보지 못하셨습니까. 흠차가 뭔데 우리 연씨 집안의 직계 혈통과 백년 전통을 발아래에 두고 함부로 짓밟을 수 있나요. 오늘 흠차는 제멋대로 굴면서 본인의 입장을 할아버님께 강요하기까지 했습니다. 우리가 여기서 양보하기 시작하면 앞으로 그 잡놈이 분명 우릴 얕잡아 보고 머리 꼭대기 위에 앉으려고 할 것입니다."

"네 말은……."

연회원이 입술을 꾹 다물어 한 일자로 만들더니 젓가락을 술에 적셔 탁자 위에 '영(寧)' 자를 써 내려갔다.

"며칠 전 아버지께서 말씀하셨던 그 일을……."

연회원이 결의에 찬 얼굴로 말했다.

"하지 않을 수가 없습니다."

"뭐가 그리 급한 것이더냐."

연문굉이 매우 난처한 표정을 지으며 말을 이어 갔다.

"더구나 지금 이걸 성공시킬 뾰족한 수가 있는 것도 아니고……. 그리고 그건 답답한 마음에 그냥 해 본 소리였다. 네 누이는 어찌 되었든 간에 우리 연씨 집안의 장녀라고!"

"그럼 넋 놓고 있다가 생판 모르는 놈한테 짓밟혀서 동네북 신세가 되란 말씀이십니까!"

연회원은 몸을 의자 등받이에 기대고 냉소를 지으며 말했다.

"저 잡놈이 당주를 한다고 생각해 보십시오. 모두가 그 세월을 어떻게 견디고 살겠습니까. 지난 이십여 년을 생각해 보십시오. 연씨 집안에서 그놈을 어떻게 대했는지요. 저희를 가만두지 않을 것입니다."

연문큉의 얼굴빛이 갑자기 변했다.

"전 할 겁니다!"

옆에서 계속 아무 말도 하지 않고 있던 연회영이 갑자기 결연한 어투로 말했다.

"아버지, 망설이실 것 없어요. 오라버니 말씀이 모두 맞아요. 우물쭈물하고 있다간 오히려 더 큰 재앙만 닥칠 뿐입니다. 지금 결단을 내리지 않으면 할아버님이 흠차의 말에 어쩔 수 없이 따르게 될 것입니다. 그러면 때는 이미 늦습니다."

"회영이 너……."

연회영을 바라보는 연문큉의 눈빛이 복잡해졌다.

"아버지와 오라버니가 지난번에 상의하시던 일, 저도 모두 들었습니다. 전 기꺼이 하겠습니다."

연회영이 입술을 깨물며 부두의 천막에서 처음 만난 위지가 자신에게 치욕을 안겼던 일을 떠올렸다. 연회영은 위풍당당한 연씨 집안의 큰 아씨이거늘 위지의 강요에 못 이겨 차를 따르고 시중든 것이었다. 연회영은 부잣집 딸로서 이제까지 남의 시중만 받아왔다. 자신을 남해의 공주라고 여기며 존귀한 존재로 생각했는데 그날 생각지도 못한 치욕을 당하고 도저히 분이 삭지 않았다. 위지의 태연한 듯 경멸하는 표정이 떠오를 때마다 미간에 서릿발 같은 매서운 기운이 엷게 스쳐 지나갔다. 연회영은 그때 발로 힘껏 제기지 못한 것이 한스러울 뿐이었고, 자신의 면전에서 무릎을 꿇고 용서를 구하는 위지의 비참한 모습만을 마음속에 그렸다. 연회영은 재능과 학식이 뛰어날 뿐만 아니라 명망이 높고 부유한 명문 세가 출신이었다. 하지만 저 위지라는 녀석은 가난하고 비천한 출신으로 변변히 내세울 것도 없으면서 대체 무얼 믿고 함부로 나서는 것인지 이해할 수가 없었다. 간이 부어도 단단히 부은 듯했다.

연회영은 여태껏 남한테 굴욕을 당한 적이 단 한 번도 없었다. 태어날 때부터 무엇이든 하고 싶은 대로 하고 살아 왔기 때문에 일단 한번 당하면 받아들이고 용서하는 아량이 조금도 없었다. 연회영은 가슴 가득히 분노의 화염이 거세게 일어났고, 명문 세가의 아가씨로서 응당 지니고 있을 자존심과 자기애조차 이미 증오로 다 타 버렸다. 근데 하필이면 오늘 연회장 앞에서 만난 그 사람의 풍모는 왜 그리도 사람의 마음을 흔들리게 하는 것인지……

희생 축에 들지도 않는 어설픈 희생은 아버지와 오라버니를 헤어나오지 못할 구렁텅이로 빠트릴 수도 있었다. 연씨 집안 당주로서의 지위를 영원히 잃을 수도 있었다. 따라서 그 위 씨 성을 가진 녀석이 앞으로 두 번 다시는 기어오르지 못하도록 확실한 동아줄을 잡아야 했다. 분명해 볼 만한 가치가 있었다.

"어느 전방의 여주인이 되느니 차라리 황자의 첩이 되겠어요!"

연회영이 이를 악물고 원망이 가득 섞인 목소리로 말했다.

"상인의 여식 신분으로 초왕의 비가 될 수는 없겠지만 첩이 되는 건 충분하고도 남아요. 그 잡놈이 3품 관리인 게 뭐나 되는 듯 뻐기는데 황제의 친인척에 비교할 수나 있어요?"

"회영아……."

연회원이 연회영의 손을 꽉 잡고 걱정스러운 얼굴로 눈물을 흘리며 말했다.

"오라비가 정말 면목이 없구나."

"밤이 길면 꿈도 길어지고 일도 오래 끌면 문제가 생기기 마련이죠. 오늘…… 이렇게 하기로 해요……."

연회영이 끊임없이 새어 나오는 한스러운 눈물을 닦으며 입술을 꽉 깨물었다. 얼굴 위에는 한 줄기 홍조가 엷게 떠올랐다.

"어쨌든…… 그리 할 겁니다."

연회영은 말이 제대로 나오지 않았고, 얼굴 위에 떠올랐던 홍조는 짙게 번졌다. 눈 속에는 독을 품은 뱀처럼 모진 기색이 드러났다.

'초왕 같은 바람둥이가 절대 날 거절할 리 없어. 위지, 내가 환골탈태 하는 날까지 조금만 기다려라. 널 발 아래 자근자근 밟아 줄 테니.'

수청

봉지미가 환하게 웃으며 의기양양한 얼굴로 연씨 어른을 응시했다. 이마에 핏대가 불끈 솟아오른 노인이 더듬거리며 겨우 한 마디를 토해 냈다.

"맞습······ 니다······."

봉지미의 웃음이 한층 더 유쾌해졌다. 봉지미는 따뜻하게 연씨 어른의 손을 붙잡고 의미심장한 표정으로 말했다.

"연씨 집안은 정말 본관의 소망을 저버리지 않는군요······."

연씨 어른의 눈에 한 줄기 분노가 스쳐 지나갔지만 이내 쓴웃음으로 덮어 버리고 깊이 허리를 숙였다. 봉지미는 연씨 어른을 바라보더니 가볍게 웃어 보였다. 끝까지 물고 늘어질 마음은 없었기에 찻잔을 들고 자리를 떠났다. 모든 일은 자고로 적당한 선에서 멈춰야했다. 지나치게 목을 조여서 노인네가 까무러치기라도 하면 본전도 찾지 못할 수 있었다. 이때 봉지미의 미간이 괴로운 듯 일그러졌다. 아무래도 날것인 채로 삼킨 해산물이 위장에서 소화가 되지 않는 듯했다. 아픈 배를 움켜

쥐고 있는데 문득 뒤쪽에서 서늘한 느낌이 들었다. 뾰족한 것이 등 뒤에서 겨눠지는 듯하여 봉지미는 자객이 온 줄 알고 빠르게 몸을 돌렸다. 그러나 정체는 차가운 살기가 흐르는 눈동자였다. 칼끝을 정면으로 마주하는 것처럼 거칠게 파고 들어오는 시선을 발견한 봉지미는 침착하게 그 눈빛과 마주하였다. 상대는 뜻밖에도 연씨 집안의 큰아가씨였다. 봉지미는 이런 여인과 눈싸움할 생각이 전혀 없었고, 그럴 만한 가치가 있을까 싶었다. 봉지미는 전혀 아랑곳하지 않는 듯 다른 곳으로 눈길을 돌렸다.

문득 골려 주고 싶은 생각이 든 봉지미는 웃음을 머금은 채 잔을 높이 들었다. 조금 떨어진 곳에서 봉지미를 죽일 듯이 노려보고 있는 연회영에게 공손히 술을 올렸다. 연회장을 가득 메운 사람들의 눈길이 모두 한곳으로 모였다. 연회영은 봉지미가 술을 올릴 줄은 미처 예상하지 못했다. 반박할 틈도 없이 연회영은 멍하니 위 대인을 바라보고만 있었고, 사람들은 이 모습을 흥미롭게 지켜봤다. 순간 얼이 빠진 연회영의 얼굴 위에 짙은 홍조가 내려앉았다. 지켜보던 사람들이 깊은 뜻을 알아차린 듯 서로 눈을 마주치며 이심전심으로 야릇한 미소를 지어 보였다.

'오호! 소녀의 가슴에 사랑이 찾아온 거였어. 다재다능하고 용감한 소년에게 푹 빠졌구나. 경사가 겹쳤구나 겹쳤어. 하하.'

연회영이 주변의 이상한 공기를 눈치채고 눈동자를 크게 한 바퀴 굴렸다. 다른 사람들의 표정을 살펴보니 연회영과 봉지미를 이상하게 생각하는 의혹의 빛이 가득했다. 바보도 알 수 있을 정도였다. 연회영은 화딱지가 치밀어 오르고 가슴이 벌렁거렸지만 딱히 해명할 방법이 떠오르지 않았다. 봉지미가 잔을 들고 할 말은 많지만 차마 입을 떼지 못하겠다는 듯 사랑이 가득 담긴 눈길로 연회영을 바라봤다. 연씨 집안의 아가씨가 순식간에 봉지미의 '사모하는 사람'이 되어 버린 것이었다. 이쪽은 분통이 터져 오장이 뒤집히는데 저쪽의 봉지미는 아무 일도 없었던 듯 태연하게 자리로 돌아갔다.

자리에 앉은 봉지미는 갈수록 위장이 불편해져서 더부룩한 속을 내리누르기 위해 연거푸 술을 들이켰다. 봉지미의 곁에 앉은 연회석은 원래의 태연하고 민첩한 눈빛으로 돌아와 탁자에 앉은 사람들과 즐겁게 이야기를 나눴다. 5대 명문 세가 당주들은 선박 사무사 이야기로 화제를 돌리려고 무던히 애를 썼지만 연회석이 대충 얼버무리며 말을 끊는 바람에 번번이 허사가 되었다. 하늘빛이 점점 어두워지자 황씨 집안의 당주는 마음이 초조해지기 시작했다. 끝내 참지 못하고 단도직입적으로 말을 꺼냈다.

"대인 어른. 일단 선박 사무사를 개설하면 번거로운 업무가 많을 것입니다. 저희 황씨 집안이 부족한 점은 많습니다만 그럭저럭 쓸 만한 사람이 조금 있습니다. 미약한 힘이나마 대인을 위해 쓰고 싶습니다."

소유한 땅이 가장 많은 상관씨 집안의 당주가 지체 없이 이어서 말했다.

"선박 사무사의 부지 선정에 대인께서 어떤 계획이 있으신지 모르겠습니다만 마음에 드시는 땅이 있다면 상관가에서 온 힘을 다해 발 벗고 나서겠습니다."

진씨와 이씨 집안도 재빨리 경제와 인력, 물자 방면에서 두 집안이 전폭적으로 협조할 수 있다는 뜻을 나타냈다. 봉지미가 술잔을 받쳐 들고 모호한 표정으로 이야기를 들었다. 그들이 각자 한 마디씩 할 때마다 고개를 끄덕여 보였지만 아무 대답도 하지 않았다. 모두의 말이 끝나고 나서야 비로소 담담하게 말했다.

"당주 여러분께서 개인의 이해득실을 따지지 않고 적극적으로 도와 주시겠다니 나라를 사랑하는 여러분의 마음에 본관은 이 자리를 빌려 감사의 뜻을 전합니다. 제경에 돌아간 후에 반드시 폐하 앞에서 남해 명문 세가들의 공로에 대해 상을 내려 주시길 간곡히 청하겠습니다."

당주들은 매우 기뻐했고 봉지미가 이어서 말했다.

"본관이 남해에서 이번 일을 주관하면서 책임져야 할 가장 중요한 임무는 현지 관부와 협상하고 연합하는 것입니다. 당주 여러분의 세심한 배려와 도움을 바탕으로 회석 아우님과 상의하여 잘 처리하면 될 것 같습니다."

당주들은 기쁨이 채 가시기도 전에 순간 멍해졌고 서로 얼굴만 쳐다볼 뿐 아무 말도 하지 못했다. 상관씨 집안의 당주가 성질이 가장 포악했는데 하필 오늘은 술도 많이 마셔서 새빨개진 얼굴이 터질 듯 부풀어 올랐다. 상관씨 집안의 당주가 눈썹을 치켜세우며 말했다.

"우리와 일개 어린 잡놈을 어디 같이 놓고……."

상관씨 집안 당주가 말을 끝맺기 전에 옆에 있던 이씨 집안의 당주가 당황한 얼굴로 소매를 황급히 잡아 당겼다. 순간 정신이 돌아온 그는 서둘러 입을 닫았지만 이미 봉지미의 귀에 다 들어간 뒤였다. 봉지미의 얼굴색은 변함이 없었지만 눈빛은 깊은 심연으로 가라앉았다.

'잡놈? 이런 끔찍한 말을 연회석 바로 앞에서 지껄이다니……. 연회석의 신세도 상상 이상으로 복잡한 것 같군. 연회석은 이런 멸시를 견디면서 지금까지 어떻게 지내 온 걸까.'

"상관 어른!"

봉지미가 술잔을 탁자에 탁 내려놓았다. 밤바람이 살랑대는 쾌청한 날씨를 뒤로하고 처음으로 차갑고 무거운 말투로 말했다.

"많이 취하셨나 보군요."

상관씨 집안의 당주는 질겁하여 자리에서 벌떡 일어났다. 무어라 말을 하려는데 봉지미가 자리에서 일어서더니 냉담한 얼굴로 굳어 있는 연회석을 데리고 떠날 채비를 하며 말했다.

"연회는 이만 마칩시다."

모두가 황급히 자리에서 일어섰다. 봉지미는 곁눈으로 보고도 못 본 척하며 아무 말 없이 자리를 떴다. 명문 세가의 당주들은 난처한 얼굴로 서둘러 작별 인사를 나누고 각자의 집으로 돌아갔다. 연씨 집안 사람들은 손님을 배웅한 후 연회장 앞으로 모여들었다. 연씨 어른은 입을 굳게 다물고 있었다. 연문굉은 연신 한숨을 푹푹 내쉬더니 한참이 지나서야 입을 열었다.

"이전에 회석이가 집을 떠나서 제경으로 간다고 했을 때 그저 재미삼아 그러는 줄 알았습니다. 회석이를 보내고 근심을 덜었나 싶었더니 이 녀석이 속으로 이런 생각을……. 조정에서 총애를 받는 사람에게 빌붙어 위로 오를 생각이나 하고 있을 줄은 꿈에도 몰랐습니다. 정말 사람이 아무리 노력한다 한들 권력에는 이길 수 없는 것 같습니다."

연씨 어른이 한참 동안 깊은 생각에 잠겨 있다가 깊게 한숨을 내쉬었다.

"회석이는 지금 믿는 구석이 있어서 배짱이 두둑하더구나. 원래 진씨 집안의 그 천것을 데리고 회석이가 물러날 줄 알았는데 오늘 밤 보아하니 회석이는 그럴 바에는 같이 죽겠다는 심사를 가지고 있는 듯하더구나. 앞으로 회석이가 연씨 집안의 당주가 되면 우리가 지금 가지고 있는 회석이의 약점은 아무 것도 아니게 될 것이야."

"어르신, 다음 당주 자리를 정말 연회석에게 넘길 작정이십니까?"

연씨 집안 사람 하나가 새하얗게 질린 얼굴로 물었다.

"안 됩니다! 남해에서 저 녀석의 출신을 모르는 사람이 어디 있습니까. 이 잡놈이 당주를 하면 연씨 집안의 백년 전통은 모두 하루아침에 물거품이 될 것입니다. 연회석이 우리 집안을 망가트리는 거라고요!"

"아버지, 우선 시간을 끄는 게 낫지 않을까요?"

연문굉이 걱정스러운 표정으로 연씨 어른에게 제안했다.

"흠차 대인이 떠나면 회석이도 더 이상 고개를 빳빳이 세우고 다닐 순 없을 겁니다."

연씨 어른은 실망스러운 눈빛으로 둘째 아들을 바라보며 손자 녀석보다도 결단력이 없다고 생각했다. 문득 집을 떠난 맏아들이 떠올라 가슴이 저며 왔다. 복받치는 감정에 기침이 터져 나왔고 한참 후에야 겨우 입을 열 수 있었다.

"이 멍청한 녀석! 흠차 대인이 떠나도 선박 사무사는 남아 있지 않느냐. 앞으로 조정에서 작위와 관직을 하사해서 선박 사무사 총판을 임명할 텐데 회석이가 이 총판 자리를 맡으면 연씨 집안의 당주는 당연히 회석이가 되지 않겠느냐."

연씨 집안 사람들은 청천벽력 같은 소리를 듣고 얼굴이 시퍼렇게 물들었다. 연회원이 연씨 어른을 향해 성큼성큼 다가오더니 귓가에 대고 낮은 목소리로 몇 마디를 건넸다. 연씨 어른은 연회원의 말을 듣고 깜짝 놀라 두 눈이 동그래졌다가 이내 씁쓸하고 괴로운 표정으로 얼굴을 일그러트렸다. 연씨 어른의 시선이 아무 말 없이 고개를 숙이고 있는 연회영을 향했다. 그리고 다시 두려움과 불안에 떨고 있는 연씨 집안 사람들 쪽으로 옮겨 갔다. 잠시 후 길고 긴 한숨을 내뱉으며 중얼거렸다.

"이 방법밖에 없는 건가……."

연회원은 안도의 한숨을 길게 내쉬더니 남몰래 입꼬리를 끌어올렸다. 그러고는 언제 그랬냐는 듯 몸을 돌려 얼굴이 새빨갛게 물든 누이를 마주하고 눈물을 주르륵 흘렸다.

"우리 연씨 집안이 금지옥엽으로 귀하게 키워 온 회영이를……. 자세를 낮추어 이렇게까지 하는데 전하께서 기뻐하실지……."

연씨 어른이 땅이 꺼져라 깊은 한숨을 내쉬었다.

"너희들 말이 맞다. 큰일을 하려면 사소한 일에 얽매여서는 안 되지. 우리 연씨 집안의 백년 운명이 걸려 있구나. 회영아…… 널 힘들게 해서 미안하구나."

"손녀로서 연씨 집안을 위해 어떤 일이든 할 각오가 돼 있습니다."

연회영이 일어서더니 예를 갖추었다.

"할아버님, 절 믿으세요. 연회석 그놈 뜻대로 되지 않도록 제가 반드시 막을 거예요. 그 망할 흠차도 남해에서 꼭 쫓아내겠어요."

"조급해할 것 없다. 네 본분만 잘 해내면 그걸로 충분하구나."

연씨 어른이 이어서 말했다.

"회원이 말이 맞다. 일이란 게 다 때가 있거늘 쇠뿔도 단김에 빼라 하지 않더냐. 우리가 이 일로 야단법석을 떨면 분명 흠차가 방해하려 들 것이다. 문꿩아, 넌 바로 가서 일을 준비하거라. 오늘 밤 회영이를 보······ 보내도록 하자."

"알겠습니다."

봉지미는 연씨 집안 사람들의 계략을 전혀 눈치채지 못했다. 위장이 점점 뒤집히는 느낌이 들자 멀리 가지 못하고 물가 근처의 난간에 몸을 기댔다. 단단한 돌난간 위에 배를 올리고 꽉 누른 채 웃으면서 말했다.

"이제 그만 얘기해 주지 그래."

연회석이 바닷바람과 푸른 물을 앞에 두고 난간을 쾅 내리쳤다. 눈 속에 날카로운 수정이 박혀 반짝이는 빛을 내뿜는 듯했다. 연회석은 아무 말 없이 한참을 있다가 낮은 목소리로 말을 꺼냈다.

"전 연씨 집안 장남의 외아들입니다. 하지만 아버지의······ 친아들이 아닙니다. 제 어머니가 시집오고 나서 이듬해에 아버지는 배를 타고 먼 곳으로 나가셨는데 어느 날 밤 숙부가 갑자기 어머니의 방으로 난입해······ 그 후에······ 제가 생겼습니다······."

봉지미가 화들짝 놀라서 머리를 획 돌렸다.

'숙부가 어머니를 범해서 낳은 아이라고? 천성국에서? 그것도 혈통의 정통성을 특히나 따지는 남해에서? 이게 웬 말이야. 연회석의 신세도 정말 처참하기 그지없네······. 어쩐지 연씨 집안에서 연회석을 심해도 너무 심하게 미워하더니만. 연회석이 홀몸으로 제경에 와서 그렇게나 큰 공로를 세웠는데도 인정해 주지 않고, 명문 세가 당주들이 연회석을 잡놈이라고 욕하더니 이런 사연이 있을 줄이야. 이런 출신의 아이가 명문 세가 안에서 무슨 취급을 받고 어떠한 생활을 해 왔을지 충분히 상상이 돼. 연회석은 이런 몹쓸 괴롭힘과 적대감을 견디며 지금까지 자라온 거야……'

봉지미는 청명서원 대문 앞에서 연회석을 처음 만났던 그날의 추억을 떠올렸다. 소년의 미소는 환하게 빛났고 영민하며 임기응변에 능했다. 봉지미가 손에 들고 있던 도장의 가치를 한눈에 알아보고는 그녀를 청명서원 안으로 데리고 들어가 화려하면서도 파란만장한 인생을 열어 주었다. 봉지미는 입을 꾹 다물고 연회석을 지그시 바라봤다. 마음 깊은 곳에서 쓰라린 아픔이 살짝 떠올랐다. 시간이 한참 흐르고 나서야 입을 뗄 수 있었다.

"회석 아우님, 사람은 자신의 출신을 선택할 수 없어. 하지만 자신의 앞날은 선택할 수 있지."

연회석은 줄곧 긴장된 얼굴로 봉지미를 바라보고 있었다. 다른 사람들이 항상 그랬던 것처럼 봉지미의 얼굴에 혐오와 경멸의 빛이 드러날까 봐 몹시도 두려웠다. 오랜 세월 동안 그런 얼굴을 보는 게 익숙해지긴 했지만 이번만큼은 단단히 마음을 먹었다. 혐오와 경멸의 표정을 짓는 게 당연하겠지만 만일 봉지미의 얼굴에 정말 그런 기색이 떠오른다면 그 어느 때보다도 큰 상처를 받을 것만 같았다.

다행히도 걱정했던 일은 일어나지 않았다. 봉지미는 확실히 놀란 표정이긴 했지만 미간 사이에 고뇌의 빛을 떠올리며 연회석의 눈을 바라보고 아픔을 함께 나누려고 애썼다. 연회석은 오랜 세월 동안 가슴 속에 쌓인 응어리가 폭발하듯 터져 올라왔다. 재빨리 눈을 돌려 아무렇지도 않은 척하며 주위의 풍경을 둘러보았다.

"어머니는 지금 어디 계셔?"

봉지미가 슬며시 물었다. 그러자 연회석의 몸이 뻣뻣하게 굳어졌다. 한참을 잠자코 있다가 천천히 입을 뗐다.

"어머니는 지금…… 영주(穎州) 교외의 암자에서 수행 중이십니다……. 할아버님은 어머니가 가풍을 더럽혔다며 다시는 집 안으로 들어오지 못하게 하셨습니다……."

"이건 자네 어머니 잘못이 아니잖아. 자네 어머니는 연약한 여자라고. 이런 끔찍한 일을 당했는데 연씨 집안에서 보살피고 위로하기는커녕 집 밖으로 쫓아내는 게 말이 돼?"

봉지미의 눈에서 매서운 빛이 흘러나오더니 한숨을 길게 뽑아냈다. 하지만 봉지미가 이렇게 생각한들 아무런 소용이 없었다. 세상 사람들은 봉지미처럼 생각할 리 만무했다. 대부분의 사람들은 그저 남자를 여자보다 우대하고 귀하게 여길 뿐이었다. 남녀 사이에 뒤탈이 생기면 원인을 제공한 사람이 누구인지는 중요하지 않았다. 모든 죄를 여자에게 뒤집어씌우며 결론을 내릴 뿐이었다.

봉지미는 일반적인 세상 사람들과 달랐다. 봉지미의 어머니는 장수 집안 출신이었고 가문의 사고방식은 깨어 있었다. 어머니는 어려서부터 문무를 겸비하도록 배웠고 나중에는 군을 통솔하는 여수(女帥)가 되었다. 어머니의 마음속에는 남존여비의 관념이 자리 잡고 있지 않아서 자연히 봉지미에게도 그 영향이 미쳤을 수 있었다. 하지만 어머니가 봉지미와 이런 관념에 대해 분명하게 의견을 나눈 적은 없었다. 봉지미의 남다른 사고방식은 그녀가 신비한 만능 책자를 손에 넣은 후 그 책자의 주인이 흥미진진하게 써 내려간 이야기의 구절구절마다에 녹아 있는 여자의 독립과 자아에 관한 부분을 읽고 직접 명확히 깨달은 것이었다.

연회석은 믿을 수가 없다는 표정으로 봉지미를 바라봤다. 세상 사람들 같으면 여자의 품행이 방정하지 못한 것으로 치부해 버렸을 일이었다. 가족들도 모두 이 일 때문에 명예가 실추되었다고 여겼고, 심지어 연회석 본인도 어릴 적에 어머니를 오랫동안 미워했었다. 왜 죽을힘을 다해 저항하지 않았는지, 왜 일을 당한 후 자결하지 않았는지, 왜 굳이 연회석을 낳았는지 어머니를 원망하고 또 원망했다. 하지만 오늘 봉지미는 연회석이 부끄러워서 가슴속에 꽁꽁 숨겨 두었던 이야기를 듣고 다짜고짜 그의 어머니를 위해 의분을 일으켰다. 돌난간을 쥔 연회석의 손가락에 힘이 들어갔고, 가슴에 품고 있던 복잡한 감정이 심하게 요동치며 솟구쳐 올랐다.

"그…… 자네 숙부는?"

한참을 망설이던 봉지미가 어렵게 물었다. 연회석은 긴 시간 동안 침묵하다가 어렵게 입을 열었다.

"숙부는 심하게 매질을 당하고 집에서 쫓겨났습니다. 지금은 영주(永州)에서 그곳의 상점 일을 주재하고 있습니다."

봉지미에게서 얼음장 같은 냉소가 터져 나왔다. 남의 순결한 명예를 더럽힌 가해자는 매질 한번 당한 것이 끝이었다. 그리고 사는 곳을 옮겨 예전처럼 장사를 계속하며 태평하게 잘 지내고 있는 것이었다. 반면에 피해자는 처참한 일을 당하고 암자에 갇혀 고통스러운 나날을 보내야 했다. 뿐만 아니라 낳은 아이마저도 괴롭힘과 업신여김을 당하며 불행한 환경 속에서 자라 온 것이었다.

"연씨 집안이 자네에게 대체 무슨 수작을 부린 거야?"

연회석이 낮은 목소리로 대답했다.

"지난번에 조정에서 저희 연씨 집안을 황상으로 책봉한 이후 집안 어르신께서 절 찾아오셨습니다. 제가 공을 세워 가족들은 매우 기쁘지만 앞으로 전 남해에 돌아와야 하니 재경(在京) 황상에 연회원의 이름을 올리는 편이 나을 거라고 말씀하셨습니다. 저도 제 어머니를 버릴 수가 없어서 그 말에 동의했습니다. 또 집안 사람들은 나중에 선박 사무사를 개설하는 일이 잘되면 사당을 열어 조상께 예를 올리고, 어머니가 집으로 돌아오는 걸 다시 생각해 본다고 넌지시 운을 뗐습니다. 저는 너무나 기뻐서…… 어머니가 암자에 계시면서 얼마나 괴로워하셨을지 정말 잘 알기에……."

"그런데 갑자기 말을 바꿨다?"

봉지미가 냉담한 어조로 물었다.

"그 후에…… 남해에 빨리 돌아오기만을 고대하고 있었는데 집안 사람들이 말을 얼버무리기 시작하더니 지금까지도 확답을 주지 않고 있습니다."

연회석의 눈에 비통하고 억울한 빛이 스쳐 지나갔다.

"어머니와 전…… 그들의 손안에서 놀아난 것입니다. 저도 이 집안의 당주 자리를 놓고 다툴 생각은 전혀 없습니다. 연씨 집안의 당주를 제게 맡길 리가 없죠. 제가 이렇게 노력하며 연씨 집안의 인정을 받으려고 애쓰는 이유는 어머니께서 아무 걱정 없이 집으로 돌아오시길 바라서입니다. 그리고 제가 어머니 무릎 앞에서 효를 다하며 남은 인생을 보내고 싶어서죠. 불쌍한 어머니도 사실 명문 세가의 여식으로 진씨 집안의 아가씨였습니다. 하지만 진씨 집안에서도 어머니와 인연을 끊어 버렸고, 어머니는 반평생을 고통 속에서 살아가고 계십니다. 지난번에 어머니를 뵈러 갔더니 많이 늙고 쇠약해지셔서……."

연회석이 말을 잇지 못하고 서럽게 오열하기 시작했다.

"그래서 자네는 양보를 택한 거로군. 그들이 양심에 찔리기만을 바라면서."

봉지미가 냉소를 지으며 말했다. 연회석은 아무 말도 하지 않고 있다가 한참 뒤에 입을 열었다.

"제가 틀렸습니다."

"응. 자네가 틀렸어."

봉지미가 직설적으로 쏘아붙였다.

"자네 가족이라는 사람들은 마음이 종잇장처럼 얇고 냉정해. 자네가 그들에게 아무리 열정을 가지고 죽을힘을 다해서 도와줘도 그자들의 마음을 움직일 수는 없을 거야. 한 발씩 뒤로 물러나기보다는 필사적으로 맞서 싸우는 게 더 나을 것이네. 자네가 연씨 집안의 당주라면 누가 감히 자네 어머니를 괴롭힐 수 있겠나."

"어제 형님께서 말씀하신 뒤에 그들의 상판이 변하는 것을 보고 저도 확실히 알았습니다."

연회석이 말했다.

"그들은 약속을 지키지 않을 것입니다. 그런 달콤한 말은 단지 절 돌아오게 하려고 임시방편으로 내놓은 사탕발림일 뿐이었습니다. 절 구슬려 자리를 양보하게 하고 모른 척할 것이 분명합니다. 결국 저에게 떨어지는 것은 아무것도 없게 될 것이고 사람들에게 더 큰 미움을 받아 쫓겨날 수도 있겠죠. 자기 자신을 보호하지도 못하고 스스로 강해지지도 못하면서 어찌 어머니를 보호하겠다고 말할 수 있겠습니까. 뒤로 물러나는 것은 죽음이고 앞으로 나아가는 것은 모험인 진퇴양난의 상황이지만 죽을 때 죽더라도 마음껏 즐기며 앞으로 나아가려 합니다."

"내가 있는 한 자네가 죽게 내버려 두진 않을 거야."

봉지미는 머리를 손으로 받치고 웃으며 말했다.

"밤이 깊었네. 앞으로 처절한 싸움이 벌어질 테니 오늘은 일찍 가서 쉬라고."

"제가 형님을 방까지 모셔다 드리겠습니다."

"됐어."

봉지미가 난간에 배를 바싹 기대며 손을 휘저었다.

"가 봐. 어서."

연회석의 그림자가 사라지자마자 봉지미는 난간 위로 몸을 더욱 기울이더니 꽥꽥 소리를 내며 뒤죽박죽 섞인 것들을 게워 냈다. 봉지미는 토하면서 '아이고, 젠장' 같은 탄식을 연거푸 쏟아 냈다. 멀리서 보면 푸른 물이 넘실거리는 아름다운 연못에 해산물을 공급하여 자연을 파괴하는 생동감 넘치는 모습일 것이었다. 엄청난 기세로 한바탕 게워 낸 후 봉지미는 축 늘어져서 난간 위에 엎드려 있었다. 배 속이 완전히 텅 비었고, 지나치게 많이 들이마신 술이 마침내 위력을 떨치기 시작했다. 봉지미는 본래 아무리 마셔도 취하지 않는 술고래인데 취한 느낌이 들어서 깜짝 놀랐다.

머리가 어지럽고 눈앞이 아물거렸다. 번쩍이는 별빛이 사방에서 뿜어져 나왔다. 온몸의 뼈가 뽑혀 나간 듯 몸에 힘이 들어가지 않았다. 봉지미는 못 쓰게 된 종잇조각처럼 난간 위에 널브러졌다. 그러다 문득 자신이 억지로 술을 먹여 영혁을 취하게 한 그날을 떠올리며 술에 취한다는 것이 이렇게나 견디기 힘들다는 사실을 새삼 깨달았다. 양심의 가책을 느낀 봉지미는 그날 영혁을 억지로 취하게 한 벌로써 이대로 제 몸을 난간 위에 걸린 빨래처럼 널어 두기로 마음먹었다.

사실 양심의 가책도 가책이지만 봉지미는 방까지 기어갈 힘도 없었다. 마침 주변에는 사람도 없었고 난간도 꽤나 넓어서 누워 자기에는 딱 안성맞춤이었다. 속에서 올라오는 것이 있으면 바로 옆에 있는 호수에 토해 버리면 그만이라 아주 편리하기까지 했다. 하지만 봉지미의 게으름을 그냥 지나치지 못하는 이가 있었다. 일순간 봉지미의 몸이 가벼워지더니 위로 붕 뜨는 느낌이 들었다. 누군가가 그녀를 번쩍 들어 올린 것이었다.

"우웩. 흔들지 마. 흔들지 말라고……."

오르락내리락하는 봉지미의 머리가 빙빙 돌기 시작했다. 위가 위아래로 심하게 흔들리면서 완전히 뒤집히기 직전이었다. 속에서 무언가 올라오는 듯하여 서둘러 머리를 한쪽으로 기울여 봤지만 이미 늦은 때였다. 얼룩덜룩한 것들이 봉지미를 들어 올린 자의 섬세하고 부드러운 소매에 좌르륵 쏟아졌다. 봉지미는 처량한 표정으로 눈을 감고 쿵쿵 부딪칠 때마다 떨어지는 자신의 업보를 맞아야 했다.

예상대로라면 아래로 처박혀야 했는데 다행히도 그런 일은 일어나지 않았다. 다만 몸이 끝없이 가라앉는 듯하다가 다시 위로 올라가는 느낌이 들어 봉지미가 눈을 떴다. 고남의가 제 눈앞까지 들어 올린 봉지미의 얼굴을 자세히 들여다보고 있었다. 얼굴을 가린 하얀 망사가 봉지미의 얼굴을 살짝 스치고 지나갔다. 봉지미는 간지러운 듯 얼굴을 비비며 눈을 가늘게 뜨고 웃었다.

"고남의 도련님. 나 이번엔 아무래도 진짜 취한 거 같아. 지난번에 취했을 땐 그만 자야지 싶었는데 이번엔 알딸딸해서 뭘 해야 할지 모르겠어. 네가 날 방까지 데려다 주면 좋겠어. 동쪽 작은 정원에 있는 붉은 비첨*처마 서까래 끝에 부연을 달아 기와집의 네 귀가 높이 들린 처마이 있는 데야."

고남의는 대답하지 않고 계속 봉지미를 바라만 봤다. 봉지미는 고개에 힘을 주고 버틴 채로 고남의의 귀에 대고 속삭이듯이 말했다.

"빨리 방으로 옮겨 주든지 아니면 당장 내려 줘. 이렇게 공중에 떠있으면 어지러워 죽을 거 같단……"

봉지미의 말이 아직 다 끝나지 않았는데 갑자기 얼굴에 서늘한 것이 닿았다. 고남의의 얼굴을 덮고 있는 하얀 망사가 드리워진 것이었다. 솔잎처럼 풋풋하고 상쾌한 고남의의 숨결이 봉지미의 입술 근처를 스쳤다. 잠시 후 차가운 것이 다시 봉지미의 뺨 위를 스쳤다. 봉지미가 옆으로 눈을 돌리자 고남의의 코가 얼핏 보였다. 봉지미의 입술 가까이로 다가온 코는 무언가를 자세히 탐구하듯 쿵쿵대며 술 냄새를 맡았다. 마치 무슨 술을 마셨는지 맞히려는 것 같았다. 고남의의 입술이 아주 가까운 곳까지 다가왔다. 서로의 살갗이 살짝 닿았고 상쾌하고 깨끗한 숨결이 봉지미를 휘감았다. 봉지미는 자기도 모르게 몸이 뻣뻣하게 굳어 버렸고 해야 할 말을 전부 잊어버렸다.

고남의는 오늘 밤 날것으로 상에 오른 해산물에 겁을 먹고 술을 입에도 대지 못해서 신선한 술기운을 조금 느끼고 싶을 뿐이었다. 하지만 봉지미에게 가까이 다가가자 술 냄새 뒤로 연한 향기가 피어올랐다. 투명하게 빛나면서 매끄럽게 흘러내리는 살결은 은은한 향기를 내뿜고 있었다. 고남의는 처음 마주하는 낯선 감각에 돌처럼 굳어 버렸다. 가까스로 정신을 차린 봉지미는 고남의가 멍해진 틈에 그를 확 밀어 젖혔다. 고남의는 당황하여 무의식중에 손을 놓았고 봉지미는 그대로 땅에 처박히고 말았다. 땅 위에 나뒹굴던 봉지미가 씩씩거리며 몸을 일으켰다.

'땅바닥에 처박힐 운명인 줄 뻔히 알면서 괜히 힘만 뺐잖아!'

봉지미가 옷에 묻은 흙을 털고 있는데 멀지 않은 곳에 있는 꼬불꼬불한 길 위로 작은 가마가 흔들거리며 가고 있는 모습이 보였다. 봉지미가 눈을 가늘게 뜨고 자세히 살펴봤다. 술을 많이 마셨지만 다행히 판단 능력은 멀쩡했다. 이곳의 정원은 경비가 삼엄해서 한밤중에 아무나 가마를 메고 들어올 수 있는 곳이 아니었다. 가는 방향으로 짐작해 보니 후원에 있는 정심헌(靜心軒) 쪽이었다. 그곳은 봉지미와 영혁의 거처였다.

'둘 중 누굴 찾아가는 거지?'

영혁은 연회장에서 나간 이후 방으로 바로 돌아가지 않고 정원에 앉아 숨을 돌리고 있었다. 가을밤 바람이 살랑살랑 불어왔고 맑은 달빛이 사방을 환하게 비추었다. 자연의 기운을 받으면 영혁의 내공을 회복하는 데도 도움이 되었다. 오랜 시간 동안 영혁은 끊임없이 무예를 닦아 왔는데도 단전의 깊숙한 곳까지 위협해 온 기이한 독충의 독에는 방법이 없었다. 시간이 조금 흐르긴 했지만 민남으로 가서 약을 찾아 치료하면 상태가 크게 악화되지는 않을 것이었다. 영징은 영혁에게 서둘러 민남으로 가자고 몇 번이나 권했다. 하루를 지체하면 위험도 그만큼 커질 수 있었다. 영혁도 그렇게 하기로 동의했지만 차일피일 미루며 아직도 이곳에 남아 있었다.

영징이 영혁의 근처에 있는 정자에서 잠을 청했다. 이리저리 뒤척이며 소리를 내는 것이 상당한 불만이 느껴졌다. 영혁은 그런 영징을 못 본 체하고 무예 연마에만 집중했다. 연습을 마친 영혁은 영징에게 담담하게 말을 건넸다.

"방에서 선정에 들려 하니 봉지미의 일이나 안전에 위협이 되는 일이 아니면 깨우지 말거라."

영징이 네, 하고 대답했다. 영혁은 선정에 들어가면 자아를 완전히 잊는 상태에 이르러서 특별한 주의가 필요했다. 정자에서 몸을 일으킨 영징은 주위의 안전을 꼼꼼히 확인했다. 주군을 마주 보고 앉은 영징은 최근 들어 더욱 초췌해진 영혁의 모습을 바라보며 불만스러운 기색을 보였다. 부풀어 오른 양쪽 뺨을 실룩이다가 흙덩이를 주워 들고 두 손가락으로 있는 힘껏 찔렀다. 흙먼지가 흩날렸지만 영징은 계속 찌르면서 중얼거리듯 욕을 내뱉었다.

"여자여자여자!"

영징은 가상의 적을 향해 마음껏 찔러 댔다. 전하는 어차피 모를 테니 괜찮았다. 그때 앞쪽에서 인기척이 들렸다. 누군가가 낮은 목소리로 말하고 있었다. 영징은 미간을 찌푸리며 회랑을 돌아가 밖을 살펴봤다. 작은 가마가 입구에 멈춰 서 있었다. 연씨 집안 사람인 듯 한 청년이 굽실거리며 문을 지키고 있는 호위 무사에게 말을 건넸다. 영징이 가까이 다가가자 몇 마디가 들려왔다. 눈살을 찌푸린 영징이 평소처럼 쫓아내려다가 걸음을 멈췄다. 영징이 연씨 집안 사람 옆으로 다가가 물었다.

"전하를 시중들러 온 것이오?"

연회원은 모습을 거의 드러내지 않는 영징을 알 턱이 없었다. 하지만 눈치가 백단인 연회원은 그가 초왕의 곁에 있는 사람처럼 보이자 재빨리 고개를 끄덕이며 그렇다고 대답했다. 그리고 앞으로 한 걸음 나오더니 영징의 귀에 입을 가까이 대고 웃으며 말했다.

"제 누이가 전하의 풍모를 흠모하여 오늘 밤 스스로 몸을 바치겠다고 합니다. 이는 연씨 집안의 영광일 것입니다……."

영징의 미간에 한 줄기 혐오의 빛이 번쩍였다. 천천히 연회원을 밀어내며 말했다.

"좀 떨어지시오. 입 냄새가 지독하니."

연회원은 순간 얼굴이 새파랗게 질렸다가 곧 새빨갛게 부풀어 올랐다. 영징이 보고도 못 본 척하고 호위 무사들에게 손을 한 번 휘두르더니 말했다.

"수색해라."

"대인, 안 됩니다!"

연회원이 당황해서 황급히 가로막았다.

"제 누이는 저희 연씨 집안의 큰아가씨입니다."

"나는 연씨 집안의 첫째 아가씨인지 둘째 아가씨인지 그런 건 잘 모르오."

영징이 무미건조한 목소리로 말했다.

"난 당신네들이 잠자리를 시중들 여자를 보냈다는 것만 아오. 여기가 무슨 기생집인 줄 아나. 여긴 다름 아닌 황자 전하의 침소란 말이오. 들어가고 싶다고 아무나 들어가는 게 말이 된다고 생각하시오? 황실의 규율을 따를 수 없다면 그만 돌아가시든가."

"오라버니. 수색하게 두세요."

가마 안에서 연회영의 울먹이는 소리가 들려왔다. 목소리는 의연한 듯하면서도 비탄에 잠겨 있었다.

"이 문을 들어가면 이제 전 연씨 집안의 아가씨가 아니니까요."

'이 문을 들어서기 위해서는 이까짓 치욕쯤은 참아야 해. 연씨 집안의 아가씨란 체면 따위는 버리자. 더 나은 앞날을 위해서!'

연회원은 그녀가 말하는 뜻을 이해했다. 사실 조금 전에도 막는 척만 했던 것이라 순순히 손을 뗐다. 호위 무사들이 가마의 휘장을 열어젖히더니 연회영을 위에서부터 아래까지, 머리부터 발끝까지 하나도 빠트리지 않고 수색했다. 잠시 후 수색을 마친 호위 무사가 영징에게 고개를 살짝 끄덕였다. 영징이 앞뜰 쪽을 바라보며 흥분과 만족의 눈빛을 드러내더니 호위 무사들에게 손을 휘저었다. 작은 가마가 소리 없이 안으로 들어갔다.

연회원은 뒤로 한 발짝 물러나며 낮은 담장으로 둘러싸인 정심헌을 바라봤다. 힘없는 자세와 달리 그의 눈에는 득의양양한 빛이 맴돌았다. 연회원은 서둘러 다른 길로 떠나는 바람에 앞에 있던 꽃나무 뒤에 그림자 두 개가 서 있는 것을 알아차리지 못했다.

봉지미는 뒷짐을 진 채 그곳에 서 있었다. 아까 마셨던 술 때문에 텅 비어 버린 위가 참을 수 없이 화끈거렸다. 연씨 집안에서 움직인다면 영혁이 있는 이곳에서 어떤 수를 쓸 것이라고 예상은 했었다. 하지만 연씨 집안이 부끄러운 줄 모르고 이렇게까지 할 줄은 몰랐다. 적출인 큰아가씨를 이런 식으로 시집보낸다는 사실이 놀랍기만 했다. 게다가 뜻밖인 것은 영혁이 들어오도록 허락했다는 사실이었다.

영혁과 봉지미가 위험에 처한 후부터는 곁에 있던 호위 무사들이 더욱더 철통같은 수비를 펼쳤다. 따라서 영혁에게 접근하는 것은 매우 어려운 일이었다. 영혁도 보통 이렇게 일찍 잠들지 않아서 방금 전 연씨 집안에서 큰아가씨를 보낸 일을 그도 알았을 터였다. 영혁이 동의하지 않으면 연회영은 절대 정심헌 안으로 한 발자국도 들어올 수 없었다.

봉지미는 꽃나무 뒤의 어두운 그림자에서 씁쓸하게 웃고 있었다. 제경에는 초왕의 염문이 끊이질 않았다. 봉지미는 영혁을 안 지 오래되었

風枚

지만 기방에서 만났던 그때를 제외하고는 초왕의 '바람기'를 전혀 느껴 본 적이 없었다. 하지만 오늘 밤 마침내 그 바람기가 무엇인지 알게 되었다. 생각해 보니 이 사람도 오랫동안 참아 왔다. 제경을 떠나고 지금 까지 31일 하고 9시진 동안 여자가 없었으니.

봉지미는 손으로 밤이슬이 가득 내려앉은 꽃나무를 어루만졌다. 꽃나무는 축축하고 얼음같이 차가웠다. 봉지미는 계속해서 부글부글 끓어오르는 위처럼 폭발할 것만 같았고 방으로 돌아가 잠을 잘 생각이 싹 사라졌다. 고남의 쪽으로 몸을 돌리며 말했다.

"우리 산보나 좀 할까."

고남의는 봉지미를 바라보며 말했다.

"피곤할 텐데 자야지."

봉지미는 긴 속눈썹을 들어 올리고 고남의를 쳐다봤다. 얼굴을 가린 얇은 망사 너머로 고남의의 눈이 샛별이 반짝이는 것처럼 빛을 내뿜고 있었다. 한참이 지나고 봉지미가 웃으며 말했다.

"맞아. 피곤해. 졸리고. 그런데 오늘 밤 집에 손님이 찾아 와서 내가 자리를 피해 줘야 하거든. 내일은 다른 집을 찾아서 자려고."

고남의는 가려 하지 않다가 다른 사람에게 침대를 빼앗겼다는 봉지미의 뜻을 겨우 이해하고는 한참을 고민했다. 마침내 결단을 내렸는지 괴로운 마음을 억누르며 천천히 말했다.

"그럼 나랑 자자."

"……."

순간 몸을 돌리려던 봉지미가 휘청거렸다. 다행히도 얼른 나무를 붙잡아 넘어지지는 않았다. 고남의의 말을 듣고 기분이 좋으면서도 우스꽝스럽기도 했다. 봉지미가 고남의의 투명하게 빛나는 눈동자를 바라보다가 중요한 사실 하나를 떠올렸다.

"넌 다른 사람이랑 함께 자는 걸 제일 싫어하잖아."

고남의가 품에서 호두 한 개를 꺼내 까먹으면서 무미건조한 목소리로 위대한 희생의 각오를 보여 주었다.

"난 너의 사람이니 같이 잘 수 있어."

"……."

봉지미는 다시 휘청거렸고 이번에는 그만 뒤로 넘어지고 말았다. 꽃나무에 부딪치자 차가운 밤공기를 가르며 꽃송이가 어지럽게 흩날렸다. 고남의가 봉지미의 머리 위에 붙은 꽃잎을 털어 내며 옷소매를 잡아당겼다.

"가서 자자."

"……."

'그래. 고남의 도련님. 네 뜻이 뭔지 잘 알겠어. 넌 날 보호하는 사람이니 내게 침대를 양보하는 희생쯤은 할 수 있겠지. 하지만 이렇게 몇 자 안 되는 말로 설레게 하지 말아줄래? 그런 말에 심장이 터져 죽을 수도 있어.'

"난 오늘 밤 안 자려고."

봉지미가 꽃나무를 꽉 안고서 말했다.

"졸리지가 않아."

고남의가 봉지미의 손을 붙잡고 계속 고집을 부렸다.

"피곤하잖아. 가서 자자."

봉지미는 고남의의 집요한 성격을 잘 알았다. 일단 고집부리기 시작하면 끝을 보는 무서운 집념을 지녔다. 호두를 먹는 모습만 봐도 알 수 있었다. 봉지미는 순간 극도의 공포를 느꼈다. 고남의는 말하는 것도 귀찮아지면 봉지미를 때려눕혀 기절시킨 후 침대에 데려가고도 남을 인간이었다. 이때 배에서 꾸르륵꾸르륵 소리가 나며 난리가 나더니 곧 배가 꼬이듯이 아파 왔다. 봉지미는 새하얘진 얼굴 위로 식은땀을 삐질삐질 흘리며 황급히 말했다.

"잠은 이따가 잘게. 지금 배가 별로 안 좋아서 뒷간에 가야겠어."

고남의가 손을 놓자 봉지미가 좌우로 두리번거렸다. 앞쪽 대각선 방향에서 공용 뒷간을 발견하자마자 서둘러 달려갔다. 뒷간에 도착한 봉지미는 앉자마자 배가 찢어질 듯이 아파 왔다. 남해의 해산물과 전혀 맞지 않는 위장이 오늘 밤 철저히 반란을 일으킬 모양이었다. 봉지미는 쪼그리고 앉은 채 한동안 일어나지 못했다. 이때 멀리서 누군가에게 일을 지시하는 듯한 영징의 목소리가 들려왔다. 처음에는 멍해 있던 봉지미가 나중에 겨우 목소리를 알아차렸다.

정교하고 섬세하게 만들어진 뒷간은 정심헌에서 매우 가까운 곳에 있었다. 연씨 집안은 재력이 대단해서 돈을 물 쓰듯 써 댔는데 사람들이 정원에서 편히 노닐 수 있도록 뒷간도 꽤 많이 만들어 두었다. 특히 놀라운 것은 뒷간이 일반 사람의 집보다 더 세련되고 아름답다는 점이었다. 게원의 모든 건축물은 정교하고 세밀한 아름다움을 완성하는 데 많은 정성이 들어갔다. 모든 담장에는 특별한 문양을 투각해서 가리는 기능보다 장식의 운치를 살렸다. 사용하는 사람이 거의 없는 이 뒷간은 정심헌 가까이 붙어 있는 것이었는데 하필 봉지미가 들어간 가장 마지막 공간은 영혁의 방 뒤쪽에 달린 창 쪽으로 기울어져 있었다.

봉지미는 자리가 별로 좋지 않아서 한숨을 내쉬며 일어섰다. 밖으로 나가려는 찰나 다시 배가 전쟁이 난 것처럼 요동치며 뒤집어졌다. 봉지미는 할 수 없이 다시 옷을 내리고 쪼그려 앉았다.

영혁이 선정에서 깨어나 서늘한 달빛 아래에서 몸을 일으키려는데 영징의 발소리가 들려왔다. 영혁은 방에서 나와 별 생각 없이 입에서 나오는 대로 물었다.

"시간이 얼마나 되었느냐?"

"삼경 *밤 11시에서 새벽 1시 사이입니다."

영징이 대답했다. 영혁은 이 녀석의 말투가 꽤나 이상하다고 생각했지만 대수롭지 않게 여기고 다시 물었다.

"연회는 끝났느냐?"

"그 위지인가 뭔가 하는 사람은 아직 돌아오지 않았습니다."

영징이 씩씩거리며 말했다.

"제발 빨리 돌아왔으면 좋겠네요."

"지금 뭐라 했느냐?"

"아, 아무것도 아닙니다."

영징이 황급히 말을 돌렸다.

"주군. 얼른 쉬시지요. 그 위지란 사람도 곧 돌아올 겁니다."

영혁이 아무 말도 하지 않고 속으로 '그 여잔 술을 좋아해도 너무 좋아해'라고 생각하며 영징에게 분부했다.

"가서 술이 깨는 차를 준비하거라. 간식거리도 함께 준비하고."

"한 시진 전에 간식을 드시지 않았습니까."

영징은 언제나 제 의견을 드러내는 것을 좋아했다.

"또 배가 고프면 안 되느냐?"

영혁이 냉담한 표정으로 쳐다봤다. 영징이 입을 다물고 나가면서 중얼거렸다.

"눈도 안 보인다면서 부릅뜨고 노려보시기는……. 눈빛은 또 왜 저렇게 살벌한 거야……."

영징의 목소리가 또렷하게 들려오자 영혁이 어두운 그림자 속에서 알 수 없는 표정을 지었다. 다른 사람들은 이 호위 무사가 제멋대로 구는 데도 영혁이 내버려 두는 까닭을 이해하지 못했다. 원숭이처럼 무법천지로 뛰어다니는 것은 영혁의 평소 품행과 맞지 않았다. 하지만 영혁은 영징이 있어서 어두컴컴한 먹구름 같은 곳에서 기분 좋은 빛 한 줄기가 뚫고 들어오는 듯한 기쁨을 얻을 수 있었다. 영혁이 갑자기 생각난 듯 영징에게 말했다.

"잣과자와 박하떡을 준비하거라. 거위 기름을 넣은 것은 됐다."

"알겠습니다."

영징이 퉁명스럽게 대답하고는 혼잣말을 했다.

"거위 기름을 넣은 건 그 여자가 싫어하는 거잖아!"

회랑을 걸어 방으로 돌아온 영혁은 문을 열자마자 걸음을 멈추더니 싱긋 웃었다. 영혁의 미소는 방 문 앞을 비추는 달그림자와 짙은 어둠 속으로 천천히 내려앉았다. 고요하고 우아한 기품을 드리우며 비스듬하게 자리 잡은 눈썹은 유려한 각도로 날아올랐다. 작은 기쁨이 어린 영혁의 미소는 달빛을 받아 맑고 환하게 피어났다. 영혁은 문을 바로 밀어 젖히지 않고 붙잡은 채 느긋하게 기댔다. 지금 이 순간 오직 자신만이 아는 아득하고 신비한 희열을 깊이 음미해 보고 싶었다.

이 여인은 은근히 소심한 구석이 있어서 연회가 끝나고 뒤쪽 창으로 슬그머니 들어온 듯했다. 연회 자리를 떠나기 전 영혁이 진담 반 농담 반으로 봉지미에게 자신의 방으로 오라고 했을 때 그녀의 대답을 듣자마자 거짓인 줄 알았다. 영혁은 봉지미가 오지 않을 거라고 생각했는데 지금은 미소만 지어질 뿐이었다. 봉지미가 정말로 오다니. 아마도 술에 취해서 평소 유지하던 거리감과 신중함이 느슨해진 게 아닐까 싶었다.

영혁이 가벼운 발걸음으로 다가가자 목욕을 마친 사람이 내뿜는 맑고 상쾌한 향기가 퍼졌다. 그 향기와 함께 향로 안에서 모락모락 피어오르는 침향이 뒤섞여 모호하면서도 부드러운 여운이 느껴졌다.

영혁은 살짝 웃음이 났다. 봉지미가 겉으로는 싫은 내색을 보이면서도 막상 움직임은 정말 빨랐다. 벌써 머리도 빗고 목욕도 하고 몸단장까지 다 마친 모양이었다. 영혁이 영징에게 간식을 들고 오라고 부르려던 찰나 간드러지는 웃음소리가 울려 퍼졌다. 마음을 뒤흔드는 소리가 어둠을 울리더니 따스하고 생기 넘치는 몸이 영혁의 품 안으로 달려와 파묻혔다.

봉지미는 뒷간에서 계속 쪼그리고 앉아 있다가 그만 다리에 쥐가 났다. 괜찮아진 듯하여 마무리를 하고 일어섰는데 막상 일어서니 배 속에서 바다가 뒤집히는 것처럼 역겨운 느낌이 다시 올라왔다. 오랫동안 쪼그리고 앉아 있었더니 머리가 어질어질했고 다리가 후들거렸다. 해산물들이 여전히 봉지미를 용서하지 않는 듯했다.

계원에는 한가하게 돌아다니는 사람이 없었다. 성의 서쪽에 사는 연씨 집안 사람들이 오늘은 모두 앞채에 묵어서 후원에는 적막만이 흘렀다. 바늘이 땅에 떨어지는 소리도 들릴 만큼 고요했다. 그 덕에 별로 듣고 싶지 않아도 영혁이 있는 방에서 나는 소리가 뒷간까지 또렷하게 들려왔다. 봉지미는 소리만 듣고도 영혁이 문을 여는 것과 방 안에서 꼼작 않고 서 있는 것을 알 수 있었다. 영혁은 상대방을 꾸짖지도, 거절하지도, 의심하지도 않았다. 방 안에서 일어나는 일들은 모두 물 흐르듯 척척 진행되고 있었다. 봉지미는 제 모습을 보고 헛웃음이 나왔다.

'왜 꾸짖어야 하는데? 왜 거절하고 의심해야 하는데? 쓸데없이 그런 생각은 왜 하는 건데……. 연회영은 여기에 당연히 들어올 수 있는 거고 영혁도 승낙한 거잖아. 아, 그나저나 내일 연회영을 만나면 마마라고 불러야 하는 거 아니야?'

봉지미는 배를 움켜쥔 채 오늘 밤은 정말 재수가 없다고 생각했다. 이번 생에서 분명 해산물은 봉지미에게 깊은 원한을 가진 듯했다. 누군가가 성큼성큼 걸어오면서 말을 걸어왔다.

"지, 지, 나와 봐."

봉지미가 뒷간에 들어간 지 한참이 되어도 나오지 않자 고남의가 걱정이 되어 찾아온 것이었다. 봉지미는 심장이 쿵쾅쿵쾅 뛰기 시작했다. 영혁은 배탈이 난 봉지미가 여기 뒷간에 들어온 사실조차 모르는데 지금 대답을 했다가는 영혁이 어떻게 여길지 생각만 해도 끔찍했다. 봉지미는 황급히 옷을 추어올리고 밖으로 나가려 했다. 고남의는 봉지미가 아무런 대답이 없자 걱정이 되었다. 하지만 여자 뒷간에는 들어갈 수 없었기에 고민 끝에 손을 들어 올려 손날을 세우더니 뒷간을 단박에 내리쳤다. 와르르 쾅. 커다란 굉음이 났고 뒷간이 순식간에 두 개로 갈라졌다.

여인의 몸이 달려오더니 영혁의 품 안으로 파고들었다. 비단처럼 부드럽고 매끈하며 보드라운 살결이 어둠 속에서 영혁을 감싸 안았다. 질은 작약 향이 영혁의 코를 찔렀다. 여인은 영혁의 품속에서 파르르 몸을 떨었다. 조금은 두렵고, 괴롭고, 조금은 처량하게 영혁을 불렀다.

"전하……."

기뻐하던 영혁은 이내 무언가 잘못된 것을 알아차렸다. 봉지미는 이렇게 부드럽게 자신을 부르지 않았고, 이렇게 향기롭지도 않았으며, 옷자락을 반쯤 열지도 않았다. 영혁의 환심을 사기 위해 진한 화장과 요염한 옷차림을 하고 스스로 몸을 바칠 여자가 아니었다. 뒤늦게 깨달은 영혁은 속으로 '엇, 아니잖아' 하며 깜짝 놀랐다. 봉지미가 이렇게 부드럽고 향기로운 자태를 영혁에게 맛보게 할 리 없었다. 연씨 집안에서 보낸 여자가 틀림없었다.

갑자기 휑뎅그렁한 기분이 솟구쳐 올랐다. 일순간 피어올랐던 환희는 아득한 실망으로 변했다. 차츰 분노가 치밀어 올랐지만 얼이 빠져서 어떻게 화내야 할지도 몰랐다. 품속 여자의 버드나무 가지 같은 두 팔이 영혁의 어깨를 감아올렸다. 여자의 팔뚝이 가늘게 떨렸고, 몸짓은 뻣뻣했다. 영혁을 잠자리까지 유혹하는 기술은 부족해 보였다.

영혁의 입에서 냉소가 터져 나왔다. 작약 향기에 구역질이 올라왔다. 앞으로 집에 심어진 모든 작약을 다 뽑아 버려야겠다고 생각했다. 영징은 뭘 하고 있기에 아무나 자신의 침대에 오르게 한 것인지 생각할수록 화가 치밀었다. 영혁이 이 영문을 알 수 없는 여자를 밀어내려는데 갑자기 큰 소리가 들려왔다. 방 뒤쪽 창으로부터 멀지 않은 곳에서 쾅, 하는 소리가 울렸다. 곧이어 깜짝 놀라는 소리가 들려왔는데 바로 봉지미의 목소리였다.

소스라치게 놀란 영혁은 바로 달려가려 했다. 하지만 품속의 여자는 영혁을 꽉 끌어안고 놓으려 하지 않았다. 영혁은 눈썹을 치켜 올리고 꿈쩍도 하지 않는 여자를 손바닥으로 밀치려다가 행동을 멈췄다. 봉지미가 왜 뒤쪽 창밖에 있는 것인지, 저기서 대체 무얼 하고 있던 것인지 의아해졌다. 영혁은 눈빛을 번뜩이며 창밖의 대화에 귀를 기울였다. 두 사람의 목소리가 아주 또렷하게 들렸다.

"뭐하는 거야?"

봉지미의 목소리에 놀란 기색이 느껴졌다.

"너무 오래 걸리잖아."

고남의의 차분한 목소리가 이어졌다.

"가서 자자."

봉지미는 주변을 자욱하게 뒤덮은 먼지에 사레가 들렸는지 죽을 것처럼 기침을 해 댔다.

영혁이 살며시 미소 짓기 시작했다. 이 미소는 방금 전 영혁이 방문을 막 열었을 때 지었던 미소와 똑같았다. 미묘하게 다른 점이 있다면 이전의 미소는 맑고 투명한 이슬처럼 신선하고 생기가 넘쳤다. 그러나 지금의 미소는 서늘하고 매력적이며 밤에 핀 만다라 꽃처럼 요염하고 우울한 기색이 깃들어 있었다.

연회영은 머리를 들어 미소 지은 영혁의 얼굴을 바라보다가 하마터면 넋이 나갈 뻔했다. 영혁이 미소를 거두고 연회영의 어깨 위에 손을 올려놓았다. 그리고 손에 힘을 주더니 쫙, 하는 소리와 함께 연회영의 옷을 찢었다. 찢어진 옷 사이로 눈처럼 새하얗고 동글동글한 어깨가 드러났다. 이슴푸레한 빛 아래에서 고운 빛깔의 구슬처럼 살결이 매끄럽게 빛났다.

연회영은 아악, 하고 낮게 소리쳤다. 누군가가 밖에서 훔쳐보고 있는데 전하가 이리도 조급해할 줄은 꿈에도 몰랐다. 이것은 아마도…… 지금 당장 침소에 들자는 의미인 듯했다. 연회영은 얼굴이 발갛게 달아올랐고 부끄럽고 황송하여 시선을 돌렸다. 약간의 두려움과 약간의 기쁨이 뒤섞였다. 이러는 게 과연 올바른 처사인지 알 수 없었지만 감히 거절할 수도 없었다.

영혁이 자신의 옷을 여미고 있던 단추들을 하나씩 풀었다. 옷 아래로 드러난 살결은 반짝반짝 빛나고 윤기가 흘렀다. 얼굴이 새빨갛게 익은 연회영이 똑바로 쳐다보지 못하고 슬쩍 곁눈질을 했다. 잠시 후 연회영은 영혁의 가슴에 얼굴을 가볍게 기댔다. 순간 영혁의 눈이 반짝이더니 알 수 없는 미소가 입가에 떠올랐다. 영혁은 연회영을 끌어안고 뒤쪽 창 앞까지 가더니 창을 활짝 열어 젖혔다.

뒤쪽 창에 가까이 세워진 담장 밖으로 부연 먼지가 가득했다. 봉지미는 원래 충분히 일을 마친 후에 나왔어야 했는데 고남의가 생각지도 못하게 뒷간을 부숴 버리는 바람에 아직 옷도 추어올리지 못한 상태였다. 허둥지둥 옷을 올리다가 자칫하면 머리를 부딪칠 뻔했다. 고남의는 봉지미를 가볍게 들고 나왔고, 봉지미는 서둘러 옷을 정돈하기에 바빴다. 고남의가 봉지미를 들고 가려는데 갑자기 영혁의 방에서 창문 열리는 소리가 들려왔다.

봉지미가 고개를 들자 옷을 반쯤 풀어헤친 영혁이 옷이 절반 이상 뜯겨진 여자를 끌어안고 있는 모습이 시야에 들어왔다. 영혁의 손은 적나라하게 드러난 여자의 어깨를 꽉 붙잡고 있었고, 여자의 얼굴은 영혁의 활짝 열린 가슴 위에 착 달라붙어 있었다. 영혁은 옅은 미소를 머금고 있었다. 이전에 기방에서 우연히 만났을 때처럼 바람기가 느껴졌다. 영혁은 봉지미를 향해 손짓하더니 웃으며 말했다.

"위 시랑, 내가 새로 맞이한 소첩이네. 아주 이해심이 깊은 여자야. 녹초가 될 때까지 곁에서 수청을 들어 준다네. 이렇게 만난 것도 인연인데 부탁 하나 함세. 이쪽으로 와서 씻을 물 좀 받아 주겠나"

첩의 수난

봉지미의 눈빛이 천천히 위로 옮겨갔고 다시 위에서 아래로 천천히 떨어졌다. 봉지미의 시선은 가장 먼저 영혁의 손을 향했고 다음에는 연회영의 옷으로, 다음에는 두 사람의 허리로 내려갔다. 봉지미는 조금도 화를 내지 않았고 자세히 훑어볼 뿐이었다. 치욕적이고 도발적인 말 따위는 들은 적도 없는 것처럼. 영혁이 눈썹을 치켜뜨며 무언가 말하려던 찰나 봉지미가 느릿느릿 입을 열었다.

"대왕을 위해 전력을 다하는 것이 소관에게는 크나큰 영광입니다."

오랫동안 기다렸다가 들은 말이 고작 이런 것이라니. 영혁은 화를 참지 못하고 눈을 아래로 내리깔았다. 그는 한 마디도 하지 않고 연회영을 끌어안은 채 창가에서 멀어졌다. 연회영은 부끄러우면서도 한편으로는 우쭐해져서 영혁의 품에서 얼굴을 돌려 봉지미에게 약 올리는 듯한 미소를 지어 보였다. 하지만 봉지미가 동정하는 눈빛으로 자신을 바라보자 연회영은 어리둥절해졌다.

영혁은 연회영이 얼굴을 돌리자 바로 알아차렸다. 때때로 눈이 보이지 않는 사람의 감각이 훨씬 더 예리했다. 영혁은 이 여자의 기분이 들뜬 것을 알아채고 눈썹을 살짝 찌푸렸다. 영혁이 몸을 돌리면서 창문을 당겼다. 창문이 닫히자마자 영혁은 품속의 연회영을 바깥으로 거칠게 밀어 버렸다. 연회영은 갑작스러운 상황에 당황하여 그대로 밀려났고 중심이 흔들리면서 침대 위로 나가 떨어졌다. 하지만 전하가 더 이상 참지 못하고 빨리 수청을 들라는 줄 알고 순순히 침대 위에 엎드렸다.

침대 위에 엎드리자 둥둥 북이 울리는 것처럼 심장이 크게 뛰었다. 아직 이런 경험이 없는 데다 연회영은 명문 세가 출신인지라 어떻게 수청을 들어야 할지 잘 몰랐다. 그저 몸만 웅크린 채 손가락으로 비단 이불을 꼭 쥐자 매끈매끈한 비단이 땀이 가득 밴 손바닥에 들러붙었다. 연회영은 두근거리는 심장을 내버려두고 숨을 죽인 채 귀를 세우며 주변 소리에 온 신경을 집중했다. 하지만 영혁은 한 발자국도 움직이지 않았고, 어둠 속에 깊게 파묻혀 있을 뿐이었다. 영혁의 숨소리가 희미하게 들려왔다. 처음에는 가쁜 숨을 몰아쉬더니 점차 간격이 길어졌다.

이때 쾅, 하는 굉음이 사방에 울려 퍼졌고 깜짝 놀란 연회영이 황급히 몸을 일으켰다. 고개를 돌려 소리가 난 쪽을 바라보니 열린 문 안으로 봉지미가 물이 든 커다란 대야를 들고 비틀비틀 걸어 들어오고 있었다. 그 모습을 발견한 연회영은 입이 쩍 벌어졌다. 대야는 봉지미가 두 손으로 에워싸지도 못할 만큼 컸으며, 그 안에 가득한 물은 봉지미의 발걸음을 따라 넘실거렸다. 결국 넘칠 것처럼 위태롭던 물이 옆으로 확 쏟아지면서 문가에서 멀지 않은 곳에 서 있던 영혁의 신발이 홀딱 젖어 버렸다.

"물을 대령했습니다."

봉지미가 가쁘게 숨을 몰아쉬며 말했다.

"소인이 생각하기에 전하와 마마께서 고생이 많으실 듯하여 물을 길어 왔습니다. 세수하고 목욕하기엔 부족할 수도 있지만요."

봉지미는 수영을 해도 될 만큼 커다란 대야를 안고 문 앞에 서서 애매한 표정으로 웃고 있었다. 웃는 얼굴에 달빛이 환히 빛났다.

방 안의 모든 것이 애매한 상태였다. 이부자리는 너저분했고 등촉은 아직 켜지지 않았다. 남녀의 옷은 반쯤 풀어져 있었고 허공에는 짙은 작약 향기가 부드럽게 감돌았다. 봉지미의 눈빛이 다시 연회영의 찢어진 옷 위를 스쳐 지나갔다.

'영혁……. 당신이 사람을 떠보고 가지고 놀길 좋아하는 건 잘 알고 있지. 하지만 이 여잘 건드리기 전에 반드시 알아야 할 게 있어. 이 여잔 당신을 유혹하려고 얇은 적삼 하나만 걸치고 있다고. 외국에서 최신 유행하는 양식이라 예쁜지 아닌지는 나도 잘 모르겠지만 찢어지긴 정말 잘 찢어지네. 옷깃이 떨어지니까 바로 스르르 벗겨지고 말이야. 근데 그렇게까지 있는 힘껏 찢어야 했어? 그리고 이해가 안 가는 건 여자를 껴안으면서 다리는 왜 뒤로 빼는 건데? 어깨 위에 올린 손은 어루만지기는커녕 왜 꽉 누르는 건데? 하긴…… 원래 다른 사람이 다가오는 걸 싫어하긴 하지…….'

봉지미는 또다시 살살 아파오는 배를 쓰다듬며 긴 생각에 빠져 있었다. 혼자서 해산물이 놓인 자리에 앉는 바람에 위로는 토하고 아래로는 설사를 하는 것은 그렇다 쳐도 저 두 남녀한테 차례로 괴롭힘을 당하는 것까지 감당해야 하다니. 오늘 하루는 너무나도 가혹한 날이었다. 게다가 하나는 단순해서 속이 터지고 다른 하나는 괴팍해서 골치가 아프니 모두 봉지미의 시름을 더할 뿐이었다.

봉지미는 한숨을 내쉬며 연회영이 보내는 눈빛을 무심하게 흘려보냈다. 다만 연회영이 입고 있는 얇은 치마가 어찌나 우스꽝스러운지 참지 못하고 웃음이 터져 나왔다. 연회영은 말문이 막힌 듯 봉지미의 미소를 멍하니 쳐다봤다. 이런 때에 웃고 있다니 도저히 이자를 이해할 수가 없었다.

연회영은 전하의 총애를 얻은 후에 어떻게 위지를 능멸해 줄지 만 번도 더 고민해 봤다. 지금이 바로 이자에게 모욕을 줄 수 있는 절호의 기회라고 생각됐다. 위지에게 자신을 시중들게 하면 이보다 더 속이 시원한 일이 있을까 싶었다. 하지만 위지가 대야를 들고 들어왔을 때 그의 눈동자 속에서 일말의 먹구름이나 분노 따위는 찾을 수 없었다. 연회영은 위지가 지금의 상황을 원망하고 증오하기를 바랐지만 그 눈빛은 환하고 깨끗했으며 심지어 멀리 꿰뚫어 보는 듯했다. 눈동자에서 수정처럼 맑고 밝은 빛이 아득하게 뿜어져 나오고 있었다. 연회영은 자기도 모르게 찢어진 옷을 정리하기 시작했고, 갑자기 자신이 더러운 먼지 구덩이 속으로 떨어진 것처럼 느껴졌다.

영혁은 계속 침묵을 지키며 봉지미의 숨소리를 자세히 들었다. 봉지미는 줄곧 한 자리에 서 있는 듯했다. 호흡은 기쁘지도 슬프지도 괴로워하지도 화내지도 않는 듯 차분했다. 마치 한 번도 감정이 출렁여 본 적이 없었던 사람 같았다. 영혁은 고요한 어둠 속에 서서 차분한 자세로 자신의 마음이 깊은 물속으로 가라앉는 것을 느끼고 있었다.

이때 정적을 깨고 쾅, 하는 소리가 울려 퍼졌다. 바닥에 금속이 부딪치며 나는 소리였다. 봉지미의 발아래로 대야가 떨어져 물이 사방으로 튀었고 근처에 있던 영혁은 피할 새도 없이 한쪽 신발이 완전히 젖었다. 곧 웃음기를 머금은 봉지미의 목소리가 들려왔다.

"소인은 시중을 잘 들지 못합니다. 손발이 너무 둔해서요. 마마께서 하시는 게 더 나을 듯합니다."

'마마'라는 두 글자를 말할 때 이를 앙다물었는지 조금 무겁게 느껴졌다. 영혁이 느릿한 웃음을 뽑아냈다. 봉지미가 산처럼 묵묵히 아무렇지도 않은 듯 버티고 있어서 대단한 인내심이라고 생각했었다. 하지만 속내를 깊숙이 감추고 있던 작은 여우가 감정을 억누르지 못하고 마침내 폭발한 것이었다. 영혁은 대단히 만족스러운 미소를 지었다. 그의 미소는 좀처럼 보기 드물게 쾌활한 것이었고, 눈가에는 반짝이는 빛이 어려 있었다. 고요한 어둠 속에 파묻혔던 마음은 심연의 바닥에서 천천히 떠오르기 시작했다.

영혁이 응, 하고 대답하며 앉더니 얼굴을 한쪽으로 돌려 쌀쌀한 목소리로 말했다.

"못 들었느냐?"

영혁이 연회영 쪽을 보지 않아서 연회영은 아무런 반응도 보이지 않았다. 봉지미가 빙그레 웃으며 연회영의 손을 잡아끌더니 물이 담긴 대야를 손가락으로 가리켰다. 연회영은 멍하니 있다가 방금 전 위지가 '마마께서 하시는 게 더 나을 듯합니다'라고 말했던 것이 떠올랐다. 순간 전하가 지금 자신에게 목욕 시중을 시킨 것인지 귀를 의심했다.

연회영은 그 자리에 주저앉더니 온몸이 돌처럼 굳어 버렸다. 겨우 정신을 차린 연회영이 천천히 침대에서 내려왔다. 서쪽 바다에서 건너온 잠옷의 찢어진 부분을 끌어올려 가까스로 어깨를 가리고 꾸물대며 한 걸음씩 발을 뗐다. 연회영은 다른 사람을 시중들어 본 적이 없어서 어찌 할 바를 몰랐다. 봉지미가 힐끗 쳐다보니 제멋대로 날뛰던 연회영이 질겁해 있어서 한숨이 절로 내쉬어졌다. 별것도 아닌 증오 때문에 자신의 혼인을 함부로 결정하는 어리석은 여자였다.

명문 세가에서 자란 자녀들은 어려서부터 지나치게 편협한 시야를 갖고 있었다. 그래서 사소한 일도 무한정으로 확대 해석하여 끊임없이 자신을 채근하였고, 상상 속에서 위험한 상황을 만들어 자기 자신을 옥죄는 자학의 악순환으로 빠지곤 했다. 봉지미는 연회영을 괴롭히고 싶지 않았다. 불쌍해서 동정하는 게 아니라 연회영이 가족을 위해 희생하는 것 같아 안타까운 마음이 들었다. 귀한 집 규수가 잠자리를 시중드는 여자로 전락하는 것이 너무나도 참담했다. 복수하겠다는 마음은 가상했지만 영원히 불가능할 것이라 더욱 안타까웠다. 게다가 봉지미가 괴롭혀서 이 아이가 영혁의 방에서 목을 매기라도 하면 영혁과 봉지미는 다시 집으로 옮겨야 해서 번거로울 것이었다.

"소인의 손이 이미 젖었으니 그냥 제가 하겠습니다. 그리고 조금 전에 손에 진흙이 조금 묻었는데 전하께서 허락하신다면 씻을 물을 좀 빌리고 싶습니다."

봉지미는 웃으면서 일이 커지기 전에 서둘러 매듭짓고는 영혁의 앞에 쪼그리고 앉아 젖은 신발을 벗기려 했다. 이때 영혁이 갑자기 발부리로 연회영의 무릎을 툭툭 차더니 냉랭하게 말했다.

"위 대인의 손이 더러워졌다는데 듣지 못한 게냐. 어찌 아직도 대인이 손 씻는 걸 시중들지 않고 멍하니 있는 것이냐."

연회영은 뻣뻣하게 굳어서 자리에서 움직일 수 없었다. 무릎은 그렇게 아프지 않았다. 다만 연회영의 마음이 발길질 한 번에 부서져 버리고 만 것이었다. 영혁의 발길질은 연회영을 송두리째 심연으로 처박아 버렸고, 영혁의 한 마디는 연회영이 잘못 생각하고 있었다는 사실을 깨닫게 만들었다. 황제의 후궁이 권세를 등에 업고 제멋대로 굴었다가는 현 조정의 고위 관리에게 위세를 부린다는 말이 이리저리 전해질 터였다. 자칫 잘못하면 전기 소설책에 아무렇게나 쓰여 있는 이야깃거리나 될 뿐이었다. 물론 이야기의 주인공은 영혁처럼 세상의 온갖 풍파를 겪고 이겨 낸 황자일 리가 없었고 위지처럼 꿍꿍이를 깊이 감추고 있는 관리일 리도 없었다. 이런 사람들은 터무니없는 일을 일으키지도 않고 제멋대로 행동하지도 않을 것이었다. 하지만 연회영은 터무니없는 생각을 하고 제멋대로 구는 바람에 지금까지 살아오면서 가장 심한 굴욕을 맛보는 중이었다. 이제는 영원히 돌이킬 수도 없게 되었다. 연회영 본인조차 자신에게 두 손 두 발 다 들었다. 예전 같았으면 위지 앞에 당당히 나설 수 있었지만, 앞으로는 위지 근처 삼 척 이내로는 접근할 자신이 없어졌다.

연회영은 입술을 파르르 떨었다. 저항하고 싶고, 쏟아내고 싶고, 화내고 싶고, 울고 싶었다. 지난 십수 년 동안 연씨 집안의 아가씨로서 하고 싶은 일을 다 하며 제멋대로 산 것 같았지만, 사실 연회영도 어느 것 하나 마음대로 해 본 적이 없었다. 그래서 온화한 위지에게 큰아가씨의 성질을 마음껏 부렸던 것일지도 몰랐다. 위지는 크게 신경 쓰지 않았고, 그럴 가치도 없다고 생각해서 함부로 대했다. 후환이 두렵지 않았다. 하지만 영혁은 위지와 달랐다. 영혁 앞에서 연회영은 감히 그럴 수 없었다. 달빛처럼 청아하고 밤에 핀 만다라 꽃처럼 절묘하게 아름다운 이 남자는 감정을 쉽게 드러내지 않았고 매우 위엄 있고 예리했다. 냉담한 눈빛은 모든 것을 쓸어버릴 듯했고, 그가 하는 모든 말은 얼음처럼 차가워서 핏줄기 속까지 꽁꽁 얼어붙을 듯했다. 위지를 화나게 하면 약간 화를 입을 뿐이지만, 영혁의 심기를 건드리면 바로 죽음이었다.

연회영은 화를 낼 수도 없었고 당장 자세를 낮출 수도 없었다. 그 자리에서 굳어 버린 채 가볍게 떨리는 손가락만 다른 손바닥으로 꽉 움켜쥘 뿐이었다. 앞으로 나아가지도 못하고 뒤로 물러나지도 못했다. 봉지미는 그런 연회영을 못 본 척했다. 영혁이 연회영에게 내린 명령을 듣지 못한 것처럼 손에 스스로 물을 끼얹으며 담담하게 말했다.

"연씨 아가씨에게 시중을 들어 달라는 폐를 끼칠 수야 없죠. 그냥 두십시오."

영혁에게 상대방의 신분을 알려주기 위해 일부러 던진 말이었다. 아니나 다를까 영혁의 눈썹이 조금 꿈틀거렸다. 봉지미의 예상대로 영혁은 상대방이 누군지도 모른 채 그렇고 그런 짓을 하려 했던 것이었다. 아무리 요새 영혁이 많이 자제하느라 여자만 보면 욕정이 솟구친다 하더라도 신분 배경도 모르는 여자와 하룻밤을 보내려 했다니. 정말 기가 차서 말이 나오지 않았다.

"기왕 이렇게 된 거."

영혁이 연회영의 신분을 알고도 당황하지 않고 입가에 냉소를 드러내며 담담하게 말했다.

"본왕은 이렇게 범절을 모르는 여자를 곁에 두고 가르칠 자신이 없네. 위 대인, 이 소실을 자네에게 하사하겠네."

봉지미는 입을 크게 벌리고 아무 말도 하지 못했다. 연회영은 놀라서 머리를 홱 들어 올렸다. 동공이 커진 눈에는 당혹감이 가득했다.

"전…… 전하. 무슨…… 무슨 말씀을……."

영혁은 연회영과 더 이상 한 마디도 하고 싶지 않은 듯 얼굴을 봉지미 쪽으로 향하고 가볍게 콧소리를 낼 뿐이었다.

"응?"

봉지미가 깊게 한숨을 내쉬며 나른하게 말했다.

"소인, 전하의 뜻에 따르겠나이다."

"다행이구나."

영혁은 기분이 좋아졌는지 손을 휘두르며 말했다.

"위 대인의 소실이 본왕의 방에서 무얼 하고 있는 게냐. 아직도 나가지 않고."

"전 못 나갑니다!"

연회영에게 두려움 따위는 사치나 다름없었다. 사태는 이미 걷잡을 수 없는 파국으로 치닫고 있었다. 죽음이 눈앞에 다가오더라도 자신의 명운을 걸고 발버둥치는 수밖에 없었다. 연회영이 물기로 흥건한 바닥에 무릎을 내던졌다. 영혁의 다리를 끌어안고 눈물범벅이 된 얼굴로 서럽게 울면서 말했다.

"전하, 전하…… 이제…… 무례하게 굴지 않을 테니 쫓아내지 마세요. 전 전하의 사람입니다. 방금 전에…… 전하께서 방금 전에……."

연회영이 훌쩍거리며 말끝을 흐렸다. 위지가 자신을 부정한 여자로 보고 혐오하길 바라며 애매한 말을 흘렸다. 하지만 이 말은 하지 않는 게 더 좋을 뻔했다. 연회영의 말이 끝나자 영혁이 긴 속눈썹을 치켜세우더니 얼굴을 돌리고 말했다.

"방금 전에 내가 뭘?"

당황한 연회영은 어떻게 말을 이어야 할지 몰랐다. 그저 영혁의 다리를 끌어안고 서글프게 흐느낄 뿐이었다. 눈물과 콧물이 어느새 영혁의 옷을 축축하게 적셨다. 영혁이 알아채면 불벼락이 떨어질 것 같아 봉지미가 연회영을 들어 옆으로 옮겼다. 만일 영혁의 기분이 상하면 정말로 연회영을 발로 차서 죽일지도 몰랐다. 이 큰아가씨의 목숨이 소중해서가 아니라 잠시나마 연씨 집안과 관계가 틀어지고 싶지 않기 때문이었다.

연회영은 위지가 일부러 한 가닥 남은 기회마저 빼앗는다고 생각하여 설움이 복받쳤다. 이성을 잃고 분풀이할 대상을 찾아 몸을 돌리다가 문득 봉지미의 눈과 마주쳤다. 봉지미의 눈을 뚫어져라 노려보며 분노에 휩싸인 낮은 목소리로 흥, 하고 거칠게 내뱉더니 봉지미를 향해 세차게 머리를 부딪쳐 왔다.

"날 이대로 죽일 셈이야! 어차피 이렇게 된 거 네 손으로 죽여! 죽이라고!"

그때 봉지미의 손바닥이 연회영의 뺨을 시원하게 날렸다. 연회영은 순식간에 방문 밖으로 밀려 나갔다.

"똑똑히 기억하라구! 지금 난 네 지아비고 네 하늘이야. 계속 이렇게 소란을 피웠다간 여기서 아무도 모르게 널 죽일 수도 있어."

봉지미가 교묘한 솜씨를 부려서 소리만 컸지 세게 때리진 않았다. 연회영은 문까지 밀려 날 정도로 세게 맞은 것처럼 보였지만 정작 얼굴에는 시퍼런 멍 자국 하나 남지 않았다. 하지만 봉지미의 손바닥에서 나오는 거센 바람이 얼굴에 덮쳐 오는 순간 연회영은 기절해 버리고 말았다. 곧 누군가 다가와 연회영을 들어 올렸다.

"마마가 방 안에서 안정을 취하시도록 잘 보살피거라."

봉지미는 문 쪽으로 걸어가면서 연씨 집안의 하인들에게 철저히 당부했다.

"마마는 너무 기쁜 나머지 정신을 잃으셨다. 너희들도 같이 정신을 잃으면 안 되겠지? 만일 너희 마마에게 무슨 변고라도 생기면 모두 그냥 넘어가지 못할 것이야."

연씨 집안의 하인들은 방 안에서 나는 소리를 다 듣고 있었다. 방금까지만 해도 아가씨가 총애를 얻고 기뻐했던 걸 알았다. 하지만 찬물을 끼얹은 듯한 흠차 대인의 목소리가 두려워서 찍소리도 하지 못하고 고개만 끄덕였다.

사람들이 물러가자 봉지미는 조금 피곤해졌다. 한숨을 길게 내쉬며 방을 나서려는데 누군가가 갑자기 봉지미를 잡아당겨 품속으로 끌고 들어갔다. 봉지미의 등에 영혁의 가슴이 바싹 달라붙었다. 살결의 따스함이 전해지자 봉지미는 자기도 모르게 부드럽고 나긋나긋해졌다. 그에게 아주 가까운 거리를 허락하자 봉지미의 눈동자에 느린 물살이 망망하게 흐르는 것처럼 약한 빛이 반짝였다. 하지만 감정을 드러내지 않고 한 발짝 앞으로 물러나면서 웃어 보였다.

"시간이 늦었습니다. 전 내일 아침 남해 관부와 협의해야 할 일이 있습니다. 대왕마마께서도 얼른 주무시지요."

"언제나 넌 기뻐하질 않는구나. 이젠 날 존칭으로 바꿔 부르기까지 하고."

영혁은 손을 풀지 않은 채 조금 우울한 목소리로 말했다.

"어쩐지 기분이 언짢아졌다."

봉지미가 바로 대답했다.

"아, 그러시면 얼른 주무시는 게 낫지 않겠습니까."

"더 거칠게 해야 알아들으려나 보다."

영혁이 봉지미의 어깨를 세차게 끌어안고 턱을 귀밑머리에 갖다 댔다. 귓가에 가볍게 바람을 불자 짧은 머리칼이 흩날렸다.

"말투가 차가워지니 멀게 느껴지는구나."

봉지미가 입술을 안으로 말며 화난 듯 말했다.

"그만 잠자리에 드시지요."

"돌부처 같으니라고."

영혁이 봉지미의 머리카락을 가지고 놀다가 손가락에 휘감으며 말했다.

"진심이 아닌 것처럼 들리는데."

'뭐라는 거야? 완전 자뻑이잖아.'

봉지미는 화가 나기도 하고 우습기도 해서 더 이상 참지 못하고 머릿속에 맴돌던 말을 무심결에 내뱉었다.

"자라고요!"

말을 내뱉고 나서야 크게 실언한 것을 깨달았다. 봉지미의 얼굴이 빨개지기도 전에 영혁이 키득키득 웃기 시작했다.

"고남의가 너에게 자라고 하더니 이젠 네가 나더러 자라고 하느냐."

영혁은 봉지미를 잡아끌고 침대 쪽으로 걸어갔다.

"본왕은 예의바르고 겸손하게 사람을 대하며 간언에 대해서는 곧이곧대로 받아들이는지라, 네가 자라고 하니 정말 자러 가야겠구나."

"……."

영혁은 봉지미를 침대 위로 끌었다. 봉지미는 영혁을 밀면서 말했다.

"장난치지 마세요."

침대 가에 앉은 영혁은 봉지미의 손을 맞잡고 천천히 고개를 들었다. 영혁은 눈이 보이지 않았지만 아득하고 흐릿한 눈빛을 자주 내뿜었다. 하지만 신기하게도 봉지미를 바라보는 방향은 한 번도 틀린 적이 없었다. 눈빛은 언제나 맑고 또렷했다. 가만히 들여다보고 있으면 어두운 그림자가 언뜻 보이기도 했다.

"지미."

영혁은 차분하게 말했다.

"네가 화내지 않아서 안심이구나. 너와 나 같은 사람은 세상 사람들이 흔히 저지르는 실수에는 쉽게 빠지지 않지. 하지만 넌 왜 이런 일을 당하고도 슬퍼하지 않는 게냐. 항상 신중하고 항상 냉정하고 항상 이성이 앞서기만 하니. 신경질도 부리고 울고불고 난리도 치면서 속 시원하게 털어 버리는 건 못하는 게냐."

봉지미는 잠자코 있다가 싱긋 웃으며 말했다.

"전하는 농담도 잘 하세요. 절 놀리시니 즐거우십니까."

"아니, 그런 게 아니야."

영혁이 한숨을 내쉬며 봉지미의 손을 제 얼굴에 대고 부드럽게 어루만졌다.

"지미, 내가 갑자기 바라는 게 생겼구나. 너도 평범한 여자가 되어 세상의 수천 수만의 보통 여자들과 마찬가지로 모욕을 당하면 화내고 배반을 당하면 분해하고 실망을 하면 성질도 부리고 상처를 받으면 울기도 하고 그랬으면 좋겠구나."

봉지미는 영혁의 얼굴에 손가락을 올린 채 움직이지 않았다. 손가락 아래에 닿은 살결은 따뜻했고 편안한 느낌을 주었지만 자신의 울퉁불퉁한 마음은 험준한 산세처럼 위태로웠다. 방 안의 어둠은 모든 빛을 삼켜 버렸지만 봉지미의 눈동자만은 기이하게 빛나고 있었다. 조용히 영혁을 바라보던 봉지미의 눈빛이 일렁였다. 영혁의 따스한 숨결이 봉지미의 손바닥을 스치고 지나갔다. 봄날의 버드나무를 흔드는 봄바람처럼 부드러웠다. 하지만 잠깐의 따뜻함이 지나자 다시 깊은 가을밤의 축축하고 서늘한 기운이 응축되어 뼛속까지 스며드는 듯했다. 한참 뒤에 봉지미는 손가락을 가볍게 떼어 냈다.

"저도 언젠간 그런 평범한 여자가 될 거예요."

봉지미의 목소리는 부드러웠지만 미소는 서늘했다.

"평범한 여자는 평범한 남자와 평범한 생활이 어울리지요. 작은 집 한 칸과 비옥한 전답 조금만 있으면 더 이상 바랄 게 없겠지요. 제 옆의 평범한 사람은 제가 모욕을 당하면 나서서 막아 주고, 제가 배반을 당하면 칼을 들고 복수해 주고, 제가 실망했을 땐 제 편을 들어 주며 천천히 달래 주고, 제가 상처를 받아 울고 있으면 절 꾸짖다가도 안아 줄 테고……. 그러면 전 그의 품에서 펑펑 울겠죠."

영혁은 침묵하며 손가락만 침대 가에 걸치고 있었다. 손가락 끝은 차갑게 식어 창백해졌다.

"오늘 일은 정말 황당할 따름이구나."

한참 후에 영혁이 입을 열었다.

"하지만 사람이 살다 보면 명확히 알 수 없는 것 때문에 어리석은 짓을 해야 할 때가 있는 법이지. 그건 어리석은 짓이라고 할 수 없을 거야."

영혁은 누우며 천천히 눈을 감았다.

"난 결심했다."

무엇을 결심했는지 영혁은 끝내 말하지 않았고 봉지미도 묻지 않았다. 봉지미는 영혁의 신발과 겉옷을 벗겨 주었다. 영혁은 피곤한 모습으로 눈을 감고 봉지미에게 나가라는 손짓을 했다.

봉지미의 발소리가 문밖에서 사라진 후에 영징이 조용히 다가왔다.

"삼 일 동안 내 앞에 나타나지 말거라."

영혁이 영징 쪽을 쳐다보지도 않고 눈을 감아 버렸다.

"네? 그건 안 됩니다."

영징이 크게 놀라며 정색했다.

"제가 없으면 주군을 누가 지킵니까."

"일을 엉망으로 만드는 네가 없어야 내가 평안해지겠구나."

영혁이 무시하는 듯 차가운 말투로 말하자 영징이 흰자위를 까뒤집었다.

"그 여잔 정말 어려워도 너무 어렵습니다. 그래서 제가 이번에 여자의 증상에 맞게 센 약을 처방한 것입니다."

"넌 봉지미의 증상도 잘 모르면서 무슨 약을 처방했다는 것이냐?"

영혁이 마지못해 말했다.

"잘난 척하지 말거라."

"저라면 여자의 무공을 못 쓰게 만들고, 자객을 보내서 고남의를 몰래 죽이고, 혁련쟁을 내쫓고, 다짜고짜 가마를 타고 집으로 쳐들어가겠습니다. 그러면 되지 않습니까."

영징은 주군이 이런 일에 있어서는 몰라도 너무 모른다고 생각했다.

"그럼 넌 내가 집에 들어가고 삼 일 뒤에 시신을 거두러 오면 되겠구나. 그녀의 시신이거나 아니면 내 시신이겠지."

영징이 지지 않고 말했다.

"제가 할 일이 없어서 이러는 줄 아십니까."

"봉지미를 얕보지 마라."

영혁이 담담하게 말했다.

"봉지미는 온화하고 인내하는 사람이지만 잘난 척을 참지 못해서 공연히 적을 만들곤 하지. 근데 일단 그녀가 한계에 도달하면 뼛속 깊은 곳에 자리 잡고 있는 극도의 잔인함이 고개를 내밀 것이야. 그때는 영징 너 같은 사람 십수 명이 와도 이길 수가 없을 게다."

영징이 뭐라고 더 말하고 싶었지만 영혁이 말을 막았다.

"그만 나가 보거라. 꼭 기억해라. 삼 일이다."

영징이 씩씩거리며 나가려는데 영혁이 갑자기 불러 세웠다.

"영징, 비밀 호위 무사 편에 제경으로 편지를 보내거라. 움직일 필요 없고 내가 제경으로 돌아가면 다시 말하자고. 그렇게만 전하거라."

영징이 고개를 돌려 영혁을 바라봤다. 영혁은 어둠 속에 가라앉은 채 조금도 움직이지 않았다. 영징이 잠자코 자신의 방으로 돌아와 종이를 펼쳤다. 우선 영혁이 일러 준 말을 적어 내려가다가 잠시 생각해 보더니 편지 아래쪽에 추가로 몇 마디를 적었다.

'대왕의 마음이 어지러워져 제가 몹시 염려됩니다만, 뛰어난 인물이라 반드시 스스로 해결할 수 있을 것입니다.'

편지를 다 쓴 영징은 봉투를 접었다. 촛불의 노란 불빛이 드리워진 얼굴 위로 기이하면서도 결연한 표정이 떠올랐다.

떠들썩한 하룻밤이 지나고 방에 가둬진 연회영은 미친 사람처럼 초왕을 만나겠다, 위지를 만나겠다며 울고불고 난리를 피웠다. 봉지미는 연회영의 발악에 아랑곳 하지 않고 다른 사람에게 그녀의 입을 틀어막고 묶어서 조용히 시키라고 명했다. 연회영은 침대 위에 묶인 채로 나뒹굴다 지쳐 쓰러졌고 그제야 겨우 평온한 밤이 찾아왔다. 봉지미는 잠을 설치며 계속 꿈만 꾸었다. 꿈속에서 영혁이 멀리 금난전*당나라 궁전의 하나. 황제가 알현을 받는 궁전 에 서서 '지미, 지미, 인생에서 만나는 수많은 역경을 우린 다 극복할 수가 없어'라고 말했다. 잠에서 깨어난 봉지미는 침대 휘장을 마주하고 한참을 멍하니 누워 있었다. 영혁 이 인간은 얄밉게도 꿈속에서나 진심을 말할 뿐이었다.

일어나서 세수를 하고 나와 보니 고남의가 방문 앞에서 호두를 까먹고 있었다. 어젯밤 봉지미는 고남의에게 영혁을 때려 주러 가겠다고 거짓말을 했고, 고남의는 만족스러운 표정으로 봉지미를 선뜻 놓아 주었다. 그런데 오늘 아침이 되자마자 고남의가 봉지미의 방으로 찾아온 것이었다.

"거짓말쟁이."

봉지미는 안절부절못하며 변명했다.

"때렸어. 얼굴이 아니어서 안 보일 뿐이라고."

이 말을 내뱉고는 뒤가 켕겼지만 시간이 흐르자 정말 그런 일이 있었던 것 같은 착각이 들었다.

아침밥을 먹고 봉지미는 포정사 관부를 찾아갈 준비를 했다. 정식으로 선박 사무사를 설립하는 사항에 대해 이야기를 나누기 위한 것이었다. 연회석과 명문 세가의 몇몇 거물들이 황급히 달려와 문안 인사를 올렸다. 연회석은 어젯밤 연씨 집안에서 연회영을 첩으로 시집보낸 일을 알고 있는지 낯빛이 매우 좋지 않았다. 연씨 집안의 몇몇 사람은 자꾸 영혁이 있는 방 쪽을 힐끔거리며 기대에 가득 찬 눈빛을 드러냈다.

"회석 아우님."

봉지미가 사람들과 잡담을 몇 마디 나눈 후 무심하게 말했다.

"어젯밤 전하의 보살핌을 받아 미인을 하사받고 첩으로 맞이했네."

연회석이 멍해졌다가 곧 한없이 기쁜 눈빛을 보이며 미소 지었다.

"그러셨습니까. 위 대인, 축하드리옵니다."

연씨 집안 사람들이 서로를 마주 보며 얼굴이 새파랗게 질렸다. 잠시 후 봉지미에게 떠보듯이 물었다.

"축하드리옵니다. 대인 어른. 전하의 곁에서 시중을 들던 제경의 미인을 얻으셨습니까?"

"귀인은 모든 걸 쉽게 잊어버린다는 말이 있더니 여러분들이 그러하시군요."

봉지미가 태연하게 웃어 보였다.

"저희가 왔을 때 곁에 어디 여자가 있었습니까? 어젯밤 연씨 집안에서 보내지 않으셨습니까."

연씨 집안 사람들은 날벼락을 맞은 듯한 표정을 드러냈다. 나머지 명문 세가의 당주들은 일이 어떻게 돌아가는지 핵심을 파악하지 못했다. 그저 연씨 집안에서 어떤 여자를 보내 흠차 대인의 환심을 얻으려

했다고만 여기고 새초롬한 표정으로 봉지미에게 축하의 말을 전할 뿐이었다. 연씨 어른은 감사의 말을 전했지만 얼굴은 딱딱하게 굳어 있었고 공수하는 동안 손가락이 벌벌 떨렸다. 어떤 이들은 이상한 낌새를 눈치채고 무슨 일인지 알아내려고 무던히 애썼다. 연씨 집안의 큰아가씨가 첩으로 보내졌지만 초왕이 아랫사람에게 하사했다는 사실이 사람들의 귀에 들어가면 머지않아 그 이야기가 풍주 전체에 퍼질 것이었다. 너무나 심한 충격을 받은 연씨 집안 사람들은 무어라 말해야 할지 몰라 넋을 잃고 서 있었다. 봉지미는 차가운 눈초리로 그들을 곁눈질하며 그들과 쓸데없는 말을 나누지 않았다.

차례로 가마들이 일어섰다. 봉지미는 청명서원의 서생들인 고위층 자제들과 함께 남해 포정사 관부로 향했다.

고남의와 영징은 봉지미를 함께 수행했는데 영징은 대단히 떨떠름한 얼굴이었다. 영혁은 남해도의 흠차가 아니라서 선박 사무사의 사무를 직접 처리하기가 불편하여 영징만 봉지미의 호위 무사로 보냈다. 사실 그 내막에는 초왕을 대신해서 봉지미를 뒷받침해 주라는 깊은 뜻이 숨어 있었다. 하지만 영징은 초왕의 총애를 받는 위풍당당한 심복인데 기껏해야 3품 관리의 호위 무사나 해야 한다는 사실이 불만스러웠다. 더구나 마음에 전혀 들지 않는 3품 관리라니 치욕이라고 생각했다.

봉지미도 주변에 걸짝들이 많이 붙어 있는 게 싫은 건 마찬가지였다. 어젯밤의 일을 자세히 알아보니 몹쓸 영징이 음모를 꾸민 것이라 다시는 그를 보고 싶지 않았다. 하지만 봉지미와 영징 모두 영혁의 말을 거역할 수 없었다. 영혁은 봉지미에게 영징을 데려가지 않으면 이 쓸모없는 놈을 제경으로 돌아가게 할 것이라고 엄포를 놓았다. 영혁의 곁에서 가장 뛰어난 고수를 떼어 놓는 짓을 할 수는 없었다. 봉지미는 하는 수 없이 영징에게 가마의 옆을 맡기고 고남의와 말을 주고받으며 길을 갔다. 원래 봉지미는 뭐든 개의치 않는 성격이라 가마 안에서 눈을 붙이고 쪽잠을 청하려 했다. 그런데 바깥에서 들리는 소리가 영 마음에 들지 않았다. 영징이 고남의의 신분 배경을 알아보려고 꼬치꼬치 캐묻고 있는 중이었다.

"고남의 사형의 무공은 깊이를 헤아릴 수 없습니다."

영징이 쉴 새 없이 지껄였다.

"언제 저에게도 가르쳐 주시길……."

고남의가 한 번에 여덟 개의 호두를 집어 부숴 버렸다. 이는 지금 자신이 매우 귀찮고 화가 나 있다고 영징에게 경고한 것이었다.

"영징 선생."

봉지미가 가마의 휘장을 열어젖히며 영징을 불렀다.

"고남의 사형은 다른 사람과 말하는 걸 좋아하지 않으니 귀찮게 하지 말게. 뭔가 알고 싶은 게 있다면 가마 안으로 들어와도 좋네. 내 한 번은 자네와 시원하게 말해 보고 싶었네."

영징은 봉지미의 부름에 속마음을 간파하고 여유롭게 말했다.

"아, 괜찮습니다. 단지 고남의 사형과 초면인데도 오랜 친구 같아서 의형제를 맺고 싶을 뿐입니다."

봉지미는 미묘한 표정으로 영징을 바라봤다. 그러더니 가마의 휘장에서 손을 떼고 생각했다.

'네가 고남의와 의형제를 맺을 수 있으면 난 영혁에게 여장을 시키고 춤추게 할 수 있겠다.'

가마가 남해 포정사 관부 앞에서 멈췄다. 입구가 텅 비어 있어서 물어보니 주 대인이 연일 바쁘게 일을 처리하느라 병상에 누워서 문을 닫고 손님을 사절한다고 했다. 좌우 참정(參政)은 있는지 물었더니 나가서 공무를 처리한다고 대답했다. 부두 폭발 사건의 범인을 추적 조사하러 나갔다는 것이었다. 좌우 참의는 자리하느냐고 물었더니 나가서 공무를 처리한다는 대답이 돌아왔다. 각 수도(守道)는 자리하느냐고 물었더

니 나가서 공무를 처리한다는 대답만 돌아왔다. 다시 풍주의 지주*중국

송나라와 청나라 때에 둔 주[州]의 으뜸 벼슬아치 관부로 찾아갔더니 오늘은 관부의 휴일

이라 손님을 받지 않는 데다 지주 대인은 집단으로 사망한 마을 일 때

문에 자리를 비웠다고 대답했다.

봉지미는 통판*조정의 신하 가운데 군에 나아가 정사를 감독하던 벼슬아치 대인이 늘어놓

는 해명과 진심으로 미안하다는 사과를 듣고 웃을 따름이었다. 하지만

혁련쟁과 청명서원의 고위층 자제들에게는 봉지미와 같은 인내심이 없

었다. 연이어 허탕을 치자 귀청을 때리는 고함이 여기저기서 터져 나오

기 시작했다.

"대체 뭐하자는 짓거리야?"

"일부러 우릴 문전박대하고 골탕 먹이는 거 아니냐고!"

"주희중을 찾아가자."

봉지미가 지주 관부의 응접실에 앉아 꿋꿋이 버티고 있자 통판이

바늘방석에 앉은 듯 안절부절못했다. 봉지미는 고위층의 자제들이 큰

소리치는 것을 들으면서 빙그레 웃으며 차를 마셨다. 차를 다 마시고 봉

지미가 물었다.

"오늘이 관부의 휴일이라는데 사람이 좀 있을지 모르겠습니다. 본관

이 할 일이 있어서 관부에서 사람을 좀 빌리려 하는데 어렵겠습니까?"

"대인께서 원하는 자로 붙여 드리겠습니다."

영문을 모른 채 아전 한 무리가 불려 나와 봉지미의 지시만 기다렸

다. 봉지미는 여유롭게 차를 마시면서 담담하게 말했다.

"오늘 관부가 쉬는 김에 모두 다 같이 나가서 기분 전환이나 하는 게

낫겠다. 너희들은 이곳의 지리와 풍속에 익숙하니 책임지고 나리들을

안내하라고 불렀다. 나리들이 어디를 구경하시겠다면 모시고 가거라.

그럼 이후에 나리들이 많은 상을 내리실 것이다."

아전들이 모두 멍해 있는 사이 서생들은 모두 흥분해서 날뛰었다.

요양우가 신이 나서 달려오더니 봉지미의 귓가에 대고 슬며시 물었다.

"어디든 다 됩니까?"

봉지미가 요양우를 힐끗 쳐다봤다.

"어디든 다 괜찮다."

"진짜 어디든 다요?"

요양우의 눈에서 기쁜 빛이 반짝였다.

"진짜로 어디든 다 괜찮다."

요양우는 흥분해서 헤헤거렸지만 봉지미는 아랑곳하지 않았다.

"인색하게 굴지 말고 아전들을 데리고 함께 즐기시게. 만일 이곳 관부 사람이라도 우연히 만나거든……. 아, 모두 알고 있겠지만 흠차는 관할하는 직무 외에도 현지의 치안과 민정, 경제, 군사, 관부 등을 감독할 책임도 지고 있다네. 우리 서생들은 나의 수행원이니 본 흠차가 자네들에게 농능한 권력을 부여하셌네. 하하."

"하하하!"

제경의 관료 사회에서 성장한 수석(首席) 대학사의 아들인 요양우는 순간 봉지미의 속뜻을 알아차렸다. 이내 희색이 만면하여 손뼉을 치더니 서생들을 곁으로 불러 모았다.

"형제님들. 오늘 명을 받들어 기녀들과 음탕하게 놀아 봅시다!"

봉지미와 영징, 혁련쟁이 동시에 입속에 들어 있던 차를 밖으로 내뿜었다.

"쯧……"

사람들이 환호하며 문을 나서자 봉지미가 중얼거렸다.

"저렇게 대놓고 말하나……"

"쯧……"

영징이 눈이 빠지도록 봉지미를 쳐다보며 중얼거렸다.

"어젯밤의 일 정도로는 봉지미가 자극을 받기는커녕 애들 소꿉장난인 줄 알았겠어."

"쯧……."

혁련쟁은 엉덩이에 침이라도 맞았는지 왼쪽으로 비비 꼬다 오른쪽으로 비비 꼬며 말했다.

"뭐가 그리 당당한 거야. 난 봉지미의 면전에서 성인군자인 척해야 해서 가고 싶어도 못 가는데……."

"쯧."

봉지미가 괴로운 얼굴로 미동도 하지 않는 혁련쟁을 보고 궁금한 듯 물었다.

"안 가십니까? 설마……."

혁련쟁이 충격을 심하게 받은 듯 큰 소리로 말했다.

"제 이모님이 말씀하셨죠. 옥처럼 깨끗하게 정절을 지켜야 한다고."

봉지미가 힐끗 혁련쟁을 쳐다보며 말했다.

"저하의 이모님이 말씀하셨죠. 이번엔 갈 수 있는데……."

혁련쟁이 벌떡 일어서더니 재빠른 걸음으로 먼저 나간 무리를 쫓아갔다. 혁련쟁은 조급하게 달려 나가느라 봉지미의 마지막 한 마디를 듣지 못했다.

"가면 바로 끝이라고……."

흠차가 남해에 왕림한 첫날, 남해의 관리들은 강요에 못 이겨 배에 올라서 궁둥이를 치켜들고 불을 지펴야 했다. 그리고 흠차가 남해에 왕림한 셋째 날. '기방에 출입한 자를 체포하는 행동'으로 남해 관료 사회의 민낯을 밑바닥까지 깡그리 벗겨 버렸다.

오늘은 원래 관부의 휴일이 아닌데 주 대인이 모두 나가라고 명령을 내렸다. 최근 다들 눈코 뜰 새 없이 바빴던 점으로 미루어 보아 당직 휴가를 하루 허락한 모양이었다. 하지만 명분상 당직 휴가였을 뿐 사실은 근무일이었고 임의로 휴식을 허락한 것이었다.

주희중이 관리들을 관리하는 방식은 두 마리 토끼를 모두 잡겠다는 주의가 아니라서 공무에서만 엄격하고 사적인 일은 상관하지 않았다. 주희중은 태도가 강경하고 아랫사람에 대한 요구가 높았다. 하지만 압력이 너무 크면 사람을 미치게 만들 수 있으므로 사적으로 스트레스를 해소하는 활동에 대해서는 대체적으로 눈감아 주었다. 그리하여 관리들에게 당직 휴가일은 공식적으로도 비공식적으로도 '공무를 처리'하는 날이 되었지만, 사실상 모두가 마음껏 즐기러 나가는 날이었다.

관리들은 제경에서 온 고위층 자제들과 호화롭고 사치스러운 자리에서 만나 즐거운 시간을 보냈다. 아전들은 제경 흠차의 수행원들을 데리고 풍주에서 최고급인 곳으로 놀러 갔는데 그곳은 포정사와 지주 관부의 관리들이 자주 가는 곳이기도 했다. 고위층 자제들은 명을 받들어 기녀들과 음탕하게 놀며 아전들의 비위를 살살 맞춰 주었다. 평소 호화로운 곳을 경험해 본 적이 없었던 아전들은 너무 흥분한 탓에 모든 것을 잊어버리고 우쭐거렸다. 그러다 낯이 익은 어느 고위 관리를 발견하고는 뽐내듯이 고위층의 자제들의 귀에 대고 속삭였다.

"보십시오. 저긴 포정사 관부에 있는 좌참정 왕 대인이신데 저번에 제 아들놈이 장가드는 것을 아시고 글씨 한 폭을 보내주셨습니다……."

"저분을 보십시오. 헤헤. 포정사 관부의 수도 제 대인이십니다. 발그레한 얼굴빛을 지닌 저 아가씨의 단골손님이죠."

고위층 자제들은 한 손에는 술잔을 들고 다른 한 손에는 미인을 꿰차고 있었다. 그들은 아전들의 말을 들으며 뾰족한 이를 드러내고 환하게 웃었다.

"확실한가?"

"틀림없습니다."

고위층 자제들이 손을 휘두르며 소리치자 흠차 호위 무사들이 안으

風叔

로 뛰어 들어왔다. 그들은 아주 신나 있던 대인들을 뒤집어엎더니 두 손을 뒤로 결박하였다. 그리고 검은 복면으로 얼굴을 가리고 느긋하게 밧줄로 엮었다. 품계가 낮지 않은 고관 하나가 겨우 정신을 차리고 크게 소리를 질렀다.

"무엄하다! 네놈들 뭣들 하는 수작이냐. 이거 놔라. 내가 누군 줄 아느냐. 포정사 관부의 좌참정이다."

누군가가 좌참정의 귓가에 대고 물었다.

"정말로 좌참정 대인이 맞으십니까?"

"그렇고말고."

"저희가 복면을 벗겨도 되겠습니까?"

"빨리 벗겨라!"

얼굴을 가리고 있던 검은 복면이 벗겨지자 밝은 햇빛이 눈을 뚫고 들어왔다. 좌참정 대인은 실눈을 뜨고 주위를 두리번거리다 별안간 자신이 큰길 위에 있다는 것을 깨달았다. 그것도 사람들 한가운데였다. 주변은 백성들로 겹겹이 둘러싸여 있었고 전부 입을 크게 벌리고 넋이 나간 표정으로 그를 쳐다보고 있었다. 좌참정이 황급히 고개를 숙이더니 크게 외쳤다.

"아니야, 아니야! 난 좌참정 아니야! 빨리 얼굴에 복면, 복면!"

이런 풍경이 풍주의 고급 유곽이 모여 있는 큰길과 골목마다 장관을 이뤘다. 풍주 백성들은 복이 많은지 돈도 한 푼 내지 않고 흥미진진하게 전개되는 관리들의 음탕한 연극을 마음껏 구경할 수 있었다.

요양우와 혁련쟁 서생은 사생활을 캐내어 남의 약점을 후벼 파는 소문을 퍼트리는 데 열과 성을 다했다. 듣기로 독량도*식량 운송을 관리 감독하는 관리의 관직명 대인은 입맛이 독특해서 풍주성 밖에서 잡은 야생 동물 고기를 좋아한다고 했다. 그래서 일부러 준마를 타고 가 무수한 시골 아가씨와 만나서 즐긴 후 목표를 달성한다고 했다. 혁련쟁과 요양우는 독량도 대인을 압송하며 득의양양하게 큰길과 저잣거리를 지나갔다. 대인의 귀 위에는 시골에서 가져 온 홍고추 꿰미가 걸려 있었다.

한나절 만에 각 회관과 유곽에서 모여 놀던 각급 관리 사십팔 명을 체포했다. 그중에는 종3품 고위 관리 두 명, 종4품 관리 한 명, 5품 관리 열여덟 명, 7품 관리 여섯 명, 9품 관리 두 명과 9품 이하의 각급 서판과 하급 관리 약간이 있었다. 관직의 높고 낮음을 떠나 전부 두 손을 뒤로 결박하고 얼굴을 가린 채 지주 관부까지 밧줄에 묶여 일렬로 끌려갔다.

이 일은 순식간에 풍주를 뒤흔들었다. 백성들은 평소에 높은 곳에서 군림하고 있던 관리들이 밧줄 하나에 끌려다니며 메뚜기 꿰미처럼 저잣거리를 지나는 것을 뒤를 좇으며 구경했다. 봉지미가 사전에 관리들의 얼굴을 가리고 이름을 알리지 않는 배려를 해주었지만 무슨 일인지 설명해 주지 않아 궁금증만 더해 갔다. 하지만 좋은 일은 좀처럼 세상에 알려지지 않지만 나쁜 일은 금방 퍼진다는 말처럼 눈 깜짝할 사이에 풍주 전체에 그 내막이 알려졌다. 오늘 남해 관부가 단체로 기생집을 들락거리다가 모두 흠차에게 붙잡혔다는 내용이었다. 미소를 머금은 봉지미가 얼굴이 사색이 된 지주 관부의 통판과 함께 밧줄로 꿰어진 '메뚜기'들을 데리고 포정사 관부로 달려갔다.

주희중은 이미 소식을 듣고 새파랗게 질린 얼굴로 마중을 나왔다. 밧줄로 엮인 '메뚜기'들을 보니 체면이 말이 아니었다. 그는 즉시 사람들을 관부 안으로 데리고 들어가도록 명령했고 둘러싸고 구경하는 백성들을 좇아냈다. 봉지미는 그런 행동들을 막지 않았고 너무 심하게 몰아세우지 않았다. 그저 주희중이 눈으로 똑똑히 확인하기만 하면 된다는 식이었다. 주희중은 사람들을 데리고 관부 안의 법정으로 들어간 후에 바로 포승을 풀라고 명을 내렸다. 이때 봉지미가 말을 꺼냈다.

"주 대인."

봉지미는 여유롭게 차를 마시며 말을 이었다.

"이게 지금 무얼 하자는 건가요?"

"잘 물으셨습니다."

주희중이 바로 몸을 돌려 무시무시한 눈으로 봉지미를 노려봤다.

"위 대인이야말로 이게 지금 무슨 일입니까?"

주희중은 어리고 연약해 보이는 봉지미를 바라보며 복잡한 감정에 휩싸였다. 주희중은 원래 봉지미를 문전박대하려고 했다. 그러나 아무래도 이 젊은이가 적당한 선에서 나아가고 물러나는 지혜가 없는 것 같아 자세히 알려 주기로 마음을 바꿨다. 이렇게 기선을 제압하면 선박 사무사의 일을 의논할 때도 주동적으로 이끌어 갈 수 있어 더 좋을 듯했다.

주희중은 오랫동안 남해를 종횡무진 누비며 휩쓸기만 했지 패배를 맛본 적이 없었다. 그런 대재앙이 일어나리라고는 생각해 본 적도 없었다. 그런데 이번에는 아직도 일을 제대로 수습하지 못해서 도리어 흠차만 좋은 사람으로 띄워 주고 있는 상황이었다. 오늘 보아하니 여자보다 더 잘 참고 유순한 줄로만 알았던 흠차에게 뜻밖에도 굳은 의지와 대담한 도전 정신이 있었다. 남해의 관료 사회를 완전히 뒤집어 놓은 것도 모자라 밧줄 하나에 저렇게 많은 고관들을 줄줄이 엮어서 조리돌릴 줄은 상상조차 하지 못했다. 흠차는 간이 부어도 제대로 부은 듯했다. 오늘 이 문제를 짚고 넘어가지 않으면 앞으로 주희중은 점점 뒤로 물러나야 할 것이고 위세를 잃을 것이 분명했다. 봉지미는 메뚜기들을 끌고 온 이상 메뚜기 대장인 주희중의 속셈을 크게 신경 쓰지 않았다.

"이런 것이지요."

봉지미가 정중하게 말했다.

"오늘은 천성 조정의 법정 휴일이 아닌데 각급 관리들이 제자리에 있지 아니하고 기방에 모여서 기생들과 놀아나 관리의 명예를 더럽혔으니 실제로 조정에서 책임을 지고 처벌하는 게 마땅합니다. 송구스럽지만 남해도의 흠차로서 현지 관리를 감독할 책임이 있는 제가 이를 알고서도 어찌 모른 체할 수 있겠습니까. 어찌 사람을 판단하는 안목과 중책을 맡긴 폐하의 신임에 흠을 낼 수 있겠습니까?"

봉지미는 허울 좋게 천성 황제부터 끌어다 썼다. 주희중은 봉지미가 이러한 이유를 댈 줄 알고 반박할 말을 미리 생각해 놨다. 하지만 마지막 한 마디에 목구멍이 완전히 막혀 버렸다. 한참 후에 주희중이 사나운 목소리로 반박했다.

"조정 관리도 폐하께서 파견한 자입니다. 그러니 위 대인의 이런 몰인정한 방법 역시 폐하의 사람을 판단하는 안목을 배려하지 않을 뿐더러 조정의 체면을 깎는 게 아니겠습니까."

"대인의 말씀은 틀렸습니다."

봉지미가 싱긋 웃었다.

"폐하께서는 2품 이상의 재외 봉강대리만 직접 파견하십니다. 주 대인도 오늘 그곳에서 아랫사람들과 함께 즐기셨다면 제가 감히 대인을 포승으로 묶을 수 있었겠습니까. 그럼 폐하의 안목에 흠집을 내는 것인데요. 대인께서는 관리로서 명성이 출중하여 그런 일이 없을 줄 당연히 알았습니다. 하지만 참정과 참의는……."

봉지미가 곁눈질을 하며 웃어 보였다.

"모두 대인께서 추천하여 뽑은 현지 관리입니다."

주희중은 말문이 턱 막혔다. 봉지미는 웃음기를 거둔 채 손안에 들고 있던 찻잔을 탁자 위에 올려놓았다. 자기 잔이 부딪치면서 맑은 소리를 내자 듣고 있던 '메뚜기'들은 하나같이 몸을 벌벌 떨었다.

"주 대인께서 다 물으셨으면 이제 제가 묻겠습니다."

봉지미가 분명하게 말했다.

"소인이 명을 받아 남해 흠차로 이곳에 온 것은 선박 사무사의 일을 처리하기 위해서입니다. 이건 조정에서 세운 나라의 기본 정책으로 실수를 용납하지 않습니다. 그런데 왜 대인께서는 갖가지 핑계를 대며 선박 사무사의 일을 회피하시어 거듭 곤란을 겪고 계시는 것인지 도무지 이해할 수가 없습니다. 부두에서 영접할 때도 수없는 사람을 선동하고, 협의하기로 한 날에도 일부러 관리들을 밖으로 내보내다니 대인은 조정에 대항하기로 작심하신 것입니까. 나라의 기본 정책에 대항하고 폐하께 대항하겠단 것입니까!"

봉지미가 계속 부드럽게 말하다가 마지막에는 무서운 얼굴빛으로 몰아붙이며 압박했다. 주희중은 이때 비로소 위지의 진면목을 깨닫고 자기도 모르게 흠칫 떨었다. 하지만 겉으로는 한 발짝도 양보하지 않고 냉담한 목소리로 말했다.

"백성은 나라의 근본입니다. 조정도 반드시 백성의 뜻을 따라야 할 것입니다. 남해의 명문 세가들은 비도덕적인 방법으로 장사를 하고 도리에 어긋나는 짓을 수없이 해 왔습니다. 선박 사무사를 명문 세가에서 독점하면 그 위세가 더욱 대단해질 뿐입니다. 남해 백성들은 이번 일에 절대 따를 수 없습니다!"

"비도덕적인 방법으로 장사를 했다는 건 관부에서 만들어 낸 말 아닙니까. 남해 관부에서 백성들을 선동하여 대립하게 하고 각지 명문 세가의 상점을 공격하게 하여 갈등을 초래하지 않았더라면, 명문 세가에서 경제적 수단으로 억압하고 반격할 리가 있겠습니까."

"남해 백성들은 애초부터 명문 세가들과 대립하고 있었습니다. 남해의 상업과 무역의 절반을 연씨 집안에서 점유하고 있고, 나머지 절반은 어민들이 황씨 집안에 속해서 벌어먹고 있습니다. 토지의 삼 분의 일은 상관씨 집안에서 차지하고 있고, 칠 할에 가까운 백성들이 명문 세가의 억압 속에서 힘들게 허덕이고 있습니다. 관부에서 보호해 주지 않으면 얼마나 많은 어민들이 명문 세가에게 혹사당하고 바다 위에서 죽을지 아십니까."

"명문 세가가 해상에서 절대적인 우위를 차지하고 상업과 무역을 발전시키지 않았다면 어떻게 남해가 풍요로워지고 백성이 배부르게 먹을 수 있었겠습니까. 명문 세가와 관부 양측이 서로 공격하기만 하면 모두가 피해를 볼 것입니다. 가장 큰 피해자는 누구일까요? 다름 아닌 백성입니다. 주 대인은 백성을 위해 성심을 다하는 것처럼 보이지만 알고 보니 식견이 좁아서 일이 이 지경까지 이른 것입니다."

"위 대인이 연씨 집안의 훌륭한 집과 아름다운 여자에 홀려 정신이 흐려지셨나 봅니다. 본 관부는 지금까지 명문 세가에서 진행하는 상업과 업종 확대를 허락하지 않는다고 말한 적이 없습니다. 다만 명문 세가가 벼슬자리를 얻는 것만큼은 절대 반대입니다. 재산이 차고 넘쳐 이미 통제하기 어려운 지경인데 권세까지 장악한다면 후일 남해의 앞날이 심히 걱정스러울 따름입니다."

두 사람이 서로 따져 묻는 것이 번개가 내려치듯 빠르고 분명했다. 하나도 빠트리지 않고 듣고 있던 '메뚜기'들은 와들와들 떨면서도 위지에게 탄복하기 시작했다. 부드럽고 따뜻한 사람의 기세가 남해를 주름잡고 있는 주 패왕에게 조금도 밀리지 않는다는 사실이 놀랍기만 했다. 주희중과 봉지미는 잠시 말싸움을 그쳤다. 두 사람 모두 똑똑해서 이 정도까지 말을 하고 나니 그들 사이에 대립되는 사항이 무엇인지 명확히 알 수 있었다. 한참 후에 봉지미가 말했다.

"주 대인, 조용한 곳으로 옮겨서 말씀 나누시지요."

주희중이 잠자코 있다가 봉지미를 데리고 서재로 들어갔다.

두 사람 모두 차분해졌고, 주희중은 봉지미에게 차를 따라 주었다.

"제 손안에는 탄핵 상주서*上奏書, 임금에게 올리는 글가 있습니다. 이번 일에 연루된 남해 관리 사십팔 명과 관련된 것입니다."

봉지미가 평온하게 차를 마시며 말했다.

"이 상주서는 오늘 밤 역참에 부탁하여 제경으로 보내질 수도 있고 아니면 이 자리에서 찢어 버릴 수도 있습니다. 결정은 대인의 손에 달려 있습니다."

"날 지금 협박하는 것입니까?"

주희중이 표정 하나 변하지 않고 물었다.

"맞습니다."

봉지미가 가볍게 대답했다. 냉소를 터트린 주희중이 한참 후에 입을 열었다.

"뭘 원하십니까?"

봉지미는 마음속으로 긴장이 풀렸지만 얼굴에는 전혀 그런 기색을 드러내지 않고 담담하게 말했다.

"선박 사무사를 풍주에 설립하면 상야현(上野縣)에 분사를 세워 연회석이 사관(司官)을 맡게 할 것입니다. 그리고 각 명문 세가에서 한 명씩 선발하여 보좌직을 담당하게 할 것입니다. 사무사의 직권은 독립적이고, 남해 관부의 간섭을 받지 않으며, 직접 호부에 대해 책임을 질 것입니다."

"제가 왜 선박 사무사 설립을 반대하는 줄 아십니까?"

주희중이 바로 대답하지 않고 뜸을 들이더니 이어 말했다.

"대인께서 선박 사무사를 연씨 집안에 넘기려 하기 때문입니다. 남해의 명문 세가는 연씨 집안이 독보적으로 크지만, 그 외 나머지 세력들은 대체로 균형이 잡혀 있습니다. 요 몇 년 사이 그들의 균형을 맞추어 서로 견제하도록 하려고 제가 얼마나 힘을 쏟아 부었는지 아십니까. 명문 세가가 관료 사회에 침투하여 관리의 치적을 더럽히는 것을 막아야 한다는 걱정 때문에 전 잠을 잘 때도 제대로 눈을 감지 못합니다. 그런데 지금 대인께서는 연씨 집안을 상석에 앉히려고 도와주시는 것이 아닙니까! 한번 생각해 보십시오. 연씨 집안이 막대한 부를 바탕으로 관료 사회에 들어오면 남해 관계에는 얼마나 큰 풍랑이 일겠습니까. 대인은 아셔야 합니다. 연씨 집안은 야망이 대단합니다. 게다가 그중에서도 분수를 모르는 인물이 몇 있는데 어떤 이는 자신을 소개할 때 천명을 받은 황족의 후손이라고 칭하기까지 한다고 합니다. 우스갯소리라고는 하지만 가벼운 마음으로 흘려들을 수도 없는 일입니다. 이런 집안이 관계에 들어오면 이곳 관부조차도 억누를 수 없는 막대한 권력을 쥐게 될 것입니다. 만일 앞으로 무슨 일이라도 일어난다면 폐하께 제가 어찌 해명할 수 있겠습니까."

주희중이 복잡한 얼굴을 하고 잠시 숨을 돌렸다.

"하물며 5대 명문 세가가 이해관계에 따라 뭉치고 흩어지기 시작한다면 이들 사이가 복잡해질 것입니다. 또한 틀림없이 그중에 상씨 집안과 결탁하는 사람이 나올 테지요. 그게 누구일지 아직은 알 수 없지만 대인께서 괜히 밀어 주시다가 큰일을 당하면 어떡하려고 그러십니까."

주희중의 눈빛이 어두워졌다.

"폐하께서 제게 밀서를 보내셔서 대인께서 선박 사무사를 조직한 것을 이미 알고 있었습니다. 그건 명문 세가의 힘을 빌려서 남해 해적을 소탕하려고 하는 것 아닙니까. 하지만 명문 세가는 날카로운 칼 같아서 잘못 쓰게 되면 반대로 자신이 다칠 수도 있습니다. 대인은 잘 따져 보셨습니까."

주희중이 봉지미의 시선을 정면으로 마주보았다. 그러자 봉지미가 말했다.

"문제의 관건은 대인께서 명문 세가들을 믿지 않는 데 있습니다. 하지만 명문 세가에 적당히 믿을 만하고 일을 맡길 만한 자가 있다면 어떻습니까. 그리하여 대인의 걱정이 일어나지 않을 거란 보증이 있다면 말입니다."

"대인께서 말씀하시는 자가 연회석입니까?"

주희중이 냉소를 지으며 말했다.

"그자가 정말로 믿을 만하다고 단언하실 수 있으십니까? 무엇보다 연회석을 상석에 앉히는 일은 다른 사람보다 훨씬 더 어렵다는 사실을 아셔야 합니다. 다른 명문 세가에서도 순순히 동의하지 않을 것이고 연씨 집안에서도 받아들이지 않을 테니까요. 이건 정말 양쪽의 비위를 다맞출 수 없는 선택입니다. 최후까지 조심하지 않으면 대인 본인조차도 위험할 수 있는 처사입니다."

"그건 제 일입니다."

봉지미가 감정을 드러내지 않고 말했다.

"전 대인의 승낙만 필요할 뿐입니다."

"좋습니다."

주희중이 냉담하게 말했다.

"대인이 연씨 집안을 제압하고, 나머지 명문 세가들을 중재하십시오. 그리고 명문 세가와 남해가 상씨 집안에게 좌지우지되는 일을 막을 수 있다면 제가 선박 사무사 설립에 협력하겠습니다. 어떠십니까?"

"알겠습니다."

봉지미가 일어나며 살짝 허리를 굽혔다.

"제가 가지고 있는 탄핵 상주서는 우선 보관하고 부치지 않겠습니다. 대인에게도 그럼 기대하겠습니다."

"대인은 젊고 전도유망한데 스스로 막다른 길에 들어서는 게 아닌지 걱정이옵니다."

봉지미를 주시하고 있는 주희중의 눈 속에는 깊은 뜻이 담겨 있는 듯했다.

"본 관부는 남해의 안정을 유지하는 게 우선입니다. 무슨 일이 생기거든 대인이 알아서 처리하십시오."

봉지미는 눈빛을 반짝이더니 웃음을 머금고 자리에서 일어났다. '메뚜기'들이 지나가는 봉지미를 보고 몸을 움츠렸다.

일의 절반은 순조롭게 해결된 셈이었다. 서생들은 흥분해서 고래고래 고함을 외쳐 댔다. 위 대인과 함께하면 종3품 관리도 쳐부술 수 있다는 사실이 정말 즐거웠다. 제경에 있을 때보다 훨씬 더 행복하여 돌아오는 길 내내 소리 높여 노래했다. 시끄러워하는 고남의에게는 호두 한 개를 상으로 내렸고, 고위층 자제들에게는 꾸러미 하나씩을 건네주었다. 혁련쟁만 풀이 죽어 있었다. 이모님이 그의 몸에서 나는 연지와 분 냄새가 지독하다며 멀리 떨어지라는 말을 했기 때문이었다. 혁련쟁 세자는 매우 억울했다.

'분명 이모님이 가도 좋다고 했잖아. 에잇, 진짜. 초원의 여인들은 한번 뱉은 말은 무쇠 칼처럼 굳게 지키는데 난 왜 하필 꺼내는 말마다 거짓말뿐인 두 얼굴의 여자 사기꾼을 좋아해가지고……'

봉지미의 가마가 성을 나서서 교외에 있는 게원 쪽으로 향했다. 게원까지 가는 길에는 작은 산과 몇 개의 산촌을 지나야 했다. 성을 떠나고 얼마 되지 않아 갑자기 준마 하나가 봉지미의 대열로 달려들었다. 준마 위의 남자는 호위 무사들과 황급히 몇 마디를 나누더니 바로 봉지미 앞에 모습을 드러냈다.

"무슨 일인가?"

봉지미가 손을 올려 가마를 세우라는 표시를 했다. 앞에 나타난 자는 게원의 집사였다. 집사가 봉지미의 귓가에 대고 몇 마디를 속삭였다. 봉지미가 갑자기 자리를 박차고 일어섰다.

포위된 초왕

계원의 집사는 연회석의 어머니가 시집올 당시 함께 데리고 온 자였다. 지금은 연씨 집안 사람에 속했고, 연회석의 많지 않은 심복 중 하나였다. 얼굴 가득 땀범벅인 집사는 매우 다급한 표정이었고, 몸에 진흙이 가득 튀어 있었다. 집사는 초조한 목소리로 봉지미가 떠난 후 연씨집안이 사당을 열었고, 이곳에서 연회석의 어머니를 종문*宗門, 종가[宗家]의 문중에서 내쫓으려 한다고 고했다. 이 사실을 안 영혁이 가서 막으려 했지만 남해의 관례에 따라 신성한 곳으로 여기지는 종족(宗族)의 사당에 함부로 침범할 수 없었다고 했다. 지금 연씨 집안은 문을 닫고 어떤 외부인에게도 개방하지 않았다. 만일 이를 위반하면 이와 관련된 가족은 적으로 여길 뿐만 아니라 남해 어디를 가서도 용서받지 못할 것이라고 엄포를 놓고 있었다.

영혁은 사당 문 앞에서 연씨 집안의 행동을 막으려고 기를 썼다. 하지만 무리해서 안으로 들어가려 하지는 않았고, 천 명의 호위 무사에게 사당을 둘러싸라고 명령을 내렸다. 그리고 만일 연회석 모친의 털끝 하나라도 건드린다면 사당 안에 있는 사람들은 영원히 나오지 않고 같이 굶어 죽는 게 나을 거라고 큰소리를 쳤다. 양쪽이 한 치의 양보도 없이 서로 대치하는 가운데 주위에 사는 연씨 집안의 소작농, 삯꾼, 멀고 가까운 일가의 자제들이 소식을 듣고 달려왔다. 뒤죽박죽 섞여 있는 사람들이 수천 명에 달했고, 천 명의 호위 무사와 영혁을 안에 가두고 둘러싼 지 거의 세 시진째였다.

봉지미는 집사의 이야기를 듣고 그 자리에서 멍해졌다. 자신이 떠난 지 불과 수 시진 밖에 지나지 않는데 연씨 집안이 이렇게 큰 풍랑을 일으킬 줄은 미처 예상하지 못했다. 봉지미는 남해가 종족의 대를 잇는 것을 중시하고, 수천 수백 년 동안 길게 이어진 지방의 종족 관례를 절대 거스르지 않으며, 이를 조정도 존중해 주어야 한다는 점을 잘 알고 있었다. 그러지 않으면 사람들의 분노를 살 게 틀림없었고, 심하게는 민중들이 들고 일어날 가능성도 있었다. 사태가 점차 확대된다면 마지막에는 수습할 수 없을 정도로 큰 다툼이 일어날 것이었다.

장희 3년. 남해에서 사당 변란이 일어났다. 당시의 남해 포정사가 범인을 추적하다가 어느 집안의 사당으로 쫓아 들어갔는데 실수로 그곳에 놓인 조상의 위패를 밀어서 떨어트렸다. 이 사당을 모시는 집안의 당주는 이 때문에 사당에서 피를 튀겼고 남해 백성들은 격노하여 포위 공격에 나섰다. 한나절 만에 수만 명이 집결했고 포정사를 18일 동안 겹겹이 포위하여 곤경에 빠트렸다. 남해 장군이 나서서 구하려 했지만 남해 국경의 군인들도 현지인이 대다수여서 마을 어른을 공격하는 것을 꺼려했다. 그러다 결국에는 포정사가 생으로 굶어 죽는 파국으로 치닫게 되었다. 백성들은 혈통과 사당을 지키는 것에 우매한 고집을 부렸다. 백성들의 사고가 미개한 국경 근처의 성일수록 이러한 성향이 특히 강했다. 사당이 침범당하는 것을 최대의 능욕이라 여기며 모든 사람이 한마음 한뜻으로 공동의 적에 대해 적개심을 불태우곤 했다. 평소에

원한이 있던 자들도 이때만큼은 까맣게 잊어버리고 똘똘 잘 뭉쳤다. 조정은 이 일로 교훈을 얻었고 이후부터는 국경 근처의 성에 있는 종족들 일을 성역으로 여기고 지금까지 한 번도 간섭하지 않았다.

정리하면 오늘 발생한 일은 조정과 관부가 나서서 처리할 수 없는 문제였다. 연회석의 어머니는 말할 것도 없고 영혁도 화를 입을 수 있었다. 수많은 사람들이 모였을 때 다툼이라도 일어난다면 혼란을 틈타 영혁이 해코지를 당할 수도 있었다. 또한 더 큰 문제는 영혁이 당하고 난 후 사람들이 야단법석을 떨며 사방으로 도망간다면 혼란한 틈에서 범인을 찾을 수 없을 것이었다.

봉지미가 손바닥을 만지자 땀이 흥건히 배어 나왔다. 하지만 손바닥에서 열기가 피어오르는 것이 느껴졌다. 봉지미는 눈을 감고 마음을 가라앉히며 말했다.

"혁련쟁 저하. 죄송하지만 제 관인(官印)을 가지고 서생들과 함께 즉시 풍주로 돌아가 주십시오. 도착하시면 신분을 분명히 밝히고, 주 대인에게 꼭 관부의 병사 일부를 떼어 주라고 청해 주십시오. 그런 후에는 다시 이쪽으로 건너올 필요 없이 풍주에 남아 계시면 됩니다."

"요양우더러 가라고 해! 난 여기 있을래."

혁련쟁이 단칼에 거절했다.

"왕회를 보내 주십시오!"

요양우가 조금의 망설임도 없이 거절했다.

"저흰 계속 대인께 보호를 받고 있습니다. 꼭 짐짝 같기도 하지만 저를 다시 험지가 아닌 곳으로만 보내려 하신다면 전 사양하겠습니다."

"여량을 보내 주십시오!"

왕회라고 불린 서생이 거절했다.

"황보재더러 가라고 하십시오!"

여량도 거절했다.

"……."

서생들은 서로 떠밀면서 하나같이 풍주로 돌아가려 하지 않았다. 화가 머리끝까지 난 봉지미는 호되게 꾸짖었다.

"모두 썩 물러가라!"

혁련쟁이 눈썹을 치켜세우며 서생들을 사납게 노려봤다. 맹렬한 천둥처럼 목소리가 거세게 울렸다.

"요양우, 넌 날 따르고 나머지 사람들은 모두 풍주로 돌아가."

팔표들이 때마침 활기 넘치게 채찍을 휘둘렀다. 주군의 의견에 아무도 거역할 수 없다는 것을 몸소 보여 주는 것이었다. 서생들은 더 이상 아무 말도 하지 않고 말머리를 돌려 돌아갔다. 왕회가 하염없이 눈물을 흘리며 말했다.

"위 대인, 몸조심 하십시오……."

"두 시진 이내에 풍주 관부의 병사들이 나타나지 않으면 너희들 중 누구도 무사하지 못할 줄 알거라!"

봉지미는 왕회의 감동적인 말에 콧방귀를 뀌며 아무런 감정 없이 대답했다. 서생들이 쏜살같이 달려나갔다. 봉지미는 집사에게 말했다.

"이곳까지 정말 빨리 왔군그래. 큰길 말고 따로 지름길이라도 있는 거 같은데."

"소인은 이 주위의 길에 아주 익숙합니다. 빨리 오려고 직접 홍산(鴻山)을 지나서 왔습죠."

집사가 이어서 말했다.

"산허리에 있는 작은 마을과 산을 통과하는 작은 길을 지나면 멀지 않은 곳에 구절촌(九節村)이 나타날 것입니다. 이곳에 연씨 집안의 사당이 있습니다. 이렇게 가시면 절반 정도는 시간이 절약됩니다."

"뭐 그리 말이 많아. 갑시다."

영징이 참지 못하고 앞으로 나서서 달려가기 시작했다. 봉지미가 가마에서 내려 고남의와 같은 말에 올랐다. 팔표들은 삼백 명의 호위 무사들을 데리고 뒤를 따랐다. 한참을 달렸는데 갑자기 산길이 험해져서 모두 말을 포기하고 걷기 시작했다. 오랜 시간이 흐르고 집사가 입을 열었다.

"곧 임집촌(任集村)에 도착합니다. 어랏, 무슨 연기지?"

봉지미는 임집촌이란 이름이 귀에 익었다. 하지만 어디에서 들어 본 것인지 잘 떠오르지 않았다. 이때 앞쪽에서 영징이 화를 내며 큰 목소리로 외치는 것이 들려왔다. 봉지미가 움찔하며 긴장된 마음으로 빠르게 다가갔다.

마을 입구가 가로목에 막혀 있었다. 가로목 뒤로 펼쳐진 마을에서는 검은 연기가 굉장한 기세로 솟아올랐다. 몇몇 아전들이 가로목 앞에서 우왕좌왕하며 장작을 쌓고 있었다. 얼굴에는 긴장된 모습이 역력히 드러났다. 관복을 입은 남자 몇 명이 한쪽에 비켜 서 있었다. 집사가 아연실색하며 말했다.

"제가 앞서 왔을 땐 이런 가로목 같은 건 없었습니다."

이때 아전들이 봉지미 쪽으로 다가오더니 큰 소리로 외쳤다.

"이곳은 폐쇄됐소. 아무도 들어올 수 없으니 돌아가시오. 어서!"

말이 채 끝나기도 전에 혁련쟁의 손에서 채찍이 뻗어 나오더니 아전을 땅바닥에 처박아 버렸다.

"비켜!"

"해보겠다는 것이냐!"

아전이 얼굴을 가리며 말했다.

"이 어르신이 다 널 위해 하는 말인데……"

"어르신은 무슨 얼어죽을."

혁련쟁이 다시 채찍을 휘둘러 가로목 위로 아전을 내던졌다.

"헉헉, 귀하는 어디 나리십니까? 왜 함부로 사람을 때리고……"

관복을 입은 남자들이 다가오더니 한눈에 혁련쟁을 알아보고 넋을 잃었다. 봉지미가 상대방을 알아보고 담담하게 말했다.

"유 지주."

"아니, 흠차 대인!"

그자가 바로 풍주 지주인 유서였다. 유서는 봉지미를 보고 황급히 절을 올렸다.

"대인께서 어떻게 이곳까지 오셨습니까?"

봉지미는 유 지주를 찾아갔다가 허탕을 쳤을 때 분명 임집촌인가 어딘가로 갔다고 들었던 것이 떠올랐다. 봉지미가 어떻게 된 일인지 물으려는데 유서가 참지 못하고 먼저 물어 왔다.

"대인께서는 이 마을에 역병이 발생했다는 소식을 듣고 직접 살피러 오셨습니까?"

'역병?'

봉지미가 눈을 치켜떴다. 그제야 왜 가로목으로 마을을 막고 사람의 출입을 통제했는지 이해가 되었다.

"전 이 일로 온 게 아닙니다."

봉지미는 차분하게 용건을 말했다.

"가로목을 치워 주십시오. 지나가야겠습니다."

"안 됩니다."

유 지주가 황급히 가로막으며 말했다.

"이 마을에서 발생한 끔찍한 역병이 하룻밤 사이에 일곱 집을 덮쳐 목숨을 앗아갔습니다. 저흰 마을을 불태우기로 결정했고 이미 마을 곳곳에 불을 놓아서 대인께서 지나가실 수 없습니다."

"그럼 불을 끄시오."

봉지미가 거절하기 어려운 엄한 말투로 말하고는 앞으로 걸음을 옮겼다. 유 지주가 더 할 말이 있는 듯했으나 봉지미가 갑자기 몸을 돌려 그를 뚫어지게 쳐다보았다. 유 지주는 온몸에 얼어붙었다. 봉지미의 평온한 얼굴과 대비되는 확고한 눈빛은 음침한 하늘빛 아래에서 짙은 푸른색을 발하고 있었다. 유 지주는 봉지미에게 위엄이 느껴져 가까이에서 바라볼 수조차 없었고, 곧바로 말을 목구멍으로 삼켰다.

"여기서 한 마디만 더 하면 지주 대인은 저와 같이 마을을 지나가야 할 것입니다."

유 지주는 그 말을 듣는 순간 사례가 들렸다. 영징이 가로목을 발로 차 버리고 안으로 들어오고 있었다. 봉지미는 고개도 돌리지 않고 앞으로 나아가며 말했다.

"전방 곳곳에 알 수 없는 위험이 도사리고 있으니 나와 영징만 지나가겠다. 다른 사람들은 모두 여기 남아라."

아무도 대답하지 않았다. 모든 사람들이 봉지미의 말은 흘려보내고 비장한 표정으로 따라 나섰다. 봉지미도 뭐라 하지 않고 내버려 두었다. 고남의는 봉지미를 혼자 보낼 수 없었고, 혁련쟁과 요양우도 당나귀처럼 고집을 부렸으며, 호위 무사들도 호위의 책임이 있어서 따라 나섰다. 그들에게 있어 싸움터에서 물러나는 것은 죽어 마땅한 죄였다. 결국 급성 열병과 끔찍한 역병의 현장에 함께 뛰어들게 되었다.

"대인 어른!"

누군가가 쫓아오며 봉지미를 불러 세웠다.

"소인은 산 아래에 사는 구절촌의 이장입니다. 산을 내려가려 하신다면 소인이 길을 안내하겠습니다. 소인은 역병을 막는 약초에 대해서도 조금 알고 있어서 대인께 알려 드릴 수 있습니다."

봉지미는 고개를 끄덕였다. 일행은 조금의 망설임도 없이 울타리를 밀고 거침없이 쳐들어갔다. 그리고 땔감더미를 밟아 불을 끄며 앞으로 한 걸음씩 나아갔다.

유 지주는 봉지미 일행의 결연한 뒷모습을 바라보며 마음이 동요하는 것을 느꼈다. 그러다 이내 발을 동동 구르며 어쩔 줄 몰라 했다.

"빨리 풍주로 돌아가 이 소식을 알려야 해!"

생명의 흔적이 사라진 마을. 산허리에 위치한 이 작은 마을은 살아 있는 사람이 아무도 없는 것처럼 보였다. 사방에 각종 집기들이 흩어져 있었고, 도처에 불길이 점점 치솟아 올랐으며, 타는 냄새를 가득 머금은 검은 연기가 마을 전체로 퍼지고 있었다. 초가집들이 쥐 죽은 듯 고요하게 자리하고 있었고 시체조차 눈에 띄지 않았다. 하지만 화염을 내뿜는 초가집 안에 비명횡사한 사람이 들어 있을 것이라 짐작할 수는 있었다.

한 남자가 다급한 표정으로 길을 재촉하면서 눈에 띄는 것마다 살피며 앞으로 나아갔다. 무언가를 찾고 있는 듯한 눈빛이었는데 돌연 어느 방향을 향해 달려갔다. 남자는 채소밭 앞에서 걸음을 멈추더니 땅을 파기 시작했다.

봉지미의 눈길이 그곳을 향했다. 채소밭에 부드럽고 촉촉한 흙이 새로 올라와 있는 것이 누군가가 이곳을 막 파낸 듯했다. 이때 무력하게 쥐었다 펴졌다 하는 아이의 연약한 손이 땅 위로 드러났다. 하늘을 똑바로 향하고 있는 손가락은 무언가를 긁는 것처럼 계속 움직였다. 마치 불공평한 제 운명을 원망하는 듯 보였다.

아이가 산 채로 묻혀 있었다. 요양우가 앗, 하고 소리를 내지르며 달려 나가 흙을 그러모았다. 봉지미도 재빨리 손을 뻗었다. 이곳에 묻힌 사람들은 대부분 역병에 걸린 사람들이어서 아무도 만지려 하지 않았다. 봉지미는 산을 통과해야 했고 사당에도 가야 했지만, 이 지독한 상황을 모른 체할 수도 없었다. 하지만 책임감 없는 연민은 더 많은 사람에게 해를 끼칠 뿐이었다.

"아이를 데리고 가 주십시오."

흙속에서 꺼낸 아이의 얼굴은 온통 흙투성이였다. 다행히 깊게 파묻지 않았고 묻은 지도 얼마 되지 않아서 멀쩡히 살아 있었다.

"대인 어른! 이 아이는 제 조카입니다. 조카아이는 절대 역병에 걸리지 않았습니다."

남자는 억울한 표정으로 아이를 끌어안고서 봉지미 앞에 무릎을 꿇고 말했다.

"제 조카는 어려서부터 남들과 달라 한 번도 병에 걸린 적이 없습니다. 한여름엔 모기조차 물지 않았고, 산에서도 독이 있는 모든 것들이 조카를 피해 다녔습니다. 그래서 조카아이는 역병에 걸릴 리가 없었는데 유 대인이 제 말을 믿지 않고 묻으라고 하셨습니다. 그래서 전, 전…… 제 조카를 구해 달라고 대인을 따라온 것입니다."

남자는 자세히 보라는 듯 아이를 이쪽으로 건네주었다. 정말로 얼굴에는 역병에 걸린 사람의 특징인 검푸른 기색이 전혀 나타나 있지 않았다. 한편 봉지미는 '산에서도 독이 있는 모든 것들이 조카를 피해 다녔다'는 말을 듣고 마음이 심하게 요동쳤다. 남해와 민남의 큰 산 깊은 곳에 전해 내려오는 신비한 전설에 따르면 신묘한 능력을 가진 부족이 있었는데 어쩌면 이 아이가 바로 그 기묘한 혈통일 수도 있었다. 아이를 데리고 가는 것도 나쁘지 않을 듯했다.

"가자."

봉지미는 우유부단한 사람이 아니라 신속하게 결정을 내리고 더 이상 시간을 낭비하지 않았다. 봉지미가 손을 휘젓자 일행이 움직이기 시작했고, 점차 빠르게 앞으로 나아갔다. 가장 뒤에서 따라오던 고남의의 손에서 불꽃이 피어올랐다. 고남의가 달려가면서 쏘아 댄 불꽃은 처마들의 마른 풀 위로 떨어졌고, 화르르 타오르는 불길이 하늘 위로 맹렬하게 솟구쳤다. 결연하게 달려가는 봉지미의 뒷모습이 마을에 번지는 화염으로부터 점점 멀어졌다.

산속에서 약초를 찾아 먹은 뒤 오래지 않아 그들은 산을 통과했다. 연씨 집안의 사당에 도착하려면 아직 멀었는데 수많은 사람들이 한 방향을 향해 무섭게 길을 내달리고 있었다. 개미떼처럼 여러 방향에서 흘러 들어와 한 자리에 모두 모였다.

"이들은 근처에 사는 연씨 집안 씨족 사람들입니다."

이장이 말했다.

"연씨 집안은 수백 년에 걸쳐 번성해 온 대가족입니다. 그 수도 정말 굉장하죠. 풍주 전체에서 연씨 집안과 친척이거나 친구 관계인 사람을 일일이 계산해 보면 족히 수만 명은 될 것입니다. 거기다 그들의 친척과 친척의 친척까지 더하면 풍주 전체 사람의 4할이 연씨 집안과 관계가 있다고 말할 수 있습니다. 하지만 평소에는 이런 관계라고해서 별다를 게 없습니다. 연씨 집안도 이렇게 많은 사람을 돌볼 수는 없으니까요. 다만 그들은 대개 연씨 집안에서 삯꾼으로 일하고 있을 뿐입니다. 하지만 종족의 일을 마주했을 때는 태도가 돌변해서 하나로 잘 뭉칩니다. 남해의 관례에 따라 사당에서 충돌이 발생하면 9대에 걸쳐 화를 입는다고 생각하여 누구 하나 책임을 미루지 않고 모이는 것입니다."

봉지미가 무리를 따라 걸어가니 앞에 모여 있는 사람들이 인산인해를 이루고 있었다. 수많은 사람들이 손안에 작살과 나무 몽둥이를 들고 시끄럽게 떠들고 있었다. 소란을 피우고 다투는 소리가 멀리 있는 사람의 귀까지 전해져 폭격을 맞은 듯 먹먹해질 지경이었다. 사당 근처에 모여든 사람들은 안쪽까지 잘 보이지 않아서 영혁과 그의 호위 무사 천 명을 보지 못했다.

"꺼져라!"

"사당에서 버릇없이 구는 녀석은 죽어라!"

"안쪽에 있는 사람들을 끌어내자!"

고함치는 소리가 하늘을 가득 메웠고 벌떼처럼 몰려든 무리가 물

샐 틈 없이 사당 근처를 겹겹이 막아섰다. 그들을 죽이지 않는 한 그 사이를 비집고 들어갈 수 있는 사람은 아무도 없을 것 같았다. 하지만 그렇다고 해서 정말 누구 하나라도 죽였다가는 일이 수습할 수 없는 지경에 이를 것이었다.

"제가 당장 전하를 구하러 가겠습니다."

영징이 말이 끝나기 무섭게 사람들의 머리 위를 뛰어넘으려고 했다. 봉지미가 영징을 홱 잡아당겼다.

"기다려!"

봉지미는 찬찬히 사람들을 둘러보더니 표정이 무거워졌다. 무공이 뛰어난 고남의와 영징에게 거칠게 공격하도록 시킬 수도 있었지만 지난번처럼 이 방대한 사람들 틈에 상씨 집안의 자객이 섞여 있을까 봐 염려되었다. 만일 자객이 혼란한 틈을 타 손을 쓰면 공중에 몸을 띄울 수 있는 고남의와 영징을 해칠 수는 없어도 닥치는 대로 무고한 사람들을 죽일 수도 있었다. 그 지경이 되면 더 이상 해결 방법은 없을 것이었다. 남해를 장악하는 것은 고사하고 남해를 떠날 수 없을 지도 몰랐다. 영혁도 이 점을 잘 헤아리고 호위 무사들에게 바깥에 있는 사람들과 충돌을 피해야 한다고 계속 당부하고 있었다.

"경거망동해선 안 되네. 사람이 너무 많아서 잘못했다간 통제할 수 없으니."

봉지미가 곰곰이 생각해 보다가 영징에게 분부를 내렸다.

"전하께 먼저 우리가 도착했다고 알려라."

영징이 흰자위를 번득이며 하기 싫어하자 봉지미가 차갑고 엄한 목소리로 말했다.

"자네가 날 믿든 안 믿든 상관없지만 오늘 내 말을 따르지 않으면 내일 제경으로 쫓겨날 줄 알게."

영징이 입술을 깨물며 어쩔 수 없이 신호 폭죽을 쏘아 올렸다. 그런데 뜻밖에도 거의 동시에 영혁 쪽에서도 금빛 신호 폭죽을 쏘아 올렸다. 그것은 일반적인 폭죽과 달라서 위로 똑바로 솟아오르다가 공중에서 잠시 멈추었고 사방으로 불꽃을 발사했다. 화려한 불꽃이 사람들을 향해 비스듬하게 떨어졌다.

"고남의 사형!"

봉지미가 크게 외치자 고남의가 번개처럼 하늘로 날아올라 쏟아지는 것들을 손으로 받아 냈다. 바깥을 둘러싸고 있던 백성들은 머리 위에서 터지는 불꽃에만 정신이 팔려 사람 그림자에는 관심조차 주지 않았다. 고남의는 어느새 봉지미의 곁으로 돌아와 있었고 손에는 금색 원통 하나가 들려 있었다. 원통 안에는 두루마리 종이가 들어 있었는데 꺼내서 펼쳐 보니 목탄으로 적은 몇 글자가 쓰여 있었다.

'이익을 제공하여 흩어지게 하라.'

봉지미의 눈에서 날카로운 빛이 반짝였다. 영혁의 생각이 봉지미와 완전히 일치했다.

"이장."

봉지미가 구절촌의 이장에게 물었다.

"여기서 가장 가까운 '상평창'이 어디 있소?"

상평창은 조정에서 각지에 세운 현급(縣級) 식량 창고로 조정의 승인이 없으면 사용할 수 없었다. 일반적으로는 이재민을 구제하거나 곡물 가격을 안정시키기 위해 곡식을 비축해 두는 곳이었다.

"삼십 리 떨어져 있는 평야현(平野縣)에 두 개가 있습니다."

이장이 대답한 후에 의아해져서 물었다.

"그건 왜 물으십니까? 상평창은 포정사 관부 독량도께서 직접 관리하십니다. 다만 주 대인의 친필 명령서가 없으면 창고를 열 수 없는데 최근 들어 관리가 아주 엄격해졌습니다."

사실 엄격할 수밖에 없는 이유가 있었다. 선박 사무사 일로 명문 세가와 관부가 싸우면서 남해의 쌀값이 급격히 올랐기 때문이었다. 따라서 주희중은 상평창을 손안에 단단히 쥐고 있어야만 했다. 자신의 지위를 확고히 하기 위해서는 물가 안정이 최우선 과제였고, 이를 위해서는 상평창을 잘 지켜야 했다. 봉지미가 냉소를 터트리며 손을 들어 혁련쟁과 요양우를 불렀다.

"세자 저하. 공자!"

혁련쟁이 다가와서 봉지미의 부탁을 듣더니 눈을 찡긋하며 물었다.

"열지 않겠다고 고집부리면 죽여도 되나?"

봉지미가 터트린 차가운 웃음이 잇새로 새어 나왔다.

"죽여도 됩니다."

혁련쟁과 요양우는 팔표와 이백 명의 호위 무사를 데리고 이모님의 의견에 따라 '죽여도 되는' 곳으로 향했다. 평야현에 도착한 후 혁련쟁과 요양우는 한 사람당 하나의 식량 창고를 맡아 길을 떠났다. 두 사람은 가지고 있는 식량이 더 적은 쪽의 사람이 엉덩이에 풀을 꽂고 개처럼 땅 위를 세 번 기기로 약속했다.

"집사."

봉지미는 다시 계원의 집사를 불렀다.

"즉시 계원으로 돌아가 집안 사람들을 전부 불러서 말을 전하게. 장부상으로 집안 사람들이 사용할 수 있는 모든 돈을 모아서 준마 편으로 내게 보내면 평야현성으로 옮기겠다고. 빨리 움직이게. 빠를수록 좋으니."

집사는 사안이 매우 중대한 것을 알고 이유도 묻지 않고 인사를 올리고는 서둘러 떠났다.

"이장, 마을에서 쓸 만한 자를 모으고 징과 북도 모아 주게. 징을 치고 길을 가면서 이렇게 말하려고 하네. 위에서 공고를 내리길, 이전 며칠 동안의 상황을 보건대 풍주의 물가가 상승하여 풍주의 민생에 영향을 끼치니 조정에서 지금 평야현성의 창고를 열어 곡식을 풀고 이재민을 구제하려 한다. 풍주와 교외의 관할 현에 사는 육십 세 이상의 노인은 쌀 열 되와 은자 다섯 냥을 받을 수 있다. 풍주의 관할 현에 사는 재해를 입은 어민은 쌀 열 되와 은자 석 냥을 받을 수 있다. 각 대형 선박 공장의 인부는 번호패를 보여 주면 쌀 열 되와 은자 한 냥을 받을 수 있다. 이번 이재민 구제 기간은 단 삼 일뿐이다. 반드시 본인이 직접 서명해야 하고, 시간이 지나면 기회는 없다."

봉지미가 수북한 은 태환 지폐 뭉치를 들고 이장의 팔을 툭툭 치며 말했다.

"아무 거나 상관없으니 때려서 소리가 나는 것이라면 전부 챙겨 나오게. 반드시 모든 사람의 귀에 들리도록 크게 외쳐야 하네. 수고비로 이 은 태환 지폐를 주겠네. 사람들을 여기서 다 몰아내면 다시 이만큼의 돈을 줄 것이네."

이장은 은 태환 지폐를 손안에 쥐고 흥분한 듯 손을 덜덜 떨었다. 하지만 이내 머뭇거리는 얼굴빛을 드러내며 물었다.

"근데 함부로 식량을 나누어 줘도 되는지요. 위에서 내려온 공문서 같은 건 없었는데요……."

"내 말이 곧 공문서다."

봉지미가 무시무시한 얼굴로 웃어 보였다.

"자네는 위에서 누가 찾아오거든 이렇게만 말하면 되네."

봉지미가 영징과 백여 명의 호위 무사들을 가리키며 말했다.

"겉에 입은 것들을 벗고 날 뒤에서 밀어 주게. 그 외엔 아무 것도 할 필요 없네. 사람들이 흩어지길 기다렸다가 유독 자리를 떠나려 하지 않는 사람과 표정이 이상한 사람이 있거든 주의 깊게 살피고 날 에워싸 주기만 하면 돼."

"알겠습니다."

모두가 명령을 받들러 갔다. 봉지미는 뒷짐을 지고 하늘을 올려다보며 생각했다. 평야현에서 이재민에게 식량을 나눠 준다는 소식을 들으면 사람들은 너나없이 그쪽으로 달려갈 것이었다. 그곳도 준비가 거의 다 되었을 터였다.

막힌 것은 통하는 것만 못하고 에둘러서 권하는 것은 직접 회유하는 것만 못했다. 거듭 타이르거나 강압적으로 쫓아내는 것보다 우회적으로 돈뭉치를 써서 그들 스스로 움직이게 하는 편이 나았다. 다만 창고를 열어 식량을 나눠 주려고 하면 식량 창고 관리가 분명 막을 것이어서 지위가 특수한 혁련쟁 세자와 수석 대학사의 아들인 요양우가 얼굴을 내미는 것이 가장 안성맞춤이었다. 봉지미는 고남의를 끌고 와 마을 주민 두 명과 옷을 바꿔 입었다.

"고남의 사형."

봉지미가 고남의에게 진지하게 말했다.

"이따가 사람들이 흩어지기 시작하면 높은 곳에서 날 지켜봐 줘. 이상한 녀석이 있으면 손가락으로 가리켜 주고."

언제나 봉지미의 곁에서 서너 걸음 떨어져 있던 고남의가, 손을 뻗으면 닿을 거리만큼 다가와 침착하게 호두를 먹었다.

오래지 않아 이장이 연씨 집안과 관련이 없는 수십 명의 젊고 건장한 청년들을 데리고 길을 가며 커다란 징을 댕댕 울리기 시작했다. 가는 길 내내 그들은 전심전력을 다해 봉지미가 했던 말을 큰 소리로 외쳤다. 징을 때리는 걸로 부족하자 누군가는 무쇠솥을 때렸고 누군가는 대야를 때렸다. 난잡한 무리가 고함을 치고 금속을 때리는 소리가 울려 대자 와자지껄하던 사람들의 목소리가 차츰 누그러졌다.

가장 바깥에 서 있던 사람들이 제일 먼저 공고의 내용을 듣고 깜짝 놀라더니 기쁜 기색을 띠며 재빨리 자리를 떴다. 곧 한바탕 바람이 휩쓸고 지나가듯 사람들이 우르르 빠져나갔고, 이런 현상은 밖에서 안으로 점점 확산됐다. 사람들이 지나가는 자리마다 거대한 물결이 이는 듯 출렁였다.

봉지미는 이 사람들 대부분이 이재민에 해당하는 사람들인 것을 진즉에 알아봤다. 그중에 연씨 집안의 인부가 가장 많은 것을 알고 일부러 인부 조항 하나를 추가로 넣었던 것이었다. 게다가 남해 백성 중에는 육십 세 이상의 노인들이 아주 많아서 노인에게 주는 것은 특히 두둑하게 준비했다. 전 가족이 구휼미와 은자를 받으러 노인을 모시고 평야현으로 가면 오래 지나지 않아 여기 사람들이 모두 자리를 뜨고 이곳은 휑뎅그렁해질 것이었다. 더군다나 시간이 제한되고 장소가 한정되어서 이 사람들이 이웃 현에 갔다 오는 사이에 일은 이미 종결될 것이었다.

돈이 되는 소식은 언제나 순식간에 퍼졌다. 이장이 주변을 한 바퀴를 돌자 모든 사람이 이 소식을 알게 되었다. 어리둥절한 표정으로 서로의 얼굴만 쳐다보다가 이내 기쁜 얼굴을 드러냈다. 이장은 구절촌에서 이장을 한 지 오래되어서 마을 사람들과 두루 알고 지내는 사이였고, 이런 일로 절대 거짓말을 할 리가 없었다. 누군가가 한 치의 망설임도 없이 큰 소리로 외쳤다.

"식량을 받으러 가자!"

한 명이 소리를 지르자 천 명이 호응했다. 서로 양보하지 않는 대치 상태가 오랫동안 이어졌지만 안에서는 인기척이 전혀 없었고 사당을 망가트리는 징조도 나타나지 않았다. 게다가 그들도 긴 시간 동안 겹겹이 둘러싸고 위협하는데도 안쪽의 사람들이 계속 반응을 보이지 않아 견디기 어려운 참이었다. 그러니 이런 희소식을 듣자마자 모두 손에 들고 있던 나무 몽둥이와 돌덩이를 내려놓고 떠나는 것도 당연했다.

천 명이 순식간에 와르르 흩어졌고 뒤늦게 쫓아온 사람들도 오는 길에 이 소식을 듣고 바로 몸을 돌려 가 버렸다. 결론적으로 아무리 중요한 일도 자신의 배를 불리는 것만큼은 중요하지 않았다. 다행히 사당에서는 아직도 충돌이 일어나지 않아서 떠난다고 해서 양심의 가책이 느껴지지는 않았다.

나무 위에 올라간 봉지미가 흩어지는 사람들을 바라보며 안도의 한숨을 내쉬었다. 사당의 일을 듣고부터 계속 마음을 졸였는데 이제 조금은 걱정을 내려놓을 수 있게 되었다. 긴장이 풀리자 봉지미는 머리가 핑돌았다. 하마터면 나무에서 떨어져 땅에 거꾸로 박힐 뻔했다. 고남의가 휘청이는 봉지미를 한 손으로 끌어당겼다. 얇은 망사 뒤에서 밝은 빛을 내뿜는 고남의의 눈에서 의아한 기색이 드러났다. 봉지미가 멋쩍게 웃으며 말했다.

"나무가 너무 높아서."

봉지미가 몰래 제 맥을 짚어 보더니 속눈썹을 아래로 힘없이 늘어트렸다. 이때 고남의가 갑자기 고개를 돌려 호두 한 줌을 튕겨 냈다. 호두가 높이 날아오르다가 흩어지는 사람들의 뒤꽁무니를 향해 비처럼 후드득 쏟아졌다.

무리의 한가운데에 끼어 있던 사나이가 점점 흩어지는 사람들을 바라보며 눈 속에 초조함을 드러냈다. 옷소매를 뒤집어 까자 단검 한 자루가 시퍼런 빛을 번쩍이며 나타났다. 사내는 손에 단검을 쥐자마자 식량을 받으러 급히 달려가는 남자의 조끼를 향해 길게 내뻗었다. 칼이 살을 뚫고 들어가기도 전에 사내는 이미 크게 소리 지를 준비를 하고 있었다.

"사람이 찔렸다!"

하지만 그림자가 하나 날아오더니 퍽, 하는 소리와 함께 사내의 단검에 명중했다. 단검은 즉시 두 동강이 났다. 땅에 떨어진 것은 뜻밖에도 호두였다. 사람들이 사내의 외침을 듣기도 전에 또 다시 큰 소리가 울려 퍼졌다.

"도둑놈을 잡아라!"

이 말이 사내의 외침과 거의 동시에 터져 나와서 '사람이 찔렸다'라는 말을 완전히 덮어 버렸다. 몇 사람이 사내 곁으로 바싹 다가왔다. 앞장선 한 사람이 사내의 손을 등 뒤로 거칠게 비틀었다. 눈 깜짝할 사이에 다섯 번 연속으로 비틀자 순식간에 제압할 수 있었다. 백성들은 정말로 도둑을 잡은 줄로만 알았고, 자신의 쌈지를 만져 보면서 더 빠르게 자리를 떠났다.

수천 명이 마침내 다 사라졌다. 명문 세가나 상씨 집안에서 보낸 것으로 보이는 자객도 사로잡았다. 봉지미는 가슴을 쓸어내리며 피곤에 지친 미소를 살짝 드러냈다. 봉지미는 줄곧 많은 사람들 속에 자객이 숨어들어 주변을 선동할 것이 걱정이었다. 그리고 영혁의 호위 무사들이 자객을 발견했더라면 영혁의 안전은 확인했을 테지만 사태는 걷잡을 수 없이 확대되고 수습할 수 없을 정도로 큰 소란이 일어났을 것이었다. 나비의 작은 날갯짓 하나가 거대한 폭풍우를 만드는 것처럼 호위 무사들의 작은 행동 하나가 사람들에게 커다란 영향을 미칠 수 있었다. 누군가가 이걸 핑계로 사람들을 선동하기라도 한다면 그 결과는 상상하기 어려웠다. 최소한 봉지미가 주희중과 약속한 일을 더 이상 해낼 수 없게 될 것이었다. 선박 사무사를 설립할 수 없게 되면 명문 세가 전체를 제어할 수 없게 되고 남해 전체가 상씨 집안에 좌지우지되는 것을 막을 길이 없어질 게 분명했다. 한편으로 봉지미는 자객이 왜 몇 시진 동안 사람들을 선동해서 작전을 펼치지 못했는지, 사람들이 흩어지고 나서야 행동에 옮긴 이유는 무엇인지 의아한 생각이 들었다.

큰 나무들이 연씨 집안의 사당 밖을 둘러쌓아 사방을 막아 버렸다. 초왕의 호위 무사 중에서도 방패 호위 무사들이 방패를 나무줄기에 빽빽이 세워 놓고 안쪽의 상황을 견고하게 가리고 있었다. 영혁은 백성들이 사당 근처로 모여드는 것을 발견하자마자 사당 입구에 있는 백 년도 더 된 거목들을 베어 내 장벽을 치고, 바깥에 있는 백성들과의 접촉을 확실히 차단하라고 명령을 내렸다. 그러자 안팎이 10척은 떨어지게 되어서 누군가 의도적으로 호위 무사들과 부딪치는 사달을 만드는 것이 불가능해졌다. 만일 제때에 이런 결단을 내리지 않았다면 오늘 봉지미가 백성들을 쫓아낼 때까지 기다리지 못할 뻔했다.

사실 영혁은 백성들이 사방에서 모여드는 것을 발견했을 때 신속히 피할 수도 있었지만 위험을 무릅쓰고 이곳에 남기로 결정했다. 봉지미가 해결할 수 있다고 믿었던 것도 있었지만 더 큰 이유는 연씨 집안에 양보하고 싶지 않아서였다. 연회석을 지키겠다는 봉지미의 결정에 대해 영혁은 아무 말도 하지 않았지만 이번 행동으로 자신의 태도를 명확하게 보여 주었다.

봉지미는 나무에서 내려온 이후에 더 심하게 현기증이 났고 발열과 오한이 몰려 왔다. 그러나 억지로 웃으며 고남의와 몇 걸음을 떨어져서 걸어갔다. 거목 앞에서 호위 무사들이 봉지미를 보고 방패로 막은 길을 열어 주었다. 고남의가 봉지미의 옷소매를 잡아당기더니 봉지미를 데리고 나무 위로 날아오르려고 했다. 봉지미가 몸을 뒤로 빼며 말했다.

"내가 할게."

봉지미가 큰 나무 위로 기어올랐고 날렵한 발걸음으로 올라가면서 손을 휘휘 내저었다. 양쪽에 있던 방패 호위 무사들이 평소와는 많이 다른 봉지미의 결단력과 진지함을 지켜보다가 감히 따라 올라가서 막지 못하고 멀리 비켜났다. 봉지미는 나무줄기를 계속 기어올랐고 아래에는 방패가 부채처럼 넓게 펼쳐져 있었다. 봉지미는 나무 위에서 사당 앞에 있는 사람을 바라봤다. 겹겹이 호위하는 무사들 가운데에서 그는 나무줄기에 몸을 비스듬히 기대고 앉아 있었다. 몸 아래에는 초왕 호위 무사의 금빛이 도는 붉은 색 망토가 깔려 있었다. 바쁘게 나왔는지 담청색 바탕에 금테를 두른 두루마기를 입고 금빛 만다라 꽃을 수놓은 겉옷만 걸치고 있었다. 옅은 금빛의 허리끈이 아래에 깔고 앉은 붉은 망토 위로 흘러내려 화려하고 진기한 아름다움을 자아내고 있었다.

그는 장기를 두고 있었다. 그곳은 많은 사람들의 한가운데였고, 일촉즉발의 위험이 엄습하는 곳이었다. 서로가 서로를 옥죄는 긴장된 상황이었다. 그는 작은 불티 하나가 들판 전체를 태우듯 순간의 실수로 커다란 재앙이 닥칠 수 있는 위험한 상황 속에서 홀로 장기를 두고 있는 것이었다. 나무에 기댄 자태가 마냥 한가로워 보였다. 그의 눈앞에는 임시로 깎아 만든 나무 장기판이 놓여 있었고, 두 가지 나뭇잎을 장기 알 대신 사용하고 있었다. 한쪽은 녹색, 다른 한쪽은 황색이었는데 나름 치열하게 각개전투를 벌이고 있었다. 그는 입술을 가볍게 오므리고 집중한 표정으로 장기판을 '보고' 있었다. 그 모습을 보아하니 아마도 녹색 편의 장(將)을 어떻게 움직여야 황색 편의 수(帥) *중국 장기는 홍[紅]과 흑[黑]으로 편을 나누어 홍 측의 궁을 '수', 흑 측의 궁을 '장'이라고 한다 를 먹을 수 있을지 고민하고 있는 듯했다.

봉지미는 높은 곳에서 아득하게 영혁을 내려다봤다. 황혼의 햇빛이 알록달록한 나뭇잎 사이를 통과해 영혁의 눈썹 꼬리에 부딪쳤다. 영혁의 미간에는 기품 있고 중후하며 엄숙한 기색이 어려 있었다. 긴 속눈썹은 눈 아래에서 우아한 호선을 그리며 오랜만에 느끼는 따뜻하고 포근한 평온함을 만끽하고 있는 듯했다. 영혁의 표정을 바라보며 봉지미는 문득 사포로 문지른 듯 마음이 몹시 쓰라렸다. 봉지미는 입술을 안으로 말며 갑자기 용솟음치는 서글픔을 꽉꽉 눌러서 아주 얇은 한 가닥 실로 뽑아냈다가 마음속 깊은 곳에 숨어 있는 물레에 되감아 놓았다. 아래쪽에 있던 영혁이 인기척을 느끼고 고개를 들어 봉지미를 바라봤다. 싱긋 미소를 짓더니 봉지미에게 손을 흔들며 말했다.

"올래?"

"네."

묻는 것도 거침없었고 대답하는 것도 간단명료했다. 살랑살랑 바람이 불고 열은 구름이 흐르는 쾌청한 날씨에 계원에서 공무를 마치고 돌아온 봉지미가 영혁과 마주치면서 나누었던 가벼운 인사 같았다. 사나운 위험이 아득히 먼 곳으로 물러난 것 같았고, 가득 찼던 수천 명도 원래부터 존재하지 않았던 듯했다.

"이리 오너라."

영혁이 다시 봉지미를 불렀다. 봉지미는 천천히 나무를 내려가 영혁에게서 열 척이나 떨어진 곳에 서 있었다. 영혁이 봉지미의 발소리를 듣고 눈살을 찌푸리더니 살짝 웃어 보였다.

"오늘은 왜 이리도 머뭇거리는 것이냐. 내가 무서운 게냐."

봉지미가 하하 웃으며 여전히 가까이 다가가지 않은 채 물었다.

"안의 상황은 어떻습니까."

"여전하구나."

영혁이 몸을 일으키더니 장기판 위에 어지럽게 쌓인 나뭇잎을 쓱쓱 털어 냈다. 이내 걸음을 옮겨 봉지미에게 다가와 그녀의 팔을 가볍게 잡아당겼다.

"뭘 좀 먹었느냐. 난 하루 종일 아무것도 먹지 못했더니 배고파 죽겠구나."

봉지미가 재빨리 옆으로 몸을 피하며 멀리 비켜났다.

"저도 아직."

"오늘 왜 그러는 것이냐?"

영혁이 미간을 찡그리며 걸음을 멈추었다.

"내가 저들을 강경하게 제압하지 못해서 원망하는 것이더냐. 종족 사당의 일은 사안이 워낙 중대해서 문제를 일으키면 앞으로 네가 남해에 있어도 불리할 것 같아 그런 것인데……."

"아니요. 그런 게 아닙니다."

봉지미가 고개를 세차게 가로저으며 대답했.

"무리하게 제압해선 안 되죠. 저라도 이렇게 할 수밖에 없었을 것입니다."

"그렇다면 왜……. 이해할 수가 없구나."

영혁이 섬뜩한 표정을 지으며 웃어 보였다.

"본왕의 인내심에도 한계가 있다. 연씨 집안에서 조정의 체면을 세워 주지 않으면 나도 당연히 그들에게 빠져나갈 구멍을 만들어 줄 수가 없구나."

영혁은 봉지미의 곁으로 다가갔고 봉지미는 다시 뒤로 몇 발자국 물러났다. 영혁은 지체 없이 봉지미의 옷소매를 끌어당겼고 봉지미의 몸이 영혁을 스쳐 지나갔다. 봉지미의 옅은 향기가 코끝을 스쳤고 다른 향기도 희미하게 퍼져 나왔다. 영혁은 무의식중에 코를 벌름거렸지만 봉지미는 이미 자리에서 비켜나 있었다. 영혁은 조용히 그 자리에 서 있었고, 얼굴빛은 점점 담담해졌다. 더 이상 아무것도 묻지 않고 차갑게 말했다.

"기왕 이렇게 왔으니 이 일을 맡기겠다. 원래부터 네게 맡기려고 했던 것이니 난 이제 더 이상 주제넘은 참견을 하지 않겠다. 네가 알아서 결정하거라."

영혁은 쌀쌀맞게 몸을 돌려 발걸음을 옮겼고, 봉지미는 아무 말도 하지 않았다. 초왕의 호위 무사들은 빠르게 집결하여 행렬을 만들고 떠날 준비를 했다. 이때 갑자기 이쪽을 향해 질주하는 다급한 발소리가 들렸다. 봉지미가 고개를 돌려 바라보니 작고 깜찍한 여자가 천 치마를 두르고 나무 비녀를 꽂은 소박한 차림으로 나무 앞까지 달려왔다. 그리고 큰 나무를 올려다보더니 천 치마를 허리에 질끈 동여매고 나무 위로 기어오르기 시작했다. 방패 호위 무사가 놀라서 긴 창으로 저지하며 소리쳤다.

"누구냐?"

"남해 풍주 천수촌(千水村) 사람 화경이라고 합니다. 전하를 뵙게 해 주십시오."

고개를 든 여자의 약간 검은 얼굴과 수려한 이목구비가 드러났다. 용모가 빼어나게 아름다웠고 특히 발음이 매우 분명했다. 영혁이 다시 몸을 돌려 이쪽으로 향했다. 화경이 나무 위에서 영혁에게 머리를 조아리며 말했다.

"전하, 소인이 전하를 위해 문을 열어 드리겠습니다."

봉지미와 영혁은 고개를 돌려 서로를 마주 봤다. 눈 속에 기쁜 빛 한 가닥이 스쳐 지나갔다. 하지만 사당에는 오직 같은 연씨 집안 사람만 들어갈 수 있어서 다른 집안 사람이 들어가면 온 종족의 적이 될 터였다. 지금은 상황이 상황인지라 어느 연씨 집안 사람도 영혁에게 문을 열어 주려 하지 않았고, 서로 양보 없이 대치만 하고 있는 중이었다. 영혁의 입장에서는 사실 연씨 집안 사람 중에 아무나 문을 열어 주기만 하면 좋겠다고 생각하던 참이었다.

"넌 누구냐?"

영혁이 아주 냉정한 목소리로 물었다.

"성은 화 씨. 너는 연씨가 아니지 않느냐. 연씨 집안 사람이 아닌 자가 문을 열었다간 바로 황천길로 갈지도 모른다. 제 발로 죽음의 길을 향해 뛰어들 필요 없다."

"전하."

화경이 머리를 조아리며 낭랑한 목소리로 말했다.

"이 사당 안에는 소인의 시어머니와 남편이 있습니다. 함께 살 수 없다면 함께 죽는 것이 낫습니다."

봉지미와 영혁은 동시에 깜짝 놀랐다.

"남편?"

봉지미가 어, 하고 낮은 탄식을 쏟아 냈다. 남해에 연회석의 부인이 있는 줄은 꿈에도 몰랐다. 어찌 한 번도 그런 이야기를 꺼내지 않았는지 의문스러웠다. 그리고 사정이 있다고 해도 연회석 역시 연씨 집안의 자제였다. 만약 이 여자가 연회석의 부인이라면 화려한 옷차림을 했을 터인데 어쩐 일인지 서민의 복장을 하고 있었다. 봉지미의 눈빛이 화경의 손발로 향했다. 여자는 맨발에 짚신을 신었고, 바짓가랑이는 높이 당겨 올렸고, 손목과 발목에는 밧줄에 쓸린 핏자국이 남아 있었다. 어느 부위는 심하게 쓸려서 뼈가 드러났고, 선혈이 흐르고 있었다.

'저 여자는 여기까지 어떻게 온 거지? 혼자 밧줄을 풀고 죽을 힘을 다해 도망친 건가? 그래서 짚신은 너덜너덜하고 온몸이 상처투성이인가 본데…….'

"여자를 가까이 오게 하라."

봉지미가 명령을 내리자 호위 무사들이 길을 열어 주었다. 화경이 힘겹게 나무를 내려오더니 뜻밖에도 봉지미 쪽으로 가지 않고 바로 사당 입구로 달려갔다. 화경은 달려가면서 등 뒤에서 작살 한 쌍을 꺼내 들었다. 봉지미는 다시 어, 하고 낮은 소리를 내뱉으며 눈이 휘둥그레졌다.

'이거 아무래도 큰 말썽이 되겠는데.'

봉지미는 마음이 놓이지 않아 여자 쪽으로 다가갔다. 화경은 사당의 문 앞까지 단숨에 달려가더니 문을 두드리며 큰 소리로 외쳤다.

"연씨 732대 종갓집 종손 연장천이 적장자 어른을 뵙고자 찾아왔습니다!"

봉지미와 영혁은 서로 얼굴만 쳐다볼 뿐 아무 말도 하지 못했다. 최근 연씨 집안과 어울리면서 연장천이란 이름은 들어 본 적이 없었다. 심지어 연씨 집안의 종손이라니 놀라울 따름이었다. 더구나 이건 분명 남자 이름인데 이 여자는 아까 제 이름을 화경이라고 했지 연장천이라고 말하지 않았었다.

사당의 문이 조심스럽게 열리더니 누군가의 얼굴이 문틈으로 반만 내밀어졌다. 그자가 연회원인 것을 어렴풋이 알 수 있었다. 연회원은 새파래진 얼굴로 영혁과 봉지미를 노려보더니 이내 화경 쪽으로 눈길을 돌렸다. 잠시 멍하니 서 있다가 입에 거품을 물고 욕을 퍼부었다.

"이 과부년이! 천것이 여기가 어디라고 와서 행패야. 그 연장천이 대체 누군데? 우린 지금까지 731대까지만 족보에 들어가 있는데 732대를 어다다 갖다 붙여. 다른 성씨 주제에 감히 신성한 연씨 집안의 사당문을 함부로 두드리고! 그것도 모자라 말도 안 되는 소설까지 쓰고 있는 게야. 아주 목을 콱 비틀어 버릴 테다!"

"용기가 있으면 죽여 보시죠."

화경이 두려움에 떨지 않고 태연한 얼굴로 받아쳤다.

"조상의 이름을 등에 업고 어찌 조상의 뜻을 거역하려 하십니까. 사당 앞에서 연씨 집안의 종손을 죽일 수만 있다면 제가 당신 말대로 하겠습니다."

"무슨 얼어죽을 종손. 꺼져!"

연회원이 크게 성을 내며 손을 뻗어 화경을 밀어 냈다. 화경이 뒤로 한 발짝 밀리더니 거칠게 홑적삼을 걷어 올려 볼록하게 나온 배를 쑥 내밀며 크게 외쳤다.

"연장천은 여기 있습니다!"

그 순간 천 명이 넘는 사람들이 쥐 죽은 듯이 조용해졌다. 봉지미는 자기도 모르게 입을 벌렸다. 고남의도 솟아오른 배를 바라보다 손 안의 작은 호두를 쳐다봤다. 영징은 곤두박질쳐서 먼지 속에 파묻혔다.

황혼의 햇빛 아래 여자는 천 명 앞에서 홑적삼을 들추고 태연하게 제 몸을 드러냈다. 얇은 홑옷으로 가려진 배가 약간 봉긋 솟아올랐고, 배 위에 생긴 임신선이 성긴 옷감을 뚫고 드러나 보였다. 연회원은 그 자리에 그대로 굳어버린 채 허공에 뻗은 손을 다시 되돌려 놓는 것도 잊었다.

"연씨 집안의 732대 종손은 지금 제 배 속에 있습니다."

화경이 맹렬한 기색을 뿜어내며 흐트러진 홑옷을 전혀 신경 쓰지 않고, 편안한 얼굴로 연회원의 눈빛을 똑바로 마주하며 한 자 한 자 똑똑히 말했다.

"족보에 따르면 732대는 이름에 '장' 자를 넣어야 해서 제가 아이에게 연장천이라고 이름을 지어 줬습니다. 연회원은 지금 당장 연장천을 안으로 들어가게 하십시오!"

화경의 목소리는 금속이 부딪치는 듯 또랑또랑하게 울려 퍼졌다. 발음은 유달리 분명하고 깔끔해 천여 명의 사람들 모두 또렷하게 들을 수 있었다.

영혁이 갑자기 가볍게 탄식하며 말했다.

"잘됐구나!"

봉지미도 감격한 듯 외쳤다.

"회석 아우님이 복이 많습니다!"

연회원은 넋을 놓고 화경의 배를 한참 동안 응시하더니 손을 내리고 뒤로 물러났다. 사당 안에서는 한바탕 난리가 났고, 오래 지나지 않아서 나이가 꽤 있어 보이는 목소리가 들렸다. 바로 연씨 어른이었다. 연씨 어른은 바들바들 떨리는 목소리로 말했다.

"화경, 저 부도덕하고 부끄러운 줄도 모르는 과부가 감히 연씨 집안의 신성한 사당 앞에서 허튼 소리를 지껄여! 대체 무슨 속셈이냐. 빨리 돌아가지 못할까!"

"누가 허튼 소리를 지껄였다는 겁니까. 제가 무슨 속셈이 있다는 겁니까."

화경이 한 마디도 물러나지 않고 말을 되받아쳤다.

"대 연씨 집안이 황제 신주에 이름을 올린 이래로 역대 자손 중에 누가 감히 사당에서 사실을 왜곡하고 거짓말을 할 수 있겠습니까. 그러면 천벌을 받고 가족에게 화가 닥칠 것이 뻔한데요. 어르신은 하늘이 무섭지도 않으십니까!"

연씨 어른이 사레가 들려 캑캑거리다가 결국 화를 냈다.

"다른 성씨 여자가 입에서 나오는 대로 마구 지껄이고 있구나. 연씨 집안의 후손을 가졌다는 말을 믿고 사당 안으로 널 들일 줄 아느냐. 꿈도 꾸지 마라!"

"연씨 집안은 이번 대에서 덕을 쌓지 못해 자손이 귀하지 않습니까."

화경이 냉소를 지으며 말을 이었다.

"재작년 둘째 아드님 댁의 손자가 바다에 빠져 죽고, 지금 남은 자손은 전부 족보에도 넣을 수 없는 여자 아이들만 있는 줄로 압니다. 그런데도 지금 연씨 집안 종손을 가진 절 못 들어가게 하시는 겁니까. 연씨 집안은 줄곧 큰아들의 적출이 장손을 계승해 왔는데 윗대의 큰아드님이 집을 나가지 않았습니까. 이번 대에는 그에 대한 원한으로 연회석을 쫓아내려 하시고……. 하지만 제겐 이 아이가 있습니다. 절대 나가지도 않고 실수하지도 않을 것입니다. 어르신은 절 막을 수 없습니다."

"네가 대체 무엇이더냐. 남편도 없는 과부가 지금까지 우리 연씨 집안에 시집온 적도 없으면서 어디 감히 연씨 황족의 신성한 혈통을 배 속에 가졌다고 떠벌리는 것이냐."

"회석!"

화경이 뒤로 한 걸음 물러나더니 사당 안쪽을 향해 외쳤다.

"제 말이 들립니까? 당신에게 하나만 묻죠. 저와 결혼하시겠습니까?"

일순간 정적이 흘렀다. 사람들은 흙으로 빚은 인형처럼 딱딱하게 굳어서 숨 쉬는 것도 잊고 이 여자의 대담하고 결연한 모습에 놀라고 있었다. 햇빛이 하얗게 부서져 내렸고 화경의 반질반질한 배는 밝게 빛났다. 화경은 사람들 앞에서 청혼하는 것이 부끄러웠지만 일생의 명예와 운명이 달려 있었기 때문에 필사적으로 낭군에게 들이댈 수밖에 없었다. 길지 않은 적막함이었지만 사람들은 견디기가 무척 어려웠다. 사람들의 호흡이 길게 늘어질 즈음 사당의 깊고 먼 곳에서 연회석의 한 마디가 엄숙하게 울려 퍼졌다. 오직 이 한 마디였다.

"하겠소!"

딱 잘라 하는 대답에 후회 따위는 엿보이지 않았다. 여기저기서 시끌시끌 요란한 소리가 나더니 천여 명의 호위 무사들이 임무도 잊은 채 하나같이 박수갈채를 보내며 기뻐했다. 봉지미의 눈에 수정처럼 반짝이는 것이 스쳐 지나갔다. 이미 차갑게 가라앉아 식어 버린 피가 다시 끓는 느낌이었다. 순간 가슴 속의 모든 것이 굽이치며 들끓었다. 줄곧 아무 말도 하지 않고 있던 영혁이 고개를 기울여 봉지미를 바라봤다. 봉지미는 영혁의 눈빛을 마주할 자신이 없어 눈길을 피했고, 그는 가볍게 한숨을 내쉬었다.

화경의 눈에서 옥구슬 같은 눈물이 또르르 구르더니 얼굴을 타고 끊임없이 떨어져 내렸다.

"회석이가 너에게 장가든다고 해도."

연씨 어른이 멍하니 있다가 갈라진 목소리로 말했다.

"어찌 그 아이가 남자아이라고 확신할 수 있는 게냐. 여자아이라면 이 안으로 절대 들어올 수 없다!"

"확인은 아주 쉽습니다."

화경이 경멸의 웃음을 터트렸다. 봉지미는 갑자기 심장이 쿵쾅쿵쾅 뛰기 시작했다.

쓱.

화경이 작살 한 쌍을 높이 들어올렸다. 햇빛 아래에서 번쩍번쩍 광이 나게 날이 선 작살이 눈부신 빛살을 반사하고 있었다.

"직접 보면 알겠죠!"

빛줄기가 번쩍이더니 작살이 배를 향해 달려들었다.

"안 돼!"

연씨 어른이 크게 소리쳤다. 너무 놀라서 노쇠한 심장이 멈추는 줄 알았다. 사당 내에서는 연씨 집안의 살아 있는 자손을 죽일 수 없었다. 게다가 저 여자의 두 다리를 부러트려 남해에서 쫓아냈는데 만일 나온 아이가 남자아이라면, 연씨 어른은 조상님께 남은 목숨을 바치기에도 부족할 것이었다.

퍽.

때마침 날아온 호두 한 개가 연장천의 목숨을 구했다. 영징은 화경에게 스치듯 다가가서 작살을 거두어들였고 그녀의 어깨를 두드리면서 낮게 말했다.

"시간을 끌어서 딱 좋았어."

하지만 화경은 들리지 않는 듯 한 손으로 여전히 배를 움켜쥐었다. 영징이 작살을 거두어들이기 직전에 예리한 끝부분이 배의 겉면을 긁고 지나갔고, 이 때문에 선혈이 방울방울 맺혀 청석 위로 뚝뚝 떨어졌다. 천 명이 넘는 사람들이 아무 말도 하지 못하고 그 자리에서 얼어붙었다. 이 여자가 나타난 뒤부터 사람들은 놀라도 너무 놀라 소리를 내는 것조차 종종 잊어버렸다.

"어르신이 말린 것입니다."

화경은 눈처럼 새하얀 송곳니를 드러내며 환하게 웃었다. 산속에 숨어 사는 정체를 알 수 없는 짐승처럼 미소가 섬뜩했다.

"이제 문을 여십시오. 종손 연장천이 들어가려 합니다."

연씨 어른은 화경을 한참 동안 뚫어져라 바라봤다. 다 된 밥에 코를 빠트린 사람처럼 절망스러운 기색이 얼굴에 적나라하게 드러났다. 수염과 머리카락으로 애써 가리려고 했지만 소용이 없었다. 연씨 어른은 아무 소리 없이 손만 휘저었다. 사당 문이 커다란 소리를 내며 열렸고, 그

동안 안으로 들어가지 못했던 햇빛이 안으로 쏟아졌다. 짙은 검은색 철문 위로 환하고 긴 빛살이 뻗어 나가 거대한 부채가 펼쳐진 듯했다. 봉지미는 부채꼴의 그림자가 사당 안으로 퍼져 나가는 것을 바라봤다. 그리고 꼿꼿하게 배를 어루만지며 환한 미소를 짓고 있는 화경을 쳐다보고는 긴 한숨을 토해 냈다.

봉지미는 뒤로 한 발 물러나더니 고른 땅을 찾아 앉았다. 사당 쪽의 상황을 주의 깊게 듣고 있던 영혁이 인기척을 느끼고 고개를 돌려 봉지미가 있는 방향을 쳐다봤다.

"영징."

봉지미가 차분하게 영징에게 명령을 내렸다.

"자네 주군이 나한테 가까이 다가오지 못하도록 잘 살펴 주게. 그리고 괜찮다면 고남의 사형을 좀 붙잡아 주고."

봉지미는 뒤쪽으로 고개를 돌렸다가 이내 앞으로 푹 떨어뜨렸다. 빛과 그림자가 뒤바뀌는 순간 봉지미는 누군가가 달려오는 것을 느꼈다. 다른 누군가는 술을 퍼마셨는지 혀가 꼬부라져 있었다.

"지미!"

언제나 네 곁에

달려드는 사람은 고남의였고 술독에 빠져서 혀가 꼬부라진 사람은 영혁이었다. 영징은 둘 중 누구 하나도 제대로 붙잡을 수가 없었다. 고남의는 뛰어난 무공을 발휘해 영혁보다 먼저 도착해서 봉지미를 집어들었다. 이때 영혁이 다가와서 봉지미를 억지로 빼앗으려 하는 대신 고남의의 손을 찰싹 때렸다. 고남의는 봉지미 이외에는 어느 누구에게도 몸이 닿는 것을 허락하지 않는지라 무의식중에 손가락을 쫙 펼쳤다. 순간 봉지미는 아래로 떨어져 버렸지만 다행히도 그곳에서 손을 뻗고 기다리고 있던 영혁의 품 안으로 쏙 들어왔다. 한쪽 무릎을 땅에 대고 봉지미의 맥을 짚어 본 영혁은 얼굴색이 심하게 변했다. 그때 영징이 달려와 영혁을 잡아끌며 다급하게 말렸다.

"주군, 안 됩니다. 역병이……."

"닥쳐라."

영혁이 홱 고개를 돌려 초점이 흐린 눈빛으로 영징을 '응시'하더니 냉담하게 가라앉은 목소리로 물었다.

"너희들은 대체 어딜 갔다 온 것이냐?"

영징이 일단 입을 벌렸지만 쉽사리 말을 꺼내지 못하고 머뭇거렸다. 그러다 마지못해 급성 전염병이 발생한 산속 작은 마을을 지나온 경위를 더듬더듬 말했다. 영징의 말을 들을수록 영혁의 얼굴빛이 새파래졌고 한참이 지나고서야 겨우 입을 뗄 수 있었다.

"너희들은 왜 괜찮은 것이냐?"

"저희 모두 똑같이 약초를 먹었는데 왜 위지만 저런 것인지 잘 모르겠습니다. 조금 전까진 분명 괜찮았었는데……."

영징은 아무리 생각해 봐도 이해할 수가 없었다. 그때 고남의가 툭 끼어들었다.

"설사."

영징이 잠시 멍해졌다가 비로소 고남의의 뜻을 알아챘다. 어젯밤 봉지미는 공복에 해산물을 삼키고 술을 잔뜩 마신 탓에 위로는 토를 하고 아래로는 설사를 했었다. 그리고 잠도 거의 자지 못한 채 풍주로 달려가 주희중과 치열한 기 싸움을 벌였다. 게다가 다시 돌아오는 길에는 바짝바짝 타들어 가는 속을 부여잡고 사당까지 달려와 이번 사태를 수습하느라 체력과 정신력이 밑바닥까지 떨어진 상태였다. 따라서 건강에 무리가 없었던 다른 사람들과 달리 봉지미만 역병을 견뎌 낼 수 없었던 것이었다.

영혁은 가을 풀 위에 내린 서리처럼 새하얀 얼굴빛을 드러냈다. 영혁의 품속에 안긴 봉지미의 가녀린 몸에서 뜨거운 열기가 뿜어져 나와 마치 화로를 끌어안은 듯했다. 보아하니 열이 오른 지 한참이 지난 것 같았다. 하지만 봉지미는 조금도 내색하지 않았고, 참고 기다렸다가 일이 일단락되고 나서야 쓰러진 것이었다. 봉지미는 자신이 감염된 사실을 진즉에 알아채고 계속 영혁에게 가까이 가려고 하지 않았다. 그런데 영혁은 그것도 모르고 혼자서 오해를 한 것이었다. 영혁은 한쪽 무릎을 땅에 댄 채 그대로 몸이 굳어버렸다. 바람에 일어난 흙먼지가 두루마기를 온통 뒤덮었지만 전혀 개의치 않았다. 영혁의 시선은 오로지 봉지미만을 향해 있었다. 그녀를 안고 있는 손이 파르르 떨려 왔다. 영혁은 제 눈이 보이지 않는 것이 원망스럽고 또 원망스러웠다.

고남의는 곁에 서서 손에 가득 쥔 호두를 부비고 있었다. 봉지미의 미간에 점차 검푸른 빛이 떠오르자 멍하니 생각했다.

'봉지미가 아픈가? 언제부터? 어떻게 병에 걸렸지? 내가 왜 몰랐지? 영혁의 얼굴색은 왜 또 저 모양이지? 봉지미가 죽기라도 하는 것처럼. 봉지미가…… 죽어?'

여기까지 생각이 미치자 고남의는 자기도 모르게 흠칫 놀랐다. 문득 어딘가가 불편해져 왔고 무언가에 눌리고 막혀서 호흡이 불편했다. 이전에는 이런 낯선 느낌을 느껴 본 적이 없었다. 일생 동안 고남의의 감정은 언제나 고요하게 가라앉은 고인 물과 같았고, 항상 일정한 박동을 유지하는 심장과 같았다. 평범한 사람은 마음의 상처, 괴로움, 희열, 갈등 같은 감정에 휘둘렸지만 고남의는 느껴보지도 못했고 이해하지도 못했다. 세 살 무렵 아버지가 돌아가셨을 때도 고남의는 차분했다. 여덟 살에 고남의의 유모가 죽었을 때도 마찬가지였다. 유모는 임종 전에 고남의의 손을 잡아끌며 하염없이 눈물을 흘렸다.

"불쌍한 아이 같으니라고. 너 같은 아이가 어째서 그런 걸 감당해야 하는지……."

그날 밤 고남의는 흔들리는 등잔불 아래에서 무심하고 냉담한 눈길로 유모를 바라봤다. 유모의 손에서 조용히 제 손을 빼 내고 가장 먼저 한 일은 손등에 떨어진 유모의 눈물을 가차 없이 닦아 내는 것이었다. 고남의는 몸을 일으켜 방 안을 가득 메우고 있는 사람들 사이를 뚫고 지나갔다.

'고남의는 어떤 사람일까. 아무도 그에 대해 말해 주지 않던데……'

모두가 호기심을 가득 품은 눈빛으로 고남의를 바라보며 낮은 탄식을 내뱉었다. 고남의는 사람들의 평가나 눈빛과 표정 따위에 전혀 관심이 없었다. 자신의 일도 낯선 사람의 일처럼 여길 뿐이었다. 산과 바다의 거리처럼 아득히 먼 또 다른 세계에 머물러 있었다. 하지만 이 순간만큼은 고남의도 자신이 어떤 사람인지 알고 싶어졌다. 고남의는 보통 사람들과 달라서 봉지미의 곁에 있어도 그녀에게 무슨 일이 일어났는지 이해하기가 어려웠다. 지금은 오직 한 가지 생각만이 그를 괴롭혔다.

'봉지미가 죽는다면…… 봉지미가 죽는다면…….'

고남의는 순간 머리가 핑 돌았고 뒤로 물러나며 미간을 세게 찡그렸다. 가슴을 쓸어내리면서 눈을 감고 호흡을 가다듬으려 애썼다. 분명 자신도 전염되어…… 곧 죽을 것이었다.

봉지미가 고개를 옆으로 기울이더니 갑작스레 입에서 토사물을 뿜어냈다. 먹은 것이 전혀 없어서 밖으로 나온 것은 대부분 위액과 담즙이었다. 맹렬한 기세로 한바탕 토해 낸 후에 잠시 안정되는가 싶더니 다시 입에서 엄청난 양의 녹색 담즙을 내뿜었다. 봉지미를 안고 있던 영혁이 이를 온몸에 뒤집어썼고 멀지 않은 곳에 있던 영정과 고남의도 재앙을 피하지 못했다. 하지만 몸을 피하는 사람은 아무도 없었다. 결벽증이 있는 고남의도 그 자리에 계속 서 있었다. 영혁은 제 무릎 위에 누워 있는 봉지미를 바짝 끌어당겨 상체를 일으켜 세우고 가볍게 등을 두드려 주었다. 배가 압박받지 않도록 자세를 고쳐 주고, 토사물이 기관지를 막아 질식하지 않도록 주의를 기울였다. 오물이 온몸을 뒤덮었지만 역겨운 냄새를 조금도 느끼지 못하는 듯했다.

이때 요란한 발소리가 울려 퍼졌고 앞쪽에 새까만 그림자가 나타났다. 풍주 순검(巡檢)이 이끌고 온 풍주 관부군이었다. 영혁은 고개를 돌려 차가운 칼날처럼 서슬 퍼런 눈으로 연씨 집안의 사당을 노려봤다. 영혁은 사당의 문틈을 '뚫어져라 쳐다보며' 줄곧 감추고 있던 싸늘한 눈빛으로 분노에 가득 찬 살의를 드러냈다.

"내 연씨 집안의 사당을 모조리 없애 버릴 것이다!"

"전하!"

"저항하는 자는 모두 죽여라."

게원에는 참담하고 우울한 공기가 무겁게 내려앉아 있었다. 역병에 걸린 흠차 대인의 상태는 매우 위중했다. 이 소식이 바깥으로 새어 나가지 못하도록 게원 사람들을 엄격히 단속했고 대내적으로도 철저히 함구시켰다. 자신의 운명이 걸려 있는 초왕은 벼락이 치듯 격노하여 게원 전체를 세찬 폭풍우 속으로 몰아넣었다. 사람들은 오가는 길에 마주쳐도 대화를 나눌 엄두를 내지 못하고 서로 힐끗 바라보기만 했다. 눈이 마주치면 서둘러 몸을 비켜 자리를 뜨고 의원을 찾아 분주히 뛰어다닐 뿐이었다.

의원들이 떼를 지어 게원으로 들어왔고 잠시 후 또 다른 한 무리가 대문을 넘었다. 처방전이 눈송이처럼 쌓여 갔고, 진귀한 약재가 흐르는 물처럼 게원 안으로 연이어 들어왔다. 복도 처마 아래에서는 하루 종일 쉬지 않고 약을 달이는 화로에서 연기가 피어올랐다. 하지만 초왕의 낯빛은 나날이 새파랗게 질려 갔다.

분노가 폭발했던 그날부터 영혁은 주변 사람들과 한 마디도 나누지 않았다. 하지만 그렇다고 하루 종일 봉지미의 침대맡을 지키고 있는 것도 아니었다. 영혁은 계속해서 아랫사람을 불러 만났고, 당시 연씨 집안의 사당 앞에서 봉지미가 붙잡았던 자객을 심문했으며, 준마로 조정에 밀서를 보내 태의를 파견하여 조속히 인명을 구해 달라고 청했다.

봉지미는 지독한 병 앞에 무릎을 꿇고 생사의 위기에서 몸부림 치고 있었다. 봉지미가 혼수상태에 빠져 있는 동안 남해는 천지가 뒤집히는 것 같은 어지러운 국면으로 접어들고 있었다. 활화산처럼 터질 듯한 분노로 가득 찬 영혁이 마침내 인정사정없는 냉혈한의 본모습을 드러냈다.

연씨 집안의 사당 문이 열린 날이었다. 화경이 거동이 불편한 연회석과 연회석의 어머니 진 부인을 부축해서 나오자마자 영혁이 주위를 에워싸고 있던 호위 무사들에게 명하여 사당 문을 닫았고, 사당에 있던 사람들을 안에 가두어 버렸다. 이후 마을 사람들이 식량과 돈을 받으러 이웃 현으로 떠나면서 사방이 거의 텅 비게 되자 영혁은 호위 무사 삼천 명과 관부군 삼천 명을 동원해 사당 밑에 땅굴을 팠다. 하룻밤 사이에 완성된 땅굴에는 대량의 폭약이 묻혔다. 영혁이 사람들을 철수시킨 후 도화선에 불을 붙였다. 그러자 황제의 혈통을 이어 받은 남해 제일의 가문이 수백 년 동안 가장 신성하게 모시던 사당이 천지를 울리는 굉음과 함께 갈라진 땅 사이로 순식간에 사라져 버렸다. 사당은 호화롭고 웅대한 외관을 갖추고 있고, 화려한 그림이 채색된 들보가 있는 유서 깊은 건물이었다. 그러나 그 건물은 붉은색과 금색 빛이 뒤섞인 아침 햇살을 받으며 산산이 무너져 내리고 말았다. 연씨 집안 사람에게 수백 년에 걸쳐 최고의 숭배 대상이 되었던 성지가 허무하게 허물어진 것이었다.

당시 연씨 집안에서 명망이 높은 남자들은 대부분 사당 안에 남아 있었다. 하지만 사당이 워낙 견고해서 바닥은 꺼져도 들보는 내려앉지 않았고, 완전히 파괴되는 참사는 일어나지 않았다. 그래도 한 명이 죽었고 많은 사람들이 다쳤다. 연씨 집안의 현재 당주는 떨어지는 물체에 머리를 맞아서 의식불명이 되었고, 연회원도 무너지는 벽돌에 깔려 다리가 잘려 나갔다. 하지만 연씨 어른은 조금도 다치지 않고 멀쩡했다. 집안 사람들이 연씨 어른을 등에 업고 도망치려 하자 노인은 눈물을 흘리며 세차게 고개를 저었다. 연씨 집안이 황족임을 증명하는 위풍당당한 위패는 산산이 부서졌다. 연씨 어른은 위패 앞에 엎드려 이마를 땅에 조아리고 울먹이며 크게 소리쳤다.

"하늘이 우리 연씨 집안을 돕지 않으시구나! 은덕이 미치는 것도 여기까지라 조상님을 만나 뵐 면목이 없네……."

연씨 어른은 사당의 대문을 가려 주는 벽에 제 머리를 세게 박았다. 선혈이 흰 대리석 표면을 흐르다 천천히 안으로 스며들었다. 얼핏 보기에 하늘 높이 날아오르며 춤추는 붉은 용의 무늬가 대리석 안에 박힌 듯했다.

영혁은 밖에서 뒷짐을 지고 무너진 사당을 바라보고 있었다. 환하게 빛나는 횃불의 흔들리는 불빛 속에 그의 무표정한 얼굴이 드러났다. 숨소리 하나 나지 않을 만큼 고요한 일대에 짐승의 것인지 사람의 것인지 알 수 없는 울음소리가 날카롭게 울려 퍼졌다. 영혁은 주위를 자욱하게 뒤덮은 연기와 돌가루의 냄새를 맡으며 냉담하게 웃어 보였다.

"하늘이라? 하늘은 바로 여기에 있다!"

영혁은 몸을 돌려 결연한 자세로 발걸음을 옮겼다. 처절하게 울부짖는 연씨 집안 사람들을 뒤에 버려두고 떠나가면서 말했다.

"위지에게 무슨 일이라도 생기면 너희들 전부 산 채로 묻어 버릴 것이다."

천하를 지배하는 자의 분노가 하늘을 무너트리고 땅을 가라앉혔다. 살고자 하는 자의 몸부림은 일순간에 사그라들었다. 3일 후 이웃 현에서 돌아온 마을 사람들은 웅장한 위용을 떨치던 연씨 집안의 사당이 쑥대밭으로 변한 광경을 목격했다. 영혁은 연씨 집안이 대를 이을 자손을 업신여기고, 백성을 수탈하며, 도리에 어긋나는 짓을 저질러 천벌을 받았다는 소문을 널리 퍼트렸다. 그리하여 산이 무너지고 땅이 갈라져 사당이 무너졌다는 것이었다. 언제나 백성들은 괴이한 소문일수록 쉽게 믿었다. 믿지 않는 자가 있더라도 소문을 퍼트린 범인을 찾아내기란 불가능했다. 이전부터 남해에는 종종 땅이 갈라지는 크고 작은 사고가 일어나곤 했었는데 천재지변은 증거가 남지 않았고 누구를 대상으로 일으킨 것인지도 알 수 없었다. 이번 일로 집이 무너진 백성은 관부가 세워진 이래 가장 후한 보상을 받아 새집으로 이사를 했고, 딱히 슬픈 기색 없이 집 안에 들어 앉아 태연하게 은자를 세고 있을 뿐이었다.

영혁이 손가락만 한번 까딱해도 연씨 집안 사람들의 마음속에서 커다란 버팀목으로 자리 잡고 있던 사당이 단번에 무너질 수 있었고, 연회석도 연씨 집안의 당주로 올라설 수 있었다. 초왕의 호위 무사 삼천 명이 칼자루와 활시위에 손을 대고 당길 기회만을 기다리고 있었다. 결국 연씨 집안 사람들은 찍소리도 하지 못하고 당분간 연회석이 연씨 집안의 당주가 되는 것을 묵인해 주었다. 연회석은 단호하고 신속하게 집안의 장로들을 교체했고, 가차 없이 몇몇을 숙청했으며, 각지에 있는 상점의 실권을 다시 장악했다. 끔찍한 굉음과 함께 아침 햇살 속으로 사라진 연씨 집안의 성지는 영원히 돌이킬 수 없는 모습으로 바뀌었고, 연씨 집안 사람들의 저항심과 의지력마저 잃게 했다. 사람들은 사당이 무너진 뒷배경에 분명 어떤 음모가 있다는 것을 알았다. 하지만 영혁의 깔끔한 처리 실력과 거역할 수 없는 힘에 압도되어 겁을 잔뜩 먹고 한껏 움츠릴 수밖에 없었다.

순순히 물러나는 연씨 집안을 보고 영혁은 상씨 집안과 남해 관리의 손이 아직 이곳까지는 뻗어 있지 않다고 확신했다. 그렇지 않다면 연씨 집안은 분명 입장을 번복했을 터였다. 영혁은 우선 연씨 집안의 일을 확실히 마무리 지었다. 이후에는 상씨 집안이 깊이 숨겨 놓은 세력을 깨끗이 쓸어버리기 위해 철저하고 신속한 작업에 들어갔다. 지난번에 잡아들인 자객들을 심문하는 동시에 아무도 모르게 성문을 철저히 감시했다. 자객들이 심문받지 않고 석방되어 인도되고 있다는 소문을 여러 성문에서 퍼트리자 옷차림을 바꾸고 성을 나가는 상관씨 집안과 황씨 집안의 사람들을 연이어 붙잡을 수 있었다. 상관씨 집안은 가장 최근에 받은 원양 화물 더미 속에 금지품을 몰래 숨겼다가 발각되었고, 황씨 집안의 직계 자제는 뇌물 수뢰 사건에 연루되었다. 자라 보고 놀란 가슴 솥뚜껑 보고 놀란다는 말처럼 그 후로 두 집안은 사소한 일도 경계하며 괜한 불똥이 튀지 않도록 각별히 주의를 기울였다. 한편으로 상관씨 집안과 황씨 집안은 곤란한 상황에서 벗어나기 위해 진씨 집안과 이씨 집안에 몰래 연락을 취했다. 이때 영혁은 재빨리 주희중을 통해 선박 사무사 설립을 선포했고 연회석을 총판 사관(司官)으로, 진씨 집안의 당주와 이씨 집안의 당주를 각각 부총판으로 임명했다. 영혁이 한발 앞서서 상관씨 집안과 황씨 집안이 다른 두 집안과 합종연횡으로 관부에 저항하려는 시도를 차단한 것이었다.

상관씨 집안과 황씨 집안이 움직이기 시작하자 깨끗하지 못한 남해의 관리들이 점차 수면 위로 모습을 드러냈다. 주희중은 이번 기회를 이용해 관리의 품행을 바로잡기로 결심하고 과감하게 칼을 뽑아 들었다. 골라 낼 자는 골라 내고, 이동시킬 자는 이동시키고, 구실을 찾아 처리할 자는 처리했다. 하지만 상씨 집안과 깊이 관련된 관리들은 조금밖에 잡아 내지 못했다. 영혁의 매서운 눈길이 상씨 집안으로 향했다.

흠차가 남해에 도착한 이래로 상씨 집안의 사람들은 풍주의 대저택에 머물지 않았다. 하인과 하녀 몇 명만이 저택을 지키고 있었다. 하지만 그들의 영향력은 여전히 대단해서 봉지미는 남해에 도착한 첫날부터 사람을 시켜 상 씨 대저택의 움직임을 감시하게 했다.

영혁은 이번에 사당 앞에서 붙잡힌 자객들을 모두 심문하지는 않았다. 대신 몇 명에게만 집중했고 굉장히 잔인한 수단을 동원해 억지로 입을 열게 했다. 그 과정에서 저항하던 몇은 고문을 이기지 못하고 죽음에 이르렀다. 영혁은 시종일관 무덤덤한 표정으로 죄의 경중을 가려서 고문을 하다가 두 자객에게 일부러 달아날 기회를 만들어 주었다. 구사일생으로 살아난 두 자객은 상처투성이인 몸을 이끌고 죽기 살기로 도망쳤다. 그리고 대담한 모험이었는데 운이 좋았다며 만족스러운 빛을 드러냈다. 그들은 승리에 도취한 나머지 영징이 사람을 데리고 뒤에서 몰래 따라오고 있는 줄은 꿈에도 몰랐다. 덩굴을 더듬어 가면 참외가 나오듯 실질적인 힘을 가진 윗선을 캐내려면 자객들을 쫓아야 종국적 진실에 도달할 수 있었다. 그러면 상씨 집안이 남해에 남겨 둔 세력을 한꺼번에 끌어 낼 수 있을 것이었다.

얼마 되지 않는 짧은 시간 동안 명문 세가에서 관료 사회까지, 연씨 집안에서 상씨 집안까지 영혁은 눈 하나 꿈쩍하지 않고 맹렬한 기세로 깨끗이 휩쓸고 있었다. 어리석고 무지한 백성들은 일순간에 천지가 뒤바뀌는 줄도 모르고, 다른 사람의 일에는 관심 없다는 듯 여유롭고 편안한 나날을 보내고 있었다. 오직 명문 세가와 관료 사회만이 소용돌이의 중심에서 끝없이 이어지는 광풍에 정신없이 흔들리며 혀를 내두를 뿐이었다. 초왕 전하의 진면목을 마주한 사람들은 놀라서 입을 다물지 못했다. 빠르게 정비되어 가는 남해를 지켜보며 영혁은 자신의 뜻을 펼칠 수 있는 가장 좋은 기회를 얻었다고 생각했다. 하지만 남해의 흠차가 중병으로 몸져누워 목숨을 장담할 수 없는 절체절명의 시기였다. 남해의 관리들은 친분이 매우 두터운 초왕이 3일 동안 계원에 코빼기도 내밀지 않자 뒤에서 몰래 '모진 영혁'이라고 수군거렸다. 영혁은 3일 밤낮으로 모든 힘을 쏟아 부어 일을 마무리를 짓고서야 겨우 계원으로 돌아올 수 있었다.

남해는 안정됐지만 영혁의 얼굴에는 조금도 기쁜 기색이 없었다. 이는 원래 봉지미가 하려고 했던 일들을 처리한 것에 불과했다. 영혁은 쓰러져 있는 봉지미의 곁에서 마음만 졸이고 있으니 깨어나면 마음 편히 요양에 전념할 수 있도록 그녀가 해야 할 일을 미리 완수해 놓는 것이 더 낫다고 판단했다. 영혁은 온 마음을 다해 봉지미가 깨어나기만을 바랐다. 모든 사람들이 봉지미가 깨어나길 기다렸다. 고남의는 하루 종일

약냄새와 연기로 자욱한 지붕 위에 누워 풀잎피리를 불고 있었다. 아침부터 밤까지 쉬지 않고 불었는데 이렇게 하면 무서운 이별 따위는 일어나지 않을 것만 같았다. 영혁은 계속 밖에서 괴상한 것을 구해 와 봉지미에게 먹였다. 물에 빠지면 지푸라기라도 잡고 싶은 것처럼 어떤 방법이라도 시도해 보고 싶은 영혁의 마음을 모두가 잘 알았기에 아무도 그를 말릴 수 없었다.

연회석 부부는 봉지미의 침상 앞에서 한 발자국도 떨어지지 않았고 어디에도 가지 않았다. 청명서원의 서생들은 영혁이 내쫓는 바람에 안으로 들어오지 못하고 하루 종일 집 밖에서 객귀처럼 어슬렁거렸다. 혁련쟁과 요양우는 이재민 구제를 잘 마무리하고 봉지미에게 식량 창고를 지키는 관리를 어떻게 굴복시켰는지 자랑할 생각에 신이 나서 서둘러 돌아왔다. 하지만 봉지미가 쓰러졌다는 소식을 듣고는 둘 다 넋이 나가고 말았다. 퍼뜩 정신이 든 혁련쟁이 연씨 집안 사람들을 죽이러 가겠다고 눈에 핏발을 세우며 펄쩍펄쩍 날뛰었고, 서생들이 그의 팔다리를 붙잡아 간신히 말렸다.

수많은 사람들이 전심전력을 다해 봉지미를 살릴 방법을 찾아 나섰다. 천금을 들여서라도 희귀한 약재를 구해 와 정성스럽게 찧고 달이기를 반복했다. 이런 노력 덕분에 조금이나마 봉지미의 생명을 연장할 수 있었다. 의원은 본래 악증이 퍼지는 시간은 아주 빨라서 12시진을 넘기는 사람이 드물지만, 봉지미의 체내에 있는 특별한 힘이 병세가 빠르게 퍼지는 것을 막아 주는 것 같다고 말했다. 하지만 지금 잠시 막아 주는 것일 뿐이라서 봉지미의 몸은 하루하루 쇠약해지고 있었다.

모든 사람이 각자 자신이 알고 있는 명의를 찾아 나섰다. 혁련쟁도 삼준을 초원으로 보내 그들의 궁중 주술사를 데리고 오려 했지만 오는 길이 너무 멀어 포기하는 수밖에 없었다. 하는 수 없이 제경에 있는 태의에게 연락했으나 잠시도 짬을 낼 수 없다는 연락을 받았다. 고남의는 매일 성문 입구를 맴돌았다. 그가 아무 수확도 없이 돌아갈 때면 사람들은 고남의 손안의 호두처럼 가루가 될까 봐 그의 눈에 띄지 않도록 조심했다.

악증은 전염성이었지만 누구도 병자를 격리하려 하지 않았다. 모두 부지런히 봉지미를 목욕시키고 손을 씻기고 옷을 갈아입혔다. 다만 봉지미가 있는 방에 들어갈 때는 반드시 먼저 측실에 들러 약초 물로 몸을 깨끗이 씻어야 했다. 영혁은 다른 누군가에게 병이 옮기면, 특히 자신에게 옮기면 사태가 걷잡을 수 없다는 사실을 잘 알고 있었다. 자신이 쓰러지면 봉지미를 살리는 것도 어려워질 터라 매일 쉴 새 없이 측실에 들락날락하며 몇 번이고 목욕을 했고 손과 몸 곳곳을 허물이 벗겨질 정도로 박박 닦았다.

밤이 되면 영혁은 모든 시중을 물리치고 봉지미의 방 안에서 잠을 청했다. 한 시진쯤 흘렀을까 몸을 뒤척이던 영혁이 일어나 봉지미의 안색을 살폈다. 봉지미의 상태는 사람의 간담을 서늘하게 했다. 몸이 불처럼 몹시 뜨거워 3척 거리에서도 열기가 느껴지다가 이내 얼음처럼 차가워져서 방 안의 온도까지 내리는 듯했다. 영혁은 봉지미의 이마에 얼음 주머니를 올려놓았다가 몸이 식으면 얼른 내려서 솜이불을 덮어 주고 화로를 가까이 가져다주었다. 하룻밤 새에 이 동작을 몇 번이나 반복하는지 셀 수도 없을 지경이었다.

한번은 녹초가 된 영혁이 의식이 흐려진 상태에서 잠이 들었는데 아스라한 곳에 있던 봉지미가 숨을 멈춘 것 같았다. 영혁은 비몽사몽간에 침대에서 뛰어내려 봉지미의 침상으로 달려갔지만 눈이 불편해서 그만 탁자에 부딪쳤고 찻주전자가 떨어져 바닥에 나뒹굴었다. 자기 주전자의 날카로운 파편이 영혁의 손가락을 스치며 살갗을 베어 냈다. 하지만 영혁은 어떤 아픔도 느끼지 못했고 오직 봉지미의 숨이 붙어 있는지 확인하는 데만 집중했다. 봉지미의 코에서 뿜어지는 열기가 다친 손가락

에 느껴지자 영혁은 안도의 한숨을 길게 내쉬었다. 그날 밤 영혁은 정적
이 감도는 어두운 방 안에 외로이 앉아 피가 흐르는 손가락을 감싸 쥔
채 입을 굳게 다물었고, 다시 잠들지 못했다.

　며칠 사이 영혁의 얼굴은 몰라보게 야위었다. 피부는 너무나도 새하
얘서 살갗 아래로 담청색 혈관이 다 드러나 보일 정도였다. 하지만 눈동
자는 요염한 불꽃이 타오르듯 번쩍여서 보는 사람마다 깜짝 놀라게 했
다. 영징은 영혁의 몰골을 눈 뜨고는 차마 볼 수 없었다. 하루는 밤이 되
자 방 안으로 느닷없이 쳐들어가 작은 침대를 먼저 차지하고 비켜나지
않겠다고 완강히 버텼지만 영혁의 매서운 발길질에 밖으로 쫓겨나고야
말았다. 영징은 닫히는 문틈 사이로 손을 뻗어 문을 붙잡으며 울부짖었
고, 영혁은 청화자기를 들어 올려 영징의 머리를 사정없이 내리쳤다.

　삼 일 후 고남의가 쳐들어와 순식간에 영혁의 급소를 찌르고 방 밖
으로 내던지더니 침대 하나를 끌고 들어왔다. 침대에 누운 고남의는 어
딘가 불편한지 계속 뒤척이다가 아예 봉지미의 침대 앞에 있는 발판 위
에서 자기로 했다. 화리목으로 된 발판 위에 누워서 기다란 몸을 동그
랗게 움츠리다가 문득 봉지미도 이렇게 자신의 침대 발판에서 잤던 일
이 떠올랐다. 고남의가 한밤중에 깨어나 보면 봉지미는 항상 발판 위에
서 얼굴을 옆으로 베고, 불편한 자세로 솜이불을 바싹 잡아당기며 자
고 있었다. 아래로 드리워진 긴 속눈썹을 따라 눈 밑에 온화한 반달 그
림자가 내려앉아 있곤 했다. 고남의는 봉지미가 잠을 달게 자는 모습을
보고 발판이 아주 편안한 줄 알았는데 사실 그렇게 편하지 않다는 것
을 지금에서야 깨달았다. 고남의는 불편해서 도저히 잠들 수가 없었다.
그는 공연히 자신이 한밤중에 일어나 봉지미를 내려다봤던 것처럼 봉
지미도 갑자기 깨어나서 자신을 내려다봐 주기를 소망해 보았다. 그리
고 정말로 그렇게 되면 봉지미에게 무슨 말을 건네야 할지 곰곰이 생각
해 봤다. 하지만 아무리 기다려도 봉지미는 고남의를 내려다봐 주지 않

았고, 뭐라고 말해야 할지도 다 생각해 놨지만 말할 기회가 없었다. 고남의가 눈을 감자 답답한 기분이 온몸을 내리눌렀다. 가을밤이 이렇게 차가웠나 싶을 정도로 시린 기운이 살갗과 뼛속을 스며들었다. 그 후 고남의는 헛된 희망을 버리고 더 이상 기다리지 않게 되었다. 하지만 발판 위에서 자는 것은 점차 습관이 되었고 날이 갈수록 편하게 느껴졌다. 봉지미의 몸에 열이 오르는 것 같으면 얼음주머니를 올려 주었고, 봉지미의 몸이 차게 식은 것 같으면 이불을 끌어 와 덮어 주며 화로에 불을 붙였다. 얼핏 보기에는 잠도 제대로 자지 못해 매우 고된 일 같았지만 고남의는 전혀 힘든 줄을 몰랐다.

보슬비가 부슬부슬 내리는 어느 날 저녁, 영혁은 집 안에 있었고 고남의는 지붕 위에 누워 있었다. 풀잎피리 소리가 내리는 비를 타고 고요한 계원에 구슬프게 울려 퍼졌고, 사람의 애간장을 들끓게 했다. 이때 창호지를 바른 문이 드르륵 열리며 적막을 깼다. 남해에서 가장 실력이 뛰어난 의원이 백짓장처럼 하얘진 얼굴을 하고 봉지미의 방에서 나왔다. 의원은 털썩 무릎을 꿇고 영혁이 있는 곳을 향해 이마를 조아렸다. 영혁은 나와 보지 않았고 실내에서는 숨소리 하나 들리지 않았다. 하얗게 피어오른 연기만이 흩어지지 않고 허공을 맴돌았다. 가을비가 만든 투명한 장막에 기괴하고 처량한 장면이 엉겨 붙었다.

연회석은 허망한 표정으로 쿵 소리를 내며 빗속에서 무릎을 꿇었다. 혁련쟁은 아악, 하고 거세게 고함을 지르더니 미친 듯이 밖으로 달려 나갔다. 어느 불운아가 얻어맞을지 몰랐다. 청명서원의 서생들은 얼굴 위에 흐르는 것이 비인지 다른 무엇인지 알지 못한 채 빗속에 멍하니 서 있을 뿐이었다. 집 안 전체가 숨 막힐 듯한 적막에 휩싸였다. 모든 사람이 그 자리에서 목각 인형처럼 뻣뻣하게 굳어 버려서 어떤 고통도 느끼지 못할 정도였다. 의원은 제 머리를 긴 나무 복도 위에 여러 번 세게 부딪쳤다. 되돌아오는 것은 공허한 울림뿐이었는데 이상하게도 사람의 마음까지 아프게 두드리는 듯했다. 가을날 하염없이 내리는 비가 처마 끝에 드리워진 누렇게 변한 나뭇잎을 축축이 적셨다. 차가운 비에 젖어 파리해진 나뭇잎이 모두의 얼굴빛과 똑같았다.

실내에는 계속 불이 켜지지 않았다. 반쯤 열린 문 안으로 정원에 쏟아지는 가을비를 등진 채 조금도 움직이지 않는 영혁의 바싹 마른 뒷모습만 어렴풋이 비칠 뿐이었다. 어두컴컴해서 다른 것은 아무것도 보이지 않았다. 아주 오랜 정적이 흐른 후에 영혁의 목소리가 밖으로 담담하게 전해졌다.

"물러가라."

황급히 자리를 뜨는 의원의 얼굴에는 주름마다 구사일생의 기쁨이 희미하게 내려앉았다. 의원이 화경을 지나칠 때 살짝 비틀거리자 화경이 얼른 붙잡아 주었다. 풍주에서 명성이 자자한 명의가 커다란 곤궁에 빠진 모습을 보니 가엾게 여겨졌다.

"제가 배웅해 드리겠습니다."

화경이 의원을 문 앞까지 배웅하고 막 몸을 돌리려는 찰나였다. 게원의 문지기가 안으로 들어오면서 모자를 내던지고 욕을 퍼부었다.

"개자식. 지금이 때가 어느 땐데 여길 찾아와서 사기를 쳐?"

화경이 호기심이 들어 고개를 내밀어 보았다. 게원 입구에서 멀지 않은 곳에 수상해 보이는 사람이 사방을 두리번거리고 있었다. 문지기가 화경의 뒤에서 언성을 높이며 말했다.

"며칠이 지나도 계속 저러고 있습니다요. 우리 옆에 얼쩡거리면 무슨 국물이라도 튈까 해서 저러나 본데……. 풍주 제일의 명의도 속수무책으로 포기하고 가 버렸는데 처방전 하나도 제대로 못 쓸 인간이 어디서 감히. 흥, 전하 앞으로 데려가면 바로 죽음입죠."

화경이 다시 유심히 그자를 살피다가 희망으로 가득 찬 그자의 눈빛과 마주쳤다. 화경은 곰곰이 생각하다 손짓하여 그자를 불렀다.

방 안을 가득 메운 어슴푸레한 연기 속에 영혁이 들어 있었다. 자욱한 연기가 잠시 흩어지자 봉지미의 창백한 얼굴이 드러났다. 봉지미는 더 이상 열도 오한도 나지 않았고 심장과 간, 위장이 밖으로 튀어나올 듯 격렬하게 구토하던 증상도 보이지 않았다. 봉지미는 고요한 상태로 계속 한 자리에서 바람에 따라 흘러가는 구름처럼 무력하게 누워만 있었다.

　영혁이 멍하니 봉지미를 바라보다 그녀의 얼굴 위에 덮여 있던 매미 날개처럼 얇은 가죽 가면을 서서히 벗겨 냈다. 영혁의 손가락이 봉지미의 감촉을 조금이라도 더 느끼려는 듯 움직였다. 영혁은 가면 아래에 드러난 살결을 부드럽게 쓰다듬고 밑으로 드리워진 눈썹을 가볍게 어루만졌다. 가면을 전부 떼어내자 길게 늘어진 눈썹과 누런 얼굴이 나타났다. 이 여인은 세상 사람들이 자신의 본모습을 알아챌까 봐 두려워했고 언제나 가면을 쓴 채 두 얼굴로 살았다.

　영혁은 웃음기가 전혀 없는 마른 미소를 지어 보이더니 침대 옆에 있던 대야를 들고 왔다. 수건을 하나 집어 들고 대야에 넣어 물에 적신 후 느릿느릿 비틀어 짰다. 가죽 가면 밑에 누런 칠을 한 가면까지 두 개의 가면을 얼굴에 지고 있으면 분명 불편할 것이었다. 수건으로 깨끗이 닦아 답답하지 않게 해 주고 싶었다.

　영혁은 따뜻한 수건을 쥐고 있었지만 손가락은 얼음처럼 차디찼다. 손안에 들고 있는 무겁고 축축한 것이 자신의 마음과 똑같은 듯하여 한동안 애처롭게 바라보았다. 추가 저택의 후원 호숫가에서 처음 만났을 때의 일이 어렴풋이 떠올랐다. 당시 봉지미는 고개를 한쪽으로 돌리고 몸의 절반은 물속에 잠긴 채 흠뻑 젖은 제 머리카락을 쥐고 있었다.

　영혁의 손가락이 이마에서부터 시작해 조금씩 봉지미의 얼굴을 닦으며 천천히 아래로 내려갔다. 눈앞이 또렷하게 보이지는 않았지만 대신 이전의 기억이 눈앞을 스쳤다. 봉지미가 깨끗한 물로 얼굴을 씻었을 때 칠이 씻겨 내려가면서 새하얀 이마와 옥 조각 같은 코, 연분홍색 입술이 하나씩 드러났다. 새까맣고 가늘게 쭉 뻗은 눈썹은 물에 젖어 까마귀의 깃털이 깊이 내려앉은 듯했다. 눈동자는 자욱한 안개가 아득하게 피어올라 초점이 흐릿한 것이 불투명한 막이 한 겹 뒤덮고 있는 듯했다. 다 닦아 내자 최후에는 청초한 얼굴이 완성되었다.

영혁은 손동작을 멈추고 수건을 옆에 내려놓았다. 가볍게 구부린 손가락 끝이 이마에서부터 부드럽게 봉지미의 투명한 살결을 어루만지기 시작했다. 조금 차갑고 매끄러운 피부였다. 술에 취한 척했던 위 학사 저택에서, 소녕 공주와 봉지미가 몰래 영혁을 살해할 계획을 세웠던 그 어두운 방에서, 영혁의 어머니가 마지막 십 년 동안 계셨던 폐궁에서, 얼마 전 이 방에서…… 영혁은 봉지미의 살결과 향기, 따뜻함, 차가움을 손가락 끝과 미간과 마음속에 하나씩 고이 새겨 나갔다. 그리고 어느새 익숙해진 감각에 자기도 모르게 흠칫 놀랐다. 하지만 이런 익숙함도 오늘부터는 원점으로 돌아가 낯선 감정이 될 것이었다. 이런 일은 생각하기 싫었고 언급하는 것조차 꺼렸다. 영혁은 일생 동안 끔찍한 아픔을 헤아릴 수도 없이 많이 겪었지만 결코 두려워해 본 적은 없었다. 하지만 이때만큼은 운명의 잔혹함에 두려움을 느꼈고, 그 결말이 사람의 마음을 찢어 가르는 듯했다.

영혁의 손가락이 방향을 잃고 봉지미의 얼굴 위를 빙빙 맴돌았다. 오랫동안 병고에 시달린 봉지미가 이전의 아름답고 고운 얼굴을 되찾기란 쉽지 않을 것이었다. 하지만 지금 그런 것은 아무래도 상관없었다. 봉지미는 영원히 봉지미일 뿐이었다.

눈이 보이지 않는 자신이 원망스러우면서도 다행스러웠다. 봉지미의 창백하고 초췌한 모습을 봤더라면 영혁은 평상시와 같은 침착한 모습을 유지할 수 없을 터였다. 가까스로 태연한 척했지만 아무리 애를 써도 세차게 일렁이는 마음을 가라앉힐 방법이 없었다. 흔들리지 않고 굳게

서 있겠다는 다짐은 허상에 불과했다. 천년만년이 지나면서 침식된 암초처럼 딱딱하게 굳은 표면 아래 감춰진 내면은 이미 만신창이가 되어 갈가리 찢어져 있었다.

누군가가 무릎을 꿇고 안으로 들어오며 낮은 목소리로 말했다.

"전하, 준비를 하셔야……."

목이 메어 더 이상 말을 잇지 못했다. 연회석이었다.

영혁은 연회석을 등진 채로 봉지미에게 가면을 조심스럽게 씌워 주었다. 천천히 내려오던 손가락이 봉지미의 목 옆에서 갑자기 멈추더니 한참을 움직이지 않았다. 손가락 아래로 약하고 느리게 뛰는 맥박이 느껴졌다. 영혁은 이 가늘고 희미한 고동도 점점 말라 가는 샘물처럼 미약하게 이어지다가 곧 사라질 거란 사실을 잘 알고 있었다. 생명의 숨결이 허공으로 조금씩 흩어지는 모습을 바라보고만 있는 심정은 누구도 헤아릴 수 없었다. 그래도 아직 맥박을 느낄 수 있어서 천만다행이라고 생각했다. 영혁의 심장이 고동쳤고 봉지미를 처음 만났을 때부터 지금까지의 모든 장면이 눈앞을 스쳐 지나갔다. 영혁과 봉지미는 얼핏 보기에는 협력하는 동반자처럼 보였지만 실은 반대 방향으로 걸어가고 있었다. 그래서 가끔씩은 이번처럼 똑같은 목표를 향해 함께 걷는 것도 괜찮다고 생각했다. 모락모락 피어오르는 연기 속에서 누구의 얼굴이 더 창백한지 분간하기도 어려울 지경이었지만 영혁은 차분하게 봉지미의 맥박 수를 세고 있었다.

지붕 위에서 고남의가 조용히 풀잎피리를 불고 있었다. 비는 그칠 생각이 없었고 모든 곳이 흠뻑 젖었다. 고남의는 옷이란 당연히 가볍고 부드러워야 한다고 생각해서 옷이 두껍고 무거우면 참지 못했다. 지금 이런 축축한 옷을 입고 있는 것은 그에게 가혹한 형벌이나 마찬가지였다. 하지만 고남의는 비에 젖은 옷을 갈아입지 않고 봉지미가 있는 방의 처마 위에서 꼼짝도 하지 않았다.

風채
449

풀잎피리도 비에 젖어 소리가 맑고 깨끗하게 울려 퍼지지 않았다. 끊어졌다 이어지며 애간장을 녹이는 피리 소리에서 봉지미의 부드러운 목소리가 들려오는 듯했다.

"내 말은 여기까지야. 네가 남긴 표시를 발견하면 풀잎피리를 불면서 널 따라갈게."

고남의의 맑은 눈망울에 깊은 어둠이 내려앉았다.

'네 풀잎피리 소리가 없으면 길을 잃은 난 어떡해…….'

고남의는 기와지붕 아래에서 어떤 무거운 기운이 천천히 떠오르더니 지붕 끝까지 올라왔다가 흩어지는 것을 느꼈다. 마음속이 한없이 공허해졌다. 앞으로 남은 평생 동안 자신을 위해 풀잎피리를 불어 줄 사람은 영영 없을 것만 같았다. 고남의는 예전에 이런 기운을 느껴 본 적이 있었다. 유모가 세상을 떴을 때 무거운 기운이 방 안을 가득 메웠고 고남의는 마음이 매우 불편해져서 서둘러 자리를 떠나고 싶었었다.

'봉지미도 유모와 똑같이 되는 건가? 앞으로 다시는 봉지미를 만날 수 없나? 그럼 난 뭘 해야 하지?'

고남의는 요즘 생각할 게 너무 많아서 금방 피곤해졌다. 평소의 고남의에게서 찾아 볼 수 없는 모습이었다. 지난 세월 동안 고남의의 세계는 언제나 공허했고 단조로웠으며 질서 정연했다. 이렇게 많은 의혹과 불안에 흔들리고 시달려 본 적이 없었다. 멍하니 앉아 있던 고남의는 그 기운이 다시 떠오르는 것을 희미하게 느꼈다. 그는 미간을 찌푸리더니 갑자기 몸을 뒤집어 기와 위에 바짝 엎드렸다. 그리고 자신의 기를 아래로 깊게 내리 눌러서 무겁고 탁한 기운을 떠오르지 못하게 했다.

집 안에 있던 사람들 중 절반은 방 안에서 눈을 감은 채 침묵하고 있는 영혁을 멍하니 바라보고 있었고, 나머지는 비를 맞으며 지붕 위에 납작 엎드려 있는 고남의를 어리둥절한 표정으로 바라보고 있었다. 사람들은 슬픈 마음을 표현하고 싶어도 영혁과 고남의 앞에서는 어떤 위로든 쓸데없고 가식적으로 보일 것 같아서 그만두기로 했다. 겉보기에 두 사람은 크게 상심한 것처럼 보이지 않았다. 하지만 고남의는 평소와 조금 달랐다. 하지만 영혁은 표정 하나 변하지 않았고 평소와 똑같은 모습이었다. 묵직한 정적을 깨고 사람의 마음을 찢는 듯한 애처로운 목소리가 들려왔다.

"전하……."

연회석이 눈물을 머금고 거듭 머리를 조아렸다.

"준비를…… 하셔야……."

영혁이 떨리는 손을 천천히 떼며 응, 하고 낮게 대답했다. 연회석은 영혁의 목소리에서 전해지는 작은 떨림과 애절함을 알아차렸다. 영혁이 손짓하자 영징이 소리 없이 물이 든 대야 하나를 들고 들어왔다. 영혁이 담담한 표정으로 말했다.

"몸을 깨끗이 닦아 주려 하니 너희들 모두 나가 있거라."

연회석은 별다른 생각 없이 조심스럽게 물러났다. 영징은 멀거니 영혁을 바라보다가 결국 아무 소리 없이 자리를 떠났다.

영혁은 봉지미의 옷을 더듬어 단추를 찾고 조심스럽게 풀기 시작했다. 지난날 영혁은 봉지미의 몸을 갖기 위해 수많은 노력을 기울였었는데 지금은 그런 아름다운 환상 따위는 꿈꿀 수조차 없었다. 영혁은 따뜻한 물에 적신 수건으로 봉지미의 몸을 꼼꼼하게 닦았다. 천성의 풍속에 따르면 은혜와 사랑이 깊은 부부는 한쪽이 죽었을 때 배우자가 몸을 닦아 주도록 했다. 영혁은 입술을 안으로 말고 손가락을 뻗어 흐릿하게 보이는 봉지미의 몸을 따라 윤곽을 그려 보았다. 앞으로 영원히 인연을 놓아야 할 봉지미였다. 오늘이 지나면 다시는 만날 기회가 없을 것이었다.

'나의…… 지미……'

드르륵.

갑자기 누군가가 문을 세게 밀어 젖혔다. 뜰 안을 가득 적시던 빗줄기가 방 안으로 날아들었다. 영혁은 눈에 노기를 띠고 고개를 돌렸다.

"전하."

유난히도 또렷하고 깨끗한 목소리를 가진 용감한 여자, 화경이었다.

"아직 살릴 방법이 있습니다!"

사흘이 지나 봉지미는 마침내 눈을 떴다. 제일 처음 눈에 들어온 것은 노을에 붉게 물든 창문의 얇은 휘장 앞에 흐드러지게 피어 있는 가을 국화였다. 머리 위에서는 풀잎피리 소리가 들려왔다. 막 깨어났을 때는 의식이 끊어졌다 이어지기를 반복했지만 눈을 뜬 순간 밝은 빛이 눈꺼풀 사이로 새어 들어왔고 감미로운 공기가 그녀의 온몸을 깨웠다. 뜰을 가득 메우고 있던 새들도 짹짹 울어 댔다. 한 마리가 지저귀자 모두 같이 따라서 노래하기 시작했다.

뻑뻑해진 눈을 천천히 옆으로 돌리던 봉지미는 깜짝 놀랐다. 방 안에 사람들이 가득 차 있었다. 영징은 대들보 위에 붙어서 침을 비처럼 뚝뚝 흘리며 자고 있었다. 비에 흠뻑 젖은 혁련쟁은 머리를 감싸 쥐고 이상한 자세로 자고 있었는데 아마도 코 고는 소리가 다른 사람을 깨울 것이 걱정된 듯했다. 연회석은 부인의 허벅지를 베고 편안히 누워 있었다. 요양우는 제 배를 까고 여량의 배를 누르며 자고 있었다. 모두가 각자 자리를 깔고 엉망진창으로 자고 있었다. 방 안에 모락모락 피어오르는 약재 내음 속에는 낯설면서도 익숙한 냄새가 배어 있었다.

맞은편을 바라보니 영혁이 앉아 있었다. 눈을 감고 숨을 고르고 있는 듯했다. 봉지미가 눈을 돌린 순간 영혁이 즉시 알아채고 눈을 떴고 봉지미를 향해 살짝 미소 지었다. 봉지미도 따라서 가볍게 웃어 보이다가 자기도 모르게 눈시울을 붉혔다.

'진짜 영혁…… 맞아?'

누가 영혁을 굶겼을까. 아니면 때리거나 괴롭혔을까. 옥처럼 반지르르한 외모로 제경에서 뭇 여성들의 선망의 대상이 되었던 초왕은 그 사이 천덕꾸러기 신세라도 되었는지 꼭 월주(粤州)에 유배되어 고역을 치른 지 삼 년은 된 듯한 몰골을 하고 있었다. 방 안의 사람들도 하나같이 턱수염이 덥수룩해서 지저분해 보였다. 게다가 왜 다들 남의 규방에 들어와 잠자고 있는 것인지 영문을 알 수가 없었다. 봉지미가 눈을 이리저리 굴려 살펴보니 사람들의 얼굴마다 피로한 기색이 역력했다. 자세히 보면 볼수록 웃음이 났다. 봉지미의 몸은 지칠 대로 지친 상태였고 꼭 누구한테 백 일 동안 두드려 맞은 것처럼 욱신거렸다. 하지만 마음에는 온천이 스며드는 것처럼 따뜻함이 퍼져 나갔고, 온몸에는 피가 원활하게 잘 도는 기분이 들었다.

영혁이 귀를 기울여 허공 속에서 봉지미의 숨소리를 좇는 듯하더니 가벼운 미소를 드러냈다. 이내 몸을 일으킨 영혁은 다른 사람들을 잡아 끌고 발로 차서 밖으로 전부 내던져 버렸다. 임신부는 영혁이 손을 대기 전에 알아서 몸을 일으켰다. 그리고 자느라 정신이 없는 남편을 끌고 나가면서 문 닫는 것을 잊지 않았다.

"쓸데없는 사람들을 깨끗이 치워 드리겠습니다."

영혁이 감격한 얼굴로 활짝 웃어 보이며 문을 사이에 두고 말했다.

"연 부인은 아주 시원시원한 데다 지혜롭고 용감한 팔방미인이구나. 앞으로 조정을 위해서도 힘써 줬으면 좋겠다."

"소인, 거절할 이유가 없다고 생각합니다."

화경이 쾌활하게 웃으며 뒤로 물러났다.

문이 완전히 닫히고 영혁이 침대 앞으로 걸어왔다. 봉지미는 침대 위에서 영혁을 향해 옅은 미소를 지어 보이며 쉰 목소리로 말했다.

"피곤하지 않으십니까……."

말이 아직 다 끝나지 않았는데 영혁이 갑자기 봉지미를 따뜻한 품속으로 부드럽게 끌어당겼다. 여자를 꽉 껴안은 남자의 몸이 살짝 떨려왔다. 여자의 귓가에 대고 낮게 숨을 삼키며 입술에서 한 자 한 자를 어렵게 발음했다.

"지미…… 지미……."

영혁은 다른 말은 한 마디도 하지 못하고 봉지미의 이름만 연거푸 불렀다. 그러다 다시 한번 있는 힘껏 품속의 봉지미를 끌어안았다. 봉지미의 살결을 어루만지는 손끝마다 애타는 그리움과 애절함이 절절히 묻어났다. 영혁은 손을 떼면 봉지미가 멀리 날아가 영원히 찾을 수 없을 것처럼 느껴졌다.

귓가에서 부들부들 떨리는 영혁의 목소리가 봉지미의 심금을 휘저었다. 올컥해진 마음 깊은 곳에서 떨림과 기쁨이 동시에 밀려 왔다. 희미하고 가물거리는 의식 속에 무언가가 이어지는 듯하다가 끊어지기를 반복했다. 봉지미는 움츠린 몸을 빼려다가 오히려 영혁의 어깨뼈와 닿고 말았다. 앙상하게 드러난 단단한 뼈의 촉감이 느껴진 순간 봉지미의 눈시울이 다시 붉게 물들었다. 영혁은 봉지미를 놓아 주고는 웃으며 말했다.

"네가 이제 막 깨어났는데 피곤하게 하면 안 되지."

영혁이 맞은편에 앉더니 미소 지으며 봉지미를 바라봤다. 또렷하게 보이지는 않았지만 보고 또 봐도 부족해 보이는 눈빛이었다.

와르르 쿵.

하늘이 무너지는 듯한 소리가 나더니 지붕에 커다란 구멍이 하나 뚫렸다. 고남의가 구멍 사이로 옷자락을 펄럭이며 사뿐히 내려왔다. 봉지미는 휘둥그레진 눈으로 고남의를 바라보고는 크게 숨을 들이마시며 중얼거렸다.

"앞으론 절대 아프지 말아야지, 원……."

고남의는 눈도 한번 깜빡이지 않고 봉지미를 뚫어져라 쳐다봤다. 오랫동안 갈아입지 않아 너저분해진 옷을 걸친 그가 천천히 다가왔다. 봉지미는 3보 떨어진 곳에서 멈출 줄 알고 기다렸는데 어쩐 일인지 멈추지 않고 계속 다가오고 있었다. 당황한 봉지미는 말없이 그의 행동을 지켜보았다. 고남의는 한 걸음 떨어진 곳에 와서야 비로소 멈춰 섰다. 고남의는 항상 허리에 차고 있던 호두 주머니를 봉지미의 눈앞에 던졌다. 봉지미가 주머니를 열고 천천히 호두의 개수를 세다가 물에 젖어서 곰팡이가 핀 호두를 내려다보며 조용히 말했다.

"요즘은 안 먹었나 봐?"

고남의가 고개만 끄덕이고 한 마디도 하지 않은 채 봉지미만 바라봤다. 얼굴이 여윈 그는 조금 너저분했고 호두도 먹지 않았으며 옷도 갈아입지 않았다.

"난 안 죽어."

잠자코 있던 봉지미가 끓어오르는 오열을 간신히 누르며 말했다.

"내가 죽으면 네가 길을 잃었을 때 누가 찾으러 가겠어."

고남의가 봉지미를 뚫어져라 쳐다보다가 호두 주머니에 손을 넣고 더듬거리더니 호두 한 개를 꺼내 천천히 먹기 시작했다.

"그건 젖어서 곰팡이가 핀 건데……."

영혁이 씁쓸한 표정을 지으며 말했다.

"영징, 고 선생을 데리고 가서 옷을 갈아입히고 호두도 새로운 걸로 드려라."

영징이 튀어나오더니 히죽거리면서 고남의를 잡아끌었다.

"고남의 사형. 전하도 모시고 가서 목욕도 시켜 드리고 옷도 갈아입혀 드리고 식사도 챙겨 드려."

영혁의 말이 끝나자마자 봉지미가 입을 열었다.

하는 수 없이 밖으로 나갔던 자들은 밤이 되자 모두 되돌아왔다. 한 명은 지붕 위로 올라갔고, 한 명은 침대 곁에 머물렀다. 봉지미는 쫓아내고 싶었지만 아직 정신이 온전치 못해서 그들의 뜻을 따르는 수밖에 없었다. 영혁은 봉지미 옆에 있는 작은 침대에 누워서 그동안 남해에서 벌어진 일을 흥미진진하게 이야기해 주었다. 영혁의 말투는 담백했지만 봉지미는 손에 땀을 쥐었고 이야기를 듣다가 실신할 듯이 웃었다.

"제가 잠드는 바람에 이렇게 재미있는 볼거리들을 놓쳤네요."

"네가 잠든 사이에 나도 거의 잠을……."

영혁이 문득 입 밖으로 나오려던 말을 삼켰다. 봉지미는 입을 다물고 더 이상 묻지 않았다. 두 사람은 각자 침대에 누워 눈을 크게 뜨고 천장을 바라봤다. 오묘한 분위기가 공중에 희미하게 흩어졌다. 봉지미가 얼른 화제를 바꿔 물었다.

"그 역병은 증상이 아주 지독해서 하룻밤을 넘기기가 어렵다고 들었는데 전 어찌 이렇게 멀쩡한 것입니까?"

"자고로 방울을 매단 사람이 방울을 떼야 하고, 은혜를 입은 사람이 은혜를 갚아야 하지."

영혁이 담담하게 말을 이었다.

"네가 마을을 지날 때 역병에 걸리기도 했지만 마을 사람을 구하기도 하지 않았느냐."

"그 아이 말씀이신가요?"

봉지미가 바로 반응을 보였다.

"그래. 거기 이장이 계원에서 명의를 찾는다는 소식을 듣고 그날 마을을 지난 사람이 역병에 걸린 게 아닐까 하고 걱정했다는구나. 그때 구해 준 아이가 신비한 능력을 가졌다는 말이 떠올라 이장이 그 아이를 데리고 와서 만나기를 청했건만 계원의 문지기가 그자의 말을 믿지 않고 들여보내지 않았다. 그러다 화경이 우연히 보고서 혹시나 하는 마음에 그자들을 안으로 데리고 들어왔지. 그리고 네가 살아났다. 그 아이가 무슨 방법으로 널 살린 것인지는 우리도 잘 모른다. 약으로 고친 건지 아니면 사람이 무얼 한 건지는. 여하튼 이후에 고남의가 제경에서 부른 의원이 때마침 도착했다. 네 몸의 혈을 뚫고 좋다는 약이란 약은 모조리 갖다 써서 저승길로 향하던 널 겨우 이승으로 잡아끌고 올 수 있었던 게다."

"그랬군요. 아, 그 아이는요? 의원은요?"

"의원은 고남의와 함께 있다. 아이는 피를 너무 많이 흘려서 아직 휴식을 취하고 있고."

영혁이 갑자기 생각난 듯 크게 웃으며 말했다.

"혁련쟁 그 녀석이 칼을 휘둘러서 하마터면 사람 목숨을 빼앗을 뻔하기도 했지 뭐냐."

"말도 안 돼……."

봉지미가 정신이 아득해지고 발음이 조금 어눌해졌다.

"내일 제가 가서 뭐라고 해야……."

"그만 자거라."

영혁이 웃어 보이며 봉지미에게 이불을 덮어 주었다. 봉지미는 어렴 풋이 어떤 생각이 떠올랐지만 눈꺼풀을 들어 올릴 새도 없이 몽롱하게 잠 속으로 빠져 들었다. 얼마가 지났는지 알 수 없었지만 누군가 급하게 달려드는 것처럼 갑자기 얼굴에 바람이 덮쳐 왔다. 이어서 쿵 소리가 났고 몸이 침대가에 부딪치는 소리가 울려 퍼졌다. 정신이 든 봉지미가 가늘게 눈을 뜨자 놀라서 허둥대는 영혁의 얼굴이 희미하게 보였다. 영혁은 침대가에 서서 봉지미의 상태를 살피고 있었고, 그녀가 눈을 뜬 것을 알아채고 나서야 얼굴에서 불안한 기색을 떨쳐 냈다.

침대 옆으로 다가온 영혁은 놀란 봉지미를 향해 멋쩍은 표정을 드러 내더니 부드러운 손길로 이불을 꼼꼼히 덮어 주었다. 영혁은 다리를 절 뚝거리며 제 침대로 돌아가서는 최대한 자연스럽게 웃으며 말했다.

"악몽을 꿨다. 네가 어떻게 되는 줄……."

영혁이 말을 끝맺기도 전에 봉지미는 무슨 일이 벌어진 것인지 알 수 있었다. 봉지미의 생사를 알 수 없던 괴로운 나날 동안 영혁은 줄곧 이렇게 그녀의 곁을 지키고 있던 것이었다. 두려움 속에서 더디게 흐르는 기나긴 밤마다 영혁은 봉지미의 작은 변화에도 놀라고 걱정하며 밤을 지새웠다. 매일 밤 봉지미의 호흡이 멈추는 악몽을 꾸었고 그때마다 화들짝 놀라서 깨어난 영혁은 그녀의 생사를 확인하려 침대로 달려오는 것이 습관이 되었다. 지금은 위험에서 벗어난 상태였지만 여전히 습관적으로 악몽을 꾸었고 놀라서 달려온 것이었다.

얼마나 많은 밤마다 자다 깨기를 반복하고, 얼마나 무겁고 깊은 걱정에 짓눌려야만 이런 강박이 생기는 것인지 짐작조차 하기 어려웠다. 봉지미는 아무 말도 하지 못하고 천장만 바라보며 한참 동안 눈을 깜빡였다. 볼을 타고 눈물이 주룩 흘러내렸다.

극진한 사랑

"자, 약 먹어야지."

"응……. 앗, 저기 봐요!"

"보긴 뭘 봐. 영징은 안 나타날 거고 연회석도 오지 않을 거고 자객도 뿌리를 뽑았는데. 화경의 배 속에 들어 있는 아기도 아무 일 없고……. 봉지미, 내 말 잘 들어. 그런 수법은 더 이상 안 통한다고. 내 눈길을 딴 데로 돌리려 할 생각 말고 어서 약이나 먹지 그래."

"응……."

속임수를 간파당한 자가 고분고분하게 약사발을 들었다.

"내가 먹여 줄게."

영혁이 약사발을 향해 손을 내밀었다.

"안 그러면 네가 또 무슨 잔꾀를 부릴지 모르니."

"눈도 불편하신데 먹여 주다니요."

봉지미가 말을 돌려 거절했다.

"전하께서 약사발을 제 코에 들이부으실까 봐 두렵습니다."

"그 정도는 구별할 수 있으니 걱정 마라."

영혁의 대답은 간단했지만 다른 깊은 뜻이 있는 것처럼 들렸다. 봉지미는 아무 말도 하지 않고 눈썹을 아래로 늘어트렸다. 봉지미가 응석받이 어린 아이도 아니고 좋은 약이 입에 쓰다는 것쯤은 당연히 알고 있었다. 하지만 이 약은 공포 그 자체여서 아이의 오줌을 마시는 게 백배 더 나을 것만 같았다. 이미 여러 날 동안 약을 마셨는데도 여전히 익숙해지지 않아서 마시면 마실수록 두려움만 커져갔다.

하지만 이 공포의 약만 제외하면 모든 것이 좋았다. 깨어난 지 한참이 지났지만 여전히 봉지미는 여태껏 살아오면서 누려보지 못한 최고의 대우를 받고 있었다. 친한 친구들이 주변을 둘러싸고 있었고, 전하가 직접 보살펴 주었다. 봉지미가 주변의 도움을 거절할 힘도 없어 그저 누워 있어도 영혁은 엄청난 인내심과 세심함을 발휘해 지극정성으로 그녀를 간호했다. 시간이 흐르면서 봉지미가 사양할 여력이 생겼지만 영혁은 간호가 습관이 되어 버려서 사양했다가는 오히려 큰 소란이 날 듯했다.

늘 함께 지내다 보니 마음 깊은 곳에 자리하고 있던 적의와 저항심이 열어졌다. 생사의 경계에서 이승으로 되돌아온 기적의 생환자들은 누구에게나 마음의 경계를 풀고 심약해지기 마련이었다. 원래도 생각이 서로 비슷하고 마음이 잘 통하는 봉지미와 영혁은 점점 거리감이 좁혀졌고 더욱 친밀해졌다. 둘 사이를 가로막고 있던 경계심이 줄어들었고, 부드럽고 따뜻한 기분에 서로가 흠뻑 젖어들었다.

그릇과 은수저가 서로 부딪치는 소리가 높고 낭랑하게 울려 퍼졌다. 봉지미의 침대 앞에 앉아 있는 영혁의 표정이 한없이 평온해 보였다. 은수저로 떠 올린 탕약은 맛도 최악인 데다 냄새도 역겨웠지만 일부러 신경을 써서 냄새를 맡아 보고는 봉지미의 입가에 조심스럽게 흘려 넣었다. 봉지미는 가늘게 휘감겨 올라가는 탕약의 열기 속에서 영혁의 흔들리는 눈빛을 발견했다. 원래도 자주 밝아졌다 어두워지기를 반복했지만 이때는 유독 암담한 눈빛을 드러냈다. 봉지미는 가슴 한편이 먹먹해졌고 자기도 모르게 약 한 모금을 꿀꺽 삼켰다.

사방이 고요한 가운데 지붕 위에서 쥐가 부스럭거리는 듯한 소리가 들려왔다. 잠시 놀랐다가 고남의가 호두를 까먹는 소리인 것을 알고 안도의 한숨을 내쉬었다. 듣고 있는 것만으로도 마음이 저절로 편안해졌다. 봉지미가 불굴의 의지로 약 한 사발을 다 마시고 긴 한숨을 길게 뽑아내던 찰나였다. 말을 꺼낼 겨를도 없이 눈처럼 새하얀 손수건이 눈앞으로 다가와 다짜고짜 봉지미의 입가를 닦아 냈다.

"움직이지 말거라."

손수건으로 닦아 냈지만 입가에는 여전히 탕약이 남아 있었다. 봉지미가 입을 벌려 핥으려는데 이번에는 달콤한 것이 입속으로 들어 왔다.

"아홉 번 꿀에 절인 농서의 매실정과이니라."

영혁이 하나를 집어 먹어 보았다.

"내 입맛에는 딱 맞는구나."

"아이 취급을 받는 것 같아요."

봉지미가 천진한 미소로 웃었다.

"진짜 아이였을 때는 병이 나도 이런 대접은 받아본 적이 없었어요."

"그럼 지금 네 입속에 듬뿍 넣어 주마."

영혁이 장난스럽게 웃으며 봉지미의 머리를 어루만졌다.

"두 배로."

봉지미의 마음이 흠칫 떨려 왔고 빨개진 얼굴을 돌려 창밖의 가을 풍경을 바라봤다.

"오늘 날씨가 좋네요."

"밖에 나가서 앉아 있는 게 낫겠구나. 신선한 공기도 좀 마시고."

고남의가 바람을 가르며 날다가 사뿐히 땅으로 내려왔다. 한 손에는 환자가 들려 있었고 다른 한 손에는 부드러운 침대가 들려 있었다. 전하의 수고를 덜어 주기 위해 환자를 직접 데리고 나온 것이었다. 뽀얗고 부드러운 피부와 따뜻하고 향기로운 마음씨를 지닌 미인을 혼자만 안고 싶었던 전하는 울분을 토하며 뒤따라 나올 수밖에 없었다. 고남의는 부드러운 침대를 서툴게 펼치고 봉지미를 올려 두더니 다시 세 겹이나 되는 담요를 그 위에 쌓아 주었다. 봉지미는 두터운 담요에 파묻혀서 두 눈만 빼꼼히 드러냈고, 고통스러운 몸부림을 치며 간신히 고남의에게 고맙다고 말했다. 고남의는 만족스러운 듯 지붕 위로 돌아가 계속 호두를 까먹었다. 봉지미는 영혁에게 다급히 도움을 청했다.

"빨리요…… 이러다 깔려 죽겠어요."

영혁이 씨익 웃더니 담요 두 장을 걷어 내고 헝클어진 요를 다시 정리해 주었다. 정리를 마치자 조금 뽐내는 듯한 어투로 말했다.

"봐라. 너에겐 내가 없어서는 안 될 존재이지 않느냐."

자기애가 넘치는 이 인간을 봉지미는 그냥 인정하고 넘어갈 수밖에 없었다.

"지금 잠시뿐입니다."

"잠시라도 좋다만."

영혁이 봉지미의 곁에 앉으며 살짝 뾰로통한 표정을 지었다.

"네가 받아 주지 않으니 섭섭하구나."

봉지미는 더 이상 아무 말도 하지 않았고 두 사람 사이에는 무거운 침묵이 흘렀다. 가을의 정취가 무르익은 정원은 온통 붉은 단풍으로 물들어 있었고 드문드문 연보라색과 노오란색의 국화가 뒤섞여 피어 있었다. 화려하고 매혹적인 자태를 뽐내려고 애쓰는 국화가 어딘지 모르게 처량해 보였다.

그때 마침 북쪽의 기러기가 높게 펼쳐진 가을 하늘을 가르고 남쪽으로 날아가고 있었다. 잿빛 날개가 새하얀 호선을 그리며 스쳐 지나가자 몽실몽실 떠 있던 구름이 산산이 흩어졌다. 한 명은 앉아서 다른 한 명은 누워서 고요한 가을 풍경 속에 녹아들어 각자의 조용한 시간을 보내고 있었다. 꽃잎이 나뭇가지 끝에서 꽃비를 뿌리며 우수수 떨어지는 소리, 새의 날개가 이슬을 머금은 풀잎 위를 살짝 스치는 소리, 갈라진 연잎 위로 떨어지는 맑고 투명한 물방울 소리가 들려왔다. 직접 눈으로 확인하는 것은 그렇게 중요하지 않았다. 풍경이 마음속에 그려져 있었고 사람이 마음속에 들어와 있었다.

고요함이 오랫동안 내려앉은 이곳에 갑자기 낮고 어지러운 소리가 희미하게 들려왔다. 분주하게 내딛는 발걸음이 이곳을 향하는 듯했다. 봉지미가 고개를 들고 입가에 미소를 떠올리며 말했다.

"조심히 가세요."

영혁은 조금이라도 더 봉지미의 곁에 머물고 싶은 듯 느릿느릿 허리를 굽혀 얼굴을 가까이 댔다. 영혁의 따뜻한 숨결이 봉지미의 귓가에 닿았다. 봉지미가 살짝 피하려고 했으나 어디로도 피할 곳이 없었다. 영혁의 촉촉한 입술이 귓바퀴에 부드럽게 내려앉는 것이 느껴졌다. 목소리는 그 어느 때보다도 사뿐사뿐 가벼웠다.

"날 많이 기다렸지."

봉지미는 그 자리에 얼어붙은 듯 잠자코 있었다. 영혁은 봉지미의 귓불을 약하지도 세지도 않게 깨물었다. 약간의 따끔거림과 가려움이 일었다. 하지만 그것은 귓불에서 느껴지는 감각이 아닌 듯했다. 영혁의 농염하고 청량한 숨결은 가을 하늘에 떠 있는 구름처럼 아득하게 귓가를 뒤덮었고, 눈빛은 누군가의 간절한 마음을 싣고 이별의 피안으로 떠나가는 배처럼 아련했다. 봉지미는 아무 말도 하지 않았고 영혁은 물러서지 않았다. 귓가에 울리는 낮은 호흡 소리가 봉지미의 허약한 상태를 걱정하는 듯 얕고 가벼웠다. 하지만 몸과 마음이 지쳤음에도 불구하고 불굴의 힘이 깃들어 있었다. 봉지미는 웃음으로 어색함을 무마하며 영혁을 부드럽게 밀어내고 손으로 귀를 감쌌다.

"늘 전하와 함께 제경으로 돌아갈 날을 기다렸습니다."

봉지미가 손을 내밀어 영혁의 턱을 쓰다듬자 수염이 만져졌다. 장난스러운 미소를 지으며 가볍게 수염을 뽑자 영혁이 나지막하게 웃었다. 봉지미도 애교 있는 눈짓을 보내며 귀엽게 웃어 보였다.

"지금 전하의 윤곽을 기억하겠습니다. 나중에 확인해 봤을 때 지금보다 더 마르시면 전하를 용서하지 않겠습니다."

"날 어떻게 용서하지 않을 건데?"

영혁의 웃음소리에 만족감이 묻어났다.

"찾아가서 가만두지 않을 것입니다. 물론 전하와 맞서 싸우고 싶진 않습니다만."

봉지미가 씁쓸한 미소를 지으며 대답했다.

"그래. 네가 찾아오길 기다리마."

영혁이 손을 놓아 주며 애매한 감정이 녹아든 미소를 지었다.

"확인해 보고 싶거든 언제든 보러 오거라. 다른 사람 신경 쓸 것 없이 언제 어디든 찾아와도 괜찮다."

봉지미가 손을 거두어들였다. 영혁의 말을 못 들은 척하며 그와 눈을 마주치지 않으려 애썼다. 이내 달아오른 제 귓불을 살며시 어루만져 보았다. 깨물어서 붉게 물든 것인지 저 혼자 붉게 변한 것인지 알 수 없었다.

"그 아이를 데려가시는 게 어떠십니까."

봉지미가 물었다.

"제가 그 아이를 구한 것은 전하의 눈을 치료하는 데 도움이 되지 않을까 해서였습니다. 저만을 위해 아이의 힘을 빌리고 싶지 않습니다. 또 그 명의라는 분도 같이 데려가는 것이 어떻겠습니까. 함께 고민해 보셨으면 좋겠습니다.”

“그자는 널 위한 명의다.”

영혁의 말투가 갑자기 냉담해졌다.

“내 말에 따라야 할 것이니라.”

봉지미는 완강한 영혁을 보고 조금 의아해져서 고남의 쪽을 바라봤다. 그 명의는 어디에서 본 적이 없을 정도로 신비한 기운을 내뿜는 자라고 들었다. 그러나 고남의는 명의에 대해 어떤 말도 해 주지 않았다. 다른 사람이 알려주지 않았더라면 봉지미는 이런 사람이 존재하는지도 몰랐을 것이었다. 봉지미는 더 이상 묻지 않고 화제를 돌렸다.

“전하께서 그쪽으로 가시면 농서에 숨어 있다가 저희를 공격했던 그 고수들을 조심하셔야 합니다. 그때 우두머리의 왼쪽 어깨를 제가 베긴 했지만……. 그쪽의 관료 사회는 상씨 집안에서 꽉 잡고 있을 테니 전하께서는 반드시 조심하십시오.”

“남해를 잘 지켜 주려무나. 남해가 상씨 집안의 빠져 나갈 구멍이 돼서는 안 될 것이다. 그렇게만 해 주면 더 이상 걱정할 것이 없겠구나.”

영혁이 진지한 얼굴로 말했다.

“날 믿거라. 그리고 네가 이곳을 잘 지켜낼 수 있으리라 믿는다.”

“전하와 함께 제경으로 돌아갈 날만을 손꼽아 기다리겠습니다.”

봉지미가 웃으면서 영혁을 가볍게 밀었다.

“어서 가세요.”

영혁이 봉지미의 손을 붙잡고 웃어 보이더니 이내 결연한 자세로 몸을 돌려 떠났다. 멀리서 영징이 영혁의 뒤를 따랐다. 조금 전에 영징은 가부좌를 틀고 가산(假山)의 돌 위에 앉아서 기괴한 눈빛으로 이쪽을 쳐다보고 있었다. 그 눈빛은 어딘가 모르게 공허한 듯 서늘했고 주저하는 듯 불안해 보였다. 두 사람의 그림자가 층층이 물든 붉은 단풍 사이를 지나며 점차 멀어졌고 시야에서 완전히 사라졌다.

정원 밖에는 초왕의 수레 앞에서 남해 포정사 등 삼사(三司)가 기다리고 있었다. 더 멀리 성 밖에서는 남해 장군이 남해 변방의 십만 대군을 이끌고 매섭게 몰아치는 바람에 맞서고 있었다. 이리저리 나부끼는 깃발과 바다처럼 끝없이 이어진 창끝의 시퍼런 물결 사이에서 남쪽을 정벌하기 위해 떠나는 총사령관을 기다리는 중이었다.

바로 어제였다. 민남 장군 상민강이 5황자를 황제로 추대하기 위해 군사를 일으켜 십오만 대군을 이끌고 민남 교관현(喬官縣)에서 반란을 일으켰다. 상민강은 현령 방덕을 피의 제물로 바쳐 신의 가호를 빌었다. 그의 군대는 발길이 닿는 대로 무자비하게 칼과 창을 휘둘렀고 다섯 개의 현을 잇달아 함락했다. 조정에서는 급하게 일선의 변방 군대를 출동시켰다. 농남도에 주둔하며 수비하고 있던 조가빙과 공사량의 두 군대에게 서남쪽을 향해 진격하도록 지시했다. 남해 변방의 십만 대군을 남쪽 경계에 배치시켰고, 민남도의 흠차 대신인 초왕 영혁을 총사령관으로 임명하여 반란군을 토벌하도록 명했다.

영혁의 모습이 완전히 사라지고도 오랜 시간이 흐른 뒤에야 봉지미는 눈길을 거두어들일 수 있었다. 속눈썹을 힘없이 아래로 늘어트리고 시큰시큰 쑤시는 다리를 두드리며 씁쓸한 미소를 지었다. 이번에 걸린 병은 기세가 매우 위협적이어서 봉지미의 몸에 커다란 후유증을 남겼고, 완전히 회복하려면 긴 시간이 필요해 보였다. 하지만 이상하게도 체내에 끓어오르던 기의 흐름이 이전보다 훨씬 온화해져서 놀라웠다. 예전에 비해 몸이 뜨거워지지 않았고 단전이 천천히 안정되어 가는 듯했다. 봉지미는 생사의 경계를 넘나든 것이 오히려 전화위복이 된 것이라고 생각했다.

정원 밖에서 여러 사람의 발소리가 들려왔다. 그중 한 사람의 발소리는 유난히도 거침이 없었고 경쾌했다. 봉지미는 눈을 가늘게 뜨고 살짝 웃어 보였다. 틀림없이 화경일 것이었다. 아니나 다를까 예상대로 화경이 모습을 드러냈다. 잠시 후 화경은 도저히 임신부라고 볼 수 없는 민첩한 동작으로 복도를 돌아 봉지미 앞으로 다가왔다. 곁에는 연회석의 어머니인 진 부인이 있었고, 뒤에는 신선한 석류를 올린 쟁반을 들고 따라온 시녀가 있었다. 화경이 석류 한 개를 집어 들더니 씨익 웃으며 봉지미에게 바쳤다. 봉지미는 흐뭇한 미소를 지으며 화경을 바라봤다. 봉지미는 화경이 마음에 들었다. 처음 만났을 때부터 화경은 봉지미의 마음을 뒤흔들었다. 그리고 최근에 자주 만나면서 화경은 다른 사람보다 훨씬 더 명랑하고 유쾌하며 지혜롭고 총명한 면모를 드러내었고 봉지미는 어느새 마음을 빼앗기고 말았다. 화경은 쾌활했지만 예의가 있었고, 대담하게 도전하면서도 다른 사람을 위하는 섬세한 마음이 돋보였다. 또한 단호할 때는 단호했고 인정해야 할 때는 인정할 줄 알았다.

"대인께서 오늘은 더 좋아 보이십니다."

화경은 매일 봉지미에게 들러 문안을 올렸다. 연회석이 선박 사무사의 설립과 관련된 일을 맡아 바쁘게 뛰어다니느라 봉지미를 문병 오기 힘들어진 이후부터였다. 이 여인은 허례허식에 얽매이지 않아서 봉지미와 영혁에게 진즉부터 번거로운 절차에 따라 예를 올리지 않았다.

"지금 날씨처럼 아주 좋네."

봉지미는 화경이 속이 꽉 찬 새빨간 석류를 정성스럽게 까는 모습을 지켜봤다. 작은 알갱이들이 붉은 보석처럼 알알이 반짝이고 있었다. 순간 화경의 눈길이 지붕을 스쳐 지나갔고 바로 상대방의 속뜻을 알아챈 여인은 석류 한 개를 집어 위로 던졌다. 고남의가 날래게 받아 들더니 손 위의 석류를 내려다보고는 다시 되던졌다. 호두가 아니라면 필요 없었다. 화경은 손에 잡히는 대로 석류 하나를 집어 들고 거침없이 껍질을 벗겨 냈다. 그리고 석류를 한입 베어 물더니 얼굴 한가득 미소를 떠올렸다. 봉지미에게 법도에 따라 인사를 올린 진 부인이 석류를 먼저 먹는 화경의 모습을 보고 미간을 찡그리며 큰 소리로 꾸짖었다.

"화경! 넌 법도도 모르느냐!"

화경이 태연하게 웃어 보였고 봉지미가 황급히 나서서 진 부인을 달 랬다.

"괜찮습니다. 연 부인은 임신하지 않았습니까. 임신부를 박대할 순 없지요."

봉지미가 사태를 원만하게 수습하려 했다. 하지만 진 부인은 웃음기 가 없는 못마땅한 얼굴로 화경의 배를 노려보고는 누구도 알아차리지 못하게 눈썹을 찌푸렸다. 고부는 멀찌감치 떨어져 앉아 있었다. 한 명은 똑바른 자세로 앉아 있었고, 다른 한 명은 다른 사람의 눈은 전혀 개의 치 않는 것처럼 편안한 자세로 앉아 있었다. 그들 사이에 오가는 대화 는 전혀 친근하지 않았고, 고부간의 화목한 모습 따위는 상상할 수조차 없었다. 연씨 집안의 사당에서 진 부인과 연회석이 생사의 기로에 서 있 을 때 화경은 연씨 집안 사람들의 감금에서 그들을 구하기 위해 맨발로 십수 리의 먼 길을 달려 왔었다. 게다가 그녀는 사당 앞에서 피를 흘리 는 것도 마다하지 않고 기지를 발휘해 굳게 닫힌 사당의 문을 열게 한 장본인이기도 했다. 보살도 이렇게 하기는 어려울 것이었다. 은덕이 깊 고도 깊은데 진 부인은 어떻게 이런 배은망덕한 태도를 보일 수 있는지 이해할 수 없었다.

달갑지 않은 표정으로 진 부인을 바라보던 봉지미의 눈길이 자기도 모르게 화경의 배 위로 떨어졌다. 오랫동안 마음속에 간직하고 있던 의 문 하나가 떠올랐다. 하지만 지금 상황에서는 섣불리 그 의문을 입 밖 으로 꺼낼 수 없었다. 진 부인이 법도에 따라 하직 인사를 올리고 물러 나면서 화경에게 눈짓을 보냈다. 화경이 천연덕스럽게 웃으며 말했다.

"어머님 먼저 가세요. 전 위 대인의 책상을 좀 정리해 드리고 가겠습 니다."

진 부인이 무슨 말을 하려다 도로 목구멍으로 삼키고는 봉지미에게 작별 인사를 올리고 자리를 떠났다. 봉지미가 입가에 미소를 머금고 화경 쪽으로 몸을 돌렸다. 화경이 봉지미를 한번 힐끗 쳐다보더니 석류 하나를 집어 들었다. 느긋하게 석류 하나를 다 먹어 치우고 나서 시녀에게 분부를 내렸다.

"나쁘지 않네. 맛있구나. 가서 몇 개 더 가지고 오너라."

시녀가 떠나고 봉지미의 눈길이 쟁반 위로 향했다. 쟁반 위에는 아직 먹지 않은 열 몇 개의 석류가 남아 있었다. 더 가지고 올 필요가 전혀 없었기에 아무래도 봉지미에게 무슨 할 말이 있는 듯했다. 이 여인은 똑똑해도 너무 똑똑한 사람이었다.

"위 대인, 궁금하신 게 있으시다면 무엇이든 물어 보십시오."

화경이 봉지미의 곁에 앉아 머리카락을 쓸어 넘겼다. 봉지미는 눈빛으로 화경의 배에 대한 궁금증을 드러냈다. 화경의 배는 그렇게 크지 않았고 오륙개월 정도 되어 보였다. 하지만 그 시기에 연회석은 제경에 머물고 있었고 남해로는 한 번도 돌아간 적이 없었다. 화경이 고개를 숙이고 배를 바라보며 싱긋 웃었다. 그녀가 꺼낸 이야기는 사람을 놀라 자빠지게 했다.

"대인께서 생각하시는 대로입니다. 이 아이는 연회석의 아이가 아닙니다."

봉지미는 너무 놀라서 쿨럭쿨럭 거센 기침을 내뱉었다. 예상은 했지만 태연한 표정으로 말하는 것을 듣고 있자니 온몸이 파르르 떨려 왔다. 화경이 봉지미에게 다가와 가볍게 등을 두드려 주었다. 봉지미가 어안이 벙벙한 표정으로 화경을 올려다봤고, 화경이 이내 봉지미의 등에서 손을 거두어들였다. 화경은 부드럽게 배를 쓰다듬으며 옅은 미소를 보였다. 애처로운 눈빛 속에 우울함과 비통함이 가득 묻어났다.

"전 시골에 사는 촌부였습니다. 아버지는 이전엔 현관 *현의 지방 장관이 셨는데 관직에서 물러나신 후 고향으로 돌아오셔서 사숙(私塾)을 여셨습니다. 그런데 마침 저희 사숙이 연회석의 어머니께서 계신 암자 근처에 있었습니다. 연회석의 어머니가 암자에서 모욕을 당하시는 걸 보고 아버지와 제가 안 됐다고 여겨 자주 도와 드렸지요. 덕분에 저와 연회석도 어려서부터 잘 아는 사이입니다."

하, 이건 어디서 많이 들어 본 듯한 부잣집 도련님과 가난한 집 아가씨의 이루어질 수 없는 사랑 이야기 같았다.

"죽마고우의 사랑 이야기 같은 게 절대 아닙니다."

화경이 다시 한번 사람을 깜짝 놀라게 하는 말을 내뱉었다.

"연회석은 절 전혀 좋아하지 않습니다."

하마터면 봉지미는 입안에 가득 들었던 차를 이불 위로 내뿜을 뻔했다.

"진 부인은 전형적인 대갓집 마님이라 아무리 고마운 마음이 깊어도 저 같은 말괄량이 계집애가 마음에 들 리 없으시죠. 연회석도 모친의 영향을 많이 받은지라 저에 대해서 좋게 생각하지 않습니다. 다만 저희 집에서 돌봐 준 것만큼은 고마워할 따름이죠. 연회석이 저와 함께 있을 때 사이가 좋아서 다른 사람들 눈에 저희들이 친밀한 한 쌍으로 보이는 것뿐입니다."

화경은 천천히 석류를 베어 물며 낮은 목소리로 말했다.

"아버지께서 돌아가시면서 제 손을 붙잡고 말씀하셨죠. 두 집안이 너무 차이가 나서 연씨 집안과 연을 맺기는 어려울 것이라고요. 만일 억지로 연을 맺으면 앞으로 제가 많이 힘들 거라고도 말씀하셨어요. 전 아버지의 말씀을 듣고 사숙에서 선생을 하기로 결심했죠. 그러다 같은 마을에 사는 과거에 낙방한 생원에게 시집을 간 것입니다. 하지만 남편은 몸이 워낙 허약해서 혼인을 하고 얼마 되지 않아 시름시름 앓기 시작했습니다. 제가 일 년을 넘게 보살폈지만 남편은 결국 세상을 뜨고 말았죠. 전 그때부터 남자 잡아먹는 여자로 소문이 나게 되었습니다."

"그럼 이 아이는……."

"죽은 남편의 아이입니다."

화경이 덤덤하게 말했다.

"유복자입니다."

봉지미는 놀라서 숨이 턱 막혔다. 그날 사당에서 이 여인은 얼마나 당당하고 살기등등했는가. 그 위풍당당한 표정과 태도는 누가 보더라도 의심할 여지없이 배 속의 연장천이 연씨 집안의 자손이라고 말해 주고 있었다. 그런데 연장천의 진짜 성이 연씨가 아니라니 도무지 믿기지가 않았다. 그렇다면 화경은 겁도 없이 다른 사람의 아이를 가지고서 제일가는 집안의 사당 문을 두드린 것이었다. 얼굴색 하나 변하지 않고 남의 집 종손을 데리고 명문 세가에 들어가겠다고 악을 부린 것이었다. 거짓된 씨앗으로 두 목숨을 구하고 연씨 집안과 남해 전체 형세에 간접적으로 커다란 변화를 몰고 온 것이었다. 봉지미는 살면서 처음으로 같은 여성으로서 화경에게 크게 탄복했다. 다만 한 가지 사실이 마음에 걸렸다.

"연회석이 근래에 남해에 돌아온 적이 없었단 사실은 연씨 집안도 다 알고 있었을 텐데 왜 당시에 아무도 이걸 지적하지 않았을까."

"당시에 대인 쪽에서 겹겹이 포위하고 있으신 데다 제 기세에 눌려서 날짜를 세어 보는 걸 잊었을 수도 있고……."

화경이 이어서 말했다.

"흠차 대인이 남해도에 선박 사무사를 설립한다는 말을 듣자마자 전 연회석이 총판이 될 것이라고 예상했습니다. 하지만 연씨 집안에서 분명 연회석을 순순히 내놓지 않을 것 같아 연회석이 남해로 몰래 돌아와서 절 만났다는 소문을 제가 직접 퍼트리고 다녔습니다."

"아니 왜?"

"이 아이는 유복자입니다."

화경이 부드럽게 배를 쓰다듬으며 모성애를 담아 말했다.

"죽은 남편이 제게 아이를 남긴 사실을 아는 사람은 아무도 없습니다. 그런데 가만히 생각해 보니 연회석은 출신이 가장 큰 약점입니다. 이전에도 위협만 없었지 연씨 집안 사람들은 연회석을 계속 무시하고 괴롭혔습니다. 하지만 막상 끌어 낼 수도 없어서 일단 두고 보다가 연회석이 어떤 일로 부각이 되면 그걸 가지고 트집을 잡아 쫓아내려고 할 것이 틀림없었습니다. 연회석을 도울 좋은 방법이 없을까 계속 고민하던 중에 연씨 집안이 대를 이을 아들을 중시한다는 사실이 떠올랐습니다. 연씨 집안에게 종가의 장손이란 존재는 분명 아주 유용한 방패가 될 수 있으리라 판단한 것입니다."

봉지미가 넋을 잃고 화경을 바라봤다. 이 여인은 상상 이상으로 총명하고 지혜로운 데다가 식견이 넓었으며 깊은 뜻을 마음속에 간직하고 있었다. 미루어 생각하는 것만으로도 커다란 영향력을 발휘할 수 있는 정확한 판단을 내릴 수 있었다. 화경의 쾌활한 웃음 뒤에는 치밀하면서도 과감한 계획과 의도가 숨어 있었다.

"자넨……."

화경을 빤히 쳐다보던 봉지미가 입을 열었다.

"연회석을 사랑하는 거지?"

물론 봉지미도 화경의 마음이 뼈에 절절하게 사무치는 사랑이 아니고, 그 정도에 이를 수 없다는 사실도 잘 알고 있었다. 이 말을 듣고 화경의 미소에는 희미한 어둠이 내려앉았다. 하지만 재빨리 입꼬리를 올리며 경쾌하게 대답했다.

"네."

화경은 시원스레 대답했지만 그 한 글자에 담긴 의미는 봉지미를 깊은 생각에 잠기게 했다.

연회석의 마음속에 화경의 자리가 없다는 것쯤은 잘 알고 있었다.

시어머니인 진 부인이 화경을 절대 받아들이지 않을 거란 사실도 잘 알고 있었다. 세상 사람들은 그녀가 권세 높은 사람에게 빌붙어 욕심을 차리려 한다고 손가락질할 것이 뻔했다. 하지만 화경은 자신의 명예가 더럽혀지고 몸이 다치는 것도 마다하지 않았다. 수많은 사람들 앞에서 엄청난 거짓말까지 내뱉어 가며 사랑하는 사람의 목숨을 구한 것이었다. 봉지미는 이때 화경의 용기에 감탄했다. 청혼하는 그녀의 모습을 보고 십중팔구 두 사람이 서로 사랑하는 사이인 줄로 알았던 것이었다. 하지만 사실 화경은 불안한 마음으로 확신이 전혀 없는데도 사당 앞에서 연회석에게 청혼한 것이었다. 만일 연회석이 싫다고 말했다면 연씨 집안에서 용서하지 않고 화경에게 앙갚음을 했을 터였다. 사당 앞에서 다른 집안 사람이 큰 소란을 피웠으니 때려 죽여도 상관없을 터였다.

"결실을 맺어 다행이네."

봉지미가 천만다행이라는 듯 미소를 머금고 화경을 바라보았다.

"이제 자넨 연씨 집안 당주의 부인일세. 다시는 아무도 자넬 함부로 대할 수 없을 거야."

"아니요."

차를 마시려던 봉지미가 화경의 대답에 놀라 손에 힘이 풀려서 찻잔을 떨어트릴 뻔했다. 화경이 재빠르게 찻잔을 붙잡았다.

"마님, 부디 매번 날 놀라게 하지 마시게."

봉지미가 쓴웃음을 지으며 말했다. 화경은 찻잔을 내려놓고 봉지미의 손을 덥석 잡았다.

"절 데려가 주십시오!"

봉지미는 당황하여 눈을 위로 뜨고 화경을 쳐다봤다. 잠시 멍해졌던 봉지미가 다시 제 손을 붙잡고 있는 화경의 손을 응시했다. 아까 화경이 연회석을 사랑한다는 사실을 확인하지 않았더라면 봉지미는 소녕 공주 때처럼 이번에도 젊은 처자의 마음이 잘못된 길로 접어드는 줄 알았을 것이다.

"연 부인……."

봉지미는 붙잡힌 손을 눈짓으로 가리키며 화경이 지금 예의에 어긋나는 행동을 하고 있다고 넌지시 알려 줬다. 하지만 화경은 잡은 손을 놓지 않았고 보석처럼 빛나는 눈동자를 얼굴에 바싹 들이대며 봉지미를 응시했다.

"자넨 이미 알고 있었군. 내가……."

봉지미의 가면은 매우 정교해서 남자로 꾸며도 전혀 눈치챌 수가 없을 터였다. 그런데 이 여인은 어떻게 봉지미의 정체를 알아본 것인지 알 수 없었다.

"초왕 전하께서 대인을 바라보는 눈빛을 보고 알 수 있었습니다."

화경이 입을 오므리고 호호거리며 웃었다.

"저도 다 해 봤던지라 한눈에 알 수 있습니다."

봉지미는 아무 말도 하지 못했다. 뜻밖에도 영혁과 함께 있을 때 실수를 한 듯했다.

그나마 다행인 것은 속으로 눈치를 채도 겉으로는 모르는 척 넘어가 주는 화경과 달리 다른 사람들은 봉지미와 영혁 사이의 숨겨진 감정을 전혀 알아채지 못하고 있었다. 봉지미가 달아오른 얼굴로 씩씩거리며 말했다.

"사실 전하는 남자를 좋아하네."

화경이 하하 웃기 시작했다. 웃음소리가 맑게 울려 퍼졌다.

"대인, 무슨 말도 안 되는 변명을……. 전하 같은 분이 남자를 좋아한다고요? 어찌 그게 가능합니까."

"전하 같은 사람이 어떤 사람인데?"

봉지미가 눈을 동그랗게 뜨고 물었다. 갑자기 다른 사람 눈에 비치는 영혁의 모습이 궁금해졌다.

"전하는 다정다감한 분은 절대 아니시죠. 오히려 몰인정에 가깝다고 할 수 있습니다."

화경이 진지한 표정으로 말을 이었다.

"대인께서도 최근 남해에 계시면서 전하가 보여 주신 수단의 잔혹함과 냉담함, 사람이 놀라 자빠질 정도의 무정함을 직접 목격하지 않으셨습니까. 전하는 말 그대로 진짜 큰일을 하시는 분이라 마음을 끊기로 작정하면 정말로 끊어 내고, 한번 마음을 주기로 작정하면 맹렬한 기세로 다가가시는 분입니다. 또한 전하는 앞으로 천하를 호령할 것이기에 어떤 일이라도 사전에 대비를 잘 하시고, 불의의 사고가 발생하는 것을 절대 용납하지 않으십니다. 전하의 마음은 철저한 계획과 인내를 바탕으로 계산된 것입니다."

봉지미가 공감하는 듯 웃어 보였다.

"그래. 잘 알고 있구나."

"그런데 이상하게도 대인께만 아무 계산 없이 제멋대로 구시는 것 같더군요."

화경이 의심할 여지가 없는 명쾌한 결론을 내렸다. 입을 꾹 다물고 있던 봉지미의 눈길이 저절로 따뜻하고 부드러운 것으로 향했다. 봉지미를 마주 보며 환한 미소를 짓는 화경의 등 뒤로 가을 햇살이 찬란하게 부서져 내리고 있었다. 바다처럼 넓고 큰 정원이 밝게 빛났다.

"자넨 왜 나와 같이 가고 싶은 건가."

봉지미가 화제를 돌려 물었다.

"제 행복을 찾기 위해서입니다."

화경이 처연한 눈빛을 드러내며 말했다.

"연회석의 마음속엔 제가 없습니다. 제가 이번에 시집을 간다 해도 연회석은 계속 마음을 주지 않을 것입니다. 그날 했던 청혼은 임시방편에 불과했습니다. 저는 그저 연회석이 아무 말 없이 다른 사람의 아이를 연장천으로 만드는데 동의해 주기만을 바랐습니다. 다행히도 연회석이 동의해 주었지만 아무래도 그와 함께하기 어려울 것 같습니다."

"결혼은 자네가 직접 얻어 낸 소중한 결과이지 않은가."

봉지미가 담담하게 말했다.

"자네가 명예를 버리는 위험을 감수하지 않았더라면 연회석에게 오늘은 있을 수 없었을 거야. 연회석이 자네를 두고 다른 사람과 결혼한다면 난 절대 허락하지 않을 걸세."

"연회석이 저와 결혼해 주기로 했지만 이젠 제가 원치 않습니다."

화경이 거만한 미소를 지어 보이다가 이내 진지한 기색을 드러냈다.

"제가 어찌 결혼하자고 강요한 사람에게 시집갈 수 있겠습니까. 이대로 결혼한다면 고마운 마음 때문에 연회석이 평생 저에게 감사해 하고 정으로 보살펴 주겠지만 영원히 사랑해 주지는 않을 것입니다."

이 여인의 복잡한 눈빛을 응시하던 봉지미는 문득 그녀가 가진 높은 자존심을 깨달았다. 화경은 이런 식으로 연회석에게 시집을 가면 진 부인과 연회석의 마음속에 점차 불만만 커질 것이라고 생각하는 듯했다. 다른 남자의 유복자를 배에 품은 촌부 출신의 여자는 확실히 연씨 집안 당주의 부인으로 어울리지 않았다. 더군다나 화경에 대한 연회석의 감정도 사랑이라고 볼 수는 없었다. 다른 여자 같으면 그런 큰 공로를 세웠으니 태연히 연씨 집안에 시집을 갈 수도 있겠지만 화경은 차마 그럴 수 없었다.

"대인께서 남해를 떠나실 때 저도 함께 떠나겠습니다."

화경이 봉지미의 손을 꼭 붙잡고 간곡하게 청했다.

"대인도 일개 평범한 아녀자이시지만 단번에 높은 관직에 오르시고 현 조정의 두터운 신임을 얻지 않으셨습니까. 전 그런 대인을 무척이나 흠모하고 있습니다. 제발 제가 대인 곁의 사람이 되는 것을 허락해 주십시오. 부디 절 더 넓고 더 먼 세상으로 이끌어 주십시오."

"잘 생각해야 하네. 일단 떠나면 연회석은 자네에게 더 이상 어떤 빛도 없게 된다네. 어쩌면 다른 사람과 결혼할지도 몰라."

"연회석이 절 그리 쉽게 잊는다면 그 사람을 위해 목숨 바쳐 사랑하고 곁에 머물 가치가 있겠습니까."

화경이 담담하게 웃어 보였다.

"아무리 좋아해도 최소한의 자존심은 있습니다."

햇빛 아래에 서 있는 화경의 꼿꼿한 자태가 눈부시게 빛났다. 한 그루 소나무처럼 빼어난 강직함이 드러났다. 햇빛이 내려앉은 화경의 얼굴은 맑고 깨끗했으며 눈빛은 또렷하고 투명했다.

"어느 누구든 제가 은혜를 베풀었다고 해서 제 요구를 무조건 따르는 건 원치 않습니다. 그 결말이 아름답고 행복할 수는 없겠죠. 시어머니와 남편이 시주하듯 베풀어 주는 존귀한 성씨를 짊어지고 연씨 집안의 부인이 되어 아무렇지도 않은 척 살아가는 것도 원치 않습니다. 제 인생을 스스로 개척하는 여자가 되어 산과 바다처럼 높고 넓은 천성 왕조의 무대 위에서 뜻을 펼치며 더욱 강해지고 싶습니다. 그러면 반드시 연회석이 고개를 들고 진심으로 절 바라봐 줄 거라고 믿고 있습니다. 언젠가는 연회석이 제 사랑이 산과 바다보다 넓고 크며, 그 누구의 것보다 깊고 진실하다는 걸 알아주리라 믿고 있습니다."

화경과 깊은 이야기를 나눈 후에 봉지미는 곰곰이 생각에 잠겼다. 눈부신 가을빛 아래에서 끊임없이 반짝이던 화경의 얼굴이 봉지미의 머릿속에 아른거렸다. 화경은 보기 드물게 대범하고 의협심이 강한 여자였다. 하늘에 대고 거리낌 없이 거짓 맹세도 할 수 있을 것처럼 보였다. 자신의 사랑이 산과 바다보다도 넓고 크며 그 누구의 것보다 깊고 진실하다고 말하는 화경은 확실히 천지자연보다 광활한 심성을 지닌 자였다.

봉지미는 자신이 화경보다 많이 부족하다는 것을 깨닫고 부러운 마음과 희미한 우울함에 젖어 들었다. 연회석 그 녀석은 복이 많아도 보통 많은 게 아니란 생각이 들었다. 고요한 밤공기가 주위를 에워싸며 봉지미를 깊은 사색으로 빠트렸다. 잠기운이 달아나고 정신이 맑아지자 봉지미는 영혁의 대군이 어디까지 갔을지 따져 보았다. 남해와 민남은 이웃하는 위치여서 분명 영혁은 밤낮으로 길을 재촉해서 갔을 터였다. 하지만 눈이 잘 보이지 않아 쉬운 여정은 아닐 것이었다. 영혁은 민남으로 이동하는 계획이 지체될까 봐 시력을 회복하지 않은 상태에서 대군을 이끌고 길을 떠났다. 눈이 보이지 않은지 이미 오래되어서 이대로 치료할 수 있는 약을 찾지 못하면 영원히 눈이 보이지 않을 수도 있었다. 봉지미는 걱정이 이만저만이 아니었다. 게다가 영혁이 몸소 전쟁터에 나가 싸울 일이 없더라도 전장에서 눈이 보이지 않으니 사방에서 날아드는 무기를 피할 도리가 없었다.

봉지미의 등줄기에서 식은땀이 흘러내렸다. 고남의와 상의해서 그 명의에게 군대를 쫓아가 영혁을 고쳐 달라고 부탁하고 싶었다. 봉지미는 괴로운 나머지 머리를 높이 들었다가 벽에 쿵, 하고 세게 내리쳤다. 고남의가 소리를 듣고 두루마기를 휘날리며 하늘에서 내려왔다. 다가오자마자 제일 먼저 한 행동은 봉지미의 이마를 어루만져 주는 것이었다. 봉지미가 깜짝 놀라 고남의를 쳐다봤다.

'신이시여, 고남의가 사람 몸에 손을 대다니요!'

고남의는 봉지미의 흔들리는 눈빛을 전혀 알아채지 못했다. 근래 들어 고남의의 행동 하나하나는 전례를 깨는 것들이었다. 다만 이마를 어루만져 준다고 해서 거기에 어떤 감정이 들어 있지는 않았다. 고남의는 다시 봉지미의 얼굴을 쓰다듬었고 조금 뜨겁다는 생각이 들자 비교하기 위해 제 얼굴을 어루만져 보았다.

고남의가 제 얼굴을 가리고 있던 얇은 망사를 들어 올렸다. 반쯤 올려진 망사 사이로 드러난 절반 정도의 얼굴을 바라보는 순간 봉지미는 숨이 턱 막혔다. 깊은 밤에 어찌 아무도 불을 켜 놓지 않았는지 원망스러웠다. 하지만 어둠 속에서는 약간만 밝게 빛나는 것이 있어도 눈부시게 보이기 마련이었다. 그 사이 고남의는 제 얼굴의 열기를 확인하고 결론을 내렸다. 봉지미의 정신이 오락가락해서 온몸에 열이 나는 것이라고 판단했다. 고남의는 이불을 잡아끌어 익숙하게 발판 위에 깔고는 그 위에 몸을 옹송그리고 누웠다. 봉지미가 다시 한번 깜짝 놀랐다.

'고남의, 지금 뭐하는 거야?'

봉지미는 자신이 중병에 걸려 누워 있는 동안 고남의가 침대 곁에서 간호했다는 사실을 전혀 몰랐다. 고남의도 봉지미에게 그 사실을 말하지 않았다. 발판 쪽에서 아무런 움직임이 없자 봉지미가 몸을 기울여 살펴봤다. 고남의는 이불을 껴안고 자고 있었다. 기다란 몸이 어색한 자세로 짧은 발판 위에 웅크리고 있어서 자는 모습이 영 불편해 보였다. 고남의는 극도로 편안한 상태가 아니면 잠을 잘 수 없었는데 그런 그가 발판 위에서 잔다는 게 믿기지 않았다. 하지만 아무리 봐도 자는 모습이 너무나 자연스러워서 이 자세가 하루 이틀에 걸쳐 완성된 것이 아님을 미루어 짐작할 수 있었다.

봉지미는 침대 가장자리를 붙잡고 몸을 조금 더 기울여 고남의를 바라봤다. 갑자기 지난 밤 걱정스러운 마음에 허겁지겁 달려오다가 침대 다리에 부딪친 영혁의 모습이 떠올랐고 마음 한구석이 저려 왔다.

문양이 새겨진 나무 침대의 가장자리를 손가락으로 후비적거리자 나무 부스러기가 고남의의 얇은 망사 위로 우수수 떨어졌다. 눈을 번쩍 뜬 고남의가 몸을 기울여 자신을 내려다보고 있는 봉지미를 발견했다. 그 순간 무언가가 고남의의 머릿속을 스치고 지나갔다. 이전에 고남의가 침대 발판 위에서 자면서 만일 봉지미가 깨어나 자신을 내려다보면 뭐라고 말해 줄지 생각해 놨던 것이었다.

"고마워."

봉지미는 침대 가장자리를 긁어내다가 훅 들어온 고남의의 말에 힘이 빠졌고 하마터면 몸이 아래로 내리꽂힐 뻔했다. 오늘은 상상 밖의 일들이 너무나도 많이 일어나서 정신을 차릴 수가 없었다. 봉지미에게 '미안해'라는 말조차 한 적이 없었는데. 영원히 감사함 따위는 모를 것 같던 고남의가 갑자기 봉지미에게 '고맙다'라는 말을 하니 당황스러울 따름이었다.

'고남의한테 대체 무슨 일이 있었던 거지……'

고남의는 지금 봉지미가 중병에 걸려 누워 있던 그때로 돌아가 있었다. 어둠이 무겁게 짓누르던 밤, 고남의는 발판 위에 누워 봉지미가 깨어나서 내려다보면 뭐라고 말해 줘야 할지 고민하며 별의별 생각을 다 했었다. '깨어났어?'라고 말하면 실없는 소리처럼 들리고, '잘 잤어?'라고 말해도 엉뚱한 소리로 들리고, 그렇다고 '괜찮아?'라고 말하면 진짜 온 천하에서 가장 어이없는 소리로 들릴 터였다. 고남의는 태어나서 지금까지 단 한 번도 허튼소리를 해 본 적이 없었고 꼭 해야 할 말만 해 와서 무슨 말을 해야 할지 난감했다.

그날 밤은 시간이 참으로 빨리 지나갔다. 고남의는 줄곧 봉지미가 깨어나기를 기다렸지만 사람들은 가망이 없는 오랜 기다림에 우울한 탄식을 내뱉었다. 고남의는 사람들의 절망 섞인 소리를 들으며 제 마음속에도 낯선 감각이 피어나 깊이 파고드는 것을 느꼈다. 그것은 이른바 사람들이 말하는 두려움과 초조함이란 감정이었다. 옅게 밀려온 이 감정이 고남의에게 커다란 변화를 일으키지는 못했다. 하지만 십수 년을 공허한 마음으로 살아온 고남의가 자신의 세계에 두렵고 초조한 감각을 처음으로 맞이하는 역사적인 순간이었다.

고남의는 이전에 봉지미가 싱긋 웃으며 호두를 까 주었을 때 마음속이 바람처럼 가벼워졌다. 봉지미가 풀잎피리를 불면서 그를 찾겠다고 말했을 때 마음속이 구름처럼 따뜻하고 폭신해졌다. 봉지미가 사악한 미소를 띠며 여장을 시켰을 때 마음속이 비처럼 촉촉하고 매끈해졌다. 고남의는 당시 봉지미가 말해 주었던 즐거움, 행복, 기쁨과 같은 밝고 유쾌한 모든 감정들을 이해하고 싶었다. 하지만 봉지미가 죽을까 봐 두려웠던 그때의 무거운 마음을 떠올리자 공포가 밀려 왔다. 심장이 얼음처럼 차갑게 얼어붙던 그날의 고통이 아직도 선명했다. 그때 고남의는 괴로운 나날을 보내면서 마침내 그런 감정에 대해 이해할 수 있었다. 진정한 감정과는 조금 거리가 있을 수도 있었고, 복잡하고 어려운 난제에 일시적으로 부딪친 상황일 수도 있었다. 하지만 분명한 것은 메마르고 무기력한 일생을 숙명으로 받아들이고 살아온 고남의가 봉지미를 통해 자신의 세계에 알록달록한 색을 화려하게 칠하기 시작한 것이었다.

이 모든 것들은 봉지미가 준 것이었다. 다른 사람이라면 절대 불가능했다. 고남의는 봉지미에게 해 줘야 할 유일한 한 마디가 '고맙다'라는 것을 문득 깨달았다. 봉지미의 존재에 감사했고, 봉지미의 인내심에 감사했으며, 봉지미가 자신을 봉쇄된 보루에서 꺼내 주어 아름답고 밝은 세상을 볼 수 있게 해 준 데에 감사했다. 이전에는 이런 감정들에 대해 뭐가 좋은지 나쁜지 알고 싶지도 않았지만 지금은 알아 가는 과정이 기쁘고 즐거울 따름이었다.

고남의는 감정을 이해하면서 봉지미처럼 되었고, 고남의를 별난 사람이라고 말하는 모든 사람처럼 되어 갔다. 비단 봉지미가 중병에 걸렸던 일이 아니더라도 고남의는 이미 이전의 모습과 많이 달라져 있었다. 그래서 봉지미에게 반드시 고맙다고 말해야 했다. 고남의는 하고 싶은 말은 반드시 하고야 마는 성격이었다. 봉지미가 깨어나지 않아서 평생 말하지 못할 뻔했지만 이번에는 반드시 말해 줄 생각이었다.

고남의는 머릿속에 맴돌던 말을 시원하게 털어 놓고 나자 마음이 한결 가벼워졌다. 솜이불을 끌어안고 편안한 기분으로 잠을 청했다. 하지만 어떤 불쌍한 사람은 고남의의 말에 놀라서 잠을 이룰 수가 없었다.

봉지미는 곁눈으로 고남의를 흘겨봤다. 남의 고요한 마음에 돌을 던지고 정작 본인은 태평하게 다시 잠을 자고 있었다. 분통이 터진 봉지미가 손을 뻗어 고남의를 확 밀어 버렸다.

"뭐야, 뭐야. 그만 자고 일어나서 자세히 설명을 해 봐."

고남의가 눈을 번쩍 떴다. 잔잔하게 물결치는 가을날의 물처럼 눈빛이 맑고 투명했다.

"뭘?"

고남의는 그사이에 벌써 모든 일을 잊어버렸다. 봉지미는 어쩔 수 없다는 듯 고개를 절레절레 흔들며 고남의를 바라봤다.

"나한테 고맙다고 말한 거 말이야."

"아……."

고남의가 잠시 생각해 보다가 제 명치를 손바닥으로 치면서 말했다.

"네가 곧 죽게 생겼을 때 여기가 너무나도 고통스러웠어. 괴로운 게 무엇인지 네가 알려 줘서 고맙단 거야."

'괴로운 게 뭔지 내가 알려 줬다고?'

봉지미는 제 명치를 내리치며 진지하게 '괴로움을 알게 해 줘서' 고맙다고 말하는 남자를 애틋하게 바라보았다. 아랫입술을 지그시 깨문 봉지미는 눈시울이 붉어졌다. 눈가에는 달빛이 희미하게 깜빡였고 안개가 피었다 사라지기를 반복했다. 고남의의 얼굴에는 달그림자가 절반 정도 내려앉아 있었고, 그 모습이 평온하고 차분해 보였다. 그동안 고남의에게 평온한 상태란 세상 사람들이 모두 느끼는 일반적인 따뜻함과 아름다움이 아니었다. 그것은 막연하고 혼란스러운 세상에서 얼음 창고에 영원히 갇혀 지내는 듯한 삶을 의미하는 것이었다. 이 세상에는 얼음처럼 차가운 물속 깊은 곳에 가라앉아 일생을 공허하게 사는 사람이 존재했다. 그 사람에게는 세상에서 가장 단순한 즐거움이나 가장 맹렬한 고통이 마치 딴 세상 이야기처럼 아득하기만 했다. 냉정한 세계에서 홀로 자라온 사람은 이런 터무니없는 말들의 무게를 짐작만 할 뿐이었다.

고남의를 바라보던 봉지미는 마음 깊은 곳에서 둔탁한 통증이 전해졌다. 서로 알고 지낸 지 이렇게 오래되었는데 봉지미가 고남의의 닫힌 문을 두드리고 제일 처음 가르쳐 준 감정은 슬픔과 아픔이었다.

"아니."

봉지미가 몸을 숙여 침대 가장자리에 기댔다. 달빛 아래에 옥 조각상처럼 맑고 매끈한 얼굴을 드러낸 남자에게 시선을 고정하며 속삭이듯 맹세했다.

"너에게 괴로움만 가르쳐 주고 싶지 않아. 아니, 여러 감정들을 계속 알려 줄게. 난 새장에 갇혀 있는 널 밖으로 꺼내 주고 싶어. 네가 눈앞에 있는 한 뼘의 세상만 보지 않았으면 좋겠어. 보통 사람을 흉내 내지 않았으면 좋겠고, 그릇마다 고기가 꼭 여덟 점씩 들어 있지도 않았으면 좋겠어. 네가 똑바로 날 바라볼 수 있었으면 좋겠고, 울고 웃고 따지고 싸우고 사랑하는 게 뭔지도 알았으면 좋겠어."

한동안 휴식을 취한 봉지미는 아직 많이 좋아지지는 않았지만 다시 눈코 뜰 새 없이 바쁜 일상으로 돌아갔다. 민남에서는 이미 전쟁이 시작됐고 영혁은 전장으로 뛰어든 상태였다. 봉지미도 더 이상 편안하고 한가롭게 누워 있을 수가 없었다. 영혁이 봉지미를 위해 남해의 모든 일을 기초적으로 정비해 두었지만 세세한 업무가 아직 많이 남아 있었고 직접 다 처리 해야만 했다.

밤이 깊어지자 봉지미는 고남의와 마주 앉았다. 명의를 데리고 가서 영혁의 눈을 치료해 줄 수 없는지 다시 물었다. 고남의는 묵묵부답이었고 계속 대답을 재촉하자 하는 수 없이 입을 열었다.

"명의에게 가라고 명령할 수는 없어."

風叔

483

이 말은 봉지미의 마음을 혼란스럽게 뒤흔들었다.

'이게 무슨 뜻이지? 지위가 같은 두 사람이 서로에게 명령할 수 없다는 말처럼 들리는데.'

"내가 그 명의를 만나서 말해 볼게."

봉지미는 직접 명의를 만나면 마음속을 가득 메우고 있는 수많은 수수께끼가 한꺼번에 풀릴 것이라 생각했다. 하지만 뜻밖에도 고남의가 단칼에 거절했다.

"네 몸이 괜찮아져서 명의는 이제 제경으로 돌아가야 한대. 거기서 할 일이 있나 봐."

봉지미는 어쩔 수 없이 이 일을 마음 한구석에 담아 두기로 했다. 모든 일은 결자해지였다. 명의에게 의존하는 것보다 그 독충을 푼 자들을 찾아내어 해독하는 방법을 알아내는 것이 더 빠를 듯했다. 민남에 있을 그자들을 찾는 게 급선무였다.

봉지미는 매일 잠시도 쉬지 않고 선박 사무사와 관부를 분주히 뛰어다녔다. 오늘은 우선 당일에 벌어진 식량 탈취 사건을 처리해야 했다. 봉지미가 중병으로 누워 있을 때는 영혁이 대신 나서서 일을 처리했기 때문에 주희중은 가슴에 쌓인 분노를 터트리지 못했다. 그러나 지금은 봉지미를 붙잡고 하루 종일 끊임없이 불만을 읊어 댔다. 제멋대로 창고를 연 것도 마땅찮은데 평야에 있는 식량 창고 5개를 지키고 있던 수량관(守糧官)의 수를 절반으로 줄이고, 문 앞에는 한 명만 지키게 하여 일이 이 지경이 된 것이 아니냐는 것이었다.

봉지미는 미소 띤 얼굴로 주희중의 분노와 비난을 다 들은 후 조심스럽게 두 명의 당사자를 앞으로 내밀었다. 혁련쟁과 요양우는 집어 던지고 싶으면 던지고 죽이고 싶으면 죽이고 마음대로 하라고 으름장을 놓았다. 주희중은 입을 삐죽이는 두 사람을 바라봤다. 한 명은 미움을 사면 안 되는 초원의 왕세자였고 다른 한 명은 자신이 회시*會試, 중국 고대의

^{과거 중 하나}를 치렀을 때 시험관이었던 요영의 아들이었다. 주희중은 결국 어찌하지 못하고 씩씩거리며 옷소매를 잡아 털었다. 또 다시 졌다는 생각에 노골적으로 불쾌한 기색을 드러내며 밖으로 나갔다.

어찌됐든 창고를 연 덕분에 쌀값은 어느 정도 안정되었다. 황씨 집안과 상관씨 집안은 자기들 코가 석 자라 정신이 없었다. 다른 세 집안도 더 이상 손을 대지 않아서 남해의 물가와 민생이 서서히 안정을 찾기 시작했다. 주희중은 원래 적당한 시기에 자신이 문제를 해결하여 민중의 신망을 얻고 이를 바탕으로 관리의 명성을 높이 쌓으려는 계획을 갖고 있었다. 하지만 봉지미가 먼저 문제의 근원까지 깔끔히 처리하는 바람에 좋은 사람이 될 수 있는 기회를 빼앗겨 심기가 매우 불편했다. 이를 안 봉지미는 불같이 치솟은 주희중의 노여움을 빠르게 누그러트려 주었다. 봉지미는 다른 명문 세가 세 집안을 하나로 묶고 상관씨 집안과 황씨 집안에 엄벌을 내리자고 하였다. 그리하여 두 집안을 무너트리고 남은 이익을 관부와 3대 명문 세가에 고루 나누자는 의견을 제시했다.

이런 좋은 제안을 거절할 사람은 없었다. 주희중은 능청스러운 태도로 위 대인에게 꼭 한 몫 챙겨드린다는 뜻을 표했다. 봉지미는 본인은 지나가는 흠차에 불과하여 임무를 마치면 다시 되돌아갈 뿐이라 이런 부수입에 욕심을 내지 않는다며 정중히 사양했다. 주희중은 조정처럼 큰 곳에서는 이깟 돈은 돈도 아닌지 의문이 들었다. 어쨌든 지방에 내려온 흠차는 한 몫을 챙기는 일에 별로 관심이 없었고 남해만 안정되면 만족하는 듯 보였다. 누이 좋고 매부 좋은 일이 아닐 수 없었다.

흠차가 별다르게 요구하는 사항은 없었지만 유일하게 바라는 점 하나가 있었다. 바로 연씨 집안이 실제 업무를 총괄적으로 맡는 것이었다. 그렇게 된다면 연씨 집안은 가장 고생스럽겠지만 가장 얻는 것도 많아질 것이었다. 그 외에 산업 수익의 1할을 가져다가 선박 사무사의 활동 경비로 삼고, 관련된 이윤을 계속 선박 사무사에 지급하여 앞으로 명문 세가들이 해적을 대상으로 해상 경비대를 구축하는 데 필요한 군비로 삼을 수 있으면 좋겠다고 말했다. 이는 원래 조정의 생각이었지만 주희중도 동의했다. 주희중은 일개 서생 출신이라 명문 세가가 가진 재산이 얼마나 거대하고 굉장한지 몰랐고, 그들이 재산의 1할만 가지고도 뒤에서 별의별 수작을 다 부릴 수 있다는 사실을 몰랐다. 점포의 경영 상태나 대지의 가치에 대해 빠삭한 연회석이 업무를 담당하면 결국 선박 사무사의 수중으로 헤아릴 수 없는 이익이 떨어질 것이고 저절로 부유해질 것이었다.

여기에는 봉지미의 또 다른 계획이 감추어져 있었다. 모두가 힘을 합쳐 억누르면 상관씨 집안과 황씨 집안은 눈 깜짝할 사이에 무너질 것이었다. 일단 두 집안이 무너지면 고용되었던 수많은 어민들이 일자리를 잃게 될 것이고 이들이 모두 다른 명문 세가로 흘러 들어가게 되면 명문 세가 세 집안은 거대한 세력으로 빠르게 부상할 것이었다. 앞으로 남해를 제어하기 어려워질 것이 불을 보듯 뻔하여 시급히 해상 경비대를 조직하고 걸출한 인물을 선발해서 경비대를 편성해야 했다. 해상 경비 대원은 뛰어난 실력을 갖추고 있는 명수들로 구성하여 간단한 훈련만으로도 바로 전장에 투입될 수 있어야 했다. 장차 민남에서 전쟁이 벌어지면 상씨 집안 사람들은 해상 경비대에 부딪쳐 하루아침에 무너질 것이었고, 전세가 불리해지면 바다로 도망쳐 해적들과 결탁하여 난을 일으킬 가능성이 높았다. 그때는 이미 정비를 마치고 적을 기다리고 있는 새로 편성된 남해의 수군이 맞서면 될 것이었다.

원래 봉지미는 선박 사무사의 흠차로 파견되어 남해의 모든 일을 감독하고 관리할 권한이 있었으나 남해의 군사 행정에는 간섭하고 싶지 않았다. 하지만 영혁이 민남에서 전쟁 중인 긴박한 상황이라 그를 돕기 위해서는 이렇게 나서는 수밖에 없었다.

이날 봉지미는 설치 중인 선박 사무사를 시찰하러 길을 나섰다. 연회석은 추진 속도가 매우 빨라서 선박 사무사는 이미 거의 다 완성된 상태였다. 건물의 외관이 웅장하고 아름다웠으며 포정사 관부의 수준을 훨씬 뛰어넘을 듯했다. 들판 위에 세워진 선박 사무사 관부는 황제의 다스림이 미치지 않는 곳으로 아무것도 거리낄 것이 없었다. 이보다 더 화려하고 빛나는 곳은 사방 어디를 둘러보아도 찾아 볼 수 없었다.

봉지미는 의기양양한 모습으로 활기차게 움직이는 연회석을 바라보며 생각했다. 오랜 세월 동안 억눌리며 답답했을 마음을 제 뜻대로 펼쳐 보라고. 여기에는 연회석의 처를 데려가는 데에 대한 미안함과 보상 심리도 한몫 했다.

선박 사무사에서 돌아온 봉지미는 다시 안찰사 관부를 찾았다. 얼마 전에 잡아들인 상씨 집안의 자객과 사건에 연루된 관리들이 모두 그곳에서 심문을 받고 있었다. 봉지미가 자리를 잡고 앉자 안찰사 도세봉이 미소 지으며 인사를 올리러 왔다.

"아이고. 위 대인. 안 그래도 사람을 보내 대인께 알려 드리려는 게 있었습니다. 이곳에서 문제가 있었습니다."

"무엇입니까?"

"감옥에서 몇 사람이 급사하는 일이 있었습니다."

도세봉이 심각한 표정으로 말을 이었다.

"그자들은 막 붙잡혀 온 자들이었습니다. 황씨 집안의 2대 자제를 심문하던 중 그자들이 남해와 민남의 경계 지점에 있는 오길산(烏吉山)에 나타난다는 첩보를 입수했습니다. 그자들이 길에 나타나면 꼭 대군이 달려가는 듯 기세가 대단하더군요. 여하튼 우리 쪽 사람이 지름길로 앞서가서 그자들을 막아서자 도망치기 시작했습니다. 저희가 계속 뒤쫓았지만 놓치고 말았죠. 그런데 뜻밖에도 그자들이 풍주로 숨어든 게 아니겠습니까. 추격 끝에 풍주성 밖에서 몇 명은 다친 채로 도망을 갔고 몇 명은 붙잡을 수 있었습니다. 문제는 붙잡힌 그 몇 명이 심문도 하기 전에 그만 죽어 버린 것입니다."

도세봉은 봉지미를 데리고 가서 시체를 직접 보여 주었다. 그들은 눈을 부릅뜨고 감옥 안에 널브러져 있었다. 몸에 특별히 눈에 띄는 상처 자국은 보이지 않았는데 유독 공포에 질린 듯한 눈동자가 마음에 걸렸다. 공포를 머금은 눈동자 깊은 곳에는 초점이 흐려지며 아득해진 빛이 가득했다. 그 눈빛을 본 봉지미는 어디에선가 본 듯한 익숙한 느낌을 받았고, 곧 마음이 사정없이 요동치기 시작했다. 봉지미는 간신히 호흡을 가다듬고 자세를 낮추어 시체를 이리저리 들춰 봤다. 꺼림칙한 표정으로 세세히 시체를 살피는 봉지미에게 도세봉이 말했다.

"검시관이 이미 자세히 검시했습니다. 별다른 외상이 발견되지 않았는데 이자가 어떻게 죽었는지 귀신이 곡할 노릇입니다."

봉지미의 곁에서 계속 말없이 서 있던 고남의가 불쑥 나오더니 시체 한 구의 손목을 가리켰다. 그곳에는 매우 희미한 흔적이 남아 있었는데 모양을 보아하니 무언가에 긁힌 자국 같았다.

"이건 치명상은 아닙니다. 작은 상처에 불과할 뿐이……."

도세봉의 말이 다 끝나지 않았는데 긁힌 자국을 자세히 살피고 있던 봉지미가 몸을 홱 돌리며 물었다.

"도 대인, 이자들을 어디에서 붙잡으셨습니까?"

"풍주성에서 십 리 떨어진 곳에 있는 버려진 농가입니다."

"함께 가시지요."

전광석화처럼 빠르게 달려간 일행은 반 시진 후 그 농가 앞에 도착했다. 말에서 내려 집 주변을 둘러보니 정말 말 그대로 폐가였다. 주위에는 사람의 흔적조차 발견할 수 없었다. 봉지미는 황혼이 드리운 농가 안의 작은 뜰을 바라보며 불안해지기 시작했다. 고남의에게 낮은 목소리로 몇 마디 말을 건넸다. 두 사람은 다른 사람들에게 잠시 기다리라고 말하고는 집 안으로 들어갔다. 집 안팎을 한 바퀴 돌며 꼼꼼히 수색했지만 아무도 없었다. 봉지미가 실망한 표정을 감추지 못할 때 고남의가 갑자기 버려진 돼지우리를 가리켰다. 봉지미가 그곳으로 천천히 다가갔다.

금빛이 녹아든 붉은색의 석양이 누렇게 시든 풀잎 끝자락에 걸려 있었고, 풀잎은 깊은 가을 내음을 담은 바람결에 살랑살랑 나부꼈다. 돼지우리는 아주 오래전부터 아무도 신경을 쓰지 않은 듯했다. 바람이 불어오자 부서진 우리의 문이 삐걱삐걱 기분 나쁜 소리를 내며 흔들렸다. 우리 바닥에는 말라비틀어진 풀과 덩어리진 돼지 똥이 가득 쌓여 있었고, 사방은 쥐 죽은 듯이 고요했다. 봉지미가 마른 나뭇가지 하나를 밟자 우지직, 소리가 울려 퍼졌다.

스윽.

녹이 슬어서 얼룩덜룩해진 돼지 잡는 칼이 시퍼런 빛을 내뿜으며 봉지미의 얼굴 앞으로 번개처럼 덮쳐 왔다. 그때 봉지미가 상대방의 얼굴을 쳐다보고 그만 아연실색해서 소리쳤다.

"사형……!"

감춰진 덫

돼지 잡는 칼이 번개처럼 내리꽂혔다. 봉지미는 헝클어진 머리카락
이 지저분하게 뒤덮인 상대방의 얼굴을 마주하고는 놀라서 크게 소리
쳤다. 봉지미의 외침 속에는 놀라면서도 기쁜 마음과 의구심이 혼재해
있었다. 쨍그랑, 소리와 함께 서슬이 시퍼런 돼지 잡는 칼은 고남의의 손
안에서 두 동강이 났다. 그러자 상대방은 무서운 기세로 고함을 내질렀
고 갑자기 튀어 올라 제 몸이 칼이 된 것처럼 거세게 달려들었다. 그자
의 몸이 뛰어오르자 두 줄기의 금빛이 따라서 날아올랐다. 허공에서 크
헉, 하는 소리가 날카롭게 울려 퍼졌고 여덟 개의 발톱이 봉지미의 얼
굴을 향해 사납게 휘둘러졌다. 봉지미가 서둘러 크게 외쳤다.

"접니다!"

금빛이 별안간 허공에 멈추더니 손가락을 쫙 펼친 원숭이 두 마리가
모습을 드러냈다. 원숭이들은 신비한 기운을 가득 담고 있는 커다란 눈
동자를 동그랗게 뜨고 봉지미를 쳐다봤다. 그 순간 눈에 밝은 빛이 넘
쳐흐르며 꺽꺽대는 기쁨의 소리가 사방을 에워쌌다. 너무 기쁜 나머지

제 몸이 허공에 떠 있는 것도 잊어버리고 아래로 철퍼덕 떨어졌다. 다행히도 봉지미가 팔을 뻗어 품 안에 그것들을 무사히 받아 냈다. 고남의도 손을 뻗어 허공에서 포탄처럼 몸을 내리꽂는 그자를 품 안에 받아 냈다. 큼직한 몸뚱이가 고남의의 두 팔 위에서 발버둥 치며 고래고래 소리를 질렀다. 고남의는 그자의 거센 저항에 한 발자국도 움직일 수가 없었다. 봉지미는 작은 원숭이 두 마리를 움켜쥐고 맞은편에서 몸부림 치고 있는 그자를 한없이 바라보았다. 헝클어진 머리카락 사이로 드러난 얼굴이 벌겋게 부어올라 있었다. 봉지미의 눈에서 눈물이 흘러 시야가 흐려졌지만 얼굴에는 기쁨의 미소가 걸렸다. 숨을 깊이 들이마신 봉지미가 울먹이며 말했다.

"순우맹…… 사형이 아직 살아 있었군요. 정말 다행입니다."

봉지미는 따라온 관리들에게 순우맹을 잘 보살피라고 당부했다. 도세봉은 순우맹이 북을 정벌하는 부사령관의 아들이란 범상치 않은 신분이라는 사실을 알고 오늘 그를 구해서 큰 공로를 세웠다며 아주 기뻐했다. 남해에 와서부터 줄곧 우울한 일뿐이었던 봉지미는 정말로 기쁜 기색을 드러냈다. 농서의 기양산 절벽에서 헤어진 그날 이후 봉지미는 순우맹의 희생을 항상 마음에 두고 있었다. 한밤중에 몸을 뒤척이며 잠을 이루지 못할 때면 청명서원 식당에서 성큼성큼 봉지미를 향해 걸어오던 위풍당당한 그의 모습이 떠올라 가슴이 저렸다. 순우맹은 십수 년 동안 살아오면서 다른 속셈 없이 순수하게 다가와 준 첫 번째 사람이었고 봉지미에게 가장 특별한 경험을 선사해 준 친구였다. 제일 먼저 봉지미는 하늘에 마음 깊이 감사드렸다. 하늘도 간혹 사람을 굽어살피는 듯했다. 하지만 기쁨도 잠시, 봉지미는 이상하게 변해 버린 순우맹을 근심스럽게 바라봤다. 그에게 대체 무슨 일이 있었는지 짐작이 가지 않았다.

순우맹의 지금 몰골은 본인도 스스로를 알아보지 못할 정도로 처참했다. 만일 부모님이 눈앞에 계셔도 아들을 알아보지 못할 정도였다. 너

風起
491

덜너덜해진 옷에 어지럽게 뒤엉켜 있는 머리카락은 둘째 치고 몰골을 보아하니 누군가에게 포로로 잡혀 있었던 것 같았다. 포로로 잡혀 있었다면 당연히 좋은 대우를 받았을 리 만무했다. 그런데 그런 자들은 잔악무도해서 사람을 죽여도 눈 하나 꿈쩍하지 않을 인간들일 텐데 왜 순우맹을 죽이지 않았는지 의문이 들었다. 순우맹은 정신이 온전치 못해서 봉지미도 알아보지 못했다. 얼굴은 온통 검푸르게 부어올라 있었는데 맞은 것 같지는 않았고 무슨 병에 걸린 것처럼 보였다.

순우맹은 꺽꺽 소리치며 발버둥을 치다가 사람만 눈에 띄면 죽일 듯 달려들었다. 봉지미는 순우맹을 가까스로 마차에 밀어 넣고 계원으로 돌아왔다. 급히 의원을 불러 무언가 잘못 먹은 것 같다고 설명했다. 의원은 독초를 잘못 먹으면 신경 착란이 일어날 수 있다며 해독약을 먹이면 괜찮아질 거라고 말했다. 봉지미는 의원의 말을 듣고 안도의 한숨을 내쉬었지만 의문이 들었다. 처음에는 순우맹이 배가 고파서 독초라도 먹을 수밖에 없는 상황이었을 거라고 생각했다. 그런데 그의 모습을 살펴보면 원기가 왕성했고 야위지도 않았다. 두 마리 필후도 튼실하게 길러졌고 체형도 무처럼 통통했다. 아무리 생각해도 배가 고파서 아무거나 함부로 먹은 것처럼 보이지 않았다.

하녀가 봉지미의 약을 가지고 왔다. 봉지미는 지켜보는 사람이 없어서 약을 마시지 않고 그릇을 옆에다 내팽개쳤다. 그런데 뜻밖에도 순우맹이 이를 보더니 그릇을 들고 가서는 약을 단숨에 마셔 버렸다. 그리고는 만족하지 못한 듯 입술을 쪽쪽 빨며 아쉬운 얼굴을 하고 있었다. 봉지미는 어안이 벙벙해져서 멍하니 순우맹을 바라봤다. 이 약의 맛은 제정신으로는 도저히 삼킬 수 없을 정도였고 공포 그 자체였다. 약을 끓이기라도 하면 그 냄새를 맡은 모든 사람이 토하고 싶은 표정을 짓곤 했다. 그런데 순우맹은 어떻게 단숨에 약을 들이켜고 아름다운 옥에서 짜낸 진액을 마시는 듯한 표정을 짓는 것인지 이해할 수가 없었다.

봉지미는 복잡해진 감정을 억누르며 사람을 시켜 달콤한 매실정과를 가져오게 했다. 매실정과를 순우맹의 앞에 놓아두었더니 무슨 대소변을 마주한 것처럼 미간을 잔뜩 찡그리고 펄쩍 뛰어 올라 멀리 도망갔다. 순우맹의 미각과 후각이 뒤엉킨 게 틀림없었다. 그 순간 영혁을 중독시킨 안고가 머릿속을 스쳐 지나갔다. 봉지미는 깊은 생각에 잠겼다.

'순우맹도 안고에게 중독된 건가……'

영혁과 달리 눈에는 아무런 이상이 없었고 코와 입, 귀 모두 겉보기에는 아무 문제가 없었다. 만일 순우맹의 몸을 타고 흐르는 독을 제거할 수 있다면 영혁의 몸속을 흐르는 독도 해결할 수 있을 것이었다. 봉지미의 가슴 속에 작은 희망의 불씨가 되살아났다.

"고남의 사형."

봉지미가 고개를 돌려 고남의에게 물었다.

"그 명의란 분 아직 계셔?"

고남의가 대답하지 않았다. 고남의가 말하지 않는 것은 대답하고 싶지도 않고 거짓말하고 싶지도 않다는 뜻이었다.

"내 친한 친구를 위해서 그러는 거야."

봉지미가 순우맹을 가리키며 간절하게 부탁했다.

"내 목숨을 구하려다 이 지경까지 됐잖아. 내 말을 그 명의에게 전해 줘. 얼마가 들어도 좋으니 사람을 구해 줬으면 좋겠다고 말이야."

고남의가 응, 하고 짧게 대답하더니 문을 나섰다. 한참 후에 고남의가 돌아왔고 머리를 좌우로 흔들었다. 대체 어떤 사람이기에 이렇게 튕기는 것인지 봉지미는 기가 차서 말도 나오지 않았다. 영혁을 치료해 주지 않으려는 것은 그렇다 치더라도 왜 순우맹까지 거절하는지 이유를 알 수 없었다.

"'다른 사람을 위해서 그만 애를 태우십시오'라고 하네."

고남의가 명의의 말을 그대로 전했다. 순간 봉지미가 멍해졌다. 그 명의는 이미 봉지미의 속을 훤히 들여다보고 있었다. 순우맹을 치료하는 방법을 알아내어 영혁을 치료하려던 속내가 완벽히 간파된 것이다. 하지만 그럴수록 왜 이토록 고집스럽게 영혁을 치료해 주지 않으려는 것인지 의구심이 점점 커져갔다. 봉지미는 문득 자신의 곁에서 이렇게 오랫동안 모습을 비추지 않은 사람이 있었는지 떠올려 봤다. 봉지미에게 모습을 드러내고 싶지 않은 것인지 아니면 사실은 영혁에게 모습을 들키고 싶지 않은 것인지 명의의 속내를 전혀 알 수 없었다. 영혁과 봉지미가 완벽한 한편이라고는 볼 수 없어서 영혁을 경계하는 것이라면 정상적인 반응일 수 있겠지만, 봉지미는 경계하는 것과 적의를 품는 것은 전혀 다르다고 생각했다.

"그래. 이제 다른 사람을 위해서 애 태우는 일은 그만하겠어."

봉지미는 잠시 입을 다물고 있다가 담담하게 말을 이었다.

"대신 나도 그 명의에게 한 마디 돌려주지. 의원께서 다른 사람 일에는 너무 신경 쓰지 않는 게 좋다고 하셨잖아. 봉지미는 일개 평범한 여자라 다른 사람이 이렇게 관심을 기울여 주면 도저히 감당할 수가 없으니 앞으론…… 그쪽도 나한테 신경 끄고 그냥 내버려 두라고 말이야."

봉지미가 말을 멈추자 어디선가 희미하게 바스락거리는 소리가 들려왔다. 고남의가 말없이 앉아 호두를 까먹고 있었다. 봉지미가 고남의를 쳐다봤다. 고남의가 봉지미를 쳐다봤다. 봉지미가 다시 고남의를 쳐다봤다. 고남의가 다시 봉지미를 쳐다봤다. 봉지미가 결국 참지 못하고 경고하듯이 말했다.

"고남의, 내가 방금 한 말은 이제 날 보호해 주지 않아도 된다는 뜻이야."

"응."

고남의가 호두를 먹는 데 몰두하며 무심하게 말했다.

"그들도 알아들었을 거야."

봉지미가 아무렇지도 않은 표정의 고남의를 보고 약이 올랐지만 성질을 죽이며 말했다.

"너도 포함해서."

고남의가 손을 멈추고는 잠시 봉지미를 바라보더니 이내 온화한 표정으로 계속 호두를 먹기 시작했다.

"난 아니야."

"너도 포함해서야."

"난 아니야."

고남의가 손바닥 위의 호두 껍데기를 툭툭 털어 내며 말했다.

"난 너의 사람이야."

봉지미가 깊게 숨을 들이마셨다.

"너는 너야. 누구의 사람이 아니라고. 넌 그냥 너여야 해."

"내가 싫어?"

봉지미가 탄식하면서 고남의와 대화를 이어 가는 것은 정말 어렵다고 생각했다. 봉지미는 아무 대답도 하지 않았다. 하지만 고남의는 진심으로 궁금해졌다.

"내가 필요 없어?"

고남의가 고개를 쳐들고 지붕에 대고 말하는 것인지 아니면 자기 자신에게 말하는 것인지 알 수 없었지만 혼자 중얼거렸다.

"그럼 난 뭘 해야 하는데……."

"네가 하고 싶은 일을 하면 돼. 전국 방방곡곡을 돌아다녀도 되고 작은 점포를 열어도 되고 아니면……."

봉지미가 낮은 목소리로 말했다.

"아내를 얻어서 살아도 되고."

고남의가 한참을 생각해 보더니 확고하게 고개를 가로저었다. 이내 고개를 숙이고 호두를 먹는 데 다시 집중하기 시작했다. 봉지미가 한숨을 길게 내쉬었다. 방 안을 뒤덮은 적막 가운데 봉지미의 머리 꼭대기에서 옷소매 스치는 소리가 들려왔다. 어느새 가까이 다가온 고남의가 다시 봉지미에게 물었다.

"조금 전에 내가 필요 없느냐고 물었을 때 갑자기 마음속이 텅 빈 것처럼 느껴졌어. 이건 뭐라고 부르는 감정이지?"

고남의가 적극적으로 나서서 감정을 가르쳐 달라고 한 적이 거의 없어서 봉지미는 화들짝 놀랐지만 차근차근 설명해 주었다.

"그건 막막하다고 해."

"응. 막막하다."

고남의는 열심히 막막한 감정에 대해 탐구했다. 이때 머리 꼭대기에서 누군가가 낮게 탄식을 내뱉으며 말했다.

"소용없을 텐데……."

커다란 구름이 흩어져 인간 세상에 내려오는 것처럼 소리가 귀에 닿기도 전에 한 사람이 순식간에 땅으로 내려왔다. 그자의 몸놀림은 깃털처럼 가벼웠다. 봉지미는 눈앞에서 흰옷이 스쳐 지나가는 것만 알 수 있었다. 한 사람이 어느새 봉지미를 등지고 방 한가운데에 서 있었다. 그자는 날씬한 몸매에 딱 맞는 하얀 두루마기를 걸치고 있었다. 그의 자태에서 깊은 물과 우뚝 솟은 산을 마주할 때 느껴지는 고상한 인품이 묻어나 아주 진중하고 듬직해 보였다. 봉지미는 그자의 뒷모습을 보자 눈에 익은 느낌이 들어 몸을 돌리기만을 기다렸다. 잠시 후 그자가 고개를 완전히 돌리자 널빤지를 뒤집어 쓴 생경한 얼굴이 드러났다. 사용한 나무 가면이 아주 질이 떨어지는 것이어서 봉지미에게 얼굴을 들키지만 않으면 된다는 의도를 분명히 드러내고 있었다. 봉지미는 미소 띤 얼굴로 일어서서 의례적인 인사말을 건넸다.

"필시 소인의 목숨을 구해 주신 명의이신 듯한데 실례가 되지 않는다면 선생님의 존함을 여쭤 봐도 되겠습니까. 아, 먼저 소인의 절을 받아 주십시오."

　그자는 한 발자국도 움직이지 않았고 묵묵히 봉지미의 움직임을 주시했다. 한 발 앞으로 나간 봉지미가 무릎을 꿇고 엎드려 땅에 이마를 조아리려던 찰나였다. 그자가 뜻밖의 행동에 깜짝 놀란 기색을 드러냈다. 봉지미가 그저 허리만 굽힐 줄 알았는데 생각지도 못하게 무릎까지 꿇었기 때문이었다. 서둘러 소매를 뒤로 제치며 다가와 무릎을 꿇은 봉지미를 일으켜 세웠다. 그자가 옷소매를 걷어 올리자 바람과 구름이 옆으로 빠르게 지나갔고 품위 넘치는 자태가 유난히도 빛났다. 봉지미는 그자의 움직임을 유심히 관찰했고 일순간 뇌리에 번개가 치듯 번쩍 한 사람이 떠올랐다.

　"당신이었군요!"

　검은색 옷소매가 펄럭이고 흘러가던 구름이 하늘 위로 휘감겨 올라가며 책자 한 권이 봉지미의 품으로 내던져지는 장면이 머릿속을 스쳐 지나갔다.

　봉지미가 추가 저택에서 쫓겨났을 때 헐렁헐렁한 두루마기에 검은 옷을 입은 사람을 '우연히 만난' 적이 있었다. 그 사람은 일정 기간 동안 봉지미에게 강제로 '하인' 노릇을 시켰다. 그곳에서 봉지미는 기본적인 무공뿐만 아니라 몸과 마음을 다스리는 법을 배웠고, 단번에 높은 관직에 오를 수 있도록 도움을 준 신비의 만능 책자도 얻었다. 한 달이 넘는 시간 동안 함께 지내며 봉지미는 그자가 무공을 펼칠 때마다 주변에 생겼던 기류의 변화를 똑똑히 기억하고 있었다. 아무리 옷차림을 바꿔도 무공 실력은 바꿀 수가 없었다.

　봉지미가 기억하기로 사건이 일어난 그날 '살인범을 찾으러' 영혁에게 끌려가던 중에 그 작은 집에서 검은 옷의 남자와 고남의가 '결투'를 벌이는 모습을 우연히 마주했다. 그 이후에는 무슨 일이 벌어지고 있는지 생각할 겨를도 없이 얼떨떨한 상태로 고남의에게 붙잡혀 갔다. 하지만 고남의는 어리바리하게 길을 헤맸다. 봉지미는 그를 두고 혼자 길을 빠져 나왔지만 불쌍한 마음이 들어 어쩔 수 없이 다시 고남의를 찾아가 버린 물건을 주워 오듯 데리고 나온 것이었다. 고남의도 봉지미가 주워 가도록 순순히 내버려 뒀고 지금까지도 봉지미는 길을 헤매는 고남의를 계속 주우러 다니고 있었다.

사실 당시에 고남의를 데리고 나온 것은 그의 속셈을 알아보기 위해서였다. 분명 얼마 가지 않아서 누군가 쫓아올 것이라고 예상했지만 불행히도 따라오는 자가 아무도 없었다. 지금에 와서 보니 고남의와의 만남은 우연이 아닌 듯했다. 모퉁이마다 계략을 꾸민 자들을 숨겨 두고 목표물을 기다리는 방식이 아니라 목표물과 우연히 만난 것처럼 가장하는 방식을 사용한 것이었다. 봉지미는 옅게 미소를 보였지만 눈동자에는 웃음기가 조금도 묻어나지 않았다. 맞은편에서 흰옷을 입은 남자가 봉지미를 가만히 바라보고 있다가 체념한 듯 웃어 보였다.

"또 아가씨에게 당한 것 같군요."

봉지미는 순간 크게 깨달았다. 추가 저택을 나온 즈음부터 지금까지 일어난 모든 일들이 머릿속을 스쳐 지나갔다. 그녀의 주변에서 발생한 일들이 얼핏 보기에는 단순한 우연으로 보였지만 생각해보면 전부 다 그런 것은 아니었다. 어쩌면 봉지미는 처음부터 다른 사람이 만든 극본대로 움직이고 있었을지도 몰랐다. 줄곧 자신의 삶을 스스로 통제하고 있다고 여겼지만 사실 다른 사람에게 조종당하고 있었을 가능성이 높았다. 이런 생각이 들자 도저히 견딜 수가 없었다.

"왜죠?"

침묵하던 봉지미가 갑자기 단도직입적으로 물었다. 흰옷을 입은 남자가 몸을 숙여 순우맹의 맥을 짚더니 담담하게 대답했다.

"아가씨, 오늘 전 아가씨 때문에 하는 수 없이 이곳까지 왔습니다. 앞으로는 절대 아가씨 앞에 나타나지 않을 것입니다. 그리고 지금 아가씨가 무슨 억하심정에서 그런 걸 물으시는지 잘 모르겠지만 아직도 저희가 불편하십니까?"

"불편합니다."

봉지미가 이어서 말했다.

"공을 세우지 않았으면 봉록도 받아선 안 된다고 하죠. 이유도 모르고 태연하게 이런 보호를 누릴 순 없습니다."

"지금은 때가 아니라 아직 모든 걸 말씀 드릴 수 없습니다."

흰옷을 입은 남자가 말했다.

"하지만 아가씨가 믿어 주셨으면 좋겠습니다. 우리는 아가씨에게 절대 해가 되는 일을 하지 않습니다."

"알겠습니다. 어쨌든 제 목숨을 당신이 구해 줬다는 사실에는 변함이 없습니다."

봉지미가 차가운 미소를 내보였다.

"한데 때때로 좋은 의도로 한 일이 오히려 나쁜 결과를 불러일으킬 수 있습니다. 그렇지 않습니까?"

"걱정 마십시오."

흰옷을 입은 남자가 나무 가면 너머로 웃는 듯했다.

"저흰 아가씨가 하는 일에는 전혀 간섭하지 않을 것입니다. 다만 아가씨의 목숨을 지킬 뿐입니다."

"그렇기 때문에 더욱 불안한 것입니다."

봉지미가 낮게 탄식을 내뱉으며 말했다.

"제게 무슨 덕이 있고 무슨 능력이 있어서 일개 고아가 모두의 극진한 보호를 받는단 말입니까. 무슨 복이 있어서 계속 여러분 덕에 목숨을 부지할 수 있겠습니까. 전 감당할 수 없습니다."

"감당할 수 있고 없고는 저희가 알아서 판단합니다."

흰옷을 입은 남자가 봉지미의 사양하는 말을 일언지하에 물리쳤다.

그리고 순우맹을 평평한 곳에 눕히더니 침 주머니를 들고서 침을 놓는 데 열중했다.

"아가씨는 제가 이 분을 살리지 않기를 바라십니까. 그렇다면 지금 바로 전실(前室)로 가서 계속 이야기를 나눠도 상관없습니다만."

봉지미가 기가 막히다 못해 웃음이 터져 나왔고 이내 몸을 돌려 발걸음을 옮겼다.

"앞으로 고남의 사형을 잘 구슬려 보아야겠습니다. 그럼 언젠가는 당신이 감추고 있는 비밀에 대해 자세히 말해 줄 것입니다."

"너무 깊이 알려고 하면 다칩니다."

흰옷을 입은 남자가 무심하게 호두만 까먹고 있는 고남의를 걱정스러운 눈빛으로 바라봤다.

"가능하다면 모든 비밀을 털어놓아도 좋으니 고남의가 이 세상 속으로 걸어 들어가기만 하면 좋겠습니다."

방에 흰옷을 입은 남자를 남겨 두고 집 밖으로 나온 봉지미는 햇볕이 따스하게 내리쬐는 곳에 서 있었다. 눈을 감고 가을날의 햇빛이 얼굴을 따뜻하게 감싸는 감촉을 느꼈다. 자태는 차분하고 평온했지만 마음은 몹시 어수선했다. 어렴풋이 추측해오던 것들이 오늘에서야 실체를 드러냈지만 봉지미는 무거운 돌을 내려놓은 느낌이 아니라 오히려 더 무거운 돌을 새로 얹은 느낌이었다. 이 세상에는 하늘에서 까닭 없이 떨어지는 행운은 없었고 모든 일이 일어나는 데는 반드시 그 이유가 있었다. 하지만 이자들을 보아하니 지금 봉지미에게 답을 알려 주지 않을 듯했다.

마음속 깊은 곳의 불안을 간신히 내리누른 봉지미는 필후 두 마리를 데리고 안찰사 관부로 돌아가 시체들을 다시 살펴봤다. 봉지미는 시체의 손목에 나 있던 긁힌 자국을 보고 필후가 한 짓이라고 짐작했다. 이자들은 농서에서 봉지미 일행을 죽이기 위해 쫓아온 자들이 틀림없었다. 그들은 영혁의 대군이 출동한 이후 다시 손을 쓰려고 시도하였는데 최근 거센 태풍이 휩쓸고 지나간 남해 관부에서 그들을 막아 세운 것이었다. 봉지미는 왜 그들이 민남으로 도망가지 않고 남해의 중심지인 풍주로 달려온 것인지 이해되지 않았다. 풍주로 들어오는 것은 쥐가 제 발로 고양이를 찾아가는 격으로 막다른 길에서 스스로 죽음을 선택하는 것이나 다름없었다.

봉지미는 시신들의 눈을 자세히 들여다보다가 마침내 그 눈빛들이 이상해 보였던 이유를 알게 되었다. 이들을 죽인 범인은 '대왕'이라고 불리던 독충이 틀림없었다. 죽기 전에 이미 눈이 멀어서 눈빛이 기괴했던 것이었다. '대왕'이 눈을 크게 뜨면 마주하고 있는 사람은 반드시 실명에 이르렀다. 그러니 사라진 이후에 행방이 묘연했던 이 괴물을 누군가가 찾아서 이들 앞에 놓아두면 결과는 불을 보듯 뻔했다.

"얼마 전에 상관씨 집안의 자제들을 심문했는데 그들은 남의 땅을 무력으로 빼앗은 일에 연루되어 있습니다."

도세봉이 봉지미의 등 뒤에서 말했다.

"관련 문건이 있었는데 전하께서 떠나시기 전에 처리를 미루시면서 나중에 위 대인께 보이라는 지시가 있었습니다. 위 대인께서 보시기에……."

'영혁이 문건 처리를 보류했다고?'

이건 분명 무슨 문제가 있는 것이었다. 봉지미가 고개를 끄덕이자 곧바로 도세봉이 극비 문건을 모아 둔 서재로 안내했다. 서재 안에서 그 문건을 펼쳐 보인 도세봉의 낯빛이 점점 어두워졌다.

"군대와 관련이 있습니까?"

"사건에 연루된 군관 열세 명에 대해서는 이미 여 지휘사에게 편지를 보내 처리에 협조해 줄 것을 부탁했습니다."

도세봉이 이어서 말했다.

"지방에서는 함부로 군사 사무에 간섭할 수 없습니다. 이번 일은 주 대인도 여 지휘사와 함께 상의해서 처리해야 할 것입니다."

천성의 군제(軍制)에 따르면 북강과 남강을 제외하고 각국과 경계가 맞닿아 있는 변경에는 변군(邊軍)을 설치하고 그밖에는 각 도(道)에 관부군을 설치하며, 이에 대해서는 도지휘사가 관장하고 있었다. 조정의 오군(五軍)은 도독부(都督府)에서 직접 담당하고 있었다. 도독은 지방 최고의 군사 장관이었다. 삼사 중에서 포정사가 으뜸이었지만, 사실상 직권이 분리되어 있어 군사 장관은 포정사에 예속되지 않았다. 그래서 주희중과 도세봉이 토지 불법 강탈 사건에 연루된 군대의 일에 전면적으로 나서지 못하고 처리를 보류할 수밖에 없었던 것이었다.

"여 지휘사는 뭐라고 말하던가요?"

"여 지휘사가 일전에 민남 변경에서 시찰을 하고 있었는데 남쪽을 정벌하는 대군이 길을 나서자 조정에서 여 지휘사에게 회룡현(會龍縣)을 지키는 동시에 군량과 말먹이를 잘 관리 감독하라고 명했습니다. 여 지휘사는 공문서를 받은 후에 서둘러 달려와 주 대인과 만남을 가진 듯합니다. 하지만 위 대인께서는 안심하십시오."

도세봉이 웃으며 말했다.

"여 지휘사는 아주 공정한 분으로 정평이 나 있습니다. 특히 친분을 이용해서 제 욕심을 채우려는 자를 절대 임용하지 않습니다. 이번 일도 여 대인에게 맡겨졌으니 반드시 공정한 결론이 내려질 것입니다."

봉지미가 네, 하고 대답하고는 그 문건들을 뒤적여 보았다. 그러다 사건에 연루된 도지휘첨사(都指揮僉事)의 이름 아래에 누군가가 손톱으로 옅게 줄 하나를 그어 놓은 것을 발견했다. 이상한 낌새를 눈치챈 봉지미가 그 문건을 들고 자세히 훑어 봤다. 도지휘첨사의 이력은 얼핏 보기에는 평범했다. 산남(山南) 사람으로 어렸을 때 군에 병사로 들어와 여러 번 전공을 세우고 승급했다. 이후에는 남해도의 도지휘사사(都指

揮使司)로 부임해 와서 첨사 직까지 맡은 것이었다. 이력을 기록한 면의 뒤쪽에는 이자가 연도 별로 세운 일련의 전공을 상세하게 덧붙여 놓았다. 그중에는 장희 원년에 있었던 대월과의 세 번에 걸친 전쟁, 장희 5년에 있었던 서량과의 전쟁, 장희 7년에 있었던 수많은 산에서 야만족이 일으킨 무장 투쟁에 관한 기록이 있었다. 당시 이자도 전쟁에 참여한 것으로 적혀 있었다.

'이게 뭐가 잘못됐다는 거지? 영혁이 왜 처리를 보류했을까……'

"첨사가 여간내기가 아니긴 합니다."

도세봉이 봉지미의 등 뒤에서 힐끗 쳐다보더니 웃어 보이며 말했다.

"듣기로는 성질이 포악해서 늘 여 대인과 으르렁거린다고 합니다. 그래서 여 대인이 첨사를 아주 싫어한다죠. 재수 없는 일을 당해도 어쩔 수 없습니다."

봉지미는 눈을 감고 남해에 도착한 이후에 영혁이 간단히 설명해 주었던 남해 각급 관리들의 이력을 천천히 떠올려 보았다. 영혁은 분명 영징이 읽어 준 이 문건의 내용을 듣고 필시 어떤 부분에 문제가 있다고 판단했을 터였다. 하지만 생각이 떠오르지 않았거나 시간이 없어서 이런 표시만 남겨 놓은 듯했다.

'어디가 이상한 걸까……'

깊은 고민에 빠져 있던 봉지미가 입을 열었다.

"도 대인, 남해의 4품 이상 관리들의 기록을 조사해 보고 싶습니다만……."

"그건 안 됩니다."

도세봉이 일언지하에 거절했다.

"관리들의 기록은 대외에 반출할 수 없습니다."

"대인, 이것은 남해도를 책임지고 내려온 흠차 대신의 권한으로 대인에게 명령을 내리는 것입니다."

봉지미가 손바닥 위에 흠차의 관인을 올려놓고 도세봉의 얼굴 앞에 들이밀며 한 치도 양보하지 않았다. 도세봉은 얼굴에 난처한 기색을 보이며 한참 동안 고민하다가 겨우 입을 열었다.

"이는 제가 통괄하는 소관이 아니라……."

봉지미가 도세봉의 말을 단칼에 잘랐다.

"일체의 책임은 모두 제가 지겠습니다."

어마어마한 양의 관리 기록 문서가 결국 봉지미의 품으로 들어왔다. 도세봉이 눈치껏 자리를 비켜 주었으나 봉지미는 산을 이루고 있는 문서 더미를 곁눈으로 슬쩍 바라보기만 했다. 애초부터 전부 다 뒤져 볼 생각이 없었던 봉지미는 가장 위에 있는 문서를 펼쳐 도지휘사 여박의 기록만 찾아보았다. 4품 이상 관리들의 기록이 필요하다는 말은 거짓이었다. 봉지미가 정말로 조사하고 싶은 사항은 여박의 내막에 관한 것뿐이었다. 종이가 한 장씩 넘어 갔고 등잔불에서 퍼져 나오는 빛이 봉지미의 얼굴빛을 창백하게 비추었다. 시간이 흐르고 봉지미의 입가에는 차가운 웃음이 흘렀다.

장희 원년에 벌어진 대월과의 세 차례에 걸친 전쟁, 장희 5년에 일어난 서량과의 전쟁, 장희 7년에 있었던 수많은 산에서 야만족이 일으킨 무장 투쟁……. 놀랍게도 여박의 이력은 첨사의 이력과 중복됐다.

봉지미는 다시 되돌아와 첨사의 기록을 들추어 봤다. 예상대로 얇은 종이 하나가 사이에 끼어 있었고 거기에는 파면을 명령하는 글이 적혀 있었다. 때는 장희 8년이었다.

장희 7년에 크고 높은 산 여기저기서 야만족이 무장 투쟁을 일으켰다. 조정에서는 세 차례에 걸쳐 잇따라 군대를 파견하여 반란군을 진압했다. 야만족은 높은 산의 험한 지형을 이용해서 공격했고, 자신이 최고라고 생각하던 일부 교만한 장군들은 방심을 하다가 크게 패하고 말았다. 앞선 두 번의 전투 중에 많은 장군들이 조정에서 내린 처벌에 따라 파면되어 쫓겨났다. 첨사도 이때 면직되었고 남해로 쫓겨났다. 이듬해에 여박은 야만족과의 제3차 전투에서 크게 승리하여 남해 도지휘사로 전임되었다.

봉지미가 두 사람의 문서를 하나로 합치자 오래된 종이에서 희끄무레한 먼지가 일었다. 봉지미는 두 사람의 문서를 겨드랑이에 끼고 서재를 걸어 나가 밖에서 기다리고 있던 도세봉에게 물었다.

"도 대인, 이전에 제게 말씀하시길 그자들을 어디에서 붙잡았다고 하셨지요?"

"남해와 민남의 경계에 있는 오길산입니다."

봉지미가 고개를 끄덕이더니 빠른 걸음으로 대문을 향했다. 문 앞까지 간 봉지미는 갑자기 발을 멈추고 고개를 들어 올리더니 잠시 생각에 잠겼다. 이어 도세봉을 향해 말했다.

"대인께서는 곧바로 안찰사 관부의 관인과 제 흠차 관인을 들고 회룡현으로 가 주시기 바랍니다. 그리고 토지를 무력으로 강탈한 사건을 조사한다는 명분으로 이 사건에 관련된 군관들을 감옥에 가두고, 준마를 보내 이미 떠나보낸 군량과 말먹이를 회수하십시오. 만일에 회수하기 어렵다면 발견 즉시 불태워 없애 버려야 합니다."

"무얼 잘못 드셨습니까!"

도세봉은 봉지미가 무슨 말을 하는지 도저히 이해할 수가 없었다. 뒤로 한 발 물러나 새하얘진 얼굴로 말했다.

"대인께서 지금 하신 말씀이 무엇인지 알고 하시는 말씀이십니까. 군대 사무에 간섭을 하라고요? 현직 군관을 제멋대로 감옥에 가두란 것입니까? 군량을 회수하는 것도 모자라 심지어 불태워 없애라고요? 대인께서 말씀하신 것들 하나하나가 목이 날아갈 짓들입니다."

"전 한 글자도 틀리게 말하지 않았습니다."

봉지미가 얼굴색 하나 변하지 않고 말했다.

風权

"비록 도 대인과 제가 비슷한 지위일지라도 급한 상황에서는 흠차에게 결단을 내릴 권한이 있습니다. 도 대인이 지금 제 말에 따르시면 모든 뒷일은 제가 책임지겠습니다."

"이건 인사 기록을 보는 정도의 사소한 문제가 아닙니다. 이는 가문을 멸하고 제 목이 떨어져 나갈 수도 있는 개 같은 결정입니다!"

도세봉이 눈을 뒤집고 벌컥 성을 내더니 불쾌한 표정을 드러냈다. 그러고는 옷소매를 뿌리치며 고개를 홱 돌리고 발걸음을 옮겼다.

"제가 위 대인의 말을 따랐다간 죽음을 자초할 것입니다. 절 위험 속으로 끌어들이지 마십시오."

도세봉이 격한 감정을 내뿜으며 이 냉정한 미치광이의 어깨를 밀치고 지나가려 했다. 봉지미는 조금도 비켜서지 않았고 도세봉이 곁을 지나치려 할 때 작게 웃으며 말했다.

"화를 자초하십니다."

봉지미의 손가락이 비파를 뜯기 시작했다. 적막한 공기를 뚫고 아름다운 소리가 사방으로 퍼져 나갔다. 순간 도세봉은 차가운 바람이 얼굴을 덮쳐 오는 느낌을 받았고 이내 눈앞이 칠흑처럼 컴컴해졌다. 도세봉이 바닥을 향해 고꾸라지자 봉지미가 한 손으로 받아 내어 서재까지 끌고 갔다. 봉지미는 서재의 문을 닫은 후에 문 옆에 달린 금방울을 잡아당겼고, 댕그랑 소리가 길게 울려 퍼졌다. 금방울은 안찰사가 서재에서 부하를 부를 때 쓰는 것이었다. 얼마 지나지 않아 몇 명의 첨사들이 달려왔다. 하지만 도착해 보니 서재의 문이 꽉 닫혀 있었고 함부로 문을 밀고 들어갈 수는 없었다. 창호지를 통해 비치는 그림자를 살펴보니 도 대인과 흠차 대인이 머리를 맞대고 있는 듯했다. 두 사람은 무슨 일을 상의하고 있는 것처럼 보였다. 하지만 목소리가 너무 낮아서 분명하게 들리지 않아 구체적으로 무슨 말을 하고 있는지 알 수 없었다. 겨우 들리는 몇 마디는 '기왕 이렇게 된 거…… 위 대인께 부탁을……'과 '사안이 시급하여 임시방편으로……' 정도였다. 들어도 무슨 뜻인지 알 듯 말 듯했고 점점 더 알쏭달쏭해지자 첨사들은 못 들은 척 자리를 피하려고 뒤로 물러났다. 잠시 후 문을 열고 나온 봉지미가 입구에서 몸을 반쯤 돌려 서재 안쪽을 향해 공수하며 말했다.

"도 대인, 배웅해 주지 않으셔도 됩니다. 이번 일은 제게 맡기시고 마음 푹 놓으십시오. 대인께서 서둘러 상소문을 써서 조정에 자세한 상황을 보고해 주시길 부탁드리겠습니다."

말을 마치고 봉지미가 문을 꼭 닫았다. 몸을 돌리자 멀지 않은 곳에서 공손한 자세로 서 있는 첨사들이 보였다. 봉지미는 안찰사 관부의 관인과 흠차의 관인을 찍은 서한 몇 통을 그들에게 건네며 말했다.

"도 대인께선 지금 다른 중요한 업무가 있으셔서 자리를 비울 수 없으니 이 일을 부사(副使) 대인이 대신 가서 처리하라고 전하셨소."

서재에서 봉지미는 일각을 다투는 임무를 구체적으로 나눠 주었다. 일부는 군관을 감옥에 가두고, 일부는 군량과 말먹이를 옮기는 길을 막아 회수하는 것이었다. 봉지미는 군량을 회수하는 일과 관련하여 자세한 이유는 말해 주지 않았다. 다만 그것이 상관씨 집안에서 밖으로 몰래 빼돌리는 식량이라고만 말하며 반드시 회수해야 한다고 신신당부했다. 첨사들은 조금도 의심하지 않고 결연한 모습으로 명령에 따라 바삐 움직였다. 봉지미는 편지 하나를 꺼내 문 밖에서 기다리고 있던 고남의에게 건네며 말했다.

"고남의 사형, 연회석을 찾아서 명문 세가의 곳간을 모두 털어서라도 식량을 민남으로 운송해 달라고 전해 줘. 무슨 수를 써서라도 꼭."

고남의가 고개를 돌려 가볍게 손가락을 튕기자 처마 위에서 회색 옷의 남자가 불쑥 튀어나오더니 편지를 받아 들고 사라졌다. 봉지미는 그림자처럼 몸을 숨기고 그녀의 곁을 지켜주던 호위 무사를 처음으로 직접 보게 되었다. 보아하니 이자들은 봉지미가 흰옷을 입고 모습을 드러낸 명의가 바로 예전에 만났던 검은 옷의 남자인 것을 알아차린 순간부터 수면 아래에 감추고 있던 자신들의 존재를 밖으로 드러내기로 마음먹은 듯했다.

봉지미는 처마 밑에 서서 안찰사 관부 사람들이 여러 조로 나뉘어 길을 나서는 모습을 지켜봤다. 걱정에 휩싸인 눈빛이 불안하게 흔들렸고 얼굴빛은 어느새 하얗게 질려 있었다. 지금 봉지미는 외줄 위에 올라선 느낌이었다. 오직 자신의 추측에 따라 세상에서 가장 위험하고 대담한 일을 벌였다. 만일 작은 실수라도 생긴다면 머리가 열 개라도 모자랄 판이었다. 하지만 정말로 목숨이 많았다면 이렇게 대담해지거나 빠른 결단을 내릴 수 없었을 것이었다.

군대의 승패는 군량과 말먹이에 달려 있다고 해도 과언이 아니었다. 민남의 전방에서는 십만 장병이 상민강과 교전 중이었고, 영혁의 지휘 아래에 각각의 전투에서 잇따라 승리를 이루었다. 현재 상민강은 근거지의 대부분을 잃고 패색이 짙었지만, 군량과 말먹이에 문제가 생긴다면 전세가 완전히 역전될 수도 있었다. 그렇게 되면 사상자가 눈덩이처럼 불어나 민남 지역은 피로 강을 이룰 것이었다. 심지어 남해를 포함한 국경 안쪽 지역까지 재난을 입을 수도 있었다. 봉지미가 싸늘하게 식어 버린 손가락을 움켜쥐었다. 이미 활시위를 당겼고 이제 와서 두려움에 떨 여유는 없었다. 봉지미는 몸을 날려 말에 올라탔고 곧바로 포정사 관부로 달려갔다. 포정사 관부 앞에 도착하자 녹색 휘장을 두른 팔인교*여덟 사람이 메게 만든 가마가 봉지미의 눈에 들어왔다. 문을 관리하는 자가 웃는 얼굴로 봉지미에게 말했다.

"여 대인께서 방금 전에 도착하셨습니다."

봉지미가 고개를 끄덕였고 재빠른 걸음으로 대문을 넘어섰다. 관부 안으로 들어서자마자 서재로 달려갔지만 그곳에는 아무도 없었다. 아직 뜨거운 김이 모락모락 피어오르는 찻잔만 서재 안에 덩그러니 놓여 있었다. 서재 청소를 담당하는 머슴아이를 불러 물어보니 조금 전에 여 대인이 이곳에 와서 작년 문서를 찾았다고 했다. 주 대인은 그 문서가 관부 창고에 있다고 대답했고 함께 찾으러 갔다고 했다. 관부의 창고는 대개 낡고 어두운 곳이었다. 봉지미는 자신의 추측을 더욱 확신하게 되었고 나는 듯이 빠른 속도로 창고를 향해 내달렸다.

주희중은 창고에서 여박과 함께 문서를 찾고 있었다. 주희중의 얼굴에는 귀찮은 기색이 묻어났다. 서판 막료를 불러 문서를 찾게 해도 되었지만 사안이 매우 중대한 듯하였다. 그래서 주희중은 직접 여박을 데리고 와서 문까지 걸어 잠그고 문서를 찾는 중이었다. 한 손에 등잔불을 들고 사다리 위에 올라선 주희중은 다른 팔을 쭉 뻗어 가까스로 가장 높은 선반에 손을 올릴 수 있었다. 이때 주희중이 그만 실수로 등잔을 떨어트렸고 창고 안은 순식간에 칠흑 같은 어둠이 내려앉았다. 더 이상 문서를 찾기가 불가능해졌다.

주희중은 문서 찾기를 그만두고 옆에 서서 탁자를 두드리며 군관들이 연루된 사건을 어떻게 처리해야 할지 잠시 고민했다. 여박의 기분을 상하게 하지 않는 방향으로 논의하는 것이 좋을 듯했다. 지금 여박은 남쪽을 정벌하는 데 필요한 군량과 말먹이를 감독 관리하고 있었는데 이는 전쟁에 참여하는 병사들에게 아주 중요한 문제였다. 한번 이동하면 십수 개의 수레가 같이 움직였는데 여기에 자칫 문제라도 생겼다간 군을 완전히 전멸시킬 수도 있었다. 처리하기 굉장히 민감한 사안이어서 주희중은 적절한 처리 방안을 제시해야 했다.

주희중이 어둠에 익숙해진 눈으로 무심코 사다리 위에 있는 여박의 어깨를 쳐다봤다. 그 순간 심장이 빠르게 요동치기 시작했다. 처음에는 잘못 본 줄 알았지만 다시 자세히 살펴보았고 무언가를 알아차렸다. 여박의 어깨에는 어떤 이상한 움직임이 있었는데 그것은 그가 어깨를 움직이는 것이 아니라 무언가가 옷 안에서 꿈틀거리는 것이었다. 주희중은 분명하게 확인하고 싶어서 가까이 다가갔다. 여박이 사다리에서 내려오면서 둥글게 싼 물건을 들고 미소지었다.

"기어코 찾아냈습니다."

"대체 그게 무엇입니까?"

주희중이 수상쩍어하며 호기심을 드러냈다. 여박이 손 위에서 둥글게 싸인 것을 조금 펼치며 주희중에게 가까이 다가오라는 손짓을 했다.

"와서 보십시오."

주희중이 다가가자 녹색 빛이 눈앞에서 번쩍였다.

쿵.

수많은 사람들이 창고 문에 몸을 부딪쳤고 굉음과 함께 잠겼던 문이 열렸다. 누군가가 무서운 기세로 안으로 돌진하며 크게 외쳤다.

"눈 감아!"

주희중이 여박에게 다가가 고개를 숙이는 순간 눈앞에서 녹색 빛이 번쩍이는 것이 느껴졌다. 이내 눈을 콕콕 찌르는 듯한 격심한 통증이 밀려 왔다. 누군가의 외침을 듣자마자 뭔가 잘못됐다는 것을 직감한 그는 서둘러 눈을 감고 고개를 숙인 채 뒤로 물러섰다. 곧 맞은편에 있던 여박의 차가운 웃음소리가 창고 안에 서늘하게 울려 퍼졌다. 이어 날카로운 것이 주희중의 얼굴을 덮쳐 오는 듯했다. 그때 누군가가 세찬 바람 소리를 몰고 오며 등 뒤에서 주희중을 향해 몸을 날렸다.

몸을 날린 자는 봉지미였다. 봉지미는 눈을 감은 채 팔을 뻗어 필후 두 마리를 머리 위로 던졌다. 두 줄기 금빛 광선이 공중에서 번쩍이더니 곧바로 녹색 빛을 향해 달려들었다. 여박의 소매를 뚫고 나온 '대왕'이 필후를 발견하고 망령이 깃든 오랜 친구를 다시 만난 것처럼 꽥꽥거리며 성난 울음소리를 내지르더니 도망치기 시작했다. 여박은 이 대단한 보물이 고작 두 마리 작은 원숭이와 싸워 보지도 못하고 꽁무니를 내

뺄 줄은 생각지도 못했다. 당황한 여박이 재빨리 도망치려고 했으나 봉지미가 이미 그자의 퇴로 위에서 태연히 기다리고 있었다.

여박이 손을 높이 들어 올려 봉지미에게 일격을 가했다. 그는 무예를 연마한 자였지만 무공이 그리 뛰어나지는 않았다. 봉지미는 아직 병이 다 낫지 않았지만 어깨너머로 배운 고남의의 정교한 무술 동작을 따라 했다. 그것은 아주 작은 힘으로도 천 근이나 되는 무거운 것을 가볍게 밀어 낼 수 있는 최강의 비기였다. 봉지미는 여박이 도망가려 할 때마다 민첩하게 따라다니며 길을 막아섰다.

"흑금!"

궁지에 몰린 여박이 갑자기 크게 외쳤다. 창고 입구에서 사람 그림자가 번쩍 스쳐 지나가더니 누런 옷을 입은 그림자가 눈앞에 모습을 드러냈다. 시퍼런 빛을 내뿜는 칼이 섬광을 번뜩이며 봉지미를 향해 달려오고 있었다. 이때 흑금의 등 뒤에서 하늘과 물처럼 푸른 인영이 아무런 기척 없이 나타나더니 안개가 덮어 내리는 것처럼 흑금의 주위를 감쌌다. 흑금은 방향을 잃고 우왕좌왕했고 아무리 수준 높은 무공을 발휘해도 푸른 그림자에게 이길 방법이 없었다. 여박은 더 이상 누구에게도 도움을 요청할 수 없게 되었다. '대왕'이 도망가고 절세 무공을 지닌 조력자가 구해주지 못하는 뜻밖의 일이 연달아 일어나자 당황한 나머지 무술 동작이 심하게 흐트러졌다. 냉소를 띤 봉지미가 빈틈을 엿보다가 순식간에 여박의 목을 틀어쥐었다. 봉지미 손가락 아래의 남자는 절망적으로 몸부림치며 애걸하는 눈빛으로 봉지미를 바라보았다. 하지만 봉지미는 꿈쩍도 하지 않았다.

"여 대인."

봉지미가 웃으며 말했다.

"그동안 고생이 많으셨겠습니다."

여박의 얼굴이 잿빛으로 변했다. 곁에 있던 주희중은 눈물이 줄줄 흘러내리는 눈을 가리고 물었다.

"이게 대체 무슨 일입니까. 어떻게 된 건지……."

"간단합니다. 여 대인은 상씨 집안의 사람입니다."

봉지미가 여박을 똑바로 세워 꽁꽁 묶었다.

"분명 상씨 집안이 남해를 주름잡았을 때 최고위직 관리였을 겁니다. 대단합니다……. 상씨 집안은 정말 대단해요……. 삼사 중의 한 분을 매수하다니요. 그들은 삼자 병립 체제로 권력을 나누고 있는 지방에서 핵심 고관 하나를 완전히 자기편으로 만들었습니다. 게다가 그 고관에게 군량과 말먹이를 관리 감독하는 임무까지 맡겼습니다. 만일 여기에 독이라도 타면 사태가 어찌 되겠습니까. 이는 고양이에게 생선을 맡긴 꼴이 아니겠습니까."

주희중의 등에서 식은땀이 주르륵 흘렀다. 봉지미는 가지고 있던 도지휘첨사와 도지휘사 여박의 문서를 주희중에게 건넸다.

"이번 사건에 연루된 첨사의 이력을 보고 어딘가 많이 낯이 익은 듯했습니다. 나중에서야 떠올랐는데 여 대인의 이력과 완전히 일치하더군요. 두 사람은 거의 같이 움직이고 있는 듯했습니다. 이런 상황을 알고 전 뒤에서 특별히 물밑 작업을 진행했던 것입니다. 문서를 보시면 아시겠지만 야만족과 전쟁을 벌이던 해에 첨사는 전쟁에서 패하는 죄를 짓고 남해로 쫓겨났고, 이듬해에 여 대인은 야만족과의 제3차 전투에서 대승을 거둬 높은 직위를 하사받고 남해에 왔습니다. 그런데 그 첨사가 공교롭게도 또 여 대인의 휘하라니……. 세상 천지에 이렇게 계속 엮이는 우연이 어디 있겠습니까. 다른 사람이 이런 사정을 알아챌 것이 두려워 여 대인과 첨사는 '관계가 아주 나빠서 서로 물과 기름처럼 하나가 될 수 없다'는 인상을 주변에 심어 주었습니다. 하지만 곰곰이 생각해 보니 이게 말이 안 되더군요. 사이가 그렇게 좋지 않은데 어떻게 여 대인이 자신의 군대 안에 첨사를 계속 둘 수 있겠습니까. 시간이 갈수록 짜증이 더 날 텐데요."

봉지미의 말은 아직 끝나지 않았다. 농서에서 모습을 드러냈던 자객들이 다시 나타난 곳은 남해와 민남의 경계 지역인 오길산이었다. 오길산은 여박이 머물고 있던 회룡현과 인접한 곳이었다. 자객들은 관부에 발각된 이후 자폭이나 다름없는 풍주 행을 결심했는데 그 이유는 풍주에 와 있는 여박에게 보호를 요청하려 했기 때문이었다. 하지만 흑금이라고 불린 우두머리만 빠져나와 '대왕'을 데리고 여박 곁에 숨어 있었고, 나머지는 안찰사 관부에 잡혀 들어가고 말았다. 여박은 그들의 입을 막기 위해 '대왕'을 가져다가 모두를 차가운 주검으로 만들어 버린 것이었다.

"그런 말도 안 되는……."

주희중이 갑자기 무언가 떠오른 듯 얼굴이 새하얗게 질렸다.

"그 첨사는 여박의 군대 내에서 군량을 감독하는 관직을 맡아 일을 처리했습니다. 당시에 여박이 자신의 '철천지원수'를 임용하여 군량 감독 관리로 삼기에 저흰 그저 여박이 참으로 공정한 사람이라고만 생각하고……."

"제가 이미 안찰사 관부에 운송 중인 군량과 말먹이를 회수하라고 명했고, 연씨 집안에 긴급히 연락해서 명문 세가에서 보유하고 있는 식량을 모두 민남으로 보내라고 하였습니다. 주 대인께선 즉시 관부군을 준비시켜 식량을 운송하는 행렬을 호송해 주십시오. 일이 마무리되면 관부에서 식량 가격만큼 세금을 징수하여 명문 세가에 보상해 주면 됩니다."

주희중이 흐릿한 눈빛으로 봉지미를 멍하니 바라봤다. 날이 갈수록 분명하게 깨닫고 있는 사실이 하나 있었는데 그것은 바로 지난날 위 대인 이자를 너무 과소평가했었다는 것이다. 위 대인은 신중하고 정확한 판단력과 벼락이 내리치듯 빠른 결단력, 주저하지 않는 과감한 행동력을 갖추고 있었다. 게다가 아직 증거가 없는데도 단호하게 군량을 움직이고 군관을 잡아 가두는 배짱을 보여 줬다. 주희중은 지금까지 살아오면서 이렇게까지 대범한 자는 만나 본 적이 없었고, 앞으로도 다시는 만날 수 없을 것이라고 생각했다. 당시에 모든 백성을 선동하여 배를 부수고 소란을 피우게 한 것은 지금 와서 생각해 보면 정말로 어리석은 행동이었다. 봉지미는 주희중이 깜짝 놀란 눈빛으로 자신을 바라보는 것을 느꼈지만 아랑곳하지 않고 남쪽 방향으로 몸을 돌렸다. 봉지미의 눈빛은 아득했고 입에서는 탄식이 터져 나왔다.

'영혁, 당신이 하는 모든 일이 잘됐으면 좋겠어요…….'

장희 16년 10월. 상씨 집안이 남해에서 완전히 무너져 일어설 수 없게 되었다. 그들이 이전부터 남해의 가장 깊은 곳에 묻어 놓았던 비장의 수마저 결정적 시기에 수면 위로 모습을 드러냈다. 도지휘사 여박은 상씨 집안에서 심어 놓은 첩자로 남쪽을 정벌하는 대군에게 있어 가장 중요한 군량과 말먹이를 관리 감독하는 책임을 맡고 있었다. 흠차 대신 위지가 제때에 알아채고 독을 섞은 군량을 회수하고 명문 세가가 비축해 둔 식량으로 긴급하게 대체하지 않았더라면 남쪽을 정벌하는 대군은 커다란 화를 입었을 터였다. 들리는 바에 의하면 안찰사 관부의 관리들이 군량과 말먹이의 운송 행렬을 쫓아가 이동을 막은 지점은 대영에서 고작 십 리 떨어진 곳이었다고 전해졌다. 간발의 차로 병사들의 목숨을 구할 수 있었던 것이었다.

이번 일이 상씨 집안의 멸망을 촉진했다. 상씨 집안은 최후의 전세를 뒤집기 위해 십 년 동안 감추고 있던 비장의 수를 자신감 있게 꺼내들었지만 봉지미의 일격에 모든 것이 와르르 무너져 버렸다. 여박의 정체가 밝혀지면서 상씨 집안은 물론 모든 사람들이 상씨 집안에 최후의 날이 다가오는 것을 지켜보았다.

주희중이 이번 일에 대해 보고하자, 조정에서는 표창과 장려의 뜻을 적은 엄청난 길이의 글을 하사했다. 특히 봉지미를 칭찬하는 부분이 쓸데없이 장황했는데 역사상 유례없을 정도로 긴 표창의 글이었다. 조정 대신이 모두 모여 열여섯 살의 흠차 대신이 제경으로 돌아오면 금상첨화 격으로 더 높은 직위를 내려야 한다고 논의하기에 이르렀다.

　봉지미는 이러한 변화에 대해서는 관심이 없었다. 오로지 독충의 독을 푸는 방법에 신경을 집중할 뿐이었다. 고남의는 '흑금'이라고 불리는 민남 자객들의 우두머리를 잡아 두고 무슨 수를 써서라도 '대왕'을 되찾아 오라고 압박했다. 고남의와 봉지미, 흑금은 반나절 동안 어느 방 안에서 한 발자국도 밖으로 나오지 않았고, 흑금은 어느새 백금이 된 것처럼 얼굴이 새하얗게 질려 있었다. 흑금은 원래 가지고 있던 음산하고 험악했던 분위기가 사라져 있었고 곧 숨이 끊어질 듯한 괴로운 표정을 짓고 있었다. 툭 한번 건드리면 알고 있는 이야기를 전부 술술 털어놓을 기세였다.

　봉지미는 뒤늦게 순우맹이 살아 돌아온 경위를 알게 되었다. 예상대로 필후가 순우맹의 목숨을 구한 것이었다. 그날 밤 목숨을 내던지며 격렬하게 적을 막았을 때 순우맹은 십여 군데에 중상을 입었다. 하지만 자객들이 최후의 일격을 가하려는 순간 필후들이 튀어 올랐고 자객들은 몹시 놀라 뒤로 나자빠졌다. 민남의 전설 속에서 필후는 사람을 즐겁게 해 주는 애완 원숭이가 아니었다. 필후는 민남에서 독을 가진 모든 생물의 가장 근원적인 존재로 여겨졌지만 사실 이 독의 시조 그 자체에는 독이 없었다. 민남의 무족(巫族)은 일반 독충이 전설의 독충과 마주치면 위협적인 기에 눌려 도망치게 된다고 믿고 있었다. 때문에 주인이 독충을 아무리 잘 길들였어도 독충이 무서워하는 독의 시조가 나타나면 주인도 어찌할 방법이 없다는 것이었다. 흑금은 필후를 길들여 자신의 것으로 만들고 싶었지만 필후들은 죽을힘을 다해 순우맹을 지켰고 그의 곁에만 머물려고 했다. 순우맹은 이 덕에 목숨을 부지할 수 있었다. 자객들은 하는 수 없이 순우맹을 데리고 도망쳤고 엉겁결에 상처까지 치료해 주었다. 건강을 조금씩 회복해 나간 순우맹은 풍주 근처까지 왔고, 그자들은 제 몸 하나도 돌보기 어려워지자 순우맹을 버리듯 놓아 준 것이었다.

순우맹을 중독되게 한 독충은 흑금이 오래된 무덤의 송장 기운으로 길러 낸 '설고(舌蠱)'였다. 하지만 설고는 생물이 아니어서 필후도 위협적인 힘을 발휘할 수 없었다. 독충의 내력을 파악한 봉지미는 흑금을 흰옷을 입은 남자에게 넘겼다. 흰옷을 입은 남자는 그제서야 자신의 성을 종, 이름을 신이라고 밝혔다. 봉지미는 곰곰이 생각해 보았지만 의술에 정통한 사람 중에 성이 종 씨인 남자는 도무지 떠오르지 않았다. 아마도 가명일 것이라고 짐작이 되었다.

순우맹은 삼 일이 지나자 정신을 원래대로 회복하기 시작했다. 냄새에 대한 판별력도 조금씩 정상으로 돌아갔다. 하지만 종신은 순우맹의 미각이 심하게 망가져서 앞으로는 음식의 진짜 맛을 느끼기 어려울 것이라고 말했다. 아직 젊은 순우맹이 다시는 음식의 훌륭한 맛과 차의 향긋한 향기를 느낄 수 없다는 청천벽력 같은 소리에 봉지미는 서글픈 마음이 들었다. 다행히도 순우맹은 속이 깊고 너그러운 성격이라 정신을 완전히 되찾은 이후에도 이에 대해 한마디도 꺼내지 않았다. 음식을 먹을 때면 게걸스럽게 먹어 대서 다른 사람이 보기에는 순우맹의 입맛이 완전히 정상으로 돌아왔다고 착각할 정도였다. 때때로 생강을 삼겹살로 여기는 오해를 하기도 했지만 멋쩍은 미소를 보이며 아주 맛있다는 듯 꿀꺽 삼켰다.

순우맹이 거의 나을 즈음 종신은 떠날 채비를 했는데 떠나기 전에 봉지미에게 종이 꾸러미 하나를 건넸다. 펼쳐 보니 독충의 해독약을 만드는 방법이 적혀 있었다. 종신이 직접 연구해서 만들어 낸 것이었다. 봉지미는 아랫사람에게 가장 빠른 말을 타고 민남으로 달려가 영혁에게 해독약을 건네게 했다. 며칠이 지난 후 남쪽을 정벌하는 대영에 군량을 전달하고 돌아온 연회석이 희색이 만면한 얼굴로 봉지미를 찾아왔다. 연회석은 괜히 힘든 척을 하며 이마의 마른 땀을 닦더니 세련된 상자 하나를 봉지미의 눈앞에 내밀었다. 괜스레 눈을 찡긋해 보이면서.

"하하. 누가 대인께 보낸 것입니다."

의문의 상자

봉지미는 상자를 바라보며 가면 아래의 얼굴이 뜨겁게 달아오르는 것을 느꼈다. 하지만 얼굴 표정에는 감정을 드러내지 않았고 목소리도 기복이 느껴지지 않도록 침착하게 유지했다. 봉지미는 아무렇지도 않은 척 태연하게 상자를 받아들고 담담하게 말했다.

"회석 아우님이 직접 가지고 오시느라 수고가 많았네. 식량을 운송하는 것도 고생이 많았을 텐데 어서 가서 쉬시게."

연회석이 곁눈으로 봉지미를 쳐다보며 실룩거리는 입꼬리를 간신히 붙잡고 물러갔다. 연회석이 문밖에 나서자마자 봉지미를 찾아온 화경과 맞닥트렸다. 연회석은 안으로 들어가려는 화경의 팔을 붙잡으며 말했다.

"대인께서 기력이 그런대로 괜찮으시니 문안 인사를 올릴 필요 없소. 게다가 대인의 흥취를 깨면 안 되지 않겠소."

연회석이 말하면서 혼자 키득거렸다. 화경이 의아한 표정으로 연회석을 바라보자 그가 웃으며 말했다.

"음. 나로 말할 것 같으면 위지 형님 일이라면 척하면 삼천리이지 않소. 위 대인은 기뻐도 기뻐하지 못하고 정색한 표정으로 딱딱한 얘기만 늘어놓으신다오. 지혜롭고 총명하신 분인데 사랑과 관련된 이야기가 나오면 갑자기 어색해하면서 어린애 같은 모습을 보이시고. 하지만 그런 모습도 좋소. 그게 더 열 여섯다우니까."

화경이 연회석을 흘겨보다가 끝내 웃음을 참지 못했다.

"농담이 지나칩니다. 남자가 무슨 사랑을 운운하십니까?"

"남자가 사랑을 운운하면 안 되오?"

연회석이 눈알을 굴리며 웃을 듯 말 듯한 표정을 지었다.

"부인은 아직 먼 바다를 건너 본 적이 없어서 잘 모르겠지만 어느 나라의 풍속은 아주 깨어 있다오. 내가 열 살 무렵 셋째 숙부를 따라 해외에 있는 포국(浦國)에 갔는데 그곳의 남녀는 모두 큰길 위에서 서로 껴안고 춤을 추고 있었다오. 그게 바로 멋과 낭만이지 않겠소."

"그렇습니까."

화경이 동경하는 빛을 얼굴 가득 드러냈다.

"정말 한번 가 보고 싶네요."

연회석의 얼굴 위로 땀방울이 배어 나왔다. 화경이 이를 보고 손수건을 꺼내 땀을 닦아 주었다. 한창 신이 나서 이야기하고 있는 연회석 앞으로 화경이 아무렇지도 않게 다가와 새하얀 팔목을 사뿐사뿐 흔들자 옷소매에서 옅은 향기가 퍼져 나왔다. 이어서 얼굴 위로 따뜻하고 부드러운 것이 스치고 지나갔다. 연회석은 자기도 모르게 마음속 깊은 곳에서 작은 떨림이 전해져 왔고 무의식중에 뒤로 한 발짝 물러나 버렸다. 연회석이 뒤로 물러나자 화경의 손이 허공에 그대로 멈췄다. 연회석이 화들짝 놀라서 황급히 웃어 보이더니 화경이 건네는 손수건을 받아 들고 말했다.

"부인은 지금 임신 중이니 내게 그렇게 신경 써 주지 않아도 되오. 내가 직접 하겠소."

화경이 미소를 지으며 연회석에게 손수건을 건넸다. 연회석은 정신이 딴 데 팔린 것처럼 건성으로 얼굴을 몇 번 쓱쓱 닦더니 머뭇거리며 말했다.

"어머니가 언제 결혼식을 올릴 건지 물으시는데 부인 생각엔……."

"아이가 태어나면 다시 이야기해요."

화경이 잠시 침묵하다가 말을 이었다.

"지금 당신의 지위에 어울리는 성대한 연회를 베풀어 손님을 대접해야 할 텐데 그때 제 배가 산봉우리처럼 우뚝 솟아 있으면 보기에 좋지 않을 것입니다."

연회석이 한숨을 돌린 듯 기뻐하며 화경을 향해 부드러운 미소를 지었다.

"그럼 그렇게 합시다. 적당한 때가 되면 이 세상에서 제일 근사하고 성대한 혼례를 올립시다. 그래야 부인이 사당 앞에서 피까지 흘리며 나를 구하고 당신을 구한 일이 헛되지 않을 것 아니오."

"회석."

화경이 눈을 위로 뜨고 보석처럼 반짝이는 눈빛으로 연회석을 응시했다.

"당신의 마음속엔 저에 대한 고마움만 자리하고 있는 건가요?"

화경이 직접적으로 물어 오자 연회석은 멍해져서 입만 떡 벌리고 있었다. 화경의 얼굴을 바라보자 마음이 심란해졌다. 마주하고 있는 여자는 절세 미녀까지는 아니더라도 곱고 아름다웠으며 맑고 청순했다. 미간에는 위풍당당한 기개가 넘쳐흘렀고 고상한 풍격을 잘 갖추고 있었다. 사숙의 여선생이나 과거에서 낙방한 생원의 처로는 전혀 보이지 않았다. 사실 연회석은 어려서부터 화경에 대해 잘 알고 있었다. 그녀는 성격이 대범해서 세상의 어떤 남자에게도 잘 맞춰 줄 수 있는 여자였다.

일곱 살 때 연회석은 처음으로 어머니가 암자에 계신 것을 알았다. 그는 밤에 몰래 집을 빠져나와 몇십 리를 달려갔고 암자의 대문에 매달려 꼬박 하루를 애원했다. 하지만 여승들은 연회석이 들어오는 것을 허락하지 않았다. 연회석은 밖에서 대성통곡을 했고 화경의 귀에까지 이 소리가 들어가게 되었다. 당시에 여덟 살이었던 화경은 백주대낮에 자기네 학당의 학생들에게 사다리를 메고 따라오게 한 다음 울고 있는 연회석을 데리고 담장에 걸친 사다리를 기어올라 그가 어머니와 만날 수 있게 해 주었다. 연회석은 어머니의 다리를 붙들고 펑펑 울었고 화경은 담장 위에 앉아서 망을 봐 주었다.

아홉 살에는 연회석이 어머니를 자주 만나러 가서 집에서 외출 금지를 당했다. 그런데 때마침 연회석의 어머니가 중병에 걸려 아들을 보고 싶어 했다. 화경이 부리나케 달려가 연씨 집안의 담을 넘어 땔나무 창고로 숨어들었고, 부엌칼을 들고 연회석을 가둬 놓은 방으로 찾아가 빗장을 잘라 냈다. 방에서 나온 연회석은 화경의 손에 이끌려 어머니를 만나러 갔다.

열두 살에는 당주의 명령에 따라 연회석이 그의 어머니를 찾아뵈는 일을 암자에서 허락하지 않았다. 사방에서 감시가 엄격해지자 화경은 괭이를 들고 암자의 서쪽 담장으로 향했다. 담장 밑에 크게 개구멍을 파낸 화경이 연회석에게 얼른 안으로 들어가라고 말했지만 연회석은 너무 창피해서 들어가려 하지 않았다. 그러자 화경이 발로 연회석의 엉덩이를 사정없이 걷어차며 거칠게 욕을 퍼부었다.

"사내 대장부는 자고로 사소한 것에 구애받지 않는다! 지금 이 구멍조차 못 들어간다면 앞으로 넌 누구와 싸워도 질 게 뻔해. 네가 죽어도 연씨 집안에서는 묻힐 곳조차 내주지 않을 거야!"

이후 연회석은 개구멍을 들락거리며 수 년 동안 어머니와 몰래 만나 왔다. 하지만 아주 오랜 시간이 흐른 뒤에 알게 된 사실이 있었는데, 화경은 연회석보다 한참 전부터 그 개구멍을 드나들었다고 했다. 연회석이 어머니를 찾아내기 전에 화경은 이 개구멍을 통해서 며칠에 한 번씩 굶주리던 연회석의 어머니에게 찐빵을 가져다주곤 했다.

연회석은 지금까지 화경을 존경했고 믿고 따랐으며 고맙게 여겼다. 사당에 갇혔을 때 연회석은 화경이 문밖에서 연씨 집안 사람과 대차게 다투는 소리를 듣고 처음에는 놀라서 간담이 서늘해졌지만, 어느새 두 눈에서 뜨거운 눈물이 왈칵 쏟아지는 것을 느꼈다. '저와 결혼하시겠습니까'라는 화경의 목소리가 들려오자 연회석은 조금도 망설이지 않고 그러겠노라고 대답했다. 그것은 정말로 진실한 마음에서 우러나오는 소리였다. 결혼하겠다, 반드시 결혼하겠다고 연회석은 굳게 결심했다. 그렇지 않고서는 도저히 양심의 가책에서 벗어날 수 없었다. 화경을 연회석의 부인으로 맞이하는 것은 확정적이었고 더 이상 고민할 필요도 없어 보였다. 하지만 이 문제가 현실로 다가오자 연회석은 갑자기 망연해졌다. 결혼에는 의무와 책임이 따랐고 반드시 거쳐야 하는 일들이 있었는데 앞으로 어떻게 해야 할지 눈앞이 막막했다.

연회석과 화경은 서로 사랑하는 사이가 아니라 죽마고우였다. 심지어 그들은 집안싸움의 혼란스러운 형국 속에서 얼떨결에 결혼하게 된 재혼 부부였다. 연회석은 연씨 집안과 진씨 집안이라는 양대 명문 세가의 자손이었다. 특히 연씨 집안은 존귀한 황족 혈통의 후예로 가계의 혈통이 고귀해서 똑같이 고귀한 집안의 여자와 결혼해야 한다고 지난 이십여 년 동안 어머니에게서 귀에 못이 박히도록 들어 왔다. 귀에 딱지가 앉을 정도로 들어서 당연히 그렇게 해야만 하는 줄로 알았다.

지금 마주하고 있는 여자는 맑고 깨끗한 눈동자를 반짝이며 연회석을 올려다보고 있었다. 일순간 머릿속에 어머니와 화경의 모습이 나란히 떠올랐다. 연회석은 어떻게 대답해야 할지 몰라서 우물쭈물했다. 화경의 웃음소리가 낭랑하게 울려 퍼졌다. 그녀는 연회석을 살짝 밀어 내며 말했다.

"정말 바보 같은 질문이네요. 당신이 대답하기 어려운 게 당연해요. 정말 못말리는 여자 아닌가요? 이제 곧 결혼할 텐데 이런 건 물어서 뭐 하겠어요."

"맞아."

연회석이 멋쩍은 듯 손수건으로 얼굴에 흐르는 땀을 닦으며 말했다.

"곧 결혼하는데 말이야. 이제 우린 금방 결혼할 텐데……."

"어서 가 보세요."

화경이 연회석의 등을 밀었고 도망가듯이 멀어지는 그의 뒷모습만 하염없이 바라봤다. 화경은 복도의 기둥을 붙잡고 한참을 서 있었다. 멀리 하늘을 올려다보니 떠가는 구름들이 사방을 가득 메우고 있었고, 갈피를 잡지 못하고 헤매던 바람이 용솟음치고 있었다. 이때 등 뒤의 방에서 인기척이 들려 왔다. 봉지미가 다급한 발걸음으로 창가에 놓아 두었던 상자를 조심스럽게 안더니 창문을 꼭 닫았다. 비가 내리면 창가에 둔 상자가 젖을까 봐 다른 곳으로 옮겨 놓는 것이었다. 오랜 시간이 흐르고 화경의 얼굴에는 공허한 미소만이 남아 있었다.

봉지미는 복도에서 연씨 부부가 이렇게나 중요한 이야기를 나누고 있는 줄도 모르고 오직 바깥 날씨에만 관심을 집중하고 있었다. 평소 고남의가 자진해서 밖으로 나가는 일은 거의 없었는데 무얼 하러 간 것인지는 알 수 없었지만 비를 맞지 않았으면 했다.

연회석이 가지고 온 상자는 탁자 위에 고요히 놓여 있었다. 그것은 어디에나 흔히 있는 옥함이 아니었다. 담녹색의 목재 바탕에 천연의 아름다운 무늬를 지니고 있었고, 그것이 마치 굽이치는 바람과 하늘에서 춤추는 눈을 그린 듯하여 우아하고 운치가 있었다. 가장자리에는 한 송이 금빛 만다라화가 그려져 있었는데 영혁의 망토 위를 뒤덮고 있던 만다라화와 같은 양식이었다. 매혹적인 자태를 뽐내고 있는 꽃잎은 나무 상자 전체의 고상한 풍격과 전혀 어울리지 않았지만 한편으로 기이한 매력을 발산했고 영혁의 흔적을 고스란히 느낄 수 있었다.

영혁은 상자 하나도 자신의 분신처럼 만들어 냈다. 봉지미는 터져 나오는 웃음을 참을 수 없었다. 상자를 조심스럽게 매만지자 매끄럽고 반질반질한 나무 재질이 손에 느껴졌다. 역시 영혁의 안목에는 탄복하지 않을 수 없었다. 보물로 만든 다른 상자들과 비교할 수 없을 정도로 봉지미의 취향에 딱 맞았다. 상자 안에는 무엇이 들어 있을지 점점 궁금해졌다. 얼핏 보아도 이 상자가 일반적인 장식품은 아니란 것을 알 수 있었다. 안에 든 것은 어쩌면 민남의 진기한 장신구일 수도 있었고, 아니면 봉지미의 몸을 튼튼하게 할 영약일 수도 있었고, 아니면 짓궂은 장난으로 넣어둔 또 다른 필후 두 마리일지도 몰랐다.

영혁은 대군을 통솔하느라 바쁘고 군사 업무로 신경을 곤두세우고 있을 터였다. 그런데 생각지도 못하게 시간을 내서 봉지미에게 줄 선물을 마련한 것이었다. 봉지미는 두 손으로 볼을 감싸 쥐고 기대하는 눈빛으로 상자를 마주하며 안에 든 물건이 무엇인지 곰곰이 생각해 보았다. 봉지미는 상자를 천천히 열기로 마음먹었다. 선물을 열어 보기 전에 즐거운 상상을 듬뿍 할 수 있다면 이보다 더 좋을 순 없다고 생각했다. 이것은 봉지미가 살아온 지난 십육 년 동안 처음으로 다른 사람에게서 받은 정성스러운 선물이었다. 봉지미는 이 마음을 조금 더 길게 느끼고 싶었다.

반 시진 후에 봉지미는 마침내 그 기쁨을 맞이하기로 결심하고 상자를 향해 손을 내밀었다. 손가락을 잠금장치 위에 올리고 살짝 힘을 주었다.

'어라? 안 열리네……'

위로 들어 올렸다가 아래로 눌렀다가 왼쪽으로 잡아뗐다가 오른쪽으로 비틀어 돌려 봤지만 상자 뚜껑이 열릴 때 나는 딸깍, 소리가 좀처럼 들려오지 않았다. 자리에서 벌떡 일어난 봉지미가 상자를 붙잡고 이리저리 살피더니 이내 입가를 실룩거렸다. 이 잠금장치는 원래부터 진짜가 아니었고 잠금장치처럼 보이는 가짜 장식품에 불과했다. 불쌍한 봉지미는 그것도 모르고 속아 넘어간 것이었다. 봉지미는 미묘한 표정으로 상자를 쥐고 영혁이 간만에 짓궂은 장난을 쳤다고 생각했다. 하지만 눈빛 속에는 따뜻한 웃음기가 서려 있었다. 상자를 위아래로 쓰다듬고 다시 좌우로 쓰다듬어 보았다. 자세히 보니 상자의 이음새가 꼭 맞아 빈틈이 전혀 없었는데 이상하게도 밑바닥 부분만 느낌이 다른 듯하였다. 봉지미가 아주 좁은 틈을 힘껏 벌려 봤다.

'설마 여기가 여는 덴가?'

상자는 열리지 않았고 봉지미는 놀란 눈으로 상자를 살폈다. 이건 근본적으로 열 수 없는 구조였다. 장신구이거나 영약이거나 필후일 것이라는 추측은 모두 헛된 꿈인 듯했다. 문득 밑바닥 부분에 나 있는 굉장히 좁은 틈을 발견한 봉지미는 마음이 요동쳤다. 손가락을 간신히 틈 안으로 쑤셔 넣어 더듬어 보았더니 편지지 같은 것이 만져졌다. 아주 깊은 곳에 수직으로 세워져 있는 듯했다. 또 다른 것도 들어 있는지 틈새 안쪽이 빽빽해서 한꺼번에 빼 낼 방법이 없었다. 어쩔 수 없이 품에 안고 세게 흔들어 봤는데 틈 안쪽에 꽉 끼어 있던 것 하나가 퍽, 소리와 함께 공중으로 튀어 올랐다. 이내 툭, 하고 편지 하나가 바닥으로 떨어졌다. 담녹색의 봉투 겉면에는 금빛 만다라화가 찍혀 있었다. 봉투의 질이 아주 특별해 보였다. 손으로 만지자 매끈하면서도 빳빳한 감촉이 전해져 왔다.

봉지미는 입을 살짝 오므리고 편지 봉투를 바라봤다. 이 인간이 깜짝 선물로 생각해 낸 게 고작 이것이라니 터져 나오는 웃음을 참을 수가 없었다. 하지만 이내 마음 깊은 곳에서 옅은 실망감이 밀려 왔다. 이

상자 안에 들어 있는 것이 편지라면 그리 기뻐할 수도 없기 때문이었다. 눈이 불편한 영혁은 편지를 쓸 수 없었을 터였고, 누군가가 대신 써 줬다면 아마도 공적인 내용이 담겨 있을 것이었다. 봉지미는 맥없이 봉투를 바라보다가 천천히 손을 내밀어 뜯기 시작했다. 봉투가 훼손되지 않도록 애쓰며 아주 조심스럽게 봉해진 부분을 뜯어냈다.

무늬가 있는 섬세하게 짜인 담청색의 비단 위에 먹물이 깊게 배어 있었다. 봉지미는 내용을 보기도 전에 피식 웃음을 터트리고 말았다.

'이게 무슨 글자지?'

편지가 시작되는 부분이 온통 검고 동그란 먹 뭉치뿐이어서 무슨 글자인지 도저히 알아볼 수 없었다. 시선을 옮겨 편지를 천천히 읽어 보았다. 내용 부분은 좀 더 알아볼 수 있었지만 글자가 모두 심하게 비뚤어져 있었다. 본래 획의 기초가 튼튼하고 아름다운 글자인 것은 분명했지만 전체적인 모양은 아주 보기 흉했다. 특히 모든 글자마다 아래쪽 획을 길게 잡아끈 모양새가 말할 수 없이 어색해 보였다.

순간 봉지미는 웃음기를 거두어들였다. 이것은 영혁이 직접 쓴 게 틀림없었다. 봉지미는 영혁의 필체를 알아볼 수 있었는데 얼핏 보기에는 아닌 것처럼 보였지만 자세히 살펴보니 영혁의 글씨가 맞았다. 깊은 밤 영혁이 막사에서 힘겹게 한 글자 한 글자씩 직접 써 내려 가는 모습을 상상할 수 있었다. 영혁의 눈이 불편한 것은 하늘도 다 아는 사실인데 더듬거리며 편지를 썼을 생각에 마음이 아파 왔다. 모든 글자의 아래쪽 획을 밑으로 길게 잡아끈 것은 분명 아래에 글자를 이어 쓸 때 가로 기준을 잡기 위한 것이 틀림없었다. 봉지미는 괜스레 쳇, 하는 소리를 내뱉으며 중얼거렸다.

"글씨가 이게 뭐야. 부끄럽지도 않은가 봐."

말투는 나무라는 듯했지만 표정에는 흐뭇한 기색이 가득 담겨 있었다. 봉지미는 등잔불 심지를 밝히고 편지에 얼굴을 묻은 채 자세히 읽기 시작했다. 제일 앞의 검고 동그란 먹 뭉치는 봉지미의 이름을 쓴 것이 분명했다.

　'지미, 편지에 써진 글씨가 괜찮을지 모르겠구나. 군사 보고서를 베껴 쓰며 연습한 지도 오래되었는데 영징은 내가 무엇 때문에 이리 고생하는지 잘 모르겠다고 투덜대더구나. 내가 옮겨 쓴 군사 보고서를 보고 영징이 글자를 잘 알아볼 수 있다고 말해 주어 네게 드디어 편지를 쓸 수 있겠다고 생각했다.

　대군은 오늘 막 출발하여 풍주성에서 삼십 리 떨어진 곳에서 야영을 하고 있다. 막사 안에서 나와 장령들은 늦은 밤까지 계속 군사 회의를 열었다. 장령들이 두 파로 나뉘어 다툼이 끊이질 않는구나. 경험이 많고 신중한 남해 장군 일파는 규칙에 따라 선봉이 앞장서면 중군이 진압하는 작전으로 접근하는 것이 타당할 것이라고 건의했다. 하지만 급진적인 민남 장군 일파는 새로 부임한 지 얼마 되지 않아서 공을 세우기에 급급하구나. 이들은 뛰어난 장수를 거느리고 돌진하여 마욕관(麻峪關)을 지나면 나타나는 양 갈래 길에서 적을 포위 공격하겠다고 말했다. 물 샐 틈도 없이 에워싸서 상씨 집안을 단박에 부숴 버리겠다는 것이다.

　양쪽의 의견 다툼이 극에 달하여 고민이 깊구나. 만약 네가 여기 있었다면 뭐라고 말했을까 생각해 보았다. 평소에 음험하고 사악한 기질이 다분한 넌 이쪽을 치겠다고 적을 유인해 놓고서는 저쪽을 치거나 앞에서 적을 꾀어낸 다음 뒤에서 기습하는 방법을 제안할 것 같더구나. 그래서 난 남해 장군들에게 기마병을 이끌고 악도현(樂都縣)을 먼저 칠 것을 명했다. 그리고 다시 민남 장군들에게는 반드시 적이 지나는 파하(灞河)에 우리 군사 일만을 매복시켜 상씨 집안이 회군하는 순간 기습하여 대열을 흩트리고 세 갈래 길에서 적을 꽁꽁 에워쌀 것을 명했다. 지미, 네가 보기에 이 작전이 괜찮을 듯하느냐. 하지만 아직 이 일로 크게 마음을 쓰고 있진 않다. 민남은 반드시 내 수중으로 들어올 것이니 넌 당분간 몸을 잘 추스르는 데만 집중하여라.

오늘 봉미현(鳳尾縣)을 지나는 길에 이곳에서 우연히 봉미목(鳳尾木)을 보았는데 목질이 촘촘하고 매끄러우며 나뭇결이 섬세하기 그지없더구나. 봉미목의 나뭇잎을 즙으로 짜서 물들이면 새파랗게 잎이 돋아 난 어린 나무처럼 담녹색이 나와 아주 곱더구나. 내가 영징에게 상자 하나가 필요하다며 모양을 그려 설명해 주니 영징이 빛처럼 빠르게 만들어 오더구나. 하지만 제멋대로 금빛 잠금장치를 덧붙여서 가지고 왔다. 이쪽인 줄 알았는데 알고 보니 저쪽이 맞는 적을 홀리는 작전이라고 자랑하더구나. 난 영징에게 당장 나가라고 소리쳤고 제경에 돌아가서나 적을 실컷 홀리라고 따끔하게 한마디 해 주었다.

밖에서 북을 울리는 소리가 네 번 들리는구나. 이제 그만 붓을 내려놓으려 한다. 내가 써 내려간 글자들을 마주하며 부디 소중히 여겨 주길 바란다.'

봉지미가 편지를 읽고 또 읽었다. 네 번이나 읽고 나서야 편지를 조심스럽게 포개어 접었다. 그러고 나서 다시 가짜 잠금장치를 자세히 살피다가 억울한 생각이 들어서 한바탕 욕을 쏟아 냈다.

"참 나. 뭐가 음험하고 사악하다는 거야! 당신이 더하면 더했지!"

봉지미는 편지를 들고 사방을 두리번거렸다. 어디에 숨겨도 안전하지 않을 것 같아 곰곰 생각해 보다가 다시 편지를 상자의 틈새 안으로 쑤셔 넣고 마구 흔들어 섞었다. 이때 툭, 소리와 함께 편지 한 통이 다시 밖으로 떨어졌다. 봉지미가 천진난만한 웃음을 터트렸다. 꼭 어릴 적으로 돌아간 것만 같았다. 봉지미와 동생이 거리로 나가 사탕 가게 앞에서 사탕을 뚫어져라 쳐다보고 있으면 이것처럼 예쁜 것은 아니었지만 가게 주인이 간단한 장치를 설치한 상자를 꺼냈다. 손잡이를 몇 번 돌리면 딱지가 밖으로 툭 나왔다. 붉은색 딱지는 커다란 구슬 사탕, 노란색 딱지는 조그만 구슬 사탕, 녹색 딱지는 설탕 과자였다. 봉지미는 운이 영 없어서 매번 설탕 과자만 나왔었다. 오늘은 손에 재수가 붙을지 은근히 기대됐다.

떨어진 편지 봉투를 집어 들어 보니 수취인란에 '3'이라고 표시되어 있었다. 봉지미는 이게 무엇을 뜻하는지 몰라 잠시 어리둥절했다가 갑자기 무언가 떠오른 듯 눈을 동그랗게 떴다. 이 편지들은 어쩌면 원래 순서에 따라 상자에 넣어졌는데 봉지미가 흔들어 대면서 안에서 뒤섞인 게 틀림없었다. 섞인 것은 섞인 대로의 재미가 있었다. 봉지미는 싱긋 웃으며 편지를 열었다.

'지미, 오늘은 행군하여 계탑(溪塔)까지 왔다. 야영지에서 멀지 않은 곳에 갈대숲이 있었는데 한없이 넓어 끝이 보이지 않더구나. 영징이 갈대가 아주 아름다운 곳이라고 한다. 바람이 불 때마다 한 가지 빛깔로 나부끼는 갈대들을 바라보고 있으면 마치 새하얗게 부서지는 광활한 바다 같다는구나. 갈대숲 근처에 서서 갈대들이 이리저리 부딪치는 소리를 듣고 있으니 정말로 파도치는 소리가 들리는 듯했다. 새가 갈대 위를 스쳐 지나가면서 맑고 또랑또랑하게 울어 대더니 눈처럼 하얀 깃털이 떨어져 내 소매 안으로 들어오더구나. 영징에게 가장 크고 가장 아름다운 갈대를 꺾어 오게 하여 새의 깃털과 함께 편지에 동봉한다. 너도 이 맑고 시원한 바람소리를 들을 수 있으면 좋겠구나.'

편지 위에 들러붙은 새하얀 깃털과 조금 누렇게 변한 갈대가 등잔불의 빛살 속에서 옅은 형광색 빛을 반짝이고 있었다. 봉지미는 손가락으로 보드라운 깃털과 갈대의 짧은 털을 가볍게 어루만지면서 여러 가지 모습을 떠올렸다. 갈대숲 근처에 서 있는 청아하고 화려한 남자의 모습. 새하얀 새가 남자의 칠흑 같은 눈썹 위를 스쳐 지나가는 모습. 바람이 불어 와 남자의 옷소매를 흔들고 옅은 금빛의 만다라화가 바람 속에서 꽃망울을 터트리는 모습. 눈꽃처럼 떠다니는 갈대가 남자의 담청색 두루마기 위를 덮쳐 온 하늘에 하얀 불꽃이 타오르는 모습.

봉지미의 미소가 한층 편안해졌고 한 폭의 그림 같은 아름다운 경치가 눈앞에 꿈처럼 펼쳐지며 마음속에 푸른 하늘이 열리는 듯했다. 상자를 흔들자 다시 편지 한 통이 툭 떨어졌다. 봉투 위의 수신인란에는 '7'이라고 적혀 있었다.

'지미, 어제는 안란욕(安瀾峪)에서 바다를 건넜다. 눈에 띄지 않기 위해 밤에 출발했지. 밤새도록 파도소리가 오르락내리락 귓가를 맴돌았는데 공허하게 들리더구나. 선체가 오르고 내릴 때마다 몸이 흔들리더니 사람을 조금 취하게 만들었다. 약간 피곤한 느낌이 들었지만 잠이 오지 않더구나. 이럴 때면 항상 사당에서의 그날 일이 떠오르곤 한다. 백성들의 외침이 파도소리처럼 끊임없이 일었다 사그라들기를 반복했지. 그런데 갑자기 바닷물이 거꾸로 쏟아져 들어오듯 네가 내 품속으로 와락 넘겨졌고……. 그때의 일이 떠오르자 더더욱 잠을 이루지 못하여 무거운 몸을 이끌고 갑판으로 나가 한밤중에 차를 마셨다. 그런데 내 옆을 지키는 자가 무슨 꿍꿍이가 있는지 수상한 행동을 하기에 바다로 확 밀어 버렸다. 그에게 최상의 진주를 캐지 못하면 올라올 생각도 하지 말라고 단단히 일러 주었다. 다음 날 아침 그가 올라오더니 진주가 없다며 작은 산호 하나를 건네더구나. 크기가 고작 손가락

반만 한 것이었다. 그의 말에 따르면 무심결에 발견한 것인데 저절로 피어난 꽃송이 같아서 품질은 그렇게 뛰어나지 않을지 모르지만 모양이 특색 있고 정교하다고 하였다. 그는 천지자연의 솜씨란 게 바로 이런 것이 아니겠느냐며 백 개의 진주보다도 진귀한 것이라고 하더구나. 말만 번지르르해서 굳이 상대해 주지 않았다만……. 어쨌든 산호도 편지에 동봉하니 네가 보고 예쁘면 예쁜 대로 잘 간직하고 별로이거든 그대로 바닥에 내던져 버리거라.'

편지 귀퉁이에는 영혁의 말대로 아주 작은 산호가 붙어 있었다. 주홍색의 윤이 나고 매끄러운 것이 꽃잎과 꽃술이 겹겹이 포개어진 듯한 모양을 하고 있어 정말 한 송이 모란꽃이 피어 있는 것 같았다. 진주 백 알보다도 진귀한 것이 틀림없어 보였다. 봉지미는 따뜻한 물에 편지 귀퉁이를 살짝 담가 아주 조심스럽게 산호를 떼어 낸 다음 다른 상자 안에 잘 넣어 두었다. 상자를 다시 흔들자 편지 봉투가 하나 떨어졌다. 이번에는 봉투에 '2'라고 쓰여 있었다.

'지미, 네가 편지를 들고 어디에 숨겨야 좋을지 몰라 두리번거리는 모습이 눈에 선하구나. 너처럼 의심이 아주 많은 성격은 다른 사람이 훔쳐갈까 봐 걱정하거나 아니면 고남의가 가져가서 호두를 싸는 데 쓸까 봐 걱정일 것이다. 그래서 아마도 네가 편지를 다시 상자 안으로 넣을 확률이 높다고 생각한다. 결국 난 네가 뒤죽박죽 섞어 놓을 것이 분명한 편지들에 순서를 매기기로 했다. 하지만 편지들이 마구 섞이는 것도 여러 가지 재미가 있어서 좋지 않을까 싶다. 미지의 세계가 더 아름다워 보이는 법이지 않더냐. 네가 편지를 쥐었을 때 이번에 떨어진 편지는 몇 번째 것일까 기대하면 가슴이 더욱 두근거릴 것이다.'

미지의 세계가 아름답다는 말은 맞는 말이었다. 매번 편지가 한 통씩 떨어질 때마다 이번 편지는 어느 날의 심정이 적혀 있을지 기대하면서 얻는 즐거움이 있었다. 그런데 이 인간은 봉지미 배 속의 회충이라도 되는 것인지 그녀가 편지를 어떻게 숨길지까지 정확히 예측했다. 어쩌면 이렇게 속을 훤히 꿰뚫고 있는지 알다가도 모를 일이었다.

'지미, 네 의견대로 했더니 과연 딱 들어맞았다. 덕분에 우리는 상씨 집안과의 첫 전투에서 승리하고 사기가 크게 진작되었다. 하지만 이제 나는 곧 제경으로 돌아가야 할지도 모르겠구나. 네가 말했었지. 나와 함께 제경으로 돌아갈 날을 기다리고 있으니 먼저 떠나면 안 된다고. 먼저 떠나는 사람은 앞으로 다시는 만날 수 없는 벌을 받을 거라고……'

'뭐가 내 의견대로라는 거야……'
봉지미의 눈빛이 물결처럼 흔들렸다. 이 인간은 사실을 왜곡하는 데는 으뜸이었다. 이쪽을 치는 척하고 저쪽을 치는 계략을 세운 것은 분명 영혁 본인이었지 봉지미가 아니었다.

'지미, 가을바람이 한바탕 스쳐 지나가는 시린 밤에 나팔 소리가 야영지에 길게 울려 퍼질 즈음 난 두툼한 외투를 걸치고 군영을 돌아봤다. 지미 너도 밤에 밖에 나갈 일이 있거든 잊지 말고 두꺼운 옷을 챙겨 입고 나가거라. 지난번에 네 맥을 짚어 보니 그 악질은 추위에 심해지는 병이더구나. 그러니 따뜻하게 입고 다녀야 한다. 다시는 그런 몹쓸 병에 걸리지 않도록.'

영혁은 불편한 눈으로 어떻게 군영을 돌아볼 수 있었을까. 봉지미는 편지를 손안에 올려 두고 가볍게 어루만졌다. 등잔의 흔들리는 불빛 아래에서 봉지미의 아득한 눈빛이 어슴푸레 빛났고 연회석이 가지고 간 약을 영혁이 과연 먹었을지 궁금해질 뿐이었다. 연회석은 군량을 군영까지 운반하고 서둘러 돌아와서 이 상자 안에 들어 있는 편지에는 약을 먹은 효과까지는 적혀 있지 않을 것이 분명했다. 나중에 봉지미가 직접 편지를 보내서 물어 봐야 할 듯싶었다. 봉지미는 지금까지 봤던 영혁의 편지를 하나씩 하나씩 떠올려 봤다. 글자마다 절절함이 가득 묻어 있었다. 하지만 봉지미에게 답장을 해 달라는 언급은 전혀 없었다. 봉지미는 자기도 모르게 괘씸해져서 눈썹을 치켜올렸다.

하하. 생각해 보니 원래 봉지미도 답장할 생각은 전혀 없었다. 하지만 해독제를 제공한 사람으로서 환자의 병세가 호전되었는지 물어보는 것은 지극히 정상적인 행동일 것이었다. 봉지미는 스스로 납득할 만한 이유를 찾아내고는 진지한 얼굴로 상자를 가슴 높이까지 들어 올렸다. 상자 안에는 분명 편지가 더 들어 있었지만 봉지미는 아름다운 기대감을 한꺼번에 비워 내고 싶지 않았다. 이렇게 자상하고 부드러운 마음을 앉은 자리에서 하나도 남김없이 꺼내 본다면 커다란 공허함만 남을 듯했다.

밤이 깊어지자 사방이 쥐 죽은 듯 고요해졌다. 집을 떠나 타지에 머무르면서 시름이 깊어지고 많은 일에 얽매여 헤어나지 못하고 있던 찰나였다. 봉지미는 이런 때에 영혁이 보내 준 상자를 끌어안고 때려도 보고 흔들어도 보며 유쾌한 기대감과 아름다운 기분을 느낄 수 있어서 꽤나 즐거웠다. 이 편지들을 고이 잘 간직해 둔다면 앞으로 헤치고 나아갈 기나긴 날들 속에서 달콤하고 기분 좋은 추억으로 꺼내 볼 수 있을 것이었다.

봉지미는 탁자 위에 편지지를 펼치고 먹을 갈아 붓을 먹물에 적셨다. 차분한 표정으로 탁자에 몸을 기울이고 편지를 쓰기 시작했다.

　　'이 편지는 지금 당신이 읽을 수 없으니 아무래도 당신의 눈이 좋아진 이후에 다시 드리는 게 좋을 것 같네요. 음, 물어보고 싶은 게 있어요. 약이 효과가 있던가요? 눈이 좀 나아졌나요? 저도 이런 질문이 쓸데없는 소리란 걸 잘 알아요. 당신이 이 편지를 볼 수 있을 때까지 기다려야겠죠. 분명 좋아질 거예요. 이 말도 당신은 볼 수 없겠지만요.

　　산호는 잘 받았어요. 정말 곱더군요. 한 송이 작은 모란꽃이 피어 있는 것 같았어요. 반지에 박아 넣거나 진주 머리 장식에 쓰라는 건가요? 전 아마도 쓸 일이 거의 없을 것 같지만 보는 것만으로도 좋아요. 새의 깃털은 눈처럼 하얗고 갈대도 너무나 아름다워서 제 마음에 쏙 들어요. 우리가 제경으로 돌아갈 때도 그 갈대숲을 지나서 가면 좋을 텐데요. 그때 제 귀로 직접 갈대숲에 부는 바람이 정말 파도 소리처럼 들리는지 확인해 보고 싶어요. 어쩌면 지나가던 새가 제 옷자락에 깃털을 떨어트릴 수도 있고요. 음……. 다음에 저와 함께 한번 더 들어보지 않을래요?'

등잔불에서 퍼져 나오는 빛이 은은하게 옅어지며 담황색 공기가 주변을 뒤덮었다. 둥근 빛무리 속에서 봉지미의 아득한 눈망울이 한층 더 물기에 젖어 넘실대고 있었다. 마치 촉촉하고 투명한 빛을 내뿜는 수정 안으로 흑구슬이 스며든 듯했다.

봉지미는 아주 오랫동안 편지지를 어루만졌다. 입가에는 한 줄기 미소가 희미하게 깔려 있었다. 평소 서늘함이 서려 있던 것과 달리 따뜻하고 부드러운 미소였다. 새의 새하얀 깃털과 눈처럼 하얗게 내려앉은 갈대의 털을 떠올리게 했다.

끼익.

갑자기 문이 열리는 소리가 들려왔다. 봉지미가 황급히 일어서서 탁자 위에 놓여 있던 편지지들을 허둥지둥 정리했다. 정신없이 바쁘게 그러모은 것들을 어디에 두어야 할지 몰라 주위를 두리번거리다가 재빨리 다시 상자에 쑤셔 넣었다. 상자를 품에 안고 새하얘진 얼굴로 방 안을 빙빙 돌다가 결국 둘둘 말아 놓은 이불 속에 푹 쑤셔 넣었다.

들어온 사람은 봉지미의 예상대로 고남의였다. 고남의를 제외하고는 말 한마디만 내뱉고 바로 봉지미의 방에 들어올 수 있는 사람은 아무도 없었다. 이게 바로 고남의만의 방식이었는데 사실 봉지미는 잘 알면서도 매번 깜짝깜짝 놀라곤 했다. 봉지미는 거침없이 쳐들어오는 고남의를 멍하니 바라보며 오늘은 정말 놀랄 일과 기쁜 일이 파도처럼 계속 밀려오는 하루라고 생각했다.

맞은편에 선 고남의의 양쪽 어깨에는 한쪽에 하나씩 금빛 털을 뽐내며 위풍당당하게 앉아 있는 작은 원숭이가 놓여 있었다. 좌우를 재빠르게 둘러보는 고남의의 자연스러운 자세가 모르는 사람이 보면 원숭이 조련사인 줄로 착각할 듯했다. 그것만으로도 부족했는지 고남의는 뻣뻣하게 팔을 뻗어 어색한 자세로 갓난아기를 안고 있었다……. 봉지미는 고남의의 두 어깨 위를 점령한 금빛 원숭이와 품에 안긴 아기를 보고 너무나 신선한 충격을 받아서 한동안 멍한 표정으로 뚫어지게 바라봤다. 잠시 후 제 목소리를 간신히 되찾은 봉지미가 당황한 기색으로 물었다.

"고남의……. 이게 다 뭐야?"

"아기. 원숭이."

고남의가 대답했다.

"한번 해 보고 싶었어."

완성된 하나의 문장을 말하지 않고 잘린 말토막을 느닷없이 내뱉는 방식은 여전했다. 함께 지낸 지 오래되어서 서로 통하는 바가 있는 봉지미만이 그 뜻을 이해할 수 있었다. 가만히 생각에 잠겨 있던 봉지미의 마음속에 복잡한 감정이 밀려 왔다.

"다른 사람과 함께 지내는 법을 배우고 싶은 거야? 그래서 아기랑 원숭이부터 시작해 보려는 거고?"

고남의가 작게 고개를 끄덕이더니 막심한 고통을 견디고 있는 것처럼 괴로운 목소리로 말했다.

"지난번 너의 일로 정말 견딜 수 없이 괴로웠어. 하지만 한편으론 특별한 경험이었어. 그래서 한번 해 보려는 거야."

"예전에 이 아기를 안고 있었을 때 특별한 감정이 생겼던 거네, 그런 거지?"

봉지미는 고남의가 안고 있는 이 아기가 이전에 부두에서 그들이 구해 주었던 아기인 것을 알아채고 물었다. 구조된 뒤에 바로 명문 세가의 자선 단체에 보내졌는데 생각지도 못하게 고남의가 아기를 기억하고 있었는지 데려온 것이었다.

"무술을 배울 때도 수많은 난관에 부딪치지만 떨쳐내고 나아가면 어느 순간 저절로 경지에 이르게 돼."

무공에 비유해서 말하자 막힘없이 말이 술술 쏟아져 나왔다.

"이것도 마찬가지일 거라고 생각해."

봉지미는 잠자코 고남의를 응시했다. 고남의는 봉지미가 목숨을 잃기 직전까지 갔었다는 사실을 전혀 깨닫지 못했던 자기 자신을 계속 책망하고 있었다. 이 때문에 처음으로 보통 사람들과 똑같이 행동하고 생각해야겠다는 결심을 한 것 같았다. 하지만 고남의가 평범한 사람이 하는 일을 하겠다면서 데리고 나타난 것이 이 아기라니 봉지미는 말문이 턱 막힐 수밖에 없었다. 고남의는 아기를 기르면 보통 사람처럼 되는 법을 배울 수 있다고 믿는 듯했다. 하지만 그는 다른 사람이 가까이 다가

오는 것을 허락하지 않는 괴팍한 성격에 조용하고 잔잔한 삶을 원했다. 만일 아기를 기르게 된다면 분명 가슴 깊은 곳에서부터 일어나는 선천적인 반발심으로 고통에 허덕일 게 뻔했다. 그가 과연 그 고난의 과정을 잘 헤쳐나갈 수 있을지 걱정스러웠다. 고남의는 극한의 고통이 밀려와도 끝까지 해 낼 생각이었다. 다시는 영문도 모른 채 봉지미를 잃고 싶지 않았다. 고남의가 일반인과 다른 점은 핏속에 흐르는 집요함에 있었다.

봉지미가 아랫입술을 깨물고 놀란 마음을 가라앉히고 있었다. 고남의가 드디어 사람들 속으로 들어가기로 마음먹은 것은 분명 좋은 일이었고, 봉지미도 계속 바라던 바였다. 하지만 갑자기 봉지미의 마음속에 정체를 알 수 없는 두려움과 전율이 일어났다. 마치 어둠 속에서 음침하고 서늘한 기운을 내뿜으며 도사리고 있던 운명이 세상에서 가장 아름답고 순결한 것을 향해 섬뜩한 미소를 짓고 있는 듯했다.

소년은 종이처럼 새하얗고 깨끗한 자신의 세상 안에서 줄곧 고요하게 지내 왔다. 순수하고 맑게 살아왔던 소년에게 갑자기 인간 세상의 온갖 풍파에 맞서고 부조리를 이해하라는 것이 정말 그를 위한 일인지 알 수 없었다. 이 길을 계속 걸어 나가면 화려한 인생과 오색찬란한 세상을 경험해 볼 수도 있었다. 하지만 인간의 어두운 내면과 혈투로 물든 더러운 세상을 볼 가능성도 적지 않았다. 봉지미는 순간 마음이 얼음처럼 차게 식었고 잠시 심하게 요동치는 것을 느꼈다.

"고남의……."

봉지미가 손을 뻗어 아기를 대신 받아들려고 했다. 고남의가 엉거주춤한 자세로 아기를 안고 있는 모습이 불편하고 괴로워 보였기 때문이었다.

"세상엔 억지로 하지 않아도 되는 일이 있어. 더군다나 아기를 돌보는 일이라니……. 넌 말할 필요도 없고 다른 사람들도 하기 어려운 일이야. 우리 다른 방법을 찾아보는 게 좋지 않을까?"

"싫어."

고남의가 아기를 안은 채 몸을 살짝 공중으로 띄우면서 봉지미를 밀어 냈다.

"이렇게 해야 감정이 생겨."

두 마리 필후가 고남의의 어깨 위에서 정신없이 꽥꽥 소리를 지르고 눈을 깜빡거리며 그의 머리카락을 붙잡고 위아래로 그네를 뛰었다. 이전 같았으면 독충의 시조 격인 필후들은 고남의의 손짓 한 번에 바싹 눌린 독충 전병이 되었을 터였다.

봉지미의 설득은 아무 소용이 없었다. 눈 깜짝할 사이 고남의는 아기를 안고 봉지미의 둘둘 말린 이불을 향해 내달렸다. 당황한 봉지미가 황급히 쫓아가 이불을 침대 안으로 밀어 넣었다. 고남의가 고개를 돌리자 봉지미가 경직된 자세로 어색한 미소를 보였다. 이 여인이 무엇 때문에 이불 하나에 이리도 조마조마해 하는지 영문을 알 수가 없었다. 고남의는 고개를 갸웃거리며 아랑곳하지 않고 아기를 봉지미의 침대 위에 덥석 올려 두었다. 그 순간 두 사람은 어디선가 풍겨 오는 퀴퀴한 냄새를 맡았다. 고남의는 봉지미를 쳐다봤다. 봉지미는 고남의를 쳐다봤다. 서로를 쳐다만 보고 있다가 마침내 봉지미가 입꼬리를 끌어 올리며 말했다.

"고남의, 빨리 아기를 데리고 가. 네가 책임져야지."

고남의가 봉지미의 말에 대꾸하지 않고 아기의 몸에서 기저귀를 벗겨서 펼쳤다. 봉지미가 끔찍한 것을 본 듯 눈을 질끈 감았다. 오늘 밤 자신의 잠자리가 안에서 밖으로 바뀔 것이 틀림없어 보였다.

고통을 모른 체하면 나에게 또 다른 고통이 되돌아올 뿐이었다. 봉지미는 차마 고남의와 아기를 이렇게 내팽개쳐 둘 수는 없었다. 봉지미는 어쩔 수 없이 침대 위로 올라와서 고남의의 손을 거들어 주었다. 아아, 하고 깊은 탄식이 가슴 깊은 곳에서 쏟아져 나왔다.

봉지미는 기저귀를 정리하면서 새로운 사실을 알게 되었다. 아기의 머리카락이 부귀한 집의 남자아이들이 흔히 하는 장수복숭아 머리 모양*정수리부터 머리 앞쪽까지는 남겨 두고 나머지 부분의 머리카락을 모두 깎은 형태이어서 지금까지 남자아이인 줄 알았는데 알고 보니 여자아이였다. 고남의가 봉지미에게 의문의 눈빛을 던졌다. 봉지미는 입을 떼기가 어려웠고 잠시 머뭇거리다가 말했다.

"이 아기는 여자아이라 네가 키우기엔 조금 불편할 수도 있어. 내가 다음에 네가 잘 키울 수 있도록 남자아이를 찾아 줄게."

고남의가 영문을 모르겠다는 듯 한없이 순박한 눈빛으로 봉지미를 쳐다봤다. 자신은 아기를 돌보려 할 뿐인데 여자아이인 것이 뭐가 불편하다는 것인지 도저히 이해할 수 없다는 표정이었다. 봉지미는 괜스레 자신의 생각이 순수하지 못했던 것 같아 부끄러워서 어쩔 줄을 몰랐다.

"에휴, 알겠다고……."

봉지미가 더 이상 아무 말도 하지 않고 침대보를 뜯어서 정성스럽게 아기의 기저귀를 갈아 주었다. 자리에서 일어난 봉지미는 사람을 시켜 화경을 불러 오게 했다. 이런 일에는 화경이 제격이라고 생각했다. 어떤 때는 화경이 봉지미보다 더 단호하고 모질었다. 며칠 전에는 연씨 집안의 '작은어머니'가 집에서 목을 매겠다며 울고불고 난리를 피워서 봉지미가 쫓아내려고 했다. 그러자 화경이 막아 세우더니 작은어머니를 암자로 보내서 '중생을 구제'하도록 하여 일사천리로 일을 마무리 지었었다. 화경은 작은어머니에게 연씨 집안의 주인마님 자격으로 연씨 집안을 위해서 팔십 년 동안 복을 기원해 달라고 부탁했다. 바꿔 말하면 일평생 '작은어머니'는 암자에서 나오지 말라는 뜻이었다.

머지않아 화경이 봉지미의 방으로 건너왔고 이리저리 정신없이 뛰어다니는 두 사람을 보고는 피식 웃음을 터트렸다. 봉지미가 자초지종을 설명하자 차분히 듣던 화경이 말을 꺼냈다.

"별일 아니네요. 제가 대인께 쓸 만한 유모를 찾아 드리겠습니다. 그리고 여기 서쪽 정원에 작은 방을 마련해 드리겠습니다."

봉지미는 고남의가 분명 반대할 줄 알았지만 뜻밖에도 아무 대꾸도 하지 않았다. 보아하니 반항하지 않고 결의를 다지며 자신의 뜻을 굽히지 않을 기세였다.

유모를 그날 밤에 바로 구할 수는 없어서 화경이 봉지미의 방에 머물며 두 사람을 대신해 아기를 돌봐 주었다. 화경은 먼저 아기를 목욕시켰는데 고남의가 곁에 앉아서 진지한 표정으로 꼼꼼히 지켜보고 있었다. 화경이 아이에게 미음을 먹이려 하자 고남의가 먼저 미음을 먹어 보더니 달지도 쓰지도 않고 아무 맛도 나지 않는 이상한 것에 극도의 불만을 표시했다. 하지만 아기가 맛있게 먹는 모습을 보고 정말 이해할수 없다는 표정을 드러냈다. 속으로 아기란 존재는 정말 기묘한 식성을 지녔다고 생각했다.

놀다 지친 필후 두 마리가 고남의의 어깨 위로 올라와 기분 좋게 잠이 들었다. 고남의가 두 손가락으로 아주 조심스럽게 집어 내리더니 팔을 뻗어 멀리 들고 있었다. 화경이 이상한 듯 바라보자 고남의가 무덤덤한 말투로 말했다.

"내가 실수로 힘을 억제하지 못하고 눌러 죽일까 봐 그렇소."

화경이 터져 나오는 웃음을 참지 못했다. 한바탕 웃고 나자 진이 빠진 화경은 차차 웃음기를 거두더니 아기를 얼러서 재워두고 화원으로 나갔다. 화원을 거닐던 화경은 잠을 이루지 못하고 밖에서 산책을 하고 있던 봉지미와 자연스럽게 마주쳤다. 둘은 꽃밭을 사이에 두고 서로를 바라보면서 가볍게 미소 지었다. 봉지미가 꽃밭을 돌아서 걸어오자 화경도 발걸음을 옮겼다. 둘은 하얀 돌로 만들어진 탁자에 함께 앉았다.

"정말 그렇게 하기로 결정했는가?"

"결심했습니다."

화경이 머리카락을 가볍게 쓸어 넘기며 말했다.

"대인께서 얼마 후에 상야현으로 떠나신다고 들었습니다. 제 짐작이 맞는다면 대인께선 해상 경비대를 데리고 바다로 나가서 해적을 소탕하시려는 게 아니십니까. 상씨 집안도 지금 태세를 보건대 조만간 바다에서 꽁무니를 뺄 것 같습니다만. 대인은 바다 위에서 초왕 전하와 힘을 합쳐 일을 마무리하시면 바로 제경으로 돌아가실 계획이십니까?"

"맞네만."

봉지미가 싱긋 웃어 보였다.

"선박 사무사는 이미 다 완성되어서 명문 세가들을 통제할 힘을 갖추었네. 관부 쪽도 모든 남해 관료들의 약점을 쥐고 있어서 손안에 둘 수 있게 되었고. 주희중도 날 생명의 은인으로 떠받들고 있으니 다시는 간교한 계략 따위는 부리지 않을 걸세. 내 흠차 사무도 기본적인 것들은 다 완수했고 전하도 전투에서 승리가 거의 확정되었지. 전하는 친왕 중에서도 가장 인정을 받는 분이시라 제경을 오래 떠나 계실 수 없다네. 민남에서 일어난 변란의 전세가 안정되면 뒷일은 민남 장군에게 맡기고 전하와 난 가까운 시일 내에 제경으로 돌아가야 하네."

"아주 잘 됐습니다."

화경이 옷을 단정하게 정리하며 아무렇지도 않은 듯 말했다.

"저도 가까운 시일에 혼례 용품을 사야 한다는 명분으로 집을 떠날 것입니다. 상야항에 다다르면 봉악진(封樂鎭)에서 대인을 기다리고 있겠습니다."

봉지미가 화경의 평온한 눈빛을 바라보았다. 이 여인은 일단 한번 결심하면 세상 어느 누구도 그 결심을 돌릴 수 없다는 것을 깨달았다. 연회석만을 바라보고 있는 심정이 어떠할지도 알 것 같아 마음이 아팠다.

"그렇게 수심에 잠긴 표정으로 쳐다보지 말아 주십시오."

화경이 쾌활한 웃음을 터트렸다.

"대인께 드릴 말씀이 있습니다."

"응?"

"대인을 향한 전하의 마음이 아주 깊어 보입니다."

화경이 봉지미의 눈을 똑바로 응시했다.

"하지만 대인을 향한 마음이 아무리 깊으시더라도 이 나라와 조정
에 대한 마음만큼 깊을 순 없으니 대인께선 잘 생각하셔야 합니다."

"여자 하나 때문에 나라를 포기하는 남자를 본 적이 있는가."

봉지미가 허심탄회하게 말했다.

"더군다나 전하 같은 분이……. 전하에 대해 들어 본 적 있겠지? 자
네는 총명하니까 잘 알겠지만 전하는 절대 여자 하나 때문에 자신의 권
력을 포기하실 분이 아니라네."

화경이 깊은 탄식을 쏟아 냈다. 탄식 속에는 실망의 기색이 가득 담
겨 있었다.

"봉 대인. 우리 여자들은 남자들에 대해서 모르는 게 많습니다. 여자
와 남자는 많이 다르죠. 남자는 한번 마음이 끌리면 더욱 세찬 기세로
그 길을 향해 계속 앞으로 나아갑니다. 하지만 여자는 마음이 움직여도
쉽게 나아가지 못하고 뒤로 한 발씩 물러나면서 자신이 가지고 있는 것
들을 하나씩 내어 주다가 결국 모든 것을 잃게 되죠."

어쩌면 모든 것을 잃게 될지도 몰랐다. 봉지미는 마음이 요동치기 시
작했고 입술을 가볍게 깨물었다가 천천히 입을 열었다.

"화경, 한번 죽다 살아난 사람은 마음과 생각이 이전과는 많이 달라
진다네. 마음이 전보다 약해지고 느슨해지고 따뜻한 정에는 더욱 큰 감
동을 받지. 죽음과 마주한 이후에는 이전에 가볍게 흘려보냈던 시간들
을 후회하면서 더 나은 삶을 살기 위해 노력하고 싶어지고, 인생에서 얻
기 힘든 귀중한 마음을 배우고 싶어지고, 가끔씩은 자신의 마음이 따

르는 대로 제멋대로 굴고 싶어지지. 그러다 언젠가 갑자기 이 세상을 떠나게 되면 짧은 인생에 아쉬움만 가득 남을 테지. 허망한 삶을 깨닫고 마음이 많이 약해진 건 사실이네만 봉지미는 언제나 봉지미야. 나를 믿어도 돼. 모든 것을 내어 줄 정도로 무르진 않으니 너무 걱정하지 말게."

화경은 눈앞에 피어 있는 늦가을의 국화 한 송이를 바라보며 문득 처량한 미소를 짓더니 손을 뻗어 누렇게 시든 국화를 꺾으며 말했다.

"저도 너무 비관적으로 생각할 필요는 없겠네요. 앞에 펼쳐질 길이 아직 한참 남아 있는데 말이죠. 연회석과 초왕 전하께서 언젠간 저희와 함께 걸어 나갈 수 있었으면 좋겠습니다."

봉지미는 아무 말도 하지 않고 뒷짐을 진 채 하늘 끝에 걸린 달을 올려다봤다. 둥글게 휘어진 달이 내뿜는 호박색의 빛이 어둡고 푸르스름한 하늘의 장막을 배경으로 멀리서 차갑게 비추고 있었다. 봉지미는 수백 리 떨어져 있는 영혁을 떠올렸다. 그도 그녀와 똑같이 밤안개를 헤치고 돌아다니다가 어둠 속에서 피어난 이슬이 나뭇가지 끝에서 떨어지는 소리를 귀 기울여 듣고 있을지 궁금했다.

'맞아요. 저도 바라고 있어요. 영혁 당신이 저와 함께 걸어 나갈 수 있기를.'

장희 16년 12월. 남해도 흠차 대신이 상야현에 있는 선박 사무사의 분사 관부와 새로 설립한 해상 경비대를 시찰하였다. 이후 상야항에서 정비를 마친 해상 경비대의 이만 수군이 바다로 출정했다. 연씨 집안에서 제공한 해적 분포 노선도를 바탕으로 그 길을 따라가며 남해에 근거지를 틀고 수년간 해를 입혔던 해적을 깨끗이 제거했다. 이즈음에 민남에서 벌어진 상씨 집안과의 전쟁도 막바지로 치닫고 있었다. 영혁과 봉지미가 적을 깨끗이 소탕한 남해에 상씨 집안이 도망칠 구석 따위는 어디에도 남아 있지 않았다. 영혁의 대군은 작전상 계속 한 걸음씩 해상으로 진격해 나갔고 상씨 집안을 큰 바다로 몰아넣었다. 상씨 집안이 어찌해 볼 도리가 없자 해로를 바꾸어 달아나더니 서로 안 지 오래된 해적과 결탁하여 형세를 만회하려는 시도를 했다. 하지만 그들은 해적을 소탕하고 돌아오다가 배후에서 진을 치고 기다리고 있던 선박 사무사의 해상 경비대와 맞닥뜨렸다.

사후에 전쟁 역사 학자의 말을 빌리면 마침 때가 좋았다고 했다. 오래전부터 만나기로 계획된 지점을 향해 한쪽은 민남에서 바다 쪽으로 밀고 들어오고 있었고, 다른 한쪽은 남해에서 연안을 따라 다가오고 있었다. 흰 바탕에 짙푸른 바다짐승 같은 깃발을 바람에 휘날리며 이만 명의 수군이 다가오는 광경이 망원경에 나타났을 때였다. 상씨 집안 잔여 군대의 병사들이 하나같이 거친 탄식을 쏟아 냈다.

봉지미는 거선 위에서 선이 고상하게 떨어지는 흰 두루마기 위에 맹렬하게 타오르는 불꽃처럼 새빨간 망토를 걸치고 두 손으로 망원경을 평평하게 받쳐 들고 있었다. 원형의 시야 속에서 상씨 집안의 군선이 바다 한쪽에서 출현하는 모습을 지켜봤다. 견고하게 보이는 높고 큰 배에 군대가 반듯하게 정렬되어 있었고 깃발은 미처 걸지 못한 듯했다. 봉지미의 입가에 한 줄기 차가운 미소가 딱딱하게 걸렸다. 망원경을 아까보다 조금 더 위로 들어 올려 멀리 구름 끝을 향했다. 봉지미가 망원경으로 하늘의 경계를 바라보는데 어렴풋이 검은 연기가 솟아오르더니 피처럼 시뻘건 섬광이 번쩍 지나갔다.

폭발하는 화탄이었다. 여기저기서 솟아오르는 화탄의 검은 연기 속에서 사람의 모습을 구별할 수 없었다. 비명과 통곡이 날카롭게 울려 퍼지는 가운데 팔다리가 부러지고 잘려 나간 무고한 부상자들이 속출했다. 봉지미는 자기도 모르게 부두 폭발 사고로 목숨을 잃고 가족을 잃은 사람들의 모습이 떠올랐다.

봉지미는 반드시 복수해 주겠다고 이미 약속한 바 있었다. 연검을 청석에 내리꽂으며 상씨 집안 사람의 목을 모조리 베어 주겠노라고 맹세한 적이 있었다. 오늘이 바로 기다리던 그날이었다.

망원경을 내던지자 뱃전에서 맑은 소리가 울려 퍼졌다. 봉지미의 뒤에서 상야현 선박 사무사 분사의 관부 총사(總司) 황 대인이 긴장된 표정으로 봉지미의 손동작을 주시하고 있었다. 새하얀 손이 쪽빛 하늘을 배경으로 선을 그리며 아래로 떨어졌다. 조금의 망설임도 없는 절도 있고 깔끔한 손동작이었다.

"쏴라!"

길게 뽑아내는 웅장한 명령 소리에 쾅, 하는 굉음이 바다 위를 뒤흔들었다. 날카로운 대포가 주홍색의 화염을 내뿜더니 포탄이 화룡처럼 검푸른 망망대해 위를 뛰어올라 상씨 집안의 군대를 향해 곧장 내달렸다. 불꽃이 환하게 빛나는 순간 위용을 자랑하며 맨 앞에서 다가오고 있던 배를 포탄이 집어삼켰다. 이내 평온했던 바다가 높게 치솟은 거대한 파도에 밀려 격렬하게 출렁거렸고 공중에는 거대한 수정 벽이 우뚝 세워졌다.

거대한 물 장막 뒤로 양쪽 군대가 교전을 벌이는 소리가 천지를 울리고 있었고, 장갑 군선이 멈추지 않고 대포를 쏘아 올리고 있었다. 봉지미가 서늘하고 섬뜩한 미소를 지었다. 시커먼 포문을 통해 그녀의 타오르는 분노가 터져 나오는 듯했다. 영혁의 눈, 봉지미의 역병, 목숨을 빼앗긴 수백 명의 무고한 희생자와 무수한 부상자에 대해 겹겹이 쌓인 빚을 오늘에서야 비로소 갚을 수 있게 된 것이었다. 길게 불어오는 거센 바람이 거대한 물결을 일으켰고 봉지미는 구름과 무지개 사이에 초연하게 서 있었다.

장희 16년 12월 초순. 이제 막 설립된 해상 경비대는 첫 번째 출항에서 상씨 집안의 잔여 군대와 직면했다. 하룻강아지 범 무서운 줄 모른다고 경비대가 먼저 대포를 쏘아 올렸다. 첫 번째 포탄은 상대편의 배 한 척을 격침했다. 바다 위에서 대규모 전투가 이틀에 걸쳐 벌어졌다. 바닷물이 핏빛으로 물들었고 길이만 해도 600자 이상에 달하는 해수면이 폭격으로 부서진 선박의 잔해들로 가득 채워졌다. 바다 속에 가라앉아 있던 수많은 시체들이 한참 뒤에 떠올라 바다 위를 망연히 떠다니고 있었다.

상씨 집안은 이 전투로 심한 타격을 입고 혼비백산하여 다급하게 꽁무니를 뺐다. 소문에 의하면 상민강은 하필 처음 쏘아 올린 대포에 격침된 배 안에 있어서 시체조차 찾을 수 없었다고 했다. 5황자는 직접 전투에 참가해 지휘했지만 끝내 사기를 끌어올리지 못하고 패색이 짙어지자 상씨 집안의 잔여 군대가 항복한 이후에 바다에 뛰어들어 자결했다고 전해졌다.

위풍당당하게 민남과 남해 두 지역을 오랫동안 점령하며 대단한 기세를 뽐내던 명문 세가 상씨 집안은 이로써 마침내 뿌리째 뽑혀 나갔다. 잔여 세력 역시 이름을 숨기고 속세를 피해서 다른 지역으로 달아났다. 짧은 기간 내에 다시 일어서기란 불가능해 보였다.

해적은 원래 상씨 집안에 기대서 살아온 터라 본인들 자체의 세력은 생각보다 그렇게 거대하지 않았다. 연회석이 해적에 대해 속속들이 연구하고 수년간 바다에서 겪은 것을 토대로 그린 세력 분포도에 의거하여 봉지미가 새로 만든 수군이 부패하고 비열한 해적 세력을 철저히 제거했다. 바다 끝으로 내쫓긴 해적은 마침내 원래의 세력을 회복하기 어렵게 되었다.

장희 16년 12월 중순. 봉지미는 상야항으로 회항했다. 이곳에서 영혁이 군사 사무를 민남 장군에게 인계한 후에 함께 제경으로 돌아가기로 약속했다.

화경은 미리 상야항에서 봉지미를 기다리고 있었다. 봉지미의 배가 천천히 기슭에 닿자 두 사람이 서로 마주 보고 회심의 미소를 드러냈다. 한 사람의 미소는 명랑하면서도 처량한 기색이 깃들어 있었다. 이제 남해와 이별하면 언제 돌아올 수 있을지 알 수 없었다. 당시 암자의 대문에서 펑펑 울던 어린 소년이 다시는 그녀의 품속에서 울 일이 없을 것이라 생각하니 가슴이 먹먹해졌다. 다른 한 사람의 미소는 가라앉아 있었지만 희망이 깃들어 있었다. 수개월 동안 헤어져 있었던 영혁의 눈에 분명 차도가 있을 터였고 떠나온 지 이미 오래된 제경으로 그와 함께 돌아갈 생각을 하니 가슴에 기쁨이 가득 밀려 왔다.

봉지미는 고남의와 함께 갑판에서 내려왔다. 바다 위에서 이리저리 이동하며 싸우면서도 몸에서 절대 내려놓지 않았던 상자를 가슴에 꼭 품고 내렸다. 모처럼 기분이 아주 상쾌했다. 부두 위에 막 발을 올려놓았는데 봉지미가 미처 무슨 말을 꺼내기도 전에 갑자기 회색 옷을 입은 자가 번개처럼 달려왔다. 그자는 봉지미의 앞으로 다가오더니 퍽, 하고 무릎을 꿇고 더러운 흙탕물에 이마를 힘껏 처박았다.

제경 7일

지난 며칠간 한바탕 비가 내렸고 항구 주변이 온통 진창으로 변했다. 회색 옷을 입은 자가 번개처럼 달려와 거침없이 흙탕물에 무릎을 꿇고 이마를 처박았다. 차례로 땅에 닿은 양 무릎이 사방으로 더러운 흙탕물을 튀겼다. 둔탁한 소리에 놀란 봉지미가 순간 가슴을 부여잡았다. 질식할 것 같은 불안이 마음속 깊은 곳에서 피어올랐다. 먹구름이 조금 전의 맑은 하늘을 순식간에 밀어내 버린 듯했다. 봉지미는 고개를 숙이고 평범한 용모의 남자를 바라봤다. 옆에 있던 고남의의 반응으로 보건대 이자는 고남의가 속한 조직의 사람인 것을 알 수 있었다.

주위를 둘러보니 사람이라고는 그림자도 보이지 않았다. 봉지미는 쾌속선으로 밤낮을 달려 왔는데 현지 관부는 아직 소식을 듣지 못하고 마중을 나오지 못한 듯했다. 멀리서 병사들이 순우맹의 지휘 하에 질서 있게 배에서 내리고 있었다. 화경도 아기를 안고서 가고 있었다.

"무슨 일인가."

봉지미가 깊은 한숨을 내뱉으며 물었다. 남자가 일어서더니 담담한 목소리로 말했다. 남자의 표정에는 황공한 기색이 역력했다. 말하기 괴로운 듯 어렵게 말을 꺼냈다.

"아가씨, 초왕 전하와 함께 가실 수 없으니 더 이상 기다리지 마시고 저희와 바로 떠나시지요."

"떠나다니? 어디로 말인가?"

봉지미가 미간을 찡그렸다.

"소인이 안내하겠습니다."

봉지미는 남자의 말을 듣고 다시 한번 미간을 찡그렸다. 이어서 봉지미가 담담하게 말했다.

"멀리서 오느라 수고가 많으셨네. 앞쪽에 이곳의 역참이 있소. 내가 사람을 보내 쉴 수 있는 방을 마련해 놓도록 하겠네. 난 아직 사병들을 데리고 군영으로 돌아가야 하는 일이 남아서 같이 갈 수가 없네."

봉지미는 말을 마치고 몸을 돌려 발걸음을 옮겼다.

"아가씨!"

봉지미가 들리지 않는 척했다. 남자는 질겁한 표정으로 봉지미의 멀어져 가는 뒷모습을 바라보았고 다급하게 고남의에게 눈길을 던졌다. 고남의의 임무는 단순히 봉지미와 함께 있기만 하면 되는 것이어서 이런 일에는 언제나 관여하지 않았다. 봉지미가 몸을 돌리자 이내 고남의도 몸을 돌려 뒤를 따랐다. 남자는 어쩔 수 없다는 듯 봉지미 앞으로 달려 나가 무언가를 말하려고 입을 벌렸다. 이때 문득 떠나오기 전에 총령 대인이 신신당부하던 말이 떠올랐다.

'아가씨는 겉으로 보기에는 과감히 결단을 내리고 인정사정 봐 주지 않는 잔인한 사람으로 비치지만 사실 속은 인정이 넘치는 분이다. 일단 이번 일의 전말을 아가씨가 아시게 되면 분명 위험을 무릅쓰는 것도 마다하지 않으실 게다. 원래 네가 직접 종주에게 아가씨를 모시고 오라고 부탁하면 되지만 종주가 요즘 아가씨의 영향으로 뭔가 바뀐 것 같다.

너도 종주를 설득하기 어려울 듯하여 걱정이로구나……. 그래도 아가 씨가 절대 초왕과 함께 떠나게 해서는 안 된다. 음…… 이쯤에서 그만하 마. 어찌 되었든 사안이 시급하니 네가 상황에 맞게 알아서 잘 대처하 거라.'

이러지도 저러지도 못하고 회색 옷을 입은 남자가 그 자리에서 멍하 니 서 있었다. 남자가 우물쭈물하며 머뭇거리는 사이 봉지미의 뒷모습 은 점점 멀어져 갔다. 봉지미는 한 번도 뒤를 돌아보지 않았고 남자의 등골에는 식은땀이 주르륵 흘러내렸다. 마음이 조급해진 남자가 다시 앞으로 튀어 나가며 소리쳤다.

"아가씨!"

12월 남해의 밤은 여전히 뼛속까지 파고드는 추위가 기승을 부리 고 있었다. 살을 에는 듯한 남쪽의 바람이 건조하고 차가운 북쪽의 거 센 바람보다 더욱 견디기 어려웠다. 차디찬 남해의 겨울바람이 말 위를 스쳐 지나갈 때마다 얼음 덩어리가 온몸에 엉겨 붙는 듯했고 딱딱하게 얼어붙은 머리카락이 똑 부러질 것만 같았다. 찰싹찰싹 맑은 소리가 사 방에서 울려 퍼졌다. 말채찍을 높이 들었다 내리는 속도가 매우 빨라서 끊이지 않는 빛줄기를 만들어 냈다. 말 위에 탄 사람의 마음이 매우 조 급해 보였고 이미 말을 가엾게 여길 겨를 따위는 없었다.

말 위에 올라탄 사람은 봉지미였다.

봉지미는 준마 위에 올라 오직 앞을 향해서만 빠르게 내달리고 있 었다. 길고 검은 머리카락이 바람 속에서 휘날리며 말 위에서 나부끼는 깃발을 정신없이 때리는 듯했다. 뒤에서 고남의와 화경을 비롯한 일행 들이 가깝지도 멀지도 않은 거리를 유지하며 따라오고 있었다. 봉지미 는 한 번도 고개를 돌리지 않았고, 그들이 따라오든 말든 안중에도 없 었다. 윙윙대는 바람소리와 세찬 비가 쏟아지는 듯한 말굽 소리가 봉지미의 귓가에 가득 울려 퍼졌다. 머릿속에는 조금 전 회색 옷을 입은 자가 머뭇거리면서 털어놓은 말이 맴돌았다.

"아가씨께서 제경을 떠나 계신 동안 이전 왕조가 남겨 놓은 흔적을 추적 조사하던 금우위의 눈이 아가씨에게로 향하고야 말았습니다. 총령 대인은 이 일로 정세를 살피느라 제경을 떠날 수 없었는데 아가씨께서 중병에 걸린 사실을 알고 제경을 떠나 남해로 오신 것이었습니다. 그리고 하필 그 사이에 이런 변고가 생긴 것입니다. 지금 저희 쪽 비밀 대원이 알아 본 바에 따르면 금우위가 이미 황제에게 보고를 마쳤고, 가까운 시일 내에 아가씨에게 좋지 않은 일이 생길 것이라고 합니다. 그나마 다행인 것은 금우위는 아직 아가씨가 위지인 줄은 모릅니다……. 여하튼 사정이 이러하여 총령 대인께서 다급히 저희들을 보낸 것입니다. 아가씨에게 절대 제 발로 불구덩이에 뛰어들지 말고, 저희들과 함께 잠시나마 멀리 몸을 피하는 것이 좋을 것이라고 전하라 하셨습니다."

"이전 왕조가 남겨 놓은 흔적이라니? 도대체 무슨 흔적을 말하는 것인가?"

대답이 돌아오지 않았다. 회색 옷을 입은 자가 입을 열려 하지 않았다. 봉지미는 사안이 이렇게 시급한데 얼렁뚱땅 넘어갈 수는 없다고 생각했다. 금우위는 영혁이 이전에 말해 주었던 황실의 비밀 호위 부대였다. 이들은 전문적으로 황족이나 대역 죄인과 관련된 조정에서 가장 중요한 사건을 조사하고, 그 범인을 체포하는 업무를 담당했다. 천성 황제는 손안에 보이지 않는 칼을 숨기고 있다가 이 칼날에 닿는 자가 있으면 뿌리까지 철저히 베고 뽑아 버렸다. 금우위는 커다란 권력을 등에 업고 잔악무도한 짓을 일삼았다. 그들의 음험한 손이 뻗어 나오지 않으면 아무 일도 없겠지만, 일단 움직이기 시작하면 한 집안을 무너트리고 일가를 몰살시킬 수도 있었다. 봉지미는 제경을 떠나 있어서 화를 피할 수 있었지만 어머니는…… 어머니는 어찌해야 할지 앞이 막막했다. 회색 옷을 입은 자의 입에서 나온 말이 순식간에 봉지미를 머리부터 발끝까지 꽁꽁 얼어붙게 만들었다.

"봉 부인께선 지금 심한 고초를 겪고 계십니다. 그분에게 진심으로 마음속 깊이 존경을 표합니다."

남자가 봉지미의 절망적인 눈길을 피하며 고개를 떨구었다. 그리고 제 발부리만 내려다보며 갈수록 작아지는 목소리로 말했다.

"이번에 무사히 화를 비켜가시면 아가씨는 차차 많은 일들에 대해 알게 되실 겁니다."

이 말은 곧바로 봉지미의 마음을 심연으로 끌어내렸다. 하지만 모르는 사람을 붙잡고 일의 전후사정을 자세히 물어 볼 겨를은 없었다. 일단 닥치는 대로 필요한 물건을 챙겨 말 위에 올랐다.

출발을 앞두고 급히 영혁에게 편지를 남겼다. 편지에는 급한 일이 있어 먼저 제경으로 돌아간다고만 전해 두었다. 흠차 의장대는 돌아가는 길에 함께 데리고 가 달라는 말도 짧게 덧붙였다. 영혁이 봉지미를 막는다 해도 소용없을 것이었다. 봉지미는 길게 생각할 겨를이 없었다. 정말로 엄청난 재앙이 닥쳐온다면 봉지미는 위지라는 신분을 얼마나 유지할 수 있을지 알 수 없었다. 그러면서도 한편으로는 위지라는 신분을 지키고 있는 게 또 무슨 소용이 있을까 싶기도 했다.

계원의 마구간에는 연씨 집안에서 가장 출중한 준마들이 매어 있었다. 봉지미가 황급히 계원으로 돌아가 준마들을 모조리 끌고 나왔고, 밤낮으로 멈추지 않고 말을 갈아타며 달리고 또 달렸다. 매일 두 시진씩만 쉴 뿐 말에서 내려오는 일이 없었다. 식사조차도 말 위에서 해결했다. 황금 같은 시간을 단 일 초라도 낭비할 수 없었다. 그것은 시간이 아니라 목숨 그 자체였다. 남해, 농남, 농서, 강회……. 단숨에 네 개의 성을 지났다. 농사일을 하거나 길 위에 돌아다니는 수많은 사람들 곁을 바람처럼 스쳐 지나갔다. 검은 옷을 입은 사람을 실은 흑마가 달려 나간 자리마다 흙먼지가 자욱하게 피어올랐다.

6일 후 제경에서 가장 가까운 곳에 위치한 강회도에 도착했다. 어느새 짙게 내려앉은 어둠 속에서 준마가 번개처럼 빠른 속도로 도로 위를 질주했다. 길가의 푸르른 나무들이 드리운 모호한 그림자가 끊임없이 이어졌다. 말 위의 사람은 온몸에 먼지를 뒤집어쓰고 있어서 그가 누구인지 분별해 낼 수조차 없었다. 메마른 입술은 갈라 터졌고, 시커먼 재와 먼지에 뒤덮여 있었다. 그의 자세가 심하게 흔들려서 곧 떨어질 듯했다. 녹초가 된 그는 말에서 떨어질 것을 염려하여 말고삐를 제 손목에 둘둘 휘감았다. 하지만 너무 바싹 졸라맸는지 손목 주변이 시퍼렇게 멍들고 검붉게 부풀어 올랐다. 앞쪽의 멀지 않은 곳이 바로 강회의 경계였고 조금만 더 나아가면 제경이었다. 말을 타고 질주하던 그는 짙은 한숨을 내쉬었다. 뼛속 사이사이에서 오랫동안 쌓아 둔 극한의 피로가 조금씩 터져 나오는 듯했다. 그럼에도 불구하고 말의 기세는 조금도 줄어들지 않았고, 어둠이 두텁게 깔린 지점을 향해 맹렬하게 달려 나갔다.

그때 앞쪽에서 갑자기 한 줄로 늘어선 여러 사람의 그림자가 도깨비처럼 나타나 길을 막아섰다. 이곳은 쉴 틈도 없이 말을 몰던 봉지미가 반드시 지나야 하는 길목이었다. 봉지미가 다급하게 말고삐를 힘껏 잡아당기자 준마는 길게 울부짖으며 발굽을 쳐들고 허공에서 거칠게 발길질했다. 봉지미는 당황하지 않고 다시 재빨리 고삐를 끌어당겼다.

"비켜라."

그녀의 목이 쉬어 무슨 말을 하는지 알아듣기 어려웠지만 어투는 단호했다. 앞으로 나아가려는 그녀의 의지를 쉽게 꺾을 수는 없을 듯했다. 하지만 앞쪽에 맞선 사람들도 표정에 굳은 의지를 드러냈다. 그들은 아무 말 없이 그 자리에 꼼짝도 하지 않고 바위처럼 꿋꿋하게 버티고 있었다. 말 위에서 봉지미는 결연한 목소리로 세 글자를 내뱉고 나서 거친 기침을 쏟아 냈다. 그녀는 매서운 눈을 살짝 들어 올렸다. 어둡고 희미한 달빛에 비친 눈은 습기로 부예졌고 시뻘건 핏발이 가득 돋아 있었다. 긴 채찍을 서서히 들어 올리는데 자기도 모르게 팔뚝이 떨려 왔다. 봉지미는 이를 악물고 간신히 팔을 들어 올렸다. 한 마디도 꺼내지 않았고, 오직 행동으로만 자신의 흔들림 없는 모습을 보여 주었다. 앞쪽에 있던 사람들은 미동도 없이 입을 꾹 다물고 서 있을 뿐이었다. 상대방도 완강한 뜻을 내비치고 있는 것이 분명했다. 지나가려거든 그들을 밟고 가라는 듯……. 봉지미가 차가운 웃음을 날렸다. 가슴 높이 들고 있던 긴 채찍을 재빠르게 아래로 내려쳤다.

히이잉.

말의 긴 울음소리가 사방에 울려 퍼졌다. 준마가 인정사정없이 몸을 들어 올렸고 온몸의 근육이 모양을 드러냈다. 앞발을 들어 올린 말이 시커먼 직선을 그리며 사람들의 무리를 향해 돌진했다.

"물러서라!"

봉지미가 크게 호통치자 십수 명의 사람 그림자가 능숙한 자세로 순식간에 뒤로 물러났다. 그리고 봉지미 주변을 반원형으로 에워쌌다.

"비키지 못할까!"

달빛이 하늘에서 내려오는 듯 은백색의 빛이 허공에서 번쩍였다. 순간 봉지미를 둘러싼 사람들이 일제히 손을 들어 올렸다. 은백색의 거대한 그물이 흔들흔들 눈부신 물빛을 반짝거리며 천지를 뒤덮을 듯한 맹렬한 기세로 떨어져 주위를 감쌌다. 순간 봉지미와 말이 그물 안에 갇혀 버렸다.

촥.

그물이 떨어지는 동시에 봉지미가 냉소를 머금고 말을 몰아 사람들을 향해 돌진했다. 비켜라, 하고 소리치면서 품속에 넣어 두었던 칼을 서슴없이 뽑아 들었다. 떨어지는 그물을 봉지미의 칼이 가로로 스쳐 지나갔고 하얀 빛이 번쩍였다. 거대한 그물이 단칼에 찢어졌고 봉지미가 그 틈을 찾아 돌진하자 어느새 그녀의 몸이 그물 밖으로 나와 있었다. 그물을 뚫고 나온 봉지미는 큰 소리로 호통치지도 않았고, 자만하는 기색도 내비치지 않았다. 봉지미는 길을 막고 있는 자들을 못 본 척하며 칼을 땅에 꽂아 세웠다. 그리고 말에서 내려 고개 한번 돌리지 않고 앞으로 걸어 나갔다.

땅으로 내려오는 순간 봉지미의 몸이 살짝 비틀거렸다. 연일 말을 타고 달려와 녹초가 되었고, 다리가 살짝 풀려 버린 것이었다. 땅에 발을 디딜 때 찌릿한 감각이 전해졌고 고통이 온몸으로 퍼져 나갔다. 우지끈거리는 소리가 격렬하게 났고 봉지미는 피가 날 정도로 아랫입술을 꽉 깨물었다. 봉지미는 다리를 절뚝거리며 땅바닥에 칼을 질질 끌며 다소 느려진 걸음걸이로 사람들을 향해 다가갔다. 기괴하지만 민첩한 자세로 한 방향을 향해 계속 걸어 나갔다. 이때 봉지미의 머릿속을 가득 채운 생각은 오직 '빨리 제경으로 돌아가는' 것뿐이었다. 천만 명이 봉지미의 앞길을 가로막는다 해도 그녀는 멈출 생각이 없었다. 그녀의 말은 가로막을 수 있어도 그녀를 가로막을 수는 없었다. 말을 붙잡아 놓아도 봉지미에게는 두 다리가 있었다.

말을 막아 선 사람들의 손안에는 그물 끝의 매듭이 들려 있었다. 그들은 해야 할 모든 동작을 잊어버렸는지 얼빠진 모양으로 한 곳을 응시할 뿐이었다. 그들의 시선은 몸부림을 치며 앞으로 걸어 나가는 한 여자에게 쏠려 있었다. 여자는 온몸에 먼지를 뒤집어쓴 처참한 몰골이었다. 입술은 바싹 말랐고 혀는 찢어졌으며 눈에는 핏발이 가득 서 있었다. 간신히 지탱하고 있는 몸은 좌우로 심하게 비틀거렸다. 여자는 우스꽝스러우면서도 눈물이 나올 것처럼 구슬픈 자세로 걸어 나가고 있었다. 하지만 허약해 보이는 봉지미의 몸에서 누구도 막을 수 없는 굳건함과 고집스러움이 화산처럼 폭발하고 있었다.

風叔

555

털썩. 한 남자가 손안에 쥐고 있던 그물 매듭을 아래로 놓아 버렸다. 털썩…… 털썩……. 많은 사람들이 손에 쥐고 있던 것을 내려놓았고, 거대한 그물이 땅으로 내려앉았다. 우두머리가 눈을 감고 길게 숨을 내쉬더니 이를 꽉 깨물고 손을 휘휘 내저었다. 거대한 그물이 내려졌다. 누군가가 말없이 다가와 옴짝달싹 못하고 있던 말을 풀어서 봉지미 앞으로 데려다 주었다. 봉지미가 한참 동안 그 자리에 서서 투명하게 빛나는 물방울을 눈 아래로 흘려보냈다. 봉지미의 얼굴을 가득 뒤덮었던 시커먼 흙먼지가 눈물이 흐르는 방향을 따라 씻겨 내려갔다. 우두머리가 아무 말도 하지 않고 봉지미를 말 위로 올려 주었다. 신선한 물을 담은 주머니와 마른 식량을 담은 주머니를 말 옆구리에 매어 주었다. 우두머리는 무어라 말하고 싶었지만 결국 아무 말도 꺼내지 않았다.

이때 매우 다급한 말발굽 소리가 뒤쪽에서 한바탕 울려 퍼졌다. 계속 봉지미의 뒤를 쫓아오고 있던 고남의가 사람들이 모여 있는 것을 발견하고 재빨리 말고삐를 잡아당겼다. 고남의는 망측한 꼴을 하고 있었다. 언제나 깨끗하고 부드러운 비단 두루마기를 추구하던 고남의는 까만 덩어리와 누런 덩어리를 온몸에 뒤집어써서 외관을 알아볼 수 없을 지경이었다. 얼굴을 가리는 하얀 망사도 싯누렇게 변해 버린 지 이미 오래였다. 길을 막고 있던 사람들이 황망하게 예를 갖추고 인사를 올렸지만 고남의는 보는 둥 마는 둥하고 곧장 봉지미에게로 달려갔다. 손을 뻗어 봉지미를 덥석 집어 들더니 자신의 말 위에 올리고 곧바로 빠르게 내달리기 시작했다.

길을 막던 사람들은 길게 뻗어 있는 머나먼 지평선 속으로 사라지는 뒷모습을 하염없이 바라보았다. 부옇게 피어오르는 흙먼지 속을 응시하며 오랫동안 아무 말이 없었다. 한참 후 우두머리가 긴 탄식을 쏟아 내며 말했다.

"앞에 기다리고 있는 형제들에게 알려 두어라. 막을 필요 없다고."

"알겠습니다."

"총령 대인께도 전해라……"

우두머리의 목소리가 낮게 깔렸다.

"아가씨의 결심은 누구도 돌릴 수 없다고……. 총령 대인께서 단단히 준비하고 계셔야 할 거 같다고……"

"네!"

7일째. 대지를 뒤덮은 흙먼지 사이를 뚫고 준마의 말굽이 높은 파도 끝에서 일어난 물거품처럼 햇빛을 반사하며 허공에서 번쩍였다. 천하제일 제경의 우뚝 솟은 성문이 봉지미의 시야에 들어왔다.

낮은 산을 돌아 나온 봉지미는 이 길의 끝에 무수한 사람들이 왕래하는 제경의 성문이 나타나는 것을 알고 있었다. 봉지미가 긴 한숨을 내쉬다가 순간적으로 맥이 풀려 고남의의 품속에서 온몸을 축 늘어뜨렸다. 사람의 잠재 능력은 정말 무한한 듯했다. 사흘 전만 해도 봉지미는 제 몸이 금방이라도 말에서 떨어질 것만 같았는데 지금은 그런대로 말 위에 잘 앉아 있을 수 있게 되었다. 하지만 말이 말 위에 앉아 있는 것이지 사실 고남의에게 기대어야만 간신히 지탱할 수 있는 상태였다. 뜻밖에도 고남의는 오는 내내 한 번도 옷을 갈아입지 않았고, 봉지미를 밀쳐 내지도 않았다. 평소 같으면 준마로도 보름이 걸릴 거리를 봉지미와 고남의는 이레 만에 달려왔다. 이제 거의 다 왔는데 여기서 포기할 수는 없었다. 봉지미는 최후의 힘까지 끌어모아 말에 박차를 가했다.

이때 어디선가 퉁소 소리가 울려 퍼졌다. 맑고 그윽하면서도 변화무쌍한 퉁소 소리가 산 사이를 굽이굽이 지나 천천히 다가오고 있었다. 퉁소 소리는 비단처럼 부드러운 바람과 옥처럼 고운 이슬을 닮았다. 이 아름다우면서도 구슬픈 소리는 사방을 휘감은 바람을 뚫고서 하늘에서 떨어져 내리며 사람의 마음을 처량하게 울렸다. 처음에는 연주곡이

557

가볍게 생동하는 듯하더니 점차 선율이 격앙되어 갔다. 이때 갑자기 천둥이 울리고 번개가 내리치며 구름이 일고 비가 내렸다. 우중충한 하늘에서 부슬부슬 내리는 가을비를 타고 퉁소 소리가 아득하게 이어지며 끝없이 떠다니고 있었다. 퉁소 소리에 귀를 기울이던 봉지미는 어딘지 모르게 낯이 익은 느낌이 들었고 멍해진 표정으로 말의 고삐를 급히 잡아당겼다. 봉지미의 눈빛이 돌변하더니 갑자기 고개를 번쩍 들어 올렸다.

낮은 산 중턱에 있는 소나무 위에서 흰옷을 입은 남자가 유유하게 퉁소를 불고 있었다. 몇 달 전 농서 기양산에서 이름을 알 수 없는 버려진 절에 있을 때였다. 봉지미가 생사의 기로에 서 있을 때 지금 그가 불고 있는 이 퉁소 소리가 절의 곁채 밖에서 들려왔다. 곡의 이름은 '강산몽'이었다. 당시 이 곡을 듣고 꿈에서 본 아름다운 강산이 눈앞에 펼쳐지는 듯했었다.

몇 달이 지나고 제경 성 밖의 이름 모를 낮은 산에서 눈처럼 새하얀 옷을 입은 남자가 퉁소를 양손으로 받쳐 들고 있었다. 푸르른 소나무 위에 앉아서 제경을 향해 정신없이 달려오는 봉지미를 퉁소 소리로 멈춰 세웠다. 종신이었다.

봉지미는 애처롭고 적막한 퉁소 소리를 듣는 순간 무거운 돌이 가슴을 세게 내리누르고, 뾰족한 바늘이 혈액을 타고 내장을 찌르는 듯했다. 초조한 마음에 애가 타서 양쪽 어깨에 날개를 꽂고 곧바로 제경까지 날아가지 못하는 것이 한스러웠다. 두 다리에 납덩이를 맨 듯 더 이상 발을 움직일 수가 없었다. 봉지미의 심장이 두근두근 뛰기 시작했고 손가락은 부들부들 떨려 왔다. 입도 계속해서 덜덜 떨렸고 메말라 갈라진 입술 틈으로 새어 나오는 시뻘건 선혈이 어느새 입 주변에 송알송알 맺혔다. 가슴은 참을 수 없이 답답했지만 입 밖으로는 한 마디도 꺼낼 수 없었다.

연주를 마친 종신이 푸른 옥으로 만들어진 퉁소를 손안에 비스듬히 쥐고 몸을 기울이며 봉지미를 바라봤다. 종신의 눈빛은 온화하면서도 가여워하는 기색이 드러났다. 깊숙이 감춰 두었던 아득한 슬픔과 애절함을 눈에 가득 실어 보냈다. 봉지미가 몸을 바들바들 떠는 증상이 갈수록 심해졌다. 종신은 그녀를 안타깝게 바라보며 차분하지만 비통한 목소리로 말했다.

"지미 아가씨. 죄송합니다……. 이미 늦었습니다."

시간을 거슬러 봉지미가 제경에 돌아오기 7일 전.

자정 무렵 황성의 성문은 개미 한 마리 지나갈 틈도 없이 꽉 닫혀 있었다. 이때 갑자기 쏜살같은 속력으로 황성의 밤하늘을 찢고 달려오는 것이 있었다. 이내 진홍색 성문이 쿵 하고 열리더니 말이 나는 듯 황성 안으로 돌진했다. 붉은 갑옷을 두르고 철간*鐵簡, 무기의 하나을 높이 쳐들고 순금에서 뽑아 낸 실로 만든 것처럼 금빛으로 빛나는 깃털을 허리에 꽂은 채 어둠이 짙게 깔린 한밤중에 성문으로 뛰어 들어오는 자가 있었다. 말 위의 사람은 황실 깊은 곳에 감춰진 금우위 부대로 곧장 달려가지 않고, 황실의 서쪽에 마련되어 있는 『천성지』를 편찬하는 곳을 향해 빠르게 달려갔다.

깊은 밤 잠들지 않은 누군가가 편찬소에서 그자를 기다리고 있었다. 여러 개의 문이 차례로 열렸다 닫히기를 반복했다. 짙은 어둠 속에서 어슴푸레한 빛을 밝히는 촛불이 창문에 그림자를 만들었다. 붉은 갑옷에 금빛 깃털을 꽂은 남자가 황급히 보고를 올리자 헐렁헐렁한 두루마기를 입은 남자의 안색이 어두워졌다. 잠시 후 보고를 마친 남자가 물러갔다. 헐렁헐렁한 두루마기를 입은 남자는 정원을 걷다가 아득하게 떨어진 천성의 남쪽을 바라봤다. 한참을 아무 말도 없이 서 있다가 짙게 내려앉은 밤빛에 옷자락을 어둡게 물들였다.

6일 전.

민남에서 밀봉되어 부쳐진 극비 서한이 편찬소 부총재의 책상 위에 조용히 놓여 있었다. 곱게 손질된 두 손이 편지 봉투를 살짝 뜯어냈다. 몇 글자 적혀 있지 않았지만 결연한 의지가 묻어나는 편지를 봉투에서 꺼내 들었다. 편지지 위에 적힌 짧은 글을 한참 동안 들여다보던 사람은 긴 한숨을 뽑아내더니 편지를 다시 접어 한쪽으로 내던졌다. 입을 꾹 다문 그는 오랫동안 의자에 우두커니 앉아 있었다. 미간이 심하게 찌푸려졌고 얼굴에는 결정하기 어려운 무언가를 망설이는 기색이 엿보였다.

책상 위에는 비슷해 보이는 편지지들이 여러 개 놓여 있었다. 그 사람은 차례로 편지를 꺼내 들여다봤다. 보면 볼수록 미간에 깊은 주름이 패였다. 그러던 그가 갑자기 손을 멈췄다. 어느 편지의 가장 아래에 있던 편지지가 살짝 구겨져 있었다. 그는 곰곰이 살펴보다가 금우위의 비법 약물에 그 편지지를 담가 보았다. 잠시 후 글자 한 줄이 고요히 떠올랐다.

'대왕의 마음이 어지러워져 제가 몹시 염려됩니다만, 뛰어난 인물이라 반드시 스스로 해결할 수 있을 것입니다.'

그는 편지지를 쥐고 밤의 무한한 어둠 속에서 깊은 생각에 잠겼다.

5일 전.

회색 옷을 입은 자들이 허공에서 몸을 비틀며 날듯이 내려왔다. 밤빛을 받으며 층층이 올려진 지붕 위를 조용히 스쳐 지나갔다. 그리고 추가 저택의 후원에 있는 작은 뜰 안에 바람처럼 사뿐히 내려앉았다. 그들이 땅에 내리자 작은 방 안에서 이리저리 뒤척거리며 밤을 지새우던 부인이 바로 일어나 눈빛을 반짝였다.

치익.

방 안의 등잔에 불이 켜졌다. 부인은 옷을 걸치고 앉아서 차분한 표정으로 찾아온 손님들을 바라보고 있었다. 모두를 오랫동안 찬찬히 살펴보더니 무엇인가를 깨달은 듯했다. 부인이 천천히 말했다.

"그 일이…… 결국 닥친 게로군."

"부인."

회색 옷을 입은 자가 한쪽 무릎을 꿇고 말했다.

"부인께서 오랜 세월 동안 고생 많으셨습니다……. 총령 대인께서 제게 먼저 부인을 모시고 떠나라고 명하셨습니다."

"십수 년이 걸렸군. 자네들과 만나기까지."

부인은 그의 말에 대답하지 않고 감정이 복받치는 듯한 표정을 지으며 말을 이었다.

"난 오래전부터 자네들이 나타나 주기를 바라면서도, 한편으론 자네들이 나타날까 봐 두렵기도 했다네……. 마침내 기다리던 때가 온 것 같군."

"금우위에서 최근에 새로운 지도자를 맞이했습니다."

회색 옷을 입은 자가 눈을 내리깔고 말했다.

"십수 년 동안 금우위의 추적을 피하느라 부인께서 고생이 많으셨습니다. 깊은 산속에서 어린 주군을 모시고 나와 제경에 몸을 숨기시고요. 하지만 금우위는 정말 만만한 상대가 아니었습니다. 저희들의 비밀 대원이 보고하기를 그들은 이미 확실한 증거를 손에 넣고 바로 작업에 착수했다고 합니다. 부인, 어서 짐을 꾸리시지요. 저희들과 바로 출발하셔야 합니다."

부인이 평온한 얼굴로 웃어 보였다.

"내가 왜 가야 하나?"

회색 옷을 입은 자가 아연실색했다.

"이렇게 떠나 버리면 그의 꿈도 모두 물거품이 되어 버린다네."

부인은 낯빛이 창백해졌지만 눈빛은 밝게 빛났다.

"자네들 내부에서 어떤 의견이 나왔는지 모르겠지만 내겐 그가 부탁한 일이 아직 남아 있다네. 그가 평생 바라던 꿈이 이제 곧 이루어질 텐데, 지금까지의 노력을 헛수고로 만들 수는 없지 않겠는가."

"하지만……."

"이렇게 오랫동안 준비해 왔는데……."

부인이 결연한 목소리로 말했다.

"어찌 지난 시간을 헛되이 버릴 수 있겠는가."

"부인……."

회색 옷을 입은 자가 침울한 목소리로 말했다.

"이건 목숨이 달려 있는 일입니다."

"맞네. 생사가 걸린 일이지."

부인이 섬뜩한 미소를 지었다.

"하지만 목숨을 지키는 데는 언제나 희생이 따르는 법이라네."

회색 옷을 입은 자가 아무 말도 하지 않고 잠자코 있다가 마지못해 입을 열었다.

"총령 대인 생각에는 너무 큰 모험이시라며…… 만일 상대편에서……."

"오랜 세월에 걸쳐 준비해 온 일이지 않은가. 위험을 무릅써야 원하는 걸 손에 쥘 수 있지."

부인이 담담하게 말했다.

"자네들은 어쩌면 명분과 황족 혈통의 계승을 더 중시할지도 모르겠지. 하지만 난 그가 죽음에 이르면서까지도 굽히지 않았던 소망을 아직도 기억하고 있다네. 그는 평생 실패는 용납하지 않았지만 자신의 운명은 받아들였다네. 집안이 무너지고, 나라가 멸망하고, 조직이 파괴되고, 천리 길을 쫓겨서 죽고, 동료들이 몰락하고, 형제들이 하나씩 눈앞에서 죽어가고……. 마지막에는 모든 것을 산산이 부수는 배반에 무릎을 꿇게 되는 운명을……. 그는 아무 말도 하지 않았지만, 난 그가 얼마나 한스럽고 비통해 했는지 잘 알고 있다네. 그의 마음속 깊은 곳에 자리한 최후의 바람은 이 왕조의 멸망을 지켜보는 것이라네. 그가 형제들이 죽어 가는 것을 그저 지켜보고만 있었던 것처럼……. 이 바람은 그가 이룰 수 없었고 미망인인 나도 이룰 수 없었지. 하지만 난 누군가가 반드시 이루어 주리라 믿고 있네."

"부인!"

회색 옷을 입은 자가 다급한 목소리로 소리쳤다.

"이건 말이 다르지 않으십……."

"다르다니 그게 무슨 말인가."

부인이 꼿꼿이 고개를 세우고 상대방의 말을 잘랐다.

"난 자네들이 속한 조직의 사람이 아니니 자네들에게 대대손손 전해 내려오는 임무를 함께 해야 할 이유가 없지 않은가. 나로서는 내 소임을 다하고, 먼저 간 남편이 생전에 이루지 못한 소망을 완성하기만 하면 된다네."

회색 옷을 입은 자는 입을 꾹 다물고 선대의 종주 대인을 떠올렸다. 선대의 종주 대인은 철석같고 강직한 남자로 짧은 일생 동안 오직 한 가지의 꿈을 이루기 위해 살았었다. 그의 집착이 눈앞의 여자에게도 영향을 미친 듯했다. 여자는 그의 집념을 위해 자신의 일생을 바쳐 온 것이었다.

"잊지 말게. 자네들의 지금 주군은 어려서부터 내 가르침을 받아 왔단 사실을."

부인은 갑자기 미소 지었다.

"내가 가장 잘 알고 있지. 자네들의 주군이 어떤 사람인지. 한번 마음속에 불이 지펴지면 쉽게 꺼트리지 않는다네. 자네들의 주군은 비장한 각오로 내가 바라는 길을 기꺼이 걸어가 줄 걸세."

"주군께서 그런 길을 걸어가시는 게 꼭 맞다고 볼 수는 없습니다……."

"아니. 그게 맞는 길이네."

부인의 눈에서 긍지와 환희의 빛이 넘쳐흘렀다.

"자네들도 주군이 해 낸 모든 것들을 곁에서 지켜보지 않았는가. 손바닥 뒤집듯 간단하게 형세를 좌지우지해서 온 천하를 깜짝 놀라게 하는 열여섯 살 흠차 대신을 벌써 잊었는가! 지미는 제왕의 눈부신 피를 타고 났지만 먼지로 가득한 속세에서 뒹굴며 찬란한 빛이 모두 가려졌다네. 지금 자네들이 최고의 고귀한 혈통을 가진 사람에게 바라는 것이 무엇인 줄 아는가? 지미가 태어날 때부터 지니고 있던 천부적인 재능과 사명을 모두 버리는 것이네. 일생 동안 자네들의 보호 아래에서 평범하게 시집가서 자식이나 낳고 돈 한 푼에 울고 웃는 보잘것없는 아낙이나 되는 것 아닌가. 잘들 생각해 보게. 이게 정말로 지미가 바라는 일이겠는지 말이네. 이래서야 선대 종주 대인을 뵐 면목이 있겠는가. 자네들이 영원히 충성을 맹세한 대성황조에 떳떳하게 얼굴을 들 수 있겠느냔 말일세."

"이건 총령 대인의 뜻입니다."

회색 옷을 입은 자가 한참을 침묵하고 있다가 대답했다.

"총령 대인께선 선대 황제의 유언에 따라 황족의 존귀한 혈통을 잘 계승하고 보호하는 일을 최우선으로 삼으십니다. 정권이 교체되고 왕조가 바뀌는 것은 역대 왕조가 모두 피할 수 없었던 자연스러운 시대의 흐름이라 하셨습니다. 그러니 지나치게 마음 쓰지 말고 주군의 무사평안만 지키면 된다고 말씀하셨습니다. 하나의 소망을 위해 다른 모든 것을 희생할 필요는 없다는 것이지요."

"자네들의 총령 대인은 선대 왕조의 자유분방하고 태평한 기질을 이어 받았군."

부인이 냉소를 던지며 말했다.

"하지만 난 그럴 수 없다네. 지난 세월 동안 그가 그렇게 허망하게 떠났던 일을 떠올릴 때마다, 임종 전에 내 손을 꼭 잡았던 일을 떠올릴 때마다, 무어라 말을 하고 싶지만 차마 입 밖으로 꺼내지 못했던 모습을 떠올릴 때마다 무슨 생각을 했던 줄 아는가. 내 인생이 당장 끝나는 한이 있더라도 그의 염원을 이루는 일은 절대 포기할 수 없다는 걸 깨달았지."

부인의 표정은 결연했고 말투에서 굳센 의지가 묻어났다. 한 자 한 자 내뱉을 때마다 강철처럼 쟁쟁거리는 목소리가 사방에 울려 퍼졌다. 회색 옷을 입은 자가 멍한 표정으로 부인을 바라봤다. 어쨌든 오늘 밤은 임무를 완수할 수 없을 것이라는 사실을 깨달았다.

"천성은 부인의 모국인데……"

회색 옷을 입은 자가 쓴웃음을 지었다.

"부인께서 이런 생각을 가지고 계신 줄 저희는 짐작도 하지 못했습니다……"

"모국이고 아니고는 상관없네. 천성의 영토는 모두 대성의 것을 빼앗은 것이지. 다시 말해서 천성은 대성을 모반한 신하라네."

부인은 차분한 표정으로 말했다.

"난 이 세상이 어떻게 되든 관심 없네. 오직 한 사람을 위해서만 움직일 뿐이라네."

회색 옷을 입은 자가 더 이상 말하지 않았다. 불처럼 맹렬한 기세를 내뿜으며 굳건한 위엄을 지키는 전설 속의 여자를 조용히 바라봤다. 오랜 시간 동안 수많은 고통과 치욕을 견디고 살아오면서 여자의 칼끝은 뭉툭하게 닳아졌으리라 짐작했었다. 하지만 마주한 여자는 얼굴색 하나 바꾸지 않고 숨겨 두었던 칼날을 들이대고 있었다. 한창 위세를 떨치고 다닐 때를 능가하는 모습이었다.

"그럼 난 이만 자야 하니 물러들 가게."

부인이 더 이상 아무 말도 하지 않고 등잔불을 입으로 불어서 껐다. 그리고 이불을 휘감고 곧바로 잠자리에 들었다. 회색 옷을 입은 자들이 한숨을 내쉬고는 깊게 내려앉은 어둠 속으로 흩어지기 시작했다. 마지막으로 떠나는 자가 나직한 인사를 올렸다.

"몸조심하십시오."

4일 전.

추가 저택에서는 한바탕 난리가 났다. 추 부인이 갑자기 급병에 걸려 침대 앞에서 푹 고꾸라진 것이었다. 말도 할 수 없었고, 사지가 나무처럼 뻣뻣하게 굳어서 움직일 수도 없었다. 추가 저택에서는 잇달아 사람을 보내 명의를 모셔왔다. 안뜰과 바깥뜰을 오가는 의원들이 꼬리에 꼬리를 물고 이어졌다. 사정이 이렇다 보니 지금까지 아무도 관심을 기울이지 않았던 작은 별채에는 더더욱 아무도 관심을 갖지 않았다.

이른 새벽 봉 부인은 잠자리에서 일어나 평상시와 똑같이 머리를 빗고 세수를 하고 옷을 갖춰 입더니 방 안의 물건들을 정리하기 시작했다. 그리고 원래 살았던 집으로 가서 한참을 머물다가 나왔다. 마지막으로는 봉지미가 지냈던 '췌방재'에 들렀다.

봉지미가 제경을 떠나 있던 시간 동안 췌방재의 대문은 꼭 닫혀 있었다. 대외적으로 봉지미가 '천연두에 걸린' 것으로 되어 있기 때문이었다. 가끔씩 추가 저택의 사람이 먹을 것을 가지고 들어가면, 한 여인이 하루 종일 얼굴을 가린 채 방 안에서 사람을 만나려 하지 않는 모습을 볼 수 있었다. 그나마 어제부터는 이 여인도 모습을 보이지 않았는데 추가 저택은 정신없는 난리통에 아무도 이 사실을 알아채지 못했다.

봉 부인은 췌방재에 들어가 봉지미의 침실 안에서 무언가를 찾아 헤

댔다. 밖으로 나오는 봉 부인의 손에는 찾아낸 그 무언가가 들려 있었다. 이어서 봉 부인은 추가 저택을 나와 보따리를 짊어지고 형부로 찾아간 다음 봉호를 면회하게 해 달라고 부탁했다. 은자를 가득 건네고 나서야 봉 부인은 형부 옥사로 안내받을 수 있었다.

봉호는 옥사 안에 갇힌 지 오래되었지만 사전에 영혁의 당부가 있어서 별다른 고생을 하지는 않았다. 오히려 이전보다 살이 쪘을 정도였다. 다만 아무도 만나지 못하게 했기 때문에 봉호는 봉 부인을 보자마자 정신없이 달려들었다. 그가 나무로 된 옥사의 창살을 세차게 흔들며 떠나갈 듯 큰 소리로 외쳤다.

"어머니! 어머니!"

"아들아."

봉 부인이 옥사의 문 앞에 쪼그리고 앉아 창살 사이로 드러난 봉호의 얼굴을 자세히 들여다봤다. 손을 안으로 뻗어 봉호의 헝클어진 머리를 가볍게 쓰다듬었다.

"어머니, 절 데리러 오신 거죠?"

봉호가 한없이 기쁜 표정으로 봉 부인의 손을 꼭 붙잡았다. 투명하게 빛나는 눈동자로 제 어미의 눈을 바라보고 있었다.

"정말 다행이에요. 저도 더 이상은 못 참겠어요. 어머니, 왜 이렇게 오랫동안 한 번도 절 보러 오시지 않으셨어요?"

봉 부인이 희망에 가득 찬 봉호의 눈망울을 피하지 않고 평온한 표정으로 아들을 바라봤다. 하나도 놓치지 않겠다는 듯 아들의 얼굴을 자세히 뜯어보았다. 자신이 십오 년간 기른 아이의 모든 것을 제 눈 속에 깊이 새기려는 듯이.

봉 부인의 눈빛이 평소와 너무나 달라 보여서 기뻐 날뛰던 봉호가 이상한 낌새를 눈치챘다. 봉호는 점점 평정을 되찾더니 멍한 눈빛으로 봉 부인을 바라봤다. 조금 두려운 듯 작은 목소리로 물었다.

"어머니, 왜 그러세요? 절 봐도 기쁘지 않으신 것 같아요."

옥사에 갇힌 지도 거의 반 년째였다. 버릇없이 늘 제멋대로 굴던 봉호도 이제 겨우 다른 사람의 기색을 살피며 심중을 헤아릴 줄 알게 되었다. 겁이 난 봉호의 질문에 봉 부인의 눈시울이 붉어졌다. 봉 부인은 깊게 한숨을 내쉬고는 떨리는 손으로 봉호의 머리를 다시 쓰다듬었다.

"호야…… 호야……."

봉호는 더 이상 참지 못하고 봉 부인의 손을 뿌리쳤다.

"어머니, 절 데리러 오신 게 아니었어요? 절 데리고 나가지 않으실 거면 그냥 여기서 콱 죽을래요, 죽을 거라고요!"

봉 부인이 파르르 떨리는 손을 천천히 거두어들였다. 봉 부인은 봉호를 뚫어져라 쳐다봤다. 눈 속에서 투명하게 반짝거리던 것이 점점 빛을 잃어 갔다. 어느새 눈빛은 칼끝처럼 날카롭고 강철처럼 굳세게 바뀌어 엄숙하고 결연한 기세를 드러냈다.

"무슨 큰일이라도 났나?"

아전 몇 명이 옥사를 순찰하고 있었다.

"방금 붉은 갑옷을 입은 호위병들이 지나갔어. 서화(西華) 거리 방향으로 가던데."

"완전히 갖춰 입은 호위병들은 본 적이 없는데 그 기세를 보아하니, 와아, 정말 놀래 자빠지겠더라고. 소름이 확 끼쳤어. 누가 큰 죄라도 저질렀나……."

"한번 출동하는 데 수천 명이야. 어휴……."

아전들이 허리춤에 찬 열쇠를 찰그랑찰그랑 울리며 시원스럽게 발을 내뻗었다. 발걸음 소리가 점차 멀어져 갔다. 귀를 기울이던 봉 부인의 입가에 한 줄기 섬뜩한 미소가 피어올랐다. 드디어 때가 되었다.

봉 부인은 갑자기 일어서더니 손을 아래로 내뻗었다. 푸르스름한 빛이 번쩍이는 순간 바닥에 놓여 있던 보따리에서 예리하게 날이 갈린 작은 도끼 한 자루를 뽑아 들었다. 봉 부인은 도끼를 거세게 휘둘렀다. 입을 크게 벌리고 눈을 휘둥그레 뜬 봉호의 반응에는 전혀 아랑곳하지 않았다. 도끼날이 옥사의 나무 창살을 내리찍기 시작했다. 쾅, 소리와 함께 거칠게 패인 나무 창살이 두 동강 났다. 나무 부스러기가 사방으로 튀었다. 봉 부인은 멈추지 않고 다시 도끼를 세게 내려쳤다.

봉호가 머리를 감싸고 고함을 질러 댔다. 그리고 허둥대며 뒤로 물러나더니 부릅뜬 눈으로 봉 부인이 실성한 것처럼 옥사 문을 찍어 내리는 모습을 지켜봤다. 옥사 문에 달린 자물쇠를 내리치자 쾅쾅, 하고 거대한 소리가 울려 퍼졌다.

'어머니가 정신이 나가신 게야! 설마 날 여기서 빼내 주려고 이러시는 거야? 그게 말이 돼? 이렇게 대놓고 문을 부숴서 빼내는 경우가 어디 있냐고……'

봉호가 놀란 토끼눈이 되어 크게 소리쳤다.

"어머니! 실성하셨어요?"

봉호는 당황스러운 상황에 어쩔 줄을 몰라 하며 옥사 안쪽의 벽에 붙어 몸을 웅크렸다. 얼음처럼 차가운 벽에 등을 바싹 기대자 온몸에 오싹한 기운이 스며들었다. 얼어서 곧 멈출 듯한 심장에 마침내 절박한 불길이 옮겨 붙었다. 봉호는 바깥을 향해 크게 외쳐댔다.

"어머니가 미쳤어요! 어머니가 실성한 거라고요. 제가 옥사에서 꺼내 달라고 한 게 아니에요. 제가 아니에요! 제가 시킨 게 아니라고요."

거대한 도끼질 소리가 조금 전에 지나갔던 아전들을 깜짝 놀라게 했다. 아전들이 발걸음을 돌려 달려왔고 눈앞에 펼쳐진 광경을 마주하고 눈을 의심했다. 세상에 이런 사람이 있을까? 백주 대낮에 아전들의 코앞에서 거리낌 없이 도끼를 휘둘러 탈옥을 시도하다니 기가 막혀 말이 나오질 않았다. 상상조차 할 수 없는 광경에 아전들은 멍하니 그 자리에 서 있었다. 봉 부인은 봉호의 울부짖음을 듣지 못했는지 우악스러운 도끼질로 옥사 문을 조각조각 부숴 놓았다. 일을 마친 봉 부인은 도끼를 바닥에 내던지고 성큼성큼 옥사 안으로 걸어 들어갔다. 그리고 한 손으로 봉호를 끌고 나오더니 밖을 향해 달리기 시작했다.

"아들, 어서 가자!"

어리둥절해진 봉호는 봉 부인의 손에 끌려서 자기도 모르게 비틀거리며 앞으로 돌진했다. 그러다 이내 정신을 차리고 필사적으로 버티며 뒷걸음질을 쳤다.

"싫어. 싫어. 싫어요……. 전 어머니와 함께 가지 않겠어요. 어머닌 지금 제정신이 아니에요. 이러다 저 진짜로 죽는다고요."

옥사 안에 갇혀 있으면 죽을 리는 없었다. 하지만 무력을 써서 탈옥한 것이 드러나면 죽어 마땅한 죄가 될 것이 틀림없었다. 봉호는 죽을힘을 다해 봉 부인의 손을 벗어나려고 발버둥을 쳤다. 하지만 봉 부인의 손은 탄탄한 집게처럼 봉호의 손목을 꽉 붙잡고 있었다. 질겁한 표정으로 발악하던 봉호는 머릿속이 급격히 혼란스러워졌다. 어머니의 무공이 전혀 녹슬지 않았던 것이었다. 어머니가 어느 틈에 무공을 연마하고 있었던 것인지 의문이 들었다.

이때 정신이 되돌아온 아전들이 옥사 안이 떠나갈 듯 고함을 쳤다. 그러자 이들 모자가 있는 곳으로 다른 아전들이 곧장 달려왔다. 누군가는 외마디 비명을 질렀고 누군가는 노한 목소리로 호통을 쳤다.

"저자들을 잡아라!"

누군가 밖으로 날듯이 뛰쳐나가 이 사태를 알리고 지원을 요청했다. 바깥에서 자리를 지키고 있던 수많은 사람들이 여기저기로 바삐 움직이더니 옥사 주위를 에워쌌다. 봉 부인은 봉호의 손을 붙잡고 발로 보따리를 차 올렸다. 등으로 쑥 떨어진 보따리를 짊어지고는 바깥을 향해 전력으로 질주했다. 봉호는 무슨 일이 일어나고 있는지 짐작할 수 없는 어지러운 상황에 떨고 있었다. 흔들리는 눈빛이 허공에서 떨어지는 보따리를 따라 어머니의 얼굴 위로 향했다. 문득 봉 부인의 얼굴 표정이 섬뜩해진 것을 발견했다. 사람들이 점점 더 많이 모여들어 겹겹으로 둘러싸인 가운데 봉 부인은 오싹한 미소를 드러냈다. 눈가에는 눈물 한 방울이 투명하게 반짝거리며 빛나고 있었다. 일은 부지불식간에 일어났다. 봉 부인이 순식간에 에워싸고 있는 자들을 향해 달려들고 있었다.

봉 부인이 결연한 표정으로 고개를 쳐들었다. 아무런 감정을 드러내지 않았지만 눈물이 눈가를 따라 귀밑머리 속으로 흘러 들었다. 멀리서 어슴푸레하게 퍼지는 등잔불의 음산한 불빛이 봉 부인의 들어 올려진 아래턱을 애처롭게 비추고 있었다. 흔들림 없이 밀고 나갈 듯하면서도 비탄에 잠긴 모습이 드러났다. 봉호는 문득 밀려오는 공포를 느꼈다. 인파가 벌떼처럼 몰려와 출구를 철통같이 막아섰다. 봉호의 손은 여전히 어머니의 손안에 붙들려 있었다. 전력을 다해 빼내려 해도 벗어날 수 없었다. 잠시 후 봉호의 귀에 봉 부인의 처량한 목소리가 들려왔다.

"호야, 미안하구나."

"……."

같은 시각. 흘러가는 강물처럼 끝없이 이어진 금빛 깃털의 행렬이 북적거리는 서화 거리의 자욱한 연기 사이를 뚫고 추가 저택을 향해 거침없이 내달리고 있었다. 대문을 쾅 걷어차고 그들이 들어서자 집 안의 사람들이 소리를 지르며 한바탕 난리를 피웠다. 금빛 깃털의 행렬이 봉 부인과 봉지미가 거처하는 작은 집으로 서슴없이 향한 다음 겹겹이 에워쌌다. 우두머리로 여겨지는 자가 크게 소리쳤다.

"봉지미란 자는 밖으로 나오거라."

3일 전.

황성 서쪽에는 출입이 제한되는 구역이 있었다. 황제의 총애를 잃은 자들을 유폐하는 궁과 가까운 곳이었다. 지금까지 대병력이 그곳을 수비하고 감시해왔다. 허락 없이는 외부인이 함부로 들어갈 수 없었고, 소수의 황실 고위층만이 그곳에 대해 알고 있었다. 그곳에는 지하 감옥이 있었는데 금우위의 비밀 감옥도 그 안에 있었다. 경비가 삼엄한 그곳에 수감되는 자들은 대부분 황족과 대역죄를 저지른 중대 사건의 당사자들이었다. 지난 십여 년 동안 비어 있던 비밀 감옥에 오늘 드디어 새로운 손님이 찾아왔다.

처량하게 내려앉은 등잔불의 빛이 짙은 푸른색의 철벽을 밝게 비추고 있었다. 봉 부인은 땅바닥 위에 앉아 가부좌를 틀고 눈을 감은 채 입밖으로 한 마디도 꺼내지 않았다. 봉호는 두려운 눈빛을 드러내며 봉 부인의 맞은편에서 몸을 움츠리고 떨고 있었다. 형부 옥사보다 훨씬 더 냉엄하고 무서운 기운을 내뿜는 철장에 시선이 부딪치자 절망스러운 기색으로 고개를 떨어트렸다. 웅크린 자세로 얼굴을 돌리자 이번에는 벽위에 걸려있는 피로 물든 고문 도구들이 보였다. 봉호는 자신도 모르게 숨을 들이마셨다.

"어머니! 어머니!"

봉호가 봉 부인의 앞까지 무릎으로 기어가자 몸에 둘러진 쇠사슬이 철커덩철커덩 소리를 냈다. 봉호는 죽을힘을 다해 손을 뻗어 미동도 없는 봉 부인을 흔들었다.

"여기가 어디에요? 저희가 왜 이렇게 된 거죠? 제발 말씀해 주세요. 어머니!"

봉 부인이 천천히 눈을 떴다. 눈빛은 깊은 물처럼 고요했다.

"여긴 금우위의 황실 비밀 감옥이란다."

봉 부인은 봉호를 지그시 바라봤다.

"다시 말해서 풍문으로만 듣던 천자가 다스리는 감옥이 바로 이곳이란다."

"천자가 다스리는 감옥이요?"

봉호가 침을 꼴깍 넘겼다. 멀끔하게 생긴 얼굴이 순간 심하게 일그러졌다.

"어머니! 저희가 무슨 죄를 지었다고 이런 곳에 가두는 거예요?"

봉호가 갑자기 무언가를 깨달은 듯했다.

"설마 어머니가 옥사를 부수고 절 데리고 나와서인가요?"

봉호가 원망을 가득 품은 얼굴로 자리에서 벌떡 일어났다.

"제가 언제 어머니에게 그렇게 해 달라고 한 적 있습니까! 그런 적이 있느냔 말입니다! 어머니가 그자들에게 가서 확실히 해명해 주세요!"

봉호가 봉 부인을 끌어 일으켰다.

"가서 분명히 말씀하세요. 이건 어머니 혼자 한 일이라고요. 저하고는 무관하다고요. 그리고 그자들에게 절 풀어 주라고 하세요. 제가 나가거든 어머니를 구해 드릴 테니까요."

봉 부인이 봉호를 한참 동안 뚫어져라 쳐다보더니 이내 긴 한숨을 내쉬었다. 그리고 다시 바닥에 앉아 눈을 감고 아무 말도 하지 않았다. 봉호는 씨알도 먹히지 않는 봉 부인을 바라보며 씩씩거리더니 벌떡 일어나 쇠사슬을 질질 끌고 감옥 문을 향해 돌진했다. 굳게 닫힌 문을 힘껏 두드리며 외쳤다.

"절 내보내 주세요! 절 내보내 주라고요! 제가 원해서 옥사를 탈출한 게 아니라고요. 전 억울합니다."

봉호를 상대해 주는 이는 아무도 없었다. 오직 봉호의 처절한 목소리만이 깊숙하고 고요한 감옥의 철벽에 부딪쳤다. '억울억울억울억울……' 하는 메아리가 잇달아 울려 퍼졌다.

"소용없다."

봉 부인이 봉호의 등 뒤에서 담담하게 말했다.

"여긴 철로 된 감옥으로 무시무시한 장치가 설치되어 있단다. 사람이 감시할 필요가 없는 곳이지. 게다가 사방이 모두 겹겹이 포개어진 철벽이라 어떤 소리도 절대 밖으로 새 나가지 않는단다."

"어머닌 제정신이 아니라고요!"

몸을 홱 돌린 봉호의 눈이 새빨갛게 물들어 있었다. 이를 부득부득 갈며 봉 부인을 노려봤다.

"저승길로 뛰어 들려면 어머니 혼자 뛰어 드실 것이지 왜 저까지 끌어들이시냐고요!"

"꼭 저승길이라고도 볼 수 없단다."

봉 부인이 복잡한 심경을 드러낸 눈빛으로 아들의 얼굴을 바라봤다. 눈빛에는 구슬픈 기색이 있었고 다행스러워하는 기색도 있었다.

"그게 무슨 말씀이세요?"

봉호가 곧바로 눈을 반짝이며 봉 부인의 곁으로 달려왔다.

"네 어미에게 있었던 과거의 일 때문에 너까지 말려들게 됐구나."

봉 부인이 아들의 헝클어진 머리칼을 정리하면서 온화하게 말했다.

"이 일은 네가 모르는 일이란다. 네가 알아서도 안 되고. 네가 알아봤자 좋을 게 하나도 없단다."

봉호가 잠자코 고개를 끄덕였다. 그도 어쨌든 명문 세가에서 오랫동안 굴러먹어 왔던지라 이런 이치 정도는 잘 알고 있었다.

"모르는 자는 죄도 없는 법. 어떤 잘못도 이 어미가 다 짊어지고 갈 거란다. 대신 이것 하나만 꼭 약속해 주렴. 절대로 아무 말이나 함부로 내뱉지 않겠다고."

봉 부인이 봉호의 손을 자신의 손바닥 위에 올려놓고 여러 번 문질러 따뜻하게 데워 주었다.

"앞으로 며칠 동안 무슨 일이 일어나도 넌 상관하지 말고 그저 모른다고만 대답하면 된다. 절대 잊어서는 안 돼."

"응."

봉호가 다시 고개를 끄덕였다.

"제가 모른다고만 말하면 나갈 수 있는 거죠?"

봉 부인이 그윽한 눈빛으로 봉호를 응시하다가 한참 후에 대답했다.

"그래."

봉호는 억지로 미소를 드러내 보이고는 봉 부인의 눈동자를 바라보며 낮게 말했다.

"어머니, 전 어머니의 아들입니다. 절대 절 속이시면 안 돼요."

봉 부인은 머리부터 발끝까지 너저분해진 봉호의 몰골을 안쓰러운 듯 바라봤다. 봉호의 얼굴에는 아주 작은 상처가 나 있었는데 금우위가 감옥으로 밀어 넣을 때 철벽에 스치며 생긴 상처였다. 비록 대갓집 도련님은 아니었지만 어머니의 극진한 보호를 받으며 자라 온 봉호는 육체적인 고통을 겪어 본 적이 단 한 번도 없었다. 이전 같았다면 분명 이런 작은 상처에도 앓는 소리를 냈을 것이었다. 하지만 봉호는 지금 제 목숨이 달린 위험한 상황인 것을 알고 봉 부인에게 응석부리는 것조차 잊고 있었다. 봉 부인은 살갗에 붙여 숨겨 놓은 덕분에 금우위의 수색에서도 발각되지 않았던 작은 연고를 소매 안에서 꺼냈다. 그리고 부드러운 손길로 아들의 얼굴을 가볍게 옆으로 돌렸다.

"약을 발라 주마."

봉호가 순순히 얼굴을 봉 부인 쪽으로 기울였다. 어머니의 손가락이 섬세하고 부드럽게 얼굴 위에서 움직이는 것을 느낄 수 있었다. 하지만 어쩐 일인지 손가락에서 전해지는 서늘함에 순간 봉호는 몸을 떨었다. 봉 부인의 낮은 목소리가 들려왔다.

"호야, 안심해라. 어미는 언제나 네 곁에 있을 테니."

봉호가 절반쯤 마음이 놓여 응, 하고 대답했다. 얼굴의 통증이 점차 사라졌고 피곤함이 몰려오는 것을 느꼈다. 봉호가 하품을 하며 어머니의 허리를 두 팔로 감싸고 말했다.

"잠깐만 좀 잘게요."

봉 부인이 가볍게 봉호의 등을 두드리자 어린 시절로 되돌아간 듯했다. 봉호는 피곤함이 몸을 엄습하는 것을 느꼈다. 마음속에서 알 수 없는 불안이 피어올랐지만 뼛속까지 파고든 피로함을 이겨내지 못하고 어머니의 품속에 안겨 깊은 잠에 빠져들었다. 봉 부인은 조심스럽게 봉호를 품속으로 끌어당겼다. 철창 안의 잡초 더미 위에 우두커니 앉아 있던 봉 부인이 살며시 고개를 숙여 자고 있는 아들의 모습을 응시했다. 손가락을 들어 올려 봉호의 눈썹과 눈의 윤곽을 따라 허공에 선을 그려 나갔다. 한 획 한 획 섬세하게 정성을 들이며 마음속 깊이 새겨 넣었다. 하지만 이내 정신이 흐릿해졌고, 봉 부인의 눈에서 투명하게 빛나는 액체 몇 방울이 떨어져 내렸다. 액체 방울이 봉호의 얼굴 위에 닿기 직전 봉 부인이 번개처럼 빠르게 손바닥을 펼쳐 받아 냈다. 봉 부인은 오래도록 그 액체 방울을 바라보며 또다시 눈물을 흘렸다.

2일 전.

머리 위의 철창 틈을 비집고 한 줄기 햇빛이 들어왔다. 보아하니 날이 밝은 듯했다. 봉호는 아직 잠에서 깨어나지 않았다. 위쪽의 철 계단에서 느리고 무거운 발걸음 소리가 들려왔다. 그 걸음걸이는 내딛는 힘이 부족한 듯했지만 걷는 속도에서 듬직하고 진중한 됨됨이를 알 수 있었다. 오랫동안 높은 자리를 차지하고 있는 사람의 걸음걸이처럼 들렸다. 계단의 끄트머리에서 황포 자락의 한 귀퉁이가 보일 듯 말 듯 어렴풋이 모습을 드러냈다. 등잔불의 불빛이 희미하게 내려앉은 철창 안에서 누군가의 눈길이 아득한 곳을 주시하고 있었다. 봉 부인이 담담하게 미소를 지었다. 하지만 봉 부인의 미소는 어두운 그림자 속에 감추어져 있었다. 결말을 예상하는 듯한 미묘한 표정을 아무도 볼 수 없었다. 계단 위의 사람은 멀리서 봉 부인을 바라보며 감개무량한 기색을 내뿜었다. 한참 뒤에 그가 손을 휘휘 내저었다. 요란한 발자국 소리가 점차 멀어져 갔다.

"명영."

그가 입을 열었지만 말투로는 기쁜 것인지 화가 난 것인지 분별할 수 없었다.

"십수 년 동안 너를 만나지 못했구나."

봉 부인이 일어서자 쇠사슬들이 서로 맞부딪치며 쟁쟁거리는 소리가 울려 퍼졌다. 그녀의 자태는 비굴하지도 않았고 거만하지도 않았다. 상대방에게 예를 올리며 대답했다.

"네. 폐하."

"마지막으로 널 본 것이 그해에 네가 승리를 하고 돌아와 조정에서 축하연을 열었던 자리였던 것 같구나."

천성 황제가 아득한 눈빛으로 지그시 봉 부인의 얼굴을 바라봤다. 당시의 눈부시고 용맹했던 여인을 기억 속에서 찾고 있는 듯했다.

"그때 대갓집 규수들이 너를 두고 여자 같지 않다며 규수의 기풍이 전혀 없다고 비웃었지. 그러자 넌 술잔을 집어 던지고 시를 지어 바치지 않았더냐. 짐은…… 지금까지 똑똑히 기억하고 있다."

봉 부인이 담담하게 웃으며 말했다.

"소인 추명영, 폐하의 두터운 보살핌에 감격을 금할 길이 없습니다."

"넌 당대의 여수(女帥)로 수많은 공적을 세운 희대의 여걸이었다. 젊은 시절 우리 천성을 위해 매우 큰 공로를 세웠다."

천성 황제의 목소리가 갑자기 무겁게 내려앉더니 말투에 짙은 아쉬움이 묻어났다.

"그런데 어찌하여 후일에 옳지 않은 일에 손을 대고 대성의 잔여 세력을 도운 것이더냐?"

봉 부인이 아무 말도 하지 않다가 미소 지으며 말했다.

"모두 소인의 업보입니다."

風权

천성 황제는 침묵했다. 두 사람은 멀리 떨어진 채 철창을 사이에 두고 아무 말도 하지 않았다. 한 사람은 가슴에 품은 냉담한 결심을 바탕으로 최후의 결말을 기다리고 있었고, 다른 한 사람은 설명하기 어려운 아련함을 품고 있었다. 오래전 용맹한 기개를 뽐내던 여인이 궁전에서 금잔을 내던지며 시를 읊었을 때 들었던 낭랑한 목소리를 떠올리는 듯했다.

"소인, 이처럼 연지나 찍어 바르고 분이나 칠할 줄 아는 동학들에게 저의 재주를 보여 줄 수는 없사옵니다. 이는 조정의 명예를 더럽힐 뿐이옵니다."

그때 이 여인은 화려하게 채색한 그림 병풍을 보는 것처럼 눈이 부셨고, 생기가 없던 회백색의 궁전을 밝게 빛나게 해 주었다. 그 이후에도 종종 여인이 덧칠해 주었던 화려한 색채가 기억 속에 남아 있었다. 하지만 지금 이 순간에는 시간의 냉정함과 잔혹함을 깨닫지 않을 수 없었다. 멀어지는 세월은 낡은 종이처럼 퇴색해서 오래전에 가라앉은 축축한 흙먼지에 뒤덮여 있었다. 천성 황제는 울적한 마음을 달랠 길이 없었다. 오랜 시간이 흐른 뒤 천성 황제가 다시 입을 열었다.

"봉지미는 어디 있느냐?"

봉 부인은 바로 입을 열지 못하고 한참 뒤에야 겨우 입을 떼었다.

"얼마 전에 지미는 천연두에 걸려 제경을 떠나 있었습니다. 지금은 필시 제경에 돌아왔을 것입니다."

말을 마친 봉 부인은 깊이 잠든 봉호를 내려다보며 눈물을 떨구었다. 강인한 모습을 유지하고 있었지만 이 말 한 마디에 철저히 무너져 버린 듯했다. 봉 부인은 옷소매를 들어 올리고 바닥에 무릎을 꿇었다.

"폐하……. 소인 추명영, 폐하께서 지미를 놓아 주지 않으실 것을 잘 알고 있습니다. 소인이 바라는 것은 오직 단 하나…… 지미와 함께 죽는 것뿐이옵니다……."

봉 부인의 눈가에 맺힌 눈물 한 방울이 떨어질 듯 떨어지지 않고 계속 매달려 있어 지켜보는 사람까지 애타게 했다.

"그리고 봉호는 아무 죄가 없사옵니다……. 폐하, 이 아이를 놓아 주시기를 간곡히 청하옵니다……."

천성 황제가 아무 말도 하지 않고 있다가 흥, 하고 코웃음을 쳤다. 봉 부인이 고개를 깊숙이 숙이고 손가락을 철창 틈새에 쑤셔 넣자 손톱에서 피가 흘렀다. 갑자기 작은 보따리 하나가 봉 부인의 앞에 내던져졌다. 천성 황제의 목소리에 노여움이 섞여 있었다.

"명영, 넌 이 순간까지도 짐을 기만하려는 것이더냐."

봉 부인이 그 보따리를 열고 안의 물건들을 찬찬히 살펴보았고 이내 얼굴이 사색이 되었다. 봉 부인이 가까스로 마음을 진정시키고 물건을 모아 담은 뒤 땅에 이마를 조아렸다.

"소신 추명영, 폐하의 말씀을 이해하지 못하겠사옵니다."

"넌 지금도 대성에 맹목적인 충성을 바치고 있구나!"

천성 황제가 크게 노하여 호통을 쳤다.

"지금 적의 눈을 다른 데로 돌리려고 자신을 희생하는 계략을 쓰고 있지 않느냐!"

봉 부인의 몸이 가볍게 떨려 왔다. 아랫입술을 꽉 깨물고 굳센 목소리로 말했다.

"폐하! 폐하께서는 지금 속고 계신 것이옵니다!"

"짐은 그 정도로 아둔하지 않다!"

천성 황제가 화를 참지 못했다.

"봉호는 왜 아직도 자물쇠 목걸이를 가지고 있는 게냐? 목걸이 위에 적힌 사주팔자는 왜 또 다른 것이더냐? 왜 대성에서 쓰던 비밀 기호가 적혀 있는 게지? 봉호는 분명 네가 데려다 기른 아이인데 왜 직접 낳은 것처럼 말하고 다니는 것이더냐? 금우위가 찾아낸 산파의 말로는 해결의 단서가 봉지미라고 했다는데 어찌 된 일인지 그 산파는 급사하고 말 았지. 짐이 하는 말을 잘 듣거라. 짐이 당시 대성의 궁인을 찾아 이전에 숙비가 낳은 아이가 황자란 증거를 들이밀었더니 아무 말도 하지 못하더구나. 게다가 짐은 당시 네가 정말로 낳은 아이를 받았던 산파를 찾아냈다. 봉지미야말로 네 친딸이고 봉호는 양자가 아니더냐! 원래는 봉호가 봉지미보다 나이가 더 많은 게 아니냔 말이다! 넌 봉호에게 오랫동안 이 자물쇠 목걸이를 걸어 주고 그 아이의 사주팔자를 고친 게지!"

봉 부인의 얼굴빛이 확 바뀌더니 조급한 듯 아무 말이나 입 밖으로 내뱉었다.

"지미가 제 친딸이라뇨? 말도 안 됩니다. 애초에 전 그 아이가 태어나자마자 죽었다고……"

봉 부인은 말을 하다 입을 틀어막았다. 얼굴에 날벼락을 맞은 듯 깜짝 놀란 표정이 고스란히 드러났다. 봉 부인은 무언가를 뒤늦게 깨달은 듯 온몸을 세차게 떨기 시작했다.

"과연 너도 속았구나! 영문도 모르고 네 친딸은 다른 사람을 위한 방패막이가 된 것이다."

천성 황제가 봉 부인의 표정을 뜯어보더니 확신한 투로 말했다.

"짐은 네가 무슨 독충에라도 중독되어 정신이 나간 줄 알았다. 아무리 대성의 후손이라 중요하다 할지라도 피도 한 방울 섞이지 않은 봉호는 옥사에서 탈출까지 시키면서 정작 제 친딸은 대성 잔여 세력의 생존자로 꾸며 내버릴 생각을 하다니 도무지 이해가 되지 않았다……. 알고 보니 이런 내막이 있었던 거였구나."

봉 부인이 아, 하고 탄식하는 순간 눈물이 봇물처럼 터져 나왔다. 하염없이 쏟아지는 눈물이 얼굴 전체를 타고 흘러내렸다. 천성 황제는 봉 부인의 처량한 얼굴을 바라보았다. 그녀가 십수 년 동안 속아서 하마터면 자신의 친딸을 봉호 대신 죽일 뻔했다는 생각에 자기도 모르게 가

여운 마음이 들었다. 하지만 아무리 봉 부인이 속아서 저지른 짓이라고 해도 조정에서 가장 삼가야 할 대역죄인 것은 분명했다. 천성 황제는 복잡한 심경이 뒤섞인 얼굴로 냉담하게 말했다.

"짐은 네가 봉호를 감싸서 무얼 얻으려 하는지 잘 모르겠다만, 혹여 너희들이 여기서 살아서 나간다한들 앞으로 봉호가 널 태후로라도 만들어 줄 줄 아는 것이더냐?"

"폐하……."

봉 부인이 무릎을 꿇고 흙먼지 속에 이마를 여러 번 처박았다.

"폐하의 노여우신 눈빛에 소인 감히 어디서부터 무슨 말을 해야 할지 모르겠사옵니다. 다만 소인이 봉호를 대신해 한 마디만 할 수 있도록 허락해 주십시오……. 그 아이는 아무것도 모르고 있습니다……. 혈통만 아니면 그 아이는 아무것도 아닌 아이입니다……. 금우위도 필시 봉호에 대해 조사해 봤겠지만 그 아인 평범한 집에서 키운 평범한 아이일 뿐입니다. 봉호는…… 봉호는 아무 짓도 하지 않을 것입니다. 폐하……."

"땅 위에 드러난 풀만 베고 뿌리를 뽑지 않으면 짐에게 언젠가 해가 미칠 것이다."

천성 황제는 냉담하게 말했다.

"명영, 이는 십수 년 전에 군대를 이끌고 대월의 잔여 군대를 뒤쫓을 때 네가 짐에게 했던 말이니라."

봉 부인은 거듭 몸을 떨다가 결국 엎드려 목놓아 울기 시작했다.

"그 조직은 지금 어디 있느냐?"

천성 황제가 오랫동안 침묵하다가 입을 뗐다. 봉 부인이 고개를 가로저었다.

"폐하, 잘 아시겠지만 그때 태자가 이끄는 군대가 그들의 뒤를 따라 천 리를 쫓아갔습니다. 그리고 초왕 전하께서 천종곡(千踪谷)에서 그들을 가로막아 전멸시켰습니다……. 봉호도 소인이 당시에 골짜기에서 주

운 아이입니다. 순간 안타까운 마음이 들어 거두어들인 것입니다. 이후
로 오랜 세월이 지나도록 그 조직 사람은 한 번도 본 적이 없습니다. 만
일 정말로 누군가가 살아 있다면 저희들 앞에 벌써 모습을 드러냈을 것
입니다……. 지금까지 저희가 어떻게 지내 왔는지 폐하께서도 잘 아시
리라 여겨집니다…….'

천성 황제가 초점이 흐려진 눈빛으로 추명영과 두 자녀가 십수 년
동안 겪어 온 고통을 떠올렸다. 그도 마음이 편치 않은 듯 선뜻 말을 꺼
내지 못했다. 봉 부인은 천성 황제가 한눈을 파는 사이 몸을 뒤로 조금
씩 움직였고, 손을 뻗어 아들의 수면혈을 꾹 눌렀다. 봉호가 어리벙벙한
상태로 깨어나자마자 크게 소리쳤다.

"아, 전 아무것도 모릅니다. 아무것도 몰라요. 살려 주세요. 살려 주
세요."

봉호의 눈빛은 공포에 질려 있었다. 누가 봐도 악몽을 꾼 것이 틀림
없었다.

"우리 강아지."

봉 부인이 봉호를 품속에 끌어당기고 두 눈을 지그시 감았다. 천성
황제는 감옥 위쪽에서 아무 말 없이 서로를 끌어안고 있는 두 모자를
한참 동안 바라보았다. 그들은 길게 드리워진 어두운 그림자 속에 깊이
가라앉아 있었다.

"우리 착한 강아지……."

봉 부인이 몸을 돌리지 않고 계속 눈을 감은 채 봉호를 끌어안았다.
눈에서 뜨거운 눈물이 세차게 흘러내렸다.

"무서워하지 마……."

1일 전.

철창 앞에 햇빛이 짧게 드리워져 있었다. 해가 막 떠올랐거나 저무

는 무렵인 듯했다. 벽면에 내려앉은 빛이 손가락 길이밖에 되지 않았다. 봉 부인은 얼굴에 아무런 표정도 드러내지 않고 빛살을 응시하다가 애달픈 눈빛으로 봉호를 바라봤다. 조금이라도 더 아들의 모습을 눈에 담아두려는 눈빛이었다. 봉호는 철창을 붙들고 바깥쪽을 두리번거리며 끊임없이 물었다.

"어머니, 제가 어제 자다가 일어났을 때 누군가 나가는 걸 봤어요. 그 사람이 뭘 물어보러 왔던 거죠? 저희를 언제 풀어 준대요? 언제 나가게 해 준다고 그러던가요?"

"얼마 안 남았다."

봉 부인이 담담하게 말했다.

"이제 곧 끝날 거야."

"그럼 정말 다행이고요."

봉호의 눈동자에 기쁨의 빛이 반짝 흘렀다.

"어머니, 걱정 마세요. 제가 나가면 반드시 어머니를 구해 드릴게요."

"우리 봉호는 정말 착하구나."

봉 부인이 봉호에게 미소를 지어 보였다.

"이 어미가 너만 믿는다."

봉호가 무거운 쇠사슬을 잡아당기자 철커덩철커덩, 하는 소리가 감옥 안에 울려 퍼졌다. 봉호가 봉 부인에게 응석을 부리며 말했다.

"이게 너무 무거워서 도저히 잠을 잘 수가 없어요."

"이제 금방 괜찮아질 거야."

봉 부인이 무거운 쇠사슬을 손안에 쥐고 봉호가 느낄 무게를 줄여 주었다.

"곧 괜찮아질 거야."

무거운 발걸음 소리가 들려왔다. 계단 끝에 사람 그림자 몇이 나타났다. 붉은 갑옷에 금빛 깃털을 단 자들이었다. 그들의 눈빛은 냉담하고 근엄했다. 앞쪽의 두 사람은 손 위에 쟁반을 받쳐 들고 있었다.

"절 풀어 주려고 오신 건가요?"

봉호가 크게 기뻐하며 철문을 향해 번개같이 뛰쳐나갔다. 봉 부인이 경악한 눈빛으로 바들바들 떨었다.

찰칵.

용수철 장치가 열세 번 연달아 소리를 내더니 겹겹이 채워진 정교한 자물쇠가 열렸다. 앞에 서 있던 두 사람이 쟁반을 받쳐 들고 철창 안으로 들어왔다. 첫 번째 쟁반 위에는 술 한 잔이 놓여 있었다. 두 번째 쟁반 위에는 환약 한 알과 궁궐에서 입는 여성용 치마와 저고리 한 벌이 있었다.

"부인."

앞장선 남자 하나가 차분한 목소리로 말했다.

"폐하께서 부인이 이걸 보시면 바로 아실 거라며 직접 술을 건네라고 명하셨습니다."

봉 부인의 눈길이 천천히 저고리와 치마 위를 스치고 지나갔고 마지막에는 술잔에서 멈춰 섰다. 봉 부인의 눈빛 속에 거무스름한 빛이 떠올랐고 어떤 감정도 드러나지 않았다. 봉 부인은 이미 마음속 깊은 곳에 모든 빛을 감춰두고 다른 사람이 들춰 보는 것을 원하지 않는 것 같았다. 봉 부인이 천천히 몸을 일으켰다. 이때 봉 부인의 뼈마디에서 뚝뚝 끊어지는 듯한 소리가 들려왔다. 봉 부인은 첫 번째 쟁반 앞으로 느릿느릿 걸어가 술잔을 들어 올렸고, 오랫동안 술잔을 받쳐 들고 있었다. 마치 시간이 멈춘 것처럼 봉 부인은 그 자리에 굳어 있었다. 하지만 점차 손가락이 떨리기 작했다. 먼 곳에서 잿빛의 희미한 빛이 비춰 들어왔고, 무색투명한 술이 잔 안에서 일렁였다. 봉 부인이 잔을 든 손을 천천히 위로 올렸다. 그 순간 금우위는 줄곧 침착함을 유지하던 눈앞의 여자가 이 술을 자신의 입 안으로 털어 넣으려는 줄 알았다. 하지만 봉 부인은 몸을 돌려 봉호에게 다가갔다. 금우위는 안도의 한숨을 내쉬며 봉 부인의 꼿꼿한 뒷모습을 바라봤다. 눈빛 속에는 탄복과 경멸의 기색이 동시에 스쳐 지나갔다. 금우위는 한 발 뒤로 물러섰다.

"호야, 마시겠느냐?"

봉 부인이 편안한 표정으로 술잔을 들고 봉호의 앞에 섰다.

"술을 마시거라."

봉호는 봉 부인이 술잔을 들어 올릴 때부터 그 자리에 돌처럼 굳어 있었다. 입술이 바들바들 떨렸고 눈빛도 이미 공포에 질린 쇳빛으로 변해 있었다.

"어머니……. 어머니……. 지금 뭐하시는 거세요? 이게 뭐예요?"

"술이란다."

봉 부인이 조용히 술잔을 건넸다.

"싫어요! 싫어요!"

봉호가 악을 쓰기 시작하더니 쇠사슬을 잡아끌며 벽 모퉁이로 돌진했다. 벽을 기어오르려다 말고 고개를 돌려 마수를 보는 것처럼 봉 부인의 손을 쳐다봤다.

"어머니가 절 속였어요. 절 속였다구요. 속였어, 속였어! 싫어, 싫다구요……."

봉호는 실성한 듯 울부짖으며 무서운 물건을 물리치려고 두 손을 마구 휘둘러 댔다. 봉 부인이 미처 피하지 못하고 술을 조금 쏟았다. 금우위가 황급히 앞으로 달려 나와 술잔을 받아 들었다.

"전 폐하의 분부를 따르지 못할 듯합니다."

봉 부인이 감정을 억누르고 금잔을 금우위에게 돌려주었다. 그리고 원래의 자리로 돌아가 봉호를 등지고 앉았다.

"대신 부탁드립니다."

두 명의 금우위 대원이 서로 힐끗 바라보더니 고개를 끄덕였다. 천성 황제는 반드시 봉 부인이 봉호에게 술을 먹여야 한다고 말한 적은 없었다. 그저 봉 부인이 직접 술을 건네기만 하면 됐다. 천성 황제는 봉 부인을 용서하는 마음으로 기회를 주고 싶었던 것이었다.

금우위 대원 두 명이 술잔을 받쳐 들고 봉호를 향해 걸어갔다. 봉 부인은 미동도 없이 벽만 마주하고 앉아 있었다. 먼 곳에서 등잔불의 불빛이 새어 들어왔고, 뒤에 있는 사람들의 그림자가 벽에 길게 늘어졌다. 이리저리 흔들리는 귀신처럼 벽 위를 정신없이 왔다 갔다 했다. 건장한 자의 그림자와 나약한 자의 그림자……. 흔들리는 금잔에 가득한 독주……. 벽 모퉁이로 숨으려 해도 숨을 곳이 없는 소년……. 큰 손이 바닥에 쓰러진 몸을 강하게 누르고……. 그림자 하나가 다른 그림자 하나를 짓밟으며 억지로 입을 찢어 술잔의 술을 들이붓고……. 비명, 도망, 애원, 거절, 몸부림, 읍소, 헐떡임…….

봉 부인은 조금의 움직임도 없이 눈만 껌뻑거리고 있었다. 굳게 입을 다문 채 눈앞에서 일어나는 모든 상황을 처음부터 끝까지 고집스럽게 지켜봤다. 반 각이 지나자 모든 것들이 고요한 상태로 돌아갔다. 두 번째 쟁반이 봉 부인의 앞에 놓여졌다.

"부인, 여기 화공산 *무술 고수의 무공을 점차 약화시켜 없애는 약을 드신 후에 옷을 갈아입으십시오."

금우위가 환약을 가리키며 말했다.

"폐하께선 영안궁(寧安宮)에서 부인을 기다리고 계십니다."

봉 부인이 몸을 일으켜 뒤쪽으로 걸어가 봉호가 누워 있는 곳으로 향했다. 봉호는 버릇없고 제멋대로 날뛰던 아이였다. 봉 부인의 손에 응석받이로 키워져서 세상물정도 모르고 법도 하늘도 무서운 줄 몰랐다. 하지만 이 아이는 이제 다시는 세상에 제 목소리를 낼 수 없게 되었다. 봉 부인은 얼음처럼 차가운 철제 바닥에 무릎을 꿇고 이제 곧 생명의 끈을 놓아 버릴 아들의 몸을 마지막으로 자신의 품에 꼭 끌어안았다.

봉 부인은 서늘하게 식어 버린 봉호의 얼굴을 부드럽게 쓰다듬더니 몸부림을 칠 때 묻었던 흙먼지를 털어 주었다. 등잔불 아래에서 불그스름했던 봉호의 낯빛이 어느새 처량한 달빛처럼 창백하게 변해 있었다. 이내 어디서 불어오는지 알 수 없는 바람이 주위를 선회하였고, 봉 부인은 사방을 둘러싼 시커먼 철벽에 갇혀 흐느껴 울었다.

봉호가 마지막 숨을 끌어 모아 눈을 떴다. 까마득히 떨어져 있는 사람을 마주한 것처럼 봉 부인을 낯설게 바라봤다. 잠시 후 봉호는 애달프게 신음하더니 힘겹게 손을 내뻗어 봉 부인의 손을 잡아끌었다. 봉 부인이 제 배 위에 손을 올려놓고 부드럽게 문질러 주길 바랐다. 기어들어 가는 목소리가 겨울바람에 못 이겨 곧 끊어질 듯한 거미줄 같았다.

"어머니…… 너무 아파요……"

손이 허공에서 무력하게 허우적댔다. 봉호는 곁에 있는 가족이 장이 뚫리고 배가 문드러지는 고통을 함께 느껴 주길 바라고 있었다. 어려서부터 지금까지 늘 아픈 배를 만져주었던 것처럼. 하지만 무력한 손은 봉 부인의 손가락을 잡아끌지 못하고 아래로 툭 떨어져 버렸다. 봉호는 누워서 눈을 크게 뜨고 있었다. 눈에서 흘러나오는 흐릿한 빛이 사방으로 흩어졌다. 최후의 숨결이 밤의 통곡 속에서 처량하게 사라지고 있었다. 죽기 직전 봉호를 괴롭힌 것은 타는 것 같은 통증이었다. 봉호는 일생의 마지막 순간에 가족의 손을 붙잡고 아픔을 나누고 싶었다. 죽음의 배후에 있는 오싹한 진실에 대해서는 알고 싶지 않았다. 봉호는 어머니의 온기를 지닌 채 머나먼 여정을 떠나려 했다. 짧은 일생이었지만 어머니는 그에게 모든 것을 내어주었다. 봉호는 평생 이기적인 행동을 일삼았고 옳지 않은 일도 서슴지 않았다. 그리고 마침내 그에게 주어진 운명은 그의 목숨을 거두어 갔다. 봉 부인의 손도 허공에서 딱딱하게 굳어 버리고 말았다. 봉 부인은 죽어서도 감지 못하는 두 눈동자를 한참 동안 응시할 뿐 손을 내밀어 봉호의 눈꺼풀을 감겨 주지 못했다.

'아들아……. 날 보려무나. 날 똑바로 보려무나. 널 데려다 기른 그날부터 난 이렇게 맹세했다. 너의 짧은 인생에서 딱 한 번만 널 아프게 할 것이다……. 딱 한 번만……. 이 한 번을 위해서 난 지난 십오 년 동안 네가 원하는 것은 모두 다 들어 주며 마음의 빚을 갚고 있었다. 하지만 나도 안다. 어떤 것으로도 네게 보상이 되지 않는다는 걸……. 목숨보다 더 중요한 것은 없으니까……. 호야. 날 똑똑히 보려무나. 여기 천하에서 가장 박정한 어미가 있다. 세상에서 가장 뻔뻔하고 가장 잔혹한 여자가 여기 있다. 그 여자는 십오 년이란 시간 동안 널 죽이기 위해 기다리고 있었다…….'

벽 위에 내려앉은 햇빛이 손가락 하나 길이만큼 옆으로 옮겨져 있었다. 봉 부인은 화공산을 입속으로 집어넣고 치마와 저고리를 갈아입으면서 다시는 봉호 쪽으로 눈길조차 주지 않았다. 두 명의 금우위 대원이 시체를 노란 비단으로 싸매어 끌고 나갔다. 천성 황제의 두 눈이 직접 시체를 확인하고자 했다.

금우위가 돌아와서 재촉하자 봉 부인이 조용히 몸을 일으켰다. 봉 부인이 계단에 발을 내딛으려는 순간 새까만 눈썹 사이에서 스산한 빛이 뿜어져 나왔다. 햇빛조차 뒤로 물러날 지경이었다. 지켜보던 사람들은 슬픔에 잠긴 채 쉽게 발걸음을 떼지 못하는 여자의 우아하고 아름다운 자태에 마음을 빼앗겼다. 등을 곧게 편 봉 부인은 영안궁을 향해 걸음을 옮겼다. 걸음걸이가 중후했고 빠르지도 느리지도 않았다. 긴 치맛자락을 뒤로 질질 끌며 걸어가는 모습이 마치 하얀 깃털이 맑은 거울처럼 빛나는 흰 대리석 위를 스쳐 지나가는 듯했다. 이때 거센 바람이 휘몰아쳤고 봉 부인의 머리카락이 사방으로 나부꼈다. 처음에는 새까만 가닥들이 펄럭이는가 싶더니 눈 깜짝할 사이에 눈이 내린 듯 새하얀 가닥으로 바뀌어 있었다. 뒤에서 따라오던 금우위가 이 광경을 보고 깜짝 놀라서 서로의 얼굴을 쳐다보았다. 봉 부인이 감옥에 들어갈 때만 해도 분명 까만 머리였는데 어느새 이렇게 바뀐 것인지 영문을 알 수 없었다.

앞서 가는 여자는 고개를 빳빳이 들고 침착하게 걷고 있었다. 복도를 지나 화원을 통과하고 오솔길을 건너 궁전으로 들어갔다. 양 어깨는 가냘팠지만 뒷모습은 매우 곧았다. 그리고 아무도 목화솜처럼 새하얀 봉 부인의 얼굴에 담담한 미소가 떠오른 것을 눈치채지 못했다.

'지미, 넌 그들의 보호를 받으며 안전한 곳까지 피했느냐. 아니면 아직 피하지 못한 것이더냐. 네 성격대로라면 이미 제경으로 돌아오고 있을지도 모르겠구나. 하지만 남해와 제경 사이가 아득히 멀어서 네가 도착하기 전에 막이 내릴 것 같구나. 네가 돌아와도 아무 문제가 없도록 이 어미가 완벽히 매듭을 지어 놓으마. 앞으로 평생 지금 같은 위험이 널 위협하지 않도록 마무리를 잘 지을 것이다. 아주 오래 전에 어미가 사랑하던 사람이 말했단다. 무슨 일이든 유종의 미를 거두는 게 제일 중요하다고. 지미, 너도 그러길 바란다.'

녹지 않는 눈

겹겹이 둘러싸인 구중궁궐. 아홉 개의 문을 통과해야 들어갈 수 있는 고래 등 같은 황궁.

하늘로 날아오르는 용과 춤추는 봉황을 새긴 난간과 옥으로 만든 계단에 햇빛이 눈부시게 내려앉았다. 긴 치맛자락을 끌며 계단을 오르는 무거운 발걸음이 어슴푸레한 궁궐의 깊은 곳을 향했다. 궁궐을 뒤덮은 어두운 그림자 속에서 누군가가 다급한 기색으로 몸을 일으켰다. 봉 부인이 살짝 고개를 들고 똑바로 서서 차분하면서도 애달픈 미소를 드러냈다. 이 미소는 천성 황제의 눈에 가파른 절벽 위에 고요히 피어 있는 한 떨기 싱그러운 꽃처럼 보였다. 얼핏 강인해 보였지만 뒷모습에서 사람의 마음을 뒤흔드는 연약함이 묻어나는 여인이었다.

"명영⋯⋯."

천성 황제는 감정에 북받친 듯 손을 내뻗으며 부드러운 목소리로 봉 부인을 불렀다. 봉 부인은 천성 황제를 뚫어져라 쳐다보다가 절을 올리지 않고 미소만 머금은 채 앞으로 걸어 나갔다. 천성 황제는 다가온 봉 부인의 창백해진 두 손을 잡고 세심하게 어루만졌다. 봉 부인의 손은 부드럽고 섬세한 감촉이 아니라 메마른 누에고치 껍데기를 만지는 듯했다. 천성 황제는 이 누에고치 같은 손이 이십 년 전 검을 들고 무예를 연마할 때부터 지금까지 고생스럽게 지내온 결과로 만들어진 것임을 잘 알고 있었다. 천성 황제는 복잡한 연민의 감정을 품고 봉 부인의 손을 꽉 쥔 채 쉬지 않고 말을 늘어놓았다.

"명영, 결론적으로 너도 다른 사람에게 속은 것이지 않더냐. 나라에 큰 공이 있는 널 짐은 차마 죽일 수가 없구나. 하지만 이런 대역죄를 알리지 않고 그냥 넘기면 경우에 크게 어긋날 것이니……. 후궁에 가면 지금 사용하지 않는 버려진 궁전이 있다. 공무를 보는 호윤헌에서 아주 가깝긴 하지만 매우 은밀한 곳이니라……. 넌 그곳에 가서 조용히 지내며 이후에 절대 밖으로 나오지 말아야 할 것이다."

봉 부인이 눈을 아래로 내리깔고 순순히 천성 황제의 친절한 배려의 말을 듣고 있었다. 조금 숙인 얼굴 때문에 입가에 걸린 조소를 상대방은 전혀 알아채지 못했다.

이런 일은 본래 아무도 알 수 없는 황실의 비밀 사안이었다. 누구를 살리고 누구를 죽이는지 다른 사람에게 알릴 필요도 없었고 그냥 넘기고 말고 할 것도 없는 일이었다. 봉 부인은 지난날 위기에 빠진 황제와 나라를 구하는 엄청난 공훈을 세웠지만 그녀에게 돌아온 것은 너그러운 척하는 위선이 고작이었다. 폐궁에서 여생을 보낸다면 몇 척 되지 않는 좁은 궁실에 유폐되어 한 발자국도 밖으로 나가지 못하게 될 것이고, 천성 황제 혼자만 알고 있는 전유물로 전락하고 말 것이었다. 천성 황제는…… 언제나 이렇게 박정하고 이기적인 사람이었다.

봉 부인은 옅게 웃으며 결연한 표정을 감추고 기쁜 듯 말했다.

"삼가 폐하의 명을 받들겠습니다."

"명영……."

천성 황제의 눈 속에 한 줄기 기쁨의 빛이 스쳐 지나갔다. 겹겹이 드리워진 휘장을 걷어 내고 봉 부인의 손을 살포시 잡아끌었다.

"이리 오거라……. 널 자세히 보고 싶구나……."

금실로 짠 금빛의 휘장은 여러 겹으로 드리워져 두껍고 무거웠다. 한 층씩 걷어 내고 나아갈 때마다 봉 부인은 인생에 끝없이 들이닥치던 고난과 좌절, 그리고 무거운 압박이 떠올라 가슴이 아려 왔다. 지난 세월 동안 봉 부인은 누가 살짝 건드리기만 해도 찢어지는 거미줄처럼 저항할 힘도 없이 모진 풍파에 휩쓸려 살아왔다.

천성 황제가 봉 부인의 어깨를 잡아끌었다. 봉 부인의 눈에 주렴과 옥 침대가 들어왔다. 침실은 모두 침향나무로 꾸며져 있었다. 남자가 여자의 손을 부드럽게 잡아당기며 오랜 세월 동안 바라고 바라던 사랑의 꽃을 피우려 했다. 여자는 기쁜 표정으로 남자의 품에 살포시 기대었다. 천성 황제가 침대 위에 앉아서 봉 부인을 끌어안자 붉은 초의 그림자가 어지럽게 흔들렸다. 여자의 고운 눈썹과 맑은 눈을 자세히 들여다보는 눈빛이 술에 취한 듯 아득했다. 잠시 후 손가락이 봉 부인의 옷깃 위에 부드럽게 내려앉았다.

"폐하……."

봉 부인이 가볍게 밀어내자 당황한 천성 황제가 순간 멍해졌다. 미간에 짙은 먹구름을 드리웠다.

"밝은 불빛이…… 너무 부끄럽습니다……."

봉 부인이 얼굴을 발그스레하게 물들이며 미인 모양의 촛대를 가리켰다. 천성 황제는 미소 지으며 봉 부인을 붙잡았던 손을 놓았다. 봉 부인이 몸을 일으켜 초를 불어서 불을 껐다. 방이 어둠으로 뒤덮였고 휘장 뒤에서 어슴푸레한 햇빛이 스며 들어왔다. 천성 황제는 침대 위에 몸을 눕혔고 어둠 속에서 여인이 살랑살랑 몸을 흔들며 다가오기를 기다리고 있었다. 여인의 가느다란 손가락 사이에 꽃을 꽂고 함께 뜨거운 사랑을 나누기를 기대하고 있었다.

퍽.

음울한 소리가 무겁게 울려 퍼졌고, 침대 전체에 미세한 진동이 느껴졌다. 반쯤 눈을 감고 아름다운 꿈에 도취되어 있던 천성 황제는 누군가가 침대 다리에 부딪친 것을 알아채고 놀라서 벌떡 일어났다.

"이게 대체 무슨 일이더냐?"

아무런 대답도 들리지 않았다. 궁인들도 멀리 궁전 밖으로 물리쳐서 천성 황제의 목소리가 닿지 않았다. 어둠 속에서 무거운 쇳내 같은 것이 희미하게 퍼졌는데 어디선가 맡아 본 적이 있는 냄새였다. 천성 황제는 심장이 요동쳤다.

"명영!"

천성 황제가 침대 아래에 놓여 있던 실내화에 발을 넣자마자 신발이 축축하게 젖은 것을 느꼈다. 봉 부인이 바닥에 쓰러져 있는 모습과 구불구불 이어진 진한 빛깔의 액체가 바닥의 금 벽돌 위에서 조용히 번져 나가는 모습이 눈에 들어왔다. 천성 황제가 한걸음에 달려가 휘장을 열어젖혔다. 밝은 햇빛이 실내를 환하게 비추었다.

"폐하……."

봉 부인이 마지막 숨을 거칠게 몰아쉬며 질퍽한 피바다 위에서 황제를 향해 손을 내밀었다. 피로 물든 손가락이 옥으로 다듬은 듯 고왔다.

"소인은……."

천성 황제는 넋이 나가 그 자리에 굳어 있었다. 봉 부인의 머리맡에 놓인 금을 입힌 침대 다리가 선홍색으로 물들어 있었다. 간담이 서늘해지는 광경이었다. 조금 전 봉 부인은 한 가닥 힘도 남기지 않고 모두 쏟아 부어 스스로 제 관자놀이를 침대 다리에 세게 부딪친 것이었다.

천성 황제는 분노와 비애가 한꺼번에 밀려왔고, 동시에 실망과 의혹에 사로잡혔다. 그는 발아래로 번져오는 피를 피해 물러서며 멍한 얼굴

風叔

로 봉 부인에게 물었다.

"어째서……. 어째서……. 넌 이토록 짐을 싫어하는 것이더냐……."

"아닙니다……."

봉 부인은 손을 계속 뻗은 채 얼굴에 애달픈 기색을 드러냈다. 관자놀이에서 선혈이 줄줄 흘러내렸고 머리카락을 축축하게 적셨다.

"폐하……."

봉 부인의 기다란 속눈썹에 눈물이 점점 엉겨 붙었다.

"소인 추명영은 당시 재산을 탕진하고 의식조차 해결하지 못하여 오랜 세월 가난으로 고통받았는데…… 심한 부인병까지 걸렸습니다……. 이런 몸이 어찌…… 어찌 폐하를 섬길 수가 있겠습니까. 소인은 폐하를 신처럼 여기는데……. 어찌 더럽혀진 몸으로 폐하를 모독할 수가……."

그 순간 천성 황제는 마음속에서 뜨거운 기운이 용솟음치더니 눈시울로 몰려왔다. 결국 눈물이 주르륵 흘러내렸다.

"명영!"

천성 황제가 봉 부인의 곁으로 다가와 그녀가 내민 손을 붙잡았다. 더 이상 선혈을 피하지 않고 눈물을 흘리며 말했다.

"왜 진즉에 말하지 않았더냐……. 태의에게 살피게 했으면 되었을 텐데……. 설령…… 설령 고치지 못하더라도…… 너에 대한 짐의 마음은 변함이 없을 터인데……."

천성 황제가 몸을 돌려 크게 소리쳤다.

"태의를 부르거라. 태의에게 썩 오라 하지 못할까!"

궁전 밖에 서 있던 궁인들이 허둥지둥 자리를 떴다. 천성 황제는 품속의 여인을 바라보며 아득하고 공허한 마음을 느꼈다.

"소인은 이렇게…… 불결하고 불충한 여자입니다……."

봉 부인이 제 손을 천성 황제의 손 안으로 부드럽게 밀어 넣었다. 눈을 위로 살포시 들어 서글픈 듯 천성 황제를 바라봤다.

"절 곁에 두셨다가는…… 결국 폐하께 폐만 끼칠 것입니다. 황자들은 하나같이 날카로운 칼날처럼 사람됨이 잔인하여…… 폐하의 주위는 온통 가시밭길뿐입니다. 제가 보건대 폐하가 정말 염려되어…… 마음이 편치 않습니다. 소인…… 천한 목숨을 가지고 태어나…… 아무렇지도 않게 목숨을 살려 달라고 청할 수가 없사옵니다……. 폐하께 후환을 가져다 드릴 뿐이옵니다……."

천성 황제가 몸을 파르르 떨었다. 황위를 차지하기 위해 호시탐탐 기회를 노리는 아들들과 역모가 실패하자 자결한 5황자가 떠올랐다. 봉 부인이 걱정하는 바가 모두 맞는다는 생각이 들자 더욱 목이 메었다.

"네가 있어 다행이다……. 이렇게 짐을 생각하고 있었다니. 네가 가여울 따름이니라……."

"이십 년 전부터…… 소인은 폐하를 위해 목숨을 내놓을 수 있었습니다……."

봉 부인의 입가에 하얀 연꽃 같은 미소가 피어올랐다.

"잘못된 길을 가더라도…… 소인 추명영…… 결국 폐하를 위해 죽을 수 있다면…… 진심으로 기쁜 마음으로…… 진심으로…… 기쁠 것……."

천성 황제가 봉 부인을 꼭 끌어안았다. 뜨거운 피가 멈추지 않고 흘러나왔다. 깊은 정을 담은 간곡한 하소연과 함께 봉 부인의 목숨이 한 방울씩 사라지는 것을 느꼈다. 천성 황제는 날카로운 것에 찔리는 것처럼 마음이 아파왔다. 봉 부인이 정말로 자신을 위해 죽음을 택한 것임을 알 수 있었다. 대업을 위해 제 몸을 희생하여 황제를 보전하는 모습이 이십 년 전과 똑같았다.

"이십 년 전에……."

봉 부인이 미소 지으며 나직이 속삭였다. 순간 얼굴에 밝게 반짝이는 빛이 드러났다.

"이십 년 전에……"

천성 황제가 말을 따라하며 중얼거렸다. 눈물이 어려 눈앞이 희미해졌다.

이십 년 전, 새까만 머리카락에 맑게 빛나는 눈동자를 가진 소녀가 천성 황제의 눈앞에 나타났다. 누런 모래가 시뻘건 피바다로 물든 벌판 위에서 번갯불처럼 빠른 검이 천성 황제의 심장을 향해 달려드는 찰나였다. 소녀는 창을 든 손목을 베어내며 크게 외쳤다.

"주상 전하! 제가 구해 드리러 왔습니다."

젊은 천성 황제는 눈을 크게 뜨고 소녀 추명영의 웃는 얼굴을 바라봤다. 피로 칠갑한 붉은 갑옷을 걸치고 보기에도 무시무시한 긴 화살을 어깨 위에 꽂은 채였다. 추명영은 얼굴색 하나 변하지 않고 한 손으로 천성 황제를 붙들고 수십 배나 많은 적의 포위망을 향해 무섭게 달려 나갔다. 참혹하고 장렬한 전투였다.

천성 황제는 상처가 깊어 더 이상 싸울 수 없었고, 전투에서 살아날 가능성은 추명영의 목숨을 건 돌격에 의지하는 수밖에 없었다. 가냘픈 소녀가 무거운 천성 황제를 허리띠로 등에 단단히 동여매고 적의 무리 속으로 거침없이 뛰어들었다. 천성 황제는 무기력한 눈동자로 추명영이 휘두르는 칼에 사방으로 튀는 적들의 피와 추명영의 피를 바라봤다. 추명영이 천성 황제를 더 이상 짊어지고 갈 수 없자 절반쯤 무릎을 꿇고 땅 위로 조금씩 끌고 갔다. 무릎이 울퉁불퉁한 지면에 긁혀 피범벅이 되었고 핏방울이 천성 황제의 눈으로 튀었다. 피는 눈물보다 훨씬 뜨거웠다. 천성 황제는 이글거리는 감정을 끌어안고 스스로에게 맹세했다. 만일 살아서 이곳을 빠져나갈 수 있다면…… 반드시…… 반드시 추명영에게 진심을 다해 대할 것이라고.

그 당시에 했던 맹세가 마음속에서 쟁쟁하게 울렸다. 평생 잊을 수 없을 것이라 생각했지만 오랜 세월이 지나면서 기억은 결국 옅게 흩어지고 말았다. 제왕의 맹세는 귀에 스치는 바람처럼 얇고 가벼운 것이 되었고, 허언이 되고야 말았다. 그리고 오늘 그 여인은 제왕의 품에 안겨 애처로운 미소를 지으며 이십 년 전을 조용히 떠올렸다.

천성 황제는 봉 부인의 손을 꼭 잡았다. 선혈이 불꽃처럼 피어올랐고, 천성 황제는 속에 불이 이는 듯했다. 그는 봉 부인의 귓가에 입술을 대고 조용히 말했다.

"짐은 줄곧 너를 그리워하고 있었다……. 궁전에서 네가 잔을 내던지고 시를 지었을 때 짐의 마음속에는……."

천성 황제의 마음속에는 지금까지 맺힌 것이 있었다. 봉 부인의 죽음을 앞두고 천성 황제는 이에 대해 상세히 물어보기로 결심했다. 당시 궁전에서 봉 부인이 잔을 내던지고 시를 지었을 때 천성 황제는 가슴이 몹시 두근거렸다. 이내 조서를 내려 봉 부인을 후궁으로 봉하려 했는데 얼마 지나지 않아서 그녀가 다른 남자와 사랑의 도피를 벌인 것이었다. 천성 황제의 마음을 그렇게 산산조각 낸 사람은 봉 부인이 처음이었다.

"소인은 감히 폐하를 사랑할 수가 없었사옵니다……."

봉 부인이 손을 뻗어 천성 황제의 까슬까슬한 수염을 섬세하게 어루만지며 애달픈 미소를 드러냈다.

"제왕의 후궁으로…… 일흔두 번째 후궁이 되어…… 소인 추명영은 폐하와 함께할 수 있기를 헛되이 꿈꾸고…… 한평생 배필이 되기를 소망했습니다……. 하지만 그건 불가능했습니다……. 청할 수 없었죠……. 제경에 있는 제 자신이 처량하게 여겨졌습니다. 소인은 다른 남자와 떠난 게 아니라…… 저 혼자 떠난 것입니다……. 그리고 이듬해였습니다. 세상 물정에 어두웠던 전 실의에 빠진 채…… 다른 남자에게 시집을 간 것……입니다."

천성 황제가 멍한 표정으로 봉 부인을 바라보다가 눈물을 흘리며 비통한 목소리로 말했다.

"명영! 짐은 그것도 모르고 널 지난 세월 동안 계속 원망했구나!"

"제가 너무 부족해서…… 너무 욕심이 많아서…… 그렇습니다."

봉 부인이 엷게 웃다가 갑자기 죽음의 예리한 칼날이 심장을 뚫고 지나가는 듯 괴로운 목소리를 냈다.

"죽을 때까지도…… 그 나쁜 성격을 고치지 못했습니다……."

"그만 말하거라……."

천성 황제가 봉 부인을 안고서 오열했다.

"말해다오……. 아직 네가 이루지 못한 소망이 무엇이더냐."

"전 다만…… 폐하의 안녕과 건강 그리고 희락을 바랄 뿐이옵니다……."

봉 부인이 희미해지는 목소리로 대답했다. 가물거리는 눈빛은 한 줄기 구름처럼 허공을 떠돌았고 머나먼 시공 속을 헤매는 듯했다.

"그때…… 궁전에서 잔을 던지고 시를 지었던 일은…… 정말 통쾌했었습니다……."

"이제 그만 마음 놓고 가거라."

뜨거운 눈물이 눈가에서 눈덩이처럼 불어났다. 천성 황제는 반 년 전에 궁전에서 시를 짓던 여인, 봉 부인의 딸 봉지미를 떠올리자 가슴속에서 관대함이 넘쳐흘렀다.

"짐의 안녕과 건강과 희락을 바란다고 하였느냐. 짐 또한 네가 조금도 염려하지 말고 떠나가길 바란다. 네 딸은 짐이 잘 보살펴 주마. 네 딸은 널 무척이나 닮았더구나……. 짐이 봉지미를 군주*황태자의 딸이나 왕의 딸, 황제의 서녀, 친왕의 딸 등을 일컫는 호칭 로 봉하겠다……. 그리고 혼인을 명하마. 혁련쟁과……."

"지미는…… 저와 아주 많이 닮았습니다……."

봉 부인이 봉지미의 이름을 꺼내며 환하고 만족스러운 듯한 미소를 드러냈다. 천성 황제의 손을 꽉 쥐며 말했다.

"군주는 무슨요…… 괜찮습니다. 그저 폐하께서 그 아이를 추명영의 분신으로 여겨 주시기를 바랄 뿐이옵니다……. 지미가 무지하고 실수가 있어도…… 용서해 주십시오……. 혼인을 내려 주시는 건…… 서두르실 것 없사옵니다……. 하지만 그 먼 초원으로 떠나야 한다면…… 제 마음이 찢어질 것이옵니다……."

"혁련쟁 세자는 네 딸에게 잘해 줄 것이다. 그래도 네가 그리 말하니 다시 생각해 보마."

천성 황제는 품속에 안긴 깃털처럼 가볍고 연약한 여인이 몸부림을 치며 쉽게 떠나지 못하는 모습을 보고 눈시울을 붉혔다. 봉 부인은 가느다란 한 가닥 실을 붙잡고 유일하게 남은 가족을 기다리고 있는 듯했다. 천성 황제는 눈물을 닦아 내고 봉 부인을 침대 위에 평평하게 눕혔다. 막 달려온 태의에게 서늘한 목소리로 명했다.

"무슨 수를 써서라도 목숨을 붙들어 놓아라! 이 여인이 봉지미를 볼 수 있을 때까지!"

"알겠사옵니다."

황성 내를 휘감는 어두운 물살이 거세게 소용돌이치고 있었다. 한 여인의 일생을 바친 사명이 피바다 속에서 완수되었다.

성문 밖에서는 봉지미가 나무에 기대어 서서 거센 바람이 휘몰아쳤던 지난 격동의 7일에 대해 듣고 있었다. 흙먼지로 뒤덮인 봉지미의 얼굴에는 핏기가 싹 가신 지 오래였다. '늦었다'는 날벼락 같은 말을 들었을 때부터 눈물도 다 말라붙었다. 나무에 바짝 붙어 있던 봉지미는 더 이상 제 몸을 지탱할 수 없는 듯했다. 종신이 담백한 어투로 말했다. 하나는 봉지미에게 너무나 충격적인 일이고, 다른 하나는 본인도 잘 모르는 일이라고 했다. 봉지미의 마음은 심연으로 깊이 가라앉고 있었다.

봉지미의 어머니와 남동생은 대성황조의 계승과 관련된 일에 깊이 연관되어 있어 황실 비밀 감옥에 갇혔다고 했다. 그 뒤 남동생은 죽었고 어머니는 영안궁으로 끌려갔다는 것이었다. 그리고 얼마 되지 않아 태의가 황급히 영안궁으로 달려 들어가는 모습을 본 자가 있다고 말했다. 종신이 봉지미를 위로하며 말했다.

"어쩌면 부인께서는 작은 부상을 입으신 것일 수도 있습니다……."

봉지미는 고개를 가로저었고 종신이 입을 다물었다. 애써 건넨 위로의 말은 종신 본인조차 믿기 어려운 것이었다. 봉 부인은 지금까지 수십 년을 살면서 작은 부상 따위로 단 한 번도 아픈 내색을 한 적이 없었는데 어찌 그게 가능할 수 있단 말인가. 봉 부인은 도끼를 내려쳐 옥사에서 아들을 꺼내 줄 때부터 결사의 각오로 자신의 모든 것을 걸고 최후의 승부수를 던진 게 틀림없었다. 물론 자기 자신에게는 퇴로를 남기지 않은 채로.

"제가 영안궁으로 가겠습니다."

한참 후에 봉지미가 담담하게 말했다.

"봉지미 아가씨."

종신이 봉지미를 말려 보려 했다.

"너무 위험합니다……."

"어머니가 절 기다리고 계십니다."

봉지미의 목소리는 결연했다. 손을 재빠르게 움직여 위지의 가면을 벗겨 냈다. 종신이 두말 하지 않고 손바닥을 쳤다. 어떤 사람이 나무 뒤에서 휙 나타났다. 그자는 깨끗한 물과 옷가지, 세면 도구를 받쳐 들고 있었다.

"이런 상태로 어머니를 뵈러 가실 순 없습니다. 천성 황제의 의심만 깊어질 뿐입니다."

종신이 이어서 말했다.

"얼굴에 붙은 흙먼지를 우선 씻어 내시지요. 제가 외양을 고쳐 드리겠습니다."

얼굴을 씻고 옷을 갈아입은 봉지미가 원래 했던 분장을 바탕으로 다시 새롭게 화장했다. 종신이 봉지미를 대신해 갈라지고 찢어진 입술 위에 양기름을 꼼꼼히 발라 주었다. 이어서 어떤 함을 가지고 오더니 봉지미의 얼굴 위에 천연두를 치르고 난 후에 남는 옅은 마맛자국을 만들어 주었다. 봉지미는 거울에 제 모습을 비춰 보고는 진짜와 똑같아서 깜짝 놀랐다. 총령 대인의 뛰어난 변장술에 감탄하며 혹시 자신의 가면도 그의 솜씨이지 않을까 잠시 의심이 들었다.

봉지미의 가슴에 이길 수 없는 시름과 고통이 가득 밀려왔다. 아무 말도 하지 않은 채 서둘러 말 위에 올라탄 봉지미는 황성을 향해 거칠게 내달렸다.

'어머니, 기다려 주세요!'

아홉 겹으로 둘러싸인 황성은 황제가 부르지 않는 한 들어갈 수가 없는 곳이었다. 궁정 내부의 뜻은 아직 외성으로 전해지지 않았고, 궁성 문 앞을 지키고 있는 금위군은 쉴 새 없이 드나들며 물 샐 틈 없이 성을 지키고 있었다. 갑자기 거센 비가 내리듯 말발굽 소리가 몰아치더니 말이 나는 듯이 달려왔다. 금위군이 일제히 고개를 돌렸다. 너른 호수의 수면처럼 평활하고 거대한 광장 위로 누군가가 혼자서 말을 타고 돌진하고 있었다. 온몸에 황금처럼 빛나는 햇빛을 뒤집어쓰고 한 줄기 번개가 창공을 뚫고 무섭게 내려치듯 매섭게 달려왔다. 다가오는 자가 두른 검은 치마와 그가 탄 검은 말은 혼연일체였다. 저고리와 치마가 춤추듯 허공에 흩날리며 세차게 펄럭였다. 거센 천둥소리가 울려 퍼지는 순간 창공에서 피어오른 시커먼 구름이 하늘을 뒤덮었다. 금위군은 눈

601

앞에 나타난 신령스러운 준마를 바라보느라 다가오는 자의 풍채와 기개를 보지 못했다. 홀로 말을 몰고 온 자는 이미 코앞까지 다다라 있었다. 이때 세찬 바람이 금위군의 눈을 뒤덮었고, 다시 눈을 떴을 때는 준마도 사람도 이미 자취도 없이 사라진 뒤였다. 하늘과 땅 사이를 가를 듯한 엄청난 기세였다. 기러기의 깃털이 순식간에 손에서 빠져 나가는 듯 눈 깜짝할 사이에 벌어진 일이었다. 금위군이 놀라서 허둥지둥하는 사이 말을 탄 자는 연속으로 두 개의 궁성 문을 지나고 있었다.

태양의 금색 빛살이 어둑한 사람의 형체와 맞닿아 일직선으로 긴 그림자를 빚어냈다. 금빛을 내뿜고 날아가는 화살처럼 제경의 중심지를 관통하여 황궁의 정중앙을 향해 나아가고 있었다. 세 번째 궁성 문 앞을 지키고 있던 수비군들이 멀리서 어렴풋이 들려오는 시끄러운 소리에 머리를 들었지만 짙은 먹구름이 시야를 어둡게 가렸다. 의심스러운 마음에 수비군들이 창을 겨누자 말 위의 사람이 재빨리 몸을 비스듬히 숙이고 손바닥을 펼쳤다. 그 손바닥은 옥처럼 투명하고 맑았다. 금위군은 궁에 들어가기 위한 요패를 내보이는 줄 알고 창을 거두어들였지만 길게 울려 퍼지는 말 울음과 거센 바람 소리만이 귓가를 스칠 뿐이었다. 말과 사람이 이미 세 번째 문을 지나고 있었다. 한 수비군이 허리춤이 가벼워진 것을 느끼고 손으로 더듬어 보았더니 언제인지도 모르게 누군가가 허리춤에 있던 철간*무기의 한 종류을 훔쳐 가고 없었다. 궁성 문을 지키는 자는 어떤 상황에서도 보초를 서는 곳을 함부로 이탈해서는 안 되었다. 크게 당황한 세 번째 문 앞의 수비군은 그 자리에서 큰 소리로 외쳐 긴급 상황이 발생했음을 사방에 널리 알렸다.

기다랗게 뻗어 나간 경고의 외침이 낮게 깔린 구름을 찢고 멀리 나아가 구중 궁성의 넓고 커다란 문을 뚫고 지나갔다. 천성 건국 이래 처음으로 홀로 말을 탄 자가 겁도 없이 백주대낮에 궁 안으로 돌진한 것이었다. 문을 지키라는 명을 받은 금위군은 먼지가 시커멓게 내려앉은 황금 호각을 찾아 시끄럽게 불어 댔다. 하지만 말을 타고 달리는 사람은 한 번도 고개를 뒤로 돌리지 않았다.

봉지미는 이런 모든 일들을 개의치 않았다. 오직 걱정인 것은 봉 부인이었다. 도대체 궁 안에서 무슨 일에 처한 것인지 짐작조차 할 수 없었다. 봉지미가 유일하게 알고 있는 것은 시간이 별로 없다는 것이었다. 요패도 없고 제왕의 부름도 없는 자는 겹겹이 막힌 궁성 문을 지날 때마다 쉴 새 없이 검문을 받아야 했고, 일일이 따져 확인받다 보면 시간을 허비할 수밖에 없었다. 혹여나 궁궐 안에서 봉지미를 불렀다고 할지언정 태감이 미적미적하다 보면 때를 놓칠 게 틀림없었다. 목숨이 너무 길면 대다수의 사람들은 참지 못하고 스스로 제 삶을 끝낼 것이었다. 하지만 목숨이 너무 짧으면 일 초의 시간도 태평하게 낭비할 수 없을 것이었다.

네 번째 궁성 문.

산처럼 우뚝 솟은 초대형의 긴 창 두 자루가 길을 막아섰다. 쩌렁쩌렁한 소리를 울리며 위압적인 기운을 뿜어냈다. 말 주위로 거센 바람이 일었고 커다란 사발 주둥이 같은 말발굽이 물처럼 흐르는 햇빛을 밟아 부수어 사방으로 튀겼다. 긴 창의 끝부분이 차갑게 부릅뜬 두 눈처럼 무척이나 예리해 보였다. 조금도 흔들리지 않는 기세로 세 개의 문을 연달아 돌파한 말 위의 사람을 뚫어져라 쳐다보는 듯했다. 말이 바로 앞까지 다다랐을 때였다. 어디선가 갑자기 금빛이 튀어 나왔다.

채앵 챙.

금빛 창이 햇빛을 가득 머금고 말 탄 자의 손안에서 솟구쳐 올랐다. 창끝을 겨누고 인정사정없이 팔을 휘두르자 금속이 서로 부딪치는 날카로운 소리가 메아리가 되어 울려 퍼졌다. 이내 무게가 백 근에 달하는 긴 창 두 자루가 갈라지고 말았다. 황금빛으로 빛나는 창끝이 허공

風枝

603

을 가르고 지나가자 여러 가지 빛깔의 눈부신 빛이 아지랑이가 피어오르듯 흔들리며 번쩍였다. 무거운 창을 쥔 두 장사가 힘을 이기지 못하고 비틀거리며 뒤로 나자빠졌다. 그 사이 말의 몸이 위로 솟구치더니 30척 높이의 궁성 문을 단숨에 뛰어 넘었다.

다섯 번째 문.

숲을 이룬 긴 창들이 진을 치고 일찍부터 궁성 문 앞에서 기다리고 있었다. 창으로 이뤄진 숲은 천하에서 가장 빽빽한 숲이었다. 새 한 마리도 날아갈 틈을 허락하지 않았다. 금위군이 바싹 마른 입술을 안으로 말고 만전의 태세를 갖추고 있었다. 천성황조 건국 이래 아무에게도 연달아 네 개의 궁성 문을 허락한 적이 없었다. 그러나 오늘 찾아온 자는 지나치게 겁이 없어 앞뒤 사정 가릴 것 없이 일단 밀어붙이며 쳐들어왔다. 수비군 모두가 극도로 긴장하여 심장이 두근거렸다. 잠시 후 금위군의 눈에 신령스러운 검은 준마가 들어왔다. 검은 말은 갈기를 나부끼며 맹렬히 돌진했고 말 위에는 금빛 창이 가로로 놓여 있었다. 하지만 어찌 된 일인지 사람이 없었다. 순간 모두가 넋이 나가 멍해졌다.

'사람은?'

'이미 앞에서 붙잡힌 건가?'

마음의 경계가 느슨해진 순간 말이 코앞까지 다가왔다. 숲을 이룬 창들을 마주하고도 말은 조금도 속도를 줄이지 않고 매섭게 돌진해 왔다. 무릇 무예를 배운 사람이라면 모두 말을 좋아하기 마련인지라 온 세상을 뒤져도 찾기 어려운 최상품의 대월 준마를 보고 금위군의 눈이 돌아가는 것은 당연했다. 게다가 적이 모습을 보이지 않자 금위군은 자기도 모르게 긴장이 풀려 창을 내려놓았다.

창을 내려놓는 그 순간이었다. 말의 배 아래쪽에서 갑자기 눈처럼 하얀 두 손이 뻗어 나왔고 번개 같은 속도로 옆에 있는 금위군의 창들을 전부 손안으로 낚아챘다. 이내 말의 배 아래에서 검은 깃털로 된 것이 뒤집히더니 속에서 사람 하나가 튀어나와 허공 속에 아름다운 호선을 그리며 말 위로 올라탔다. 금위군의 창들은 장작이 묶인 것처럼 한더미로 묶여서 손안에 단단히 들려 있었다. 모두 앞을 향하고 있는 날카로운 창끝이 뒤쪽에 있던 금위군을 향해 거침없이 밀고 들어갔다. 창을 빼앗긴 금위군은 질겁하여 뒤로 물러났다. 뒤쪽의 금위군은 전우들이 차례차례 나가떨어지는 모습에 겁을 먹고 황급히 창을 거두고 뒤로 물러섰다. 순식간에 모두가 뒤죽박죽 섞이면서 제 몸 하나도 수습할 겨를이 없었다. 귓가에 말발굽 소리가 울려 퍼졌고 정신을 차리고 나니 말은 저 멀리 사라진 뒤였다.

여섯 번째 궁성 문 앞.

궁성 위에서 한 남자가 망원경을 들고 멀리 전방의 궁성 문을 내다보며 주변의 동태를 살폈다. 곧 번개처럼 번쩍이는 빛을 내뿜으며 질주하는 자가 눈에 들어왔다. 그자는 푸른 하늘을 손에 쥐듯 너른 손동작을 보였다. 날아가는 새의 깃털처럼 머리카락을 나부끼고 몸을 들썩이는 여인의 모습에서 거센 바람과 타오르는 불길이 연상됐다. 흰색 돌이 깔린 광활하고 기다란 길 위에서 검은 치마를 두른 여인이 연달아 다섯 개의 문을 맹렬하게 뚫고 돌진해 오고 있었다. 찬란하게 부서지는 햇빛을 가르고 모진 바람을 산산이 부수며 단숨에 달려오는 모습이 지켜보는 사람의 마음을 송두리째 흔들어 놓았다.

오래전에 대월과의 전투에서도 이런 여인이 하나 있었다. 그녀는 검은 옷에 붉은 갑옷을 두르고 금빛을 발하는 창을 들고서 검은 말을 몰았다. 시뻘겋게 번지는 피와 불길 속에서 새까만 옷과 긴 머리카락이 펄럭펄럭 춤을 추며 흩날렸다. 용맹하면서도 잔혹한 여인은 창으로 모든 적을 무찌르는 뛰어난 장수였다. 그때는 아직 졸병에 불과했던 이 남자는 여수(女帥)의 휘하에서 천성 여걸의 풍채를 우러러 볼 뿐이었다.

오랜 세월이 지난 후에 남자는 궁성 문을 지키는 수비군을 통솔하는 위치에 올랐다. 방금 그 절세의 여인이 이제 곧 세상을 하직할 것이란 소식을 듣고서 애처로운 마음으로 성루 위에 올라 있었다. 그리고 이곳에서 이십 년 뒤에 나타난 또 다른 여수를 막기 위해 기다리는 중이었다.

"저기 봉지미가 아닌가?"

남자는 곁에 있던 부하에게 물었다.

"영안궁의 일은 이미 들었다. 아무래도 폐하께서 곧 봉지미를 안으로 들이라는 황명을 전할 것 같더구나. 막을 필요 없다."

말이 검은 선 한 줄기를 곧게 그으며 남자가 서 있는 성루 아래를 번개처럼 지나갔다. 남자는 성루 위에 서서 과거의 의연하고 인내심이 강한 여인을 떠올리며 눈시울을 적셨다.

"여수의 뒤를 이을 자가 나타나면 좋겠구나……."

일곱 번째 궁성 문 앞.

황성을 떠들썩하게 만든 검은 말 위의 사람은 용맹한 기세로 서슴없이 앞을 향해 나아갔다. 성문 앞에는 이미 어마어마한 화승총 부대가 준비되어 있었다. 이곳 성문 수비군의 통솔자는 영안궁에서 발생한 일에 대해 전혀 알지 못했고, 여수를 흠모하는 마음을 지니고 있지도 않았다. 오직 황궁의 중심에 다다르기까지 앞으로 남은 궁성 문이 세 개밖에 없어 더 이상 사람이 지나가게 해서는 안 된다는 것에만 신경을 곤두세우고 있었다. 봉지미는 말을 타고 오면서 성문 앞의 전투 대형을 보고 미간을 찌푸리며 금빛 창을 높이 들었다.

"비켜라!"

"속히 말에서 내려와 오라를 받지 못할까!"

성루 위의 남자가 벼락이 내리치듯 크게 소리쳤다.

"황궁에 난입하여 여섯 개의 문을 무작정 밀고 들어오다니, 네가 죽고 싶어 환장을 했구나!"

"폐하께서 입궁을 허락하셨다!"

"요패를 꺼내 보이거라!"

"이제 곧 유지가 내려올 것이다!"

봉지미가 금빛 창을 쳐들며 소리쳤다.

"당장 비켜라!"

성문 수비군의 통솔자는 목청껏 웃어 젖혔다.

"이제 곧 유지가 내려온다? 함부로 입을 놀렸다가 구족을 멸하고 싶은 게냐!"

쓱.

금빛이 번쩍하더니 바람을 가르며 무언가가 날아 들어왔다. 이내 쩌렁쩌렁한 소리가 맑게 울려 퍼졌다. 뒤이어 통솔자의 웃음소리가 갑자기 멈췄다. 금빛 창이 아래에서부터 위로 날아 들어와 통솔자의 눈앞에 있던 푸른 벽돌의 성첩*성 위에 낮게 쌓은 담을 꿰뚫고 나와 있었다. 창은 그의 아래턱에서 겨우 손가락 한 마디 정도 떨어진 곳까지 곧장 돌진해 들어왔다.

"다음 창은!"

봉지미가 장작을 묶어 놓은 듯한 창 더미를 들어 보이며 서늘한 미소를 지었다.

"네놈의 입에 처넣어 주마!"

"감히!"

"길을 비켜라!"

"폐하의 유지입니다아아."

날카로운 태감의 목소리가 다급하게 울려 퍼졌고, 일각을 다투는 매우 긴박한 대치 상황이 순식간에 무너졌다.

"봉지미를 궁 안으로 들이라 전하셨습니다."

성루 위에 있던 남자는 적개심이 가득한 눈빛으로 하는 수 없다는 듯 손을 내저었다. 봉지미는 장작더미 같은 창들을 안고 있었다. 얼핏 웃는 듯 보였지만 자세히 들여다 본 그녀의 얼굴에는 하염없이 눈물이 흘러내리고 있었다.

영안궁은 숨 막히는 정적에 휩싸였다. 공기 속에는 묵직한 쇳내가 배어 있었다. 태의들이 휘장 뒤에서 쉴 새 없이 움직였고 수시로 낮은 목소리로 소곤거렸다. 궁녀들이 금 대야에 맑고 깨끗한 물을 받쳐 들고 들어갔지만 나갈 때는 시뻘건 핏물로 변해 있었다. 천성 황제의 얼굴은 깊은 물속에 가라앉은 것처럼 수심이 가득했다. 그는 내전의 바깥에 앉아서 책을 손에 쥐고 있었지만 한 글자도 읽어 넘기지 못했다.

봉 부인은 이미 위기를 넘길 방법이 없었다. 조금도 살 가망을 남기지 않고 전력을 다해 제 머리를 들이받은 것이었다. 태의는 봉 부인이 진즉에 세상을 떠났어야 했는데 죽을힘을 다해 버티고 있다고 말했다. 천성 황제는 봉 부인이 봉지미를 기다리고 있다는 것을 알고 태감에게 즉시 가서 성문에 이 소식을 전하라고 명했다. 하지만 마음속에서는 이미 희망의 끈을 놓은 지 오래였다. 천성 황궁의 출입 절차는 무척 번거로워서 겹겹이 막고 있는 성문마다 상세한 검문이 이루어졌다. 한번 들어오고 나가는 데 엄청난 시간이 걸리기 때문에 봉지미를 찾으러 가는 일 자체만으로도 만만치가 않았다. 설령 봉지미가 지금 궁성 문 밖에 도착해서 기다리고 있을지라도 이제 들어오면 때를 놓칠 가능성이 컸다. 그런데 왜 봉 부인은 이리도 자기 자신을 괴롭혀 가면서 버티고 있는지 알 수 없었다.

"폐하……"

태의가 황급히 휘장을 걷고 나오며 조심스럽게 말했다.

"아무래도…… 어려울 것 같사옵니다……."

천성 황제의 마음이 쿵 내려앉았다. 봉 부인은 끝끝내 기다리지 못하게 된 것이었다.

"폐하."

태감이 잽싸게 안으로 들어와 천성 황제를 다급하게 불렀다. 천성 황제가 노한 표정으로 눈을 치켜떴다. 그런데 태감이 작은 목소리로 전한 몇 마디 말에 깜짝 놀라 눈이 휘둥그레졌다. 천성 황제의 눈썹이 꿈틀거렸고 손에서 책을 내려놓았다.

"벌써 도착했다더냐? 이렇게나 빨리?"

놀라움을 금치 못하고 큰 소리가 입 밖으로 튀어 나왔다.

"연달아 여섯 개의 성문을 뚫고 지나왔단 말이더냐! 확실히…… 명영의 뒤를 이을 아이로구나……."

천성 황제는 얼마 전에 궁전에서 잔을 던지고 시를 지어 승부를 겨루던 어린 여인의 모습을 떠올리면서 이내 눈에 한 줄기 기쁨의 빛을 드러냈다. 천성 황제가 목소리를 높여 명했다.

"빨리 들이거라!"

사람 그림자 하나가 다급하게 드리워지더니 문 앞에 긴 머리를 내려 트리고 검은 치마를 두른 여인이 모습을 드러냈다. 숨을 몰아쉬는 여인의 이마 위에는 땀방울이 가득했다. 문턱 앞쪽의 절반쯤을 차지한 그림자에서 희미한 빛이 반짝였다. 여인은 재빠른 걸음으로 천성 황제에게 다가왔다. 가까이 다가올 때마다 얼굴색이 하얗게 질려 가는 듯했다.

"왔구나."

천성 황제가 비통한 표정으로 앉아 있었다.

"가까이 가서 만나 보거라."

봉지미는 이 말을 듣는 순간 긴장이 풀려 하마터면 땅에 주저앉을 뻔했다. 봉지미는 제정신이 아닌 상태로 제경을 향해 달려오면서 체력을 다 써 버렸다. 게다가 연속으로 여섯 개의 궁성 문을 뚫고 들어오는 바람에 이미 몸이 쇠약해질 대로 쇠약해진 상태였다. 넘어질 뻔한 몸을 간신히 붙들어 세운 봉지미는 안간힘을 쓰며 차분히 천성 황제 앞에 무릎을 꿇고 이마를 땅에 조아렸다. 그 다음 몸을 일으켜 내전을 향해 내달렸다. 천성 황제는 기쁨과 안도의 표정을 지으며 봉지미의 뒷모습을 바라봤다. 이때 봉지미는 유난히도 추명영과 닮아 보여 천성 황제는 더욱 마음이 놓였다.

봉지미가 내전에 도착하자 다른 사람들은 모두 자리를 비켜 주었다. 봉 부인의 머리 위에 올려진 흰 수건이 상처를 가리고 있었다. 봉 부인은 계속 궁전의 천장만 바라보고 있었는데 어느새 눈빛이 희미하게 풀어져 있었다.

"어머니!"

봉지미가 뛰어들어와 침대 앞으로 곧장 달려들었다. 봉 부인은 현실과 멀어진 듯 희뿌연 눈빛을 띠고 있었는데 봉지미의 외침을 듣는 순간 밝은 빛이 감돌았다. 사력을 다해 눈을 돌린 봉 부인이 봉지미의 손을 찾아 더듬거렸다.

"네가…… 정말 와 주었구나……."

봉 부인의 목소리가 얇은 거미줄처럼 가늘게 떨려 왔다. 입가에는 한 줄기 미소가 살짝 스쳐 지나갔다.

"하마터면…… 내가 못 기다릴 뻔했단다……."

봉지미가 눈을 감고 봉 부인의 손을 꽉 붙잡으며 꿈속을 거닐 듯 부드럽게 말했다.

"어머니의 기다림이 헛되지 않았어요. 제가 이렇게 왔잖아요……."

봉지미가 손을 뻗어 봉 부인의 머리 위에 놓여 있던 흰 수건을 들어 올렸다. 무력한 봉 부인은 봉지미의 손길을 막지 못했다. 봉 부인이 처연한 미소를 드러냈다.

봉지미는 피범벅이 된 끔찍한 상처를 바라보면서 한 번도 눈을 깜빡이지 않았다. 처량하게 내려앉은 짙은 핏빛이 점차 눈 안으로 스며들었고, 마음속으로 스며들었고, 평생 지워지지 않을 기억 속으로 스며들었다. 이때 봉지미는 어머니의 상처를 가슴 깊이 새겼다. 이 음침하고 냉담한 황조가 이들 모녀에게 준 모든 것을 뼛속 깊이 기억하고 싶었고, 십육 년 동안 숱한 고생과 모욕에 시달리며 고통스럽게 몸부림쳤던 지난날을 기억하고 싶었다. 또한 모든 일이 술술 잘 풀리고 봉 부인도 이제 남은 반평생을 여유롭게 보낼 수 있다고 여기던 찰나 누군가가 잔인하게 그녀와 그녀의 가족을 절벽 아래로 밀어 떨어트린 것을 영원히 잊고 싶지 않아서였다. 봉지미는 세상살이의 수많은 고통을 잊고 싶지 않았다. 피투성이가 된 어머니의 상처처럼 찢어지고 터진 피와 살에 대한 기억은 앞으로 봉지미의 마음속에서 조금씩 자라나 날이 갈수록 더욱 더 깊이 새겨질 것이고 영원히 아물지 않을 것이었다.

주렴을 들어 올리고 천성 황제가 안으로 발을 내디뎠다. 그는 끝내 봉지미 모녀에 대해 안심할 수가 없었다. 봉 부인은 아무 말도 하지 않았고 봉지미도 마찬가지였다. 봉지미는 눈을 감고 있었는데 어머니의 손가락이 자신의 손바닥에 글자를 써 내려가는 것을 느낄 수 있었다. 그 손가락은 무력한 듯 가볍게 스칠 뿐이었다. 힘이 부족해서 글자를 완성하지는 못했지만 이것은 봉지미 일생에서 가장 깊이 새겨진 자국이 되었다. 살 속이나 살갗이 아니라 영혼과 무의식에 새겨진 것이었다.

"지미."

천성 황제가 끔찍한 상처를 피해 눈을 돌렸지만 얼굴에는 온화하면서도 가여워하는 표정을 드러냈다.

"너무 상심하지 말거라……."

봉지미는 천성 황제의 부드러운 목소리를 듣고 입가에 한 줄기 섬뜩한 미소를 지었다. 이때 봉 부인이 갑자기 걱정스러운 눈빛을 보내자 봉지미는 어머니의 손가락을 꽉 쥐었다.

'어머니, 무슨 뜻인지 다 알았으니 마음 놓으셔도 돼요.'

봉지미가 고개를 돌렸을 때 섬뜩한 미소는 사라지고 얼굴 전체에 격앙된 비통함이 가득했다.

"폐하……."

봉 부인이 손가락을 힘겹게 움직여 봉지미의 손을 붙잡더니 천성 황제 쪽으로 내밀려고 애썼다. 봉지미는 주저하는 듯 입술을 안으로 말았고 쭈뼛쭈뼛하며 천성 황제를 바라봤다. 두 모녀의 애절한 표정과 행동에 천성 황제의 마음속에서 뜨거운 것이 솟아올랐다. 이내 천성 황제는 한 발 앞으로 다가와 봉 부인이 건넨 봉지미의 손을 받아 쥐었다. 천성 황제는 봉지미의 손을 제 손바닥 위에 올리고 잠시 잡더니 다시 내려놓고서 가라앉은 목소리로 말했다.

"지미, 네 어머니는 나라에 큰 공을 세운 사람인데 짐이 오랫동안 네 어미를 저버렸었다. 그래서 지금 짐이 네게 지난날을 보상하려 한다. 앞으로 짐은 너를 성영 군주로 봉하고 딸로 대할 것이니라……. 그러니 넌…… 이제 안심하거라."

봉지미의 눈물이 소리 없이 얼굴 전체를 타고 흘러내렸다.

"소녀, 성은이 망극하옵니다."

봉지미가 천성 황제의 발아래에서 여러 번 무릎을 꿇고 엎드려 예를 갖췄다. 부들부들 떨리는 봉지미의 손가락이 바닥의 금 벽돌 틈을 파고들었다. 엎드린 자세로 아무 것도 하지 않는 척하며 손가락 끝에 힘을 주고 차갑고 날카로운 날을 세웠다. 한 번 더 힘껏 쑤시자 마침내 틈 사이가 벌어졌고 선혈이 천천히 스며들며 그 사이로 흘러 들어갔다. 그곳에는 어두운 혈흔이 남아 있었는데 그것은 아마 조금 전에 봉 부인이 흘린 피일 것이었다. 봉지미는 마음이 찢어졌지만 울분을 삼키고 천천히 고개를 들어 제 아버지가 눈앞에 있는 듯 무한한 그리움을 담은 눈빛으로 천성 황제를 바라봤다. 천성 황제는 이 아이의 신세가 가련하게 여겨졌다. 앞으로 이 아이가 완전히 고아가 된다는 생각에 가슴이 시큰거렸고, 자기도 모르게 눈물이 눈시울을 뒤덮었다. 봉지미가 바닥에 무릎을 꿇은 채 몸을 살짝 옆으로 틀어 봉 부인에게 눈길을 던졌다. 그런데 봉 부인의 입가가 조금씩 끌어올려지고 있었다. 봉 부인이 웃고 있는 것이었다.

'지미⋯⋯. 나의 지미.'

지금까지 봉 부인은 항상 노심초사하며 소중한 딸을 지켜 왔다. 아무리 비통하고 분해도, 아무리 상심하여 슬픔을 금할 길이 없더라도, 아무리 심한 고통이 다시 일어서려는 마음을 짓눌러 허물어트려도 봉 부인은 한결같이 참아 내며 현명하게 대처했고, 언제나 가장 정확한 선택을 내렸다. 이 선택에는 죽을힘을 다해 버텨야 할 책임과 인내가 따랐다. 한스러움이 극에 달해도 이를 악물고 견디며 마음을 가라앉히면서 살아 왔다. 봉지미는 봉 부인의 이글거리는 원한이 눈 속에 깊게 어려서 변하지 않는 핏빛으로 내려앉는 것을 지켜봐 왔다.

봉 부인은 거센 불처럼 용솟음치는 지난날의 수치와 회한에 잠겨 생사를 오가고 있었다. 봉 부인의 머릿속에 검은 치마를 입고 검은 말을 타고 천성과 아주 멀리 떨어진 강역에서 질주하고 있는 여인이 나타났다. 그 여인은 손에 하얗게 빛나는 긴 칼을 들고 일대를 주름잡으며 한 시대의 흥성과 번영에 커다란 획을 그었다. 봉 부인은 담담하게 미소 지으며 잠시 만족스러운 표정을 지었다. 이 세상은 봉 부인에게 너무 무거운 짐을 지워 주었고, 지난 세월 동안 그녀는 속세의 무게를 감당해 낼 수 없었다. 고통과 근심으로 꽁꽁 묶인 한평생을 억지로 참고 삼켜 왔는데 드디어 최후를 맞아 결연한 마침표를 찍을 수 있게 되었다. 앞으로 그녀가 내디딜 발걸음은 새로운 시작이 될 것이었다. 언제나 손꼽아 기다려 왔던 황혼의 지평선이 어느 황조의 깃발 아래에 잠겨 드는 순간이 찾아온 것이었다. 봉 부인은 많이 지쳐 있었다. 이후의 일은 계속 앞을 향해 나아갈 사람들에게 맡기면 되었다. 이제는 미소를 머금고 돌아가서 허심탄회하게 그와 만날 일만 남아 있었다.

'아, 아직 아니야……. 하마터면…… 하마터면…….'

봉 부인은 마음을 진정하고 사력을 다해 간신히 눈을 떴다. 봉지미를 바라보며 가까이 오라고 표시했다. 봉지미는 눈물 자국으로 범벅이 된 얼굴을 봉 부인의 입가로 가져다 댔다. 봉지미의 얼굴과 봉 부인의 입술이 북극 설산의 만년설처럼 차갑게 식어 있었다. 앞으로 다시는 세상의 밝은 빛을 보지 못할 입술과 앞으로 다시는 따스한 온기를 느낄 수 없을 얼굴이었다.

"어미를 너무 원망하지 말거라……. 네 동생도……."

봉 부인이 미안한 듯 겸연쩍은 미소를 드러내더니 봉지미의 귓가에 대고 속삭였다.

"봉호는 오직…… 네가 죽을 날을 대비해 키워 온 것이었다……."

귓가를 떠다니던 소리가 바람 속에 산산이 흩어졌다. 창 위에 내린 서리처럼 숨결이 서늘하게 얼어붙었다. 봉 부인 일생의 마지막 한 마디가 망치처럼 무겁게 내려치며 한 여인의 심정을 만신창이로 만들었다.

"흐억."

입에서 선혈이 한가득 내뿜어졌다. 사방으로 튄 붉은 피가 알록달록한 수채화처럼 금 벽돌을 붉게 물들였다.

궁중에서 볼 수 있는 하늘은 언제나 네 귀퉁이 안의 창공으로 제한되어 있었다. 네모 반듯한 하늘 조각도 법도와 규율의 울타리를 뛰어넘을 수 없었다. 네모난 관도 마찬가지여서 그 속에 영원히 잠드는 육체는 법도와 규율을 따르는 수밖에 없었다.

봉지미는 가부좌를 틀고 영안궁의 편전에 앉아서 두 개의 관을 마주하고 있었다. 봉 부인이 허리띠에 숨겨 두었다가 건네준 편지를 다 읽은 후였다. 한 자 한 자 꼼꼼히 읽었는데 매우 힘을 들여 쓴 것처럼 보였다. 봉지미는 오랫동안 손에 쥐고 있던 편지를 장명등 가까이 가져다 댔다. 불이 옮겨 붙자 작은 불길이 치솟았고, 가볍게 날리는 재가 되어 땅으로 내려앉았다. 밝은 불빛에 드러난 봉지미의 눈빛은 서늘하기 그지없었다. 심연의 칠흑 같은 어둠이 깊게 내려앉은 듯했다.

하얀 휘장이 바람을 타고 가볍게 나부꼈다. 장명등을 손에 든 봉지미가 혼이 나간 표정으로 두 개의 관 사이로 걸어 나갔다. 관 하나는 봉호의 것이었다. 신원을 확인한 후에는 전례대로 화장터에 보내야 했다. 봉지미는 천성 황제에게 남동생의 온전한 시신을 보게 해 달라고 간청했다. 천성 황제는 봉지미의 눈에 가득한 핏발을 보고 잠시 주저하다가 마지못해 허락해 주었다.

"이는 폐하의 너그럽고 자애로운 배려이십니다."

봉지미에게 시신을 보여주며 태감이 높은 소리로 말했다.

"이제껏 화장터에 들어가는 시신들 중에 온전한 것은 없었습니다."

'폐하의 너그럽고 자애로운 배려라……'

봉지미는 빛이 약해진 장명등 앞에서 싸늘하게 웃었다.

'시신을 건네는 것도 너그럽고 자애로운 배려라고 할 수 있구나……. 하지만 상관없다. 나에 비하면 당신은 확실히 너그럽고 자애로운 게 맞으니까……. 이제 곧 당신은 뼈저리게 깨닫고 후회할 것이다.'

불빛이 사라지기 직전 다시 장명등에 기름을 붓고 봉지미는 몸을 기울여 봉호를 자세히 들여다봤다. 봉호는 커다란 눈을 부릅뜨고 고요히 잠들어 있었다. 죽기 직전 엄습했던 공포와 고통의 빛이 여전히 동공에 남아 있었다. 봉호는 석연찮은 마음으로 발버둥을 치며 떠난 것이었다.

봉지미는 봉호를 오랫동안 응시하다가 천천히 손을 내밀어 얼음처럼 차가운 남동생의 얼굴을 어루만졌다. 봉호를 쓰다듬어 주었던 게 언제였을까. 기억도 나지 않았다. 봉지미는 봉호를 미워했고 만지는 것조차 싫어했고 훌륭한 재목이 되지 못하는 것을 안타까워했다. 어려서는 자신을 따라다니는 빚쟁이처럼 봉호를 귀찮게 여겼고 자라서는 자신의 발목을 잡는 가장 큰 짐으로 여겼다. 봉호가 누나를 대신해 죽음을 기다리고 있던 지난 반 년 동안 봉지미는 몰래 교활한 계략을 써서 봉호를 계속 형부 옥사 안에 가둬 두고 있었다. 불쌍한 봉호는 일생의 마지막 시간을 어둡고 쓸쓸한 감옥 안에서 보냈다. 알고 보니 봉지미는 자신이 가장 큰 짐으로 여겼던 사람에게 영원히 갚을 길이 없는 큰 빚을 진 것이었다. 봉 부인은 봉호를 배신했다고 말했지만 적어도 십오 년 동안은 봉호를 무척이나 아끼고 사랑해 주었다. 봉호에게 온 힘을 다해 보상해 주려 애썼다. 하지만 정작 봉호에게 빚을 진 자신은 지난 십오 년 동안 한없이 냉담하게만 대한 것이었다. 봉지미의 손가락이 천천히 봉호의 얼굴 위를 스쳐 지나갔다.

'호야……. 내 평생 처음으로 그리고 마지막으로 딱 한 번 너를 쓰다듬어 본다. 평생 누나를 위해 살아 왔고 지금은 누나를 위해 죽었구나. 누나의 따뜻한 사랑을 받아 보지 못한 너에게 보상을 하려 해도 이젠 길이 없구나. 항상 한 발 늦는 게 운명인가 봐.'

봉지미의 손가락이 봉호의 크게 떠진 눈을 차마 감기지 못했다.

'호야, 날 좀 보려무나. 그 큰 눈으로 날 자세히 봐. 천하에서 제일 무정한 누나가, 제일 냉정한 가족이, 제일 바보 같은 여자가 여기 있어. 그 여자는 십오 년이란 너의 짧은 생을 무참히 빼앗았어…….'

등잔불의 불빛이 깜빡이는 도깨비불처럼 깊은 밤 어두운 허공을 천천히 떠다니고 있었다. 봉지미는 걸음을 옮겨 봉 부인의 관 앞에 멈춰 섰다.

'어머니……. 제가 이전에도 수없이 어머니께 여쭤 봤었죠. 왕년에 대단한 기세를 뿜내며 선망의 대상이 되었던 화봉여수에게서 누가 맹렬한 투지와 찬란한 빛을 빼앗은 것인지 말이에요. 어머니는 절대로 제게 답을 해 주지 않으셨죠. 그런데 지금처럼…… 꼭 죽음이라는 결말로 이 질문에 답을 해 주셔야 했나요……. 우리 함께 제경을 떠나기로 약속했잖아요. 사람의 머리는 자연의 이치를 따라잡을 수 없다더니 제가 아무리 노력해도 하늘은 지금까지 제 소망을 이뤄 준 적이 없어요. 세상에서 가장 보잘것없는 바람조차도요……. 물론 어머니가 언제까지 절 기다려 주실 수는 없겠죠. 저도 어머니와 함께 자연을 벗 삼아 무릉도원에서 영원히 지낼 수 없다는 건 잘 알아요. 이런 게 운명이라는 건가요? 전 어머니가 어떻게 지난 십육 년 세월을 견뎌 냈는지 감히 상상조차할 수 없어요.

제가 추가 저택에 돌아갔을 때 어머니가 새로 지은 옷을 가져다 주셨죠. 하지만 봉호를 수남산으로 보내려 하지 않으셔서 어머니를 냉대하고 무례하게 굴었던 일을 오늘에서야 다시 떠올렸어요. 그날은 비가 가늘게 내렸었죠. 전 문을 사이에 두고 어머니가 떠나시는 소리만 듣고 있었어요. 제가 얼마나 오랫동안 기다린 줄 아세요……. 기다리다 지쳐 잠이 들었죠……. 그날 어머니는 옷이 몽땅 젖었을 텐데……. 오늘에서야 비로소 알았어요. 어머니는 봉호를 수남산으로 보낼 수 없었던 거죠. 너무 멀리 떠나면 일이 터졌을 때 절 대신해 죽을 수가 없었으니까요. 그래서 봉호를 추가 저택에서 쫓아낼 수도 없었고요. 봉호가 자칫 잘못해서 밖에서 죽기라도 하면 절 대신해 죽을 수 없을 테니까요……. 어머니, 어머니는 저의 유일한 가족의 죽음으로 확실히 깨닫게 해 주셨어요. 시간은 거스를 수 없고, 아무리 참회한들 과거의 잘못은 지울 수 없다는 걸요.

제가 오늘 이 관 속에 어머니와 함께 잠들지 않고 목숨을 부지하긴 했지만, 목숨이 아무리 소중해도 어머니가 우리에게 나눠 주었던 찐빵과는 영원히 바꿀 수 없을 거예요. 봉호가 식탁에서 독차지했던 배추 국수 국물과도 바꿀 수 없을 거예요. 올 한 해 동안 저는 호의호식하며 세상의 부귀영화란 부귀영화는 다 누려 보았지만 오늘에서야 알았어요. 제가 정말로 바랐던 건 세 식구가 식탁에 둘러앉아 머리를 맞대고 뜨거운 배추 국수 국물을 호호 불며 마시는 거였어요. 하지만 이제 다시는 붙잡을 수 없는 꿈이 되었어요. 이 세상은 한없이 적막하고 쓸쓸한 곳으로 바뀌었어요.'

불빛이 점점 희미해졌다. 밤이 깊어지자 하늘에 눈이 흩날리기 시작했다. 눈발의 기세가 심상찮아 보였다. 누가 목화솜을 한가득 뜯어 내 하늘에서 던지기라도 하는 듯 대지 위에는 빠르게 눈이 쌓여 갔고 목화솜 이불보다 두터운 층을 이루었다. 봉지미는 얇은 홑적삼만 걸치고 눈으로 덮인 길을 조용히 걸어갔다. 발목이 차디찬 눈에 잠겼지만 개의치 않았다. 뼛속까지 스며드는 칼바람이 불어닥쳤지만 전혀 추운 줄 몰랐다. 앞으로 봉지미가 추위를 느끼는 일은 다시는 없을 것이었다. 오늘부터 봉지미는 만년설산의 꽁꽁 얼어붙은 눈 속에 깊이 잠든 혈혈단신이 되었다.

'지미, 기다려 줘.'

봉지미의 귓가에 영혁의 목소리가 들려오는 듯했다. 영혁의 편지에 답장을 썼던 일이 떠올랐다.

'제 귀로 직접 갈대숲에 부는 바람이 정말 파도 소리처럼 들리는지 확인해 보고 싶어요. 어쩌면 지나가던 새가 제 옷자락에 깃털을 떨어트릴 수도 있고요. 음……. 영혁, 다음에 저와 함께 한번 더 들어 보지 않을래요?'

하지만 봉지미는 이제 더 이상 영혁과 함께 갈대가 나부끼는 소리를 들을 수 없었다. 신자연이 장악하고 있는 금우위가 췌방재의 문을 뚫고 들어왔을 때 멀리 떨어져 있는 남해의 갈대는 영원히 시들어 버렸다.

언제나 사랑은 옳고 그른 것을 따지지 않고 맹목적으로 달려 나가는 것이었다.

'영혁. 금우위는 당신 것이죠? 맞죠? 우리 봉씨 집안에 대한 조사는 우리가 처음 만났을 때부터 시작된 거였나요? 봉호에 대한 관심은 봉호와 저의 출신에 대한 의심에서 시작된 것이었나요?

이제 보니 전 항상 당신의 표적이었군요. 저에 대한 마음은 사랑이 아니었어요. 저는 황제의 막강한 권력에 생사를 농락당했고, 지금까지 당신의 맞은편에 서 있던 것이었어요. 우리의 만남은 아름다운 운명 같은 게 아니라 나라의 명운을 건 황조 간의 대립이었던 거예요.

아…… 얼마나 어리석었는지, 얼마나 미련했는지……. 타고난 제 운명이 절 가만히 내버려두질 않네요. 제가 시름을 말에 태워 멀리 보내려고 할 때마다 운명은 매섭게 말고삐를 잡아당겨 말을 멈춰 세우고는 제게 가장 무겁고 가장 잔인한 채찍을 건네주죠. 원래 제가 가지고 있던 소망은 이제 전부 구름 속에 떠다니는 허망한 꿈이 되었어요. 아름답게만 보였던 구름이 천둥과 번개로 쪼개지고 갈라져 사납게 몰아치는 바람을 따라 사방으로 흩어져 버렸어요. 밝은 미래가 손을 뻗으면 닿을 정도로 가까이 있다고 믿었었는데…… 초의 항우가 한의 유방을 대파하고 쫓아간 거리만큼 아득히 먼 곳에 있네요.'

인정사정없이 몰아치는 눈보라가 비통하게 울부짖는 밤, 누군가가 밖에서 홑적삼만 걸치고 몸을 바들바들 떨고 있었지만 상관하는 사람은 아무도 없었다.

봉지미는 작은 나무 아래에 몸을 웅크리고 앉더니 손가락으로 어느 이름을 적어 나갔다. 새까만 밤이 하얀 눈으로 환하게 반짝였다. 봉지미는 넋이 나간 듯 그 이름을 하염없이 바라보다가 새빨갛게 얼어붙은 손으로 그 위를 꾹 눌렀다. 봉지미의 벌개진 손이 닿자 차가운 눈이 점점 녹아들었다. 천 가지의 생각과 만 가지의 쓸쓸함이 모여 작은 물길을 이루며 졸졸 흘러갔다. 목숨이나 가족의 정처럼 인생 속에서 다시는 돌이킬 수 없는 소중한 것들이 멀리 떠나가는 듯했다.

동이 틀 무렵 봉지미는 두 개의 관을 붙들고 눈을 밟으며 영안궁 밖으로 한 걸음씩 나아갔다. 눈앞을 가리며 어지럽게 떨어지는 함박눈 속을 걷는 뒷모습이 곧고 슬펐다. 봉지미는 단 한 번도 고개를 돌리지 않았다.

작은 나무 아래에 손바닥의 온기로 녹아내린 이름은 봉지미가 지나간 자리에 조용히 버려졌다. 영원히 멈추지 않을 것처럼 눈이 펑펑 쏟아져 내렸고, 이름을 썼던 그 자리 위를 두텁게 덮어 버렸다.

장희 16년의 제경에는 집에서 쫓겨나 멀리 떠나가는 외로운 소녀가 있었고, 기생집에 살며 심부름을 하던 자가 있었다. 단번에 높은 지위까지 오른 무쌍국사가 있었고, 활기가 넘치고 하는 일마다 흥성하는 소년 흠차가 있었다.

장희 16년의 제경에는 말을 타고 제경을 누비며 풍류를 즐기는 황자가 있었고, 나라를 건국한 매정하고 냉담한 제왕이 있었다. 한 시대를 풍미했던 여수가 살아남기 위해 치욕을 견디고 있었고, 우둔하게 죽음을 기다리고 있는 억울한 소년이 있었다.

장희 16년의 제경에는 겨울날 얼음 호수에서 처음 만난 불길한 운명의 남녀가 있었고, 한밤중 외로운 다리 위에서 멀리서 불어오는 거센 바람을 맞으며 대작하는 자들이 있었다. 여정의 길에서는 부슬비가 내리는 버려진 절에서 서로에게 의지하며 살길을 찾던 자들이 있었고, 정세가 요동치는 남해에서는 생사의 기로에 선 자를 살뜰하게 보살피는 자가 있었다.

장희 16년의 제경에는 일생에서 가장 찬란하고 아름다운 기억을 가슴에 품었지만, 첫눈이 내리는 밤 살벌한 기세를 떨치며 눈보라를 헤치고 나아가는 이가 있었다. 온몸이 새하얀 눈으로 뒤덮였지만 내뿜어지는 광채를 막을 길이 없었다.

시공을 초월한 마음

올해는 장희 16년이었다. 남해의 가을은 황금처럼 찬란하게 눈부셨
다. 먼 산이 넓게 드리워진 한 폭의 푸른 비단처럼 펼쳐지며 게원의 긴
복도 아래를 지나는 물 위에 고요히 내려앉아 있었다. 잔물결이 오르락
내리락하여 물을 내려다보는 사람의 입가에 미소를 떠올리게 했다.

"대인께서 오늘은 기분이 아주 좋아 보이십니다."

곁에 있던 시녀가 연못을 바라보며 즐거운 표정을 짓고 있는 봉지미
를 향해 미소 지으며 놀리듯 말을 걸었다.

"전하께서 이따가 뵈러 오실 듯한데 대인의 얼굴을 보시면 분명 기
뻐하실 겁니다."

봉지미가 '전하'라는 호칭을 듣고 살짝 눈썹을 치켜올리더니 입을
꾹 다물었다. 연못 위로 그 사람의 웃는 얼굴이 떠올랐다. 하지만 연못
아래에서 유유히 헤엄치던 비단 잉어가 지나면서 휘젓는 바람에 겹겹
의 파문 사이로 그의 얼굴이 흩어졌다.

사당에 큰일이 있었던 날로부터 대략 보름쯤이 지났다. 봉지미는 중

병에서 깨어난 후 엄밀한 보호와 세심한 보살핌을 받고 있었다. 계원의 모든 사람들은 봉지미가 거의 죽기 직전까지 갔다는 사실에 놀라서 은자를 손에 쥐듯 그녀의 목숨을 꽉 붙들려 했다. 특히 영혁은 봉지미의 곁에 바싹 달라붙어서 대부분의 일들을 다른 사람에게 맡기지 않으려 했다. 이러다 보니 봉지미는 매일 자는 척을 해야만 했다. 그러지 않으면 영혁이 공무를 처리하러 가지 않았기 때문이었다. 공무를 처리하러 가서도 일하는 속도가 어찌나 빠른지 영혁이 떠날 때 그릇에 담겨 있던 죽이 절반도 넘게 남아 있을 때 그가 돌아오곤 했다. 이전에는 고귀하고 위엄 있는 몸가짐을 하고 길을 갈 때도 두루마기 끝자락조차 남에게 닿지 않도록 조심하던 사람이었다. 그런 그가 요새 들어서는 주변을 의식하지 않고 바람처럼 날듯이 오갔다. 씁쓸한 듯 봉지미의 입가가 안으로 깊게 패였다.

"전하께서 오늘 대인이 답답해하시면 책을 보실 수 있게 하라고 당부하셨습니다. 다만 절대 반 시진을 넘겨서는 안 된다고 하셨습니다."

영혁의 지시에 철저히 따르는 시녀가 책 상자를 받쳐 들고 왔다. 다른 시녀 하나가 서양의 회중시계를 가지고 와 뚜껑을 열고 시간을 맞추어 보더니 반 시진을 재기 시작했다. 이것 역시 영혁의 분부일 터였다. 봉지미는 책 한 권을 꺼내며 자기도 모르게 눈썹을 치켜 올렸다. 책을 보다가 막 재미가 붙기 시작했을 때 시간이 다 되면 어찌하란 것인지. 이렇게 촌각을 다투며 독서를 하면 여유롭고 편안한 정취를 느낄 수 없을 게 뻔했다. 영혁은 겉보기에는 우아하고 고상하게 배려하는 듯하지만 사실상 횡포를 부리고 있는 것이었다.

"됐다."

봉지미가 새침하게 책을 내려놓으며 고개를 돌렸다. 시녀는 계속 봉지미의 책 상자를 받쳐 들고 있었는데 그러다 문득 어떤 생각이 떠올랐다. 봉지미는 손바닥을 내밀며 말했다.

"오늘은 햇볕이 좋으니 책을 보는 대신 장서들을 펴서 말려야겠다."

시녀가 책 상자를 봉지미에게 건넸다. 책 상자는 별로 무겁지 않았다. 남해로 파견되었을 때 장서들을 전부 가져오지 않았고, 가장 중요하고 좋아하는 책들만 골라서 상자 안에 담아 왔다. 봉지미가 책 상자 안에 손을 넣고 책들을 차례로 더듬었다. 예상대로 두께가 얇은 소책자 한 권이 손에 닿았다. 표지가 부들부들한 것이 독특한 감촉이었다. 손가락을 책 위에 둔 채로 두 시녀에게 미소 지으며 말했다.

"갑자기 불도장 *상어 지느러미나 말린 전복 등 수십 가지의 귀한 식재료를 오래 끓여 만든 보양식품. 요리 냄새에 혹한 스님[佛]이 담장을 뛰어넘어[跳牆] 몰래 맛을 본다는 뜻의 이름이 먹고 싶구나."

시녀들이 서로의 얼굴만 쳐다보고 어리둥절한 표정을 지었다. 아침밥을 먹은 지 얼마 되지도 않았는데 그렇게나 만들기 복잡한 요리를 내놓으라니 도무지 이해되지 않았다. 하지만 대인이 요구하는 모든 것을 다 들어 주고, 대인이 좋아하는 모든 것을 자신에게 알려 달라는 전하의 분부가 머릿속에 떠올랐다. 이에 따라 최근 계원의 사람들은 무슨 일이든 지체 없이 진행하고는 했다.

시녀들이 떠나가자 봉지미는 얇은 책자를 책 상자 안에서 뽑아 들었다. 햇빛 아래에서 조심스럽게 펼치자 황금 원숭이 가죽으로 만들어진 표지가 번쩍번쩍 윤이 났다. 봉지미는 강하게 반사되는 빛 사이로 눈을 가늘게 뜨고 책자를 자세히 살폈다. 이 책자는 원래의 주인에게도 환한 빛을 내뿜었을 터였다. 그리고 육백 년을 뛰어 넘어 새로 만나게 된 후대의 주인 봉지미에게도 똑같이 찬란한 빛을 선사하고 있었다. 대성의 신영 황후는 얼마나 특별한 여인이었을까. 전해지는 말로는 신영 황후가 온 마음을 다 바쳐 한 남자를 사랑했다고 하는데 얼마나 뛰어난 인물이기에 그러했을까. 봉지미는 무의식중에 책장을 넘겼고, 종이가 한 장씩 손가락 사이를 부드럽게 스쳐 지나갔다.

'그대여, 부디 훔쳐볼 수 있게 해 주시오.'

'훔쳐보다니 부끄러운 줄 아세요!'

'미리 고하였으니 부끄럽지 않지요.'

'허락하지 않았는데 계속 훔쳐보는 것은 더욱 부끄러운 일입니다!'

봉지미의 입에서 가볍게 웃음이 터져 나왔다. 온 천하에 위세를 떨치는 절세의 제왕 부부가 시시덕거리며 농을 주고받고 있었지만 그들도 어린 남녀에 불과했다. 봉지미는 그 대화를 적은 글씨를 일일이 매만져 보았다. 따뜻하고 부드러운 눈빛에 동경과 선망의 감정이 배어났지만 그 사실을 본인조차 알아채지 못했다. 남의 집에 얹혀살며 업신여김과 능욕을 견뎌야 했던 봉지미는 자신의 일생에는 언제나 쓸쓸한 고통과 터질 것 같은 답답함만이 가슴 가득 쌓일 것이라 여겼다. 그래서 남녀지간의 사랑 따위에는 관심조차 두지 않았었다. 하지만 남해에서 죽을 고비를 여러 번 넘기며 영혁과 함께하면서 봉지미의 눈앞에 점점 화려하고 눈부신 세상이 펼쳐지게 된 것이었다. 마치 속세의 사람이 신선이 산다고 전해지는 봉래산을 우연히 발견하고는 너무나 빼어난 장관에 놀라 경탄하는 것과 같은 느낌이었다. 그것은 두렵지만 헤어 나올 수 없는 아름다움이었다. 단 한 번만이라도 볼 수 있다면 행복해질 수 있을 것만 같았……

봉지미의 손이 멈췄고 얼굴에 홍조가 떠올랐다. 이런 때에 무슨 쓸데없는 생각을 하고 있는가 싶었다. 퍽, 하고 책자를 덮었지만 그 힘이 약해서 꿈같은 소망을 모질게 잘라 낼 정도로 큰 소리는 내지 못했다.

이때 책을 덮는 동작이 엉성했는지 손에서 미끄러진 책자가 그만 땅으로 떨어졌다. 봉지미가 주워들려고 황급히 손을 뻗었다. 하지만 몸이 아직 완전히 회복되지 않아서 관절이 뻣뻣하게 굳은 탓에 손가락 끝을 사용해서 겉면의 책등을 집을 수밖에 없었다. 그런데 그 순간 뭔가 책자 안쪽의 무거운 것이 떨어지는 듯하더니 곧바로 툭, 하는 소리가 들려왔다. 책자의 안쪽 부분이 바닥으로 떨어지면서 손안에는 황금빛 가

죽으로 된 표지만이 남았다. 보아 하니 이 책자는 겉면에 한 겹의 껍데기를 따로 싸 놓은 모양이었다. 오랜 세월이 흐르면서 책자의 겉면과 껍데기가 점차 하나로 붙어버렸는데, 봉지미가 방금 전 표지의 책등만 살짝 집어 들면서 둘은 완전히 분리되어 버린 것이었다. 봉지미는 책자가 찢어질까 봐 서둘러 바닥에 떨어진 것을 들어 올렸고, 갑자기 멍해져 버리고 말았다. 겉면에 쓰여 있는 글자 때문이었다.

'화합되고 안정된 건설적인 발전에 기초하는 오대주(五大洲)의 인재가 되는 지침'

'이게 무슨 말이지?'

그 아래에는 작은 글씨로 무언가가 더 쓰여 있었다.

'태연(太淵) 초등학교, 무극(無極) 중학교, 천살(天煞) 고등학교, 헌원(軒轅) 대학, 북두칠성을 연구하는 석사, 바람을 연구하는 박사, 하늘을 연구하는 박사 취득 후에도 계속 만족하지 않고 맹부요는 오대주에서 졸업 논문을 작성.'

'석사……, 박사……. 그게 뭐지? 논문? 정책을 논하는 문장을 말하는 건가…….'

'국사'로 불리며 뛰어난 재능과 지혜로 제경에서 명성을 떨치는 위대인 봉지미도 고작 두 개의 문장을 보며 바보가 된 듯 멍한 표정을 지었다.

"뭘 보고 있느냐?"

등 뒤에서 갑자기 누군가가 말을 걸었다. 그가 손을 뻗어 재빠르고 단호하게 봉지미의 책자를 낚아채 가더니 제멋대로 그녀의 곁에 자리를 잡고 앉았다. 넋을 잃고 있던 봉지미가 정신을 차려 보니 그 책자는 이미 그 사람의 손안에 들려 있었다. 그 사람은 흥미로운 듯 책자를 쭉 넘기며 훑어보고 있었다.

봉지미가 앗, 하고 소리를 질렀지만 이미 한발 늦은 때였다. 다시 빼앗으려고 했지만 돌이킬 수 없는 상황이었고, 하는 수 없이 일부러 아무 일도 아닌 것처럼 가볍게 웃으며 말했다.

"오늘은 일찍 오셨네요."

"듣자 하니 어떤 사람이 아침 댓바람부터 불도장이 먹고 싶다고 했다더구나."

영혁이 미소 짓자 검은 옥구슬 같은 눈동자에서 찬란한 광채가 넘쳐흘렀다.

"이번엔 또 무슨 간교한 계략을 부리려고 그러는 것이더냐."

"설마요."

봉지미가 억울하다는 듯한 미소를 지어 보였다. 눈동자에는 '날 믿어요'란 네 글자가 크게 쓰여 있는 듯했다. 봉지미는 평소에는 점잖고 냉정한 성격으로 이런 애교가 들어간 말투를 쓰는 경우는 극히 드물었고, 그 덕분에 일순간 사방의 공기가 꿀 향기처럼 달콤하게 변했다. 영혁이 손가락으로 가볍게 책자를 덮었다. 그러고는 봉지미에게 가까이 다가가 허리를 굽히고 소리를 낮추어 물었다.

"그렇단 말이지. 그럼 무엇으로 증명할 수 있겠느냐?"

분명 지극히 평범한 한 마디였다. 그러나 영혁의 입에서 흘러나온 말에는 부드러우면서도 장난스럽게 놀리는 투가 섞여 있었다. 봉지미는 얼굴이 빨개져서 뒤로 물러나려고 시도했다. 하지만 그 순간 영혁의 손안에 들린 책자가 눈에 들어왔고 무언가에 홀린 눈빛으로 우물우물 말했다.

"왜 생떼를 쓰세요."

"어……."

몸을 반쯤 기울이고 기회를 틈타 여자를 유혹하려던 영혁은 생각지도 못한 대답에 몹시 당황했다.

"생……떼……?"

영혁이 기다란 눈썹을 일그러트렸다. 우물거리는 봉지미의 말을 잘못 들은 건가 싶기도 했다. 어쨌든 이 두 글자의 의미가 잘 이해되지 않았고, 직감적으로 어떤 욕을 내뱉은 것이라고만 생각했다. 하지만 지금까지 봉지미가 직접적으로 영혁에게 욕을 한 적은 없어서 적잖이 당황한 것이었다. 영혁은 봉지미 쪽을 바라봤다. 안고에게 중독된 이후 지금까지 줄곧 몸속에서 독을 제거하려고 노력해 왔다. 영징도 영혁에게 약을 찾아 주려고 적지 않은 노력을 기울였지만 단방약*한 가지 성분만으로 병을 다스리는 약으로는 치료하기 어려워서 민남에 도착하기만을 기다리고 있었다. 그 후에 다시 수많은 산들을 다니며 치료약을 찾을 계획이었다. 다만 아직 회복 단계까지는 아니지만 시력이 조금씩 호전되고 있었다. 회백색의 세상 속에서 봉지미의 아름다운 윤곽 정도는 볼 수 있었고, 진한 먹물로 쓴 비교적 돌출된 글자 정도는 한참 더듬으면 대강 무슨 글자인지 추측해 볼 수 있었다. 하지만 이 사실을 봉지미에게 말하고 싶지 않았다. 영혁의 눈이 보이지 않기 때문에 봉지미가 그를 가엽게 여겨서 단호히 거절하던 태도를 바꾸고 때때로 어린 아이처럼 초조해하며 안절부절못하는 모습까지 보였다. 그러니 바보가 아닌 이상 봉지미에게 굳이 이 사실을 알릴 필요는 없었다. 그런데 봉지미는 지금 영혁 쪽을 바라보고 있지 않았다. 방금 전에 내뱉은 말도 영혁에게 한 말이 아닌 듯했다. 봉지미의 눈길은 계속 영혁의 손안에 들린 책자에 꽂혀 있었다.

영혁은 원래 손에 들린 책자 따위에는 조금의 관심도 없었다. 그런데 봉지미가 이상한 태도를 보이자 비로소 고개를 숙여 책자를 살펴보게 되었다. 손가락으로 겉면을 더듬으며 한참을 헤아려 보다가 순간 멍해지고 말았다. 책자의 뒤표지에 화들짝 놀랄 만한 글이 적혀 있던 것이었다. 첫 번째 줄은 진한 먹물을 충분히 먹인 붓으로 썼는지 글자를 쉽게 알아볼 수 있었다.

'왜 생떼를 쓰세요.'

영혁이 아연실색해서 머리를 들었다. 머리를 절반쯤 들다가 황급히 다시 아래로 떨어뜨렸다. 다행히도 봉지미는 책자에 정신이 팔려서 영혁의 이상한 행동을 눈치채지 못했다. 영혁의 손가락이 다시 살그머니 지면을 더듬었다. 다음 줄에는 세게 눌러 썼는지 뒷면까지 먹물이 스며든 조악한 글자들이 삐뚤빼뚤하게 나열되어 있었다.

'더듬긴 뭘 더듬는 겐가. 어딜 쳐다보나. 바로 자네 말일세.'

영혁이 몹시 당황한 표정을 지었다.

'이게 대체 무슨……'

그 다음 줄은 글을 쓴 사람이 탄식하고 있는 듯했다.

'쯧쯧. 이 녀석이 조금 모자란 것 같구나. 그래도 혼인하겠느냐?'

영혁이 눈에 힘을 주고 얼굴색이 이상해질 정도로 이 문장을 뚫어지게 쳐다봤다. 봉지미는 뒤로 물러서면서 안절부절못했는데 가만히 생각해 보니 불안해 할 이유가 없었다. 왜냐하면 영혁은 앞이 보이지 않았기 때문이었다. 다만 한 가지 의문이 머릿속을 맴돌았다. 앞이 보이지 않는 이 인간이 왜 책을 계속 붙잡고 놓질 않는 것인지 이해할 수 없었다. 영혁이 글자를 더듬어서 읽어 낼 리도 없을 터인데 말이었다. 얼굴색이 이상하게 변한 것도 영 찜찜했다.

영혁의 눈에는 봉지미가 책자를 도로 가져가려고 호시탐탐 기회를 노리는 것이 빤히 보였다. 영혁이 웃으며 책자를 앞으로 내놓더니 봉지미에게 다가가 말했다.

"무슨 책이더냐. 내게 읽어 줄 수 있겠느냐."

봉지미가 눈을 흘기며 웃어 보였다.

"우스운 말장난이나 끄적여 놓은 책입니다. 무당 부부 한 쌍이 떠드는 규방 잡담거리에 불과합니다. 전하는 재미없으실 겁니다."

"규방 잡담거리라……"

영혁이 목소리를 길게 뽑았고 말투에서 웃음기가 가득 배어 나왔다.

"나도 그 규방 잡담거리에 대해 알고 싶구나."

다시 열이 솟구친 봉지미의 얼굴이 순식간에 새빨개졌다. 봉지미는 입술을 오므리고 아무 말도 하지 못했다. 본인도 잘 알겠지만 이 세상에서 가장 지독하게 봉지미를 괴롭히는 자는 영혁이었다. 봉지미는 이제 더 이상 물러설 곳이 없었다. 봉지미는 하는 수 없이 영혁에게 다가가서 책자를 받아 들었다. 아래쪽의 문장을 품위 있고 고상한 글로 고치고, 말투도 앞의 것과 다르게 바꿔 읽기 시작했다.

"수백 년 뒤의 일까지 마음 쓸 필요가 있습니까. 주름살이 지는 것을 조심하시지요."

"원보, 당신은 시간이 흐르면 날 거들떠보지도 않겠군요!"

"아, 우리 자기. 내 주름살은 언제나 당신보다 한 줄이 더 많습니다. 평생 당신에게 버려질 것만 걱정하느라고요."

그 문장 아래쪽으로는 무언가 괴로운 걸 참으며 누른 손톱자국 같은 것이 무수히 많았고, 종이가 상당히 헤져 있었다. 그곳에는 글을 쓴 사람이 달아 놓은 추가 설명이 있었다.

"그리고 원보가 빨리 좀 놔 주라고, 급해 죽겠다고 말했다."

그 다음 문장은 글씨가 심하게 삐뚤삐뚤했는데 매우 긴박한 상황에서 쓰인 듯했다.

"얼른 가서 똥을 싸야 하는데……."

영혁이 갑자기 놀라서 기침을 터트렸고, 봉지미는 의자의 가장 깊숙한 곳까지 숨어들어 몸을 웅크렸다. 역사적으로 문화적 업적과 군사적 공적이 천추에 빛나는 대성의 개국 제왕 부부가 서로를 놀리며 시시덕거리는 대화가 이렇게 사람을 수치스럽게 만들 줄은 생각지도 못했다. 이런 와중에 봉지미는 마음속 깊은 곳에서 근심이 솟아올랐다. 영혁은 지금 앞이 보이지 않아 책자를 자세히 살필 수 없었지만, 이것의 존재를 알게 된 것이었다. 혹여나 봉지미에 대해 알아보면서 그녀가 가지고 온

책 상자에 우스운 말장난이나 적혀 있는 책자가 들어 있는 것을 이상하게 여기고 묻는다면 어떻게 해명해야 할지 걱정이었다.

봉지미는 영혁의 안색을 살폈다. 다행히도 영혁은 이들의 요상한 대화에 빠져들었는지 의심스러운 기색을 보이지 않았다. 봉지미는 안도의 한숨을 내쉬었다. 그리고 오늘 이후로는 이 책자를 반드시 잘 숨겨 두고, 날이 밝을 때는 절대 꺼내 보지 않겠다고 결심했다. 봉지미가 목소리를 가다듬고 다시 책자로 눈길을 돌렸다. 대화의 내용이 어느새 바뀌어 있었다.

"내 불쌍한 아이……."

난데없이 심하게 일그러진 글씨가 나타났다. 영혁은 알아채지 못했지만 갑자기 봉지미의 마음이 덜컹 내려앉았다. 누구를 가리키는 것인지는 알 수 없었지만 이 몇 글자에서 애석함, 가여움, 사랑, 무력감 같은 여러 가지 복잡한 감정을 느낄 수 있었다. 육백 년 전 책을 쓴 사람의 마음이 세월을 뛰어넘어 종이를 뚫고 나오는 듯했다. 봉지미는 자기도 모르게 눈시울을 붉혔다.

"아직도 당신의 배 속에 든 그것이 걱정입니다."

품위 있게 읽는다는 것이 그만 울컥해져서 목소리가 조금 갈라졌다.

"부엌에 연와탕을 푹 끓여 놓는데 맛이 아주 진합니다. 한 그릇 마시러 가지 않으시겠습니까? 우리 자기."

"싫습니다. 원보탕을 먹겠습니다!"

이번 글자들은 더욱 비뚤게 나열되어 있었다. 아무래도 어디론가 질질 끌려가는 것처럼 보였다. 봉지미의 얼굴에 웃음꽃이 활짝 피어올랐다. 억지로 끌려간 곳에서 누군가가 발버둥을 치며 기어 나오려는 모습이 눈에 선했다. 그 아래를 보니 분노의 손톱자국이 한 줄 그어져 있었다. 가장 마지막 부분에는 큰 글씨가 몇 장에 걸쳐 난폭하게 휘갈겨져 있었다.

"이 녀석이 나한테 지금……."

누군가가 후다닥 쫓아와서는 부글부글 끓어오르는 속을 부여잡고 이 한 마디를 덧붙인 듯했다. 그 다음 장으로 넘겼지만 텅 빈 책장만 나타났다. 문장이 완성되지 못하고 말이 툭 끊겼다. 봉지미의 몸이 떨려 왔고 순간 끝없는 실의에 빠져 들었다.

어찌 된 일인지 모르겠지만 봉지미는 육백 년 전의 제왕 부부에게서 줄곧 친근하고 그리운 감정을 느낄 수 있었다. 희롱과 풍자가 난무한 대화뿐이었지만 따뜻함이 마음에 스며드는 것 같았다. 봉지미는 계속 책자를 뒤적거리며 혹시 짧게라도 다른 말이 더 쓰여 있는지 찾아봤다. 그러나 노력은 소용이 없었고 커다란 실망만 느껴졌다. 봉지미는 제왕 부부의 대화를 읽으며 조금 울적하기도 했지만 아주 즐겁기도 했었다. 그런데 이것이 마지막 말이었으며 더 이상 다른 것을 찾을 수 없었다. 봉지미가 이토록 마음을 쏟고 그리워하는 것은 대성의 제왕 부부가 가지고 있는 온정이 좋았기 때문이었다. 그리고 그들이 나누는 대화 내용의 구절구절마다 어렴풋이 숨어 있는 봉지미에 대한 관심과 배려 때문이었다. 이러한 관심과 배려는 과거 십수 년 동안 봉지미가 한 번도 받아 보지 못한 것이어서 한없이 그들을 동경하게 되었고 그들에 대한 그리움이 깊어졌다.

봉지미가 흐린 눈빛으로 침묵했다. 영혁은 아무 말 없이 책자를 가져다가 책장에 적힌 글자들을 꼼꼼하게 어루만져 보았다. 처음에는 깜짝 놀란 기색이었지만 점차 눈빛 속에 묘한 감정이 떠다니는 듯했다. 뒤표지에 머무른 영혁의 손가락이 무의식중에 안쪽의 책장을 매만졌다. 책장을 넘기는 손가락의 움직임이 가벼웠다. 그동안 봉지미의 출신에 대해 품었던 의문과 짐작에 대한 실마리가 한꺼번에 풀리는 듯했다. 책장이 손가락 사이에서 날듯이 빠르게 넘어갔다. 넘기고 다시 넘기고……. 빠른 속도로 넘겨진 책장은 끊임없이 이어진 겹겹의 그림자를 만들어 냈다. 인생에서 어떤 일은 겉으로 드러나는 순간 영원히 멈추지 않는 물처럼 밖으로 계속 흘러내렸고, 다시는 되돌릴 수 없었다.

봉지미는 영혁의 손가락을 바라보며 심장이 빠르게 뛰기 시작했다. 하지만 영혁이 머뭇거리는 것을 알아챘고 왜 주저하는지 이유를 알 수 없었다.

퍽.

예상치 못한 소리가 울려 퍼지자 봉지미가 깜짝 놀라 눈을 치켜떴다. 영혁이 자리에서 일어서며 책자를 시원스럽게 덮은 것이었다. 봉지미의 눈길은 오직 책자에만 꽂혀 있었다. 하지만 영혁은 모르는 체하며 몸을 숙이고 웃는 얼굴로 봉지미의 긴 머리카락을 어루만졌다. 부드러운 목소리가 봉지미의 귓가에 닿았다.

"불도장이 다 되었는지 보러 가야겠다."

봉지미가 응, 하고 대답했다. 영혁은 책자를 봉지미의 무릎 위에 올려놓으며 앞표지를 위로 두었다. 회백색의 시야 속에 흐릿하게 검은색 글자가 모습을 드러냈다. 봉지미의 손이 그것을 덮었고, 영혁은 입가에 미소를 떠올리며 몸을 돌렸다. 순간 남해의 가을바람이 그의 주위를 조용히 휘돌았다.

앞표지에는 명성이 드높은 사람의 이름이 적혀 있었다. 책자의 주인은 세상에서 가장 존귀한 인물이었다. 그 사람의 능력은 비범했고 육백 년의 세월이 지나도 잊히지 않는 전설이었다. 그 사람의 모든 것은 이전 황조의 비밀 부대가 보관하였고, 이전 황실의 후손에게 대대로 전해졌다. 절대로 제3자의 손에 넘어갈 일은 없을 것이었다. 하지만 이 모든 것들에 대해…… 영혁은 모르는 일로 하고 싶었다.

남해의 깊어진 가을은 황금빛과 붉은빛으로 형형색색 물들어 있었다. 바람에 옥잠화와 장수국의 향기가 실려 와 한데 뒤섞이자 더욱 짙은 꽃내음을 느낄 수 있었다. 영혁은 나무 아래에서 뒷짐을 지고 책자의 마지막 한 마디를 떠올렸다. 그것은 육백 년 전 찬란한 기운을 내뿜던 여인이 영혁에게 보낸 요원한 경고였다.

'신영 황후. 잠시 내 말을 들어 보시오. 봉지미를 위해서…… 난 기꺼이 아무것도 모르는 사람이 되겠소.'

（ 3권에서 계속 ）

황권 ❷

1판 1쇄 인쇄 2021년 1월 18일
1판 1쇄 발행 2021년 1월 22일

지은이 | 천하귀원
펴낸이 | 김영곤
펴낸곳 | (주)북이십일 아르테

책임편집 | 원보람
미디어믹스팀 | 장현주 김가람
표지 및 본문 디자인 | 여백커뮤니케이션
해외기획팀 | 정미현 이윤경
영업본부 본부장 | 한충희
문학영업팀 | 김한성 이광호
제작팀 | 이영민 권경민

출판등록 | 2000년 5월 6일 제406-2003-061호
주소 | (우10881) 경기도 파주시 회동길 201(문발동)
대표전화 | 031-955-2100 팩스 | 031-955-2151
이메일 | book21@book21.co.kr

(주)북이십일 경계를 허무는 콘텐츠 리더

아르테팝 채널에서 도서 정보와 다양한 영상자료, 이벤트를 만나세요!

페이스북 facebook.com/21artepop   트위터 twitter.com/21artepop
인스타그램 instagram.com/21artepop   홈페이지 artepop.book21.com

ISBN 978-89-509-8932-3 04820
     978-89-509-8901-9 (세트)